U0105391

陳伯元教授肖像

陳伯元教授著作

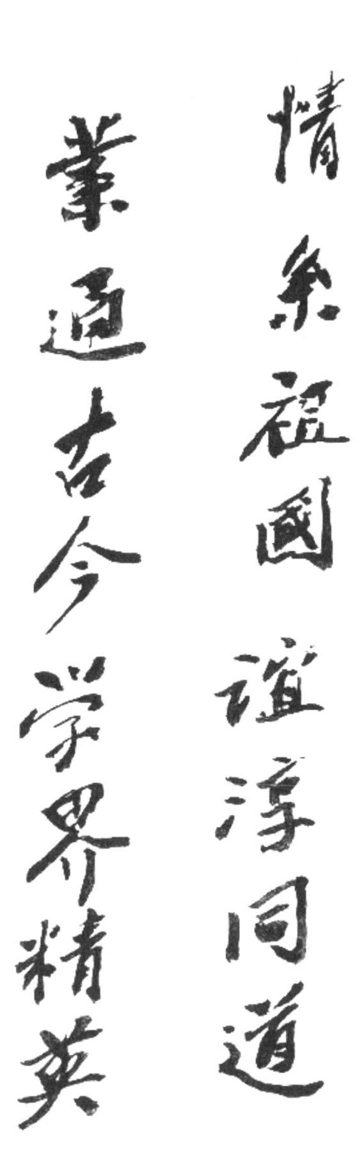

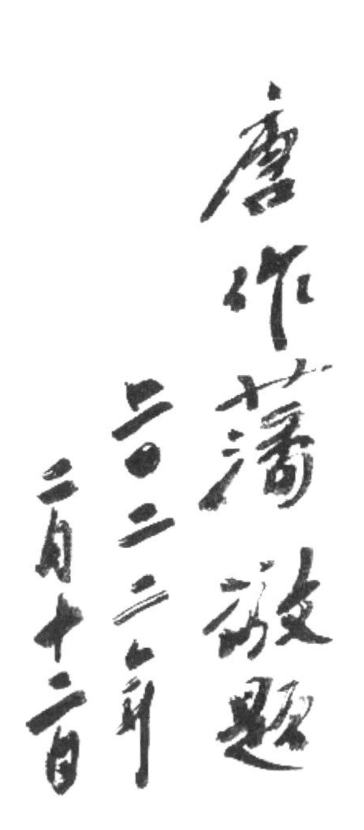

唐作藩教授感懷陳新雄教授對學術的貢獻，敬題對聯感念

唐作藩教授簡介

唐作藩教授，1927年生，湖南省洞口縣人，當代著名音韻學家。曾任北京大學中國語言文學系教授，已退休。曾兼任北京大學中文系副主任（1984-1989）、《語言學論叢》編委、北京市語言學會常務理事、中國音韻學研究會副會長、兩屆中國音韻學研究會會長。

主要著作有《漢語音韻學常識》、《古漢語常用字字典》（合作，1979）、《古代漢語》（合作，1981-1983）、《上古音手冊》、《音韻學教程》、《普通話語音史話》、《語文修養與中學語文教學》（合作，1997）、《王力古漢語字典》（合作，2000）、《中國語言文字學大辭典》（主編，2007）、《音韻學教程學習指導書》、《漢語語音史教程》、《漢語史學習與研究》、《學點音韻學》等。其中《古代漢語》、《音韻學教程》、《古漢語常用字字典》和《王力古漢語字典》曾先後分別獲得國家級的榮譽獎項。

陳振寰教授（北京國際關係學院）題辭

陳振寰教授（北京國際關係學院）
致李添富教授（輔仁大學中文系）函

添富賢弟，我與伯元情同手足，他逝世十週年紀念學術會本當撰文，但我年近八八，百病纏身，自本世紀初心臟換瓣後，不近學術已二十年，舉筆維艱矣。

再說，地隔海峽，又當疫期，投寄文字亦非易事……悼念之情難抑，僅以俚語兩句概括伯元的處世真誠、治學嚴謹的品性寄託我的思念。不知當否？文字如下：

處世剛正　交友誠信　真君子風範；
治學謹嚴　博涉精審　有佳著等身。

伯元辭世轉瞬十載矣，思之淚目。余年近米而百病纏身。換瓣開顱，二十年不問學術矣。無以為文，僅以俚語為雙句，記伯元為人治學之道耳。

和年於京西臨野齋

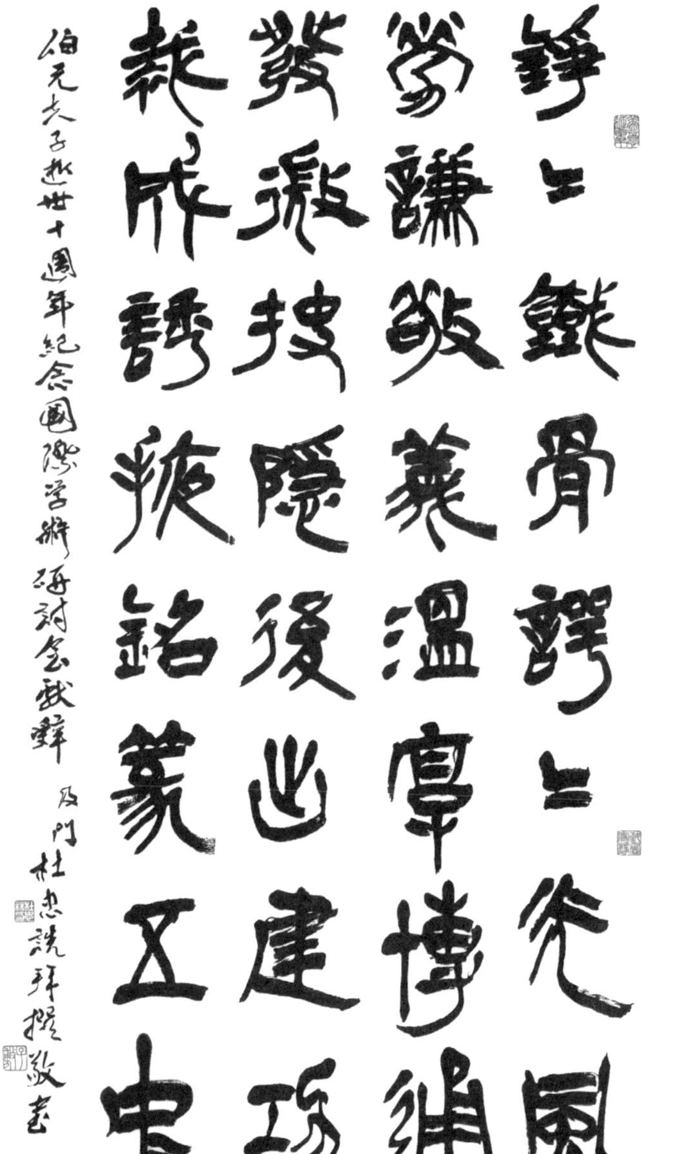

杜忠誥教授題辭

文幸福教授賦詞恭賀本屆會議舉辦

〈雪梅香〉伯元師十週年冥誕紀念暨學術會議

十年矣！依然一樹雪梅香。仰高山青嶂，當時浩氣昂揚。維港風從散煙綠，蘭亭雅會詠鵝黃。杏壇路，雲影溶溶，揮灑斜陽。

神傷，甚杯酒，獨酌難忘，頗損柔腸。且喜今朝，一堂濟濟文章。桃李春榮正華茂，東南風送滿庭芳。無涯事，薪火相傳，名溢縹緗。

文幸福　敬賀

學術論文集叢書

鍥不舍齋薪傳錄

陳新雄教授逝世十週年紀念
國際學術研討會論文集

陳新雄教授逝世十週年紀念
國際學術研討會
籌備委員會　編

陳新雄教授逝世十週年紀念
國際學術研討會議程表

時間：2022年（民國111年）3月26日（週六）

地點：臺北市大安區和平東路一段129號國立臺灣師範大學圖書館校區，綜合大樓五樓

<table>
<tr><th>時間</th><th colspan="2">活動內容</th><th>備註</th></tr>
<tr><td>08:50-09:30</td><td colspan="2">報到</td><td>40分鐘</td></tr>
<tr><td>09:30-10:00</td><td colspan="2">開幕式（509室）
主持人：林慶勳　司　儀：郭乃禎</td><td>30分鐘</td></tr>
<tr><td>10:00-10:30</td><td colspan="2">主題演講（509室）
主持人：王三慶
演講者：姚榮松
題　目：陳伯元教授的學術成就與章黃之學的承繼發展</td><td>30分鐘</td></tr>
<tr><td>10:30-10:40</td><td colspan="2">休息</td><td>10分鐘</td></tr>
<tr><td>10:40-12:10</td><td>A1場（509室）
主持人：柯淑齡
發表人與論文名稱：
王三慶　伯元師學問給予個人的啟示與影響
季旭昇　從上博簡與安大簡的「絺」字談「希」字的讀音問題及古聲韻系統</td><td>B1場（508室）
主持人：吳聖雄
發表人與論文名稱：
葉鍵得　陳伯元先生古韻分部之貢獻
俞棟祥　十年常念伯元師
潘柏年　蘇軾〈次韻王鬱林詩〉探析</td><td>90分鐘</td></tr>
</table>

	的分系問題 陳貴麟　馬上賦詩——伯元師吟調精彩應用解析 陳彥君　腳色、角色考 聶振弢　關於國學教育的討論——《萬里飛鴻尺素書》述略（視訊） **開放討論**	李葆嘉　黃侃古音學與曾運乾古音學補說（視訊） 張民權　古音研究中的觀念與方法：審音、審韻、韻例辨析（視訊） **開放討論**	
12:10-13:20	**午餐**		70分鐘
13:20-14:50	A2場（509室） **主持人：**江惜美 **發表人與論文名稱：** 陳慶煌　審音協律伯元師——以〈伯元倚聲和蘇樂府〉為例 黃惠菁　蘇軾與大覺懷璉之交游 黃坤堯　《伯元倚聲・和蘇樂府》的藝術成就（視訊） 趙　彤　陳新雄教授論考古派和審音派（視訊） 江惜美　許國心尚在——蘇軾惠州詩析論 **開放討論**	B2場（508室） **主持人：**康世統 **發表人與論文名稱：** 柯明傑　陳新雄先生之「互訓」說 黃麗娟　《清華（伍）・命訓》校詁釋例芻議 陳姞淨　淺談《說文解字注》中的同義詞——以心部字為例 朱小健　我心中的伯元先生（視訊） 張渭毅　陳伯元先生上古聲母學說形成和發展的過程及其特色（視訊） **開放討論**	90分鐘
14:50-15:10	**休息**		20分鐘

15:10-16:30	A3場（509室） **主持人：**葉鍵得 **發表人與論文名稱：** 莊雅州　論陳伯元教授詩經古音學 李淑萍　讀伯元先生之六書轉注說 呂瑞生　陳伯元先生論正字兼為異體管窺 盧曉陽　陳新雄先生的上古韻部擬音（視訊） **開放討論**		80分鐘
16:30-16:40	閉幕式（509室） **主持人：**林慶勳		10分鐘

時間分配

主持人　開場時間5分鐘

發表人　報告時間，每人12分鐘×5人（A1、B1、A2、B2場）

發表人　報告時間，每人12分鐘×4人（A3場）

不見星河見雁行

——《鍥不舍齋薪傳錄》序言

相信我們都見過天際飛行的「雁行」，幾十隻排列成「人字形」的群雁，整齊而有秩序，快速而有效率，飛越在秋夜天高氣清的蒼穹，從壯觀的隊伍得以想見翱翔、俯衝、飛躍的動感與活力。根據禽類行為觀察專家所說，當雁鼓動雙翼時，對尾隨的同伴具有鼓舞的作用，群雁成人字形一字排開飛行時，比孤雁單飛可以增加71%的飛行距離。這個觀察啟示我們當有相同目標的人聚集在一起同行，由於有相互的推動力，很容易抵達目的地，共同完成預期的成果。

國立臺灣師範大學簡茂發前校長曾公開讚譽陳伯元老師：學術成就兼跨經學、小學與文學三大領域，已成為中文學界共有之國寶；對學術推廣不遺餘力，創辦學會及創刊重要學術期刊，充分表現其學術社群領導之才華；一生堅守淡泊，不務虛聲，在刻苦環境中勵學而成就其大學問，充分發揮鍥而不捨之學術精神。由於具備學術成就、學術社群領導才華，以及發揮鍥而不捨往前走的人格特質，擔當領導雁行飛翔的領頭雁時，跟隨的雁群既能安心高飛，也能從中學習許多飛翔技巧，更能獲取加倍的飛行成效，身在其中的群雁無不深深讚嘆，能跟隨學習展翅高飛，面對的應當是海闊天空絢爛的朝霞。

猶記2012年4月至9月，我在長崎大學做訪問學人（日文稱「外國人研究員」），實地踏查唐話、唐音發展相關問題。猛暑籠罩的8月初，突然接到淑齡、鍵得以及雯怡三人連續通知，告訴我老師於7月

31日在美國病逝，接到這個驚天霹靂的噩耗，當時腦中一片錯愕與混沌之餘，依稀記得當年7月初仍然得到老師最後一次Email賜函，內容只有一段主旨：「邀請前往南陽師範學院開國學教育會議」，何以一個月不到，就天人兩隔，不勝唏噓，天下事竟然如此難料。

對許多學生來說，伯元老師很像雁行時領航雁，當他鼓動雙翼準備高飛時，等於啟動了引導我們進入學術殿堂的試航。1965年7月，我剛讀完中國文化學院大學一年級的課程，託陳師母葉詠琍老師引介之福，每兩週一次在華岡新村向老師單獨學習聲韻學，前後兩個月把景伊先師的《中國聲韻學通論》全書學習完畢，打下了聲韻學紮實基礎，對日後專門研究聲韻學各種問題，助益匪淺。如今算來已有半世紀以上的歷史，我是故炯陽師兄之外，比較早期向伯元老師學習聲韻學的學生之一。

由於伯元老師家住陽明山華岡，我得地利之便可以隨時就近請益。1969年老師剛獲得國家文學博士學位，指導碩士論文相當嚴格，不但逐章審閱，還招來當面指正，我因此獲得許多做學問寫論文的觀念與方法。碩士論文口試時，校外委員讚譽我的論文能將《經史正音切韻指南》與《等韻切音指南》分別當做研究組與對照組討論，所得結果比較可信。此外能引用荷蘭漢學家商克（S.H.Schaank）在*T'ung Pao*（《通報》）IX（1898年）發表的Ancient Chinese Phonetics文章做討論，可見視野並不僅侷限在本國文獻，的確是一篇有價值的論文。這些作法其實都是遵從老師指導，努力鑽研的成果，也讓我在初次接觸長篇論文寫作時，獲得相當寶貴的經驗。

1971年伯元老師應聘來文化學院擔任「研究生業務組主任」，當年我剛拿到碩士學位，老師要我隨他去擔任秘書，那一年在我的人生歷練中的確學習相當多的處事與應對經驗。伯元師如同母鳥帶領小鳥般，呵護、教導、鞭策希望我早日能夠茁壯成長，甚至獨當一面。

1976年當我博士課程學分修完，正好老師擔任文化學院中文系主任，於是聘我為專任講師，讓我在教學之餘可以專心蒐集博士論文資料。在此期間我也有機會親炙老師學習，記得1979年老師命我帶幾位工讀生，待在和平東路學生書局地下室編輯《聲類新編》，該書於兩年後出版，將《廣韻》全書依照聲母重新編輯，對聲韻學研究有工具書的功效。

記得老師常常鼓勵我們要勤寫論文，撰寫過程中也許另一篇論文就已醞釀也說不定。老師也期許我們莫忘傳統學術養分，鼓勵大膽朝自己興趣發展。我在1983年得到好友文起鼎力協助，毅然放棄臺北的教職，遷居高雄在高雄師大與中山大學服務，這期間我選定了「近代音韻」當我的研究重心，後來興趣轉移到東亞語言交流的課題，多年以來往「琉球寄語、長崎唐話、近世唐音」等領域研究探索，十餘年之後終於開花結果，並撰述《長崎唐話唐音研究論文集》（臺北：萬卷樓，2020）一書，誠如東京大學名譽教授平山久雄先生推薦序文所說：「也許有人會認為林慶勳研究『長崎唐話』，跨出了漢語音韻學的研究領域，其實不然，他對音韻學的深厚根底無不反映在這些文章之中。……漢語音韻之學是一門『分類之學』，每一個母分類可以去衍生它的子分類的探索課題，讓學術研究做無限的延伸，林慶勳似乎把這一個特色充分發揮在他對《唐詩選唐音》的幾篇文章之中。」這是伯元老師對我的基礎訓練紮實的成果，因此隨著群雁飛翔，不但不至於落伍，還能讓其他同飛雁群，因彼此互相推動而得到加倍的飛行距離。

十年之後，同輩弟子們有鑑於對伯元老師教導之恩，與生前無所不在的種種照顧與關心，擬借研討會召開形式共同追憶與懷念。在籌備委員會商議之下，以徵集論文做公開討論來紀念伯元老師對學術的薪傳播種。經過討論以伯元老師學術成就，行述影響與貢獻，以及與伯元老師學術成就相關之學術論述為主題，向海內外徵稿做公開討論。

在此感謝惠賜稿件的全體女士、先生，由於大家懷著對伯元老師的感恩、感激、感念、感懷之心，因此大家都能遵守當初稿約議定並且按時交稿，讓編輯工作能在最短時間順利完成。此次收入論文集稿件總計有47篇，除兩篇紀念老師特稿及一篇談伯元老師的學術成就與章黃之學的承繼發展主題演講稿之外，論述共有44篇，分別隸屬於文字、聲韻、訓詁、詩詞以及勵學等五類。例如針對老師六書轉注說，訓詁互訓說，《詩經》古音學，上古韻部擬音，以及針對老師撰《伯元倚聲．和蘇樂府》做探析，最特別的是幾篇有關伯元老師學問對個人的啟示與影響的撰述，內容相當有啟發性。由於本論文集有一定的主題取向，經過商議將書名訂為《鍥不舍齋薪傳錄》，藉以紀念老師一生為學與教導的精神。

本論文集出版之外，也將老師生平事略、學行紀事年表、學思語錄、學術論述書目等四種另外編印《國立臺灣師範大學榮譽教授陳伯元（新雄）先生學行錄》當做本書的附篇補充資料，可以做為閱讀論文集內容的資料對照參考，並藉以讓社會廣大閱讀者對伯元老師生平與學術成就有更深入認識。

上述四十餘篇論述的作者，多數為現任或曾任教於國內外大學，並曾親炙老師的學生，也有仰慕老師學問為人的後輩學者。在此感謝何大安院士與楊秀芳教授伉儷，當我向他們約稿時，毫不猶豫即刻答應。雖然他們未曾受教於老師，從1982年中華民國聲韻學學會創立之後，他們即積極參與各項學會舉辦的學術活動，何院士還曾經擔任過兩屆中華民國聲韻學學會理事長，在任期間創立許多建設性的制度，為該學會日後發展建立了穩固的基礎。

論文集編輯之前，榮松轉給我任教於柏克萊加州大學丁邦新院士一篇〈遙寄陳新雄教授〉（請見本論文集特稿首篇），文中丁院士相當佩服伯元老師倡議成立「中華民國聲韻學會」，以及創刊《聲韻論叢》，他在文中感嘆說：「我佩服你的胸襟，欣賞你的眼光，對於這件學術上的大事，一諾無辭。……我們幾十年的合作，奠定了永存友誼。」我讀後相當感動，給丁先生的謝函說：「您的大作不但有惺惺相惜的私人情誼記載，也有臺灣學術界共同合作一樁美事的記錄，堪稱為第一手資料。更巧的是您所記內容，正好與我們此次會議『薪傳』主題相契合。經與榮松商量後，決議將您的賜文編入論文集首篇，當做本次會議的導論。」伯元老師與丁院士的學術情誼，媲美乾嘉時期「戴段二王」論學的風範，誠如丁院士文中所說「學會是公事，友誼是私交，但兩者卻也有互相影響的地方。」

感謝伯元老師同輩學者唐作藩、陳振寰教授別致的墨寶賜字，臺灣師大國文系著名學者書法家杜忠誥教授題字，以及文幸福教授填詞一闋，讓我們編輯時得到很大鼓勵。此次論文集書名題字邀請世統題簽，意義比較特殊，除了表示他與老師的師生情誼之外，更能凸顯傳達全書「薪傳」的重要意義與積極性。

在本論文集編輯期間，編輯小組成員們特別辛苦，近兩個月來幾乎每天為稿件編輯與聯絡，馬不停蹄的工作。他們不但發揮在群雁後面鼓勵的叫聲，也讓全體籌備工作得以順利繼續推進。我與榮松在此特別向他們致以衷心的感謝。

本次「陳新雄教授逝世十週年紀念國際學術研討會」之召開，最早由添富發起。2020年夏天，我們幾個老師教過的老學生，匯聚在臺北重慶南路一家餐廳討論，當場就議訂在兩年後三月舉辦研討會，藉以懷念老師辛勞帶領我們學習飛翔及各自茁壯成長的感恩紀念。我們都是一群已經退休或即將退休的老學生，大家已離開工作崗位再也沒有任何資源可以利用，或許我的年紀最為痴長，在無人承擔的情況下，義不容辭接下了籌備工作。事後回想沒有人手、沒有經費的接手有一點信心太過，但是當啟動籌備工作之後，經費與人手則逐漸到位，當然都是老師教過的學生主動捐款或者願意義務分擔工作。可見想做事自然水到渠成的諺語相當有道理，「雁行」相互砥礪鼓舞的作用，在此又一次展現無遺。特別感謝全體籌備委員的信賴，放心讓我與榮松共同承擔所有籌備工作，雖然受到疫情影響無法聚集全體工作同仁一起討論，改用視訊或LINE頻繁聯絡，我們仍然得到相同效果，因此一切籌備工作相對順利。

會議繁重而瑣碎的籌備工作，都得力於晚一輩的同學大力協助，大家都因為感念伯元老師的栽培之恩，自動自發承擔各項分派的工作，感謝雯怡整合響峰、意霞、昆益、俊芬、錢拓、靜評、瑞清、慧芳、瑞龍、經緯等人不停的處理一些瑣碎零星的工作，讓會議籌備得以順利進行。

感謝「陳新雄教授逝世十週年紀念國際學術研討會」全體籌備委員司仲敖、江惜美、宋新民、李添富、李義活、林慶勳、吳聖雄、竺家寧、金周生、柯淑齡、姚榮松、康世統、耿志堅、曾榮汾、黃坤堯、葉鍵得、聶振弢、瀨戶口律子等人的發起與全力支持。同時也感謝協辦單位國立臺灣師範大學國文學系賴貴三主任、中國文字學會李淑萍理事長、中華民國聲韻學學會吳聖雄理事長、中國訓詁學會柯明傑理事長、中華民國修辭學會孫劍秋理事長、中國經學研究會董金裕、李威熊前後任理事長、中華文化教育學會葉鍵得理事長、財團法人景伊文化藝術基金會創辦人兼執行長凌亦文教授等人樂意協辦共襄盛舉。

感謝捐助本次會議全部費用的各位女士先生（名單見本書附錄），由於各位的慷慨解囊才能讓會議的籌備陸續進行。此外「財團法人景伊文化藝術基金會」執行長凌亦文教授，慨然捐款大力支持，讓舉辦經費助益匪淺，我們也衷心感謝。凌教授是景伊先師的外孫，所創辦的基金會又是紀念外公，以此贊助本次研討會，其意義相當特殊。同時也感謝工作團隊中負責管理經費的乃禎，由於她的細心與用心，讓這筆大家感念老師的捐款能夠透明化地發揮最大的效用。

謹此特別感謝師母葉詠琍教授，對研討會籌備與舉辦的高度關心，我們使用Line隔洋通話，她要我感謝大家辦會辛苦勞心勞力，如果疫情緩和很想回來共襄盛舉。昌華、昌蘄、逸菲、逸蘭師弟妹也相當期待參加紀念先父的研討會，他們很感謝全體籌備人員的努力，很想合力捐款，以盡一份孝心，我告知經費已夠支應而婉謝了。疫情狀況不定難以捉摸，因此師母及家人能否順利回國參加盛會的心願，就不得而知了。

最後要感謝萬卷樓張晏瑞副總經理兼總編輯，在出版專業上總是做出高水準的技術指導，讓本論文集以最典雅的面貌問世；負責本論文集及附冊編輯林以邠小姐，兢兢業業地付出辛勞，並且極有耐心與我們做編輯事務溝通，讓本書順利出版。謹此致上我們編輯小組的最高謝意。

謹誌　2022.2.25

國立中山大學退休榮譽教授
兼研討會召集人

目次

特稿

主題演講

論述

附錄

遙寄陳新雄教授

丁邦新

中央研究院院士

伯克萊加州大學

伯元吾兄：

陰陽兩隔，郵遞無由。我常常想起，不知你在那邊生活得如何？你是否信奉基督教？如果屬實，那你一定在天堂悠遊；或者你信奉佛教，那你一定詩酒禮佛，終日吟哦。我大致還過得去，老病纏身。今年八十五，不久之後，就可以自由自在拜訪吾兄，暢敘平生。

你還記得你一手創立的「中華民國聲韻學會」吧！那是你的創意，你的努力，為我們這一行開闢了攜手合作的新路。那時候聲韻學在臺灣的兩股主流就是師大跟臺大，師大有林尹、潘重規、高明、許世瑛等各位先生；臺大有先師董同龢先生。許先生用董先生的教科書《中國語音史》(《漢語音韻學》) 在兩校執教。毋庸諱言，兩校各有特色，學術路向並不相同。師長之間相處似乎不錯，但合作卻是少見。

等到1982年，你大概有鑑於此，倡議成立「中華民國聲韻學會」，特別請我參加研討會。我佩服你的胸襟，欣賞你的眼光，對於這件學術上的大事，一諾無辭。從此只要我在臺灣，只要我有時間，每年的大會無役不與。宣讀論文，擔任講評。開啟了我們幾十年的合作，奠定了永存的友誼。聲韻學這門學問因為學會的關係蒸蒸日上，有目共睹。學會是公事，友誼是私交，但兩者卻也有互相影響的地方。四十年過去，明年學會已經要召開「第二十屆國際暨第四十屆全國聲韻學學術研討會」了。你聽到這個消息，一定非常高興吧！

跟學會相關的是1991年「聲韻論叢」創刊了，基本上是學會的論文。這也是你的創意。到2021年已經出版了26期，在聲韻學領域成為重要的期刊。這都是你開始的事業，現在開花結果，影響深遠。

除去學者的身分，你還是詩人。以前隔些時候總會收到你的大作，有創作，有和作。關心國族，關心中華民族的未來。最近好久沒有收到你的新詩了。現在輪到我寄給你我最近做的小詩，敬請斧正。

〈**聽雨**〉

日前大氣河來襲灣區，風聲雨聲，充耳欲聾，夜不能寐。醒睡之間，成詩一首。

簌簌寒風聽雨聲，風狂雨驟最分明。
斷枝散葉敲窗後，一夜胡塵萬馬鳴。
風雨寒宵，懷念老友。
陰陽兩隔，故人無恙否？

弟 邦新敬啟　2021年年尾

陳新雄教授在日本的講演

瀨戶口律子
東京國際大學教授

1972年夏我從國立臺灣師範大學畢業之後，回到日本就在母校大東文化大學從事中文教學工作。

大東文化大學創建於1920年，是以弘揚漢學及漢文教育為建學理念的高校，至今已有近百年的歷史了。就學校的規模來說，在日本全國大學中，包括國立、公立和私立，位居第30位。迄今逐步擴建至8個學部19個學科的綜合大學，學生人數已達1萬3千人左右。文學部設有中國文學科，外語學部設有中國語學科。前者重視中國傳統國學和日本漢學的學問。後者以培養中文專家和人才為教學目標。由此可以看出，自1945年以後，大東文化大學在時代的日新月異的變化中，依然基於前述的建學理念，繼承了以東亞為中心的學問與教育。

從80年代開始，中國語學科採用了——海外學術交流方針，每年分別從臺灣或中國大陸、香港、韓國、美國等國聘請了一名著名學者，來我校講學，這個制度一直延續至今。訪問學者在日本逗留兩個星期，主要任務除了面向學科學生開兩次講演會外，還要為我校年輕教師介紹自國相關的研究進展情況並討論了各個方面的學術上的問題。通過採用這個制度，我們有了很多的收穫。繼我校之後，這個制度被廣泛傳播，成了全國性的研究活動。由此，大東文化大學的聲譽也隨之逐漸地提高了。陳新雄老師是聞名海內外的著名學者，他的研究成果──著作等身，在此無法一一例舉。可以說是臺灣學術界的泰斗，這是陳老師門生們的共識。我在師大上陳老師的課時，已經知道他的學問相當深奧，一直對陳老師心懷敬佩。

自畢業後，我一直想請陳老師來我校講學，到了1994年我的這個願望才終於得以實現。從我們學科的教學內容來判斷，向陳老師懇請講演內容需要──淺顯易懂，當時陳老師就爽快地答應並準備了兩個講演稿，題目分別是〈國語和普通話的異同〉(以3、4年級為對象)和〈臺灣推行國語教學的情況〉(以1、2級為對象)。我把其中〈國語和普通話的異同〉一稿翻譯成了日語，於1996年發表刊登在大東文化大學《語言教育研究論叢》(第13號)上，這篇文章發表刊登後，解決了當時語言研究方面無法解決的若干問題。得到了其他院校同行們的關注和讚賞。這是讓我難忘的一件事，直到今天都深深地刻在我的腦海裡。

這次發行的論文集是紀念《陳新雄教授逝世十週年紀念》，我的手裡存有陳老師寫於1994年尚未公開發表的另一篇稿子──〈臺灣推行國語教學的情況〉，圍繞這個題目所闡述的內容，我們可以得知陳老師有何見解。通過陳老師的上述文章，我們了解到了臺灣的語言教學情況及其經緯。

從90年代開始，臺灣國內的政治、文化、教育各方面漸漸朝「本土化」的方向迅速發展，歲月變遷，在臺灣整個社會的巨變中，若陳老師依然健在，對臺灣的語言政策會用怎樣的基準和根據來判斷呢？對這個問題，不僅僅我本人，我想各位同行們也希望聆聽陳老師那獨特的理論和見解吧。

臺灣有臺北，臺北有國立臺灣師範大學，臺師大有國文系所，國文系所有陳新雄教授，他是我們學術、人生的導師，對我個人來說，陳新雄老師是一位令人終身難忘的恩師。

2021年12月27日於東京

陳伯元教授的學術成就與章黃之學的承繼發展

姚榮松
臺灣師範大學退休教授

前言

民國一〇一年（2012）七月三十一日伯元師於美國遽歸道山，弟子九月三日迎靈於中正國際機場，九月二十八日在臺北市第一殯儀館舉行告別式，隨後以樹葬埋骨灰於臺北市福德公墓。期間由編委會編成《陳新雄教授哀思錄》，由文史哲贊助出版。民國一〇四年（2015）三月值伯元師八秩冥誕，弟子又組委員會編輯《陳新雄教授八秩誕辰紀念論文集》一鉅冊（收文六十篇，其中四十篇為學術論文），都五十萬言並附先生遺照數十幀，厚達658頁，由萬卷樓圖書公司出版，榮松兩度恭逢其事，敬謹接受編輯之託，余細讀師友懷思之作與夫述學、論學諸多作品，深覺伯元師平生教學、述志、文章華國，發皇舊學新知，論諍學術，博辯英華均在兩書之中，讀者展此兩卷，伯元師之音容笑貌，凌霄志節及學者風骨，盡在其中，先生去我不遠，瞻之在前，忽焉在後，耳提面命，如斯應響，忽忽已越十個寒暑，門弟子提議於今年（2022）三月召開「陳新雄教授逝世十週年紀念國際研討會」，並由籌備委員會指定在臺師大舉辦，身為大會召集人，籌備會主委林慶勳學長，因值疫情期間，不勞驚動前輩師長，乃私詢榮松，承擔會議主題之專題演講，榮松敬謝不敏，意者同門之中或平輩師長，才情襟氣或相倍蓰，當先請纓，不為所動，難拗學長衷情，敬謹受命。因就前述兩集中紬繹精華，對伯元師之學術成就及對章黃學的繼承發展，分成兩節，略作剪輯。因時間倉促，第一節「薪盡火傳」本擬取《哀思錄》輯五「述學──聲韻訓詁文字的傳承」諸篇加上《八秩誕辰紀念文集》中「論學．述微．申說」六篇及「懷念文」中賴貴三與喬全生二文提供的伯元師墨寶，一併回顧。第二節「兩代章黃、海嶠新頁」則節錄拙文《薪傳應似寒潮信，師弟相親近──林、陳對章黃之學的繼承與發展》一文第五節有關伯元師的翰墨和語言文字學成就與傳承的兩節文字，以為應卯。拙文已載2017年《傳承──紀念林尹教授學術研討會論文集．第二輯》（凌亦文、黃靖軒編輯，財團法人景伊文教藝術基金會出版，2020年八月），特誌於此，以謝同門。但由於篇幅及時間限制，終未能及時剪輯「八秩紀念文集」的述學諸文，美中不足，特此向各位作者致歉。

一　薪盡火傳
──記伯元先生的學術淵源及聲韻訓詁文字學成就

（一）從伯元先生的師承說起

華仲麐先生為《伯元倚聲．和蘇樂府》作序指出：

> 其學出瑞安林景伊之門，為林氏之衣缽弟子，其學傳餘杭章氏、蘄春黃氏之漢學正宗，上承乾嘉諸子，以接明末顧氏亭林之樸學精神，而直通許叔重、鄭康成之一貫傳統。臺灣之有經

> 學，蓋由林景伊、潘重規、高明三君而起，而林景伊之功獨多，三君皆蘄春黃門弟子也。

（二）為何章黃學的傳承，伯元先生獨樹一幟呢？

這個理由可以民國八十九年（2000）七月四日臺師大簡茂發前校長的《陳伯元教授榮退學術研討會的賀辭》來說明。

簡前校長首先恭賀陳教授在立身行事、學術生涯、教育工作三方面都臻於理想圓滿的交會，才有這樣別開生面的師生共同發表會：

> 一邊欣賞陳教授最新出版的《古虔文集》、《伯元吟草》兩本詩文集，一邊聆聽知名教授暨伯元先生高足所發表的學術論文，可說是金聲玉振，洋洋乎盈耳哉。

他接著從三方面推崇伯元教授的卓越成就與貢獻。

> 首先是他的作育英才，成就是跨校際的，成為中文學界的國寶。大家都知道他是本校已故林景伊教授的高足，也是林先最得意的門生。本校國研所成立於民國四十五年，上面提到的林、潘、高三位先生曾在本校任教，而林景伊先生主持國文研究所長達十三年，本校因此成為全臺灣經學的重鎮，經學以小學為根基，陳伯元先生自進入師大，專攻經學、文字、聲韻、訓詁之學，而以《古音學發微》鉅著為博士論文，自五十八年獲國家文學博士，即受聘為本校國文所專任教師，講授聲韻文字課程外，兼及詩經研究、蘇東坡詞研討，其學術淹貫，兼跨經學、小學、文學三個領域者，不但師大找不到第二人，在全

國各中文系所也是很難找到。因此，伯元教授是師大的國學之寶，主要是因為他教人不倦、有教無類的教學精神，……他在各大專院校開課，也成為各校學子仰慕的名師。據我所知陳教授三十年來所指導的跨校博、碩士論文已超過百篇。因此說伯元先生是中文學界共有的「國寶」，當之無愧。

其次要推崇的是陳教授在學術方面的卓越貢獻，這個貢獻也分兩方面，一方面是其有形的學術著作等身，影響深遠，包括他的詩文樂府。……都顯現其文學才華乃是博大淹通，具備傳統學者通儒的格局。另一方面表現在他作為學術社群領導人的才華。……他所創立的聲韻學會、訓詁學會及主持過的文字學會、經學學會，由於他長期的挹注和領導，同時也積極推動兩岸的學術交流，使得公元兩千年的國際漢學界，不再視臺灣為文化沙漠，陳先生的灌溉是有目共睹的。

最後要表彰陳伯元的立身行事，從刻苦環境中力學而成就其大學問，關鍵可說是「鍥而不舍」四個字。這也是他的齋號及第一本論文集的名稱。更重要的是他的「師道精神」。伯元教授受景伊先生栽成，而其感念師恩，終身不忘，見其詩文，情真意摯。他是一位堅守淡泊，不務虛聲，把全部精神貢獻在作育英才和學術著作上面，成為學生的表率，這就是一個十足的經師與人師。她對國家、社會的一股熱切、匡時的情懷，也時時流露於詩文當中，尤其是《放眼天下》的時論集，及作為本校優良教師、國文系名譽教授的嘉言讜論，都留給臺灣師大無限的精神典範。

——節錄自簡茂發：〈陳伯元教授榮退研討會賀辭〉，
收於拙著《厲揭齋學思集》，頁103-106。

(三) 薪傳最直接的見證人——語文學界大老李爽秋先生

曾任教育部學術審議委員會主任委員的李鍌教授，年事稍長於伯元師，是與伯元先生共同推動國語文及規範漢字的國語推行委員會主委，最能見證伯元先生的為人與為學。李鍌教授在《陳新雄教授哀思錄・序》(2012年9月) 說：

> 我與伯元兄師出同門，皆瑞安林景伊先生之弟子，而我年稍長，學則不及。景伊先生桃李遍栽，弟子盈庭，然而能獲其親炙而得以窺其堂奧者，亦惟伯元一人而已矣！

李序中並就其觀察伯元師的為人與治學諸多面向，摘其特點如下：

> (1) 尊師重道，乃世人所共知，蓋道之所存，師之所存也。……今惟於伯元兄師生之行誼中，得以窺見「尊師重道」之實例。
>
> (2) 好學不倦，乃伯元兄之學識能與時共進之主因。
>
> (3) 伯元兄最精進之學術莫過聲韻、訓詁與文字之學。皆由景伊師所親炙，著述也多。《古音學發微》乃其博士口試之論文，極獲口試委員之讚賞。高師仲華歎為「元元本本，殫見洽聞。」許世瑛師評為「成一家之言。」而其論文指導教授景伊師，更評之曰：「青出於藍」。自是之後，聲譽日隆，不僅臺灣各大學中文系爭相禮聘，即大陸各名校亦時有邀約……當今臺灣各大學中文系任此三門課者，莫非伯元兄之高足，是其影響之重大，亦可知矣！
>
> (4) 重「然諾」乃伯元兄最執著之美德之一。伯元退休後，仍應聲韻學會之請，每年返臺授課之便，在臺師大每週六下

午設置「聲韻學講座」義務講授三小時，對外開放，真乃所謂「有教無類」。前後四年，從不間斷。……其敬業精神有類如此。

（5）伯元兄之治學極為嚴謹，至於門弟子，要求更嚴，除正課作業外，並規定相關作業亦須如期完成。即使已在上庠執教，亦要時時研究並撰寫論文，至六十歲即應出論文集，以見其在學術研究之成就。

（四）北京師大王寧教授的見證

北京師範大學文學院的陸宗達教授高足王寧教授，是今日大陸承繼章黃學的代表人物，2012年5月26日在臺師大「紀念林尹教授國際學術研討會」專題演講時指出：

> 景伊先生的學術成就是多方面的，但「小學」也就是「語言文字學」是他治學的根底與核心，他一生的學術緊追隨章黃，更可以從他的學術成就和治學特點得到印證。章黃治「小學」的特點，無一不在景伊先生的治學中全面體現：
> 第一、中國獨有學問的確立。……
> 第二、從文字到語言的深化探索。……
> 第三、追根系流的詞源考辨。……
> 第四、明理得法的現代理論修養。……
> 章黃一再提倡首先研讀「根底之書」，以《說文》為十部小學專書的「重中之重」，綜觀景伊先生的著作和百餘篇論文，完全是沿著這個思路進行的，他重視原典的解讀，更重視古注對原典的解釋，他的《周禮今註今譯》取自鄭玄、孫詒讓之說，

並有諸多師說融於其中。景伊先生在臺灣培養了陳伯元學長等眾多優秀的學者，也是沿著這條路治學的。

——節自《傳承——紀念林尹教授國際學術研討會》（2013年7月），頁34-38

在同年八月三日驚聞伯元學長辭世，王教授給師母葉詠琍老師的信說：

今年五月，我去臺北參加景伊先生紀念會，發言中說及景伊先生培養後學、傳承章黃之學的精神，提及伯元學長，以他為成就最佳典範。見到諸多同行學友，很多是伯元學長弟子門人，……我以為和伯元兄雖在海峽兩岸，但學術同源於章黃，20-21世紀弘揚學術目標相同，我們不是一般的交情，我們的學術生命是在同一血脈中延續的。伯元兄的學問全面系統、精深醇厚，他是我最欽敬的學者。

——《陳新雄教授哀思錄》，頁13

（五）陳門弟子對伯元先生聲韻訓詁文字的傳承

再看2012年9月28日出版的《陳新雄教授哀思錄》，輯五「述學——聲韻訓詁文字的傳承」（文史哲出版社，頁186-289），由七位弟子撰寫的八篇伯元先生的學術成就，內容更為全面，可以從這幾個面向一窺伯元先生的學術成果及治學方法，放在當今兩岸，章黃學術的同行中，亦顯然為當代章黃小學研究群中的翹楚，也為今後章黃之學的繼承與發展，打下穩固的基礎。以下簡述這八篇文字的主旨。

（1）林慶勳在〈薪盡火傳——記陳伯元老師的聲韻成就〉一文，共有四項推崇：一、「學術是天下公器，且將金針度與人」歷數當年旁聽老師在師大上兩年《聲韻學》的全程記錄，點出謄抄《廣韻》全本3875個韻紐的「廣韻作業」的心得，要求嚴格，就是「學術是天下公器，且將金針度與人」，因此造就了一群接班人的第二代，當今各大學教聲韻學的教師，絕大半是先生的弟子及再傳弟子。二、特揭「平衡研究的基礎準備，編輯《聲類新編》」，是想從編輯一部由聲類組合的新韻書，作研究的準備。三、「從薪傳播種中，獲得學術新詮釋」（以群匣同出一源及補強陳澧系聯切語上、下字補充條例為例。）。四、以「聲韻學著述完整，斐然成一家之言」作結。

（2）柯淑齡在〈陳新雄伯元先生及其訓詁學〉一文先以「高山仰止伯元師」一節，歷數伯元師如何經由潘、林兩先生啟蒙，並蒙景伊先生特別垂顧，題贈《廣韻》一書，勉其反切歸類並作形聲偏旁分析，因而奠定伯元師繼承章黃治小學的根基，由季剛先生的《聲經韻緯求古音表》設計一套《廣韻聲類韻類歸類習作表》（臺灣學生書局出版），故二十四歲即受推薦至東吳大學擔任講師，講授「聲韻學」。第二節論及「伯元先生的訓詁學」，除詳述由黃季剛之〈訓詁述略〉到林師《訓詁學大綱》到伯元師自撰《訓詁學》，一本師說再加自己的創見、教學心得。成為上下兩冊12章，為國內教學研究訓詁不可或缺的專著，並舉〈訓詁方式中義界與推因之先後次第說〉一文，說明其深造有得之體會。並突出介紹「訓詁學」下冊有助於研讀古籍，彙集清代訓詁大家，說明古籍體例，指出十部訓詁學要籍，介紹詳實，並編有《工具書的用法》一書，無異是一部治學方法。最後以「章黃語言文字學發皇人」作結。

(3) 曾榮汾在〈陳伯元教授研治文字學的觀念與成就〉一文，分為四部分：一、首先回顧自大二上老師「文字學」課，上學期先講概論，再講《說文・敘》。論及六書，要求參考《說文解字詁林》，作業則要填列「《說文》五百四十部首表」及分析其六書分類。並特別強調《說文》條例及段注條例之重要。二、其次強調先生治文字學，宗於《說文》的文字學觀念，當受黃季剛《說文略說》及景伊師的影響。因此2010年出版的《文字學》(與曾榮汾合著)，仍以《說文》一書為綱，前四章有三種條例，即《說文》本書、段注《說文》及黃季剛治《說文》三種條例。三、至其「闡揚師門無聲字及轉注的說法」一節，則悉本黃季剛「一字多音之例」而撰成「無聲字多音說」，舉出四種原因，及此論之作用。四、「強調文字條例的研究方法」，先疏釋景伊師所整理的二十二例，而總結季剛先生治文字學之法為十例。這十點正是伯元師承繼師說所得的結論，而《文字學》後二章，則結合了「字樣學」與「古文字學」，正是師徒融合，推陳出新的地方，也為林、陳文字學的傳承，打開了新的格局。

(4) 姚榮松〈兩岸古音學之集大成者——陳伯元先生的古音學〉、〈陳伯元教授提倡聲韻學及推動兩岸語言文字學術交流的貢獻〉兩文，「前篇」突顯伯元先生之《古音學發微》及《古音研究》之前無古人，是清代以來漢語音韻古音學史的傑出代表作，其後開啟不少研究者取精用宏，影響深遠。拙文歸納先生在古音學上的卓越貢獻有三：

一曰首創古韻三十二部之說。

二曰以審音為基礎，依創見與啟發之程度，總結了古韻分部之主流與旁支。

三曰在黃季剛古音學的基礎上，擷取民國以來前賢的精華，融貫為自己的古音學一家之言，並以捍衛師說為己任。

在第三項中，指出陳伯元師由早年（1969）構擬的上古八元音系統，至1989年受周法高三元音系統的啟示，也提出自己的三元音系統，並作成主元音與韻尾配合表。（見〈論談添盍怗分四部說〉一文，中研院第二屆國際漢學會議論文集，又見《古音研究》，頁381及435），可見伯元師之擬音也並不泥古。而其捍衛黃季剛古音學說的代表作即〈蘄春黃季剛先生古音學說是否循環論證〉一文，一舉廓清前輩學者林語堂、王了一、魏建功、董同龢四家的十難。此文單篇收於其《文字聲韻論叢》（1994，東大）及《音略證補》附錄。也見於《古音研究》（頁215-232）。

「後篇」則針對伯元先生為研究聲韻學並積極推動聲韻教學，成立學會，舉辦聲韻學國際研討會，改變教學生態，並以推動兩岸學術交流為己任，除作育人才外，也使聲韻學成為當代語言文字的顯學，形成中國音韻學史上的輝煌篇章。末以三項綱領，提挈了先生的貢獻。

一曰萬丈高樓平地起，聲韻學開啟了浩如淵海的國學寶庫。

二曰聲韻學會的成立，改變了聲韻教學的生態，推動了傳統聲韻研究的現代化，並且泯除了門戶之見。

三曰香江講學，啟動兩岸學術交流的契機。

伯元師在述作與推動的量能上都是火力全開，並獲得丁邦新院士等長期的合作與支持。對於當代中文學界影響的深遠，不言而喻。

(5) 金周生〈陳伯元先生《中原音韻》研究之成就與貢獻〉一文，首先簡述伯元先生《中原音韻概要》內容，其次論先生撰寫此書之方法，凡分五節，包括：甄別異說，構擬音值；注重音變規律，為現代「國音」找出音源等。再次論先生對《中原音韻》研究做出之貢獻，亦分五項，除了承先啟後，在臺灣學界以中原音韻全面探討為專書之第一人，對此書的優點和創見，均十分推崇，並指出其「串連出對漢語音韻學完整的研究鏈」。自然也引起海內學者的注意，如楊福綿、唐作藩、耿振生，均有不同程度的推崇。

(6) 李添富〈伯元師《詩經》學說〉一文，從師大博班時期上老師的「詩經研究」,〈以「中國文字綜合研究」為課名〉談起，是由小學通經學的具體方法的展示，次論及「伯元師的詩經學說」凡列專著七篇，其中三篇包括韻讀、擬音、合韻現象及毛詩韻譜，屬古音學。另四篇則概括篇章結構、句讀及經義問題。並指出研究《詩經》應參照《尚書》、《左傳》的載記來解經，不能純粹依照經文作解。如〈詩經的憂患意識〉、〈論詩經中的楊柳意象〉二文，就都涉及詩序的觀點，因此歸結到〈詩序存廢義〉一篇，是非常關鍵的論述，本文用較大篇幅介紹伯元師的詩序不可廢的觀點，「便成為力挽狂瀾的正本清源著作」。指出伯元師意旨深遠的肺腑之言，是對現代社會的鍼砭，更是世代交替中，老學者對年輕浮誇世代所作的懇切勸導與指導。其他有關古音知識在研讀詩經所扮演之角色，均作了詳實的分析。

(7) 黃坤堯〈芳草天涯吟寫遍——陳新雄教授詩詞展讀〉一文指出；

民國以來，章黃學術兼治語言詞章，結合義理考據，各具擅場，最為顯赫；而尊師重道，忠義樸厚，嚴辨正邪，承先啟後之精神，則尤為世所稱道也。伯元夫子既得傳景伊林尹教授之學，情同父子，復以所學傳授天下之欲向學者，一脈相承發揚光大，允稱一代宗師。裁成學子，不計其數。

此文細數伯元師學詩歷程，及與師友唱和，交相頡頏，源源本本，如數家珍，如敘其作詩之始為民國64年（1975）4月〈恭悼總統蔣公〉二首，用韻尤、先不同，景伊師對此二首評價有別，其後詩作漸入佳境，多贈詩友及家人，或言志記實為主，題材廣泛，洋溢生活氣息，而其詩風平易近人，懷抱甚大，亦得以漸次確立。及1978年與師大同人及臺北吟壇共組停雲詩社，兼寫古體今體，起蔽振衰，發揚臺灣詩學。並指出汪中、羅尚、張夢機、陳新雄四家乃停雲詩社之精神骨幹。伯元詩詞先後集結四種，由《香江煙雨集》（1985）迄《伯元新樂府》（2010）橫跨四分之一世紀，其詩作卓然成家，在景伊師眾多弟子中，亦難出其右者也。由此確定伯元師在章黃學術門中，小學兼文學的出類拔萃之地位。

按坤堯君畢業於國文系，早年受教於汪師履安之詩學，獲香港中文大學博士，專攻《經典釋文》及詞學，詩作亦為港臺師友之中堅，伯元師自旅港之後，文幸福、黃坤堯二君常與汪、陳二師唱和，成為港臺詩人群英，其與伯元師相約和完東坡詞，各出版《和蘇樂府》一書，已為詞壇佳話。

二　兩代章黃，海嶠新頁

（一）景伊先生的學術與章黃學在臺灣的承繼發展

有關景伊師的學術成就的多元，已見於伯元師〈高山仰止景伊師〉一文。在〈百年身世千年慮之林尹教授〉一文，則簡介了先生十種專著，對《中國聲韻學通論》一書，特別推崇指出：「先生以為《廣韻》一書，論古今通塞，南北是非而成，實為聲韻學之樞機，所以本書重點乃在講明《廣韻》。編排相當合理，適合初學程度，由淺入深，循序引導，初學之人，不苦其難，故我在各大學講述聲韻，採作教材，即因此書能執簡御繁，操本齊末，最適合初學之故。」由於推崇《通論》，故伯元師在民國九十四年（2005）九月，才把他編的《聲韻學》二冊（厚達1276頁）出版，距離他2000年榮退，已過五年，伯元師在序中說：

> 數十年來，採用課本為《中國聲韻學通論》、拙著《音略證補》、《等韻述要》三書，余門下諸生講授聲韻學時亦然。門人每向余言，三書攜帶為難，諸生學習不便，盼余撰一冊完整之《聲韻學》，以利教學，我始終未敢答應者，內心實不欲余書取代景伊師舊著也。

這完全是一派掌門人的口氣，《通論》一書寫於民國26年（1937），在新派看來，已不合時宜，然站在初學，伯元師利用《通論》的淺出及執簡御繁，發展了自己獨樹一幟的教學法，已透露章黃學術傳承的奧秘，上引文在介紹景伊師《文字學概說》也說：「大體以章黃之學為本，為初學入門之書。」介紹《訓詁學概要》則曰：「大體本黃侃

《訓詁述略》，而加以擴充。為目前臺灣各大學普遍採用之訓詁學教材。」是知景伊師在文字學、聲韻學二書，均為初學者奠基，訓詁學則季剛先生所創，《概要》一書加以擴充，實已發揚而光大之，則對章黃之學既有繼承，又有發展。這個論點，王寧先生2012年5月的專題演講，暢宣其旨，他指出：

> 景伊先生的學術成就是多方面的，但「小學」也就是語言文字學是他治學的根底與核心，他一生的學術緊追隨章黃，更可以從他的學術成就治學特點得到印證。……

王寧先生根據太炎先生的觀點來檢視景伊師的學術成就，提出四點：

> 第一，中國獨有學問的確立。太炎和季剛先生雖然也吸收了西學的一些科學的方法，但他們清醒地認為，語言文字有獨特的民族性，研究語言文字不可一味追隨域外，……景伊先生嚴守文字聲韻訓詁的師承，在典型的中國之學中奮進。但他師古而不復古，密切地關心著現代文化的建設。
>
> 第二，從文字到語言的深化探索。早期中國傳統「小學」著重形體，本質上是「字本位」的，所以沒有典型的語言學，只有從「小學」發出的文字學。太炎先生受到乾嘉學者音韻學的影響，又受到西方古典語言學的啟發，認識到音韻訓詁本為一體，也就是說……音義系統是第一性的，形義系統是第二性的。因此，他提出「中國語言文字之學」來昇華小學，從重視形體的表層研究深化到

以聲音為線索的深層研究。……章黃站在語言學的高度，發揮了乾嘉學者「訓詁之旨，本於聲音」的理念，在音韻學上成就斐然。

王寧指出：景伊先生的聲韻、訓詁二書，均得章黃之精華，尤其《訓詁學概要》「多處運用音韻成果，詳論聲訓，繼承章黃的「轉注假借說」多方成果，使音韻之用發揚光大。

第三，追根系統的詞源考辨。在利用聲音探求語言的過程中，太炎先生已認識到「語言有所起」，「義率有緣」而「統系秩然」。……他設計了「語根」的概念，訂定「孳乳」、「變異」兩大條例，以聲音為線索，撰成《文始》一書。……季剛先生以《說文同文》補足了《文始》微觀關係探索的不足。他們旨在將《說文》平面的形義系統重組為歷史的音義系統的理念，實在是難得的創新。

王寧指出景伊先生《訓詁學概要》等論著中，掌握了這條創新之路，從闡釋《說文》聲訓起步，梳理了自《方言》轉語到「右文」、「右音」之說，再到顧、戴等乾嘉學者的發明。向後學者傳播了歷史語言學中國特有的科學方法。

第四、明理得法的現代理論修養。太炎先生在發展《說文學》的過程中，突破了清代末流文人的繁瑣的考據，……把中國語言文字學引向理論的探索，……季剛先生更明確提出「明其理，得其法」的為學主張，……章黃的語言文字學理論是在精通中國古代典籍的基礎上建立的。……章黃一再提倡首先研讀「根抵之書」，以《說文》為十部小學專書「重中之重」，縱觀景伊先生的著作和百餘篇論文，完全是沿著這個思路進行的。……景伊先生在臺灣培養了陳伯元學長等眾多優秀的學者，也是沿著這條道路治學的。

（二）臺灣章黃學第三代領袖——陳新雄先生

1 簡歷與翰藻

陳新雄（1935-2012）先生，字伯元，江西贛縣人，臺灣師大國文研究所第七位國家文學博士（1969年）。歷任臺灣師大國文系教授，中國文化大學中文系教授兼系主任。臺灣各公私立大學兼任教授約有9-10所。並曾任美國喬治城大學中日文系客座教授，香港浸會學院中文系首席講師，中文大學訪問學人，北京清華大學中文系客座教授等職。並曾擔任臺灣「中華民國聲韻學會」、「中國訓詁學會」創會理事長，「中國文字學會」、「中國經學研究會」理事長等職，推動臺灣的語言文字學及經學，不遺餘力。同時他又是一個詩詞名家，所著詩、詞集各兩種：

（1）香江煙雨集（1985，學海出版社）
（2）伯元倚聲・和蘇樂府（1999，文史哲出版社）
（3）伯元吟草（2000，文史哲出版社）
（4）伯元新樂府（2010，河南大學出版社）

另有文集四種：

（5）古虔文集（2000，文史哲出版社）
（6）旅美泥爪（1980，幼獅文化事業版社）

（7）放眼天下（1991，東大圖書公司）
（8）家國情懷（2004，洪葉文化事業公司）

另有家譜類一種：

（9）陳定湛先生夫人百歲誕辰紀念冊（2011，文史哲出版社）

從以上九本書，可以窺探先生的家世、一生志業、家國情懷、放眼天下的儒者典範。

先生自兩岸解禁以後，致力於推動兩岸語言文字學術交流，所到履跡，必有詩、詞記載，茲舉兩首樂府（詞）及一首詩為例：

〈漁家傲〉**海峽兩岸漢語史研討會，用歐公新陽生翠琯韻**
兩岸和鳴吹玉琯。笙歌傳興知非淺。爾去我來不倦。寒冰泮。東風應解春心軟。　　共請雄獅睜睡眼。語言文字聲難斷。隔海情挑憑一線。良宵短。豈堪魂夢長拋遠。

〈初抵北京參加海峽兩岸文化學術研討會〉
臺員飛萬里，京國始來遊。往昔勞牽夢，今朝盡入眸。
山河餘舊淚，冠蓋已新周。兩岸同心日，歡聲處處留。

〈漁家傲〉**賦贈北方工業大學仇校長，用東坡皎皎牽牛河漢女韻**
兄弟何庸分我女，相逢一笑人歡語。夢想朝朝還暮暮。今來處。京城石景山前浦。　　此日新知明舊雨。溫文儒雅佳風度，迎客殷勤頻叩戶。須記取。他年仍要常來去。

前一首〈漁家傲〉，見《伯元新樂府》（頁80），海峽兩岸漢語史研討會時間為2001年6月在北京社科院語言研究所舉行（參成玲等〈陳伯元（新雄）教授學行紀事年表・民國九十年辛巳。〉收於《鍥不舍齋薪傳錄附冊》)。陳先生寄望兩岸的語言文家學者，應該永遠解凍，「東風應解春心軟」,「共請雄獅睜睡眼」,「語言文字聲難斷」。

下一首〈漁家傲〉為1992年8月22日參加北方工業大學主辦「海峽兩岸文化統合研討會」，伯元師即席賦五律一首，寫兩岸初遇統合之辛酸與相見歡。並賦〈漁家傲〉樂府一首，以答謝該校仇校長，詞意則寄寓兩岸開通後的欣喜之情，深情流露且寄望深深。筆者恭逢其盛，是現場見證人之一。

2 伯元先生「語言文字學」的傳承

先生謝世的次月（2012年9月）弟子們在臺灣知名的語文期刊《國文天地》及《中國語文》做了先生逝世紀念特刊。包括「述學」與「感恩」兩類文字、後來均收入9月28日個人與李添富師弟合輯的《陳新雄教授哀思錄》(文史哲出版社)，述學的撰稿者皆前期弟子：如：林慶勳、竺家寧、姚榮松、柯淑齡、曾榮汾、司仲敖、王三慶、李添富、葉鍵得、金周生、江惜美等及師友之間的詞人黃坤堯。先生之詩學與黃坤堯、文幸福兩位唱和最久；先生之詩經學李添富承襲最多，先生之東坡文學研究，江惜美為薪傳之代表，其餘諸君，均在文字、聲韻、訓詁三方面，嶄露頭角，竺家寧的《聲韻學》(1991)享譽兩岸，其後決定出版「學術十旅」之目標，已出版《詞彙之旅》、「聲韻之旅」(聲韻學第二版)、「語音學之旅」(2016/2018)、「訓詁學之旅」(2019，新學林出版公司)等。兼及語言風格學、佛經語言研究，格局宏大，可謂青出於藍。林慶勳之於近代音研究、段玉裁與說文學、臺灣閩南語概論及日本長崎唐話唐音研究等。柯淑齡之於黃侃之生平與學術、訓詁學。曾榮汾之於漢字字樣學、文字學、詞典學、異體字辭典。金周生之於廣韻多音字、中原音韻及元代曲韻，朱熹的協韻理論及宋元以來音韻。司仲敖之於錢大昕及清代學術史；王三慶之於紅樓夢及敦煌學。葉鍵得之於十韻彙編及訓詁學。個人則忝列門牆、師大紅樓共事最久，雜學無所成，主要著述有：

（1）切韻指掌圖研究（1972年，國文研究所集刊十九號，碩論）
（2）上古漢語同源詞研究（1982年，博士論文，花木蘭文化出版社，2015初版）
（3）古代漢語詞源研究論衡（1991年初版，2015年增訂再版，臺灣學生書局）
（4）厲揭齋學思集（2012年6月初版，2013年增訂再版，文史哲出版社）
（5）臺語漢字與詞彙研究論文集（2021年，萬卷樓圖書公司出版）
（6）六十年來（1950-2010）臺灣聲韻學研究成果之評述與展望（聲韻論叢第十八輯，頁1-96，臺灣學生書局）
（7）閩南語歌仔冊的生成原理——從題材類型到語言風格（國科會101年度專書寫作計畫成果），出版中。
（8）教育部《臺灣閩南語常用辭辭典》總編輯（電子辭典）

第六本為單篇，為預定出版書的節本，此書可承續伯元師「六十年來之聲韻學」（原載程發軔主編《六十年來的國學》語言文字卷。文史哲印行單刊本，1973年）。所回顧的六十年分為前後兩段，下迄1971年。本書上起1950年，雖有二十年重疊，但評述之詳略不同，可補伯元師前書之不足。

2010年十月在河南南陽教育學院舉辦的「陳伯元先生文字音韻訓詁學國際學術研討會」，主持人為自稱為「牆外弟子」、系出北京師大的章黃同門聶振弢教授，這是中國首次為陳新雄教授舉辦的國際學術研討會，兩岸四地的語言文字學者與伯元師的部分弟子，齊聚一堂，進行兩天的研討及南陽參訪之旅。有論文集及會議大合照（見《陳新雄教授八秩誕辰紀念論文集》，頁18），大陸學者出席者有鄭張尚芳、潘悟雲、馮蒸、施向東、張渭毅、董琨、王繼如、麥耘、王立、趙麗明、喬全生、王為民、歐陽戎元、段納、王冰、于昕、謝玄等，知名《詩經》學者夏傳才教授也到了會。先生在會中發表講辭〈求學問道七十年〉，詳述學思歷程及如何走上國學研究的道路，溯自1955年先生尚在臺北建國中學時，在報刊閱讀考試院副院長羅家倫與臺灣師大國文系主任潘重規教授對推行簡化漢字的論辯，因慕名潘先生而以第一志願考入臺灣省立師範學院（臺師大的前身）國文學系，正好潘、高、林三位均在國文系任教，先生自幼聰穎，又以國文為職志，自然就具備承先啟後的條件，先生提及大學時期受知於林景伊先生最深。他說：

> 在大學四年中，影響我最深遠的老師是林尹景伊教授，林先生教我大一的國文、大二的詩選、大三的學庸、大四的訓詁學與中國哲學史等課程。我與林先生投緣，是從大一開始的。……我因為能背書又會吟誦，很得先生讚賞。……（大二時）先生看我能背書，為打好學問的基礎，乃開始教我熟悉《廣韻》二百六韻的切語上下字。這一工作，花的時間不多，但收效奇大，這是我一生學問的基礎。從此開始，乃走上研究聲韻學之道路，而無怨無悔。古人說：「莫把金針度與人。」我的老師林先生不惜把金針度與我，我也向他學習，盡把金針度與我的

> 學生，因此，在臺灣各大學教聲韻學的教師中，我的學生占了一大半。

在這篇講稿中提到幾位先生的影響，都是與先生的學植深固有關，包括聽潘石禪及唐傳基兩先生之言，四年中把《資治通鑑》讀完，並做了筆記。在小學方面，還有一位許世瑛先生，許師與董同龢都是王力先生的傳人。陳師指出：

> 許先生教我國文文法與聲韻學，因為我在學聲韻學之前，已經熟悉了《廣韻》各韻的切語上下字，所以學習聲韻學，就顯得駕輕就熟。……先生也因此特別照顧我，當時臺灣的參考書籍，非常缺乏，聲韻學的書實在太少了。先生把他珍藏的王力先生在民國二十五年出版的《中國聲韻學》（即後來的《漢語音韻學》），無私的供給我，使我在很早的時候，就有機會浸潤於王力先生學術殿堂之中，許先生更把高本漢以來的西方學者治中國聲韻的成績與方法，不厭其詳的教導我們，使我們能在原有的章黃學術基礎上，接受西方學術的薰陶，而不致於孤芳自賞、夜郎自大。這在治學過程中，特別要感謝許老師的。

從以上這兩段師承看，伯元先生從大二、三就得到兩位老師的刻意栽培，可說得天獨厚，林先生愛才，從大二就開始教《廣韻》切語上下字練習，以打好聲韻的基礎，當然也已熟知中古反切的腮理，到了大三上聲韻學時，就顯得駕輕就熟，學起來比較輕鬆，因此得到許老師的關愛，把他珍藏的王力先生的《中國聲韻學》（後改名《漢語音韻學》），供給他讀，所以很早期就能浸潤於傳統與現代音韻學，更能左右逢源，觸類旁通。這在兩岸聲韻學界，有此特殊條件的，恐怕也是第一人。如果檢驗其博論《古音學發微》一書，博大精深，融貫東西，而有自己獨創的結論與構擬系統，這也是前無古人，後不見來者的。

其實，先生的博論有三位指導教授，另一位是高明教授，也是季剛先生弟子。民國五十八年（1969）2月，先生以《古音學發微》論文榮獲國家文學博士學位，三位教授的評價分別是：高明教授稱其「元元本本，殫見洽聞」；許世瑛教授評為「成一家之言」；林尹教授更讚許為「青出於藍」。從此先生於學界，日益嶄露頭角[1]。景伊師的評價見於《古音學發微》林序：

> 既論列前人之是非得失，復有所發明，其分古韻為三十二部，及群紐古歸匣之說，皆刱見也。……於六月十日舉行論文考試，考試委員毛子水，戴君仁、陳槃、程發軔、屈萬里、高明、許世瑛、何容及余九人。僉以為聲韻之學，前修未密，後出轉精；陳生之作，述故刱新，實已邁越前人，故全票通過，授予學位，而為中華民國第七位文學博士學位。

在個人看來，把清代三百年的古音學寫成一本厚達一千三百十八頁的博士論文[2]，費時六年，已是前所未有。

高仲華先生為此書作序亟詳，最能說明此書所發之微，實集古今中外兩岸聲韻學之大成。高師也詳言其從學三師之次第。唯與伯元師及林師之序略有出入。如云：

---

1 見〈陳新雄教授事略〉，陳新雄治喪委員會。曾榮汾代撰。收入《陳新雄教授哀思錄》（姚榮松、李添富合輯）。又見《陳新雄教授八秩誕辰紀念論文集》（萬卷樓圖書公司，2）。

2 陳新雄著《古音學發微》，嘉新水泥公司文化基金會叢書，研究論文第187種，民61年（1972）一月出版。

> 陳生初從許教授詩英習聲韻，所誦者董同龢氏之書，即所謂中國語音史者是也。許、董皆王了一之弟子，於高本漢、趙元任、李方桂、羅莘田諸君素所服膺，是能用西方語音學之知識，以治中國之聲韻者也。嗣從林教授景伊習廣韻、習古音、始知自吳棫、陳第、鄭庠以來，歷顧炎武、江慎修……以至章太炎、黃季剛、錢玄同諸先生所以治聲韻學者，且進而厚培其根柢。迨余歸自香江，復從余遊，余又出所藏聲韻學及高本漢、羅莘田、王了一、周祖謨諸君晚近之述作，恣其閱覽而其學乃益進。於是新雄以所得，撰為古音學發微，凡六十萬言，都五章。

序文逐章列出所述各家姓名，而總以「言古韻部／古聲紐／古聲調者，蓋備見於此／蓋亦莫詳於是矣」。頗有一贊三歎之意。對於此書結論之評估則曰：

> 末章為結論，則綜合前賢之說，而斷之以己見：……大體本之蘄春黃君之說而更加密。其論古韻部也，以為蘄春黃君晚年所訂三十部，已奄有眾長，更益以姚文田所分之𦤎部，王了一所分之微部，乃創為三十二部之說。……所謂三十二部者，驗之於三百篇及群經、楚辭之韻腳，驗之於《說文》之諧聲，而皆有實徵，假定三十二部之音值，縱論前人撰例之得失，亦能虛心持平；於三十二部之對轉、旁轉與演變，尤能詳乎言之，竟其原委。……於複聲母問題不作輕率之結論，蓋其慎也。……要之，自有古音學以來，其包羅之豐富，條理之縝密，考證之詳確，似尚未有過於此者。雖其說未必為並世學者所採信，然

言古音者，要當有取於是。[3]

只要認真讀過《發微》一書，處處皆見其古音肌理，它不僅是一部古音百科全書，而是有條理的古音學發展史，既有清儒之考據精神，又有構擬諸家之系統比較，亦有他自己的古音系統及構擬，卓然成一家之言，為民國古音學添上重要一章。拙文《兩岸古音學之集大成者——陳伯元先生的古音學》[4]肯定了三個成就。

（1）伯元先生是民國以降，第一位以在古音學論文獲得國家博士學位者。

（2）伯元先生在古音學上的卓越貢獻有三：

A.首創古韻三十二部之說。

B.以審音為基礎，依創見與啟發之程度，總結了古韻分部之主流與旁支。

C.在黃季剛古音學的基礎上，擷取民國以來前賢的精華，融貫為自己古音學體系（含音值構擬），並以捍衛師說為己任。

（3）伯元先生在當代國學界，也是世界級的通儒。

同門林慶勳學長〈薪盡火傳——記陳伯元老師的聲韻學成就〉、金周生〈陳伯元先生《中原音韻》研究之成就與貢獻〉（均見《陳新雄教授哀思錄》輯五）；竺家寧〈論伯元先生對聲韻學的開拓與運用〉（《聲韻論叢》第19輯，頁1-17）及葉鍵得〈陳伯先生《廣韻》學之成就與貢獻〉（陳伯元先生文字音韻訓詁學國際學術研討會論文集，

3 同注4，頁2-3。

4 《陳新雄教授哀思錄》頁214-233；曾發表於「陳伯元先生文字聲韻訓詁學國際研討會」，2010年10月，南陽教育學院。

南陽學院，2010年10月），均可以印證伯元師在音韻學上的全方位著述與研究，「斐然成一家之言」。把這一系列專著按年代列出：

1969　《古音學發微》（民60年〔1971〕嘉新水泥公司文化基金會初版，文史哲出版社1972年1月第一版）
1969　《音略證補》（民66年〔1977〕重校增訂版，文史哲，1977）
1973　《六十年來之聲韻學》（民62年〔1973〕8月文史哲初版）
1974　《等韻述要》（民63年〔1974〕，藝文印書館初版）
1976　《中原音韻概要》（民65年〔1976〕初版，學海出版社）
1982　《聲類新編》（臺灣學生書局）
1984　《鍥不舍齋論學集》（臺灣學生書局）
1999　《古音研究》（五南圖書出版公司）
2004　《廣韻研究》（文史哲出版社）
2005　《聲韻學》（上、下）（文史哲出版社）
2010　《陳新雄語言學論學集》（北京：中華書局，頁311）

以上十一書前十種已可與古人「音學十書」媲美而不稍遜，若以伯元師的學術論著為主，2010年的《論學集）當可取代1982年的《廣韻新編》，列入十書，收入此集全屬伯元師1995年六十歲以後的聲韻學論文，最能代表其晚年定論，也奠定了伯元師之為「臺灣音韻學界之代表，百年章黃學派之傳人」[5]。

作為章黃學派的第三代傳人，伯元先生在文字與訓詁兩方面，也都有代表作，錄其專書出版者：

5　《陳新雄教授八秩誕辰紀念論文集》封面肖像下用語。集內還有臼田真佐子《陳新雄教授與古音研究》及門下何昆益、潘柏年、錢拓等三篇述學的論文。

1964　《春秋異文考》(嘉新水泥文化基金會出版,264頁)
1994　《文字聲韻論叢》(東大圖書公司,412頁)
1994　《訓詁學》(上)(臺灣學生書局)
2005　《訓詁學》(下)(臺灣學生書局,851頁)
2010　《文字學》(與曾榮汾合著)(五南圖書出版公司,365頁)

從成書的頁數來看,訓詁學是先生僅次於聲韻學的優先著述領域,《訓詁學》一書,兩冊出版間隔十年,是因下冊以介紹訓詁之基本要籍為主,只是上冊教程的補充、較無急迫性,又因前三章涉及古書之體例、註解、句讀及第十二章工具書之用法,包羅甚廣,故完成於退休之後。下冊完成後,書末附錄全書內容簡介,可窺全書之體大思精。

有關先生在文字、訓詁兩方面的成就,下列分成幾點來說明。先生教學五十年,主要集中於文字學、聲韻學、訓詁學、說文研究、中國文字綜合研究,古音研究、廣韻研究等幾門課,先生治學方向與講授內容多祖述師說,發皇章黃學派既有的小學功底,即形、音、義兼治的小學。曾榮汾(2015)〈陳伯元教授研治文字學的觀念與成就〉一文指出了伯元師治文字學的三個特色:

1　宗於《說文》的文字學觀念

伯元師《文字學》一書(與曾榮汾合著),即體現其研究文字的方法,從《說文》的字史、條例入手。茲錄其書六章的標目:

第一章　《說文》敘論(分六節)
第二章　《說文解字》本書之條例(分十一節,為全書之精華,故引述子目)

第一節　分部立文之條例
第二節　行文屬辭之條例
第三節　說解文字之條例
第四節　訓詁方式之條例
第五節　《說文》用語之體例
第六節　《說文》取材之條例
第七節　異部合讀之條例
第八節　複見附見字之條例
第九節　《說文》於經傳從違之條例
第十節　《說文》引經之條例
第十一節　《說文》稱古之條例
第十二節　《說文》說解用字之條例
第三章　段玉裁注《說文》之條例（凡分四節）
第四章　黃季剛先生研治文字之條例（分三節）
第五章　字樣學概說（凡分八節）
第六章　古文字學概要（凡分六節）

第四章說明先生治《說文》的師承。其中首節敘《文字聲韻訓詁筆記》所見之條例。此為季剛先生之姪黃焯（字耀先）當年聽講的筆記，上海古籍出版社，以手稿出版（1983），同年木鐸出版社有影本。2006年中華書局重新校排成鉛字本，改名《黃侃國學講義錄》，是由季剛先生哲嗣黃延祖主其事。除文字學筆記、聲韻學筆記、訓詁學筆記外，新收入《說文解字序講義》（孫世揚編次）一文，為第一次出版。本章第二節為「林景伊先生歸納黃侃治《說文》之條例疏釋」，根據林先生親自整理並授予諸生者，昔謝雲飛《中國文字學通論》曾於〈附錄〉中載十八條。謝君亦載林先生授課之聲明，謂此條例是林先生歸納整理，以為本人之研究途徑，並非黃先生之原文，黃先生亦未有此類條例發表。據伯元師受之於林師者實有22條，已見其〈說文解字之條例〉一文[6]；本書第四章重新歸納為六項，新加疏釋。

壹、論述語根之說（1、2、3）

貳、論述《說文》音讀之說（12、13、19、20、21）

參、論述形聲字之說（6、8、4）

肆、論述形聲與假借之說（5、16、17、18）

伍、論述無聲字多音之說（7、9、10、11、14、15）

陸、論述《說文》之依據（22）

由此可見先生之《文字學》旨在闡揚黃季剛研治《說文》之條例，並與舊刊《文字聲韻訓詁筆記》參互比較，舉例詳實（均附上古擬音），時加按語，均可見先生祖述季剛之學，不遺餘力。

值得注意的是〈無聲字多音之說〉，林師的二十二條中凡有五條，黃焯的筆記只有「一字多音」一條，雖舉數例說明「一字多音之理，在音學上必須證明，而後考古始無蹇礙」，終未酣暢，林師第九例立說明確：「形聲字有與所從聲母聲韻畢異者，非形聲字自失其例，乃無聲字多音之故。」在林師的《文字學概說》裡，已將形聲字聲韻關係最奇怪的「聲韻畢異」一類，視為形聲正例的第五類，並點明「在造字時，一定與所從聲符具有聲韻的關係。」伯元師1972年即撰成〈無聲字多音說〉一文，發表於輔仁大學人文學報第二期（1972年1月）。後收入其《鍥不舍齋論學集》，頁515-553），分為五項：

6 原載《香港浸會學院學報》第九卷，頁1-13，1982年。後續發表於《木鐸》第十期，頁51-77，臺北：中國文化大學中文所，民國73年（1984）6月。並收入《文字聲韻論叢》（東大圖書公司，1984年）。

一、無聲字之意義；二、無聲字多音之原因；三、無聲字多音號之歷史；四、無聲字多音之例證；五、無聲字多音說之作用。此說將黃季剛幽微講稿中的古音與文字的關係，形成學說並加以深入化，由此可以直探語言文字刱作初始與語源，代表伯元師的文字學雖以《說文》為主，卻是任何想要治好小學必不可少的奠基工程。

2　闡揚師門無聲字及轉注的說法。

前者已如上述，後者伯元師因推崇太炎的以「音轉說」解釋轉注，故於文字學、訓詁學的教學與著述，均獨尊章氏之〈轉注假借說〉一文，因撰〈章太炎先生轉注假借一文之體會〉一文（刊《國文學報》第21期，1992）並收入中國文字學會主編《文字論叢》第二輯（文史哲，2004）及所著《訓詁學》上冊，63-71頁。第二章「訓詁與文字之關係」一節，與章氏〈轉注假借說〉一文相映，使伯元師的訓詁學更是原汁原味的章黃一脈。

3　強調文字條例的研究法

曾榮汾教授強調大二時上陳師「文字學」課，第一學期先講概論，再講《說文解字．敘》，論及「六書」時，要求參考《說文解字詁林》的資料，作業則要求填列「《說文》五百四十部首」及分析六書分類。在探討《說文》體例時，特別強調《說文》條例及段注條例的重要（以上見《哀思錄》，頁202）。因此文字學的下一學期，幾乎都在講《說文》的條例，也因此晚年所撰《文字學》前四章，條例部分就占了三章，所以如果說伯元師治理文字的方法有何特色，除了對「字史」的了解，應該就是對條例的重視了。這三章「條例」包括了許慎、段玉裁、黃季剛三家對〈說文〉的理念和方法。榮汾特別強調「伯元師舉此三家，分析條例，表面上似乎述而不作，但闡發學術方法的用心，是可以細加體會的。」（以上見《哀思錄》，頁209）尤其第四章，是伯元師用來發揚師說精義，所以特見用心，綜合了黃焯整理的筆記及林師傳承的二十二例及季剛先生最重的著作《說文略說》。伯元師總結季剛先生治文字之法有十：

一　研治文字必據《說文》。

二　研治文字必究六書。

三　研治文字必兼形音義。

四　研治文字必溯語根。

五　研治文字必析初文。

六　研治文字必重形聲。

七　研治文字必知演變。

八　研治文字必慮時宜。

九　研治文字必參字書。

十　研治文字必識部首。

綜觀先生在小學方面，「文字學」的論著相對較少，而晚年撰寫《文字學》一書時，精神體力已差，所以初看全書似乎資料不多，見解又傳統，讓人有種不符時代潮流，並非「文字學」新著的觀念，然全書在整體規畫上，納入了「字樣學」與「古文字學」兩章，成為另一種特色，雖然這兩章成於高足曾榮汾之手，但這應當是「字樣學」被融入「文字學」專著的第一部。伯元師早年參與教育部標準字體的研訂，並先後參與六本字辭典的編輯（如華岡的中文大辭典及三民的《大辭典》或主編（如聯貫出版社的《字形匯典》五十鉅冊）。並建議教育部編輯《異體字字典》，身為副主任委員，榮汾又是該字典數位化的主持人，從中體驗「字樣」正是字書編輯的主體，是聚合形音義的書寫標準，所以文字學不能捨「字樣」而不論，在「古文字學」的部分，他重視這塊園地已有的成就，是他繼承章黃暨景伊師說而更邁進一步。可惜天不假年，未能完成於其手，然而把「說文學」、「字樣學」和「古文字學」視為伯元師心中完整的文字學理念，應該是符合伯元師的初衷的。

最後，我們談伯元師在訓詁學方面的成就。柯淑齡教授〈陳新雄伯元先生及其訓詁學〉一文（《哀思錄》，頁192-200）曾將黃季剛《訓詁述略》（制言第七期1933）及高足林景伊先生《訓詁學講授大綱》與先生高足伯元先生《訓詁學》（上冊）中有關訓詁學界說作了對照，說明伯元先生的訓詁學「一本師說，參以前賢之論著，更益以自己研究之創見，教學之心得等，撰成《訓詁學》上下二冊，全書十二章，為研究訓詁學者所不能或缺的專著。」（《哀思錄》，頁196），特別指出伯元師〈訓詁方式中義界與推因之先後次第說〉一文，「互訓」、「義界」、「推因」三者，學者多有不同，而伯元師以為推因居後，正符《訓詁述略》之次第。又指出伯元師於反訓的原因，歸納為四類。最後做了清楚的總結。

依個人看法，伯元師撰寫訓詁學時（1993年以前）的學術條件，大陸訓詁學會成立於1981年5月，此後十二年間，訓詁學教材如雨後春筍，伯元師面對大量的材料，不得不擇善而從，也儘量反映新的形勢，廣納諸家異見。但他自己的訓詁學（上冊）即前七章，完全承襲景伊師《訓詁學概要》的架構，標題幾乎全相同。即：

第一章　訓詁之意義（林師作：緒論）

第二章　訓詁與文字的關係

第三章　訓詁與聲韻的關係

第四章　訓詁之方式（改動林師二、三節對調）

第五章　訓詁之次第

第六章　訓詁之條例

第七章　訓詁之術語

因為特重聲韻，所以第三章加詳，援引陳澧反切系聯條例，加上自己的「補例」，古韻研究則簡介了鄭庠以下十二家的分部概況，近代五家分別為：（八）章炳麟；（九）王力；（十）戴震；（十一）黃侃；（十二）陳新雄。前二家是考古派，後三家是審音派，完全援用王了一先生的看法，最後附上伯元師三十二部的讀法，採用最新的三元音[-ə] [-ɐ] [-a] 及十一種韻尾（-o，-k，-ng；-u，-uk，-ung；-i，-t，-n；-p，-m），此一擬測已見其〈論談添蓋帖四部說〉一文。也見於《古音研究》。從《古音學發微》的八個元音的系統精簡為三元音系統，說明伯元師並非保守、固執的古音學者，這點頗有師法周子範先生的氣質。

《訓詁學》下冊將景伊師《概要》的第八章「訓詁學的根柢書籍」，保留至第十一章「訓詁學的基本要籍」，新增了四章如下：

第八章　古書之體例

第九章　古書之註解

第十章　古書之句讀

第十一章　工具書之用法（凡分十六節）

可見伯元師在訓詁的理論及教學原理，兼有創新，唯有謹守師說加上自己的創新，才能在百年來的章黃學派第三代拔得頭籌。

三　結論：
林、陳二師對章黃學術傳播的時代意義與發展方向

一代有一代的學術，章黃學誕生於二十世紀初葉，在民初以章太炎為首的國故派，是結合國族主義，把傳統文化作為振興國魂之利器，故章黃皆參加了革命組織，章氏還繫獄重生，黃季剛在北大的環境，也是一個孤掌難鳴的氛圍，然而彼此理念相同，頗知相惜，以師徒相稱，此種雅量，實已超越古今名賢。

季剛先生惜墨如金，生前著述有限，天不假年，方其時閉門讀遍群經小學典籍（如圈點《說文》、《廣韻》、《爾雅》等）並以細筆、紅墨分色，留下大量眉批註釋，未及撰成著述，其學術框架，已在講授中成為學生的筆記，雖然不及其他整理成書的文集，如《說文箋識》、《廣韻校錄》、《爾雅音訓》、《文選評點》等近十種來得豐富，但是作為小學的根柢，《文字聲韻訓詁筆記》（即後出的《黃侃國學講義錄》），一旦這些筆記、講義轉化成數十本的教科書，例如：陸宗達的《訓詁簡論》，陸宗達、王寧的《訓詁方法論》，王寧的《訓詁學原理》，還有林尹的《中國聲韻學通論》（另有修訂增注的林炯陽注釋本）、《文字學概說》、《訓詁學概要》，陳新雄的《古音學發微》、《音略證補》、《廣韻研究》、《聲韻學》（二鉅冊）、訓詁學（二冊）、《文字學》等專著或教程、內容有鮮明的闡揚師說的章黃小學的色彩，兩岸的章黃學者隨著學術研究的開放（如八十年代訓詁學在大陸的復生），九十年代兩岸章黃學術的交流及互動（包括教科書的互相取法），培養出大批研究古音、《說文》、《爾雅》之專家，及整理季剛先生遺著，闡釋章黃詞源學，漢字音義系統，字源與詞源及其所牽動的民俗文化的考掘，在在都顯示它是挖不完的礦山，今後應如何在既有的成果上，發揮章黃學術的全體大用。

首先，語言學已是廿世紀以來的主流，章黃的語言文字學，不是傳統小學的代名詞，而是漢語言學的一個結合考古、比較互證、新材料、新論述，結合師承與創新的新時代，過去海嶠黃門三弟子風起的氣勢已經不在，臺灣章黃二代也已逐步告別學術講臺，章黃小學的流傳，有待文字整理，章黃學術的支脈有賴學案式的列傳的編纂，章黃經典文存，多已重版再鐫，似乎宜有兩岸三地（含港澳）的章黃學會的聯絡中心，可以規畫成立，讓更多的林景伊文教基金會，能成為學術的泉源活水，鼓勵更多人探討這百年學派，如此，方能看到這個學派存在的意義。

站在章黃第四代，我們應該闡揚的是國故、國學永遠是立國的命脈，學習師承的前世因緣，如何光大漢語言文化的傳統，如何創造新的傳統，似乎必須檢討經典普及化的做法，今後的紀念會、研討會是否在書法切磋、詩歌朗誦以外，有更多的藝文或語文活動，鼓勵更多年輕世代的參與，例如著作展覽，第二代名師故居參訪等。

此外，成立章黃學圖書館，建立章黃學術網路，鼓勵研究生以章黃為課題，撰寫專題，對百年流傳的學派，進行更深入的探微，建立章黃學術全史。這是我寫完此文，心中呼喚的議題或節目。

《六書音均表》、《成均圖》兩「均」字不讀「韻」字辨

何大安
中央研究院院士

摘要

「均」、「韻」二字，形音義本皆不同，段玉裁為薛尚功《歷代鐘鼎彝器款識法帖》所誤，以為古今字；第於用法上仍存其異。然而學者依違其間，孰為正讀，不免茫然。本文據出土實物，破其疏謬。或可使字各有歸，而音得其宜。

關鍵詞：《六書音均表》、《成均圖》、均、韻

秦漢以前無「韻」字，「均」、「韻」亦非古今字，前曾著文考明。[1]今請進論《六書音均表》、《成均圖》兩「均」字之讀音。

《說文解字注》附《六書音均表》載段玉裁〈寄戴東原先生書〉一通，言其撰作始末，曰：

> 為表五。一曰〈今韵古分十七部表〉，別其方位也。二曰〈古十七部諧聲表〉，定其物色也。三曰〈古十七部合用類分表〉，洽其恉趣也。四曰〈詩經韵分十七部表〉，臚其美富也。五曰〈群經韵分十七部表〉，資其參證也。改名曰《六書音均表》。均，即古韵字也。《鶡冠子》曰「五聲不同均」，成公綏曰「音均不恒」。陶者以鈞作器，樂者以均審音。十七部為音均。音均明而六書明，六書明而古經傳無不可通。玉裁之為是書，蓋將使學者循是以知假借、轉注，而於古經傳無疑義；而恐非好學深思尠能心知其意也。

此段氏自言「音均」乃「以均審音」之義；其為審音之均，而非今之所謂「聲韻」之「韻」，明矣。第「均，即古韵字也」一語，為人所誤，請詳下。

《說文》土部：「均，平徧也。从土勻，勻亦聲。」大徐居勻切。段《注》：「勻者，帀也。平徧者，平而帀也。言無所不平也。」《廣韻》諄韻居勻切，「平也，又學曰『成均』。亦州名。」。均本平土之名，施之於樂，則為「調音」，樂師掌之。《周禮・春官・大司

---

1 何大安，〈音韻與人品〉，收入張洪年等編《漢語與漢藏語的前沿研究——丁邦新先生八秩壽慶論文集》（北京：社科文獻出版社，2016），頁110-120。又，本文所引《六書音均表》，據《說文解字注》（經韵韻樓藏。臺北：藝文印書館，1999年）；《成均圖》，據龐俊、郭誠永，《國故論衡疏證》（北京：中華書局，2008年）。

樂》「掌成均之灋，以治建國之學政，而合國之子弟焉。」鄭玄《注》引鄭司農曰：「均，調也。樂師主調其音，大司樂主受此成事已調之樂。」又引董仲舒「成均，五帝之學」之說曰：「『成均之法』者，其遺禮可法者。『國之子弟』，公卿大夫之子弟當學者，謂之國子。《文王世子》曰：『於成均以及取爵於上尊。』然則周人立此學之宮。」此即《廣韻》「學曰『成均』」之所本。其諸「均」字，並讀「居勻切」。

樂師既主均其音，而持以為「均」之準的者，亦謂之「均」，或「音均」，其質以木者，則謂之「均鐘木」。[2]《國語・周語下・景王問鐘律於伶州鳩》條載：

> 王將鑄無射，問律於伶州鳩。對曰：「律，所以立均出度也。古之神瞽考中聲而量之以制，度律均鐘，百官軌儀，紀之以三，平之以六，成於十二，天之道也。」韋昭《注》：「均者，均鐘木。長七尺，有弦繫之，以『均鐘』者，度鐘大小清濁也。漢大予樂官有之。」

其「立均出度」之「均」為名詞，「度律均鐘」之「均」為動詞。〈寄戴東原先生書〉所引「五聲不同均」、「音均不恆」、「樂者以均審音」之諸「均」字，皆此名詞也。「十七部為音均。音均明而六書明，六書明而古經傳無不可通」者，以「十七部」當六書之「音均」，以明各部遠近，猶夫樂師以「音均」度鐘，以別其大小清濁也。故「音均表」者，「準的表」也，其為表五，各效均準之用。此與今人之製「音韻表」以示聲韻調之分布配合者，絕不相同。

---

2 均鐘木，今有出土實物可證。詳見何大安，〈音韻與人品〉，頁112，註3。

自段氏之言「音均」，學者乃能據均準之遠近而益明弇侈相轉之通理。於是孔廣森著《詩聲類》，暢其陰陽對轉之說，而章太炎非之，以為孔氏徒列陽聲陰聲於上下，魚貫相對，轉失拘閡。章氏遂作《成均圖》，並自釋其例曰：

> 今為圜則正之，命曰《成均圖》。《成均圖》者，大司樂掌成均之法，鄭司農以均為調。古之言韵曰均，如陶均之圓也。[3]

明襲「成均」之名，兼採「調圓」之義。其「均」字用法本之動詞「調」，復名語化如鄭司農之「成事已調」，故曰「成均」。所謂「圜則正之」、「陶均之圓」者，《說文》口部：「圜，天體也。从口瞏聲。」大徐王權切；又「圓，圜全也。从口員聲，讀若員。」大徐王問切。段《注》：「圜者，天體。天屈西北而不全。圜而全，則上下四旁如一，是為渾圓之物。」章氏之意，此圖乃以「圜法正孔氏對列法之失」，而圖中各部之相轉，其勢則如「陶均之徧圓」也。故〈成均圖〉者，「以均成調之藍圖」也。段氏均以「表」，章氏均以「圖」，其立「均」為準的之旨皆相同。章氏以圜為象，以轉為勢，故能特喻「陶均調圓」之義，此其異也。

段氏曰：「均，即古韵字也。」章氏曰：「古之言韵曰均。」此蓋緣大徐所引，而姑備一說之詞。案：「韵」即「韻」之別體。二名並《說文》所無，大徐新附以「韻」為正，注之曰：「和也。从音員聲。裴光遠云：『古與均同。』未知其審。王問切。」光遠，唐懿宗時人。是「均韻古今字」為晚唐人說，然亦「未知其審」者也。今知「韻」字晚出，與「均」字形音義無一相合，其非古今字甚明。又

3　龐俊、郭誠永，《國故論衡疏證》，頁47。

《類篇》音部：「韻，筠吻切，音和也。或作韵。又並王問切。《說文》：[4]『和也。』」「員」、「匀」本不同聲韻，唐宋音變，其別漸泯，故「韻」、「韵」同字，而又並音「王問切」。段氏注《說文》，「均」下絕不言「韻」、「韵」一字；而捨《六書音均表》外，凡語及韻部、韻名，亦絕不書「均」。章氏立法亦同，惟《成均圖》作「均」，其他則皆為「韵」。此可證淄澠之辨，二君固察之至審也。

《六書音均表》又載吳沖之〈序〉曰：

> 其言「音均」，何也？曰：「古言均，今言韵也。」「韵」、「韻」皆不見於《說文》，而「韵」則見於薛尚功所載〈曾侯鐘銘〉是也。

案：此本段氏《經韻樓集・卷七・薛尚功歷代鐘鼎彝器款識法帖二十卷寫本書後》[5]之說。其特別「韵」、「韻」為二者，段氏以「韵」為雅、以「韻」為俗，故也。乃「均」與「韵、韻」形音義皆不類，其非一字之古今體，不足辨。至依段氏舉〈曾侯鐘銘〉有「韵」字者，則大謬。〈曾侯鐘銘〉見於薛氏《歷代鐘鼎彝器款識法帖》，[6]銘有楚王名，曰：「楚王韵章」（圖一、圖二）。其銘與1978年隨縣曾侯乙墓所出〈楚王酓章鎛鐘〉（圖三）鑄銘全同，[7]所謂「韵章」，當釋作

---

4 《類篇》所引《說文》，亦大徐校本，非許慎原書也。

5 清・段玉裁《經韻樓集》。（鍾敬華校點。上海：上海古籍出版社，2008。北京：社科文獻出版社，2016），頁150-152。又一本《經韻樓集，附補編・兩考》。（趙航，薛正興整理。南京：鳳凰出版社，2010）上冊，頁145-147。

6 宋・薛尚功《歷代鐘鼎彝器款識法帖》（臺北：廣文書局，1972/2013），頁105-106。

7 〈楚王酓章鎛鐘〉出土後，釋讀者眾。其最近之研究成果，請參閱方建軍，〈楚王酓章鐘「商商穆」試解〉，《黃鐘：武漢音樂學院學報》，2015年第1期，頁60-63。「商商穆」為該鐘之編款，紀所當之音階；其中重一「商」字，為複刻。因與紀事銘文鑄刻部位不同，網傳拓本或省，故圖三從略。

「酓章」，即《史記》所稱之「楚惠王熊章」是也。[8]「酓」，从今从酉。薛氏以為从勻从音作，蓋本趙明誠《古器物銘》之釋。今實物俱在，字跡宛然，可以證趙、薛兩氏釋字之誤。「均」與「韵、韻」為古今字之的證既迄無所見，段、章二氏於「均」與「韵、韻」之分用又極致精審，然則《六書音均表》與《成均圖》之兩「均」字究以何音為正，從可知矣！

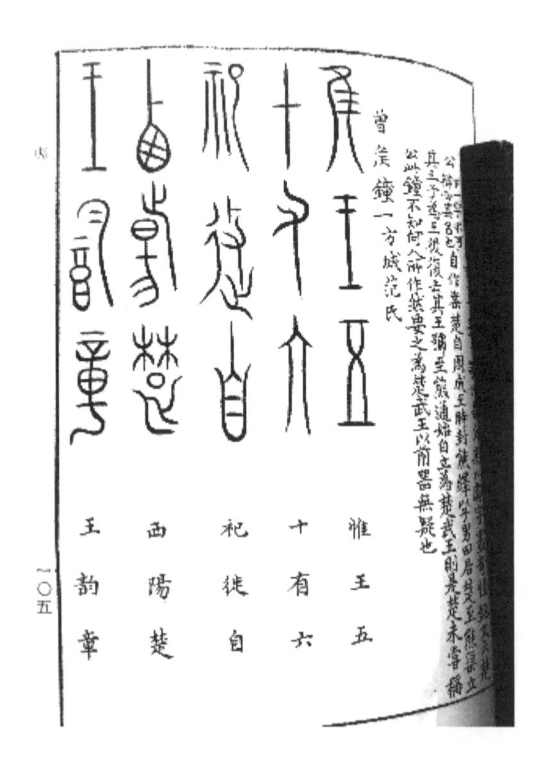

圖一

8 楚器王名之「酓」字，今人據古籍異文例，考定即《史記》所傳之「熊」字，如「酓忓」（見壽縣所出〈楚王酓忓鼎〉）、「酓章」，即「熊忓」、「熊章」，確不可易。「酓」，段氏古音第七部，「熊」第八部；俱喉聲。音近，故通。又「酓」實「歙」之省變，本象俯首就器啜飲之形。其字形演變之跡，與諸家疏釋大要，請參閱李圃、鄭明主編《古文字釋要》（上海：上海教育出版社，2010），頁837-838。

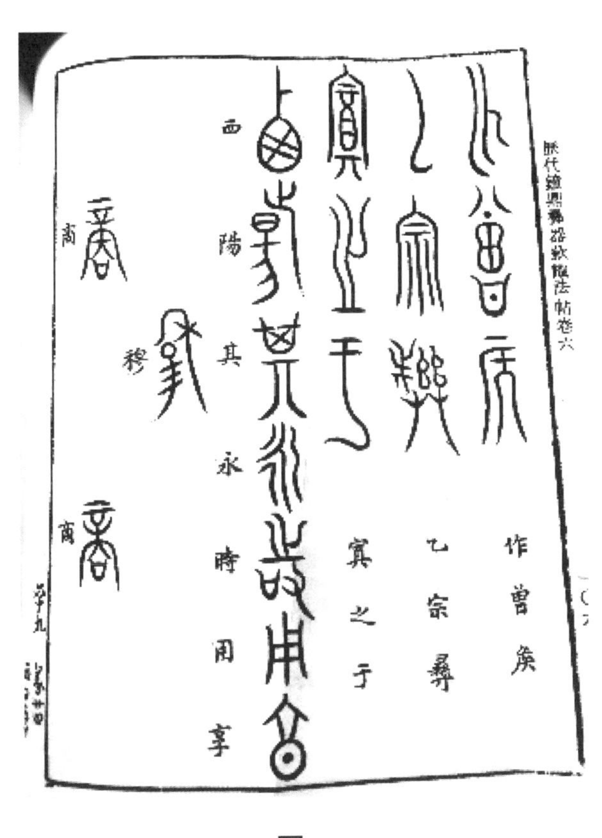

圖二

圖三

釋文：隹王五十又六祀，返自西
陽，楚王酓章乍曾侯乙宗
彝，寘之於西陽，其永時用享。

方言同源詞不規則對應的一種可能

楊秀芳
臺灣大學中國文學系名譽教授

摘要

本文以廣州話、梅縣話、廈門話為例，說明及物動詞「截斷」義同源詞「斷」在方言間無法呈現應有的語音規則對應，其原因在於古漢語「斷」的形態變化具有多樣性與多層性。

廣州話「截斷」義繼承「不以音別義」類型，讀同不及物動詞定母上聲的「斷絕」義；梅縣話「截斷」義繼承改讀端母上聲的「以音別義」類型；廈門話「截斷」義只有「斷臍」一例繼承「以音別義」類型，「斷根」、「斷奶」則「不以音別義」，仍讀定母上聲，是這項形態變化的詞彙擴散殘餘。

由於方言繼承不同的音義形態，因此使得「截斷」義同源詞「斷」在方言間呈現為不規則對應的關係。

關鍵詞：同源詞、不規則對應、形態變化、多樣性、多層性

一　前言

方言同源詞來自共同的祖語，語音上具有規則對應，但有些方言的同源詞呈現不規則對應，有必要了解其原因，俾能解除疑惑，增進對漢語的認識。

本文以粵、客、閩方言為例，指出有些同源詞的不規則對應是由於漢語形態構詞具有多樣性與多層性，[1]方言繼承不同的音義形態，使同源詞無法呈現應有的語音規則對應。

二　漢語的派生構詞

「派生」是上古漢語單音節詞的一種構詞管道，[2]其變化方式多樣，同一個詞在方言間的形態表現可能不同，例如或以音別義，或不以音別義，[3]呈現在《經典釋文》（以下簡稱《釋文》）中，便成為各家的「異讀」。

《釋文》撰作目的主要是由於經典多「同形異音異義」材料，常

---

1 楊秀芳，〈漢語形態構詞的多樣性與多層性〉，《中國語言學集刊》，第10卷第2期（2017年12月），頁298-328。

2 「派生」是單音詞出現在不同的句法結構或採取不同的認知角度，因而產生新詞性或新詞義的構詞現象。「派生」有兩種類型：（一）單音詞在原來的用法之外，由於出現在不同的句法結構，因而轉化為不同的詞性，具有了不同的功能。如「衣」原是名詞，讀平聲，在句中作主語或賓語。當「衣」出現作謂語，「衣」便派生為動詞，表示「穿衣」，語音則從平聲改讀去聲。（二）單音詞在原來的詞義之外，由於採取不同的認知角度而轉化出不同的詞義。如「買（購入、上聲）」、「賣（售出、去聲）」同為交易行為，所採認知角度不同，便或為「購入」，或為「售出」，詞義因此派生為二。

3 《穀梁傳・僖公十年》「吾苦飢」表示「我為飢餓所苦」，《經典釋文》曰「苦，如字。又枯路反。」這個「苦」是被動態用法，方言間或不以音別義，讀同形容詞的「如字」上聲；或以音別義，改讀為去聲「枯路反」。

使人誤讀其音，誤解其義，因此需要注音，藉以明辨其義。於此撰作目的之下，《釋文》所收各家異讀，主要是與區別音義有關的讀音之異，而非如《切韻》的收錄南北方音。[4]

《經典釋文．敘錄》曰「方言差別固自不同，河北江南最為鉅異。或失在浮清，或滯於沈濁。今之去取，冀祛茲弊，亦恐還是鷇音，更成無辯。」其「鷇音無辯」說明南北方音以己為是，以人為非，浮清沈濁，是非難斷，猶如鷇鳥之音，有聲無辯。於此可知，陸德明著書的主要目的，並不在記錄方言語音的差異，與《切韻》不同。

從方言的歷史音韻研究中，可以探知各方言的古今音變，從而得出方言之間同源詞的語音規則對應。但如果方言同源詞各自繼承不同的音義形態，便會導致無法呈現應有的規則對應。例如嬰兒「斷奶」之「斷」，廣州話讀thyn4，[5]梅縣話讀ton3，[6]thyn4與ton3雖然都同源自「斷」，但聲調對應不規則。下文將探討說明，這是因為廣州話和梅縣話繼承不同的音義形態，因此語音對應不規則。

三　「斷」的音義表現

在討論方言「斷」的語音對應問題之前，需先根據《釋文》說明古漢語「斷」的四種音義，如表一所示。

---

4 《釋文》所收詞性、詞義無異而有異讀者，則應是方音之異。如《詩．豳風．東山》「蠨蛸在戶」，毛傳曰「蠨蛸，長踦也。」「踦」字《釋文》曰「起宜反。今詩義長踦，長腳蜘蛛。又巨綺反。又其宜反、居綺反。」由於長腳蜘蛛的名稱既無詞性之異，也無詞義之異，因此《釋文》所收這些異讀，應為方音之異，而非形態異讀。

5 白宛如，《廣州方言詞典》（南京：江蘇教育出版社，1998年），頁354。本文以1、2、3、4、5、6、7、8分別代表陰平、陽平、陰上、陽上、陰去、陽去、陰入、陽入。

6 黃雪貞，《梅縣方言詞典》（南京：江蘇教育出版社，1995年），頁188。

表一

反切	詞性	詞義	文獻用例
(1)徒管反	不及物動詞	斷絕	瘖、聾、跛躄、斷者、侏儒,百工各以其器食之。(《禮記・王制》注:斷,謂支節絕也)
(2)丁管反(音短)	及物動詞(賓語指涉具有連續性質的具象或非具象事物)	截斷	斷足如遺土。(《莊子・德充符》注) 實始翦商。(《詩・閟宮》箋:翦,斷也)
(3)丁亂反	及物動詞(賓語指涉需以心智判斷的事物)	決斷	以剛斷制。(《易・夬》注)
(4)徒亂反	名詞	所斷之物	帶其斷以徇於軍三日。(《左傳・襄公十年》)

這四種異讀音義相近,具有派生關係。其來源語是列位第一的不及物動詞「斷」,因出現在不同的句法結構而派生出後面三種異讀。為區別方便,以上音義可表示為「斷(定上斷絕)」、「斷(端上截斷)」、「斷(端去決斷)」、「斷(定去所斷之物)」。

(1)不及物動詞「斷(定上斷絕)」

《禮記・王制》「瘖、聾、跛、躄、斷者、侏儒,百工各以其器食之」,注曰「斷,謂支節絕也。」這樣的「斷(定上斷絕)」為不及物動詞,說明肢體斷絕不連續的狀態。

《說文》曰「𣃔,截也。从斤㡭。㡭,古文絕。」段注云「今人斷物讀上聲,物已斷讀去聲。」所謂「今人斷物讀上聲」指及物動詞端母上聲讀(詳下(2));「(今人)物已斷讀去聲」指不及物動詞定母上聲讀，受近代「全濁上聲讀同去聲」音變影響而讀去聲。「物已斷」表示物體不連續的狀態，正是指不及物動詞「斷（定上斷絕）」。

（2）及物動詞「斷（端上截斷）」

《說文》「斷」字段注云「今人斷物讀上聲」，乃古漢語端母上聲反映到清代的音讀。此讀來自不及物動詞「斷（定上斷絕）」的使動化，因後接使動賓語的結構與「及物動詞接受事賓語」結構相同，後來使動結構「斷物」（使某物斷絕）遂被理解為述賓結構，成了「截斷某物」之義。[7]至此，「斷」成了及物動詞，改讀端母上聲，「斷（定上斷絕）」遂轉化成「斷（端上截斷）」。

《莊子・德充符》注「斷足如遺土」，《釋文》曰「斷，丁管反」。「斷」字讀端母上聲，便因為「斷足」已由使動結構（使足斷絕）轉化為述賓結構（將足截斷），因此讀「斷（端上截斷）足」。

「斷（端上截斷）」的賓語除了是具象物體，如「斷（端上截斷）足」之例，也包括可論其是否存續的非具象事物。如《詩・魯頌・閟宮》「后稷之孫，實維大王，居岐之陽，實始翦商」，箋云「翦，斷也。大王自豳徙居岐陽，四方之民咸歸往之，於時而有王跡，故云是始斷商。」《釋文》曰「斷，音短。」殷商被滅而可稱「斷（端上截斷）商」，這是由於放寬了對賓語性質的限制。

從語言的發展邏輯來看，「斷（定上斷絕）」表示具象物體的斷絕，則其使動賓語應屬具象的物體，並且因此可知由之發展而來的「斷（端上截斷）」的賓語原本也應該是具象物體，後來才放寬限制，非具象事物（如殷商之國運）也可作為賓語。

7　蔣紹愚，〈內動、外動和使動〉，《語言學論叢》第23輯（2001年3月），頁36-50。

(3) 及物動詞「斷(端去決斷)」

《說文》「斷」字下，段注云「引申之義為決斷，讀丁貫切。」「決斷」義讀端母去聲，也來自不及物動詞「斷(定上斷絕)」的派生。

「斷(端去決斷)」為及物動詞，其受事賓語不是具象的物體，而是需以心智判斷的事物。如《易·夬》注「以剛斷制」、《莊子·田子方》「事至而斷」等。

「斷(端去決斷)」與「斷(端上截斷)」都是及物動詞，前者賓語為抽象事物，後者為具象物體。因賓語性質有異而派生為不同的音義，這在古今漢語中並不少見。[8]

從語音及賓語性質之異來看，「斷(端去決斷)」與「斷(定上斷絕)」的差異比較大，不容易由「斷(定上斷絕)」直接派生出「斷(端去決斷)」，因此可以推知，與「斷(定上斷絕)」有直接派生關係的應該是「斷(端上截斷)」而非「斷(端去決斷)」。

換言之，從「斷(定上斷絕)」到「斷(端去決斷)」，經過了兩次派生：

---

8 這類派生，如：(1) 及物動詞「語」後接直接賓語(說話內容)讀上聲(《莊子·秋水》「可與語大理矣」)；後接間接賓語(說話對象)讀去聲(《論語·陽貨》「居，吾語女」)。(2) 不及物動詞「下」的使動賓語若為具象物體(《左傳·襄公二十一年》「下冰而床焉」)讀「胡雅切」；使動賓語若為抽象事物(《周易·訟》王注「以剛處訟，不能下物」)讀「胡駕切」。(3) 不及物動詞「先」的使動式，若接使動賓語(《左傳·文公二年》「先大後小」)讀「蘇前切」；若接處所賓語(《周易·乾》文言「先天而天弗違，後天而奉天時」)讀「蘇佃切」。(4) 梅縣話「上」後接處所賓語(上樑：爬到樑上)讀陰平調soŋ1，後接使動賓語(上樑：架樑)讀上聲soŋ3。(5) 廈門話「上」後接處所賓語(上山)讀不送氣聲母tsiũ6，後接使動賓語(上水：汲水而上)讀送氣聲母tshiũ6。(楊秀芳，〈漢語形態構詞的多樣性與多層性〉)(6) 不及物動詞「見」後接與主語有隸屬關係的使動賓語(《禮記·檀弓》「高子皐之執親之喪也，泣血三年，未嘗見齒」)讀匣母去聲；後接與主語沒有隸屬關係的使動賓語(《莊子·山木》「螳螂執翳而搏之，見得而忘其形」)讀見母去聲(楊秀芳，〈論「見」的派生〉，《李方桂先生百秩晉二十紀念論文集》，排印中)。

第一次是不及物動詞「斷（定上斷絕）」的使動用法，因後接具象物體的使動賓語而派生出及物動詞「斷（端上截斷）」。第二次則是在「斷（端上截斷）」的基礎上，為區別「需以心智判斷的事物」這類賓語，因此改讀為去聲，派生出「斷（端去決斷）」，以便與「斷（端上截斷）」區別。

（4）名詞「斷（定去所斷之物）」

《莊子・天地》「百年之木，破為犧尊，青黃而文之，其斷在溝中。比犧尊於溝中之斷，則美惡有間矣，其於失性一也」，《釋文》曰「其斷，徒亂反。下同。」「其斷」與「比犧尊於溝中之斷」，二「斷」字或作主語，或作賓語，都屬名詞性質，指「斷木」。

又《左傳・襄公十年》曰「主人縣布，堇父登之，及堞而絕之。隊，則又縣之，蘇而復上者三，主人辭焉，乃退。帶其斷以徇於軍三日。」《釋文》曰「斷，徒亂反。」「帶其斷」之「斷」為受事賓語，屬名詞性質，指「斷布」。

「其斷」、「溝中之斷」、「帶其斷」之「斷」，是由動詞「斷（定上斷絕）」派生轉化而成為名詞，改讀去聲，表示「所斷之物」。

四　廣州話、梅縣話、廈門話「斷」的音義表現

（一）廣州話[9]

thyn4— ①分成兩段、貨物脫銷：「斬斷」、「整斷咗枝竹」（弄斷了一枝竹子）、「斷線」（線路斷絕）、「斷路」（機會斷絕）、「斷市」（市場交易停止）。

②截斷：「斷水」、「斷奶」、「斷尾」（除去病根）。

9　白宛如，《廣州方言詞典》，頁354。

tyn5— ①斷定:「判斷」、「斷定」。

②表示估計的副詞:「斷怕唔係」(恐怕不然)、「斷估」(靠估計、瞎猜)、「食成斷搶噉樣」(吃得就像搶的一樣,形容吃得快)。

③論(斤、件、個等):「斷斤買」、「斷碗飲酒」。

④絕對:「斷斷唔會嘅」(絕對不會的)。

tyn6— ①分成兩段:「藕斷絲連」、「斷送」、「一刀兩斷」。

②截斷:「斷電」。

thyn4①的「斷」或作補語,如「斬斷」、「整斷」,「斷」表示「斷絕」,是不及物動詞。「斷線」、「斷路」、「斷市」都是「斷」接主事者,[10]「斷」也是不及物動詞。②「斷水」、「斷奶」、「斷尾」的「斷」為及物動詞「截斷」義,賓語為具體事物。

tyn5①表示「決斷」,賓語不是具體事物,通常與心智活動或文明事物有關。如說「判斷」、「斷定」。詞義虛化為副詞之後,表示「正是……」、「就像……」、「依靠……來斷定」,如說「斷怕唔係」(正恐怕不然)、「食成斷搶噉樣」(吃得就像搶的一樣)、「斷估」(靠估計、瞎猜)。

「決斷」蘊含有「切割、劃分」之義,作介詞可表示以某個單位來計算,如「斷斤買」表示以斤為單位買賣。[11]tyn5又可重疊使語氣加強,用來修飾否定義的動詞組,表示排除所否定的狀況,如說「斷斷唔會嘅」(絕對不會的)。

至於tyn6,根據廣州話的歷史音變規則,它可能來自定母去聲,也可能來自定母上聲的文讀層。古漢語定母去聲「斷」是名詞,表示

10 結構如同「下雨」。「下雨」是「雨在下」,「雨」為主事者。

11 宋代稱整批的大宗貨物交易為「斷」,見蔡襄《荔枝譜》。「斷斤買」與此或有關係。

「所斷之物」，與廣州tyn6的用法不同，而「藕斷絲連」、「一刀兩斷」都是成語，讀tyn6應即為定母上聲文讀層的表現。

tyn6詞例中，「斷電」之「斷」為及物動詞「截斷」義，不讀thyn4而讀tyn6，乃因屬於定母上聲文讀音的緣故。

（二）梅縣話[12]

thon1— 分成兩段：「斷氣」（死了）、「斷火煙」（祭祀祖先的香煙斷絕、絕祀）、「斷掌」（掌紋橫斷手心的手掌）。

ton3— 截斷：「斷臍」（剪斷臍帶）、「斷水」（停止灌水、採取措施不讓水繼續流）、「斷心」（掐去作物的頂部，使不再往上長）、「斷奶」（嬰兒不繼續吃母奶，改吃別的食物）、「斷血」（止血）。

ton5— 「斷定」（料定）。

根據梅縣話的古今音變規則，thon1來自定母上聲字，調讀陰平是白讀層的規則讀法，反映的是不及物動詞「斷（定上斷絕）」一讀。「斷氣」、「斷火煙」是後接主事者的結構，說明主事者「斷絕、不能接續」。「斷掌」則是以不及物動詞「斷（定上斷絕）」為修飾語的偏正結構。

ton3是端母上聲字的規則讀法，「斷臍」、「斷水」、「斷心」、「斷奶」、「斷血」諸詞例都與古漢語「斷（端上截斷）」用法相同。

ton5為端母去聲字的規則讀法，與古漢語「斷（端去決斷）」用法相同。

12 黃雪貞，《梅縣方言詞典》，頁187、188。

(三)廈門話[13]

tŋ6─ ①分成兩段:「割斷」、「斷氣」(沒氣息、死了)、「斷路」(失去機會)、「斷掌」。
②斷送、成為烏有:「斷半滴」(連半滴都沒有)、「斷隻雞」(連隻雞都沒有)。
③截斷:「斷根」(除去病根)、「斷奶」(不再讓嬰兒吸食母奶)。

tŋ3─ 截斷:「斷臍」(剪斷臍帶)。

tuan5─ 決斷:「決斷」、「獨斷」。

thŋ6─ 截斷的枝幹:「樹斷」(鋸斷的樹身)、「骹斷」(切掉腳掌之後的小腿)。

根據廈門話的古今音變規則,古全濁上聲讀同陽去,因此tŋ6可以是來自定母上聲,也可能來自定母去聲。已知定母去聲「斷」表示「所斷之物」,而tŋ6諸例均為動詞,可知當是來自定母上聲一讀。

tŋ6的①類詞例,「割斷」之「斷」為補語,說明動作結果「不能接續」;「斷氣」、「斷路」的「氣」、「路」為主事者,說明其「不能接續」。

tŋ6還表示「斷送、成為烏有」,如說「斷半滴」、「斷隻雞」。這也是不及物動詞「斷絕」義,「斷」後接主事者「半滴」、「隻雞」,強調其少,因此tŋ6特別有「成為烏有」之義。

tŋ3反映端母上聲「截斷」義一讀,「斷臍」保留這種音義形態的

13 Douglas Carstairs, *Chinese-English Dictionary of the Vernacular or Spoken Language of Amoy, with the Principal Variations of the Chang-chew and Chin-chew Dialects.* (《廈英大辭典》) London. 1873。頁511、512、523、559。

痕跡。「斷根」、「斷奶」雖然與「斷臍」同屬一種句法結構，但「斷根」、「斷奶」反映定母上聲而讀為tŋ6（詳見下節討論）。

「決斷」義一讀，廈門話以文讀音tuan5表現。白讀層應讀tŋ5，在層次競爭中落敗，於今似乎沒有留下痕跡。

廈門話保留以「徒亂反」表示「所斷之物」的音義痕跡，讀為thŋ6。這在漢語方言中是難得一見的存古表現。

表二總結以上廣州話、梅縣話、廈門話「斷」的音義表現。

表二

<table>
<tr><th>古音</th><th>詞性</th><th>詞義</th><th>廣州話</th><th>梅縣話</th><th>廈門話</th></tr>
<tr><td>徒管反</td><td>不及物動詞</td><td>斷絕</td><td rowspan="2">thyn4（白）／tyn6（文）</td><td>thon1</td><td>tŋ6</td></tr>
<tr><td>丁管反</td><td>及物動詞（賓語指涉具有連續性質的具象或非具象事物）</td><td>截斷</td><td>ton3</td><td>tŋ3/tŋ6</td></tr>
<tr><td>丁亂反</td><td>及物動詞（賓語指涉需以心智判斷的事物）</td><td>決斷</td><td>tyn5</td><td>ton5</td><td>tuan5（文）</td></tr>
<tr><td>徒亂反</td><td>名詞</td><td>所斷之物</td><td>—</td><td>—</td><td>thŋ6</td></tr>
</table>

五　方言同源詞「斷」不規則對應的原因

比較廣州、梅縣、廈門「斷」的聲調，第（1）類各方言頗有差異，但這是受方言歷史音變影響所致。按歷史音變規則，廣州話定母上聲白話層讀th-母陽上調，文讀層讀t-母陽去調；梅縣話全濁上聲白話層讀陰平調；廈門話全濁上聲讀同陽去調。因此雖然各方言的聲調表現不同，但卻都是歷史音變規則下的產物，都能呈現方言之間的語音規則對應性。

第（2）類在方言間的音讀表現差異頗大。梅縣話ton3來自端母上聲，和《釋文》的音義格局一致。廣州話thyn4反映定母上聲讀，與《釋文》不及物動詞的音義相符。這不能解釋為廣州話「斷奶」的「斷」為不及物動詞而讀定母上聲，因為這不合句法的道理。需要解釋的是：作為使動／及物動詞的「斷」，為什麼廣州話不讀端母上聲，而讀定母上聲。

這要分兩個方面來說：（甲）古漢語某些方言不及物動詞雖經使動化，但「不以音別義」，仍然讀同不及物動詞。（乙）廣州話讀定母上聲是由於繼承這個「不以音別義」的類型，因此讀定母上聲。

就（甲）來說。《釋文》「截斷」義有49則讀端母上聲，另有5則除讀端母上聲外，又讀定母上聲。5則之中，有3則是重複見於《春秋》三傳宣公十七年的地名「斷道」，其餘2則顯示「截斷」義可有端母上聲和定母上聲兩讀。

地名「斷道」可理解為偏正結構（如「斷掌」），「斷」為不及物動詞，因此讀定母上聲；「斷道」也可理解為述賓結構，「斷」為及物動詞「截斷」義，因此讀端母上聲。除去這3則地名之外，《易・繫辭下》和《莊子・逍遙遊》各有1則「截斷」義兼讀端母上聲和定母上聲。

《易・繫辭下》曰「包犧氏沒，神農氏作，斲木為耜，揉木為耒，……神農氏沒，黃帝堯舜氏作，……斷木為杵，掘地為臼，臼杵之利，萬民以濟」《釋文》曰「斷，丁緩反。又徒緩反。斷，斷絕。」

「斷」字《釋文》首注端母上聲，表示「截斷」。這是將「斷木」和「掘地」並列為述賓結構，符合這段文本意在表揚先王教民稼穡之功。《釋文》又記錄定母上聲的又讀，其後並曰「斷，斷絕」，意在解釋此處讀定母上聲的原因是可以將「斷木」之「斷」理解為不及物動詞作修飾語。若為後者，則「斷木為杵」表示「斷絕之木作為杵使用」，於本句來說，或無不可，但放在文本整個脈絡卻無法見出先王教民稼穡之功，當非確解。

本文以為，《釋文》所加的定母上聲又讀必是實有其讀，但其後所加的「斷，斷絕」，則可能是陸德明為了使這音讀合理化而勉強所作的解釋。如上所述，「斷木」之「斷」應該是及物動詞「截斷」義，不過由於某些方言「截斷」義「不以音別義」，因此仍然保持讀定母上聲。

《莊子・逍遙遊》曰「越人斷髮文身，無所用之。」《釋文》曰「斷，丁管反。李徒短反。」這個「斷」表示「截斷」，除端母上聲外，《釋文》又收了李軌定母上聲的異讀。換言之，「截斷」義在某些方言讀端母上聲，在某些方言未以音別義，仍然保持讀定母上聲。

不及物動詞因使動化而轉為及物動詞但卻不以音別義的例子所在多有。如《禮記・郊特牲》「息田夫」、《左傳・莊公十九年》「懼君以兵」之「息」、「懼」，均為使動／及物用法，但《釋文》讀「如字」，未與不及物動詞區別。[14]

如上所述，古漢語某些方言的「截斷」義並不以音別義，仍然讀同不及物動詞的定母上聲；這類音義形態如果為現代方言所繼承，則「斷奶」之「斷」便反映定母上聲一讀。

就（乙）來說。《廣州方言詞典》、《珠江三角洲方言字音對照》、《粵西十縣市粵方言調查報告》、《粵北十縣市粵方言調查報告》「斷」都只收表示「決斷」的端母去聲讀，以及表示「斷絕」的定母上聲讀，而並沒有端母上聲一讀。相當於梅縣話端母上聲的「斷奶」、「斷尾」，《廣州方言詞典》都讀定母上聲，而非端母上聲。

---

14 楊秀芳，〈漢語形態構詞的多樣性與多層性〉。再如小注8所指出的，不及物動詞「先」在後接使動賓語的使動結構中，仍然讀同不及物動詞的「蘇前切」，並不以音別義。

由於上述資料的所有粵方言點都沒有端母上聲讀，根據歷史比較法，可以推論原始粵語也沒有端母上聲讀。換言之，原始粵語從古漢語繼承的是不以音區別「截斷」義與「斷絕」義的形態，廣州話「斷奶」讀定母上聲是來自某些古漢語方言（如李軌）的「不以音別義」類型，因此與梅縣話的「截斷」義「斷」無法取得規則對應。

廈門話「斷臍」之「斷」讀端母上聲，與古漢語的音義格局相同，可與梅縣話的「截斷」義「斷」取得規則對應。「斷根」、「斷奶」反映定母上聲而讀為tŋ6，則是因為「斷」改讀端母的派生只及於「斷臍」一例，「斷根」、「斷奶」並未以音別義，成為這項形態變化的詞彙擴散殘餘，造成比較研究的困擾。

現代北京話「斷」只讀第四聲，「斷絕」、「截斷」、「決斷」音讀相同。這是由兩種原因造成：（1）北京話有「全濁上聲讀同去聲」的歷史音變，使「斷絕」義定母上聲演變為第四聲，因而與端母去聲「決斷」義合流，泯除了「斷絕」、「決斷」兩類差異。（2）北京話「斷奶」之「斷」不是來自端母上聲，而是來自定母上聲，同於廣州話，因此在方言同源詞比較上，同樣也無法與梅縣話取得規則對應。

六　結語

本文說明方言「截斷」義同源詞「斷」無法呈現應有的語音規則對應，原因在於古漢語「斷」的派生變化具有多樣性與多層性：某些方言及物動詞「截斷」義「不以音別義」，讀同定母上聲的不及物動詞；某些方言則「以音別義」，改讀端母上聲。方言繼承不同的音義形態，因此使得「截斷」義同源詞「斷」在方言間無法呈現應有的語音規則對應。

陳伯元先生論正字兼為異體管窺
──以《異體字字典》「研討說明」為例

呂瑞生
嶺東科技大學通識教育中心副教授

摘要

教育部《異體字字典》為一規模宏大，嘉惠學者之字書。其書所以成編，陳伯元先生為重要推手，而伯元先生戮力於研訂說明之撰寫，往往抽絲剝繭，得探異體演變之根源。本論文舉伯元先生所撰研訂說明數則，稽證其說，藉以一窺教育部「標準字體」中之正字，如何兼為異體。文分三部分：一為前言，簡述教育部「標準字體」研訂與《異體字字典》編輯過程，並說明正異體關係之混雜現象。二為闡發伯元先生研訂說明，稽究歷代文獻，探討相關異體學理，以彰先生之說。三為結論，綜述研究心得，以明大要。

關鍵詞：正字、異體字、同形異字、標準字體、異體字字典

一　前言

「正字者，正確之文字形體」也。就文字發展而言，文字之產生乃為記錄語言，以溝通、保留概念，故有共同性，而漢字是以六書為基礎所發展出之文字體系，更是字字有其理，故「正字」之認定，本應以符於初形本義之字為依據，然文字之初造，時代悠遠，何者為其初形本義，往往多所爭議。兼之字體演變，由甲骨而金文，由大篆而小篆，其變不知凡幾，故欲字字溯回最初，恐非易事，且歷代學者對個別文字之見解，亦常見差異，因此「正字」之認定，乃隨人隨時隨地，以及對文字使用觀念之不同而有別。而若細究漢字整理史，正字之認定約有二種方式：一為由官方制定，一為由字書編者所選定。

蓋文字為團體間傳達意念之符號，故當人類社會有一強大統治力量產生，文字即會收納於掌控範圍中，制定正字，以便上下溝通，如秦之統一六國文字，清代撰修之《康熙字典》。至於近年教育部訂定標準字體，亦為官方進行之正字制定工作。

又漢字自初萌、發展、成形，以致學者有自覺之整理分析，歷時漫長，一字之正確形體，往往隨人而有不同看法。而一位字書編輯者將其見解彙編成書後，於此書內就獨立成為一正字體系，如漢代許慎《說文解字》即是許氏整理各式資料與說法後，對文字正確形體之詮解，其書所錄正篆，即構成一正字體系。再如唐代顏元孫編輯《干祿字書》曰：「若總據《說文》，便下筆多礙，當去泰去甚，使輕重合宜。」[1]可知顏氏於編定此書時，另有其對正字之觀點，故亦構成其自有之正字體系。[2]

1　唐．顏元孫撰《干祿字書》（臺北：新文豐出版社，1985年，《叢書集成新編》影印夷門廣牘本）第35冊，頁98。

2　以上有關正字觀念之論述參見呂瑞生《字彙異體字研究》（臺北：中國文化大學中國文學研究所博士論文，2000年），頁33-42。

因此若觀察漢字之「正字」史，「正字」實非固定不變。然而往者已矣，今日自有今日之正字觀與正字標準。本論文所論之「正字」，則為教育部研訂之「標準字體」。

教育部「標準字體」乃為官方主導制定之正字，而與「標準字體」有關之字表，共包括《常用國字標準字體表》4808字、《次常用國字標準字體表》6332字、《罕用國字標準字體表》18388字。共計29528字。另外教育部則又編有《異體國字字表》18588字，補遺22字。

「異體字」顧名思義則指「不同形體之字」，既為「不同形體」則顯然應有一相對主體，有此主體始可顯出「異體」之存在，而此主體則為上述之「正字」。因此凡指稱同一事物之字，於「正字」外之其他字形，皆可以視為「異體字」。

就文字演變與文字使用而言，「異體字」與「正字」關聯密切，故自《說文解字》以降，凡確立正字體系後，文字整理者常進一步彙整異體資料，建立正異體關係。其原因正如教育部《異體字字典》簡介所述：

> 漢字歷史源遠流長，文字的形體除自身的演進之外，歷經抄寫、版刻、印刷、衍繹等流傳過程，必然產生複雜紛歧的現象。教育部為利國字教學、書寫溝通以及資訊發展，故而舉要治繁，訂定「正字」，樹立用字標準；隨後又為保存文字歷史，著手整理自古至今的字書文獻字形，以正字繫聯其他音義相同的異體寫法，總整成一部大型中文字形彙典，即為《異體字字典》。[3]

---

3 《異體字字典》https://dict.variants.moe.edu.tw/variants/rbt/page_content3.do?pageId=2982201（最後瀏覽日期：2021.12.28）。

而教育部《異體字字典》之編輯，除基於上述理由外，其緣起李鍌先生則於〈編輯委員會主委序〉曰：

> 民國八十四年臺灣師範大學陳新雄教授赴韓參加由韓國、日本、中國大陸和我國組成的亞洲漢字協會所召開的年會，與會代表基於目前對亞洲各國所用的漢字字形頗見參差，決議作一統整。陳教授返國後，即向本會提出建議。經由本會召集相關學者專家研議後，……決定推動異體字字典編輯專案。[4]

由此序中可知，《異體字字典》所以成編，伯元先生為重要推手。

《異體字字典》以部訂正字為綱領，統整歷代字書與相關文獻所見異體，看似綱舉目張，一目了然。然而漢字之發展延綿數千年，漢字之使用橫貫諸多國家，字形之演變，往往千支萬派，異彩紛呈，以致點橫稍縱，即形似他字；兼之文字之運用，音義常相糾纏變化，導致一字之異體常見與他字互有糾葛，正如曾師榮汾於〈總編輯序〉所論：

> 整理中國文字，形音義必須兼顧。表面看來，異體歧衍，形體為重。或隸變，或草省，或減形，或增旁，自有其道。但是實際上的演變卻與音義糾纏難分。或甲為乙之異，乙復為丙之異；或甲為正字兼作乙異，乙亦為正字兼作甲異；或丙有兩音，一為甲異，一為乙異，丙復有他義，又當為正字；或丙為甲異，不為乙異，依形音義線索卻可推而與乙相涉。或甲為文獻用字，似為乙異，字書未收，只能類推，卻苦無旁證，不敢

4 《異體字字典》https://dict.variants.moe.edu.tw/variants/rbt/page_content3.do?pageId=2981892（最後瀏覽日期：2021.12.28）

妄斷。或聯綿詞異形，本皆當獨立為正，但文獻上卻或正或異，紛歧難斷。如此糾纏，莫可罄書。因此，文字孳乳，上從甲金文字，下至今日俗寫，恰似淩空懸瀑，直瀉而下，或匯江河，或成支派，縱橫交錯，蜿蜒曲折，縱可沿波討源，卻可能雲深不知處。[5]

故《異體字字典》中所收異體，多有需進一步作形變與音義說明者。此部分幸賴參與編輯工作之專家學者逐字撰寫「研訂說明」，方能釐清各正異體關係之來龍去脈。

本論文以正異體彼此糾結之「正字兼為異體」類型為主題，舉伯元先生所撰研訂說明數則，稽究歷代文獻，闡發其說。藉以管窺「標準字體」中之正字，如何兼為異體，並探討相關異體學理，以彰先生之卓論。

二　陳伯元先生論正字兼為異體「研訂說明」闡論

（一）「弞」為「哂」之異體，「哂」為「弞」之異體

研訂說明：

「弞」為「哂」之異體。《說文解字・欠部》：「弞，笑不壞顏曰引[6]，从欠引省聲。式忍切。」《集韻・上聲・軫韻》：「弞、

---

5 《異體字字典》https://dict.variants.moe.edu.tw/variants/rbt/page_content3.do?pageId=2981892（最後瀏覽日期：2021.12.28）

6 按：《異體字字典》形體表所用《四部叢刊初編》靜嘉堂本此字作「引」，字形有誤，其他大徐本《說文解字》如汲古閣本、平津館本、陳昌志本等皆作「弞」，故下引此字皆改作「弞」。

哂、吲。《說文》:『笑不壞顏曰弞。』或作哂、吲。」《經典文字辨證書・欠部》:「弞正，吲別，出《廣雅》，哂俗。」按弞本為「笑不壞顏」義之本字，不過，經典承用多作哂字，故《常用國字標準字體表》定「哂」為正字，今反以弞為哂之異體。（A00572-004）[7]

「弞」另兼正字。

「哂」為「弞」之異體，《集韻・上聲・軫韻》:「弞、哂、吲。《說文》:『笑不壞顏曰弞。』或作哂、吲。」《正字通・口部》:「哂、式忍切，申上聲。微笑。《論語》:『夫子哂之。』《晉史》呂安調嵇康曰:『我輩少有菜色，反為肉食輩所哂，徒知其外而不知其內。』〈蔡謨傳〉謨曰:『我若為司徒，將為後代所哂，義不敢拜。』與吲、弞同。」今據《集韻》定為「弞」之異體。（C03417-003）

「哂」另兼正字。

按：

「弞」字見《說文解字・欠部》:「弞，笑不壞顏曰弞，从欠，引省聲。式忍切。」[8]段注本作:「弞，笑不壞顏曰⿰己欠。从欠，已聲。呼來切。」兩者形構有所不同，然其本義「笑不壞顏」則一。後代文獻亦見以「弞」訓「笑不壞顏」，如《廣韻・上聲・軫韻・式忍切》:「弞，笑不壞顏。」

「哂」字見《玉篇・口部》:「哂，式忍切，笑也。」《廣韻・上聲・軫韻・式忍切》:「哂，笑也。」其義為「笑也。」

---

7 此為《異體字字典》所收異體字之字號，下同。

8 未免引書過繁，以下所引文獻凡出於《異體字字典》形體表者，可參見各字形體表中之書影，不逐一註出。

由此可知「弞」與「哂」雖同音，然義有別。故《康熙字典・口部》按語曰：「《廣韻》弞、哂分見，哂專訓笑，弞訓笑不壞顏，似微有別。《集韻》合為一，非。」

蓋「弞」與「哂」同見於《集韻・上聲・軫韻・矢忍切》，其文曰：「弞、哂、吲。《說文》：『笑不壞顏曰弞。』或作哂、吲。」而《類篇》乃據此，將「弞」、「哂」二字分立於「欠」部與「口」部，並釋曰：「弞，矢忍切，《說文》笑不壞顏曰弞。」、「哂，矢忍切，笑不壞顏曰哂。」則「哂」由「笑也」之義，乃轉而為與「弞」同為「笑不壞顏」義。又《字彙・口部》曰：「哂，微笑也。《論語》：『夫子哂之。』」則更將「笑不壞顏」以「微笑」代之。

考之文獻，正如伯元先生所言「經典承用多作哂字」，而後代文獻用例，無論是「笑不壞顏」之「微笑」義，或泛指之「笑」義，亦幾乎皆以「哂」代「弞」，如《舊唐書・列傳卷十七・李勣傳》「初，敬業傳檄至京師，則天讀之微哂。」[9]唐・白居易〈小庭亦有月〉詩：「村歌與社舞，客哂主人誇。」[10]明・陸隴其〈與鄭堂邑書〉：「一芹之微，聊申鄙忱，并祈哂納。」[11]等，因此除字書與古籍注疏外，甚少於一般詩詞文章中見用「弞」字，亦可謂「弞」字至後代已完全為「哂」字取代。

標準字體或以「弞」本義「笑不壞顏」與「哂」之「笑也」義有別，將兩者皆收為正字，而《異體字字典》乃據古代字書中所見二字之字義相混，與文獻用字現象，將二字互收為異體，此當為反映文字演變與使用實況。

---

9 後晉・劉昫等《舊唐書》（臺北：臺灣商務印書館，1988年，《百衲本二十四史》影印宋紹興刊本），第二冊，頁686。

10 唐・白居易《白居易集》（北京：中華書局，1985年），第2冊，頁656。

11 明・陸隴其《三魚堂文集》（臺北：臺灣商務印書館，1986年，文淵閣《四庫全書》影印本），1325冊，頁92。

(二)「牪」為「壯」之異體

研訂說明：

> 「牪」為「壯」之異體。《偏類碑別字・士部》引〈隋張貴男墓誌銘〉壯作牪。《碑別字新編・七畫》引〈隋呂胡墓誌〉壯亦作牪。按《異體字例》凡牛形多作爿，爿形亦作牛，則壯之作牪，固合於《異體字例》，今定作壯之異體。(A00833-006)
>
> 「牪」另兼正字。

按：

「壯」字見《說文解字・士部》:「壯，大也。从士，爿聲。」「牪」字見《說文解字・牛部》:「牪，畜父也。从牛，土聲。」兩字本無相關，而「牪」形所以成為「壯」之異體，誠如先生所言，乃源自碑別字中「牛」形多作「爿」，而「爿」形亦作「牛」，而成為一「異體字例」。

所謂「異體字例」者，《異體字字典・字典附錄・異體字例表・編製原則》謂：

> 一、異體字例，指異體演變中，相同偏旁所具有之一致情形，而可歸納成例者。
>
> 二、本表之字例選取，是以普見於不同文獻，且出現頻率高之形體為對象。[12]

12 《異體字字典》https://dict.variants.moe.edu.tw/variants/rbt/page_content.rbt?pageId=2981903(最後瀏覽日期：2021.12.28)。

據此原則，考「牛」形多作「爿」之「異體字例」文獻可見者甚眾，如：

《偏類碑別字・牛部・物字》引〈唐程郜造橋碑〉「物」字作「牣」

《偏類碑別字・牛部・犧字》引〈唐處士王通墓誌〉「犧」字作「㸤」

《偏類碑別字・牛部・牧字》引〈唐玄武丞楊仁方墓誌〉「牧」字作「牧」

《碑別字新編・九畫・牲字》引〈唐馬君起墓誌〉「牲」字作「牲」

《偏類碑別字・牛部・牝字》引〈唐奉車都尉段瑋墓誌〉「牝」字作「牝」

《偏類碑別字・牛部・牡字》引〈隋車騎將軍爾朱端墓誌〉「牡」字作「牡」

而「爿」形作「牛」之「異體字例」，除見於「壯」字碑別字外，亦見於諸從「爿」為偏旁之字，如：

《偏類碑別字・犬部・狀字》引〈齊臨淮王象碑〉「狀」字作「狀」

《碑別字新編・十二畫・寐字》引〈魏唐耀墓誌〉「寐」字作「寐」

《碑別字新編・十四畫・寢字》引〈唐房逸墓誌〉「寢」字作「寢」

《偏類碑別字・寸部・將字》引〈梁蕭憺碑〉「將」字作「將」

《碑別字新編・十四畫・寤字》引〈隋高虬墓誌〉「寤」字作「[illegible]」

甚至字書中亦可見此字例之異體字，如：

《字彙・牛部》:「牱，同牁。」
《重訂直音篇・卷六・牛部》:「牫，同戕。」

蓋「爿」篆形作「[illegible]」,「牛」篆形作「[illegible]」，形本頗有差距，然隸變過程中「牛」旁有寫為「[illegible]」者（《隸辨・平聲・支韻・犧字》引〈魏受禪碑〉),「爿」旁有寫為「[illegible]」者（《隸辨・去聲・漾韻・壯字》引〈度尚碑〉)，二偏旁形甚相近，遂致混淆，而互成訛形。

故「牡」與「壯」本皆為正字，且毫無相干，然因隸變，「壯」之偏旁「爿」因形近而訛為「牛」旁,「牡」乃成為「壯」之異體。

（三）「釆」為「采」之異體

研訂說明：

「釆」為「采」之異體。《說文・木部》:「采、捋取也。從木從爪。」《說文解字・釆部》:「釆、辨別也，象獸指爪分別也。凡釆之屬皆從釆，讀若辨。」根據《說文》,「采」與「釆」分別甚明，原為不同之二字。但《漢隸字源・上聲・海韻》引〈先生郭輔碑〉采作「釆」,《隸辨・上聲・海韻》引〈郭輔碑〉:「登山釆石」，采字作釆。《字學三正・體製上・俗書簡畫者》乃謂「采俗作釆。」於是二形遂混而莫辨，乃有以釆為采之異體者，其實采原本上一撇不過中間豎筆，而俗書之

釆，上一撇乃過中間豎筆，二形太過接近，遂致混淆莫辨。今以「釆」為「采」之異體。(A04253-001)

「釆」另兼正字。

按：

「采」字見《說文解字．木部》：「采，捋取也。从木，从爪。」段玉裁注云：「木成文，人所取也。」意謂手於樹上有所摘取。「釆」字見《說文解字．釆部》：「釆，辨別也。象獸指爪分別也。」兩字皆有爪義，篆形亦略相似，然字義如先生所言：「分別甚明，原為不同之二字。」然此二字於隸變過程中，因篆形略似，演為隸形與楷形後則更為相似，先生舉《隸辨．上聲．海韻》引〈郭輔碑〉：「登山采石」，采字作釆。《字學三正．體製上．俗書簡畫者》乃謂「采俗作釆。」正在說明此種演變過程。

先生又言：「采原本上一撇不過中間豎筆，而俗書之釆，上一撇乃過中間豎筆，二形太過接近，遂致混淆莫辨。」蓋因此二字筆畫差異細微，故文獻淆亂甚夥，歷代字書為防誤寫，多見為之析辨者，如：

《五經文字．爪部》：「采，从爪木下，作釆非。」

《字鑑．卷三．上聲．海韻》：「采，此宰切。《說文》捋取也，从木从爪。……與釆字不同，釆音辨。俗作釆。」

《俗書刊誤．卷二．上聲．解韻》：「采，从爪。俗作釆非，……釆音辨。」

《正字通．木部》：「采，……从爪从木，彩綵寀之類从此。篆作采，俗作釆非。采與釆別，舊本溷列釆部，亦非。」

《異體字字典》「釆」字字樣說明亦辨之曰：

> 此字與「采」（音ㄅㄧㄢˋ）形近，二一四部首將从「釆」之字歸於「采部」，因此二形常混。「釆」之篆形作「𠂒」，象獸指爪分別之形，故有「分別」之義。从「釆」之字，如：「番」、「釋」等字，與「采」寫法有異。

其中《正字通》與《異體字字典》字樣說明皆提到「釆」字後代歸於「采部」，此亦或加劇二字相混之另一緣由。

如上所述，「釆」俗多見作「采」者，故《異體字字典》據此收為「釆」之異體，而「采」於「辨別也。象獸指爪分別也。」之義下，又為正字身分，故「采」乃正字兼為異體者也。

（四）「熔」為「鎔」之異體

研訂說明：

> 「熔」為「鎔」之異體。《說文解字・金部》：「鎔，冶器法也。從金容聲。」《字辨・體辨三》：「鎔、熔。熔新出字，古無。上列者為正。」按：就所冶之質為金，故字作鎔，以火冶之，則字作熔。此類字多矣，若煉或作鍊之類是也。故今定作「鎔」之異體。（A04330-001）
> 「熔」另兼正字。

按：

《說文解字・金部》：「鎔，冶器法也。从金，容聲。」段玉裁注：「冶者，銷也、鑄也。董仲舒傳曰：『猶泥之在鈞，唯甄者之所為。猶金之在鎔，唯冶者之所鑄。』師古曰：『鎔謂鑄器之模範也。』今人多失其義。」段玉裁於「笵」字注亦曰：「《通俗文》曰：『規模曰笵。』玄應曰：『以土曰型，以金曰鎔，以木曰模，以竹曰笵。』一物材別也。」故「鎔」本為鑄造金屬器物之模型，然文獻則常用其以火融化金屬之引申義，如唐・虞世南《北堂書鈔・卷一一二・樂部・律二十九》：「《禮記》云：『正月律中大簇，……』蔡邕章句云：『上古聖人始鎔金以鑄鐘，以應正月至十二月之聲。』」[13]宋沈括《夢溪筆談・卷二十・神奇》：「內侍李舜舉家曾為暴雷所震，……其漆器銀釦者，銀悉鎔流在地。」[14]甚或以「鎔」泛指固體化為液體之過程，如宋・沈括《夢溪筆談・卷二十五・雜誌二》：「予奉使按邊，始為木圖寫其山川道路。其初，徧履山川，旋以麵糊木屑寫其形勢於木案上。未幾，寒凍，木屑不可為，又鎔蠟為之。」[15]元・陶宗儀《輟耕錄・卷五・發燭》：「杭人削松木為小片，其薄如紙，鎔硫黃，塗木片頂分許，名曰發燭，又曰碎兒，蓋以發火及代燈燭用也。」[16]

「熔」字《說文》不錄，古代字書亦未見收錄此字。而文獻中則偶見此字，且多見於煉製丹藥或道教古籍中，如宋・吳悟《指歸集・五行相生剋四》：「金性雖堅，被火之所熔。此五行相剋，大道之常也。」[17]明・朱櫹《普濟方・卷二十四・靈砂丹》：「先將蠟於銀器內熬熔，次投巴豆。」[18]可見「熔」字最晚於宋元時代即已出現，而其用法則與「鎔」字之引申義「以火融化金屬」或「泛指固體化為液體

13 唐・虞世南《北堂書鈔》（明萬曆庚子二十八年海虞陳禹謨校刊本），卷112，頁5。

14 宋・沈括《夢溪筆談》（明覆刊宋乾道二年本），卷20，頁5。

15 宋・沈括《夢溪筆談》，卷25，頁10。

16 元・陶宗儀《輟耕錄》（明成化十年松江府刊本），卷5，頁9。

17 宋・吳悟《指歸集》（涵芬樓影印明刊本《正統道藏》洞神部眾術類），頁7。

18 明・朱櫹《普濟方》（臺北：臺灣商務印書館，1986年，文淵閣《四庫全書》影印本），747冊，頁624。

之過程」相同，因此就歷時角度而言，「熔」字當為「鎔」字異體，而其成因則如伯元先生所言，乃「就所冶之質為金，故字作鎔，以火冶之，則字作熔。」為一形符替換之異體字。

然而「標準字體」收「熔」為正字，則應與「泛指固體化為液體之過程」此義有關。故今《異體字字典》「熔」字釋義曰：「用高溫使固體物質變為液體狀態。如：『熔煉』、『熔化』。」蓋「鎔」字从「金」，以之表「鎔蠟」、「鎔硫黃」之義，甚不合理，而後出之「熔」字從「火」，卻能更廣泛表示以火或高溫「熔化」物質之現象，故「鎔」、「熔」二字乃因此分化，此為漢字利用形符替換，而使文字更精準表義之演化過程。

此種利用形符替換方式，使漢字趨向精準表義之演化過程，亦見於「溶」字。唐・王燾《外臺秘要方・卷二十五》曰：「右三味先擣黃連、茯苓為末，以少許水鎔阿膠，和為丸。……右四味擣篩為末，以醋鎔膠清，頓和丸如梧子。」[19]又《古今圖書集・卷四二一・懷慶府部彙考四・硝》曰：「《圖經》云：『初採淋汁鍊成曰朴硝，再鍊而堅白，曰硝石。取朴硝以水鎔之，經宿結芽，曰芒硝。方家取製為元明粉，服之可以延年。』」[20]此二例即用「鎔」字表「物質於液體中融化分解」之過程。然以「鎔」表用水或其他液體使「融化」之過程，形符从「金」，實與事實不甚相符。故後人利用「鎔」字之引申義，而將其轉換為「水」旁，專用於指「物質於液體中融化分解」之過程。因此「溶化」義之「溶」，與「熔」字相同，乃「鎔」為更精準表義而改換形符所分化之字。

另《說文解字・水部》曰：「溶，水盛貌。」乃「溶」之古義，

---

19 唐・王燾《外臺秘要方》（明崇禎庚辰新氏程氏經餘居刊本），卷25，頁17-18。

20 清・陳夢雷《古今圖書集成》（上海：中華書局，1934年，影印雍正銅活字本），第95冊，頁45。

漢・王粲《浮淮賦》:「於是迅風興，濤波動，長瀨潭漗，滂沛汹溶。」[21]唐・杜牧《阿房宮賦》:「二川溶溶，流入宮牆。」[22]即用此義。因此「溶」之《說文解字》本義與今日常用之「溶化」義，兩者本不相干。「水盛貌」之「溶」與「溶化」之「溶」雖為同形，然考其本源，實乃二字。

綜上所述，因漢字趨向精準表義之演化過程，「熔」字成為今日正字，然於文字之歷時演化過程中，乃兼為「鎔」字異體。

伯元先生又謂:「此類字多矣，若煉或作鍊之類是也。」此又指一字異體之形符替換甚為常見矣。考段注本《說文解字・金部》:「鍊，治金也。从金柬聲。」段注本《說文解字・火部》:「煉，鑠治金也。从火柬聲。」注曰:「金部曰:『鍊、治金也。』此加鑠者，正為字从火。」《異體字字典》「鍊」之異體研討說明蔡信發先生曰:

> 「鍊」為「煉」之異體。……「煉」、「鍊」俱見《說文》，然二字音義皆同，「煉」从火，示以火鑠之;「鍊」从金，示所治之者，所重不同，故取形亦異，然其質實無二致。(A02423-001)

亦同在闡釋此理。

蓋漢字之形聲字數量龐大，因此改換形符之造字現象，乃多見於異體字中[23]，故考察《異體字字典》伯元先生所撰研討說明，亦常見以此推說字理者，如「劆」為「鐮」之異體，先生曰:

---

21 唐・歐陽詢《藝文類聚》(明嘉靖丁亥長洲陸采刊本)，卷8，頁15。

22 唐・杜牧《杜樊川集》(明末刊本)，卷1，頁1。

23 參見筆者〈異體字字系研究——以形聲字形符變換為主題〉(《東吳中文學報》，第28期(2014年11月，頁307-332)。

> 《廣韻・平聲・鹽韻》:「鐮,刀鐮也。《釋名》曰:『鐮,廉也。薄其所刈似廉也。』鎌,上同。」《正字通・刀部》:「劆,鎌、鐮並同。」按:劆與鐮同,从刀表屬刀之物,从金表金屬所造,實為一字,故定作「鐮」之異體。

「粡」為「餉」之異體,先生曰:

> 《說文解字・食部》:「餉,饟也。從食向聲。式亮切。」《集韻・去聲・漾韻》:「餉、餉、粡、饟、攘、餳。式亮切。《說文》:『饟也。』或作餉、粡、饟、攘、餳。」《字彙・米部》:「粡,俗餉字。」《正字通・米部》:「粡,俗餉字。」按餉字作粡,從食从米,其取義相同,米所以食也。今據此定作餉之異體。

「𧡬」為「診」之異體,先生曰:

> 《說文解字・言部》:「診,視也。从言㐱聲。」段玉裁注云:「〈倉公傳〉『診脈』,視脈也。从言者,醫家先問而後切也。」《集韻・上聲・軫韻》:「診、𧡬,《說文》視也。或作𧡬。」《字彙・見部》:「𧡬,同診。」按視脈之診,醫家每謂望聞問切,故从言之診乃變而从見作𧡬。《集韻》以𧡬為診之異體,其說是也,今亦從之,定作診之異體。

如此者,皆可為異體字研究之參酌。

三　結論

異體字之產生與漢字發展息息相關，漢字數千年之發展史，即是異體字之發展史，而此數千年異體字之發展歷程，欲藉由《異體字字典》一書呈現，實為盤根錯節，千頭萬緒。所幸此書自伯元先生倡議編輯開始，即有諸多專家學者參與體例研議，撰寫研討說明，讓眾多正異體間牽纏難解之關係，得以藉此切中肯綮，洞見癥結。

本文以《異體字字典》中伯元先生所撰正字兼為異體之「研討說明」數例，藉以一探相關文字學理，期望有益於異體字研究與對先生學術成就之了解。此數例雖僅先生所撰研討稿之九牛一毛，容或有管窺之嫌，然見微知著，先生微言大義之啟示，正顯現其文字涵養之深厚與識見之清明。

讀伯元先生之六書轉注說

李淑萍
國立中央大學中文系副教授

摘要

六書之學由來已久，歷代學者對於六書性質的探討已積累不少成果。班固《漢書・藝文志》認為六書皆「造字之本也」。然自清儒戴震提出「四體二用」之說，轉注與假借二者，究竟是造字之法，抑或用字之法？又掀起兩方論戰，諸家各執其是，爭議不斷。而其中討論最多、意見最分歧的，不外乎「轉注」一法，章太炎先生云「其音或雙聲相轉，疊韻相迆，則為更制一字，此所謂轉注也。」文中明言「更制一字」，向來被理解為「轉注」乃因聲音轉移而造新字的作法。伯元先生師承林尹先生，長於文字、聲韻、訓詁之學，對於太炎先生之轉注說，有不同的理解與詮釋。本文試圖爬梳伯元先生之相關論述，繼而闡述伯元先生有關轉注的學術觀點，略記後學之薄見。

關鍵詞：說文解字、四體二用、六書、轉注、假借

一　前言

伯元先生早年「從林尹先生習《廣韻》研究、古音研究，從熊公哲先生習學術流變史、群經大義，從許世瑛先生習文法研究，從程發軔先生習沿革地理。……擅長聲韻學、訓詁學、文字學、《詩經》、東坡詩詞、《昭明文選》等。」[1]先生學術研究之面向，廣及經學、文學、小學等，均有極深之造詣。其著作豐贍，蜚聲海內外；講學上庠，桃李滿天下。先生一生熱心推廣學術，曾擔任國內重要學術團體，如「文字學會」、「聲韻學會」、「訓詁學會」、「中國經學會」等之理事長，舉辦各式學術活動，獎掖後進，不遺餘力。然伯元先生慟於2012年8月遽返道山，桃李興悲。棄世至今，倏忽十載。伯元先生之門生弟子為緬懷師恩，特訂於2022年3月26日假國立臺灣師範大學舉行紀念伯元先生逝世十週年學術研討會。由於伯元先生曾擔任「中國文字學會」理事長，蒙林慶勳教授來函邀請共同籌辦，並囑余撰文，以共襄盛舉。余承乏文字學會會務，遂不揣翦陋，略記覽讀伯元先生轉注說之心得，撰述成文。謹以拙文作為後學對伯元先生的仰慕與追思之意。

二　伯元先生之文字學研究目錄

總觀伯元先生畢生之學術成果，雖以音韻學研究為大宗，然仍不乏有文字學方面之論作，除了專著《文字聲韻論叢》[2]、《鍥不舍齋論學集》[3]外，其歷年發表之單篇論文目錄為：

1　見中國語言學會：《中國現代語言學家傳略．第一卷．陳新雄》（石家莊：河北教育出版社，2004年），頁102。

2　陳新雄：《文字聲韻論叢》，臺北：東大圖書公司（民國83年）。

3　陳新雄：《鍥不舍齋論學集》，臺北：臺灣學生書局（民國79年二版）。

〈《說文解字》分部編次〉，《木鐸》第五、六期合刊，1977年。並收錄於《鍥不舍齋論學集》，頁737-749。

〈《說文解字》之條例〉，《香港浸會學院學報》第九卷，1982年。並收錄於《文字聲韻論叢》，頁381-412。

〈《說文》借形為事解〉，《中國語文通訊》第16期，1991年。並收錄於《文字論叢》第二輯（2004年），頁13-17。

〈章太炎轉注說之真諦與漢字統合之關聯〉，《中國國學》第20期，1992年。頁35-40。

〈章太炎先生〈轉注假借說〉一文之體會〉，發表於1992年《臺灣師大國文學報》第21期，頁229-234。並收錄於《文字論叢》第二輯（2004年），頁363-370。

〈許慎之假借說與戴震之詮釋〉，發表於1996年第七屆中國文字學全國學術研討會，並收錄於《文字論叢》第二輯（2004年），頁287。

〈章太炎轉注假借為造字之則析疑〉，漢字文化國際學術研討會論文，1998年。

〈許慎假借說索解〉，收錄於《文字論叢》第三輯，頁29-41。2007年。

〈無聲字多音說〉，收錄於《鍥不舍齋論學集》，頁515-553。

〈說文古籀排列先後次第考〉，收錄於《鍥不舍齋論學集》，頁751-779。

整體來看，伯元先生在文字學方面的著作，似乎對六書轉注、假借之關注尤多。眾所周知，六書中之轉注、假借二者與文字之音韻息息相關，可見伯元先生對語言文字學之探討，一以貫之，終不離與語言音韻相關。

三　六書轉注「聲轉」之辨說

漢字六書理論中之轉注、假借二者，究竟為造字之法？抑或用字之法？歷來眾說紛紜，由於諸家討論立場不同，聚訟未已。特別是「轉注」一說，說法尤為分歧。《說文解字·敘》云：「建類一首，同意相受，考老是也。」由於許慎定義簡約，雖舉考老二例，卻又未加說明，以致後人解讀產生歧義。唐宋以降，學者對許氏定義之詮釋，可謂五花八門。諸家各執其是，加以論述，孰是孰非，難有定論。自清戴震提出「四體二用」之說，清代《說文》研究者，多循其說。晚清章太炎〈轉注假借說〉云：

> 余以轉注假借，悉為造字之則。汎稱同訓者，在後人亦得名轉注，非六書之轉注也；同聲通用者，在後人亦得名假借，非六書之假借也。[4]
>
> 蓋字者，孳乳而寖多，字之未造，語言先之矣。以文字代語言，各循其聲，方語有殊，名義一也。其音或雙聲相轉，疊韻相迆，則為更制一字，此所謂轉注也。孳乳日繁，即又為之節制，固有意相引伸、音相切合者，義雖少變，則不為更制一字，此所謂假借也。[5]

上文中太炎先生明確對轉注、假借提出他個人的觀點，後人多以為章氏是繼戴東原「四體二用」之後，開啟「造字」之法的觀點，魯實先先生認為：「轉注一耑，自唐以降斷齗相爭，異論茲夥，大氐擿埴冥行，無一涉其藩籬。近人餘杭章炳麟說之……。其說信合許氏之黨

4　章太炎：《國故論衡·上卷·轉注假借說》（北京：商務印書館，2010年），頁54。

5　章太炎：《國故論衡·上卷·轉注假借說》，頁55。

言，躅前修之貤謬矣。」[6]將轉注視為造字之法。不過，伯元先生之轉注觀點，一樣是根據章氏主張，卻提出不一樣的理解與詮釋。為解決兩種不同的理解，正本清源，本文僅就「轉注」一類，先詳細爬梳太炎先生之轉注，再進一步討論伯元先生之詮釋。

（一）章太炎先生「轉注」說

關於轉注之成因，太炎先生認為轉注產生和語言中的「方語有殊」脫離不了關係。如前文所引章氏云：「以文字代語言，各循其聲，方語有殊，名義一也。其音或雙聲相轉，疊韻相迆，則為更制一字，此所謂轉注也。」即是。此外，他在〈轉注假借說〉中又提其他轉注狀況，云：

> 凡同部之字，聲近義同，許君則聯舉其文，所以示轉注之微旨也。……
>
> 然自秦漢以降，字體乖分，音讀或小與古異，《凡將》、《訓纂》，相承別為二文，故雖同義同音，不竟說為同字，此皆轉注之可見者。……在古一文而已，其後聲音小變，或有長言短言，判為異字，而類義未殊，亦皆轉注之例也。[7]

透過對於章氏〈轉注假借說〉全文的理解，太炎先生之轉注實有廣狹之別。而最根本的定義，是因應語言的變化，而更制一字的轉注。他明確提到，轉注之主要來源正是因為「方語有殊」、「音讀或小與古異」的關係。正因各地方音的不同，則需更制一字，來記錄語言的變化，轉注字因此而產生。事實上，太炎先生在討論六書轉注時，

6 魯實先：《假借溯源》（臺北：文史哲出版社，1973年），頁8。

7 章太炎：《國故論衡》，頁56-59。

之所以特別側重在方言觀點上，是有其時代背景的。

自晚清以來，社會動盪，西風東漸。中國面對外來文化的衝擊，也開始思考變革，試圖讓國家走向現代化。當時改革的對象，不僅僅是在政治制度、社會發展、文化走向等方面，文字改革也是重點之一。由於「規仿泰西和步武日本一直都是晚清文字改革運動，乃至整個現代化過程的路徑。」[8]1907年，章太炎在旅日期間主持《民報》報務，經歷兩次關於語言文字問題的論爭，曾撰寫〈漢字統一會之荒陋〉與〈駁中國用萬國新語說〉等文，與張之洞、端方、吳稚暉等人大打筆戰。[9]太炎先生面對這些文字改革諸多異說時，他認為當時文字改革急迫要解決的是「語言」和「文辭」的關係，應溝通口頭語言與書面語言，使之達到「言文一致」。而欲言文一致，首在了解國內方言的重要性。「果欲文言合一，當先博考方言，尋其語源，得其本字，然後編為典語，旁行通國，斯為得之。」[10]章氏認為要疏通古今異言，展望未來，「方言」是重要樞紐。「若綜其實，則今之里語，合於《說文》、《三倉》、《爾雅》、《方言》者正多。雙聲相轉而字異其音，鄰部相移而字異其韻，審知條貫，則根柢豁然可求。」[11]所以章氏特別仿揚雄作了《新方言》一書，他認為「一返方言，本無言文歧異之徵，而又深契古義……今者音韻雖宜一致，而殊言別語，終合葆存。」[12]因此，了解了太炎先生所處的時代背景，我們也就不難理解

8 彭春凌：〈以「一返方言」抵抗「漢字統一」與「萬國新語」──章太炎關於語言文字問題的論爭（1906-1911）〉，收錄於《近代史研究》，2008年第2期，頁66。

9 彭春凌：〈以「一返方言」抵抗「漢字統一」與「萬國新語」──章太炎關於語言文字問題的論爭（1906-1911）〉，頁65-82。

10 《民報》第17-24號封底廣告，1907年10月25日。

11 章太炎：〈論漢字統一會〉，《章太炎全集（四）‧太炎文錄初編‧別錄卷二》（上海：人民出版社，1982年），頁320。

12 章太炎：〈論漢字統一會〉，頁320。

他將方言概念導入傳統小學的六書轉注之中了。

以方言觀點來說轉注，在年輩稍晚的劉師培也有類似的說法。申叔先生於《左盦集·轉注說》記載：

> 轉注之說，解者紛如，戴段以互訓解之，此不易之說，惟以《爾雅釋詁》為證，則泛濫失所厥歸。……由許說觀之，蓋互訓之起，由於義不一字，物不一名，其所以一義數字，一物數名者，則以方俗語殊、各本所稱以造字。……
>
> 特許書轉注雖僅指同部互訓言，然擴而充之，則一字數義，一物數名，均近轉注。如及逮、邦國之屬，互相訓釋，雖字非同部，其為轉注則同。若《方言》一書，均係互訓，以數字音同為尤眾，則以音近之字，古僅一詞，語言遷變，矢口音殊，本音造字，遂有數文。故形異義同，音恆相近。《方言》卷一「大」字條，標例至詳，即《爾雅》、《小爾雅》諸書所載，其有音近可互相訓釋者，亦均轉注之廣例，特不可援以釋許書耳。[13]

申叔先生在1908年與太炎先生齟齬之前，兩人曾過從甚密，因此由方言來言轉注有其類似的觀點。他認為「語言遷變，矢口音殊，本音造字，遂有數文」、「其有音近可互相訓釋者，亦均轉注之廣例」。除了延續戴段互訓觀點外，特別舉揚雄《方言》為例來加以說明。可知，在當時重視方言的學術氛圍中，轉注之觀點已在戴段互訓說法之外，擴而大之。

不過，以語言音聲的轉移來討論「轉注」，太炎先生並非首發。

---

13 劉師培：〈轉注說〉，收錄於《左盦集·卷四》，《劉申叔先生遺書》（臺北：華世出版社，1975年），頁1465-1466。

明末清初古音學大家顧炎武在《音學五書・音論・卷下》「六書轉注之解」說明了他的轉注觀念。顧氏在文中首引宋・張有之語「轉注者，輾轉其聲，注釋他字之用也。」次引明・趙古則之說「蕭楚謂一字轉其聲而讀之，是為轉注。近世程端禮謂轉注為轉聲，假借為借聲，足證考老之謬。」文末復引明・陸深《書輯》:「轉注者，轉其音以注為別字。」[14]可見，顧炎武的轉注觀念，是扣緊著「轉聲」概念，認為轉聲而義仍可通。不過，我們再從顧氏〈先儒兩聲各義之說不盡然〉一文可以知道，顧亭林之轉聲觀點，係針對字詞之平上去入聲調轉變，與太炎先生有所不同。顧氏云：

> 凡上去入之字，各有二聲、或三聲、四聲，可遞轉而上同，以至於平，古人謂之轉注。[15]
>
> 且如唐人律詩至嚴，其中略舉一二。如「翰」字或平或去；「看」字或平或去……「醒」字或平或上，且得謂之有兩義乎？此正六書所謂轉注之字，而韻中之兩收、三收，以示天下作詩之人，隨其遲疾輕重而用之者也。[16]

據上文來看，顧亭林之言轉注，重在一字可轉數聲，屬自然聲轉現象。雖然也是討論語音轉變的問題，但與太炎先生針對方言殊語而制字，明顯有別。

針對以轉聲來說轉注，戴震則持反對的看法。戴氏在〈答江慎修論小學書〉中述及：

14 以上諸說，參見清・顧炎武：《音學五書》（北京：中華書局，2005年2月），頁45-46。

15 清・顧炎武：《音學五書》，頁46。

16 清・顧炎武：《音學五書》，頁49。

> 楊桓又謂三體已上，展轉附注，是曰轉注，斯說之謬易見，而莫謬於蕭楚、張有諸人，轉聲為轉注之說，雖好古如顧炎武亦不復深省。……
>
> 今讀先生手教曰：本義外展轉引伸為他義，或變音或不變音，皆為轉注；其無義而但借其音，或相似之音則為假借。……
>
> 六書之諧聲、假借，並出於聲。諧聲以類附聲，而更成字。假借依聲託事，不更制字。或同聲，或轉聲，或聲義相倚而俱近，或聲近而義絕遠，諧聲具是數者，假借亦具是數者。後世求轉注之說，不得併破壞假借諧聲，此震之甚惑也。[17]

戴東原不僅針對以轉聲來解釋轉注的說法，提出批評，也針對其師江永「本義外展轉引伸為他義，或變音或不變音，皆為轉注；其無義而但借其音，或相似之音則為假借。」提出質疑。戴東原以為「或同聲，或轉聲，或聲義相倚而俱近，或聲近而義絕遠」都是屬於諧聲、假借的範疇，與轉注無關。至於，戴東原心目中的轉注為何？他說：

> 震謂考老二字，屬諧聲、會意者，字之體；引之言轉注者，字之用。轉注之云，古人以其語言立為名類，通以今人語言，猶曰互訓云爾。轉相為注，互相為訓，古今語也。……別俗異言，古雅殊語，轉注而可知。[18]

戴東原根據許慎定義中考、老二字之用例，改以互訓來詮釋轉注，透過「數字共一用」之字義，轉相為注，則「別俗異言，古雅殊語」，均可溝通無礙。段玉裁承繼戴東原的互訓主張，云：

---

17 清・戴震：《戴東原先生全集》（臺北：大化書局，1978年），卷三，頁1038。

18 清・戴震：《戴東原先生全集》，頁1038。

> 轉注猶言互訓也。注者，灌也。數字展轉互相為訓，如諸水相為灌注，交輸互受也。轉注者，所以用指事、象形、形聲、會意四種文字者也。數字同意，則用此字可，用彼字亦可。[19]

段玉裁曾大大讚揚其師轉注為用字之說，云：「戴先生曰：『指事、象形、形聲、會意四者，字之體也；轉注、假借二者，字之用也。』聖人復起，不易斯言矣。」[20]然而，段玉裁雖宗主師說，但也不否認轉注一法與音韻息息相關，他在〈古異部轉注假借說〉說：

> 古六書假借以音為主，同音相代也。轉注以義為主，同義互訓也。作字之始，有音而後有字，義不外乎音，故轉注亦主音。[21]

因此，章太炎於〈文始敘例〉言：「轉注不空取同訓，又必聲韻相依，如考老本疊韻變語也。」[22]一再強調轉注在音義上的關聯。

從上文段氏「作字之始，有音而後有字，義不外乎音，故轉注亦主音」、章氏「聲近義同」、「同義同音」、「聲音小變……，而類義未殊」諸語可知，段、章二氏所說轉注字均脫離不了聲、義的關聯。誠如業師蔡信發教授云：「在談轉注之際，除須注意字的本義外，聲音也須兼顧，缺一不可。」[23]故知，音、義上的關聯性，對轉注字來說，是一個最基本的條件。

總結章太炎先生之轉注，除了為方言造字之外，他還提及：《說

---

19 許慎著、段玉裁注：《說文解字注》（臺北：書銘出版社，1986），頁763。

20 許慎著、段玉裁注：《說文解字注》，頁762。

21 許慎著、段玉裁注：《說文解字注》，〈六書音韻表三〉，頁842。

22 章太炎：《文始敘例》，見《章太炎全集．第七冊》，頁161。

23 蔡信發：《六書釋例》（臺北：萬卷樓圖書公司，2001），頁289。

文》中「同部之字，聲近義同，許君則聯舉其文，所以示轉注之微旨也。」「秦漢以降，字體乖分，音讀或小與古異，《凡將》、《訓纂》，相承別為二文，故雖同義同音，不竟說為同字，此皆轉注之可見者。」「在古一文而已，其後聲音小變，或有長言短言，判為異字，而類義未殊，亦皆轉注之例也。」「汎稱同訓者，在後人亦得名轉注」等等。換言之，太炎先生之轉注，除了因聲韻轉移而造的方言字之外，還包括《說文》古籀篆之別的重文關係、形體異部而音義有關之字，以及汎稱同訓者。

簡單來說，太炎先生所論轉注之範圍較廣，泛及戴段互訓之用字說。但他最根本的觀念，還是因應「雙聲相轉，疊韻相迆」而造字的轉注。他認為因方語有殊，為更制一字的轉注，是六書之假借。所以章氏才會有「轉注者，繁而不殺，恣文字之孳乳者也」之語，恣者，放縱也。轉注能放縱文字之孳乳，證明其為造字之法。章氏也才會提到「由段氏所說推之，轉注不繫于造字，不應在六書。」此外，在〈轉注假借說〉又直言：「轉注假借，悉為造字之則。汎稱同訓者，在後人亦得名轉注，非六書之轉注也。」太炎先生之立場說得很清楚，戴段之互訓說屬於廣義之轉注，非六書之轉注。所以六書之轉注，應該與象形、指事、會意、形聲一般，並列為六書之目，是屬於造字之法。

(二) 伯元先生之轉注說

1992年伯元先生首次在《中國國學》發表〈章太炎轉注說之真諦與漢字統合之關聯〉一文，認為太炎先生〈轉注假借說〉一文，深明六書轉注、假借的道理，故極為後世學人所推崇。但他認為後人「既不明許慎之精詣，又不察章太炎先生立說之本意，而斷章取義，信口開河的人士，也還不少。」[24]因而根據章氏原文，進行辨說。

伯元先生根據〈轉注假借說〉之內容，認為歷來討論轉注之說，能貼近許慎轉注真諦者，為休寧戴東原互訓之說法。「因為戴段以互訓釋轉注為訓詁學上的互訓，屬於廣義的轉注，但並未失掉轉注的要旨……可見太炎先生對戴段以互訓解釋轉注的說法，是完全加以肯定的。只不過戴段的轉注是廣義的轉注，不是六書中的轉注罷了。」[25]伯元先生文中也針對章氏以《說文》古籀篆之重文關係來說轉注，舉用以「宗」、「誌」二字為例。《說文・宀部》：

> 㝆，無人聲也。从宀，尗聲。𧩯，宗或从言。[26]

「宗」、「誌」二字在《說文》為重文關係，伯元先生從文字非一人一時一地所造來著眼，他說：「此地造宗字，彼地造誌字，文字統一，加以溝通，故謂之轉注。」[27]伯元先生也了解，因應社會交流之需，以方言造字的必然性，他說：「蓋有聲音而後有語言，有語言而後有文字。此天下不易之理也。當人以文字代語言，各循其本地之聲音以造字，由於方言不同，造出不同之文字。」[28]伯元先生又以閩南語「食飯」之動詞用字為「呷」，「若人不識此『呷』字，為之溝通，則惟有轉注一法。呷，食也。食，呷也。此謂之轉注也。」[29]他又根據

24 陳新雄：〈章太炎轉注說之真諦與漢字統合之關聯〉，《中國國學》第20期，1992年。頁35。

25 陳新雄：〈章太炎轉注說之真諦與漢字統合之關聯〉，頁35。

26 許慎著、段玉裁注：《說文解字注》，頁343。

27 陳新雄：〈章太炎轉注說之真諦與漢字統合之關聯〉，頁36。

28 陳新雄：〈章太炎先生〈轉注假借說〉一文之體會〉收錄於《文字聲韻論叢》（臺北：東大圖書公司，1994年），頁65。

29 陳新雄：〈章太炎轉注說之真諦與漢字統合之關聯〉，頁37。

兩岸繁簡用字之別，舉「擁護」與「拥护」為例，他說：

> 「擁，拥也；拥，擁也。」、「護，护也；护，護也。」這也就是轉注。為什麼說轉注與造字有關聯呢？因為如果沒有造出「拥」、「护」等字來的話，就用不著轉注來溝通了。[30]

伯元先生堅持「因為轉注為文字孳乳要例，故與造字之理有關，但並不能夠造字。」[31]因為伯元先生轉注的觀念，乃依順著戴段所主張的「互訓」，重點放在方言字詞的溝通、解釋，因而有此說法。

至於，太炎先生所言「轉注假借，悉為造字之則。」伯元先生認為「章氏釋造字之則為造字原則，而非法則。造字之法則，僅限於指事、象形、會意、形聲。」[32]認為轉注假借二耑，為造字之平衡原則，一重孳乳，一重節制，「二者消息相殊，正負相待，造字者以為繁省大例。（章氏語）」我們可以了解，伯元先生對轉注的看法，並不關注前半階段因為方言音殊，雙聲相轉、疊韻相迻而造字的過程，而僅注意彼此之詞義的互訓。所以不論是轉注，或是假借，他的重點都在討論兩字的關聯，「但就字的關聯而言，則必須以轉注之法加以溝通，這種情形，需用轉注，乃吾人顯明易知者也。」[33]對於轉注的作用，他說：「所以照章太炎先生的轉注，乃是使文字起溝通的作用。」[34]他將重點放在溝通功能，自然是從用字角度來看待。而若返

---

30 陳新雄：〈章太炎轉注說之真諦與漢字統合之關聯〉，頁37。

31 陳新雄：〈章太炎先生〈轉注假借說〉一文之體會〉收錄於《文字聲韻論叢》，頁69。

32 陳新雄：〈章太炎轉注說之真諦與漢字統合之關聯〉，頁39。

33 陳新雄：〈章太炎先生〈轉注假借說〉一文之體會〉收錄於《文字聲韻論叢》，頁68。

34 陳新雄：〈章太炎轉注說之真諦與漢字統合之關聯〉，頁40。

歸《漢書・藝文志》所言「造字之本」的說法，伯元先生則云：「因為指事、象形、形聲、會意四種是造字的個體方法；轉注、假借二種是造字的平衡原則。造字的方法與造字的原則，不正是「造字之本」嗎？[35]

故知，伯元先生依循著戴震的互訓觀點來立論，將「轉注」視為古今異言或方俗殊語之間溝通、了解的方法與途徑，自然是「用字說」的擁護者。

四　結語

透過章太炎先生轉注說的論述，可知他認為戴、段的轉注純以「互訓」解之，屬於廣義之轉注，而非六書之轉注。同時期的劉師培先生則認為戴段忽略了轉注字之間語音上的關聯，失之於氾濫。就現實語言文字的發展過程中，我們可看到轉注一法，不論是在文字孳乳或運用過程中，存在「造字」與「用字」的過程。拙意以為，轉注是一種動態的「先造後用」過程。而根據〈轉注假借說〉一文來看，太炎先生的轉注觀念包含內容比較廣泛，特別的是他在討論轉注時，緊扣著方言問題。所以，太炎先生的轉注觀念中，確實包含了「造字」與「用字」兩階段。然伯元先生將重點放在後半的互訓過程，以「溝通、解釋」的用字角度來詮釋。換言之，伯元先生的轉注觀念，是依循著戴、段「轉注即互訓」的觀點來立說。誠如王初慶教授云：「轉注、假借二端，自有六書學以來聚訟不已，至於今而未已。即使同引一家之說，解析未必相同。」[36]轉注為造字之法？抑或用字之法，至

35 陳新雄：〈章太炎轉注說之真諦與漢字統合之關聯〉，頁39。

36 王初慶：〈黃季剛先生「《說文》」學之承傳與發皇〉，收錄於《曙青文字論叢》（臺北：洪葉文化事業公司，2009年3月），頁128。

今仍許多討論的空間。筆者透過太炎先生〈轉注假借說〉原文，深度爬梳章氏的轉注觀，並且還原他當年立說的時代背景，了解章氏特重方言價值的原因，這也是筆者撰作此文的重要收穫。

談蘇軾與《說文解字》

沈寶春
國立成功大學中國文學系退休兼任教授

摘要

陳伯元師曾撰《東坡詩選析》附有〈從蘇東坡的小學造詣看他在詩學上的表現〉、〈聲韻與文情之關係——以東坡詩為例〉、〈蘇東坡的語言學與詩學〉三文，對蘇軾的人品、文學以及學識能夠兼攝並通，一唱三歎，三致意焉，尊他為「中國讀書人的典範」。但是，三文中討論「聲韻與文情」較多，涉及文字部分較少，除舉「犇、麤」、「波、滑」、「篤、笑、鳩」以駁王安石《字說》之謬悠外，餘則以「鰕」、「冄」、「寺」、「械」、「黮」諸例與《說文》暗合，來證成東坡遣詞用字的佳妙。所談雖少，卻洞燭機先，甚有啟發，小子不敏，茲以〈談蘇軾與《說文解字》〉為題，振葉尋根，發其底蘊，略窺蘇軾本人著作中明確徵引《說文》者4條，與出自他人筆記諸說之差異，以賡續陳伯元師之餘緒，是為文。

關鍵詞：蘇軾、《說文解字》、《書傳》、《論語說》、《東坡志林》

一　前言

1979年就讀師大國文研究所碩士班期間，有機會修習陳伯元師講授的「廣韻研究」和「古音研究」[1]，沉浸在他飽腴厚實卻又溫煦飛揚的絳帳春風裡，尤其言及東坡詩詞，更是昂揚激切，兩頰漾著神采，直領學子賞翫那「聲融金石，光溢雲漢」的絕妙滋味。後來讀其所撰《東坡詩選析》，書後附有〈從蘇東坡的小學造詣看他在詩學上的表現〉（1986）、〈聲韻與文情之關係——以東坡詩為例〉（1999）、〈蘇東坡的語言學與詩學〉（2001）三文[2]，甚受啟發。文中提及東坡與《說文解字》[3]（以下簡稱《說文》，文中引用簡作「《說文》」頁數）這個命題，並以宋人岳珂《桯史》論「犇、麤」[4]、羅大經《鶴林玉露》談「波、滑」[5]、曾慥《高齋漫錄》言「篤、笑、鳩」[6]諸例用來駁斥王安石《字說》的謬悠舛誤。但觀諸例，大抵出自南宋雜家小說之筆，假他人言語，不免令人生疑。伯元師文中又舉「鰕」、「毌」、「寺」、「械」、「鬰」五用例頗與《說文》暗合，用來證成東坡遣詞用字的妙絕古今，獨具慧眼。唯伯元師所舉五字並未見蘇軾直引《說文》，那麼，蘇軾確實引用《說文》處有哪些？從何而來？較諸岳珂、羅大經、曾慥所引有何不同？正是本文所欲闡述的焦點，而這命題看似緣

1　沈寶春，〈小學於今盡坦途——紀伯元師二三側影〉，《沈寶春學術論文集（古文獻卷）》（臺北：萬卷樓圖書公司，2019年），頁455-457。

2　陳新雄，《東坡詩選析》（臺北：五南圖書出版公司，2003年），頁582-662。

3　東漢・許慎撰，清・段玉裁注，《說文解字注》（臺北：藝文印書館，2005年）。

4　南宋・岳珂，〈犇麤字說〉，《桯史》（臺北：臺灣商務印書館，1986年，影印文淵閣四庫全書），卷2，頁2。

5　南宋・羅大經，《鶴林玉露》（臺北：臺灣商務印書館，1986年，影印文淵閣四庫全書），卷13，頁15。

6　南宋・曾慥，《高齋漫錄》（臺北：臺灣商務印書館，1986年，影印文淵閣四庫全書），頁375。

木求魚，強作解人，唯伯元師已發其端，愚承其餘緒，仔細檢索蘇軾諸作，爬梳整理加以論略，故不揣翦陋，尚祈方家多所指正。

本文根據的東坡詩文論傳著作材料主要有四：一為1975年臺北河洛圖書出版社的《蘇東坡全集》[7]（文中引用簡作「上」或「下」頁碼）；二為2001年北京語文出版社的曾棗莊、舒大剛主編的《三蘇全書》[8]（文中簡作「全」冊頁碼）；三為2019年北京中華書局出版的明茅維編、今人孔凡禮點校的《蘇軾文集》[9]（文中簡作「文」冊頁碼）；四為1982年出版、2018年北京中華書局重印的清王文誥集註、孔凡禮點校的《蘇軾詩集》。諸書收錄或交午重出繁簡互異，或分類不同文字參差可供進一步比勘，舉如《艾子雜說・獬豸》即有「豸」作「獬」之異，而〈漁樵閒話錄〉卻有「豸」、「豕」之別（全5：381）[10]，點校本雖有精確校勘隨文註明，但容有勘校未盡猶疑其詞者，如〈與王仲志三首〉之一「諸儒殆難繼矣」，注〔二〕云：「字書不見『儁』字，疑與『儒』字通。」（文2493）實則「儁」與「儒」為異體字，《集韻》平聲十虞韻「儒」字下收「儁」為或體[11]即是。凡本文徵引前舉四書，除另作詳細辨析分解須註明出處外，餘皆只註篇名冊頁。《三蘇全書》第19冊「別錄」所收「舊題蘇軾撰」，如《歷代地理指掌圖》、《蘇沈良方》、《物類相感志》、《調謔編》、《格物粗談》、《雜纂二續》、《漁樵閒話錄》、《問答錄》諸篇，蓋作者猶存疑義，故暫予擱置不採，得合先敘明。

---

7 北宋・蘇軾，《蘇東坡全集》（臺北：河洛圖書出版社，1975年）。

8 曾棗莊・舒大剛主編，《三蘇全書》（北京：語文出版社，2001年）。

9 明・茅維編，民國・孔凡禮點校，《蘇軾文集》（北京：中華書局，2019年）。

10 明・茅維編，民國・孔凡禮點校，《蘇軾文集》，第六冊，《蘇軾佚文彙編》，卷7，附錄，頁2602，注一：「《顧氏文房小說》本『獬』作『豸』，文內同。」又同卷頁2619、2621〈漁樵閒話錄〉末「殊不知此亦豸豳之義也」注二十六云：「『豸』原作『豕』，今從《龍威秘書》。」點校本皆標識如此。

11 北宋・丁度等編，《集韻》（臺北：學海出版社，1986年），上冊，頁81。

二　談蘇軾對文字結構形義密合的關注

目前所見蘇軾的著作並未有《說文》方面的專著，何況歷來看待他為文學大家、唐宋古文的巨擘、當代詩詞的翹楚、引發議論的風雲人物，當然不會強求他在文字學方面也當高屋建瓴，有所建樹的。

其實仔細觀察，蘇軾對文字形構的組成其實是相當細感銳受的，詩詞文集中看似對生命悲歡離合的謳歌，抉其微卻也折射出他廣博的學識與涵養，文字則是這宏偉建築的底層，真諦得道的言筌，正如〈石鼓歌〉指出的「娟娟缺月隱雲霧，濯濯嘉禾秀稂莠」，面對陌生又殘泐不清的古文字需「強尋偏旁推點畫」細加推敲，即如平常所見文字亦得一一詳究，比如〈次韻正輔同游白水山一首〉云：「恣傾白蜜收五稜，細劚黃土栽三椏」，句下自注：「正輔分人參一苗，歸植韶陽，來詩本用『碰』字，惠州無書，不見此字所出，故且從木奉和。」（上512）而這種實事求是回書覆案的功夫，因「惠州無書」而姑且「攀例」從眾改字，是說又見於《東坡續集》卷七書簡〈與程正輔提刑二十四首〉其十云：「兩甥相聚多日，備見孝義之誠，深慰所望。未暇別書，悉之悉之！兒子適令幹少事，未及拜狀。輒已和得白水山詩，錄呈為笑。并亂做得香積數句，同附上。前本併納去。『碰』字輒用『椏』字，蓋攀例也。呵呵。」（下209）其拳拳在心不可或忘的情景如影在目。當然，若回案《說文》並未見「碰」、「椏」二字而僅收「枒」字（《說文》248），但在宋真宗大中祥符元年（1008）陳彭年、邱雍等奉敕編撰的《大宋重修廣韻》與成書於宋仁宗寶元二年（1039）丁度等承詔編撰的《集韻》中卻有收錄[12]，從中

---

12 北宋・陳彭年等重修，民國・林尹校訂編，《新校正切宋本廣韻》（臺北：黎明文化事業公司，1978年）下平九麻韻「椏」字下說：「《方言》云江東言樹枝為椏杈也。」下又收「碰」字云：「碾碰，地形不平。」頁167；北宋・丁度等編，《集

可略窺蘇軾真正處在「惠州無書」的窘況，一無依傍，但仍仔細辨別文字偏旁所從，來回應詩文詞義是否穩妥適切？從而確定將「碰」字改成「椏」字應是較為合宜；或如〈和癸卯歲始春懷古田舍二首〉其一云：「休閑等一味，妄想生愧靦」下自注：「淵明本用『緬』字，聊取其同音字」（下77），亦通過偏旁互換的原則來與陶詩遙相呼應，對於文字結構真可謂字字斟酌，毫不含糊。

是蘇軾對文字的形構與字義間的密合度是有深入思索的，看似別出心裁，獨發新義，其實是有所本的，如在〈與晁君成〉書簡中談：「《莊子》『用志不分，乃疑於神。』古語以『疑』為『似』耳。如《易》陰『疑』於陽，世俗不知，乃改作『凝』，不敢不告，人還草草。」（下138-139，全5：220）考《說文》釋「疑」為「惑也」，以「凝」為「水堅」冰的俗體（《說文》576、750），二字本義不同。王叔岷《莊子校詮》於〈外篇達生第十九〉「用志不分，乃凝於神」注〔八〕下，據郭慶藩《莊子集釋》引俞樾曰：「凝當作疑，下文：『梓慶削木為鐻，鐻成，見者驚猶鬼神。』即此所謂『乃疑於神』也。《列子・黃帝篇》正作疑，張湛注曰：『意專則與神相似者也。』可據以訂正。」又云：「馬氏《故》引蘇軾曰：『凝當作疑。』案林希逸已云：『凝當作疑，後削鐻章可照。』蘇軾謂蜀本作疑。（《道藏》羅勉道《循本》、焦竑《翼本》、宣穎《解本》皆改從疑，《天中記》五七引同。）疑猶擬也，〈天地篇〉：『子非夫博學以擬聖』，《淮南子・俶真篇》作疑，即其比。」[13]可見蘇軾據「古語以『疑』為『似』」出而合轍，其對古語古籍的細感銳受也可窺一斑。

韻》，平聲九麻「椏」下說：「《方言》江東謂樹岐為杈椏。」「碰」下云：「土不平謂之碰。一曰石名。」上冊，頁209。

13 王叔岷著，《莊子校詮》（臺北：中央研究院歷史語言研究所，1988年），中冊，頁677、680。

蘇軾也嘗掌握住「義近形旁通作」的規律，如在《三蘇全書・經部・蘇氏易傳》卷之七〈繫辭傳上〉：「言天下之至賾而不可惡也，言天下之至動而不可亂也」下，注云：「賾，喧錯也。古作嘖，从口从叵，一也。《春秋傳》曰：『嘖有煩言。』」（全1：359）按《說文》第十五卷〈敘〉引〈繫辭傳〉文正作「知天下之至嘖而不可亂也」，且《說文》正文只收「嘖」而不收「賾」字，解釋「嘖」為「大呼」，並收从言的「謮」為或體（《說文》771、60），蘇軾以「从口从叵，一也」解之，「从口从叵」相通與否並無另舉他例，唯稽諸《廣韻》入聲二十一麥韻「側革切」下收「嘖」為「大呼聲」，「謮」為「謮怒，《說文》同上」，「士革切」則收「賾」字，釋為「探賾」[14]，其形音義似分為二；然《集韻》列「賾嚽」為小韻首，以「士革切。幽深難見也。孔穎達說或作嚽，通作嘖」解說，而「側革切」下則收「嘖嘖鳴也」的「嘖」與訓「怒也，讓也，通作責」的「謮」字。[15]是東坡以「賾」古作「嘖」乃知古今用字的不同，頗曉文字孳乳演變的規律，況諸字聲符皆从「責」，以形聲字「形旁代換」的原則來看[16]，「从口从叵，一也」也頗符合「義近形旁通作」的原則；甚或注意「聲旁的代換」，如在〈軾欲以石易畫晉卿難之穆父欲兼取二物穎叔欲焚畫碎石乃復次前韻并解三詩之意〉詩云：「明鏡既無臺，淨瓶何用蹙」下自注「古蹴、蹙通」即是。以他對文字偏旁結構的留意，以

14 北宋・陳彭年等重修，民國・林尹校訂編，《新校正切宋本廣韻》，頁514。

15 北宋・丁度等編，《集韻》，頁739。唯據魏・王弼，韓康伯注，唐・孔穎達正義，《重栞宋本周易注疏附校勘記》（臺北：藝文印書館，1979年），〈繫辭上第七〉：「言天下之至賾而不可惡也，言天下之至動而不可亂也」下孔穎達《正義》並未見此說，頗疑《集韻》另有所據。

16 裘錫圭，《文字學概要（修訂本）》（北京：商務印書館，2013年），頁164云：「有不少形聲字的形旁，既可以用甲字充當，也可以用乙字充當；或者先用甲字，後來改用乙字。我們稱這種現象為形旁的代換。有些義近的形旁有時可以相互代換。」又頁168言及「聲旁的代換」，可參。

致詩文中二字選相同偏旁者觸處皆是，不煩殫舉，如以「多識鳥獸草木之名」的「鳥」旁來說，「鵾鴃」、「鶬鶊」、「鸕鶿」、「鴉鵲」、「鸜鵒」、「鵬鷃」、「鳭鴿」、「鷹鶩」、「鷺鵜」、「鶩鴟」、「鵷鷺」、「鸚鶥」、「鶉鴣」、「鷓鴣」……可謂生態豐富，天穹翱翔，也就不足為意了；至於三字連用相同偏旁如「春光水溶漾」（〈李氏園〉，上46）、「適意無異逍遙遊」（〈石蒼舒醉墨堂〉，上54）「一濯滄浪纓」（〈送錢藻出守婺州得英字〉，上55）、「而此不到心懷慙」（〈自金山放船至焦山〉，上61）、「盧橘楊梅次第新」（〈食荔支二首〉，上516）、「則豺狼狐狸自相吞噬」（〈王元之畫像贊一首〉，上275）……也不勝枚舉；至若或四或五或六相同偏旁連用者，如「潁水清淺可立鷺」（〈送歐陽季默赴闕一首〉，上471）、「涵澹澎湃而為此」（〈石鐘山記一首〉，上397）、「清淮濁汴」（〈清平樂・秋詞〉，全10：361）、「萬里江沱漢漾」（〈鵲橋仙・七夕和蘇堅韻〉，全10：348）、「旋聞江漢澄清」（〈河滿子〉，全10：422）、「多篬篔篠簜」（〈題西湖詩卷〉，文6：2560）、「入淮清洛漸漫漫」（〈浣溪沙〉，全10：470）……形塑出詩文中層累厚積不斷瀰漫延伸的「次第新」情境，顯得相當獨特奇異。

然對文字形構的解析在蘇軾著作中有如吉光片羽般閃現，這可能導因於他追求的是「得意」而非「句義之間」的觀念，《三蘇全書・經部・蘇氏易傳》卷之七〈繫辭傳上〉曾自道：「夫論經者，當以意得之，非於句義之間也。於句義之間，則破碎牽蔓之說，反能害經之意。孔子之言《易》如此，學者可以求其端矣！」（全1：360）然而這種「求端」的問學態度還需建立在「訓詁」的「眼目」上來實踐，所謂「吾論六十四卦，皆先求其所齊之端。得其端，則其餘脈分理解無不順者，蓋未嘗鑿而通也。」（全1：348）若要將道理說得淪肌浹髓，意神傳得真切透澈，正如其在「《易》之為書也不可遠」所自剖的：「凡言『為書』者，皆論其已造於形器者也。其書可以指見口授，不當遠索於文辭之外也。其道則遠矣。」（全1：384）可見他認為本末貫通，還是必須回到文字本身以「循其本」的真確掌握上，「根本彊固則精神折衝」然後才能「不復在文字畛域中」，超以象外吧！

可是，在著作中他屢屢言及隨身攜帶《爾雅》[17]，卻未曾提及以《說文》自隨。那麼，蘇軾與《說文》的關係到底如何呢？

三　蘇軾著作中明引《說文》者

今所見蘇軾詩詞文集中涉及漢儒者頗多，如說「奇字可學，知子雲之苦心」（〈回答館職啟〉，下325）的揚雄，「鄭君故多方，玄翁所親指」（〈陶淵明讀《山海經》十三首其七首皆仙語余讀《抱朴子》有所感用其韻賦之〉，下82）及「王、鄭、賈、服之流，未必皆得其真」（〈郊祀奏議〉，下279）的鄭玄、賈誼、服虔，以及「恐後世無所執守，故賈誼、董仲舒咨嗟歎息，以立法更制為事」（〈策略第三〉，下729）的董仲舒，又或司馬相如（〈夢作司馬相如求畫贊〉，下303），但卻隻字未提及許慎與《說文》。

蘇軾著作中明確徵引《說文》者，大抵出自他的學術三書與《東坡志林》。根據《宋史》本傳：「（蘇）洵晚讀《易》，作《易傳》未究，命軾述其志。軾成《易傳》，復作《論語說》；後居海南，作《書傳》。」[18]然而《四庫全書總目》提要以「蘇洵作《易傳》未成而卒，屬二子述其志。軾書先成，轍乃送所解於軾，今蒙卦猶是轍解，則此

---

17 如〈張近幾仲有龍尾子石硯以銅劒易之〉詩云：「我得君硯亦安用？雪堂窓下《爾雅》箋蟲鰕。」〈過文覺顯公房〉：「淨几明窗書小楷，便同《爾雅》注蟲魚」，見北宋・蘇軾，《蘇東坡全集》，上冊，頁196；下冊，頁61，限於篇幅，有關蘇軾與《爾雅》之關係，當另文詳之，此先按下不表。

18 元・脫脫等撰，楊家駱主編，《宋史》（臺北：鼎文書局，1978年），頁10817。

書實蘇氏父子兄弟合力為之。題曰軾撰，要其成也。」[19]而《論語說》多少也摻雜如斯的性質。但蘇軾在〈與滕達道書〉其二十一中自道：「某閑廢無所用心，專治經書。一二年間，欲了卻《論語》、《書》、《易》……雖拙學，然自謂頗正古今之誤，粗有益於世，瞑目無憾也。」（文4：1482）又在〈答李端叔十首（翰林）〉其三云：「所喜者，海南了得《易》、《書》、《論語傳》數十卷。」（文4：1540）復於〈答蘇伯固四首〉其三說：「但撫視《易》、《書》、《論語》三書，即覺此生不虛過。如來書所諭，其他何足道。」（文4：1740-1741）並在元符三年（1110）北歸「遭連日大雨，橋梁盡壞，水無津涯」時，言「所撰《書》、《易》、《論語》皆以自隨，世未有別本。撫之而嘆曰：『天未喪斯文，吾輩必濟！』已而果然。」（文4：2277）[20]可見這經學三書對他的重要性，乃名山事業，微言大義所寄，「雖云小技，必有可觀」（下626）的知識起點。以下先臚列三書中徵引《說文》四處：

（一）《東坡書傳》卷五〈夏書・禹貢〉「雷夏既澤，灉沮會同」下，蘇軾傳云：「灉、沮二水，雷澤在濟陰成陽縣西北。《說文》曰：『水自河出為灉。』灉水東出於泗，則淮、泗可以達河者，以河灉之至於泗也。」張尚英、舒大剛校點該句注云：

> 今傳《東坡書傳》於灉無釋，而夏僎《詳解》於「浮於淮泗達於河」下曰：「蘇氏引《說文》曰：『水自河出為灉。』灉水東

19 清・永瑢、紀昀等纂修，《欽定四庫全書總目》（臺北：臺灣商務印書館，1986年，影印文淵閣四庫全書），第一冊，卷2，頁7。

20 詳參曾棗莊，〈導言・二　三蘇皆以人情說解釋《六經》〉，《三蘇全書》，第一冊，頁18、23、35；金生揚，〈蘇氏易傳敘錄〉，《三蘇全書》，第一冊，頁127、129；張尚英、舒大剛，〈東坡書傳敘錄〉，《三蘇全書》，第一冊，頁425-427；舒大剛，〈論語說敘錄〉，《三蘇全書》，第三冊，頁159-161。

> 出於泗，則淮、泗可以達河者，以河灉之至於泗也」云云，而彼處東坡亦無此語，蓋因彼處無「灉」字，東坡固不必釋之。頗疑東坡當於此處釋灉水，固據補於此。又據《說文解字．水部》釋「灉」實作：「河灉，水，在宋。从水雝聲。」東坡所引非《說文》，而是《爾釋（春按：應為《爾雅》）．釋水》文，郭璞注正引《尚書》「灉沮會同」釋之。今據改。（全1：495）

此處蘇軾原作「《說文》曰」，然所引原文非從《說文》而來，乃出自《爾雅．釋水》篇。按「灉」字《說文》解作「河灉水，在宋。从水雝聲。」至於《爾雅》則作「水自河出為灉。」注：「《書》曰：『灉沮會同。』」[21]（《說文》542-543）是東坡以《爾雅》之說移為《說文》之解，恐係記誦誤置所造成的。

（二）《東坡書傳》卷五〈夏書．禹貢〉「厥土白墳，海濱廣斥」下，蘇軾傳云：「《說文》云：『東方謂之斥，西方謂之鹵。』鹵，鹹地也。」[22]但《說文》釋「鹵」為「西方鹹地也。从西省，[illegible]象鹽形。安定有鹵縣。東方謂之㡿，西方謂之鹵。」段玉裁注以「合體象形」視之，說：「合體象形有半成字、半不成字者，如鹵从𠧴，而又以[illegible]象之是也」，並在《說文》「西」字籀文「𠧴」下注云：「按鹵下曰从西省，若籀文西如此，則鹵正从籀文𠧴矣。」（《說文》592、591）兩相比觀，知蘇軾喜用「俗字」，以「幾不成字」的俗字「斥」作「㡿」字用（《說文》450）[23]，前此《尚書》孔安國《傳》引《說

21 晉．郭璞注，北宋．邢昺疏，《重栞宋本爾雅注疏附校勘記》（臺北：藝文印書館，1979年），卷7，頁119。

22 北宋．蘇軾，《東坡書傳》（臺北：臺灣商務印書館，1986年，影印文淵閣四庫全書），第54冊，頁518。唯曾棗莊．舒大剛主編，《三蘇全書》，第一冊，卷5，頁497則誤作「《說文》云：『東方謂之斥，西方謂之卤。』卤，蒻地也。」

23 「㡿，卻屋也。从广，屰聲。」段注：「俗作厈作斥，幾不成字。」

文》已作「東方謂之斥，西方謂之鹵」，及孔穎達《正義》也引《說文》作「鹵，鹹地也。東方謂之斥，西方謂之鹵」[24]，可見俗字之用乃其來有自。

（三）《東坡書傳》卷十七〈周書・顧命〉「一人冕，執銳，立于側階」下，蘇軾傳云：「銳，當作『鈗』，《說文》曰：『鈗，侍臣所執兵，从金，允聲。《書》曰：「一人冕執鈗」，讀若銳。』冕，大夫服；弁，士服。」袁文《甕牖閒評》卷一云「蘇軾謂『銳當作鈗』，是也。」（全2：202）蘇軾改「執銳」為「執鈗」雖是對的，但所引《說文》卻與大、小徐本稍有差異，「鈗」字諸本皆作「侍臣所執兵也。从金，允聲。《周書》曰：『一人冕執鈗』，讀若允。」是所引《書》當作《周書》，「讀若銳」當作「讀若允」，袁文雖讚其改作甚善，實則改之未盡。清・柳榮宗在《說文引經攷異》中曾論及「（銳）皆精銳堅利之義，無作兵器字用者，是《尚書》本作『鈗』，篆文『鈗』、『銳』字相似，因譌為『銳』，二徐《說文》本是也。」[25]可從。

（四）《論語說》卷上〈八佾篇〉第三「孔子謂季氏八佾舞于庭：『是可忍也，孰不可忍也？』」下，蘇軾說云：「《宋書・樂志》：宋文帝元嘉十三年，給彭城王義康伎，相承給三十六人。太常傅隆以為：《左傳》諸侯用六，杜預以為三十六人，非是。舞以節八音，故必以八人為列。自天子至士，降殺以兩。兩者，減其二列爾。若如預言，至士止有四人，豈復成樂？服虔注《左傳》與隆同。又《春秋》：晉悼公納鄭女樂二八，晉以一八賜魏絳。此樂以八人為列之證也。予按《說文》：佾從人，從肏聲。肏，許訖切，肏從肉八聲。其

24 漢・孔安國傳，唐・孔穎達正義，《重栞宋本尚書注疏附校勘記》（臺北：藝文印書館，1979年），卷6，頁81。

25 清・柳柳榮宗，《說文引經攷異》（咸豐二年江蘇刊本），卷5，頁7。

解云：振也。八無緣為『肸』之聲，疑古字從人從肉。」（全3：175）此條係舒大剛據《東坡志林．八佾說》增補的[26]。蘇軾就「佾」的行列人數與音讀是否切合的問題提出質疑，是相當合理的，《朱熹集》卷七十一《雜著．偶讀漫記》也說：

> 《說文》：「肸，振肸也，從肉，入聲，許訖反。」東坡疑從「入」無緣為肸聲，而謂舞必八人為列，乃謂「佾」即「肸」字，從「八」從「肉」。今按，此乃《說文》之誤，東坡疑之是也，而其所以為說則非。若以「八」字為「兮」，而從「肉」，「兮」省聲，則正得許訖切矣。「肸」又從「人」，乃為「佾」字，蓋舞則人之振肸也。然今《說文》不見「佾」字，坡云有之，未詳其說。每詳「肸」字即「肸」字，故《說文》但有「肸」字而別無「肸」字。坡疑「佾」即「肸」字，亦非也。《班史．武紀》謂云「肸然如有聞」，亦肸鄉之義也。（全3：175）

朱熹也指出「今《說文》不見『佾』字」，則「佾」字出自何書？直到清代段玉裁注「肸，振肸也」還說：「鍇本云『振也』，鉉本云『振肸也』，皆非是。……蓋肸與肸音義皆同。許無八佾字，今按作肸作肸皆可。」（《說文》173）由此可見，《說文》本無「佾」字，蘇軾的說法蓋從徐鉉《說文新附》而來[27]，追究其實，並非出自《說文》。

---

26 北宋．蘇軾，《東坡志林》，《三蘇全書》，第五冊，卷之7，頁234；又〈八佾說〉，明．茅維編，民國．孔凡禮點校，《蘇軾文集》，第五冊，卷64，雜著，頁1991，作「八無緣為肸之聲，疑古字從八從肉」的「從八」疑誤，但蘇軾對「八無緣為肸之聲」的音讀置疑，倒是對的。

27 「人部」新附：「佾，舞行列也。从人，肸聲。夷質切。」東漢．許慎撰，北宋．徐鉉校定，《說文解字》（北京：中華書局，2005年），卷8上，頁168。

四　結語

《東坡志林》卷之一〈題所作書易傳論語說〉嘗云：「孔壁、汲冢竹簡、科斗皆漆書也，終於蠹壞。景鐘、石鼓蓋堅，古人之為不朽之計亦至矣。然其妙意所以不墜者，特以人傳人耳……吾作《易》、《書傳》、《論語說》，亦粗備矣。嗚呼，又何以多為？」（全5：194）其徵引《說文》亦正如是，出自《書傳》者3條，出自《論語說》即《東坡志林》者1條，僅僅4條，正如東坡自道的「又何以多為」乎？觀上文所討論蘇軾引《說文》4條中，或將《爾雅》之說移作《說文》之誤如解「灉」字；或據《尚書》孔安國《傳》、孔穎達《正義》作俗字如「斥」，或改「執鋭」為「執兌銳」而尚且改之未盡；或所引《說文》實出自《說文新附》如「佾」字，其說法來源參差不一，有言之中肯的，亦有出處誤移者，然蘇軾對文字形構非了不措意，卻不能充分確實地徵引《說文》來詳辨是非，究其成因，恐怕是書缺有閒的環境使然吧！蘇軾的《易傳》、《書傳》、《論語說》雖是精心傑作，但在學術資源相對匱乏的黃州、儋州時期撰述，客觀條件的限制，書籍資料又有限，以致限縮了引用發揮的空間，所以詩文集中既乏徵引，學術論著中引用的僅僅4條，徵引醇駁不一，那麼，「儋州六無」或「一有四無」（〈答程大時一首〉，文2：2450、2658）的苦況，非但是物資匱乏的問題，實際上也影響到他學術撰述的精準度呢！

另外，就上文所談蘇軾引《說文》4條中，「佾」字出自《東坡志林・八佾說》，並不見於古今各本《說文》，而是徐鉉《說文新附》新收字。就目前所能掌握的蘇軾著作中，雖有「昔元豐之新經未頒，臨川之《字說》不作，止戈為武兮？」（〈復改科賦〉，下97）或「新說方熾，古學崩壞，言之傷心」（〈與封守朱朝請二首〉之一，下214），以及「文字之衰，未有如今日者也，其源實出於王氏。王氏之文，未必不善也，而患在於好使人同己。」(〈答張文潛書一首〉，上376）在在顯示出他對新說傷心抱怨憤懣的情緒，尤其《東坡志林》卷之五有一條題為〈宰相不學〉云:「王介甫先封舒公，後改封荊。《詩》曰:『戎狄是膺，荊舒是懲』，識者謂宰相不學之過矣。」(全5：220）極盡嘲弄挖苦之能事，卻未見直攻硬批嘲弄王安石《字說》的情形，也許題材不同，敘述手法不一，然以蘇軾超曠的「高度」想或不至為此，但政治上新舊黨爭的餘脈延伸伏流潛藏，再加上「好事者粉飾」增華，若檢視南宋雜家小說中關於蘇軾嘲諷《字說》的諸種說法，或許多多少少摻有不純粹的成分在，在引用認定時可能得須更謹慎看待吧！

從上博簡與安大簡的「絺」字談「希」字的讀音問題及古聲韻系統的分系問題

李旭昇
臺灣師範大學退休教授
鄭州大學漢字文明傳承傳播與教育研究中心講席教授

摘要

古文字中有一種「一形多用」的現象，同一個字形，可以讀成A／B兩個讀音，而A與B的聲韻關係又很複雜，有些有點關係，有些完全無關，必須深入研究後才能判定。安大簡詩經出土後，〈葛覃〉詩中「絺綌」的字形讓我們瞭解古文字中的「谷」本作※，象布紋交織，也可以下加巾作希，仍讀為「谷（綌）」，但上古織布較為疏略，因此又讀為「希（稀）」。安大簡的「絺音彳」字作「紙」、《上博簡》作「蓛」，都从「氐」聲。漢代的「絺音彳」字應該理解為从糸祇省聲。這就造成後世从「希」聲的字有三個系統。本文由此希望上古音、中古音的研究也應該注意到方音的現象，或許比較能夠如實地反映出古音的真正面貌。

關鍵詞：絺、綌、谷、希、上古方音

一　「希」字形音義的舊說

「希」是一個很奇妙的字，先秦典籍用到這個字的次數不算太少，但是《說文解字》卻沒有「希」字。《說文》中从「希」得聲的字，有些聲母與聲子的韻關係其實不是很清楚，其聲韻關係，舊釋都很難說得清楚。現在，由於《上博簡》與安大簡《詩經》中有「絺」字，終於讓我們弄清楚了這些問題。

「希」字及從「希」得聲或構形的字，古代韻書有五種讀音，這五種讀音的聲韻並不都相近，不太能完全以音近通轉來清楚說明：

甲　聲屬喉牙，韻在微部

如《玉篇零卷・爻部》：

> 希，虛衣反。《廣雅》：「希，摩也；希，施也；希，止也；希，散也。字書：希，疏也。」野王案：「《說文》以疏罕之希為稀，字在禾部；希望為晞，字在目部。以此或為絺綌之絺字，音丑梨反，在糸部，《尚書》亦或為希字。」[1]

《說文》卷七上：

> 稀，疏也。从禾，希聲。徐鍇曰：「當言从爻，从巾，無聲字。爻者，稀疏之義，與爽同意。巾，象禾之根莖。至於莃、晞，皆當从稀省。何以知之？《說文》無希字故也。香依切。」

1　顧野王撰《原本玉篇零卷》（上海・商務印書館據《古逸叢書本影印，1935年12月》），冊二，頁126。以下常見書，及據教育部異體字典轉引之書，不注出處。

其餘如《說文》卷四上「睎」音香衣切、《說文》卷九下「豨」音虛豈切；《集韻》「郗」音香依切；《龍龕手鑑》「騠」音許氣反；《龍龕手鏡》「騺」音虛豈、興倚二反。《說文》卷八上「俙」音喜皆切等，都屬此類。

乙　徹紐脂部

《說文》卷十三上：

> 絺，細葛也。从糸、希聲。（丑脂切）

其他如《說文》卷六下「郗」、卷十二下新附字「瓻」音丑脂切，《廣韻・六脂》「絺」音丑飢切、《集韻・六脂》「睎」音抽遲切等，都屬此類。

丙　溪紐鐸部

郗：《後漢書・劉焉袁術呂布列傳第六十五》：「益州刺史郗儉」王先謙《集解》引惠棟說謂《蜀志》「郗」作「郤」，《說文》卷六下「郤」音綺戟切。

其他如《字彙・刀部》「剎，與郄同。」《字彙・邑部》云：「郄，與隙同。與從卩之郄不同，郄音卻。」據此則「郄」、「郄」本不同字，「剎」同「郄」，不同「郄」。唯《正字通・邑部》：「郤，隙郄通。」同書〈刀部〉：「剎，俗字，舊註同郄，非。」則以「剎」、「郄」為同。自此之後，字書多以「剎」同「郄」，而「郄」又同「郤」，遂逕以「剎」同「郤」。

丁　曉紐諄（文）部

《說文》「睎」音季近切、《集韻》「謡」音許近切。屬甲類字的陰陽對轉。

戊　訛字

《玉篇》（元刊本）「鍗」音舒力切。《字鑑・職韻》：「飾，設職切。《說文》也。从巾、从人、食聲。俗作餙。」

髶，《龍龕手鏡》：「鬔髶二俗髼正：薄紅反。～鬆，髮亂也。」當為髶之訛字。

另外有些字屬多音字，如前引甲類第一條《玉篇零卷・叒部》「希」字下顧野王以為「希」字讀虛衣反，又為絺綌之「絺」字，音丑梨反。又《類篇・女部》：「婦，抽遲切，女字。又香依切。」[2]《類篇・犬部》：「豨，抽遲切。豨韋因氏名官也。又盈稀切，又虛其切，又香依切，豬也。《方言》：『南楚謂之豨，或從犬。』又賞是切，豨韋氏，古帝王號，李軌讀。又許豈切，豕走，有封豨脩虵之害。」[3]這些現象也說明了前三類字互通或訛混的程度。

五類之中，去掉最後二類。同一個「希」字，作為單字或聲符，為什麼可以讀為香衣切、丑脂切、綺戟切這三個音？「香」與「丑」聲紐遠隔，「衣、脂」（脂部）與「戟」（鐸部）韻遠難通，這三個音是一音之轉？還是各自獨立為音？

同樣从「希」聲，絺（丑脂切，徹）、稀（香依切，曉紐），二字上古韻同在微部，但是聲紐相去極遠，《漢字通用聲素》中沒有一個相通的例子。黃焯《古今聲類通轉表》所舉通轉例證都是漢代以後的例

2 《類篇・女部》，頁458。

3 《類篇・犬部》，頁358。

子，所以徐鍇在「稀」字下會說「當言从爻，从巾，無聲字」，又說「莃、晞，皆當从稀省」。雖然已看出了問題，但無法真正解決問題。

上列丙類字，从「希」與从「谷」可以同字，「希」的上古韻在脂部，「谷」在鐸部，脂鐸二部沒有相通的例子。[4]「希」與「谷」的字形相去很遠，並不容易訛混，那麼丙類字為什麼从「希」又可以从「谷」？恐怕不能只以形近訛混一語交代了事。

《說文解字詁林》所引各家全依《說文》，近代人撰寫的文字解說類書籍，也都全依《說文》。近代學者根據這些構形聲符所擬的音讀，似乎也反映出了這樣的問題。以下前四者是根據「漢字古今音資料庫」[5]的擬音，白一平先生的擬音見《上古音手冊》：

王　力：希*xi̯ər；絺*t^{h}ĭəi
董同龢：希*xjə̆d；絺*t^{h}jəd
周法高：希*xjər；絺*t^{h}iər
李方桂：希*hjəd；絺*thrjiəd
白一平：希*q^{h}əj；絺*q^{h}rəj

根據這樣的擬音，我們會困惑，為什麼「希」的上古聲母是[*h]或[*x]，一個很單純的擦音，而從「希」得聲的「絺」字的上古聲母卻會變成[*t^{h}]，增加了個塞音[t]，聲韻學家一定有種種解釋，但總讓人覺得困惑。

上古韻屬微部。「郗」「希」二字韻同，但是上古聲紐並不近，「郗」屬舌頭，「希」屬喉音，兩個字的發音部位相差很遠，「希」為

4　參陳新雄《古音學發微》（臺北：嘉新水泥公司文化基金，1972），頁1081。
5　「漢字古今音資料庫」，國科會補助，臺大中文系和中研院資訊所共同開發，網址：http://xiaoxue.iis.sinica.edu.tw/ccr/#。

什麼能當「郗」的聲符？也有學者主張照三上古不歸端系，而是另有來源，並且舉出一些例子，說明照三與喉牙可通。但這些例子數量偏少，有些時代偏晚，而且那些少數的例子似乎都是特例，剔除這些少數特例後，絕大部分的照三仍應歸端系。

在相關條件還相當缺乏的時候，楊樹達已經提出了突破性的意見：

> 今本《說文》無「希」字，……余謂「希」字蓋即「絺」之初文也。知者，絺為細葛，……「絺」「綌」義近，古多連言，「綌」字或作「帢」，从「巾」，是其比也。从「爻」者，象葛縷交織稀疏之形。有「希」復有「絺」者，乃後人別加義旁糸耳。此徵之字形可證者一也。《書・皋陶謨》云：「絺繡」，「絺」鄭本作「希」……《釋文》云：「希本作絺。」……此徵之經典異文可證者二也。絺綌暑時所服，其縷視布為疏，故希引申有稀疏稀少之義。此徵之引申義可明者三也。……「希」「絺」同字，錢竹汀[6]及王廷鼎……並先余言之。惟余說較詳……。[7]

楊說「从『爻』者，象葛縷交織稀疏之形」，是非常合理的說法。但隸為「爻」，則與易經的「爻」字混為一談，也許楊說雖寫成「爻」形，但並不以為是易經的「爻」字，但這一點他並沒有明白地說。其次，他以為「絺綌暑時所服，其縷視布為疏，故希引申有稀疏稀少之義」，在當時證據太少，也難成定論。

---

6 錢大昕《十駕齋養新錄》（上海書店，1983年12月據商務印書館1937年版複印）卷十二，頁266有「郤郗二姓相溷」條。並沒有說「希」「絺」同字。

7 楊樹達《積微居小學述林》（北京：中國科學院，1954年2月），卷二，頁45-46。

二 新出古文字材料帶來「希」字的新思考

隨著馬王堆帛書的公佈，學者對「※」字有了不同的看法。林澐先生1990年在江蘇太倉中國古文字學會第八屆年會提交的論文〈新版《金文編》正文部分釋字商榷〉中指出，馬王堆帛書「卻」作[illegible]、「腳」作[illegible][illegible]，因而主張金文九年衛鼎的[illegible]即「谷」字，「※」象「布線交織」。這就為「※」字的解決指引了一條正確的方向。

《上博一·孔子詩論》簡16+24有：「夫薵之見訶也，則邑[illegible][illegible]之古也」，原考釋隸作「夫葛之見訶（歌）也，則邑（以）□蕀之古（故）也」，陳劍先生〈《孔子詩論》補釋一則〉隸作「夫薵之見訶（歌）也，則邑（以）蒁蓛之古（故）也」，且謂「蒁蓛」即「絺綌」，學界大部分都同意。[8]

安大簡《詩經》簡5有「為[illegible]為[illegible]」，相對應的《毛詩》作「為絺為綌」，原考釋徐在國先生作了如下的解說：

> 為𦂀為䘈　《毛詩》作「為絺為綌」。《詩·鄘風·君子偕老》「蒙彼縐絺」之「絺」，簡本亦作「𦂀」。「𦂀」、「䘈」二字原文作「[illegible]」、「[illegible]」。「𦂀」從「希」「氏」，「希」旁所從

8　陳劍〈《孔子詩論》補釋一則〉，《國際簡帛研究通訊》第二卷第三期，頁10，2002.1；《中國哲學》廿四輯〈經學今詮〉；又《上博楚竹書研究》，上海書出版社，2002年3月。又收入氏著《戰國竹書論集》第一頁至第三頁，上海古籍出版社，2013年。陳文指出[illegible]字右下从「氏」聲，「氏」跟「絺」上古聲韻俱近，這是非常正確的。但他認為[illegible]字左下从丰，則有可商。此字左下當亦从「𢁉」，見拙作〈談安大簡《詩經》「寤寐求之」、「寤寐思服」、「為絺為綌」〉，《中國文字》2019年冬季號。

「巾」作「市」。「絺」從「希」聲。上古音「絺」屬透紐微部，「氐」屬端紐脂部，二字聲紐均屬端組，脂微旁轉，音近可通。今本《老子》第四十一章「大音希声」，《郭店・老乙》簡一二「希」作「祗」。疑「䋻」字所從「希」「氐」二旁皆聲。「䋻」、「郤」二字左旁上部所從「※」，見於九年衛鼎「※」字偏旁。關於「※」字，林澐《新版〈金文編〉正文部分釋字商榷》（中國古文字研究會第八屆年會，江蘇太倉，一九九〇年）指出：「馬王堆《老子》乙本卷前佚書『內亂不至，外客乃卻』，卻作 。《足臂灸經》『腳攣』，腳作 ；『入腳出股』，腳作 。可證（九年衛鼎）即『谷』字。《說文》：『綌，粗葛也。』象布線交織。」其說可從。「※」當為「綌」之初文，象粗葛布之形。據此，頗疑「郤」字左半上部的「※」屬於「卩」旁或與「卩」旁共用，應分析為從「巾」或「希」，「卻」省聲，即《說文》「綌」字或體「㣪」的異體。《包山》簡一八四「 」與簡本「 」同，舊多釋為「郤」，也應改釋為「卻（綌）」。《上博一・孔》簡二四有「䋻郤」二字……，原文左半殘缺，從殘存筆畫看，與簡本「䋻郤」二字寫法有別，但「絺」字右半從「氐」聲，卻與簡本「絺」字同。[9]

徐文在陳劍先生的基礎上釋「 」為「絺」，並指出此字左旁

9 黃德寬，徐在國，《安徽大學藏戰國竹簡（壹）》，中西書局，2019年8月，第73頁。

所从「希」「即《說文》「綌」字或體『㠊』的異體」；又根據「綌」字作「」指出《包山》簡一八四「」與簡本「」同，舊多釋為「郗」，也應改釋為「郤（綌）[10]」，這都是非常正確的。

程燕先生在《「谷」字探源——兼釋「谷」之相關字》一文中也討論了「郗郗」的問題：

> 「希」、「谷」應是由「※」產生的分化字。「谷」乃「綌」之初文，在※形上加「口」，「口」蓋有描摹布紋粗疏狀之義。「谷」後來類化為「谷」形，又贅加「糸」旁。「希」為「絺」之初文，是在「※」上加「巾」旁表示細葛之形，後亦綴加「糸」旁。上古音「希」屬曉紐微部，「谷」屬群紐鐸部，音近可通。安大簡讀作「綌」的「郗」，即从「希」聲，是其力證。又《左傳．昭公二十七年經》：「楚殺其大夫郤宛。」《公羊傳》、《穀梁傳》「郤宛」作「郗宛」（高亨1989:333）。另外，三晉古璽中有字作（《璽滙》2602），劉釗（2006:315）最早釋為「絺」，甚確。字在璽文用為姓氏，可讀為「郗」，《說文》：「郤，晉大夫叔虎邑也。」段注：「晉大夫叔虎邑也。叔虎之子曰郤芮。以邑為氏。」《廣韻．陌韻》：「郤，姓，出濟陰、河南二望。《左傳》晉有大夫郤獻子。俗从「㕁」。[11]

程文以為「希」、「谷」應是由「※」產生的分化字，這是一個很重要

10 此處的「郤」是人名，似不必改讀為「綌」。

11 程燕〈「谷」字探源——兼釋「谷」之相關字〉，《語言科學》第17卷第3期（總第94期），頁225-229，2018年5月。

的突破。雖然分化的時間點很難確定。但是由於此二字本由一字分化，所以在先秦文獻中有些从「希」的字其實應該讀為从「谷（厷）」，也就找到了合理的解釋。

有關「※」及从「※」的字，我們以為還有一些可以再深入探討的問題：（一）「希」形的音義；（二）「※」什麼時候分化出「綌」與「絺」；（三）「希望」的「希」是怎麼來的？它的本義是什麼？

秦以前从「※」的古文字大約如下表：[12]

時代及出處	字形	隸定	辭例
周中・九年衛鼎・《集成》11578		𧮫（綌）	舍𧮫𧮫𧮫𧮫
春晚・𧮫子劍・《集成》11578		𧮫（郤）	𧮫子之用
戰中晚《包》170		埒（隙）	鹽埒（人名）
戰中晚《包》184		郤（郤）	蔡郤（人名）
戰中晚《安》5		郤（郤／綌）	為紙為郤
戰中晚《安》5		紙（絺）	為紙為郤
戰中晚《安》89		紙（絺）	蒙皮璐紙

12 表中有關「谷」字的材料蒐集，大部分是由郝瀟做的，相關的考釋也見郝瀟〈從安大簡「郤」字補論古文字中幾個从的字〉，《中國文字》2020年冬季號。

時代及出處	字形	隸定	辭例
戰中偏晚《上一・詩》24		𦯧（絺）	㠯𦯧䓊之古也
戰中偏晚《上一・詩》24		䓊（綌）	㠯𦯧䓊之古也
戰中偏晚《上九・蓾》12		希	希不……
戰晚《九店》M56・20		𦃰（𦃰）	𦃰麈
戰子𡟰迈子壺・《集成》9559		𡟰（郤）	子𡟰迈子
戰・晉・郤氏左戈[13]		郤	
戰・晉・《璽彙》2778		𨛹（胳）	肙𨛹
戰・晉・《璽彙》2602		𦅸（綌／郤）	𦅸參
戰・晉・《中國璽印集粹》129		郄（郤）	郄絽（綰）
戰・齊《陶文圖錄》2・560			東酷里陵谷丘浧
戰・齊・《璽彙》1661		𨏈	鄙𨏈信鉨

13 劉雨，盧岩，《近出殷周金文集錄》，中華書局，2004年，頁1117。

時代及出處	字形	隸定	辭例
秦·《中國璽印彙編》320		豨	豨
秦·《雲夢·治獄》78		稀	中央稀者五寸
秦·《秦印》		⿰⿱爻口卩（郤）	⿰⿱爻口卩尼
《雲夢·治獄》66		⿰⿱爻口卩（郤／腳）	污兩⿰⿱爻口卩
秦·《雲夢·日甲》159背		腳	腳為身□
魏《三體石經·尚書·皐繇謨》		絺	絺繡
《傳抄古文字編·唐·陽華岩銘》		⿰⿱爻口卩（郤）	前步郤望

從上表可以很清楚地看出，「⿱爻口」一律讀為「綌」，它是「綌」的初文（更早的原始初文是「※」），至於「⿱爻口」所加上的「口」，可能是為了和「學（《合》8304）」字所从的「爻」以及「爽（·二祀𠨘其卣）」等字所从的「※」區別的別嫌符號。但是，加了別嫌符號的「⿱爻口」，在表達「綌」義的功能上並不明顯，因此或加「巾／市」作「希」，從《安大簡》的「綌」字作「⿰希卩」就可以證明「希」只能讀為「⿱爻口」，「⿰希卩」字釋為从「卩」「希（⿱爻口／谷）」聲。《上博

一‧孔子詩論》的「𦸗」[14]也只能分析為从「艸」、「𢿌」聲，「𢿌」字从女「𢁒（㕡／谷）」聲，即「㛦」，應讀為「郤」。目前可以見到最早確切無疑的「絺」字是西漢初年《張家山漢簡‧二年律令》258的「絺」，時代甚晚，而考古發現最早的葛布，見於6000多年前的江蘇草鞋山新石器遺址，出土了三塊已經炭化的葛布殘片，纖維原料可能是野生葛，織物為緯起花的羅紋織物；織物的密度是：經線密度每釐米約10根，緯線密度每釐米羅紋部約26-28根，地部13、14根，花紋為山形斜紋和菱形斜紋；織物組織結構是絞紗羅紋，嵌入繞環斜紋，還有羅紋邊組織。這已是十分進步的紡織物。[15]所以周代有細葛布「絺」，這是完全沒有問題的。這與出土材料中最早的「絺」字見於西漢，時代相去太遠，合理的推測是：先秦的「絺」字應該寫成像《安大簡》的「𥿮」或《上博簡》的「𦺓」[16]。漢代的「絺」字則可以理解為从糸「𥿮」省聲。依這個解釋，魏《三體石經‧尚書‧皐繇謨》的「絺」似乎應該讀為「綌」，那個時代應該還沒有分化出「絺」字。

其次要討論讀為「虛衣反」的「希」字。前引《玉篇零卷‧爻部》:「希，虛衣反。……字書：希，疏也。」[17]大徐本《說文》卷七

---

14 此字右下應从「𢁒」，參拙作〈談安大簡《詩經》「寤寐求之」、「寤寐思服」、「為絺為綌」〉，《中國文字》2019冬季號，臺北：萬卷樓圖書公司，2019.10。

15 南京博物院：《江蘇草鞋山遺址》，《文物資料叢刊》第3期，北京：文物出版社，1980年，頁4。

16 此字左下殘缺，但目前看來，仍以从「𢁒」最合理，只是該處的竹簡因為為斷擠壓導致「𢁒」旁殘缺的筆畫有點扭曲，難以辨識。

17 顧野王撰《原本玉篇零卷》（上海‧商務印書館據《古逸叢書本影印，1935年12月》），冊二，頁126。

上引徐鍇曰以為「希」當从爻，从巾。爻者，稀疏之義。又前引楊樹達《積微居小學述林》說「絺綌暑時所服，其縷視布為疏，故希引申有稀疏稀少之義」，方向是對的。但籠統地說「絺綌」引申有「稀疏稀少」之義，不夠精確，「綌」為粗葛布，因此可以有「稀疏」之義；「絺」為細葛布，不應有「稀疏」之義。因此，「稀疏」之義應該是得自「𢁉（⿱㸚口／谷／綌）」，而不是得自「希（絺）」。「綌」，綺戟切，上古音屬溪紐鐸部；「希」，香衣切，曉紐微部。二字聲近，但是韻部遠隔，鐸部與微部尠見通轉之例[18]，最合理的解釋就是「㸚（綌）」字既有「綌」音，也有「希（稀）」音。這和甲骨文「母」「女」同字、「月」「夕」同字應該是一樣的道理。「希（稀）」字雖然在早期經典與出土文獻中不常見，但《堯典》中有「鳥獸希革」，可見此字此義的起源應該相當早。出土文獻見《上博九・史蒥問於夫子》簡12「臨事而懼，希不……」，依文義推敲，此處的「希」應該是「稀罕」、「罕有」的意思。

《郭店・老子乙》簡12：「大方亡禺（隅），大器曼成，大音[illegible]聖（聲）。」「音」後一字，一般都同意裘錫圭先生在注17說的：「象兩『甾』相抵形的『祗』字古文的訛形。今本此字作『希』，『祗』『希』音近。」[19]不過，「祗」，旨夷切，章紐旨部；「希」，香衣切，曉紐微部。「章」紐上古音一般屬舌頭，與「曉」紐屬喉音相去較遠，《漢字通用聲素》1064頁曉紐與章紐、端紐的通假頻率都是零。陸志韋先生《古音說略・第十四章・上古聲母的幾個特殊問題・伍・上古喉牙音跟舌齒音的通轉》從諧聲偏旁上說明上古音喉牙與舌齒有通假的現象，因此章紐字與曉紐字有通轉之例，如：之（止而切，章

---

18 參陳新雄《古音學發微》，頁1081。

19 《郭店楚墓竹簡》（北京：文物出版社，1985.5），頁119。

紐／欸（許其切，曉紐）（P289）；「䞭」从支聲，巨支切，又音墟彼切，墟从虛聲，虛屬曉紐，而「枝」亦从支聲，章移切（P289）；隹（職追切，章紐）／睢（許規切，曉紐）（P293）。此外，我們也看到《說文》「咥（曉紐）」从「至（章紐）」聲。這些例子雖不多，時代也偏晚。但是在楚簡中，這些現象確實越來越多。《上博一・孔子詩論》簡28「青[illegible]」，原考釋者謂：「疑為今《小雅・甫山之什》篇名《青蠅》。評語殘存一字，未能驗證。」[20]案：依上下文，此二字必為《詩經》篇名，而《詩經》篇名有「青」字的只有《青蠅》一篇，因此這兩個字必然是「青蠅」，學者沒有人懷疑。「興」，虛陵切，上古聲屬曉紐；「蠅」，余陵切，聲屬喻四（以紐），上古為舌頭音；《清華叁・芮良夫毖》簡19-20「約結䌌剸」，原考釋隸「䌌」為「繩」，學者也都同意。[21]「繩」，食陵切，聲屬船紐，上古也是舌頭音。屬曉紐的「興」字與舌頭音通假，看來是沒有什麼問題的。《毛詩・椒聊》「蕃衍盈升」，安大簡作「坌迦浧擧（升）」，原考釋者以為「擧」从「手」，「興」聲，上古音「興」屬曉紐蒸部，「升」屬書紐蒸部，音近可通。[22]由此看來，《郭店・老子乙》舌頭章紐的「祗」可以和喉音曉紐的「希」相通，是沒有問題的。

---

20 馬承源主編《上海博物館藏戰國楚竹書（一）》（上海：上海古籍出版社，2011.1），頁158。案：所讀「甫山之什」當作「桑扈之什」。

21 李學勤主編《清華大學藏戰國竹書（叁）》（上海：中西書局，2012.3），頁146。

22 其實例子還有不少，何義軍《上博竹書字詞釋讀補正》讀上博五《三德》簡6「嬰嬰民事為「繩繩民事」簡14「方縈（榮）勿伐，湎（將）嬰勿殺」，王凱博先生《說上博〈三德〉篇中的兩個「興」字》讀為「方縈（榮）勿伐，湎（將）嬰（孕）勿殺」，以為「嬰」讀為「繩」，「繩」讀為「孕」。上博六《天子建州（乙）》「天子坐以巨（矩），食以義，立以縣，行以[illegible]（興）」，單育辰先生讀「興」為「繩」。清華壹《皇門》簡11「是緆是䌌」，原考釋讀「是揚是繩」，「繩」取「稱揚」之意。

三　結語

「希」可以讀為「谷（綌）」，這是一形多用（甲骨文多見的月／夕、母／女、婦／帚、示／且……其例甚多）；「氐」可以讀為「希（稀）」，則楚簡多見，是否有方言因素，值得再思考。這些現象，都有其特別條件，似不得任意擴大，以免造成聲韻系統的紊亂。我們不能因為單一的聲韻系統而否認了出土簡帛的特殊現象；但是也不能因為出土簡帛的特殊現象而紊亂了先秦到中古的聲韻系統。

最後，從出土材料的現象出發，我謹提出一個建議，不知是否可行。擬定聲韻系統的專家們應該重視中國歷代的方言現象，在擬音時，同時列出不同的方言音系。在方言研究熱夯的時候，這應該是個可行的方案，讓使用者查閱擬音時，可以看到同一個時代有不同的音系，一方面兼顧出土材料的實況，不要硬塞硬套；一方面照顧到同時代的異音系統。我虔誠地希望未來的各期擬音除了中原音系外，同時有地方音系，如戰國文字分五大系統，聲韻擬定也可以分出若干大系統，這才能完全符合《切韻序》說的兼顧「古今通塞，南北是非」！

陳伯元先生等韻學之成就與影響

吳文慧
銘傳大學應用中國文學系兼任助理教授

摘要

陳伯元先生學識宏贍，擴及文字、聲韻、訓詁及蘇軾文學等諸多領域，尤在聲韻研究上，融貫傳統舊學與西方新知，成就最大。本文試從聲韻學中的「等韻」一門，管窺先生在此方面的成果及影響，要分為三項；1.先生個人的等韻相關論文及書籍，以《等韻述要》為主，餘則散見各書中，展現先生的治學脈絡、方法與見解；2.先生指導過的等韻相關碩博論文，按照發表先後，貫串各前輩學者的研究範疇，以此見先生對等韻的重視；3.讚揚先生的博通、專精與兼容並蓄之學術風範，及其在等韻學上之影響力。

關鍵詞：等韻、廣韻、中古音

一　前言

陳新雄（字伯元）先生學識宏瞻，著作等身，單是成書之著作即有《春秋異文考》、《古音學發微》、《音略證補》、《六十年來之聲韻學》、《等韻述要》、《中原音韻概要》、《旅美泥爪》、《香江煙雨集》、《放眼天下》、《詩詞吟唱與賞析》、《語言學辭典》、《訓詁學》上下冊、《伯元倚聲・和蘇樂府》、《伯元吟草》、《古虔文集》、《東坡詞選析》、《東坡詩選析》、《家國情懷》、《詩詞作法入門》、《工具書之用法》、《廣韻研究》、《聲韻學》等，又有單篇論文集《鍥不舍齋論學集》及《文字聲韻論叢》，可說於聲韻學、訓詁學、文字學和東坡詩詞等領域皆占有重要之地位，不愧為「師大大師」。筆者於2002年就讀師大國研所，始從伯元師學習聲韻學，當時老師給的論文題目為「《四聲等子》與《經史正音切韻指南》比較研究」，於此，筆者實在誠惶誠恐，一則乃因對等韻學幾無認識，一則也由於前輩學者對此兩部韻書早已研究透澈，後生難有創新的可能。然而，回顧當初不成樣子的碩士論文和一路走來的研究路線，竟沒有離開過等韻學，除了特別感謝伯元師對學生的寬容，更感念老師的要求，使學生有幸得窺聲韻學之堂奧。正如伯元師於《等韻述要・自序》所云：「近世學者之構擬古音，尤多籍韵圖之等列以上溯古音音值；其調查漢語方言者，亦多基於等韵之韵攝呼等而求與方言對應，提取規律。是則等韵實研究漢語語音歷史之重要環節，亦聲韵學中之重要一章也。」[1]筆者對此確實深有所感，因此，欲借小文略述先生於等韻學上的用心、成就及影響。

1　《等韻述要・自序》。

二　陳伯元先生的等韻學述作

伯元師最早且最成系統的等韻學著作為《等韻述要》，成書於民國63年（1974A.D.），之後多次再版，為多所大學講述等韻學之基本參考書。[2]伯元師謙說此書「非有高深之研究，只供初學入門之參考耳。」[3]實則內容深入淺出，且體例完整。此書多處參考趙蔭棠《等韻源流》，予以提取簡化，參考羅常培、董同龢、周祖謨等多位前輩學者的論著，於各章節又針對介紹主題，加入個別的重要參考論文，單就每章文末的參考書目，便足見伯元師涉獵之廣、之深，並能為學者提供重要的指引。

《等韻述要》首先於緒論中言明「等韻與等韻圖」之名號定義，著重「四等之界說」，再言「等韻之作用」，使讀者能知其所用而樂於學習，最後帶到「韻圖之沿革」，一方面使學者瞭解韻圖的發展脈絡，一方面由此引出接下來關於中古《韻鏡》、《七音略》、《四聲等子》、《切韻指掌圖》及《經史正音切韻指南》五部韻圖的介紹。這五個章節適可與《等韻五種》互相參照，在教學上可理論與實例並行，極為方便。

關於五部韻圖的解說，以《韻鏡》一書最為詳細。主要說明韻圖對韻母、聲母的安排，其次再解釋韻圖與韻書系統參差的問題，並補充說明《韻鏡》的分等與《廣韻》的關係，以證明「等韻乃古代進一步說明反切之方法」[4]。

由於在《韻鏡》一章已將韻圖的措置說明清楚，故而《七音略》

2　《聲韻學・自序》：「數十年來，採用課本為景伊師《中國聲韻學通論》、拙著《音略證補》、《等韻述要》三書，余門下諸生傳授聲韻學時亦然。」

3　《等韻述要・自序》。

4　《等韻述要》，頁1。

之後章節就不再詳述此問題，只需針對各韻圖的特色及與《韻鏡》不同處加以說解即可。如《七音略》有輕重之說，所以特別明「重輕與開合名異而實同」，簡單數語即為讀者解惑。然如等列不同的問題，則詳列《七音略》誤而《韻鏡》不誤者，及《韻鏡》誤而《七音略》不誤者，使學者別白是非，各從其正者。

至於《四聲等子》，此書最大特色為「併轉為攝」，因此詳列韻攝與分等的對照表，一者可使學者清楚與《廣韻》、《韻鏡》之別，二則可由韻攝上的線索進一步考察《韻鏡》、《七音略》及《四聲等子》重輕開合之別。其次，《四聲等子》的聲母排列也與前二書有極大不同，於此伯元師亦列一節詳解。

第五章《切韻指掌圖》，雖刊有司馬光敘，實則出於偽託，因此伯元師首先釐清作者問題，之後再剖析關於《切韻指掌圖》是否據《廣韻》而作的問題，認為「《切韻指掌圖》非為《廣韻》而作，但亦非盡依《集韻》。二者之外，尚雜有其他材料。」[5]此外，「《指掌圖》之圖式多因襲《四聲等子》而成，不過將攝名削去，而成論圖不論攝之形式。」正因《指掌圖》不載「攝」、「韻」名稱，所以之後根據《四聲等子》，列其韻攝對照表及特點，方便讀者參照、瞭解。

《經史正音切韻指南》就其體例雖多承自《四聲等子》，然而此書後所附「門法玉鑰匙」十三門，可說是中古等韻術語的總結，極為重要。伯元師於此一一闡釋，加注按語，並根據原文字例，以圖表實際畫出來，使讀者一目瞭然。《切韻指南》在「門法玉鑰匙」後，尚有「總括玉鑰匙玄關歌訣」，伯元師則取其中數首，證明當時語音恐已無強輔音韻尾 -p、-t、-k之別，各攝之間亦有混同等種種反映時音的情形。

---

5 《等韻述要》，頁64。

「玉鑰匙」最後一門為「內外法」，說的是內外轉的問題，因此附編中伯元師更針對「內外轉」問題深入討論。首先羅列羅常培、董同龢、許世瑛、杜其容、高明等前輩學者的說法，予以評述，點出各說法的不足與矛盾之處，先生於此未下定論，主要還是因為在沒有出現更多的證據之前，這個問題只能是各說各話，所以「寧墨守舊說，以待來者」[6]，實見伯元師在學問上的謹慎態度。

伯元師除《等韻述要》一書專論等韻學外，在其他著作中，則以專章行之。如《廣韻研究》第四章「《廣韻》與等韻」，其內容大致與《等韻述要》無二，但將五部等韻圖之全部圖式分別置於每節之後，如介紹完《韻鏡》，便將《韻鏡》置於此節之後，更方便讀者查看對照。至於最後成書的《聲韻學》除了延續《廣韻研究》的編排方式，在「《韻鏡》與韻書系統之參差」一節，另加入了關於重紐的討論，這又是等韻學的另一個難解之謎。伯元師於此採用黃季剛先生「古本韻之理」，認為重紐既屬「重出的紐」，「就必須在韻書裡頭聲韻條件要相等，……聲韻條件相等，當然就是同音了。至於同音而出現兩個切語，這就是因為古韻不同，或其他原因而造成的。」[7]至於古韻之不同，則有兩類：一自其本部古本韻變來，置於三等；一自本部古本韻變來，例置四等。換言之，重紐的現象可能只是歷史的陳跡，在《韻鏡》的時代早已無別。伯元師此說與現今多數學者的看法並不一致，然各家說法皆有無法解釋之處，因此，關於「重紐」的問題，恐與內外轉的問題相同，在未有更多的資料出現之前，都難有定論。

6 同上，頁113。

7 《聲韻學》，頁298。

三　指導等韻相關論文

先生既將等韻視為聲韻學研究的重要環節，更以此作為碩士生的研究課題，筆者依照國家圖書館所收伯元師指導論文（包含碩博士論文），共有106筆，扣除8筆屬蘇軾詩詞賦研究者，其餘為文字、聲韻、訓詁相關領域的有98筆，而其中與等韻研究直接相關的就有10部，依發表時間序，臚列於下：

1 林慶勳《經史正音切韻指南與等韻切音指南比較研究》，文化大學中文研究所碩士論文，1971
2 竺家寧《四聲等子音系蠡測》，國立師範大學國文學系碩士論文，1972
3 姚榮松《切韻指掌圖研究》，國立師範大學國文學系碩士論文，1973
4 葉鍵得《通志七音略研究》，文化大學中國文學研究所碩士論文，1979

初期指導的論文，多以《等韻五種》所收韻圖為主，著重在單部韻圖的深入研究，主要為表現中古音的宋元韻圖。

5 吳聖雄《康熙字典字母切韻要法探索》，國立師範大學國文學系碩士論文，1984
6 蔡幸憪《四聲均和表研究》，國立師範大學國文學系碩士論文，1997
7 黃映卿《龐大堃等韻輯略研究》，國立師範大學國文學系碩士論文，1997

至於上列三部，觀察面向轉以清代等韻學著作為主。然其中《康熙字典》前所列《等韻切音指南》與《經史正音切韻指南》列圖格式及收字基本相同，《四聲均和表》是清人洪榜調和《廣韻》音系與實際語音所作成的等韻圖，龐大堃《等韻輯略》則是取《切韻指掌圖》、《四聲等子》、《切韻指南》參互考訂而成，既可上溯中古音，又可見清人對中古韻圖所作的調整和改動。

8 吳文慧《四聲等子與經史正音切韻指南比較研究》，國立師範大學國文學系碩士論文，2005

9 翁慧芳《韻鏡及七音略之比較研究》，國立師範大學國文學系碩士論文，2007

10 何昆益《四聲等子與切韻指掌圖比較研究》，國立高雄師範大學國文學系博士論文，2008

最後指導的三部等韻相關論文，研究範疇又回到《等韻五種》所收的宋元韻圖上，唯有別於早期以單部韻圖作為研究範疇，更強調五部韻圖之間的關係比較，即由專書的單點研究，轉至以時代、以傳承等面向進行韻圖研究，從中或可見語音演變的線索，或可見編製韻圖者的不同用意。

整體而言，吾人不難看出伯元師將等韻視為學習聲韻學之根本的用心，重點都放在具有代表性的韻圖研究上，隱含「流傳之正宗」，一方面有利於吾人瞭解當時的「正音」，另一方面亦能以此通及其他同時代的方音或歷史的音變現象。

四　結語

伯元師於聲韻學領域中，尤用力於中古音和上古音研究，因此特別重視表現中古音的五部韻圖（《韻鏡》、《七音略》、《四聲等子》、《切韻指掌圖》、《切韻指南》），經由解說韻圖的措置和門法，使學生能對中古時期的音韻系統有完整的認識。至於，研究生以上的論文研究，更透過分析等韻圖的形式，使吾人獲得全面性的古音知識，包含聲母、介音、韻部、聲調及其音韻系統；其次，不同的等韻圖代表了各自不同的語音系統及撰作的目的，比對不同的韻圖除可探求語音的演變過程，甚至有擴展至聲韻學史學的可能；再者，中古等韻圖多與某部韻書相關，藉由查找反切，也可將研究觸角延伸至其他韻書的考察上，以致方言調查的學者都能利用等韻圖表將所調查的資料具體而微地表現出來。

如此看似忽略明清時期的等韻學，實則並不妨礙教學用意，學者只要具備了對等韻的基礎知識，自然能出入百家，並觀察到個別的異同，如《韻鏡》主要據《廣韻》而作，《經史正音切韻指南》與《五音集韻》相輔而行，後世的明清韻圖或有據《廣韻》、《集韻》韻書而來者，或有依時音而訂者，其體例大致相同。

總而言之，伯元師以其廣博的學識，提取基礎學習聲韻學之入門能力，教導學生由等韻始，透過扎根式地奠定語音知識，進而擴及文字、聲韻、訓詁等領域更進一步的研究。同時，這樣具體有效的學習方式，也為學生沿用，除採用《等韻述要》作為教科書之一，填寫等韻圖更是聲韻學的基本功課及考題，影響遍及國內多數大學中文系，伯元師於此之重要性及地位可謂甚大矣！

國語音變規律中的幾個「例外」探析

李峰銘

輔仁大學全人教育課程中心兼任助理教授

摘要

在漢語發展史上不同的重要階段中，不約而同出現了藉以溝通的語言工具，古代或稱為雅言、通語、官話等，及至民國創建，乃以上承北方官話音系的當代北平音系為標準，即「國語」。然而自元代以來逐漸成形的北方官話音系，即使經明清數百年發展，再由國民政府先後籌組「讀音統一會」、「國語統一籌備會」、「國語統一籌備委員會」，聘請海內碩彥名儒審議討論，最終定為標準國音並布告頒行，但在看似完備的當代國語音系中，仍是存在有違語音史上常態音變規律的「例外」現象。本文擬藉陳師新雄《廣韻研究》一書，探討由《廣韻》至當代國語讀音演變過程中，出現在聲母系統及韻母系統的「例外」現象，並結合學者既有研究成果，嘗試以音理說解，以期對當代國語音系有更全面的了解。

關鍵詞：國語、音變規律、方言、例外

一　前言

「國語」作為漢語在發展過程中，藉以溝通方言差異的語言工具，除政治上用作標舉正統的象徵外，如元朝以蒙古語為國語、清朝以滿語為國語，在歷史上曾以雅言、通語、官話等不同稱謂出現，而具體使用的音系基礎則因時代而各有所變。如先秦時期，其時天下雖未一統，列國語言各異，即使沒有來自政治上的強制力，人們仍是在交流往來的不斷接觸中，自然形成能可通用的「雅言」；其音系則可據《詩經》、《楚辭》等韻文，《說文解字》、諸子異文、形聲字得聲偏旁等材料分析探究，而得陳師新雄以古聲十九紐、古韻三十二部為基礎的相關理論認識[1]。始皇帝雖然履至尊而制六合，但二世而亡的國祚，著實難將各地方言同步推升到大一統的程度，仍是以「通語」的形式延續「雅言」般地位。南北朝以降，隨著方言韻書蜂起，在「因論南北是非，古今通塞」兼括古今方國之音的條件下，開啟《切韻》系韻書上承古音、下啟近代方言的傳統；而其音系亦可據陳師新雄總結前人諸說，而得四十一聲類、二百九十四韻類等相關學理說解[2]。迨《中原音韻》提出「韻共守自然之音，字能通天下之語」，縱使不能逕謂所錄即為元代大都語音甚至元代共同語，但其反映元代實際語音特徵的「最大公約數」[3]身分仍是明確，並且多為近代語音演變所本。明清以後，基於官場聯絡需求，以帝都所在區域通用語形成的「官話」愈加普及，其與今日「國語」音系的距離也愈加接近。今日所稱「國語」，指1919年教育部正式成立「國語統一籌備會」，經1928

1　本文上古聲、韻系統以陳師新雄《古音研究》（臺北：五南圖書，1999年）為據。

2　本文中古聲、韻系統以陳師新雄《廣韻研究》（臺北：臺灣學生書局，2004年）為據。

3　耿軍，《元代漢語音系研究──以《中原音韻》音系為中心》（北京：中國對外翻譯出版有限公司，2013年），頁19-20。

年改制為「國語統一籌備委員會」，至1932年教育部以3051號布告，正式確立以北平音系為標準國音後依據的語音系統。

由於「國語」一詞既涉語言標準又為國家象徵，本文旨在探討當代國語音系中有違常態音變規律的例外現象與問題，故略後者而不提。至於存在於音變規律外的「例外」現象，本師李添富先生曾指出，「只是我們對於這種例外的原因和規律尚未徹底了解而已。」[4]是故雖稱此般現象為「例外」，仍須由符合歷史語音發展的整體規律及語音學理說解。以下擬就陳師新雄《廣韻研究》論及國語讀音中，個別語音演變規律的「例外」現象，結合當代學者研究成果嘗試探究。

二　音變規律中的聲母例外——日母、邪母

(一) 日母：爾、兒、二、耳

陳師新雄《廣韻研究》第二章第十二節論「《廣韻》四十一聲紐之國語讀音」中，於半齒音日母下指出「止攝開口讀〔ɸ〕：爾兒二耳。」並於該段文字稍後論「ㄖ〔ʐ〕的來源」時道：

> 〔ʐ〕的來源只有一個，就是日母。《廣韻》的日母字，除了止攝三等字讀成無聲母〔ɸ〕外，其他各韻全部都讀ㄖ〔ʐ〕。[5]

猶記當年課間老師聲如洪鐘，遍舉例字說明中古日母字演變至國語的規律與軌跡，並指出止攝三等開口日母字與眾不同。然而對於止攝開口三等日母字如何轉入影母的公案，自當時以至於今日，學界縱使已

4　李師添富，《添富論學集》（臺北：洪葉文化，2016年），頁23。

5　陳師新雄，《廣韻研究》（臺北：臺灣學生書局，2004年），頁309。

透過官話方言的對照比較進行許多研究、討論，卻仍難取得一致共識；這也反映出中古日母字在國語演變過程中的複雜性，正如占升平先生曾指出「任何一個來自中古音音系的聲母在漢語方言中的讀音都沒有這個聲母這麼複雜。」[6]就國語中讀為零聲母的《廣韻》日母字問題，目前研究類型約可概括為三：一是以歷時的文獻用韻及字韻書音系為代表，藉前後音系間的差異比較，嘗試說解日母在語音史上的演變與地位，其中王力先生《漢語史稿》[7]、《漢語語音史》[8]，李思敬《漢語兒〔ɚ〕音史研究》[9]堪為代表，而此類成果也多成為繼起探討的依據、基礎。二是參酌共時的朝鮮對音材料，進一步考察日母在明清時期反映的實際讀音。三是考察現代方言讀音，分析其中歷史層次與演變軌跡，可稱晚近研究相關議題最主要的類型，瑞典高本漢《中國音韻學研究》[10]可謂先聲，後如石鋒[11]、侯精一[12]、詹伯慧[13]、朱曉農[14]、喬全生[15]、高曉虹[16]、占升平[17]等先生也都有專書或專文探討。

中古止攝三等自《中原音韻》以舌尖元音的出現而獨立支思韻

---

6 占升平，〈中古日母字在漢語方言中的讀音演變〉，《賀州學院學報》，第32卷第1期（2016年3月），頁45。

7 王力，《漢語史稿》（北京：中華書局，1980年）。

8 王力，《漢語語音史》（北京：中國社會科學出版社，1985年）。

9 李思敬，《漢語兒〔ɚ〕音史研究》（北京：商務印書館，1986年）。

10 瑞典・高本漢，《中國音韻學研究》（北京：商務印書館，1940年）

11 廖榮容、石鋒，〈漢語普通話r聲母音質的實驗研究〉，《語言研究》，1987年第2期，頁146-160。

12 侯精一、溫端政，《山西方言調查報告》（太原：山西高校聯合出版社，1993年）

13 詹伯慧，《廣東粵方言概要》（廣州：暨南大學出版社，2000年）。

14 朱曉農、焦妮娜，〈晉城方言中的捲舌邊近音〔ɭ〕──兼論儿音的變遷〉，《南開語言學刊》，2006年1期，頁33-39。

15 喬全生，《晉方言語音史研究》（北京：中華書局，2008年）。

16 高曉虹，〈古止攝開口三等日母字在官話方言中的演變〉，《語文研究》，2013年第2期，頁54-59。

17 同注6。

後，日母字始出現變化，若藉占升平先生總結學者據現代方言讀音分析所得，針對中古日母字演變至現代的整體軌跡如下：

> 一般的情況是止攝開口字和非止攝字的讀音有別，止攝字讀零聲母並韻母帶捲舌特徵，非止攝字一般讀〔ʐ/z〕，有些片點讀〔ɭ/l〕。……中古日母字在音系結構中處於單向對立地位，易被追求整體平衡的音系結構排斥，從而走向消亡變為零聲母，或為求自保而與音系中發音方法或部位相近的其他成員併合，使得音系變得整齊。[18]

至於北方官話方言區中古日母字所以轉入零聲母的過程，則是由於在音系中獨特的地位，而語音的演變又自然追求內部的整齊與平衡，因此在部分方言中可見與娘母字合流，經歷擦音化、舌面化、鼻音脫落等音變而成為零聲母；再因方言間相互的接觸，使北方官話方言區的日母字變化，以文讀型式進入南方方言系統中，並形成文白異讀的對立。就今日多數官話方言區，中古止攝開口等日母字轉入零聲母的具體音變過程，同樣可藉高曉虹先生總結為例：

→ ɭ
ȵi → ʑi → ʒʅ → ʐʅ → ər 等捲舌元音
→ zɿ

原音變過程示意中舌尖後濁邊音〔ɭ〕與舌尖前濁擦音〔z〕為個別方言區異讀，本文但取國語中讀音〔ɚ〕一項為論（即上例中〔ər〕）。

---

18 同注6，頁53。

基於對中古日母音值的構擬不同，大陸學者普遍以舌面前濁鼻音〔ȵ〕為止攝日母字音變起點，首先由鼻音變為同部位擦音〔ʑ〕後，約當《中原音韻》時隨舌尖元音〔ɿ〕出現，推動舌面前濁擦音聲母進入音變階段，經舌尖面濁擦音〔ʒ〕與舌尖元音〔ɿ〕的共同作用過渡後，成為明代前期開始成熟的舌尖後濁擦音〔ʐ〕與舌尖元音〔ʅ〕相配局面，接著在官話方言向外擴散的過程中，由於交流與同化的關係，從其他方言借入捲舌韻母讀音，又因自身音系中沒有對應韻母，於是以類似的央元音變化、替代。[19]此種說解雖然於方言有據，但中古日母由舌面鼻音過渡到舌面擦音一段仍可再申說；即使發音部位相同，由鼻音轉為擦音在發音方法上的變化仍是未免有隔，若以陳師新雄構擬日母的說解替代，則上述音變過程更見開朗：

> 上古音*nja→ȵja，其後逐漸在ȵ跟元音產生一個滑音（glide），即一種附帶的擦音，跟ȵ同部位，即*nja→ȵʑja，到《切韻》時代這個滑音日漸明顯，所以日母應該是舌面前鼻音跟擦音的混合體，就是舌面前的鼻塞擦音（nasal affricative）nʑ-。nʑja演變成北方化的ʑja，ȵ失落了。日本漢譯作z-，國語再變作ʐ-。南方比較保守仍保存鼻音ȵ-，所以在方音中才有讀擦音跟鼻音的分歧。[20]

是以陳師新雄中古日母擬音〔nʑ〕代〔ȵ〕，更能合理說明何以中古日母在音系內部穩定的情況下，存在造成發音方法趨向改變的條件；同樣是藉現代方言反映的日母鼻音成分脫落現象，但陳師新雄構擬的

19 說見注16，頁59。

20 說見注5，頁292。

〔nʑ〕原即兼具鼻音與擦音性質，即使脫落鼻音亦無損〔ʑ〕繼承擦音性質，而理想解釋中古日母向《中原音韻》以後捲舌化的過渡。

(二) 邪母：辭、詞、囚

陳師新雄《廣韻研究》第二章第十二節論「《廣韻》四十一聲紐之國語讀音」中，於齒頭音邪母下指出「平聲洪音讀ㄘ〔ts‘〕：辭詞。（僅限於止攝開口三等字）也讀ㄑ〔tɕ‘〕：囚。（僅限於流攝開口三等字）其他洪音讀ㄙ〔s〕：隨俗。細音讀ㄒ〔ɕ〕：徐詳。」由於中古邪母例與三等韻字相拼[21]，《廣韻》中擬音既作舌尖前濁擦音〔z〕，在清化作用與顎化作用影響下，國語讀音的演變規律確如陳師新雄總結，在清化後繼續以洪細為條件顎化，洪音讀〔s〕細音讀〔ɕ〕，仍以擦音為常態。然而實際語音中卻又存在讀為塞擦音〔ts‘〕、〔tɕ‘〕的「辭詞[22]囚」等「例外」，由是引起學者好奇並不斷投入研究，如趙元任先生早在民國初年對吳語進行研究時即有感觸：

> 古音的床禪跟今音的〔dj〕、〔zh〕都是一筆糊塗賬，能分辨的如常熟、常州、寧波等地，它們辨類的法子，又是一處一個樣子，所以只併為一個〔zh〕類。同樣，從邪母也一律用〔z〕代表，不另加〔dz〕。[23]

就國語中讀為塞擦音的《廣韻》邪母字問題，目前研究類型雖仍包括前述以歷時文獻及字韻書音系比對分析，與考察現代方言讀音兩大方

21 《廣韻》中惟上聲緩韻「鄹」字有疑；余迺永校勘時謂：「二者乃從邪類隔，故疑此讀從母。」說見余迺永，《新校互註宋本廣韻》（香港：中文大學出版社，1993年），頁709。

22 常用字中尚有與「辭、詞」同音的「祠」字。

23 趙元任，《現代吳語的研究》（北京：商務印書館，2011年），頁39。

向，但大抵以後者為主。此是由於反映中古時期的主要字韻書及韻圖，在系統上都呈現從邪二母分立的格局；及至明代以後邪母在清化作用影響下併入心母，存在字韻書系統上的分立格局才消失，因此在相關字韻書系統的擬音上，難以突出邪母讀為塞擦音的現象。惟有部分文獻藉注釋或注音能反映此般現象，即如周祖謨先生分析《篆隸萬象名義》及《經典釋文》時所指。[24]

即以《切韻》系韻書為代表的書面語系統，由於其「兼括古今方國之音」、「從分不從合」與「書音」的性質[25]，在反映不同時期或地域的邪母具體讀音上，難以真實表現客觀存在的江南方言特色；而這也恰開啟學者藉現代江淮官話、吳地、杭州等區方言探索此一現象根源的道路，除上文所舉趙、周二先生外，如錢乃榮[26]、魯國堯[27]、鄭張尚芳[28]、王福堂[29]、陳忠敏[30]等先生，也同樣曾就邪母讀為塞擦音現象多有卓見。

學者透過考察現代吳語區諸方言，除嘗試說解中古邪母在當代讀音的歧異外，亦開展諸如方言中文白異讀與歷史層次的探討、語音演變的過程、詞彙擴散的認識等議題，若藉趙庸、陳忠敏先生總結文獻

---

24 說見周祖謨，《問學集》（北京：中華書局，2004年），頁312-313。

25 說見注5，頁139-150。

26 錢乃榮，《當代吳語研究》（上海：上海教育出版社，1992年）。〈論北部吳語從邪澄崇船禪母音變中的詞匯擴散——答陳忠敏先生〉，《方言》，2016年第3期，頁309-315。

27 魯國堯，〈《南村輟耕錄》與元代吳方言〉，《魯國堯語言學論文集》（南京：江蘇教育出版社，2003年），頁217-252。

28 鄭張尚芳，〈吳語中官話層次分析的方言史價值〉，《上海：上海教育出版社，2007年》，頁219-226。

29 王福堂，《紹興方言研究》（北京：語文出版社，2015年）。

30 陳忠敏，〈論160年前上海話聲母〔dz〕/〔z〕變異—〉，《方言》，2015年第4期，頁340-345。〈語言演變語層次替換——以江淮官話、吳語為例看漢語方言演變模式〉，《語言研究集刊》，2018年第2期，頁323-342。

與西元1900年前後傳教士記音，以及現代吳語後認為「從邪崇船禪母混讀是吳語從古至今較穩定的一大特點。」[31]姑不論以當代杭州話為代表的中古「江南語音」痕跡中，邪母字究竟原本讀為塞擦音〔dz洪/dʑ細〕或擦音〔z洪/ʑ細〕，其塞擦音異讀確實與北方書音系統中的〔z〕有別，至於異讀的狀況，孫宜志先生藉分析包括遂昌、嵊縣、杭州、蘇州、金華、溫州、常州等吳語代表方言點從邪二母今讀總結的變化構擬觀察：

從：*dz → z → z

邪：*z ↗ ↘ ʑ

圖示指《切韻》時從母與邪母已合流為擦音〔z〕，某些方言點遇細音時再顎化為〔ʑ〕。孫氏亦就吳語方言點中從邪二母今多不能區分的現象特點道：

> 顏之推是站在北人的角度來進行批評的，今天的北方方言邪母一般讀為擦音，從母讀塞擦音，南北朝時期的北方方言也應是這樣，否則無法解釋北方方言今天的變化。……現代吳語中從邪崇讀塞擦音是外方言影響而形成的文讀層，[32]

即《顏氏家訓》其時，以吳語為代表的江南語音中，從邪二母已在弱化作用影響下同讀為擦音，並在與北方方言的接觸過程中，將邪母讀

31 說見趙庸、陳忠敏，〈杭州話從邪崇船禪母的塞擦音/擦音異讀〉，《方言》，2020年第2期，頁220-227。

32 孫宜志，〈試析吳語從邪崇澄船禪母今讀塞擦音和擦音現象〉，《中國語文》2018年第6期，頁698-704。

為塞擦音的變化引入而形成文白異讀。

而北方官話系統在《中原音韻》全濁聲母清化後，邪母併入心母為〔s〕，以濁聲母條件當入陽平聲；「辭詞（並祠字）囚」於《中原音韻》、《韻略易通》、《五方元音》三部代表元代中後期、明代前期、清代前期，基本反映北方官話音系但仍帶有部分存古痕跡的韻書中，皆遵循此邪母演變規律。若利用明代萬曆三十五年刊成，反映當時京師及河北一帶實際語音為主的《合併字學篇韻便覽》觀察，在所收韻圖《司馬溫公等韻圖經》中，《廣韻》邪母洪音除「隨」字一例外，其餘所見八例皆為該書稱為「陰文」，即旨在突出原於俗字音義、新興口語、異地方言、變異讀音等非正音正義，卻真實存在日常口語運用者。其書音系中邪母已併入心母，檢《圖經》及《合併字學集韻》止攝開口心母洪音下「詞祠」〔sɿ2〕為陰文，止攝開口清母洪音下「辭詞祠」〔ts'ɿ2〕[33]為陽文；而流攝開口心母下細音「囚」〔siou2〕為陽文。是《便覽》其時「辭詞祠」已以塞擦音列為正音，「詞祠」擦音讀法即使符合《中原音韻》以來音變規律，卻改列為異讀；「囚」字雖同樣符合音變規律以擦音列為正音，不過《合韻》中，流攝開口侯韻清母細音紐首「酋」字下別見又音「囚」〔ts'iou2〕，且心母細音下同音字所收偏旁从囚者如「泅殈逎」，亦同時並列於清母細音下。此種異於以往韻書的全新收字現象，或即透露《便覽》其時「辭」字已完全由擦音轉入塞擦音且不留舊讀，「詞祠」雖然正讀已轉為塞擦音但尚留有擦音舊讀；「囚」字雖仍以擦音聲母〔siou2〕列

---

33 《合併字學篇韻便覽》音系擬音據李峰銘《合併字學篇韻便覽音系研究》，輔仁大學博士學位論文，2017年。而自《中原音韻》平聲分陰陽及入派三聲後，對映現代國語四聲分別以1、2、3、4標注在擬音後。此外為便敘述，全書《合併字學篇韻便覽》省稱《便覽》，書中《司馬溫公等韻圖經》省稱《圖經》，《合併字學集韻》省稱《合韻》，以下正文及注釋均作簡稱。

為正音，但正以新興的舌尖塞擦音又音〔ts‘iou2〕向舌面塞擦音聲母〔tɕ‘iou2〕過渡。四字聲母變化可表示如下：

例字	中原音韻	《便覽》正讀	《便覽》異讀	國語
辭	s-	ts‘-	無	ts‘-
詞	s-	ts‘-	s-	ts‘-
祠	s-	ts‘-	s-	ts‘-
囚	s-	s-	ts‘-	tɕ‘-

《中原音韻》以舌尖元音的出現將中古止攝分別為支思、齊微兩韻，支思韻以原止攝字中齒頭音、正齒音、舌齒音日母開口配舌尖元音為主，而邪日二母自中古以來韻圖例置三等為齊齒呼，邪母即使清化，在脫離細音條件後同樣面臨語音上難以相配的狀況；支思韻原處於聲韻母同時演變的不穩定過程中[34]，日母既能在舌尖元音的內部刺激下先一步發生自然音變，邪母同樣具備類似的內部條件。又支思韻「辭詞祠」與尤侯韻「囚泅」在《中原音韻》中同音並列，得以成組變讀為國語中塞擦音的現象，或與學者研究吳語方言所得相關，如杭州話邪母讀音[35]、嵊縣方言[36]等，語言在自然發展的過程中，不論交叉或互競的共同作用在各種官話、方言中都不曾中斷，即使已被規範成為標準語的音系同樣不能避免。

在《中原音韻》所代表的北方官話音系中，一方面由於支思、尤侯韻中邪母例字既少，一方面也因「辭詞祠囚」本身多非口語常用詞，加上自《中原音韻》以來平分陰陽、濁音清化的規律，齒頭音精系陽平聲必來自中古濁音邪母、從母；邪母字少，從母又因調屬平聲

34 同注3，頁149。

35 說見注31，頁224。

36 說見注32，頁699。

而轉為送氣清聲母，造成元明以降由齒頭音聲母〔ts〕、〔ts‘〕、〔s〕所拼字音中，陽平聲洪音〔ts‘〕聲母字獨多的格局。於是在語音內部自然變化、方言相互接觸的多重作用影響下，使來自中古邪母〔z〕的非常用口語詞「辭詞祠囚」在清化為擦音〔s〕以後，併入同韻同部位的塞擦音〔ts‘〕中；王力先生論語音中不規則的變化時，將「囚」字列為「偶然性」一例，並強調「必須是鄰近的音，然後可以轉化。」[37]國語既以北平音系為標準，其基礎自當以北平一帶語音材料為參考，清初《五方元音》中「辭詞祠囚」雖仍作心母，但在早於《五方元音》且更著重反映實際語音的《便覽》中，確實已可見「辭詞祠囚」向塞擦音的演變，若再以民初高本漢所錄北京方言比對，「辭」讀〔ts‘ɿ〕而「囚」讀〔ɕiu〕，雖然高氏所錄「北京」方言點未必即國語音系來源，但《中原音韻》支思韻中邪母在北京一帶完成向塞擦音的轉變已然明確，而尤侯韻中邪母則仍在過渡中；陸志韋先生1950年編成《北京話單音詞詞彙》[38]，記錄當時包括道地土語、標準語在內的「北京話」，書中「詞辭」亦已讀〔ts‘ɿ2〕，「囚」則讀〔tɕ‘iou1〕，雖然聲調仍與國語不同，但又較高氏所錄北京方言更近國語一步。

三　音變規律中的韻母例外——打

陳師新雄《廣韻研究》第三章第七節論「二百六韻分為二百九十四韻類表」中，於梗攝梗韻下注釋引陳澧《切韻考》，及龍宇純先生主張移打字於梗韻舌音端母一等位置後道：

---

37 說見注8，頁636-634。

38 陸志韋，《北京話單音詞詞彙》（北京：科學出版社，1956年），頁10。

> 究應作何歸屬，實苦費思量。今姑依《韻鏡》歸入開口二等，但此一聲韻學上之公案，今仍保留於此，以待智者作更合理之解釋。[39]

文獻中正式記載「打」字並且加以注釋，當以三國時魏人張揖《廣雅》最早，一注音「鼎」，一注釋「棓」；唐人陸德明《經典釋文・春秋穀梁音義・宣公十八年》中則注「音頂」。《說文解字》雖未見「打」字，然北宋徐鼎臣重校《說文解字》時以新附字補錄，釋「擊也。从手丁聲。都挺切。」是亦與《廣雅》「鼎」、《釋名》「頂」同音的形聲字。而《切韻》以後具官韻色彩的字韻書中，「打」字讀音由陽聲韻德冷切〔taŋ〕、都挺切〔tieŋ〕向陰聲韻〔ta〕的轉變，則自南宋毛晃《增修互注禮部韻略》為始；又自《中原音韻》轉入家麻韻後，〔ta〕音優勢地位大抵確定。而語音史上最早就「打」字讀音提出疑義者，可以北宋歐陽文忠公晚年所著《歸田錄》為代表[40]。文忠公以為打字原「謫耿切」疑當作「滴耿切」，世俗卻已多讀為「丁雅切」，查《廣韻》中「謫」為知母二等，「滴」為端母四等，「耿」為上聲耿韻二等，依反切上字取聲下字取韻原則，「謫耿」以「類隔」現象同屬二等讀為〔taŋ〕本可說解，文忠公既疑「謫耿」當作「滴耿」，由於《集韻》中「謫」有錫韻「丁歷切」端母四等又音正與「滴」同音，但若文忠公所指「謫」為此又音，因其與「滴」既已同音，故可知文忠公所疑者為二切中聲母不同，亦即文忠公以為「打」字正音為端母耿韻〔taŋ〕而非知母耿韻〔ʈaŋ〕，更非俗音丁雅切〔ta〕，由此也開啟「打」字在「聲韻學上之公案」歷程。當代同樣有許多學者透過詩詞韻文、字韻書文獻、對音譯經材料等，對「打」

39 同注5，頁358。

40 參《文淵閣四庫全書》電子版。後引古籍未加注者悉依此。

字進行過歷時與共時的比較研究，例如胡明揚[41]、黃典誠[42]、徐時儀[43]、鍾明立[44]、錢毅[45]、王耀東[46]、周遠富[47]、羅福騰[48]等先生，其說解方向包含幾種主要途徑：一是對比文獻中「打」字形、音、義訓釋的差異與演變，二是分析用韻作品中的語音變化，三是考察古今方言留下的影響痕跡，四是結合文白異讀的歷史層次為說解。

有清以前學者針對「打」字雖有所論，卻多難以進行系統性的分析與疏理，故若以《康熙字典》「打」字下注文，及段懋堂於《說文解字》「朾」字下注文為近代研究起點，首先集中在字形與字義間關係探討，並輯出古籍文獻及字韻書中與「打」字相關的線索進行分析，如王耀東先生由形音義三方觀點總結「打」字源於「朾」字說可為參考。[49]實則在懋堂以外，清人鈕藍田在《說文新附考》、錢竹汀在為鈕書序中，同樣也曾指出「打」為「朾」俗字，字形來源據此為說宜當可信。至於歷代字韻書中所呈現的「打」字狀況，則如周遠富先生所總結，發展到《中原音韻》以後讀音基本上已和今日無二。[50]因《切韻》系韻書與當代實際口語間始終存在差距，然而即使在具有反

41 胡明揚，〈說「打」〉，《語言論集》（北京：中國人民大學出版社，1984年）。

42 黃典誠，〈普通話「打」字的讀音〉，《辭書研究》1985年第1期，頁84-85。

43 徐時儀，〈「打」字的語義分析再補〉，《南陽師範學院學報》2008年第7卷第7期，頁61-67。

44 鍾明立，〈普通話「打」字的讀音探源〉，《中國語文》2007年第5期，頁470-471。

45 錢毅，〈北宋詩歌用韻「打」字可押「麻蛇」韻〉，《中國語文》2011年第2期，頁187-189。

46 說見王耀東、敏春芳，〈「打」字的來源與讀音考〉，《寧波大學學報》2011年第24卷第2期，頁36-39。

47 周遠富、劉翠，〈「打」字都瓦切的來源〉，《語文研究》2018年第1期，頁23-26。

48 羅福騰，〈「打」字讀音演變的時間線〉，《民俗典籍文字研究》2018年第2期，117-132頁。

49 同注46，頁37。

50 說見注47，頁24。

映實際語音特色的民間韻書中，也不易確定口語讀音是否即如今日學者藉語音學理所構擬一般，此亦公案所以難斷的關鍵，故僅就文獻而言，自南宋以降，綜合不同韻書音系所呈現的整體趨勢，歐陽文忠公引以為怪的丁雅切〔ta〕讀音確實愈占優勢。

其次是針對用韻作品的分析，「打」既出於俗字，而唐宋以來文人詩詞又多囿於官韻，可資參考的材料相對有限，並且有限材料中尚存在難以判斷的異文，如鍾明立先生於《全唐詩》卷八七八中所輯出〈打麥謠〉，歌曰：「打麥，麥打。三三三，舞了也。」然而同一作品《舊唐書》卷三十七卻作「元和小兒謠云：『打麥，打麥，三三三。』乃轉身曰：『舞了也。』又卷一五八作：「長安謠曰：『打麥，麥打，三三三。』既而旋其袖曰：『舞了也。』」《新唐書》卷三十五則作「元和初童謠曰：『打麥打麥，三三三。』乃轉身曰：『舞了也。』」不論取何者為據皆難論定。似此史料尚有如《五代史補》卷四：「先是長沙童謠云：『鞭打馬，走不暇。』」同段故事於《舊五代史》正文下四庫館臣補注：「鞭打焉，走不暇。」亦是因版本用字不一，難以據定「焉」字地位，進而難論「打」字用韻與否，誠是欲藉此途徑論證「打」字讀音變化最大遺憾。目前透過學者輯錄包括敦煌變文、兩宋至民初詩詞在內，所得用韻狀況，大致面貌已可得見，尤其是音變前期藉僧道詩作透露的口語痕跡。[51]不論敦煌變文或學者所能輯錄更似以口語入詩而非據韻書的作品中，作者不乏僧道、女性詩人及生平難考者，特別是兩宋語音變轉的關鍵時期，可見韻押「痲沙」作品幾皆僧道所作。又除韻文作品外，史籍中亦有片言支語可為參考，如《欽定大金國志》卷首稱太祖武元皇帝為「阿古達」，《宋史》、《金史》稱「阿固達」，皆可引為論據，宋金二史本是入元以後

51 說見注48，頁120、注45，頁188。

所修，以「達」代「打」與《中原音韻》相同應無可疑，但《大金國志》卻因作者多有疑問而難以據定是否為南宋作品。因此縱然可據現有研究成果，推斷「打」字讀為〔ta〕不遲於唐代中期，且《中原音韻》以後口語中以〔ta〕為正音，卻仍是難以將此般結論，等同於元代以後逐漸成形的北方官話系統實際讀音。

學者在對有限的韻文材料研究後，考察古今方言，結合文白異讀的探討成為一條新道路，其中至今仍保留「打」字陽聲韻讀音的吳方言區，以及在文白異讀中將陽聲韻讀為鼻化韻現象最豐富的閩方言區，是學者著意關注的焦點之一。而由敦煌變文引起的西北方音特色，即羅常培先生「-n收聲在《切韻》的開脣元音〔ɑ〕〔a〕〔ɐ〕〔æ〕〔e〕的後面幾乎完全消失」[52]的發現，則是另一受到關注的焦點。唐代向來以開闊宏博、多彩交融的文化特色突出於歷代王朝，尤其著力經營河西走廊，今日敦煌殘卷的豐碩研究成果可為見證；變文殘卷的出土也說明當時透過文化交流，中原與西北的聯繫不曾中斷，而語言必定緊隨文化的往來而得到傳播，因此敦煌雖似千里，語言的影響卻未必遙遠。針對敦煌變文中所呈現的「鼻音韻尾丟失」現象，徐時儀先生即曾提出基於音理的有力說解[53]，雖然在以吳語、閩語為代表的江南方言中，同樣存在反映鼻音韻尾丟失的文白異讀現象，但不論由現存的文獻材料或相關的時代背景，歐陽文忠公所聞「丁雅切」都似與來自西北的變文影響關係更近，並自唐末以來透過文化交流，雖僅在日常口語中頻繁使用，但卻是不易見諸文字的特性，逐漸向書面語滲透後進入字韻書系統，以出身「類隔」經「鼻音韻尾丟失」受「韻文遺落」而成為「例外」。

---

52 羅常培，《唐五代西北方音》（上海：國立中央研究院歷史語言研究所，1933年），頁38。

53 說見注43，頁64-65。

四　結語

本文以陳師新雄《廣韻研究》中，針對《廣韻》音系演變至國語讀音，分別以聲母及韻母為對象，取止攝開口三等日母「爾兒二耳」四字、止攝與流攝開口三等邪母「辭詞囚」三字、梗攝開口二等「打」字為例，由語音史發展觀點出發，並梳理當代學者研究成果，以符合音變規律的角度說解「例外」現象背後可能成因與過程；雖然就音系整體而言，不論「爾兒二耳」變日母〔nʑ-〕為捲舌元音〔ɚ〕、「辭詞囚」變邪母〔z-〕為塞擦音〔ts'-〕母、「打」變陽聲韻尾〔-aŋ〕為〔-a〕皆似有扞格，但這也是漢語在長期交流與互融的音變過程中，透過方言共時接觸與各自歷時演化的合力作用下，必然出現的「糊塗賬」，也是語音史上可供繼續研究與品味的珍貴遺產。

從《毛詩．合韻譜》談伯元師的古韻擬音

李添富

摘要

本師　陳伯元先生先後兩次為所定古韻三十二部擬訂音讀，新定音讀提出後，雖然較為簡明合理，頗為學界認同，卻自以為「尚不覺今是而昨非」。

其後，　先生重新檢視《詩經》韻腳，撰成《毛詩韻譜．通韻譜．合韻譜》，有關《詩經》押韻現象之釐析，雖無重大變革，卻有小幅修訂，去除少許可能因偶合卻將造成錯誤繫聯之韻字，　先生之《詩經》韻例因而建構完成。本文取　先生新訂韻例，再次檢視新舊三十二部音讀於《詩經》用韻現象上之現象。

逐一檢視後，得知　伯元先生新舊三十二部之音讀在《詩經》合韻例上之呈現，大抵新擬音讀於音理說解上，優於原擬音讀，但其未必優於原擬音讀者，為數亦夥，甚且尚有原擬音讀優於新定之例。於是可知　先生「尚不覺今是而昨非」之原委。唯就整體現象而言，雖少許韻例容有可以再行檢討之餘地，新擬音讀之優於原先構擬，則為不爭之事實。

關鍵詞：古韻三十二部、音讀構擬、詩經、合韻

一　前言

伯元師《古音學發微》酌古沿今，分古韻為三十二部，既審之於音而有據，考之於古亦有徵焉，為分析研究之所需，研擬三十二部之音讀為：

	陰聲韻部	入聲韻部	陽聲韻部
1	1 歌 a	2 月 at	3 元 an
2	4 脂 æ	5 質 æt	6 真 æn
3	7 微 ɛ	8 沒 ɛt	9 諄 ɛn
4	10 支 ɐ	11 錫 ɐk	12 耕 ɐŋ
5	13 魚 ɑ	14 鐸 ɑk	15 陽 ɑŋ
6	16 侯 ɔ	17 屋 ɔk	18 東 ɔŋ
7	19 宵 ɑu	20 藥 ɑuk	
8	21 幽 o	22 覺 ok	23 冬 oŋ
9	24 之 ə	25 職 ək	26 蒸 əŋ
10		27 緝 əp	28 侵 əm
11		29 帖 ɐp	30 添 ɐm
12		31 盍 ɑp	32 談 ɑm

主要元音計有：〔a〕、〔æ〕、〔ɛ〕、〔ɑ〕、〔ɔ〕、〔ɑu〕、〔o〕、〔ɐ〕、〔ə〕等九個，陽聲韻部韻尾為〔m〕、〔n〕、〔ŋ〕三個，入聲韻部韻尾為〔p〕、〔t〕、〔k〕三個，陰聲韻部則皆開尾。

先生於1983年撰著〈古音學與詩經〉時，每感於原有韻部音讀稍嫌瑣細，於是依據《詩經》押韻情形，並參酌古籍經典與前輩學者研議所得，重新構擬古韻三十二部之音讀為：

	陰聲韻部	入聲韻部	陽聲韻部
1	1 歌 ai	2 月 at	3 元 an
2	4 脂 ɐi	5 質 ɐt	6 真 ɐn
3	7 微 əi	8 沒 ət	9 諄 ən
4	10 支 ɐ	11 錫 ɐk	12 耕 ɐŋ
5	13 魚 a	14 鐸 ak	15 陽 aŋ
6	16 侯 au	17 屋 auk	18 東 auŋ
7	19 宵 ɐu	20 藥 ɐuk	
8	21 幽 əu	22 覺 əuk	23 冬 əuŋ
9	24 之 ə	25 職 ək	26 蒸 əŋ
10		27 緝 əp	28 侵 əm
11		29 帖 ɐp	30 添 ɐm
12		31 盍 ap	32 談 am

主要元音簡化為：〔a〕、〔ɐ〕、〔ə〕三個，陽聲韻部韻尾為〔m〕、〔n〕、〔ŋ〕、〔uŋ〕[1]四個，入聲韻部韻尾為〔p〕、〔t〕、〔k〕、〔uk〕四個，陰聲韻部則〔i〕、〔u〕或開尾三組。

為證驗　先生新定三十二部音讀，後學嘗據以撰成〈詩經例外押韻現象之分析〉，得知新定三十二部之音讀，更能釋解例外押韻之音讀關係。　先生聞知後，雖則嘉許，卻以「尚不覺今是而昨非」作結。其後　先生再三研擬，終於確認三十二部之新定音讀。又其後，　先生重新檢視《詩經》韻腳，去除少許可能因偶合而造成錯誤繫聯之韻

1 陽聲東、冬，以及入聲屋、覺、藥諸韻之主要元音與韻尾之說解紛紜，後學於1977年撰寫碩士論文《晚唐律體詩用韻通轉之研究》時，提出實際語言中應有圓脣性質之舌根鼻音，　先生以為可行。後來　先生新構古韻音讀時，更採前輩學者理論，定以為圓脣性質之舌根鼻音。

字，撰成《毛詩韻譜・通韻譜・合韻譜》，有關《詩經》押韻現象之釐析，雖無重大變革，卻有小幅修訂，《詩經》韻例也因而建構完成。方今　先生雖已遠離，「不覺今是而昨非」之語卻長留於耳際，於是復取　先生再次修訂之韻例，檢視新舊三十二部音讀於《詩經》用韻現象上之呈現。

二　《詩經》合韻現象之音讀分析

凡非相承韻部而彼此押韻者，謂之合韻譜。今譜列於後，本部外合韻字加□表示。

第一部　歌部：〔ai〕（原擬〔a〕）

《廣韻》：歌哿箇、戈果過、麻馬禡、支紙寘。

歌脂合韻：〔ai〕—〔ɐi〕（原擬〔a〕—〔æ〕）

祁河宜何（《商頌・玄鳥》）。

案：王了一先生亦以為此歌脂合韻。就　伯元師新擬音讀而言，歌、脂二部韻尾相同，區別在於主要元音〔a〕—〔ɐ〕互異；就早期構擬之音讀而言，二部之區別則在於〔a〕—〔æ〕不同。相較之下，新擬音讀說解較合音理。

歌錫合韻：〔ai〕—〔ɐk〕（原擬〔a〕—〔ɐk〕）

地裼瓦儀議罹（《小雅・斯干・九章》）。

案：王了一先生以為裼字非韻，然則此章為歌部自韻；唯依首章韻例而言，裼字宜當入韻。就　伯元師新擬音讀而言，歌、錫二部韻尾不同，主要元音亦異；就早期構擬之音讀而言，二部之韻尾不同，主要元音亦異。相較之下，新擬音讀反因韻尾部位不同，而難於說解。

第二部　月部：〔at〕（原擬〔at〕）

《廣韻》：祭、泰、夬、廢、怪、月、曷、末、鎋、黠、屑、薛。

月質合韻：〔at〕－〔ɐt〕（原擬〔at〕－〔æt〕）

葛節日（《邶風·旄丘·首章》）。
結厲滅（《小雅·正月·八章》）。
滅戾勩（《小雅·雨無正·二章》）。
翳栵（《大雅·皇矣·二章》）。
惠厲瘵疾屆（《大雅·瞻卬·首章》）。

案：王了一先生亦以為此月質合韻。就　伯元師新擬音讀而言，月、質二部韻尾相同，區別在於主要元音〔a〕－〔ɐ〕之互異；就早期構擬的音讀言，二部之區別則在於〔a〕－〔æ〕不同。相較之下，原擬音讀說解反而較合音理。

月沒合韻：〔at〕－〔ət〕（原擬〔at〕－〔ɛt〕）

旆瘁（《小雅·出車·二章》）。
旆檖（《大雅·生民·四章》）。

案：王了一先生亦以為此月物合韻。就　伯元師新擬音讀而言，月、沒二部韻尾相同，區別在於主要元音〔a〕—〔ə〕之互異；就早期構擬之音讀言，二部之區別則在於〔a〕—〔ɛ〕不同。相較之下，原擬音讀說解反而較合音理。

第三部　元部：〔an〕（原擬〔an〕）

《廣韻》：元阮願、寒旱翰、桓緩換、刪潸諫、山產襉、仙獮線、先銑霰。

支脂元合韻：〔ɐ〕—〔ɐi〕—〔an〕（原擬〔ɐ〕—〔æ〕—〔an〕）

泚、瀰鮮（《邶風．新臺．首章》）。[2]

案：就　伯元師新擬音讀而言，支、脂二部主要元音相同，特韻尾有無互異而已，故多有通合情形；脂、元二部之主要元音密近，韻尾位置亦甚相近，故有合韻情形；就早期構擬的音讀而言，支、脂二部主要元音密近，故可通合；脂、支與元部之主要元音密近，特韻尾之有無不同而已。就音理而言，原擬音讀之說解，未必不如新訂。

元質合韻：〔an〕—〔ɐt〕（原擬〔an〕—〔æt〕）

筵秩（《小雅．賓之初筵．首章》）。

案：王了一先生以為首二句無韻，故秩字不入韻。就句法形式近同

2　伯元師、王了一先生均作泚瀰鮮，元脂合韻，今依《古音研究》正。

的第三章而言，首二句亦無韻，然則秩字或以不入韻為是。就　伯元師新擬音讀而言，元、質二部韻尾部位相同，陽入不同耳，主要元音〔a〕—〔ɐ〕之互異；就早期構擬之音讀而言，二部之區別，仍然在於主要元音的〔a〕—〔æ〕不同。就音理而言，原擬音讀之說解，未必不如新訂。

元真合韻：〔an〕—〔ɐn〕（原擬〔an〕—〔æn〕）

民嫄（《大雅・生民・首章》）。

案：王了一先生亦以為此真元合韻。就　伯元師新擬音讀而言，真、元二部韻尾相同，區別在於主要元音〔a〕—〔ɐ〕之互異；就早期構擬之音讀而言，二部之區別亦在主要元音的〔a〕—〔æ〕不同。相較之下，原擬音讀說解反而較合音理。

元微合韻：〔an〕—〔əi〕（原擬〔an〕—〔ɛ〕）

山歸（《豳風・東山・首章》）。
山歸（《豳風・東山・二章》）。
山歸（《豳風・東山・三章》）。
山歸（《豳風・東山・四章》）。
嵬萎怨（《小雅・谷風・三章》）。

案：《豳風・東山》四章，王了一先生以為四章遙韻，故而未有合韻情形；《小雅・谷風》則亦以為元、微合韻，並注云：「微元合韻是旁對轉。」[3]就　伯元師新擬音讀而言，元、微二部主要元音雖則〔a〕—〔ə〕互異，韻尾部位則相同，特陰陽不同耳；就早期構擬之音讀而言，二部之區別，不只主要元音的〔a〕—〔ɛ〕互異，韻尾有無亦不相同。就音理而言，原擬音讀之說解，似乎不如新訂。

元諄合韻：〔an〕—〔ən〕(原擬〔an〕—〔ɛn〕)

群錞苑（《秦風・小戎・三章》）。
熯愆孫（《小雅・楚茨・四章》）。

案：王了一先生亦以為元文合韻。就　伯元師新擬音讀而言，元、諄二部韻尾相同，主要元音〔a〕—〔ə〕互異耳；就早期構擬音讀而言，二部之區別，仍然在於主要元音的〔a〕—〔ɛ〕不同。就音理而言，原擬音讀之說解，未必不如新訂。

元陽合韻：〔an〕—〔aŋ〕(原擬〔an〕—〔ɑŋ〕)

言行（《大雅・抑・九章》）。

案：王了一先生亦以為元陽合韻。就　伯元師新擬音讀而言，元、陽二部主要元音相同，韻尾〔n〕—〔ŋ〕互異；就早期構擬之音讀而言，二部之區別，則除韻尾〔n〕—〔ŋ〕互異外，主要元音更以〔a〕—〔ɑ〕不同。就音理而言，原擬音讀之說解，確實不如新訂。

3 《詩經韻讀》頁274。

元東合韻：〔an〕—〔auŋ〕（原擬〔an〕—〔ɔŋ〕）

籩恭（《小雅・賓之初筵・三章》）。

案：王了一先生以為本章一、四句叶韻，二句不入韻，故未有合韻現象。唯如此判定，則其句法形式雖與首章近似，用韻情形卻迥異，頗有疑義。就　伯元師新擬音讀而言，元、東二部韻尾雖然相去較遠，主要元音卻相同，兩部合韻，尚可說之以音理；就早期構擬的音讀而言，二部之區別，不論主要元音或者韻尾，相去均遠。故就音理而言，新訂之音讀，當較原擬之音讀略勝一籌。

第四部　脂部：〔ɐi〕（原擬〔æ〕）

《廣韻》：脂旨至、齊薺霽、皆（駭）（怪）、紙。

脂微合韻：〔ɐi〕—〔əi〕（原擬〔æ〕—〔ɛ〕）

枚飢（《周南・汝濆・首章》）。
尾燬燬邇（《周南・汝墳・三章》）。
祁歸（《召南・采蘩・三章》）。
薇悲夷（《召南・草蟲・三章》）。
喈霏歸（《邶風・北門・二章》）。
煒美（《邶風・靜女・二章》）。
淒晞湄躋坻（《秦風・蒹葭・二章》）。
尾几（《豳風・狼跋・首章》）。
騑遲歸悲（《小雅・四牡・首章》）。

韡弟（《小雅．常棣．首章》）。

遲萋喈祁歸夷（《小雅．出車．六章》）。

萋悲萋悲歸（《小雅．杕杜．二章》）。

泥弟弟豈（《小雅．蓼蕭．三章》）。

飛躋（《小雅．斯干．三章》）。

師氏維毗迷師（《小雅．節南山．三章》）。

哀違衣底（《小雅．小旻．二章》）。

淒腓歸（《小雅．四月．二章》）。

薇桋哀（《小雅．四月．八章》）。

喈湝悲回（《小雅．鼓鐘．二章》）。

尸歸遲弟私（《小雅．楚茨．五章》）。

穉火（《小雅．大田．二章》）。

惟脂（《大雅．生民．七章》）。

葦履體泥（《大雅．行葦．首章》）。

依濟几依（《大雅．公劉．四章》）。

懠毗迷尸屎葵資師（《大雅．板．五章》）。

郿歸（《大雅．崧高．六章》）。

騤喈齊歸（《大雅．烝民．八章》）。

追綏威夷（《周頌．有客》）。

枚回依遲（《魯頌．閟宮．首章》）。

違齊遲躋遲祗圍（《商頌．長發．三章》）。

案：王了一先生亦以為脂微合韻。就　伯元師新擬音讀而言，脂、微二部韻尾相同，主要元音〔ɐ〕－〔ə〕之互異耳；就早期構擬音讀而言，二部之區別，在於主要元音的〔ɐ〕－〔ɛ〕不同。就音理而言，新訂之音讀，似較原擬之音讀略勝一籌。

脂質微合韻：〔ɐi〕—〔ɐt〕—〔əi〕(原擬〔æ〕—〔æt〕—〔ɛ〕)

惠戾屆闋夷違(《小雅・節南山・五章》)。
維葵膍戾(《小雅・采薇・五章》)。

案：〈采薇・五章〉王了一先生亦以為脂微質合韻。〈節南山・五章〉則以惠戾屆闋四字質部自韻，夷微二字脂微合韻。就　伯元師新擬音讀而言，脂、質二部陰入相承，主要元音無別，韻尾〔i〕—〔t〕不同而已；脂、微二部則韻尾相同，主要元音〔ɐ〕—〔ə〕互異耳；就早期構擬之音讀而言，脂、質二部陰入相承，亦屬主要元音無別，韻尾〔i〕—〔t〕不同之例；脂、微二部之區別，則在於主要元音〔ɐ〕—〔ɛ〕之不同。就音理而言，新訂之音讀，似較原擬之音讀略勝一籌。

脂沒合韻：〔ɐi〕—〔ət〕(原擬〔æ〕—〔ɛt〕)

類比(《大雅・皇矣・四章》)。

案：王了一先生亦以為脂物合韻。就　伯元師新擬音讀而言，脂、沒二部韻尾位置相同，主要元音〔ɐ〕—〔ə〕互異；就早期構擬之音讀而言，二部之區別，不僅主要元音〔ɐ〕—〔ɛ〕互異，韻尾之有無亦復不同。故就音理而言，新訂之音讀，似較原擬之音讀略勝一籌。

脂諄合韻：〔ɐi〕—〔ən〕(原擬〔æ〕—〔ɛn〕)

偕近邇(《小雅・杕杜・四章》)。

案：王了一先生以為近字不入韻，未有合韻情形。唯依全詩體例，各句皆入韻，僅此一句不入韻，甚為奇特，故　伯元師近字入韻，形成脂、諄合韻。就　伯元師新擬音讀而言，脂、諄二部韻尾部位相同，主要元音〔ɐ〕—〔ə〕互異；就早期構擬之音讀而言，二部之區別，除主要元音〔æ〕—〔ɛ〕不同外，韻尾之有無亦異，故就音理而言，新訂之音讀，似較原擬之音讀略勝一籌。

脂支合韻：〔ɐi〕—〔ɐ〕(原擬〔æ〕—〔ɐ〕)

佽[柴]（《小雅・車攻・四章》）。

案：王了一先生亦以為脂支合韻。就　伯元師新擬音讀而言，脂、支二部，主要元音全同，特韻尾有無之互異；就早期構擬音讀而言，二部之區別，則在於主要元音〔æ〕—〔ɐ〕不同。就音理而言，原擬音讀之說解，未必不如新訂。

第五部　質部：〔ɐt〕(原擬〔æt〕)

《廣韻》：至、霽、怪、質、櫛、屑、薛、職。

質沒合韻：〔ɐt〕—〔ət〕(原擬〔æt〕—〔ɛt〕)

肄[墍]（《邶風・谷風・六章》）。
穗[醉]（《王風・黍離・二章》）。
[季寐]棄（《魏風・陟岵・二章》）。
嘒淠屆[寐]（《小雅・小弁・四章》）。
[茀仡]肆[忽拂]（《大雅・皇矣・八章》）。

案：王了一先生亦以為質物合韻。就　伯元師新擬音讀而言，質、沒二部韻尾相同，主要元音〔ɐ〕—〔ə〕互異耳；就早期構擬音讀而言，二部之區別，亦為主要元音的〔æ〕—〔ɛ〕不同。就音理而言，原擬音讀之說解，未必不如新訂。

質錫合韻：〔ɐt〕—〔ɐk〕(原擬〔æt〕—〔ɐk〕)

幭厄（《大雅・韓奕・二章》)。

案：王了一先生以為幭本作幦，與厄為錫部自韻，未有合韻情形。[4] 就　伯元師新擬音讀而言，質、錫二部韻尾〔t〕—〔k〕互異，主要元音則同作〔ɐ〕；就早期構擬音讀而言，二部之區別，除韻尾〔t〕—〔k〕互異外，主要元音更以〔æ〕—〔ɐ〕為別，故就音理而言，新訂之音讀，似較原擬之音讀略勝一籌。

質職合韻：〔ɐt〕—〔ək〕(原擬〔æt〕—〔ək〕)

淢匹（《大雅・文王有聲・三章》)。

案：王了一先生淢字據《韓詩》改作洫，則為質部自韻，未有合韻情形。就伯元師新擬音讀而言，質、職二部韻尾〔t〕—〔k〕

4 《詩經韻讀》云：「幦、今本作幭，現在從他書作幦。參看段玉裁《六書音韻表》十六部注。」按段氏十六部注云：「幭本音在第十五部。《詩・韓奕》合韻軛字，從他經作幦，則在本韻。考『車覆笭』，〈既夕禮〉、《玉篇》、〈少儀〉、《公羊傳》、《說文》皆謂之幦。《毛詩》幭厄二字皆屬假借，厄即軛，毛傳：『厄，烏噣也。』今訛為烏蠋。」

互異，主要元音〔ɐ〕—〔ə〕有別；就早期構擬音讀而言，二部之區別，除韻尾〔t〕—〔k〕互異外，主要元音亦〔æ〕—〔ə〕有別。唯就音理而言，新訂之音讀，似較原擬之音讀略勝一籌。

第六部　真部：〔ɐn〕（原擬〔æn〕）

《廣韻》：真軫震、諄準稕、臻、先銑霰、仙獮線、庚梗映、清靜勁、青迥徑。

真諄合韻：〔ɐn〕—〔ən〕（原擬〔æn〕—〔ɛn〕）

倩盼（《衛風・碩人・二章》）。
鄰云慇（《小雅・正月・十二章》）。
壼胤（《大雅・既醉・六章》）。[5]
命純（《周頌・維天之命》）。

案：王了一先生亦以為真諄合韻。就　伯元師新擬音讀而言，真、諄二部韻尾相同，主要元音〔ɐ〕—〔ə〕互異耳；就早期構擬音讀而言，二部之區別，亦在於主要元音的〔æ〕—〔ɛ〕不同。唯就音理而言，原擬音讀之說解，未必不如新訂。

5　王了一先生《詩經韻讀》注云：「江有誥避清雍正諱，改『胤』為『允』，以『壼、允』為韻，入文部；段玉裁以『壼、年、胤』為韻，入真部。今依段玉裁，為『壼』字歸入文部，作真文合韻。」

真諄耕合韻：〔ɐn〕—〔ən〕—〔ɐŋ〕（原擬〔æn〕—〔ɛn〕—〔ɐŋ〕）

人訓、刑（《周頌・烈文》）。

案：王了一先生亦以為真文耕合韻。就　伯元師新擬音讀而言，真、諄二部韻尾相同，主要元音〔ɐ〕—〔ə〕互異，真、耕二部則主要元音相同，韻尾〔n〕—〔ŋ〕互異；就早期構擬音讀而言，真、諄二部之區別，亦在於主要元音的〔æ〕—〔ɛ〕不同，耕部與真、諄二部則不僅韻尾不同，主要元音亦異，故就音理而言，新訂之音讀，似較原擬之音讀略勝一籌。

真陽合韻：〔ɐn〕—〔aŋ〕（原擬〔æn〕—〔ɑŋ〕）

罔薪（《小雅・車舝・四章》）。

案：王了一先生亦以為真陽合韻。就　伯元師新擬音讀而言，真、陽二部韻尾〔n〕—〔ŋ〕不同，主要元音〔ɐ〕—〔a〕互異，相去稍遠；就早期構擬之音讀而言，二部韻尾〔n〕—〔ŋ〕不同，主要元音〔æ〕—〔ɑ〕互異，相去仍遠。唯就音理而言，新訂音讀之主要元音稍近，較原擬之音讀略勝一籌。

真冬合韻：〔ɐn〕—〔əuŋ〕（原擬〔æn〕—〔oŋ〕）

躬天（《大雅・文王・七章》）。

案：王了一先生躬字屬侵韻，故以為真侵合韻。就　伯元師新擬音讀而言，真、冬二部韻尾〔n〕—〔uŋ〕不同，主要元音〔ɐ〕—〔ə〕互異，相去稍遠；就早期構擬音讀而言，二部韻尾〔n〕—〔ŋ〕不同，主要元音〔æ〕—〔o〕互異，相去仍遠。唯就音理而言，新訂音讀之主要元音稍近，似較原擬之音讀略勝一籌。

第七部　微部：〔əi〕（原擬〔ε〕）

《廣韻》：脂旨至、微尾未、皆駭怪、灰賄隊、咍海代、支紙寘、戈果過。

（無合韻例）

第八部　沒部：〔ət〕（原擬〔εt〕）

《廣韻》：至、未、霽、隊、代、術、物、沒。

（無合韻例）

第九部　諄部：〔ən〕（原擬〔εn〕）

《廣韻》：微、薺、賄；真軫震；諄準稕；臻；文吻問；欣隱焮；魂混慁；山；先銑霰；仙。

（無通韻、合韻例）

第十部　支部：〔ɐ〕（原擬〔ɐ〕）

《廣韻》：支紙寘、齊薺霽、佳蟹卦。

（無合韻例）

第十一部　錫部：〔ɐk〕（原擬〔ɐk〕）

《廣韻》：麥、昔、錫、霽。

錫屋合韻：〔ɐk〕—〔auk〕（原擬〔ɐk〕—〔ɔk〕）

局蹐脊蜴（《小雅‧正月‧六章》）。

案：王了一先生亦以為錫屋合韻。就　伯元師新擬音讀而言，錫、屋二部韻尾〔k〕—〔uk〕圓展有別，主要元音〔ɐ〕—〔a〕不同；就早期構擬音讀而言，二部韻尾無別，主要元音的〔ɐ〕—〔ɔ〕不同。就音理而言，原擬音讀之說解，未必不如新訂。

錫藥合韻：〔ɐk〕—〔ɐuk〕（原擬〔ɐk〕—〔ɑuk〕）

翟髢揥晳帝（《鄘風‧君子偕老‧二章》）。

案：王了一先生翟字屬錫韻，故為錫部自韻。　伯元師則以為當入藥部。[6]就　伯元師新擬音讀而言，錫、藥二部主要元音相

6　《毛詩韻譜‧通韻譜‧合韻譜》云：「按王力《詩經韻讀》以翟、髢二字均入錫部。翟字當為藥部字，《邶風‧簡兮‧二章》以籥翟爵韻，《檜風‧羔裘‧三章》以膏曜悼韻，《大雅‧靈臺‧二章》以濯翯躍韻，《大雅‧桑柔‧五章》以削爵濯溺韻，皆藥部自韻，或宵藥通韻，翟非錫部字明矣。《經典釋文‧毛詩音義上》：『狄、本亦作翟，王后第一服曰褕狄。』翟有作狄之本，王力以為錫部，或據狄字入韻。段玉裁《六書音韻表‧詩經韻分十七部表》第十六部本音下云：『髢、本作

同，韻尾〔k〕—〔uk〕之異耳；就早期構擬的音讀而言，二部韻尾相同，主要元音〔ɐ〕—〔ɑu〕互異，相去較遠。故就音理而言，新訂音讀，較原擬之音讀略勝一籌。

第十二部　耕部：〔ɐŋ〕（原擬〔ɐŋ〕）

《廣韻》：庚梗映、耕耿諍、清靜勁、青迥徑。

（無通韻，無合韻）

第十三部　魚部：〔a〕（原擬〔ɑ〕）

《廣韻》：魚語御、虞麌遇、模姥暮、麻馬禡。

魚侯合韻：〔a〕—〔au〕（原擬〔ɑ〕—〔ɔ〕）

禡附侮（《大雅・皇矣・八章》）。

案：王了一先生以為禡字不入韻，附、侮魚部自韻。依各章韻例，禡字似以入韻為是，故　伯元師判為魚侯合韻。就　伯元師新擬音讀而言，魚、侯二部主要元音相同，特韻尾之有無互異；就早期構擬音讀而言，二部俱無韻尾，但主要元音〔ɑ〕—〔ɔ〕之異。就音理而言，原擬音讀之說解，未必不如新訂。

鬄，易聲在此部，〈君子偕老〉一見。』按也聲本在歌部，易聲在錫部，毛詩作髢，三家作鬄，王先謙《詩三家義集疏》云：《說文》鬄下云：『髲也。』髢下云：鬄或作髢。釋文：『髲，被也。髲少者得以被助其髮也。』」

魚幽宵合韻：〔a〕—〔ɐu〕—〔əu〕(原擬〔ɑ〕—〔o〕—〔ɑu〕)

廟、保、瑕（《大雅・思齊・三章》）。

案：王了一先生以為瑕字不與廟、保為韻，應併入下一章，非韻字，故為幽、宵合韻。 伯元師則以為瑕字與上文廟、保魚幽宵合韻。就 伯元師新擬音讀而言，幽、宵韻尾相同，主要元音〔ɐ〕—〔ə〕密近，魚部與幽、宵則相去較遠；就早期構擬音讀而言，魚、幽二部主要元音密近，魚、宵二部則主要元音相同，特韻尾有無互異耳。就音理而言，原擬音讀之說解，未必不如新訂。[7]

魚之合韻：〔a〕—〔ə〕(原擬〔ɑ〕—〔ə〕)

雨母（《鄘風・蝃蝀・二章》）。
者謀虎（《小雅・巷伯・六章》）。
膴飴謀龜時茲（《大雅・緜・三章》）。

案：王了一先生亦以為魚之合韻。就 伯元師新擬音讀而言，魚、之二部俱無韻尾，主要元音〔a〕—〔ə〕之異耳；就早期構擬音讀而言，二部之區別，亦於主要元音的〔ɑ〕—〔ə〕不同。故就音理而言，原擬音讀之說解未必不如新訂。[8]

7 就韻部之遠近與音讀之切近關係而言，此或當從王了一先生之認定。

8 王了一先生《詩經韻讀》注云：「段玉裁說：此古合韻也。金文也有魚、之合韻。大約較古時代，之讀〔ə〕，故與魚部〔ɑ〕為鄰韻。」

第十四部　鐸部：〔ak〕（原擬〔ɑk〕）

《廣韻》：御、禡、藥、鐸、陌、麥、昔。

鐸盍合韻：〔ak〕—〔ap〕（原擬〔ɑk〕—〔ɑp〕）

業作（《大雅・常武・三章》）。

案：王了一先生亦以為鐸盍合韻。就　伯元師新擬音讀而言，鐸、盍二部主要元音相同，韻尾則〔k〕—〔p〕不同；就早期構擬音讀而言，二部之區別，亦在韻尾之不同。故就音理而言，原擬音讀之說解，未必不如新訂。

第十五部　陽部：〔aŋ〕（原擬〔ɑŋ〕）

《廣韻》：陽養漾、唐蕩宕、庚梗映。

陽東合韻：〔aŋ〕—〔auŋ〕（原擬〔ɑŋ〕—〔ɔŋ〕）

公疆邦功皇忘（《周頌・烈文》）。

案：王了一先生雖以為忘字無韻，仍屬陽東合韻。就　伯元師新擬音讀而言，陽、東二部主要元音相同，韻尾則但〔ŋ〕—〔uŋ〕圓展不同；就早期構擬音讀而言，二部韻尾無別，主要元音則〔ɑ〕—〔ɔ〕不同。就音理而言，新訂音讀，似較原擬之音讀略勝一籌。

陽談合韻：〔aŋ〕—〔ap〕(原擬〔ɑŋ〕—〔ɑm〕)

瞻相臧腸狂(《大雅・桑柔・七章》)。
監嚴濫遑(《商頌・殷武・四章》)。

案：王了一先生亦以為陽談合韻。就伯元師新擬音讀而言，陽、談二部主要元音相同，韻尾則但〔ŋ〕—〔m〕不同；就早期構擬音讀而言，二部主要元音亦同，仍以韻尾〔ŋ〕—〔m〕為別。就音理而言，新舊音讀相去皆遠，故原擬音讀之說解，未必不如新訂。

第十六部　侯部：〔au〕(原擬〔ɔ〕)

《廣韻》：侯厚候、虞麌遇。

侯幽合韻：〔au〕—〔əu〕(原擬〔ɔ〕—〔o〕)

樞趣(《大雅・棫樸・首章》)。
揄蹂叟浮(《大雅・生民・七章》)。

案：王了一先生亦以為侯幽合韻。就　伯元師新擬音讀而言，侯、幽二部韻尾相同，特主要元音〔a〕—〔ə〕之互異；就早期構擬音讀而言，二部俱無韻尾，主要元音則〔ɔ〕—〔o〕密近。就音理而言，新舊音讀皆甚相近，故原擬音讀之說解，未必不如新訂。

侯冬合韻：〔au〕—〔əuŋ〕（原擬〔ɔ〕—〔oŋ〕）

務戎（《小雅・常棣・四章》）。

案：王了一先生戎字入侵韻，故為幽侵合韻。就　伯元師新擬音讀而言，侯、冬二部主要元音〔a〕—〔ə〕不同，韻尾則雖〔u〕—〔uŋ〕互異，但部位相同；就早期構擬音讀而言，二部韻尾不同，主要元音亦以〔ɔ〕—〔oŋ〕互異。就音理而言，原擬音讀之說解，未必不如新訂。

第十七部　屋部：〔auk〕（原擬〔ɔk〕）

《廣韻》：屋、燭、覺。

屋幽合韻：〔auk〕—〔əu〕（原擬〔ɔk〕—〔o〕）

欲孝（《大雅・文王有聲・三章》）。

案：王了一先生欲字依〈樂記〉作猶，幽部自韻。就　伯元師新擬音讀而言，屋、幽二部韻尾陰入不同，主要元音〔a〕—〔ə〕互異；就早期構擬音讀而言，二部韻尾亦以陰入互異，主要元音〔ɔ〕—〔o〕不同。就音理而言，原擬音讀之說解，未必不如新訂。

屋覺合韻：〔auk〕—〔əuk〕（原擬〔ɔk〕—〔ok〕）

綠匊局沐（《小雅・采綠・首章》）。

案：王了一先生亦以為屋覺合韻。就　伯元師新擬音讀而言，屋、覺二部韻尾相同，但主要元音〔a〕—〔ə〕之互異耳；就早期構擬音讀而言，二部韻尾亦同，主要元音只以〔ɔ〕—〔o〕互異。就音理而言，原擬音讀之說解，未必不如新訂。

第十八部　東部：〔auŋ〕（原擬〔ɔŋ〕）

《廣韻》：東董送、鍾腫用、江講絳。

東幽合韻：〔auŋ〕—〔əu〕（原擬〔ɔŋ〕—〔o〕）

調同（《小雅．車攻．四章》）。[9]

案：王了一先生亦以為東幽合韻。就　伯元師新擬音讀而言，東、幽二部韻尾陰陽不同，主要元音〔a〕—〔ə〕互異；就早期構擬音讀而言，二部韻尾亦陰陽互異，主要元音則〔ɔ〕—〔o〕不同。就音理而言，原擬音讀之說解，未必不如新訂。

東冬合韻：〔auŋ〕—〔əuŋ〕（原擬〔ɔŋ〕—〔oŋ〕）

戎東同（《邶風．旄丘．三章》）。

濃忡雝同（《小雅．蓼蕭．四章》）。

案：王了一先生〈旄丘．三章〉首句「蒙戎」作「尨茸」，則是東

9　王了一先生謂調dyu讀如diong，與同協。並注云：「段玉裁說：『調字本音在三部（幽部），讀如稠，〈車攻〉以韻同字，屈原《離騷》以韻同字，東方《朔七諫》以韻同字，皆讀如重。此合韻也。』」

部自韻;〈小雅・蓼蕭・四章〉則為換韻,兩兩為韻而不出其類,故而未有合韻情形。就　伯元師新擬音讀而言,東、冬二部韻尾相同,主要元音〔a〕—〔ə〕互異耳;就早期構擬音讀而言,二部主要元音〔ɔ〕—〔o〕互異,韻尾則同。就音理而言,原擬音讀之說解,未必不如新訂。

第十九部　宵部:〔ɐu〕(原擬〔ɑu〕)

《廣韻》:蕭篠嘯、宵小笑、肴巧效、豪晧號。

宵幽合韻:〔ɐu〕—〔əu〕(原擬〔ɑu〕—〔o〕)

陶翿敖(《王風・君子陽陽・二章》)。

滔儦敖(《齊風・載驅・四章》)。

皎僚糾悄(《陳風・月出・首章》)。

葽蜩(《豳風・七月・四章》)。

譙翛翹搖嘵(《豳風・鴟鴞・四章》)。

酒殽(《小雅・正月・十二章》)。

休逑怓憂休(《大雅・民勞・二章》)。

酒紹(《大雅・抑・三章》)。

糾趙蓼朽茂(《周頌・良耜》)。

案:王了一先生亦以為宵幽合韻。就　伯元師新擬音讀而言,宵、幽二部韻尾相同,主要元音〔ɐ〕—〔ə〕之異耳;就早期構擬音讀而言,二部韻尾有無不同,主要元音復又〔ɑ〕—〔o〕互異。就音理而言,新訂音讀,似原擬之音讀略勝一籌。

宵之合韻：〔ɐu〕—〔ə〕（原擬〔ɑu〕—〔ə〕）

呶|僛郵|（《小雅・賓之初筵・四章》）。

案：王了一先生以為本章第二句「載號載呶」，號、呶為宵部自韻，僛、郵之部自韻。就 伯元師新擬音讀而言，宵、之二部韻尾有無不同，主要元音〔ɐ〕—〔ə〕互異；就早期構擬音讀而言，二部韻尾亦有無不同，主要音則〔ɑ〕—〔ə〕有別。就音理而言，原擬音讀之說解，未必不如新訂。

宵侵合韻：〔ɐu〕—〔əm〕（原擬〔ɑu〕—〔əm〕）

照僚紹|慘|（《陳風・月出・三章》）。

案：王了一先生據《五經文字》改慘為懆，則為宵部自韻。[10]就 伯元師新擬音讀而言，宵、侵二部韻尾不同，主要元音〔ɐ〕—〔ə〕互異；就早期構擬音讀而言，二部韻尾不同，主要元音則以〔ɑ〕—〔ə〕互異。唯就音理而言，原擬音讀之說解，未必不如新訂。

第二十部　藥部：〔ɐuk〕（原擬〔ɑuk〕）

《廣韻》：覺、藥、鐸、錫、效。

（無通韻，無合韻）

---

10 《詩經韻讀》云：「懆，今《詩經》作慘，當從《五經文字》作懆。」

第二十一部　幽部：〔əu〕（原擬〔o〕）

《廣韻》：脂旨至、蕭篠嘯、宵小笑、肴巧效、豪皓號、尤有宥、侯厚候、幽黝幼。

幽之合韻：〔əu〕—〔ə〕（原擬〔o〕—〔ə〕）

造士（《大雅・思齊・四章》）。
有收（《大雅・瞻卬・二章》）。
茂止（《大雅・召旻・四章》）。
止考（《周頌・訪落》）。
紑俅基牛鼒觩柔休（《周頌・絲衣》）。

案：王了一先生亦以為幽之合韻。就　伯元師新擬音讀而言，幽、之二部主要元音相同，特韻尾有無不同耳；就早期構擬音讀而言，二部皆無韻尾，主要元音〔o〕—〔ə〕互異。就音理而言，原擬音讀之說解，未必不如新訂。

幽職合韻：〔əu〕—〔ək〕（原擬〔o〕—〔ək〕）

好食（《唐風・有杕之杜・首章》）。
好食（《唐風・有杕之杜・二章》）。

案：王了一先生以為二章皆以好、食本部遙韻，故而未有合韻現象。就　伯元師新擬音讀而言，幽、職二部主要元音相同，韻尾部位相同而陰入有別；就早期構擬音讀而言，二部韻尾有無不同，主要元音復又〔o〕—〔ə〕不一。就音理而言，新訂音讀，似較原擬之音讀略勝一籌。

幽緝合韻：〔əu〕—〔əp〕（原擬〔o〕—〔əp〕）

猶集咎道（《小雅・小旻・三章》）。

案：王了一先生以為集當作就，幽覺通用。就伯元師新擬音讀而言，幽、訖二部主要元音相同，韻尾部位不同而陰入有別；就早期構擬音讀而言，二部韻尾有無不同，主要元音復又〔o〕—〔ə〕不一。就音理而言，新訂音讀，似較原擬之音讀略勝一籌。

第二十二部　覺部：〔əuk〕（原擬〔ok〕）

《廣韻》：屋、沃、覺、錫、嘯、號、宥。

覺職合韻：〔əuk〕—〔ək〕（原擬〔ok〕—〔ək〕）

穋麥（《豳風・七月・七章》）。
備戒告（《小雅・楚茨・五章》）。
夙育稷（《大雅・生民・首章》）。
告則（《大雅・抑・二章》）。

案：王了一先生亦以為覺職合韻。就　伯元師新擬音讀而言，覺、職二部主要元音相同，但韻尾之圓展為別耳；就早期構擬音讀而言，二部之區別則韻尾相同，主要元音〔ə〕—〔o〕互異。唯就音理而言，新訂音讀，似較原擬之音讀略勝一籌。

第二十三部　冬部：〔əuŋ〕(原擬〔oŋ〕)

《廣韻》：東送、冬宋、江講絳。

冬蒸合韻：〔əuŋ〕─〔əŋ〕(原擬〔oŋ〕─〔əŋ〕)

中弘躬(《大雅・召旻・六章》)。

案：王了一先生中、躬屬侵部，故以為侵蒸合韻。就　伯元師新擬音讀而言，冬、蒸二部主要元音相同，但韻尾〔uŋ〕─〔ŋ〕圓展為別耳；就早期構擬音讀而言，二部韻尾相同，區別在於主要元音〔o〕─〔ə〕之互異。就音理而言，新訂音讀，似較原擬之音讀略勝一籌。

冬侵合韻：〔əuŋ〕─〔əm〕(原擬〔oŋ〕─〔əm〕)

中驂(《秦風・小戎・二章》)。
沖陰(《豳風・七月・八章》)。
飲宗(《大雅・公劉・四章》)。
諶終(《大雅・蕩・首章》)。
甚蟲宮宗臨躬(《大雅・雲漢・二章》)。

案：王了一先生中、沖、宗、終、蟲、宮、宗、躬諸字皆屬侵部，故以為侵部自韻，未有合韻情形。就　伯元師新擬音讀而言，冬、侵二部主要元音相同，但韻尾之不同耳；就早期構擬音讀而言，二部之不僅韻尾〔ŋ〕─〔m〕不同，主要元音亦以

〔o〕—〔ə〕互異。故就音理而言，新訂音讀，似較原擬之音讀略勝一籌。

第二十四部　之部：〔ə〕(原擬〔ə〕)

《廣韻》：脂旨至、之止志、皆駭怪、灰賄隊、咍海代、尤有宥、侯厚候、軫。

（無合韻例）

第二十五部　職部：〔ək〕(原擬〔ək〕)

《廣韻》：志、怪、隊、宥、屋、麥、昔、錫、職、德。

職緝合韻：〔ək〕—〔əp〕(原擬〔ək〕—〔əp〕)

飭服熾[急]國（《小雅・六月・首章》）。
式[入]德（《大雅・思齊・四章》）。

案：王了一先生亦以為職緝合韻。就　伯元師新擬音讀而言，職、緝二部主要元音相同，韻尾〔k〕—〔p〕互異；早期構擬音讀亦同。故未有新舊短長問題。為統計方便，姑列為原擬音讀之說解，未必不如新訂。

第二十六部　蒸部：〔əŋ〕(原擬〔əŋ〕)

《廣韻》：蒸拯證、登等嶝、東送。

蒸侵合韻：〔əŋ〕－〔əm〕（原擬〔əŋ〕－〔əm〕）

膺弓騰縢興音（《秦風．小戎．三章》）。
簟寢興夢（《小雅．斯干．六章》）。
林興心（《大雅．大明．七章》）。
林林冰（《大雅．生民．三章》）。
登升歆今（《大雅．生民．八章》）。
夢慘（《大雅．抑．十一章》）。
乘縢弓綅增膺懲承（《魯頌．閟宮．四章》）。

案：王了一先生〈斯干．六章〉簟、寢二字侵部自韻，興、夢二字蒸部自韻；〈抑．十一章〉興字不入韻，慘字從《五經文字》作懆，與下文宵藥合韻。就　伯元師新擬音讀而言，蒸、侵二部主要元音相同，但韻尾〔əŋ〕－〔əm〕之不同耳；早期構擬音讀亦同。故未有新舊短長問題。為統計方便，姑列為原擬音讀之說解，未必不如新訂。

第二十七部　緝部：〔əp〕（原擬〔əp〕）

《廣韻》：緝、合、洽。

緝怗盍合韻：〔əp〕－〔ɐp〕－〔ap〕（原擬〔əp〕－〔ɐp〕－〔ɑp〕）

業、捷、及（《大雅．蒸民．七章》）。

案：王了一先生怗盍不分部，故以為緝盍合韻。就　伯元師新擬音讀而言，緝、怗、盍三部韻尾皆同作〔p〕，特主要元音

〔ə〕—〔ɐ〕—〔a〕之異；就早期構擬音讀而言，三部韻尾亦皆同作〔p〕，特主要元音〔ə〕—〔ɐ〕—〔ɑ〕之不同耳。故就音理而言，原擬音讀之說解，未必不如新訂。

第二十八部　侵部：〔əm〕（原擬〔əm〕）

《廣韻》：侵寑沁、談、鹽、覃、東、忝㶣。

侵添談合韻：〔əm〕—〔ɐm〕—〔am〕（原擬〔əm〕—〔ɐm〕—〔ɑm〕）

萏、儼、枕（《陳風・澤陂・三章》）。

案：王了一先生添談不分部，故以為談侵合韻。就　伯元師新擬音讀而言，侵、添、談三部韻尾皆同作〔m〕，主要元音則〔ə〕—〔ɐ〕—〔a〕不同；就早期構擬音讀而言，三部韻尾亦皆同作〔m〕，特主要元音〔ə〕—〔ɐ〕—〔ɑ〕不同耳。故就音理而言，原擬音讀之說解，未必不如新訂。

第二十九部　怗部：〔ɐp〕（原擬〔ɐp〕）

《廣韻》：葉。

怗盍合韻：〔ɐp〕—〔ap〕（原擬〔ɐp〕—〔ɑp〕）

葉韘韘甲（《衛風・芄蘭・三章》）。
業捷（《小雅・采薇・四章》）。
葉業（《商頌・長發・七章》）。

案：王了一先生怗盍不分部，故以為盍部自韻。就　伯元師新擬音讀而言，怗、盍二部韻尾皆作〔p〕，主要元音則〔ɐ〕—〔a〕不同；就早期構擬音讀而言，二部韻尾亦皆同作〔p〕，特主要元音〔ɐ〕—〔ɑ〕互異耳。故就音理而言，原擬音讀之說解，未必不如新訂。[11]

第三十部　添部：〔am〕（原擬〔ɐm〕）

《廣韻》：覃感、咸、琰、忝。

添盍合韻：〔am〕—〔ap〕（原擬〔ɐm〕—〔ɑp〕）

玷業貶（《大雅・召旻・三章》）。

案：王了一先生怗盍不分部，故以為添盍通韻。就　伯元師新擬音讀而言，添、盍二部韻尾〔m〕—〔p〕部位相同，主要元音〔a〕—〔ɐ〕互異；就早期構擬音讀而言，二部韻尾亦〔m〕—〔p〕部位相同，主要元音則〔ɐ〕—〔ɑ〕為別。就音理而言，原擬音讀之說解，未必不如新訂。

第三十一部　盍部：〔ap〕（原擬〔ɑp〕）

《廣韻》：狎、業。

（無合韻例）

---

11 伯元師《毛詩韻譜・通韻譜・合韻譜》云：「《詩經》韻腳於談添、盍怗之分不很明顯，因為入韻字少故也。

第三十二部　談部：〔am〕

《廣韻》：談敢、銜檻、鹽、豏、儼。

（無合韻例）

三　結語

依據上項分析，伯元師新舊三十二部音讀在《詩經》合韻例上之呈現，大抵為：

（一）新擬音讀優於原擬音讀者：二十一組合韻情形。
（二）原擬音讀優於新擬音讀者：四組合韻情形。
（三）新舊音讀未為有優劣情形者：二十七組合韻情形。[12]

然則可知，新擬音讀雖在音理說解上，優於原擬音讀，但其未必優於原擬音讀者，為數亦夥，甚且尚有原擬音讀優於新定之例。是以　先生有「尚不覺今是而昨非」之語。唯就整體現象而言，雖少許韻例容有可以再行檢討之餘地，新擬音讀之優於原先構擬，則為不爭之事實。

12 含新舊音讀無別者2組。

黃侃古音學與曾運乾古音學補說

李葆嘉
南京師範大學文學院教授

摘要

《陳新雄語言學論學集》中有《曾運乾之古音學〉、《曾運乾古音學之三十攝》、《黃侃與曾運乾之古音學》三篇，梳理曾運乾之古音學，辨析黃侃古音學與曾運乾古音學之關係，對古音學多有推闡。本文擬從五方面加以補說：清代古音學成就之總說；黃侃古音學之由來；曾運乾古音學之由來；黃侃喻匣相通說早於曾運乾刊發《喻母古讀考》；脂微分部說之沿革。通過重建歷史語境，以祈釐清相關線索及其細節。

關鍵詞： 陳新雄、曾運乾古音學、黃侃古音學、鄒漢勳、劉逢祿、脂微分部說

一　前言

二十世紀的中國語言學譜系，大體上就兩個：一是中國傳統學派（以章黃學派為代表），一是中西結合學派（馬建忠傳統、趙元任傳統、李方桂傳統）。作為章黃學派傳人，後學追隨於徐復先生左右二十餘年。長期以來，後學主要在音韻學領域澄清傳統學術，近年來主要用中國傳統方法研治西洋學術，弘揚章黃學術。凡章黃學術傳人研究古音學，有兩件事不可迴避：一是如何面對以往對黃侃古音學的非議或誤解，一是如何梳理黃侃古音學的來源並續加推闡。從碩士論文《清代學者上古聲紐研究概論》（1986），到《關於章黃古聲紐說的若干問題》（1990）、《論古音十九紐的重新發現》（1995），再到《古韻研究中的十個問題》（2011）、《對非議或誤解黃侃古音學的澄清》（2016）等，後學通過研讀《古韻譜稿》、《黃侃聲韻學未刊稿》等，對黃侃古音學理論與方法瞭解越深。

我與臺灣音韻同仁的交往，也是基於對章黃學術的共識。2002年12月，出席香港大學「明清學術國際研討會暨中文系建系75週年慶祝會」。開幕式上，一位長者向我走來，「你就是李葆嘉，我是陳新雄」。我立即迎上去，「陳教授，上次（1996年）去臺北出席著作發布會，曾想拜訪您。」陳教授惠賜《梅祖麟〈有中國特色的漢語歷史音韻學講辭〉質疑》（2002年10月6日脫稿於鍥不舍齋）印本，陳教授的批評有根有據。陳教授的大作《古音學發微》《六十年來之聲韻學》，我在三十多年前研讀過。如今，陳先生駕鶴西遊十年，特撰此文以寄緬懷之情。

二　陳新雄先生論曾運乾古音學

1993年，陳先生的《黃侃的古音學》刊於《中國語文》；2000年，《曾運乾之古音學》又見於《中國語文》。十年後，《陳新雄語言學論學集》（2010）在北京中華書局出版，促進了海峽兩岸的學術交流。該文集收入《曾運乾之古音學》（171-184頁）、《曾運乾古音學之三十攝》（185-188頁）、《黃侃與曾運乾之古音學》（196-206頁）三篇，梳理曾運乾之成績，辨析黃侃古音學與曾運乾之關係，對古音學多有推闡。

〈曾運乾之古音學〉包括四部分。在「一、前言」中開篇宣言：

> 曾運乾……於聲韻之學創獲甚夥，如《切韻五聲五十一類考》《喻母古讀考》等，皆著聞於世，其分古韻為三十攝，雖未見正式發表，公之於世。然楊樹達《積微居小學述林》卷七《曾星笠傳》述及曾氏之古韻分部云。（《陳新雄語言學論學集》2010，171頁）

在「二、曾運乾之古韻學」中寫道：

> 1969年，余撰寫博士論文《古音學發微》時，見李國英《周禮異文考》，所言同音通假，以曾氏三十攝為說，余鉤稽其所引用，僅得二十八攝。以其未備三十之數，因走訪李國英氏，承告曾氏三十攝，未經發表，其所據者，乃魯實先師之手抄本。（172頁）
>
> 余作此說竟，得見曾運乾弟子郭晉稀為曾氏所整理之《音韻學講義》（中華書局，1996年），於古音三十部之名稱乃有較清晰之概念。（173頁）

比照王力晚年三十部而發問：

> 持曾氏三十攝與王力晚年三十部相較，竟若析符之復合，其非知者之所見略同耶？（172頁）

在「三、曾運乾之古聲學」中，引用曾氏《廣韻之五聲五十-紐》（即《切韻之五聲五十-類考》初稿）、《喻母分隸牙舌音》（即《喻母古讀考》初稿）。

> 綜合以上所引，可知曾氏在古聲紐上研究之成績，厥為喻三古歸匣，喻四古歸定。羅常培嘗譽曾氏此說乃自錢大昕後，考鏡古聲母最有價值之文章。（183頁）

在「四、結論」中推定：

> 可見曾運乾氏古音學與黃侃之學十分類似，曾氏比黃侃二十八部所以多二部者，見先屑類無陰聲相配，故分齊之半以配先齊，又以豪無入聲，故割鐸半以配之。雖有是有非，其據黃侃二十八部而加以增補，則脈絡鮮明者也。古聲方面，雖喻三古歸匣、喻四古歸定為其獨見，實亦由於古聲十九紐而來。曾氏與黃氏，同在東北大學同事，二人或曾相互討論，於黃氏之缺失有所深知，故能對黃氏古音學說加以補苴者也。（184頁）

陳先生進而討論兩位的古音學關係，在〈黃侃與曾運乾之古音學〉中開篇揭示：

> 黃侃（1886-1935）與曾運乾（1884-1945）二人年相若而學相似，籍貫方面，雖有湖北與湖南之別，其為楚人，則相同也。二人曾於東北大學共事，亦當相互切磋，尤其是古音學方面，相似之處甚多，甚至於表達於文字方面者亦多雷同。（196頁）

繼而設問：

> 從兩人論古音之說，幾如出一轍，二人年既相若，又為東北大學同事，則對二人古音之學當如何看待？二人皆學有所就，應非抄襲。然則孰先孰後？自余觀察所見，應是各得於心，出而合轍者。古聲十九紐與古韻三十二韻之說，或黃侃先提出，而曾氏後有修正，所謂前修未密，後出轉精者也。（197頁）

由此斷言：

> 根據以上所述，黃侃與曾運乾古音學說之相類似，則問題燦然以明矣。無論古聲十九紐與古韻二十八部或晚年之三十部，皆黃侃倡之，而曾運乾和之。然黃氏早逝，曾運乾享壽六十一，較黃氏晚卒十年，無論古聲古韻皆有以修正黃氏之說者。（201頁）

並且揣測：

> 曾氏有《古本音齊部當分為二部說》一文，其精要之處，非閉門十年思之弗能瞭。（202頁）

進而肯定「齊部分二」或「脂微分部」之價值：

> 王力有脂微分部之見，為古韻學上一大創見，其實曾氏此說亦與王氏脂微分部說同一見解，而且發表之時間，亦極相近。黃侃屑先二部無相配之陰聲，若將齊半分出，正可頂此空闕，其說是也。（203頁）

綜上，陳先生要點有五：1.持曾氏三十攝與王力晚年三十部相較，竟若析符之復合，其非知者之所見略同耶？2.無論古聲十九紐與古韻二十八部，皆黃侃倡之，而曾運乾和之。3.二人相似之處甚多，甚至於表達於文字方面者亦多雷同。4.曾氏《古本音齊部當分為二部說》，其精要之處，非閉門十年思之弗能瞭。5.王力有脂微分部之見，為古韻學上一大創見。

以下就以往所見文獻及其梳理，撮取其要而為之補說。意在重建歷史語境，釐清相關線索及其細節。

三　清代古韻學成就之總說

有清一代，經顧炎武（1613-1682）、江永（1681-1762）、戴震（1724-1777）、段玉裁（1735-1815）、王念孫（1744-1832）、孔廣森（1751-1786）等前赴後繼，周秦古韻分部已基本定局。如立足於審音三分格局，整合「清代古韻六大家」之所分，可得出「古韻二十八部」（如黃侃，1914，1920）。如若再補上鄒漢勳（1805-1854）《五均論》（1851）所倡脂灰分部說及其相配入聲，就可得「古韻三十部」（如曾運乾，1926，王力，1980）。

「清儒古韻分部之整合系統」（問號表空位）今列如次：

陰聲韻	入聲韻	陽聲韻
歌（顧）	月（江、戴、王）	元（江）
支（段）	錫（江、戴）	耕（顧）
脂（段）	質（段、王）	真（段）
灰（鄒）	術（王、牟、劉、龐）	文（段）
魚（江）	鐸（江）	陽（顧）
侯（段）	屋（孔、牟、龐）	東（孔）
幽（段）	覺（孔、牟、劉、龐）	冬（孔）
宵（段）	藥（戴）	？
之（段）	職（江、戴）	蒸（顧）
？	緝（江、戴）	侵（江）
？	盍（江、戴）	談（江）

需要說明的是：1.術部在王念孫分部中屬脂部之入，並未獨立，後將術部獨立的，是牟應震（1744-1825）、劉逢祿（1776-1829）的未部與龐大堃（1787-1858）的術部。2.孔廣森將屋（屬東之入）、覺（屬冬之入）分出，但拘於山東方音而未取古有入聲。後將入聲韻屋、覺獨立的，是牟應震的屋、六部，劉逢祿的屋、藥部，龐大堃的屋、覺部。作為獨立的入聲韻，術、屋、覺三部，實成於牟、劉，而其韻部標目則定於龐。3.另外，未曾列入「整合系統」的，有時庸勱（同光年間）所倡「緝盍有去聲說」（1892），提出緝之陰聲韻摯部、盍之陰聲韻瘞部。

陳新雄先生發問：「持曾氏三十攝與王力晚年三十部相較，竟若析符之復合，其非知者之所見略同耶？」通過以上排比可見，其原因在於「清儒古韻分部之整合系統」已相當成熟，後來者僅在此內取捨分合，難免「所見略同」。該「整合系統」（古韻三十三部）中還有三個空位。後來者只有就此空位提出新的韻部，方為清儒古音分部之外的獨見或首創。由此觀之，除黃侃（1918）「談添盍帖分四部說」、陳振寰（1988）「東、冬、江三分說」確為獨見，曾運乾三十攝與王力（1980）三十部，並無古韻分部的首創之論。儘管研究者可自詡「脂微分部」為其獨見，然從古音學史的立場來看，僅為推闡續證。

四　黃侃古音學之由來

對清代古音學集大成者黃侃（1886-1935）的古音學由來，無論是讚譽者，還是批評者，由於種種原因，皆不甚明瞭。而昧於清儒上古韻部研究史和上古聲紐研究史，則難免臆說。

黃侃其古韻分部立目，雖可遠紹鄭（鄭庠六部之說）、顧、江、戴、段、王等，但其直接來源卻是劉逢祿的二十六部格局。而古本音在一、四等、古音（聲紐）十九紐之說，皆源自鄒漢勳《五均論》。

> 十九聲之說略同於新化鄒君，二十八部之說略同於武進劉君。予之韻學，全恃此二人及番禺陳君而成，不可匿其由來也。（《古韻譜稿》扉頁題記，1918）
>
> 鄒漢勳謂等韻一、四等為古音，此為發明古聲十九紐之先導。（黃侃述、黃焯編，1983）

以往學者，蓋未閱鄒漢勳《五均論》和劉逢祿《詩聲衍》，亦未見黃侃《音學八種》（1914）和《古韻譜稿》（1918）等，僅憑《音略》（1920）等文，難免失之。

（一）黃侃古音學成於 1913-1914 年

黃侃在《音略・今韻》（撰於1919年秋）中收錢夏《韻攝表》（約成於1915-1916年），但其古音學則成於1913-1914年。1914年秋冬，黃侃受聘北京大學。1915年春，錢玄同（1887-1939）借黃侃《音學八種》手稿轉錄，並有《小序》：

> 乙卯仲春，黃君季子來都中，語余曰：頃紬繹聲韻，有所著錄。……古音即在《廣韻》之中。凡舍《廣韻》別求審古音者，皆妄也。又曰，古紐止十有九。古韻則陰聲、陽聲之外，入聲當別立。顧、江、段、孔諸公，皆以入聲散歸陰聲各部中，未為審諦。謂宜埻戴氏分陰、陽、入為三之說，爰就餘杭師所分古韻二十三部，蓋為二十八部。余聞其論而韙之。因假取其稿，迻箸是冊。其中頗有未定之論，季子謂此乃草創，他日尚須修正云。

「乙卯」，即1915年；「頃」，不久前，謂1914年。「古音即在《廣韻》之中」，此為鄒漢勳研究古音之法。古音十九紐之說，見錢氏所錄黃侃《聲韻通例・第五表古今音異同》（初定二十二紐）、《聲韻通例・第七表正變聲洪細》（將正聲合併得十九紐）；古韻二十八部之說，見錢氏所錄黃侃《聲韻通例・古韻旁轉對轉表》。《音學八種・均紐分配表》，橫行為均，縱行為紐，乃十九紐（於紐已改稱為紐，甾、囪、師已改稱莊、初、疏）與二十八部相配之圖表。對於黃侃的古音十九紐，其師「初不謂然，後乃見信。其所著《菿漢微言》，論古聲類，亦改從侃說矣。」考章太炎（1869-1936）撰《菿漢微言》，時在1915-1916年間。

1918年5月，黃侃《古韻譜稿》在京校畢。1919年5月至7月，《聲韻通例》、《與人論小學書》刊北京《唯是》月刊一至三冊。而在此前，1917年，錢玄同已在北京大學初授音韻，其《文字學音篇》（北大1918年排印），講述「三代古音」已用黃侃古音說。當時學界，甚至在以後很長時期內，所瞭解的黃侃古音學就是主要通過《文字學音篇》。

1919年秋，黃侃離開北京，到武昌高等師範學校任教，編有講義《音略》、《聲韻略說》。《音略》曾先後在4種刊物上登載：（1）1920年，武昌高等師範學校國文歷史地理學會《國學卮林》一卷一期；（2）1923-1924年，上海《華國月刊》一卷一、三、五期；（3）1935年，蘇州章氏國學講習會《制言》第六期（第五篇），有孫世揚釋語：「此文亦係一九一九年任教武昌時的講義」；（4）1936年，南京中央大學《中央大學文藝叢刊·黃季剛先生遺著專號》二卷二期。

（二）鄒漢勳《五均論》古本音說

黃侃說：「十九聲之說略同於新化鄒君」。鄒漢勳（1805-1854），字叔績，湖南新化羅洪村（今屬隆回縣）人。鄒氏於咸豐元年（1851）中舉。咸豐三年冬臘，太平軍攻陷廬州（今合肥），鄒氏與安徽巡撫江忠源（號岷樵，1812-1854）戰死西門。曾國藩輓曰：「聞叔績不生，風雲變色；與岷樵同死，日月爭光」。鄒母吳瑚珊（1777-1831），隨其父吳蘭柴編校《地理今釋》而周知天下方輿沿革，為中國第一位女輿地學家。此後，以鄒漢勳、鄒代鈞（1854-1908）、鄒新垓（1915-1975）為代表，形成了傳承七代（約47位地理學家）的「鄒氏輿地世家」。鄒氏勤於著述，尤深音韻之學，其音韻著述有《廣韻表》、《五音表》、《說文諧聲譜》、《五均論》。惟有《五均論》大體保留下來，使後人得以瞭解其古聲二十紐和古韻十五部。

在《廿聲四十論》中，鄒氏從第二十三論到三十六論提出十四個古聲紐論題。其中包括：《二十四論照穿床審當析為照穿神審、甾初床所》、《二十八論泥娘日一聲》、《三十一論喻當並匣》。黃侃十九紐與鄒漢勳二十紐，就字母歸併而論，鄒氏喻歸匣，而黃氏喻歸影；就發音部位而論，鄒氏認為古有正齒，黃氏主張古無正齒。鄒漢勳吸收了戴、段和江有誥（1773-1851）的古韻分部成果，加上己見，定古韻十五部。其中十部有入聲，故實為二十五部。鄒氏古韻分部的特點：一是去聲祭泰夬廢從入，與曷末併。黃侃承之；二是脂皆（脂部）、灰蒸（微部）二分，黃侃未承之。

鄒氏認為：論古音要以《聲類》為依據。惜此書不傳，然「《廣韻》即其嗣法」。於是「一依《廣韻》之反切，以成是表（《廣韻表》），蓋欲闡《廣韻》之旨，上以考古音、複《聲類》，而下以斷絕等韻之訛舛異說也。」黃侃進一步闡明：「古音部類，自唐以前，未嘗昧也。」「古本音即在《廣韻》二百六部中，《廣韻》所收，乃包舉周、漢至陳、隋之音，非別有所謂古本音也。」「以《廣韻》為主，而考三代迄於六朝之音變。」其主張與鄒氏一脈相承。

茲將鄒漢勳《八呼廿論．十一論廣韻一等專紐九十六》（見圖一書影，上面文字是筆者1985年圈點）引錄（序號為筆者所加，個別次序有微調）如次：

> 1.東均東屬十七、董均十四、送均送屬十九、宋均五。2.屋均屋屬十七。3.冬均十、腫均湩屬二。4.沃均十五。5.模均十九、姥均十八、暮均十八。6.齊均齊屬二十一、薺均十七、霽均二十、齊均圭屬五、霽均三。7.灰均十九、賄均十七、隊均十九。8.咍均十八、海均二十一、代均十六。9.魂均十九、混均十七、恩均十八、痕均五、很均三、恨均四。10.沒均十八、

沒均麪屬二。11.寒均十四、旱均十一、翰均十五、桓均十七、緩均十七、換均十九。12.曷均十五、末均十八。13.先均先屬十七、銑均銑屬十三、霰均霰屬四、先均淵屬六、銑均泫屬四、霰均絢屬四。14.屑均屑屬十九、屑均血屬五。15.蕭均十、篠均十二、嘯均十一。16.青均青屬十三、迥均頂屬十三、徑均十、青均熒屬二、迥均迥屬八、徑均一。17.錫均闃屬三。18.豪均十九、皓均十八、號均十七。19.歌均十四、哿均十四、箇均十二、戈均戈屬十七、果均十九、過均過屬十九。20.唐均唐屬十四、蕩均蕩屬十八、宕均宕屬十七、唐均荒屬七、蕩均廣屬五、宕均螃屬四。21.鐸均鐸屬十八、鐸均霍屬八。22.登均登屬十四、等均四、嶝均十二、登均鞃屬三。23.德均十八、德均式屬三。24.侯均十七、厚均十九、候均十九。25.覃均十五、感均十五、勘均十四。26.合均十七。27.談均十二、敢均十三、闞均十。28.盍均十六。29.添均九、忝均十、㮇十均二。30.帖均十三。31.泰均泰屬十六、泰均會屬十五。

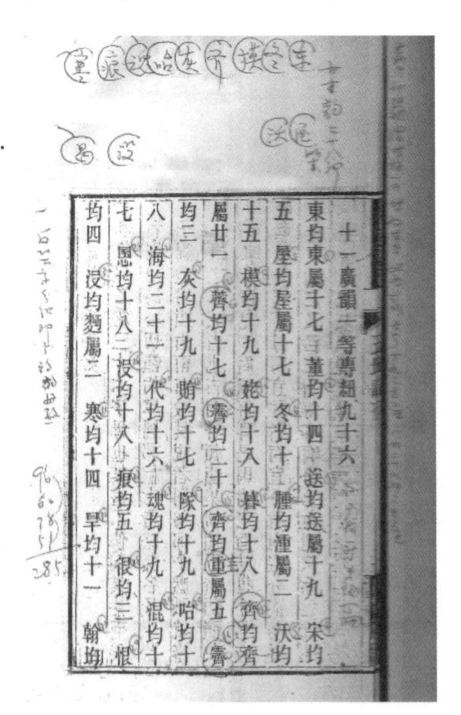
十一廣韻一等專韻九十六
東均東屬十七 董均十四 送均送屬十九 宋均
五 屋均屋屬十七 冬均十 腫均湩屬二 沃均
十五 模均十九 姥均十八 暮均十八 齊均齊
屬廿一 薺均十七 霽均二十 齊均重屬五 霽
均三 灰均十九 賄均十七 隊均十九 咍均十
八 海均二十一 代均十六 魂均十九 混均十
七 恩均十八 沒均十八 痕均五 很均三 恨
均四 沒均麪屬二 寒均十四 旱均十一 翰均

圖一

當初看到鄒漢勳此論時，眼前一亮，「古本韻二十八部所本」（參見該書影的圈點部分）。似乎還隱含黃侃所倡「談添盍帖分四部說」。鄒漢勳將純四等韻的齊先蕭青添列為同一等專紐，在《廿聲四十論・三十九論〈四聲切韻表凡例〉定四等字紐圖及群母古音》有相關論述：

> 「又凡有舌頭、齒頭者，非一等，即四等，以粗細別之」。其在四等者，謂「齊、先、青」三韻。此實等韻家誤隸。今以《廣韻》見母反謂之上字分粗細，「齊、先、青」仍在一等。以「古、公」諸字為切也，一二兩等為粗，三四兩等為細。其三四兩等之見母，以「居、九」等字為切。《廣韻》之例可求也！

鄒漢勳吸收了江永（《四聲切韻表》、《音學辨微》內有反切上字表）所言「一等聲紐為十九位」、「四等與一等同」，由此提出「古本音」之說。《廿聲四十論・三十九論〈四聲切韻表凡例〉定四等字紐圖及群母古音》曰：

> 「一等有牙，有舌頭，有喉，無舌上；有重唇，無輕唇；有齒頭，無正齒；有半舌，無半齒；而牙音無群，齒頭無邪，喉音無喻。通十九位：見溪疑端透定泥邦滂並明精清從心曉匣影來也」，按：今增許母，為二十位。……「四等與一等同」。

江永的《四聲切韻表》《音學辨微》研究的是今音與等韻，而鄒漢勳是以等韻分析作為溝通今音和古音的工具。故黃侃說：「鄒漢勳謂等韻一、四等為古音，此為發明古音十九之先導」；故羅常培亦說：「所謂『本聲』、『變聲』，實由鄒漢勳『字紐有古本音有流變』之目而推闡加詳者」。由此可見，未知江永──鄒漢勳──黃侃這一古本音說之淵源，可能徒生若干誤解。

（三）劉逢祿《詩聲衍》二十六部

黃侃接受鄒漢勛古本音在一四等之說，參照鄒漢勛等韻辨析（及陳澧《切韻考》反切系聯結果）研究古音，但就其古韻分布格局而言，黃侃卻說：「二十八部之說略同於武進劉君」。劉逢祿（1776-1829），清代經學家，江蘇武進人。嘉慶十九年成進士，改翰林院庶起士，後授禮部主事。道光四年補儀制司主事。撰有《詩聲衍》（包括：詩聲衍序、詩聲衍條例、古今四聲通轉略例表、詩聲衍表）。

現將劉氏《詩聲衍》二十六部（未加括弧韻部），與黃侃《音略》二十八部（括弧內韻部），對照列出如次：

陰聲韻入聲韻陽聲韻
歌（歌）未（曷）元（寒）
質（屑）文（先）
微（灰）（沒）真（痕）
支（齊）錫（錫）青（青）
魚（模）陌（鐸）陽（唐）
愚（侯）屋（屋）東（東）
蕭（蕭）
肴（豪）藥（沃）冬（冬）
灰（咍）職（德）蒸（登）
（合）侵（覃）
緝（帖）鹽（添）

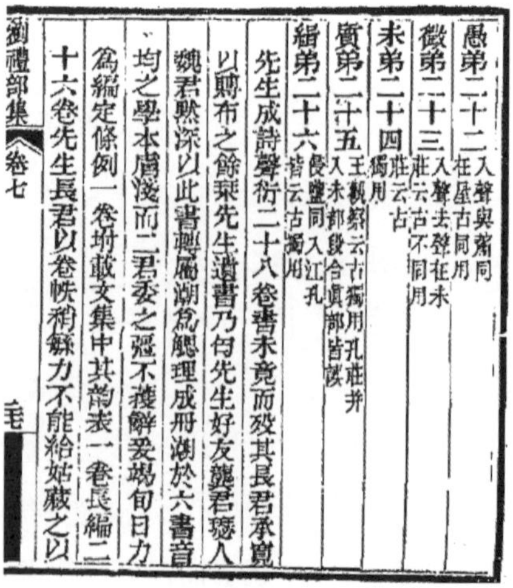
愚第二十二入聲與蕭同在屋古同用
微第二十三入聲去聲在未莊云古不同用
未第二十四莊云古獨用
質第二十五王觀察云古獨用孔莊并入未部段合眞部皆誤
緝第二十六侵鹽同入江孔皆云古獨用
先生成詩聲衍二十八卷書未竟而歿其長君承寬
以聘布之餘裒先生遺書乃屬先生好友魏君遜人
魏君默深以此書屬廁湖爲總理成冊湖於六書音
均之學本膚淺而二君委之彊不獲辭爰竭旬日力
爲編定條例一卷坿載文集中其韵表一卷長編二
十六卷先生長君以卷帙稍繁力不能給姑藏之以
劉禮部集　卷七

圖二

參照劉氏二十六部格局，黃侃從王念孫至（質）、祭（月／曷）、脂之入（術／沒）三分說，參照其師章太炎的脂之入（隊），分出沒部。又從戴震之說，將閉口入聲韻緝部拆分為帖、合兩部。由此比劉氏增加「沒、合」兩部。雖然吸收了「鄒漢勳謂等韻一、四等為古音」的音理，但未從其「脂灰分部說」。可以認為，黃侃的古韻系統研究有三個層面：理論層面，鄒氏古本音（古紐、古韻）在等韻一、四等；實證層面，鄭（鄭庠）、顧、江、戴、段、王、孔、章的分部；格局層面，劉氏二十六部。

五　曾運乾古音學之由來

曾運乾（1884-1945），湖南益陽人，十六歲補縣諸生。廢科舉後，居家讀書數年。1905年入湖南優級師範學堂，從郭焯瑩（1872-1928，郭嵩燾之子）治文史。又曾從王闓運（1833-1916）、曾廣鈞（1866-1929，曾國藩長孫）治文字音韻訓詁。辛亥後，供職於湖南官書局、執教於湖南省立第一師範。1926年後，歷任瀋陽東北大學（1926-1931）、廣州中山大學（1931-1936）、長沙湖南大學（1936-1945）教授。

曾運乾中古音成就主要是《切韻五聲五十一紐考》（1927）。黃侃亦分《廣韻》五十一聲（見於《文字聲韻訓詁筆記》）。曾運乾上古音成就主要是《喻母古讀考》（1927）和《古本音齊韻當分二部說》（1940，其創說在1926）。《喻母古讀考》中說：

> 喻、於二母（近人分喻母三等為於母）本非影母濁聲。於母古隸牙聲匣母，喻母古隸舌聲定母，部伍秩然，不相陵犯。

所謂「近人分喻母三等為於母」，即指黃侃《音學八種》（1914）中稱喻三為「於」（通過錢玄同《文字學音篇》流傳），而在《音略》（1920）中，將「於」字改作「為」字，定喻、為二母為影紐之變聲。由此可見，曾運乾應知黃侃音學論著（通過《文字學音篇》，或《聲韻通例》《與人論小學書》《音略》）。曾運乾在東北大學所刊《聲學五書敘》（1926）已提齊韻二分。1940年發表《古本音齊韻當分二部說》，在齊韻二分基礎上定古韻三十攝。

據曾運乾好友楊樹達（1885-1956）《曾運乾教授傳》（1943，收入《積微居小學述林》題名《曾星笠傳》）所記，時在長沙的曾運乾「益肆力於古書，斐然有述作之志矣」，以陳澧（1810-1882）《切韻考》為基礎，考訂廣韻聲紐和古韻分部。「記民國十二三年間，余以省覲自北平歸長沙，君過訪余，以《喻母古讀考》見示」。據此，曾運乾音韻學說，初成於1924年之前。

陳先生曾引楊樹達《曾星笠傳》述及曾氏古韻分部。也就在該文最後論曰中，楊樹達基於有清一代湖湘學術，對曾運乾音韻學說深有感歎：

> 乾、嘉間，許、鄭學之盛，如日中天，而湘士寂無聞焉。……嘉、道間，邵陽魏源默深起為今文學，其友新化鄒漢勳叔績通名物訓詁，尤精於音韻。近日餘杭章氏古音「娘」「日」歸「泥」之說，實發自漢勳。……君生後於皮（錫瑞——引注）、王（闓運——引注），崛起資水間，不經師授，篤精音韻，所業過於漢勳。（《積微居小學述林》，1983年，311頁）

有清一代湘人中，唯鄒漢勳「尤精於音韻」，時與魏源（1794-1857）、何紹基（1799-1873）合稱「湘中三傑」。曾氏之師王闓運為

《新化鄒氏學藝齋遺書》作序，鄒氏《五均論》中的「脂灰分部說」和「論喻當並匣說」，曾氏應知曉。楊樹達對「章氏古音『娘』『日』歸『泥』之說，實發自漢勳」，直言不諱；而對其友之論，則委婉其辭。僅以「篤精音韻，所業過於漢勳」表之，其隱含義蓋「本鄒氏之說證發之，故超越漢勳」。

至於黃侃古音學說，當時學者多見於錢玄同北大教材《文字學音篇》（1918年初版，1921年再版，到1937年已第6版）。錢玄同這樣闡述黃侃十九紐和二十八部的考證過程：

> 黃侃據章君之說，稽之《廣韻》，得「古本韻」三十二韻（知此三十二韻為「古本韻」者，以韻中有十九古本紐也。因此三十二韻中止有古本紐，異於其他各韻之有變紐，故知其為「古本韻」。又因此三十二「古本韻」中止有十九紐，故知此十九紐實為「古本紐」。本紐本韻，互相證明，一一吻合，以是知其說之不可易），合之為二十八部。（《文字學音篇》，30-31頁）

曾運乾《古紐及古韻學・第三章・古聲十九紐》亦曰：

> 《廣韻》二百六部中，有三十二韻為古本音，此三十二韻中只有古本聲十九紐。知此十九紐為古本聲者，以此三十二韻為古本音也。知此三十二韻為古本音者，以其只具古本聲十九紐也。古音古紐，互相證明，而又與考古諸家之說相吻合。（《音韻學講義》，441頁）

儘管曾運乾沒有注明出處的習慣，但是此段表達因襲《文字學音篇》有跡可循。陳新雄先生覺得：「二人相似之處甚多，甚至於表達於文字方面者亦多雷同」，其原因蓋在於此。

六　黃侃喻匣相通說早於曾運乾刊發《喻母古讀考》

黃侃和曾運乾於東北大學曾共事數月。1927年7月，黃侃長子早歿，欲遷地以塞悲思。同年秋，從北平赴瀋陽東北大學任教。先一年來此的曾運乾，其《喻母古讀考》剛刊於《東北大學季刊》第2期。兩位曾互切磋音學。據陸宗達（1905-1988）《季剛先生二三事》回憶：1927年冬，黃侃從瀋陽回北平，竟於當夜即來到我家。先生對我說，「我和曾運乾談了三夜，他在古聲紐的考定上，認為喻紐四等古歸定紐，喻母三等古讀匣紐，這是很正確的。我的古聲十九紐說，應當吸收這一點。」（《量守廬學記》，132頁）通過查考，在1925-1926年，黃侃已提出喻、匣相通說。聽到曾運乾論證喻四歸定、喻三古讀匣，與己見有相合之處，自然感到欣慰。但從黃侃以後著述中，未見吸收「喻四歸定說」以修改十九紐。

江永已知喻母之三、四等字不通用。陳澧證喻三、喻四分為兩類。黃侃接受陳氏所考，將喻四仍稱「喻」，而將喻三定名「於」。實際上，黃侃對喻母古音頗費斟酌，其說先後有四種。

（一）喻四古本音說。1914年之前初擬二十二紐（見錢玄同轉錄《音學八種・十二表・第五表古今音同異》），將喻四定為古本音，將於母定為變聲。蓋等韻中喻母在四等，合古本音在一四等之說，而於母在三等，處於變聲之位。

（二）喻、為歸影說。在古音十九紐中，從太炎先生說，將喻母歸入影紐。此始於錢大昕所言：凡影母之字，引而長之，即為喻母。曉母之字，引長之稍濁，即為匣母。錢玄同轉錄的《聲韻通例・第七表正變聲洪細》中，黃侃有注：「於、喻母讀洪等於影母」。在《音略》（1920）中，黃侃將「於」改作「為」，將喻、為二母定為影紐之變聲。

（三）喻、匣相通說。1925-1926年，黃侃在為吳承仕（1884-1939）《經籍舊音辯證》（1924）箋識時提出。經查《經籍舊音辯證》，黃侃箋識「喻、匣相通說」共7例。

1.《經典釋文・毛詩音義》「參差荇菜」，衡猛反。黃侃箋：此喻、匣相通，《切韻指掌圖檢例》所云「上古釋音多具載，當今《篇》《韻》少相逢」者也。2.《經典釋文・禮記音義》「畏厭溺」，於甲反。黃侃箋：「於甲」切狎，乃喻、匣相通，猶「戶歸」切幃，「於古」切戶耳，非蘇杭之過也。3.《經典釋文・爾雅音義》「似蝗而大腹」，華孟反。黃侃箋：「榮庚」即「橫」者，戶盲切。喻、匣相通，以開切合也。《集韻》「為命切」下有「蝗」，不言本之《說文》，當別有據。未可緣彼而疑《說文》舊音有訛。「華孟」即「橫」之去聲。4.《經典釋文・爾雅音義》「牡貛」，《字林》子丸反。黃侃箋：諸校「於丸反」是也，此喻、匣相通。5.《漢書》顏師古注「紅蜺為繯」。黃侃箋：「於善」略同「胡犬」，喻、匣相通，以開切合也。善、犬今在兩韻。6.《方言》郭璞注：「自關而西秦晉之間，凡人語而過謂之過，於果反」。黃侃箋：「於果」不誤，此喻、匣互通。7.《方言》郭璞注：「鍪鍪，鐹也，於八反」。黃侃箋：此喻、匣相通，「於八」切即「戶八」反也。

由此可見，黃侃已不拘「為」從影母之說。基於喻、匣相通，重新考慮喻、為的古音。

（四）為母歸匣、喻母歸影說。黃侃並未把中古喻母都視為匣紐之變聲，而是一分為二。在《文字聲韻訓詁筆記・古今聲類表》的喉音中，將喻母（喻四）定為影之變聲，將為母（喻三）定為匣之變聲。此說又見於《文字聲韻訓詁筆記・說〈廣韻〉：喻歸影、為歸匣》。

潘重規、陳紹棠（1978）曾說：黃先生初以喻母為影母之變音，然考之《切韻指掌圖》，有辨匣、喻二字母切字歌，以為母（喻三）

古音與匣母相近。則喻母古音當讀匣，而韻圖中喻母三等字亦列於匣母三等，初以為因圖例不善所致，今乃知其故。徵之六朝舊讀，因改以喻為匣之變聲。由此可知，黃侃重定喻、為古音，並非受曾運乾之說影響，更未吸收「喻四歸定說」以修改十九紐（而亂舌、喉之界）。

七　脂微分部說之沿革

「脂灰分部說」即「脂微分部說」，始見於鄒漢勳《五均論》（1851）。其理由是「考之《廣韻》，脂皆、灰微二部已備八等」。驗之等韻，屬此兩部的咍、灰、皆、脂、微、齊六韻，開口有一等咍、二等皆、三等脂與微，以及四等齊；合口有一等灰、二等皆、三等脂與微，以及四等齊。開合已備八等。古韻一部只應有四等，若八等當分為二部。

1907年，章太炎在《新方言》中主張脂、灰分部，「月近灰諄，質近脂真。……脂灰昔本合為一部，今驗以𠂤、夔等聲，與脂部鴻纖有異，《三百篇》亦有分別」。此後，《文始》（1910）中卻取消灰部，另立隊部，其中不僅包括去入聲字，而且包括平上聲字。「隊、脂相近，同居互轉。若聿、出、內、術、戾、骨、兀、鬱、勿、弗、卒諸聲，諧韻則《詩》皆獨用；而回、佳、雷或與脂同用」。但在《國故論衡．二十三部韻准》（1910）中，脂與隊的區別則變成平上韻部與去入韻部的不同，隊部成了純粹的去入韻部。

1914年（日本大正三年），日本學者大矢透（1851-1928）《周代古音考韻徵》提出爾（相當脂）、類（相當微）分部，爾部列《詩經》韻字凡70；類部列《詩經》韻字凡116，表明此說已經確定。大矢透的爾、類之分，可能受章太炎影響，而章太炎脂灰二分，則可能受鄒漢勳影響（見下圖三）。

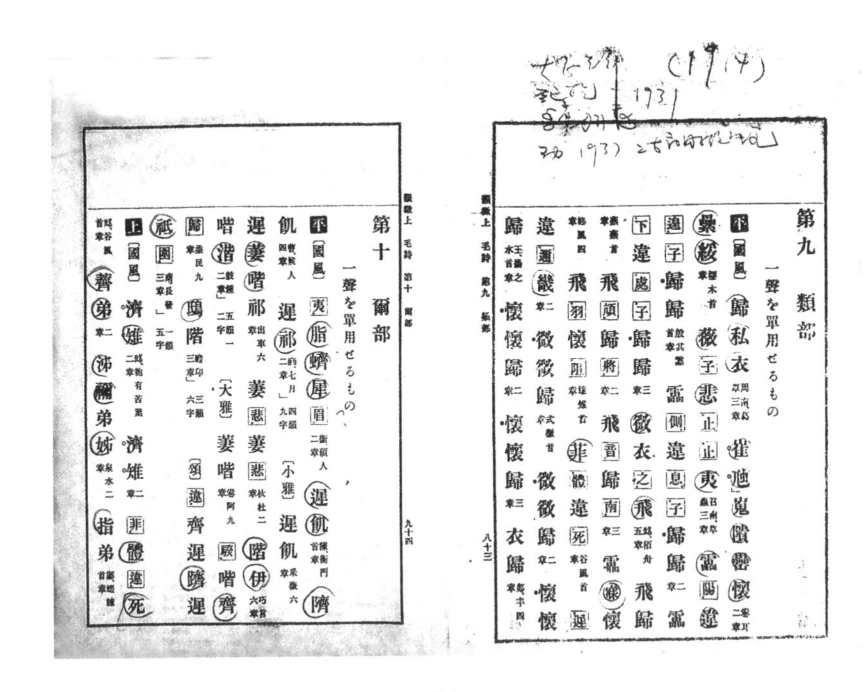
第九　類部

一聲を單用せるもの

第十　爾部

一聲を單用せるもの

圖三

1926年，曾運乾在《聲學五書序》所列《切韻補譜》（即《廣韻補譜》，見《音韻學講義》，183-186頁）中，提出「脂微齊皆灰當分二部」。把齊脂皆微之半並為衣攝，齊之入為屑質櫛；灰韻與脂皆微之半並為威攝，灰之入為沒術迄物黠。1940年，方以論文《古本音齊韻當分二部說》正式發表該說。

趙少咸（1884-1966）為糾正黃侃「先以屑為入而無對轉陰聲」，將脂微齊中與青韻對轉之字析出，立為齊部，作為先屑的對轉陰聲韻。黃侃咍部中有《廣韻》灰韻開口字，其中細音字，趙氏亦劃歸齊部。因脂微齊在黃侃古韻分部中屬灰部，故趙氏的建議即主張脂（趙氏齊部）、微（黃氏灰部）分立。經過趙氏修正，古韻分部形成齊屑先、灰沒痕相配的格局。（趙說見季廉方《季氏音述・引趙》，28-29頁）趙氏在民國廿三年與黃侃共討音學，可知趙說不遲於1934年。

1936年，王力（1900-1986）據南北朝詩人用韻發現脂、微分押，在《上古韻母系統研究》（1937）中，從章太炎的隊部受到啟發，提出脂、微分部說。其弟子董同龢（1911-1963）在《上古音韻表稿》（1944）中就諧聲及重紐研究，進一步證明脂、微當分。

現將《周代古音考韻徵》的爾、類歸字，與王力《詩經韻讀》的脂、微歸字，比照如下：

作者	論著年份	爾／脂	類／微	合　計
大矢透	《周代古音考韻徵》（1914）	70	116	186
王　力	《詩經韻讀》（1980）	81	52	133

具體歸字有所不同，如「湄、郿、麋、迷」等字，《周代古音考韻徵》入類（微）部，而《詩經韻讀》歸脂（爾）部。又《周代古音考韻徵》中有個別字入兩部（如翳）。（李葆嘉，1989）

儘管王力說：「脂微分立是王力的發現」（《漢語語音史》，41頁），但是學術史就是學術史。脂微分立之說，不能不認為鄒漢勳（1851）是其先導，章太炎（1907，1910）則舉棋不定，大矢透（1914）則證實之。20世紀20-30年代，相繼論述此說或重新發現的有曾運乾（1926，1940）、趙少咸（1934）與王力（1937）。

參考文獻

〔清〕陳　澧《切韻考》，北京：北京中國書店，1984年。

〔清〕戴　震《聲均考》，嚴氏音韻學叢書本，成都：四川人民出版社匯印，1957年。

〔清〕戴　震《戴震文集》，北京：中華書局，1980年。

〔清〕段玉裁《六書音均表》（載《說文解字注》），上海：上海古籍出版社，1981年影印。

〔清〕顧炎武《音學五書》，北京：中華書局，1982年。

〔清〕江　永《四聲切韻表》，嚴氏音韻學叢書本，成都：四川人民出版社匯印，1957年。

〔清〕江　永《音學辨微》，嚴氏音韻學叢書本，成都：四川人民出版社匯印，1957年。

〔清〕江　永《古韻標準》，北京：中華書局，1982年。

〔清〕孔廣森《詩聲類》，北京：中華書局，1983年。

〔清〕劉逢祿《劉禮部集》，卷七收：《詩聲衍序》《詩聲衍條例》《古今四聲通轉略例表》《詩聲衍表》，思誤齋家刻本，清道光十年（1830）。

〔清〕龐大堃《古音輯略》（約成書於清道光年間），常熟龐氏影印本，民國二十四年（1935）。

〔清〕錢大昕《潛研堂文集・卷十五・答問十二》，萬有文庫本，上海：商務印書館。其說又見於《十駕齋養心錄・卷五》，上海：上海書店，1983年。

〔清〕時庸勱《聲譜》《聲說》，聽古廬聲學刻本，清光緒十八年（1892）。

〔清〕王念孫《古韻譜》，嚴氏音韻學叢書本，成都：四川人民出版社匯印，1957年。

〔清〕鄒漢勳《五均論》，龍汝霖、趙之謙主持、王闓運序《新化鄒氏學藝齋遺書》，南昌刻本，清光緒三年（1877）；左宗棠署檢《鄒叔子遺書》，家刻本，清光緒九年（1883）。

陳新雄《陳新雄語言學論學集》，北京：中華書局，2010年。

陳振寰《上古東冬江三分和有關問題》，中國音韻學研究會第五屆學術討論會論文，1988年10月。

〔日〕大矢透《周代古音考韻徵》（署日本國語調查委員會編纂，文部省校），東京：株式會社國定教科書共同販賣所，大正三年（1914）。

董同龢《上古音韻表稿》，《歷史語言研究所集刊》18本，1948年。

黃　侃《黃侃論學雜著》，包括：《音略》（62-92頁）、《聲韻略說》（93-137頁）、《聲韻通例》（138-144頁）、《與友人論治小學書》（145-173頁）、《談添盍帖分四部說》（290-298頁），上海：上海古籍出版社重版，1980年。

黃　侃《古韻譜稿》（1918），載潘重規編《黃季剛先生遺書》（第七冊），臺北：石門圖書公司，1980年。

黃　侃《音學八種》（1915年春，錢玄同轉錄），載《黃侃聲韻學未刊稿》（上），包括：《十二表》、《古均旁轉對轉表》、《入聲分配陰陽表》、《四十一聲類開合洪細音表》、《重定切均均類考》《支脂真仙宵侵鹽七均均類說》、《唇音說》、《均紐分配表》，武漢：武漢大學出版社，1985年。

黃　侃述、黃焯編《文字聲韻訓詁筆記》，上海：上海古籍出版社，1983年。

季廉方《季氏音述》，謙吉堂叢書，1941年。

李葆嘉《清代學者上古聲紐研究概論》，徐州師範學院碩士學位論文（導師：古德夫教授），1986年。

李葆嘉《〈漢語語音史・先秦音系〉補苴》，《古漢語研究》，1989年第1期。

李葆嘉《新化鄒氏古聲二十紐說研究》，《古漢語研究》，1991年第1期。

李葆嘉《古韻十二攝三十六部系統之假定》，《語言研究》（漢語音韻學第三屆國際學術研討會論文集），1994年增刊。

李葆嘉《清代古音學研究的樞紐——鄒漢勳古音學述論》，《徐州教育學院學刊》，1996年第1期。

李葆嘉《清代上古聲紐研究史論》，臺北：五南圖書出版公司，1996年。

李葆嘉《對非議或誤解黃侃古音學的澄清》（上、下），《民俗典籍文字研究》2016年第17輯，2017年第19輯連載，北京：商務印書館，2016年、2017年。

陸宗達《季剛先生二三事》，載程千帆、唐文主編《量守廬學記》，北京：生活・讀書・新知三聯書店，1985年。

羅常培《周秦古音研究述略》（1940年代，西南聯合大學《上古音講義》第一部分），載《羅常培紀念論文集》，北京：商務印書館，1984年。

潘重規、陳紹棠《中國聲韻學》，臺北：東大圖書公司，1978年。

錢玄同《文字學音篇》（1918年北京大學排印），收入曹述敬選編《錢玄同音學著作選輯》，太原：山西人民出版社，1988年。

王　力《上古韻母系統研究》，《清華學報》，1937年第3期。

王　力《音韻學初步》（《詩經》時代29部、《楚辭》時代30部），北京：商務印書館，1980年。

王　力《詩經韻讀》，上海：上海古籍出版社，1980年。

王　力《漢語語音史》，北京：中國社會科學出版社，1985年。
吳承仕《經籍舊音序錄．經籍舊音辨證》，北京：中華書局，1984年。
楊樹達《曾星笠傳》（原題《曾運乾教授傳》，《國文月刊》1943年第46期），載《積微居小學述林》，北京：中華書局，1983年。
曾運乾《聲學五書敘》，《東北大學週刊》，1926年第9、11期連載。
曾運乾《切韻五聲五十一紐考》，《東北大學季刊》，1927年第1期。
曾運乾《喻母古讀考》，《東北大學季刊》，1927年第2期。
曾運乾《古本音齊韻當分二部說》，國立湖南大學《文哲叢刊》，1940年第1卷。
曾運乾著、郭晉稀整理《音韻學講義》，北京：中華書局，1996年。
章太炎《新方言》（1907），載《章氏叢書》，上海：上海右文社，1915年。
章太炎《文始》（1910），載《章氏叢書》，上海：上海右文社，1915年。
章太炎《國故論衡．二十三部音準》（1910），載《章氏叢書》，上海：上海右文社，1915年。

古音研究中的觀念與方法：

審音、審韻、韻例辨析與《詩經》古韻三十一部構擬

張民權

南昌大學人文學院特聘教授

摘要

《詩經》古韻分部，自顧炎武分十部後，清代學者前赴後繼，努力探索，將古韻分部推闡為二十二部。繼此之後章太炎、黃侃師徒，矻矻探索，將古音分部在發展為二十三部和陰陽入三分的二十八部。嗣後王力三十部，周祖謨三十一部，陳新雄斟酌諸家之說，立古韻為三十二部。這其中觀念更新和研究方法不斷完善，起了重要的作用。而研究方法不外乎審音、審韻和韻例辨析等，本文研究主要以萬光泰研究為主線，以戴震陰陽入對轉說和韻類描寫為基礎，探討古音觀念及其研究方法，在韻部劃分上的影響作用。最後介紹本人古韻三十一部的構擬特點，構擬堅持古音系統上的複元音說，大致與陳新雄先生相同，但歌部無陰陽對轉，而以祭部與月部元部對轉之。

關鍵詞：《詩經》古韻、三十一部、研究觀念、韻部構擬。

《詩經》古韻分部，自顧炎武分十部後，清代學者前赴後繼，努力探索，將古韻分部推闡為二十二部（夏炘總結）。另一條發展主線是嘉慶道光以後，學者如牟應震、姚文田、丁履恆、劉逢祿等將入聲韻離析分部，將古韻分部發展為二十六部，此所謂審音派研究。黃侃先生進一步發展為二十八部，弟子黃鎮補充為二十九部，從此現代古音學研究之古韻分部基本形成，此後王力三十部、周祖謨三十一部和陳新雄三十二部等基本上在此基礎上離析而已。前脩未盡，後出轉精。學術研究規律基本如此。

然而，無論是「考古派」還是「審音派」研究，其實他們都善於考古審音，都有自己一套獨特的研究方法，然而，其中音韻學觀念很重要。觀念正確，研究方法也會有相應的改善，從顧炎武古音十部到到黃侃二十八部，到周祖謨三十一部，無一不是觀念更新和研究方法的不斷改善，古音研究方法不外乎審音、審韻及相關韻理分析等。具體來說，審韻就是分析《詩經》等先秦典籍中的韻文材料，正確地劃分韻部，歸納韻字。清儒研究以九經韻文為主，旁及先秦諸子中韻文材料，其次是《說文》諧聲以及訓詁中的異文和音訓材料等。現代學者把眼光擴大到梵漢對譯和周邊日本、朝鮮、越南等漢字音讀資料上。在研究領域和視野方面，現代學者雖然比古人進步多了，但在研究觀念上，仍有許多需要改進的地方。

而借鑒古人的研究得失尤為重要，為此，本文試從前代研究出發，結合《詩經》用韻，就其中研究得失做些梳理，研究材料以清儒萬光泰和戴震研究為主，著重闡釋其中審音、審韻及韻例分析等方面的問題。拋磚引玉，企望於方家。

一　古韻分部概說

回顧古音學之發展，真正形成具有系統性和科學研究之方法的古音分部，是從顧炎武研究開始的，以前雖有宋元明以來諸多學者的探索研究，如吳棫、程迥和楊慎、陳第等諸家，但缺乏系統性和科學的研究方法。在古韻部分析上，吳棫古韻通轉說在當時影響深遠，但無論是「通」還是「轉」，古韻部類的基本畛域模糊，同時程迥著《古韻通式》，一曰四聲互用，二曰切響通用，實為吳棫古韻通轉說的理論總結與發展。又有鄭庠者著《古音辨》，劃分古韻為六部，畛域始有界限。其可取者是以當時漢語語音字尾「收音」方式分部，陽聲韻三部，各以穿鼻〔－ŋ〕抵顎〔－ｎ〕和閉口〔－ｍ〕分類，入聲或在其中；陰聲韻亦為三部，其止攝支微齊等收「噫」音者一部，遇攝魚虞模者為一部，效攝流攝一部。以漢語尾音為界進行古音分部，使得韻部之間界限清晰，避免了通轉說的氾濫無涯，缺點是抹殺古韻之間的聯繫，混淆其中的區別，有的韻部過於寬緩，如穿鼻音尚可分為四部等。可以說，鄭庠以收音為界的古音六部劃分，是古韻分部上最基本的審音派分析法。清儒戴震古音分部及其二十五部語音描寫或有取於此。

顧炎武的古音分部充分吸收了宋代人的研究成果，借鑒了鄭庠的古音六部，並做了重大修正。其重要貢獻有三：一是將鄭庠的鼻音分成東冬、耕清、蒸登，陽唐四部；二是不再把《廣韻》看成一個不變的整體，而是根據《詩經》押韻和《說文》諧聲繫聯再做進一步分析，此所謂「離析唐韻」；三是對入聲韻重新做了配伍，將傳統意義上陽入搭配改為陰入相承。這是宋人不曾觸動的學術堡壘。如果說，鄭庠的研究方法是「審音」，而顧炎武則是「審韻」，這個「韻」就是《詩經》及群經用韻，所以顧炎武分古韻為十部。古音研究必須是「審音」與「審韻」相結合，然後是「離析」之，如此，方可使研究日益完善。以後清儒研究受顧炎武啟發甚多，不斷進取，成績斐然。

首先是江永將鄭庠的抵顎音分成真元二部，閉口音分成侵覃二部，並將顧炎武的魚部和尤部重新做了調整，侯部脫離魚部，尤部中析出蕭宵肴豪一半而成宵部。江永在此也運用了審音法，即語音的「弇侈」說，也就說，真部的主要元音是「弇」，而元部的元音是「侈」，故可分為兩部。而江永的魚幽宵三部重新分配，則是「審韻」的結果。當然，審韻也是因人而異，看問題角度不一樣，或精細，或粗疏，難以一致，例如顧炎武將侯部歸於魚部，江永將侯部歸入幽部，皆有不妥。段玉裁審韻卻發現侯部字以獨立用韻為主，排除一些合韻因素，則以獨立為好。段玉裁的聰明之處是觀察這些韻部各自與入聲韻的遠近聯繫，所以分為魚侯幽三部，其餘支脂之三分也是如此，故段玉裁古韻分為十七部。故論段玉裁的古音研究貢獻還不是他的古音十七部，而是在研究方法上陰聲韻與入聲韻遠近親疏關係的考察。至於孔廣森東冬分立，王念孫至部祭部獨立，侵談入聲獨立等，則是「審韻」的結果。以後章太炎先生獨立隊部，王力獨立微部，皆為「審韻」所得。

黃侃研究古音審音考古精詣，在其師太炎先生的研究基礎上，綜合清儒尤其是嘉慶道光年間學者的研究，吸收其精華，重新整理為陰陽入對轉的二十八部說。此後王力綜合前人研究而將古韻部調整為三十部，周祖謨先生三十一部，陳新雄先生斟酌諸家之說並採用黃侃晚年「談添盍怗古分四部說」，分古韻為三十二部。人們將入聲韻獨立分部者，視為所謂的「審音派」研究，這種稱呼並不是很科學。因為審音中也包含著審韻，審韻中也有審音。審韻範圍很廣，分析《詩經》押韻和《說文》諧聲的孳乳變易，辨析《詩經》韻例，嚴格區分通韻與和合韻之關係等等，這些都需要審韻，其中辨析合韻與否，分析韻部對轉旁轉關係，其過程又是審音。

二　乾隆初萬光泰古音研究及其研究方法

其實在江永之前，浙江秀水人萬光泰（1712-1750）在顧炎武十部基礎上分十九部，完成時間為乾隆九年（1744）。其中侯部獨立，真文分部，支脂之三分，萬光泰都已先行於段玉裁。[1]並且萬光泰還分出至未廢三部，至廢二部就是王念孫的至部祭部，未部相當於章太炎的隊部。在陰聲韻與入聲韻的配合上，萬光泰也做得非常好，比如段玉裁侯部雖然獨立，但卻沒有入聲，其入聲移置於幽部中，甚為不妥。萬光泰善於辨析《詩經》韻例，充分運用「審音」、「審韻」諸方法，考察陰聲韻與入聲韻在《詩韻》親疏關係，最基本方法是熟練地運用了「韻譜歸納法」和「諧聲歸納法」，將《詩經》用韻與《說文》諧聲有機地結合起來。

重要著作有《九經韻證》，是為清代最早韻譜歸納法著作，爾後才有段玉裁《六書音均表》和王念孫的《古韻譜》；《古音表考證》以諧聲偏旁分古韻十九部，以此知「同音必同部」的研究不始於段玉裁。《經韻諧聲》開闢經韻與《說文》諧聲相結合考察的方法，二者相互說明，考證了《詩經》韻字在其他典籍中的異文，訂正了許慎《說文》六書分析中的一些訛誤，尤其是其中的會意和形聲之訛誤。此外，萬光泰還有《經韻餘論》一書，詳細討論了《詩經》韻例問題。

正確地分析韻例，是劃分古韻部至為關鍵的一步，其十九部研究多得於此。例如《經韻餘論》下列《詩經》韻例分析：

1.「芄蘭之支」首章「支觿知」與「遂悸」各為一韻。（支未分部）

1　據段玉裁《聲類表序》和《寄戴東原書》，段玉裁乾隆三十二年開始十七部研究，其成書稿《六書音均表》在乾隆四十年（1775），晚於萬光泰研究二十多年。

2.「自牧歸荑」一章「荑美」與「異貽」各為一韻。(脂之分部)
3.〈載馳〉之首章「驅侯」與「悠漕憂」各為一韻。(侯幽分部)
4.〈采苓〉之首章「苓顛」與「言然旃」各為一韻。(真元分部)
5.「小戎俴收」一章「收輈」與「驅續轂馵玉屋曲」各為一韻。(幽侯分部)
6.「缾之罄矣」一章「恥久母恃」與「恤至」各為韻。(之至分部)
7.「祭以清酒」一章「酒牡考」與「刀毛膋「各為一韻。(幽宵分部)

以上七例後的括號注釋是萬光泰的古韻分部。這些詩韻如不加辨析,很容易看成一章通韻,如顧炎武和江永,實際上是兩部分用。下舉數例分析之。

1.〈衛風・芄蘭〉詩首章為:「芄蘭之支,童子佩觿。雖則佩觿,能不我知。容兮遂兮,垂帶悸兮。」
2.〈邶風・靜女〉三章詩曰:「自牧歸荑,洵美且異。匪女之為美,美人之貽。」

以上二例顧炎武和江永都視為一章通韻,〈芄蘭〉詩實際上是換韻,〈靜女〉詩交互韻,顧炎武《詩本音》曰:「此章以平上去通為一韻。」萬光泰將「遂悸」析為未部,非常可取。未部為萬光泰獨創,故段玉裁、王念孫和江有誥等雖看成是兩韻,但他們卻把「遂悸」視為脂部去聲。王力先生則看做質物合韻。〈靜女〉詩是交互用韻,「荑美」一韻,脂部;「異貽」相韻,之部,顧炎武和江永均視為通韻不可取。

3.〈鄘風・載馳〉首章:「載馳載驅,歸唁衛侯。驅馬悠悠。言至于漕。大夫跋涉,我心則憂。」

此詩亦為一章分韻,「驅、侯」為侯部獨押,「悠、漕憂」為幽部獨用。顧炎武韻例分析不錯，但顧炎武卻將侯部字歸入魚部，後一部歸於他的幽宵部，《詩本音》曰：「侯古音胡。考侯字，《詩》凡二見，《左傳》一見，餱字、鍭字《詩》各一見，竝同。後人誤分十九侯韻。按此詩自『驅馬悠悠』以下別是一韻。」江永則將侯部字歸入幽部，所以此章通為一韻，以為幽部。《古音標準》平聲第十一部注釋「驅」字曰：

> 驅，袪由切。◯本證：載馳載驅。〈載馳〉篇韻「侯悠漕憂」，《皇皇者華》篇韻「駒濡諏」，〈伯兮〉「為王前驅」韻「殳」，〈小戎〉「游環脅驅」韻「收輈」，〈板〉「無敢馳驅」韻「渝」。旁證：陸雲賦：「昶愁心以自邁，肅榜人以曾驅；詔河馮以清川，命湘娥而安流。」◯陳氏曰驅音丘，《說文》从馬區聲，區古讀丘。《曲禮》：禮不諱嫌名。注謂若禹與雨，丘與區。

按江永此詩韻例分析和本證旁證等皆有錯誤。〈小戎〉詩首章「收輈」一韻，「驅」與下數句相韻（王力與「收輈」合韻），其韻字為「續轂馵玉屋曲」，侯部入聲屋韻字。旁證中以晉陸雲賦為例說明「驅」字在尤韻，其實這是變音。

可見正確分析韻例在劃分韻部時格外重要。正確分析韻例是「審韻」的上位因素，很多問題往往就出現在對韻例辨析不夠。

然而，所有的研究者或許會說：我是正確地分析韻例，為什麼彼此間存在如此大的差異呢？曰：是觀念問題，審韻有精細粗疏之分。不同的音韻學觀念認識，必然會影響韻例的分析效果。觀念屬於認識論範疇，觀念認識決定方法論。比如，你相信古人四聲一貫的話，你就會把〈芄蘭〉一章看成是平去通押，而不會看成是兩個韻部分韻；如果你相信古人的「侯」古音胡，你就會把〈載馳〉詩中「驅侯」看成同押，而與下句中的「悠漕憂」非韻；反之，如果你相信古人的「驅」音丘，你就會將整章看成通韻。所以，正確分析韻例的前提是音韻學觀念是否正確。

當然「審韻」並正確分析韻例，是件非常複雜的研究工作，何處用韻，何處不用韻，頗費斟酌。尤其是《詩經》合韻問題，韻與不韻，完全取決於你對韻部之間是否存在某種相互聯繫的認知。例如王力《詩經韻讀》對〈大雅・桑柔〉三章的韻例分析：

國步蔑資，天不我將（tziang）。
靡所止疑，云徂何往（hiuang）？
君子實維（jiuəi），（與「階」協）
秉心無競（gyang）。
誰生厲階（kei），（脂微合韻）
至今為梗（keang）？（陽部）

按照王力的分析，此首詩押韻方式為奇句與奇句押韻，偶句與偶句押韻，但第一句與第三句卻不入韻。不入韻是錯誤的，如此，則顯得此章詩韻例很不整齊，蓋「疑」之部字，與「資」押韻則為之脂合韻。如此一來，其合韻範圍就更大了：之脂微合韻。按江有誥《詩經韻讀》，此章詩「疑」字不入韻，註曰：「（疑）字不入韻。朱《傳》音屹則可轉平入韻。」江有誥的看法是非常錯誤的。其錯誤有二，一是「疑」字不入韻，二是錯誤地認為朱熹《詩集傳》音屹則可轉平入韻，重蹈宋人通轉叶音說。王力《詩經》韻例多取江有誥之說，得失盡在其中。萬光泰和段玉裁的研究則是奇句偶句皆各自入韻，王念孫也是如此，可取。

又如在語音系統及韻字歸部上，假如你堅信古無去聲說，你就會把《詩經》中的去聲字視為入聲，如段玉裁、王力。段玉裁《六書音均表》韻譜十五部脂部去聲字很多，皆標註為「以上入聲」（段氏至部字在真部）。這些「入聲」字，戴震從中分出祭部，萬光泰則分為至部、未部、廢部，王力將段氏真部脂部入聲歸為入聲質部、物部和月部字，但這三部中包含了的很多《廣韻》去聲字，王力把其中「去聲」字解釋為「長入」，而非去聲字為「短入」，不過這只是一種說法，而其「韻」其「調」如何區分，形態如何？仍讓人難以明晰。不過在擬音上，王力一律擬為有清輔音的入聲韻尾。如〈小雅・大田〉詩三章：

有渰萋萋（tsyei），
興雨祁祁（giei）。
雨我公田，遂及我私（siei）。
彼有不穫穉（diei），
此有不斂穧（dzyei）。（脂部）
彼有遺秉，此有滯穗（ziuet），
伊寡婦之利（liet）。（質部）

「穗」、「利」二字《廣韻》至部字，脂韻去聲，王力皆作入聲讀。但這樣做，有時會帶來麻煩，如某章詩只有一個去聲字，擬音時一個入聲字，而其他韻字一起，在誦讀上就顯得有點拗口「另類」。如〈鄘風・載馳〉二章末二韻，和〈大雅・賓之初筵〉二章二句。王力《詩經韻讀》：

既不我嘉，不能旋濟（tzyei）。
視爾不臧，我思不閟（piet）。（脂質通韻）

以洽百禮（lyei）。

百禮既至（tjiet），（脂質通韻）

其中濟字，《廣韻》上聲薺韻子禮切，又去聲霽韻子計切；閟，去聲至韻兵媚切。段玉裁則以為「合韻」，《六書音均表》十五部「合韻」欄曰：「閟，本音在弟十二部。《詩・載馳》合韻濟字。」按十二部者，真部也，脂部的入聲，也就是萬光泰和王念孫的至部，段玉裁都放在真部，不妥，而在段氏古韻系統中，除真部外，其他韻部如東部、蒸部等陽聲韻均無入聲，故王念孫譏其「自亂其例」。因為至部字與脂部等相韻甚多，於是在段玉裁十五部裡「合韻」亦很多。如言：「疾，本音在弟十二部。《詩・抑》合韻戾字。」「至，本音在弟十二部。《詩・賓之初筵》合韻禮字。」這是段玉裁觀念認識而導致的研究錯誤。

同樣在入聲韻的形態上，如果你堅信入聲韻主要是聲調因素，所以，入聲韻與陰聲韻相配是很天然的事情；但是，如果你認為《詩經》入聲韻主要是韻尾的問題，那麼，把入聲韻從陰聲韻中分離而獨立成部，也是非常合理的。如果你取折衷看法，既是聲調也是韻尾問題，那就應當維護戴震陰陽入對轉的觀點。當然，現代學者還有一種看法，上古陰聲韻也是一種封閉的韻類，其後有一個濁輔音韻尾，故可與入聲韻相韻諧聲。不過，這種說法違背韻理，古人恐怕不會同意。

三　樹立正確歷史觀念，辯證地對待漢語歷史音變

所以，古音研究中，音韻學觀念很重要，一個正確的觀念將導致正確的研究方法；一個錯誤的觀念將會導致錯誤的研究結論。我們應

當樹立正確的音韻學觀念，擯棄一些落後守舊的觀念。所以，研究觀念必須創新發展。當然，那種偏離漢語事實而所謂的「創新」，實為異端偏激，也是應該反對的。

要樹立正確的音韻學觀念，就必須尊重語言事實，尊重漢語發展的歷史，對現有的歷史文獻進行深入的研究，比如研究古音，《詩經》韻文和《說文》諧聲系統是最基本的語言材料（當然還有其他輔助性旁證材料），但又不能太拘泥，而應當靈活處理。因為兩者時間跨度不一樣，在語音上會有參差，《詩經》有個比較大致的歷史範圍，從西周初到東周春秋中葉（公元前十一世紀至前六世紀），[2]而諧聲字歷史跨度較長，從甲骨文時代到漢代，文字不斷孳乳變易，加之字形篆隸訛變，諧聲發生音變甚多，所以《詩經》音與《說文》諧聲音之齟齬時常有之，古韻家研究時，多以《詩經》為準，是非常可取的。萬光泰的研究即如此，如「每」聲字在之部，而「侮」字音變在侯類；「求」聲字在幽部，而衣裘字《詩經》押韻在之部。萬光泰《經韻諧聲》論曰：

> 每，从屮母聲。《左傳》有每。《詩》有誨海晦痗鋂梅敏悔。又適彼南畝，《漢書》作適彼南晦。又有侮，入侯類。按，不否皆之類，而音入侯；母每皆之類，而侮入侯，亦古韻漸轉漸異之勢。（第四部之類「每」字注）
>
> 求，古文裘。《詩》有求逑銶觩俅絿球捄。又匍匐救之，《漢書》作扶服捄之。以上九字皆入蕭類（按即幽部）。按之蕭本相通，然《詩》中裘字無有一處入蕭類者，求下諸字除〈緇衣〉一章之蕭通用外，無一字入之類者。亦見古人相通之中，

---

2 《左傳·襄公二十九年》（西元前544年）載，吳國公子季札在魯國觀賞周樂，樂工們先奏十五國風，再奏小雅、大雅，最後奏頌。此《詩經》編成時間。

用韻亦甚嚴，不似後人因一字通，遂謂一韻全通也。（第四部之類「求」字注）

萬光泰的看法非常可取，不能「因一字相通，遂謂一韻全通也」。這是音韻學觀念問題。不僅如此，萬光泰還從中看到了韻部之間的音轉聯繫，如之部與侯部，與幽部，乃至與陽聲韻蒸部的音轉和聯繫。如討論之類「疑」字音變曰：

疑，从子从止，𠤕（語期切）省聲。《詩》有薿薿。又克岐克嶷，嶷亦作啜。黍稷薿薿，《漢書・食貨志》薿作儗。《易》有凝，入蒸類。又按之蒸聲相出入，故螣自蒸入之，凝自之入蒸，贈字亦蒸類字，而與來叶。（第四部之類「疑」字注）

按《說文》𠤕字矢聲，如此則「疑」本音在脂部，後音變在之部。段玉裁《說文解字注》訂正為止聲，則本聲在之部。〈大雅・桑柔〉三章「資疑維階」相韻，一般看成是之脂合韻。江有誥王力不入韻，不可取（見上分析）。

下面是萬光泰提到的音變音轉例子。疏證如下：

①凝自之入蒸者，《易・坤》象傳「凝冰」相韻；
②螣自蒸入之者，〈小雅・大田〉二章「螣賊」相韻；
③「贈來」相韻見於〈鄭風・女曰雞鳴〉詩。[3]

---

3 《鄭風・女曰雞鳴》三章：「知子之來之，雜佩以贈之。」只是合韻，「贈」字還沒有發生音變，所以王力《詩經韻讀》注釋為之蒸通韵。或曰「贈」為「貽」字之訛，如江永《古音標準》第二部「貽」注曰：「知子之來之，雜佩以贈之。舊叶贈音則，未安。陳氏曰：疑贈是貽字之誤。按此說是。來與貽平去入去皆可韻也。今不復收贈字。」按陳第之說見於《毛詩古音考》卷二「來」字注。

④音聲入侯类，《易・豐》「主斗蔀」相韻。

⑤侮入侯類，〈小雅・正月〉二章「瘉後口口愈侮」相韻。

萬光泰的研究告訴我們，研究古音，既要有明確的「韻部」畛域，又要正視韻部之間的合韻現象，還要看到語音的歷史音變而產生的韻部轉移現象。

四　戴震陰陽入對轉觀與韻部擬音

一般認為，清代古韻分部審音派研究是從戴震開始的。戴震古音研究主要見於其《聲類表》和《答段玉裁論韻書》中。戴震乾隆三十八年（1773）初分七類二十部，陰陽入相配對轉，入聲為對轉樞紐，後分為九類二十五部。並著《聲類表》，以韻圖的形式展現其陰陽入之對轉關係。

戴震《答段玉裁論韻書》云：「癸巳（乾隆三十八年）春，僕在浙東，據《廣韻》分為七類，侵已下九韻皆收唇音，其入聲古今無異說。又方之諸韻，聲氣最斂，詞家謂之閉口音，在《廣韻》雖屬有入之韻，而其無入諸韻無與之配，仍居後為一類。**其前昔無入者，今皆得其入聲兩兩相配，以入聲為相配之樞紐。**」[4]後臨終之年，即乾隆四十二年（1777）重新修訂為九類二十五部，《論韻書》曰：「僕初定七類者，上年改為九類，以九類分二十五部，若入聲附而不列則十六部。」[5]入聲附而不列者，當如顧炎武那樣附於陰聲韻，侵緝不分，覃

4　戴震《答段玉裁論韻書》，載《聲類表》卷首，清乾隆四十四年孔繼涵刻微波榭叢書本。下引文同。按此書信又收入《戴東原集》卷四。

5　段玉裁《戴東原先生年譜》：「至於丁酉（乾隆四十二年）五月上旬作《聲類表》，凡九卷，所云九卷者，即與予書所謂九類。每類為一卷也。先是癸巳春先生在浙東

盍不分，這樣七部陰聲韻加上九部陽聲則為十六部，如入聲韻析出則為二十五部。如此，則反映了戴震在入聲韻獨立上的躊躇性。其九類二十五部，詳見於《聲類表》各卷所列，段玉裁《聲類表序》總結曰：

> 一曰歌魚鐸之類，二曰蒸之職之類，三曰東尤屋之類，四曰陽蕭藥之類，五曰耕支陌之類，六曰真脂質之類，七曰元祭月之類（元寒桓刪山仙／祭泰夬廢／月曷末黠薛），八曰侵緝之類，九曰覃合之類。

可以看出，二十五部中陰聲七部，陽聲九部，入聲九部。因為戴震不贊成段玉裁的真文分部，所以只有九類二十五部。

二十五部中，最可取者是第七類元祭月相配，《論韻書》曰：「僕更分祭泰夬廢及月曷末黠鎋薛而後彼此相配，四聲一貫，則僕所以補前人而整之就敘者，願及大著未刻，或降心相從而參酌。」可議者為第一類歌魚鐸相配，將歌部看成陽聲韻不妥。其實歌部無入聲相配，可獨立自成一類。但這樣一來又失去整個古韻系統的完整性。第四類陽蕭藥相配亦不妥，戴震從其師江永之說，幽宵不分，實際上應分為兩類，宵藥一類，幽覺一類，但又無陽聲韻搭配，還是前面說的系統不完整。這也是觀念問題，只允許「完整」，而不承認「殘缺」，實際上，世上事物哪有「完整無缺」的道理。事物發展過程中，總是由平衡到不平衡，而後由不平衡又發展為平衡。循環往復，以至無窮。《廣韻》系統中去聲「祭泰夬廢」四韻不正是如此嗎？此外還有很多殘缺的韻類，如冬韻無上聲，臻韻無上去，等等。

此二十五部戴氏選取喉音影母的字來表示各韻讀法，所定音讀多

金華書院，以古音分為七類，至丙申（乾隆四十一年）與余書，則七類又改為九類，至臨終十數日之前，因成此書。」載《東原集》卷末。

以等韻學為據，戴震《論韻書》載其韻目字及其韻母收音曰：

> 阿第一，烏第二，堊第三，此三部皆收喉音。膺第四，噫第五，億第六；翁第七，謳第八，屋第九；央第十，夭第十一，約第十二；嬰第十三，娃第十四，戹第十五，此十二部皆收鼻音。殷第十六，衣第十七，乙第十八；安第十九，靄第二十，遏第二十一，此六部皆收舌齒音。音第二十二，邑第二十三；醃第二十四，諜第二十五，此四部皆收脣音。收喉音者其音引喉；收鼻音者，其音引喉穿鼻；收舌齒音者，其音舒舌而衝齒；收脣音者，其音斂脣。以此為次，似幾於自然。

從上段文字內容看，戴震應當是歷史上最早對漢語古音進行系統擬音的第一人。以前人們的古音描寫只是零碎的不成系統，也無科學性可言，如「華音敷」、「家音姑」之類，陳第《毛詩古音考》多如此類。至於朱熹的《詩經》叶音注釋，只是便於協韻誦讀而已，還不是古音研究。儘管戴震擬音中有些不夠完善，但畢竟為我們現代古音研究起了啟航作用。

我們要注意的是每類中間陰聲韻的描寫，它就是這一類韻的主要元音或韻母。列之如下，並用西文字母標寫其旁。

> 烏 u /o 第二　噫 i 第五　謳 ou 第八　夭 au 第十一
> 娃 ai/ei 第十四　衣 i/e 第十七　靄 ai 第二十

其中最值得稱道者是謳ou、夭au、娃ai/ei、靄ai四韻，它們都是複合元音或叫韻母，王力和陳新雄先生也採納過，本人也樂於接受之。

不必諱言，戴震九類二十五部陰陽入對轉，是有缺陷的，主要原因是韻部劃分不夠細密。始創者粗疏，而後進者完善，段玉裁十七部和孔廣森十八部均有完善之功，尤其是孔廣森的十八部陰陽對轉說，所謂元歌同入，耕支同入，真脂同入，陽魚同入，東侯同入，冬幽同入，侵宵同入，蒸之同入，談無同入，皆以平入相配（以上段玉裁總結）。[6]由於東冬分立，而東侯同入，冬幽同入，就非常自然了，這樣一來，段玉裁的侯部入聲移出作為東侯共入就很自然了。當然，其缺陷也是很明顯的，一是侵宵同入，侵部入聲緝部沒有從談部入聲合部析出，二是沒有接受其師戴震的祭部與元部對轉，三是沒有接受段玉裁的真文分立，主要原因可能是脂部難以離析出一個合口性質的入聲韻部。其實，萬光泰的至未廢三部解決了這一問題，至部即質部，未部即物部，廢部即戴震的祭部（王力月部），只是當時人不知曉而已。

然而，古韻入聲獨立分部的系統性研究，真正是從嘉慶學者開始的。著名學者有牟應震、姚文田、丁履恆、劉逢祿等，已將古韻分部分析為二十六部。[7]黃侃二十八部即從此而來。黃侃先生在談到自己的音韻學研究說：

> 十九聲之說略同于新化鄒君（漢勛），廿八部說略同于武進劉君（逢祿）。予之韻學，全恃此二人及番禺陳君而成，不可匿其由來也。[8]

---

6 參見段玉裁《聲類表序》。按孔廣森《詩聲類》認為上古音無入聲，古談部入聲合部視為入聲。又孔廣森歌部元部均無入聲字，段玉裁如此歸納或從語音系統上考慮，也是段氏晚年遵守其師戴震陰陽入對轉理論之表現。

7 參見張民權《萬光泰音韻學稿本整理與研究》緒論《萬光泰與清代古音學》之第六節部分。

8 轉引自李葆嘉《鉤沉錄：語言符號的歷史追憶》，上海古籍出版社，2012年，第41頁。按武進劉君，李氏誤作「武進劉群」，與行文體式不符。據介紹，此文字見載於潘重規編《黃季剛先生遺書‧古韻譜稿》，其扉頁有黃侃親筆寫的這段文字。

又黃侃論劉逢祿研究說：

> 劉氏《詩聲衍》分韻廿六（冬、東、蒸、侵、鹽、陽、青、真、文、元、支、錫、歌、灰、職、蕭、屋、肴、藥、魚、陌、愚、微、未、質、緝）。此為古韻分部最多之書。若案前條一四等為古本韻之理，劉氏亦大氐近之。惟未韻，應分為二類（從章氏，今定名為沒類、曷類）。緝韻，應分為二類（從戴氏，今定名為合類、帖類）。爾後古韻部始全。[9]

如果劉氏二十六部按照黃侃所說再分出二部，則為黃侃二十八部。如果屋部再分出覺部，微部分脂微二部，則為王力古韻三十部。

五　古韻三十一部及其擬測

近年來，我們發現了乾隆初萬光泰系列音韻學稿本，其中大部分是研究古音的，如《古韻原本》《古音表考證》《九經韻證》《經韻諧聲》等皆是。萬光泰以顧炎武十部為基礎，分古韻十九部。其十九部名稱及順序如下：

> 東類一　支類二　脂類三　之類四　至類五　未類六
> 廢類七　魚類八　真類九　諄類十　元類十一　蕭類十二
> 宵類十三　歌類十四　陽類十五　耕類十六　蒸類十七
> 侯類十八　侵類十九

萬光泰的書稿及其十九部研究，本人在拙著《萬光泰音韻學稿本

9　《黃侃論學雜著》之《論治爾雅之資糧》，上海古籍出版社1980年，第401頁。

整理與研究》以及有關文章都做了詳細的介紹與研究，上文亦有所述及。需要表彰的是，萬光泰六部陰聲韻：支類二、之類四、魚類八、蕭類十二、宵類十三、侯類十八，其韻字陰入相配非常精當，分離出來就是錫、職、鐸、覺、藥、屋六部。其缺陷是侵部為析出談部，以及相應的入聲緝合兩部。

本人借鑒萬光泰戴震及前輩時賢的研究，以為《詩經》古韻可分為三十一部，入聲獨立，陰陽入對轉。茲將三十一部及其擬測列之如下：

一、之 ə	職 ək	蒸 əŋ
二、魚 a	鐸 ak	陽 aŋ
三、侯 ou	屋 ouk	東 ouŋ
四、幽 əu	覺 əuk	冬 əuŋ
五、宵 au	藥 auk	──
六、支 ɐi	錫 ɐik	耕 ɐiŋ
七、脂 ei	質 eit	真 ein
八、微 əi	物 əit	文 əin
九、祭 ai	月 ait	元 ain
十、歌 ɐ	──	──
十一、──	緝 əp	侵 əm
十二、──	葉 ap	談 am

以上三十一部擬音，讀者可以看出有兩個重要特色，一是複元音較多，二是相應的入聲韻、陽聲韻其韻母也是複元音，否則，就很難與主元音相同的韻部區別。如第四類幽類，假如覺為ək，冬為əŋ，則與第一類之類的職ək和蒸əŋ就沒有區別了，其他韻類也是如此，讀者

可以體會。其二，充分考慮陰聲韻和入聲韻在《詩》韻和《說文》的相韻相諧的一致性。如《載馳》詩「濟」（tzyei）與「閟」（piet）相韻，脂質通韻（括號王力擬音），既然脂部為ei，如果「閟」擬成pieit，就順暢了。這樣做的好處還有所用元音不多，只有a、o、e、ə、ɐ、i六個，並可省去很多上標或下標區別性符合，如王力的宵ô，侯o。

主元音擬測主要是從《廣韻》古今音韻分合出發，如《廣韻》尤韻之半在之部，則幽部主要元音應與之部相同相近；支韻之半在歌部，其元音也應相同；效攝蕭宵肴豪之半在幽部，又侯部多與幽部相近，所以它們元音相近，並且都有韻尾－u；而支部、脂部、微部、祭部，都屬於《廣韻》止攝蟹攝字，蟹攝字應該有韻尾－i，所以其古韻也是有韻尾i。王力《詩經韻讀》脂部ei，微部əi，都有韻尾，只有支部e沒有韻尾。王力幽部擬為單韻母u，宵部ô，侯部為o。[10]陳新雄先生《古音研究》侯幽宵三部擬音亦為複元音，但支部仍是單元音ɐ。本人認為，歌部應另立一類，《詩》韻中與祭部月部發生關係甚寡，不必追求系統的完整無缺。陳新雄先生《古音研究》採用黃侃先生研究，從盍談二部中分出怗添二類，分古韻為三十二部，但《詩經》用韻太少，甚至沒有，難以據立，故本文不取。

《詩經》古韻部擬測是個非常複雜的系統工程，各家構擬均有自己的理由，有得有失，難做評價。但本人研究在吸納前輩時賢成果的同時，還是堅持自己愚者之得，做出如上擬測，不當之處，請博雅君子正之。致謝！

---

10 王力先生早年對幽宵二部及歌脂微三部構擬了複合元音，如《漢語史稿》和《漢語音韻》，而後來《詩經韻讀》卻又將幽宵二部改為單元音。

陳伯元先生上古聲母學說形成和發展的過程及其特色*

張渭毅

北京大學中國語言文學系

北京大學中國語言學研究中心

摘要

本文以陳伯元先生的上古音論著為依據，以其上古聲母研究為切入點，嘗試把其一生的上古音研究分作青年（1955-1977）、中年（1978-1994）和晚年（1995-2012）三個不同的學術發展時期，探討其上古聲母學說形成和發展的曲折過程。指出陳先生青年時代全面繼承了黃季剛先生的古聲十九紐系統，在維護、修正、補苴和充實黃說的基礎上，構建了古聲二十二紐新說，對於複聲母學說持審慎、質疑乃至否定的態度；中年時代，其上古音主攻方向和研究範圍擴大到複聲母領域，接受了複聲母學說，形成了複聲母學術理念和研究思路；晚年通過深刻反思青年時代單聲母體系的局限性，認識到建立複聲母體系的必要性和合理性，創建和構擬了單聲母和複聲母兩套系統，完

* 本文由舊作《繼往開來功至偉，承前啓後創新聲——陳伯元先生上古聲母學說的特色、貢獻及其啓示》壓縮修改而成。原文四萬餘字，初稿曾於2017年12月2日在廈門大學舉辦的第二屆「兩岸語言文字調查研究與語文生活研討會」上宣讀。承蒙蘇新春、姚榮松兩位先生指教和鼓勵，謹致謝忱。

成了由上古僅有單聲母的單向研究模式向上古兼有單聲母、複聲母的雙向研究模式的重大轉變。這既是對以黃侃先生古聲十九紐為代表的傳統古音學單聲母體系的創新和發展，又是對以李方桂先生單、複聲母系統為代表的現代古音學聲母體系的繼承、總結和完善，值得大書特書。

關鍵詞：陳伯元、單聲母、複聲母、黃侃、李方桂、《古音學發微》、本聲、變聲、古聲十九紐、古聲二十二紐、《古音研究》、《聲韻學》

一　陳伯元教授的學術生平和古音學評價問題

陳伯元教授生於1935年3月10日，2012年8月1日仙逝。祖籍江西省贛縣陽埠鄉，是中國當代傑出的語言文字學家、詩人和詞人。他著述等身，研究領域廣泛，舉凡文字、音韻、訓詁、文學、詩詞創作等方面，都有廣博精深的研究，成就卓越，在國內外語言學界，尤其是在臺灣語言學界，享有崇高的學術聲譽。聲韻學是他畢生用力最勤、成果最豐和成就最大的學術領域，他執教五十餘載，弟子遍及臺灣省、香港特區和海外，堪稱臺灣聲韻學界貢獻最大的學者之一。[1]

上個世紀八十年代以前，由於海峽兩岸學術交流阻隔，大陸同行很難讀到陳先生的論著，對於陳先生的音韻學成果知之較少。九十年代以來，隨著兩岸音韻學學術交流活動的開展和加強，大陸音韻學同行才開始對陳先生的音韻學成就有了一些較深的瞭解和研究。

2010年10月22-24日，南陽師範學院中國音韻學研究所舉辦了陳伯元教授七十五華誕暨陳伯元教授音韻學、文字學和訓詁學國際學術專題研討會，陳先生、葉師母和陳門高足以及國內外專家學者五十多位與會，會議編印了《陳伯元先生文字音韻訓詁學國際學術研討會論文集》，其中有七篇專題論文深入闡述了陳先生在聲韻學、文字學和訓詁學方面的學術成就。[2]陳先生逝世後，2012年9月臺北文史哲出版社出版由姚榮松、李添富兩位教授主編的《陳新雄教授哀思錄》和當年年底發行的《國文天地》雜誌也刊登了一系列學術紀念論文，多角

1　參看《陳伯元教授七秩華誕論文集》所收三份目錄：成玲編《陳新雄教授七秩華誕紀事年表》，第445-549頁；王玉如編《陳伯元教授著作目錄》，第523-550頁；李添富編《陳新雄教授指導完成博碩論文一覽表》，第551-556頁；臺北洪葉文化事業公司2004年出版。根據這三份目錄，可以得出這個結論。

2　參見《陳伯元先生文字音韻訓詁學國際學術研討會論文集》，第16-125頁，南陽師院音韻學研究所2010年10月編印。

度評述了陳伯元先生的學術貢獻、學術影響和學術地位。

陳先生的音韻學貢獻是多方面的，他在古音學、今音學、等韻學和北音學四個分支都卓有創見，正如林慶勳教授所言：「絕學繼往聖」、「斐然成一家之言」。[3]而他在古音學史上的學術成就尤為學界所稱道，誠如姚榮松教授所論：陳伯元先生是「兩岸古音學之集大成者」。[4]

評介伯元先生的古音學，不僅是中國當代音韻學史的一個重要課題，也是中國當代語言學史的一項重要內容，這方面的專門研究還有待加強。筆者讀到的評論文章的作者大多為陳門高足，也是音韻學界的翹楚，他們的持論可謂準確中肯，恰當到位。然而，站在陳門之外，還可以看到諸家評議的一些缺憾，集中表現在：在談到陳先生的學術傳承時，多讚揚他對於章黃學派所代表的傳統古音學的繼承和捍衛之豐功，卻較少討論他自覺接受高本漢、李方桂、羅常培、王力、陸志韋、藤堂明保、董同龢、龔煌城等現代古音學家的影響而對傳統古音學推陳出新之偉績。具體說來，諸家對於陳先生古音學的評價，側重或褒揚他青年時代以來在上古音單聲母體系和古韻分部研究方面的卓越創獲，卻較少論及或忽視了他中晚年在上古音複輔音聲母研究方面探索、繼承、發展和創新的豐功偉績。因而，討論他在中國當代音韻學史上的學術成就和學術地位時，諸家似乎比較重視他對傳統古音學承前啟後的貢獻，而多少忽略了他對現代古音學繼往開來之成就。

有鑒於此，筆者以陳先生的上古音論著為依據，將其學術生平和著述成果置於中國當代音韻學史的大背景之下，嘗試把其一生的上古

3 林慶勳《薪盡火傳——記陳伯元老師的聲韻學成就》，《陳新雄教授哀思錄》，第185-195頁，臺北文史哲出版社2013年。

4 姚榮松《兩岸古音學之集大成者——陳伯元先生的古音學》，《陳新雄教授哀思錄》，第218-237頁，臺北文史哲出版社2013年。

音研究分作三個不同的學術發展時期，分階段闡述其學術貢獻和學術特色。限於篇幅，本文在簡述陳先生三個時期聲母研究的貢獻及其特色的基礎上，著重探討其上古聲母學說形成和發展的曲折過程。謹以此文紀念陳伯元先生逝世十週年。

二　陳伯元教授上古音研究的學術史分期及其依據

根據王玉如所編《陳伯元教授著作目錄》和李添富教授所編《陳新雄教授指導完成博碩論文一覽表》以及各種相關著作資料的統計，陳先生生前發表的音韻學著作有12部，論上古音的有8部；音韻學論文83篇，其中上古音專論48篇，論及上古音聲母者21篇。指導上古聲母研究的學位論文4篇。其上古音著述見於以下九部著作：

（一）《古音學發微》，臺北嘉新水泥公司文化基金會1972年初版，文史哲出版社1975年再版。
（二）《六十年來之聲韻學》，臺北文史哲出版社1973年；
（三）《重校增訂音略証補》，臺北文史哲出版社1978年；
（四）《鍥不舍齋論學集》，臺灣學生書局1984年；
（五）《文字聲韻論叢》，東大圖書公司1994年；
（六）《古音研究》，五南圖書出版公司1999年；
（七）《聲韻學》，臺北文史哲出版社2004年；
（八）《陳新雄語言學論學集》，中華書局2010年；
（九）《聲韻學論文集》，與于大成合編，木鐸出版社1976年。

陳先生2008年所撰〈《陳新雄語言學論學集》自序〉云：「（余）在林（尹）、高（明）二師及許師詩英指導下，完成博士論文《古音學發微》，並蒙考試通過，授予博士學位。……五十歲以前學術論文，彙集於臺灣學生書局所刊行之《鍥不舍齋論學集》中。五十以後，亦年有著述，六十以前，藁集於東大圖書公司出版之《文字聲韻論叢》中。……余今年逾七十，並從教職退休，然治學之勤，則未可已。六十以後，亦年有述著。……六十以後之學術論文彙集為《陳新雄語言學論學集》，薦於中華書局出版。」[5] 2010年10月21日，陳先生在南陽師範學院中國音韻學研究所舉辦的國際學術研討會發表的講演辭《求學問道七十年》對自己的學術生涯做了回顧和總結，也有類似的表述。[6]成玲所編《陳新雄教授七秩華誕紀事年表》是一份內容翔實的年譜，逐年記載了陳先生七十歲以前的生平、生活和學術經歷。[7]根據上述材料，可以對他的古音學術史進行分期研究。

陳先生生前把自己一生的學術研究分為五十歲以前、五十歲至六十歲以前和六十歲以後三個時期。立足於陳先生的上古音著述，以其上古聲母研究為切入點，他的上古音研究的學術史也恰可分為三個時期，其上古聲母學說形成和發展的脈絡和學術特點可勾勒和概括如下：

1. 青年時期：21歲（1955年）～43歲（1977年），建立上古單聲母體系，質疑和否定複聲母；
2. 中年時期：44歲（1978年）～60歲（1994年），逐漸接受並積極探索複聲母學說；
3. 晚年時期：61歲（1995年）～78歲（2012年），建立了上古單、複兩套聲母的新體系，改進、發展和完善了複聲母學說。

下面分階段簡述陳伯元先生上古聲母研究的學術貢獻和學術特色。

5　見《陳新雄語言學論學集自序》，第2頁，中華書局2010年。

6　見《陳新雄教授哀思錄》，第438-448頁，臺北文史哲出版社2013年。

7　見《陳伯元教授七秩華誕論文集》，第445-549頁，臺北洪葉文化事業公司2004年。

三　陳先生青年時代（1955-1977）上古聲母研究的貢獻和特色

陳先生21歲（1955年）以第一志願第一名考取了臺灣師大國文系。22歲（1956年）大一國文課得林尹教授賞識和著意栽培，成為一生學問的轉折點。23歲（1957年）始從林尹、高明、許詩英教授學習聲韻學。25歲（1959年）結業後受聘為東吳大學中文系兼任講師，主講聲韻學。28歲（1962年）完成了碩士論文《春秋異文考》，榮獲碩士學位，30歲（1964年）碩士論文出版。35歲（1969年）完成了博士論文《古音學發微》，榮獲博士學位，受聘為臺灣師大國文系副教授。38歲（1972年）博士論文出版。

陳先生青年時代的上古聲母研究成果，集中體現在他的成名巨著《古音學發微》的第三章《古聲紐說》（第579-772頁）和第五章第二節《古聲總論》（第1135-1256頁）以及論文《無聲字多音說》（原載輔仁大學文學院人文學報2期，第431-460頁，1972）裡。

《古音學發微》既是陳先生研究上古音的起點，也是其上古音著述的基礎。《古聲紐說》和《古聲總論》從上古聲母研究的發軔者錢大昕講起，詳盡評述了截止上個世紀六十年代末二十四位古音學家的上古聲母學說，融會貫通，綜合分析各種問題，參以已見，實事求是點評其中的得失，其實構成一部賅博翔實的近二百多年的上古聲母研究史，反映了上個世紀七十年代上古聲母研究的新水平。以黃侃古聲十九紐為堅實的立論基礎，不墨守師說，與時俱進，銳意創新，構成陳先生上古音聲母研究的顯著特色。

（一）對黃侃先生古聲十九紐的繼承、修訂和補苴

上古聲母的研究，包括聲類的考訂和聲母音值的構擬兩個方面。

在上古聲類的考訂方面，陳先生全面繼承了黃侃先生的古聲十九紐系統，信守黃說，但不墨守黃說。一方面，他堅守黃先生古本韻和古本紐理論，確信黃說「本韻本聲兩相證明，適相吻合。實確鑿而不可移易者矣。」[8]論證和闡發其合理性，並以古聲十九紐作為上古聲類系統的基礎。另一方面，他又能夠洞察黃說的局限性，贍引博稽曾運乾、黃焯、葛毅卿、羅常培、錢玄同、戴君仁、周祖謨對於黃說的修訂和補正意見，認為諸家「言之確鑿，足以依信，是則黃君之說當從後述諸人加以修正矣。雖然，亦無損黃君古聲十九紐說之不可移易也。」明確指出黃說的局限在於變聲喻、為、邪、審、禪的古本聲歸屬「或未盡精密」。[9]應當遵從前修時賢之說予以修正和改進。

在上古聲母音值的構擬方面，陳先生自覺運用歷史比較法和內部擬測法，探尋《廣韻》四十一聲類的上古來源，解釋古聲十九紐從上古到《廣韻》的分化條件和演變音理。在綜合分析高本漢、趙元任、李方桂、羅常培、王力、陸志韋、林語堂、藤堂明保、董同龢等現代古音學家構擬方案的優劣的基礎上，維護、修正、補苴和充實黃說，用歷史比較法和內部擬測法和構擬音值，重視聲母演變條件，有述有作，成一家之言，構建了以古聲十九紐為基礎的古聲二十二紐新說，初步形成了以章黃學派為代表的傳統古音學跟高本漢、趙元任、李方桂、羅常培、王力等為代表的現代古音學在單聲母研究方面的對接。跟黃說相比，創獲如下：

1. 新說糾正了變聲喻、為、邪三紐的古本聲歸屬的錯誤，新增了三個古遺失聲母[g]、[d]和輕鼻音[m]（hm）。解決了喻、邪兩個今變聲的上古音來源問題，是一大創新，有其合理性。其局限性見下文。

8　《古音學發微》，第662頁，文史哲出版社1975年再版。

9　同上，第772頁。

（1）《廣韻》為母（喻三），黃侃看作古本聲影母的變聲。新說認為喻三古歸匣母。

（2）《廣韻》喻四，黃侃以為古本聲影母的變聲。《廣韻》邪母，黃侃以為古本聲心母的變聲。新說認為，喻四和邪母同源。喻四、邪母的上古來源有兩個，其一跟定母諧聲，來自跟定母[d‘]相近的[d]，其二跟舌根音諧聲，古讀為[g]。[d]、[g]即林語堂先生所說中古已遺失的聲母。

（3）董同龢《上古音韻表稿》發現，《廣韻》明母字除了跟明母自諧和兼諧唇音[p]、[p‘]、[m]外，還有一部分字專與舌根擦音[x]（曉）諧聲。跟明母諧聲的曉母，董先生擬作清唇鼻音[m]，李方桂先生後來寫作hm。陳先生採納董說，增加了一個清鼻音[m]（hm），以開合為分化條件，《廣韻》開口變明母，合口變曉母。

2. 新說補充引證了黃說變聲審、禪兩組的古本聲歸屬的合理性。《廣韻》的審母和禪母，黃侃分別看作古本聲透母和定母的變聲，新說引述了周祖謨先生的論證意見，分別擬作[t‘]、[d‘]。

3. 首創並論證上古群母歸匣說，堪稱上古聲母研究的一大發明。《廣韻》群母，黃侃先生看作古本聲溪母的變聲。《古音學發微》初步論證了群母絕非溪紐之變聲，群、喻三同出一源，都是匣母[ɣ]的變聲。中晚年又做了充分論證，詳見其《群母古讀考》（中研院國際漢學會議論文集語言文字組，第223-246頁，1981）、《古音研究》（1999）、《聲韻學》（2004）和《古聲母總論》（2010）的有關章節，列表展示如下：

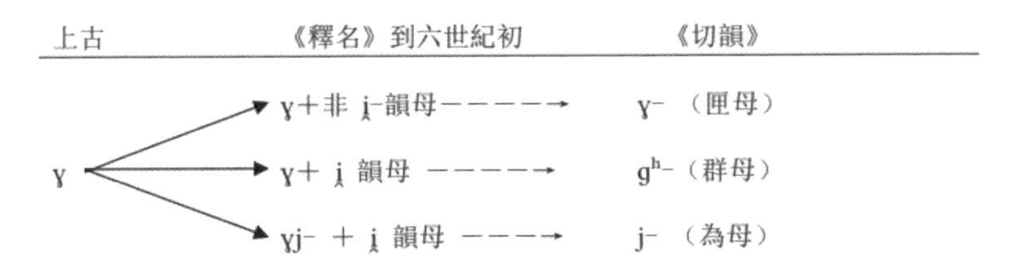

(二)對於複聲母學說持審慎、質疑乃至否定的態度

對待上古複聲母問題，青年時代的陳先生持審慎態度，一方面認為問題複雜，證據亦豐，且「數量頗多，似非偶然」。另一方面又質疑複聲母的存在，他贊同唐蘭先生所持中國文字因異讀而發生聲母轉讀的觀點，認為可用黃侃先生提出的「無聲字多音」說來解釋，指出唐說跟黃說「並無二致」。因此，《古音學發微》只構建了單聲母系統，把複聲母視作未知數不計。他的《無聲字多音說》(1972)明確反對複聲母說。所謂無聲字，「實即形聲字所從得聲之最初聲母。所謂最初聲母，即文字中之不含音符者；其含聲符者，即為聲子，凡聲子即非無聲字。質言之，即一文字不再從他字得聲者則無聲字也。」[10]該文論證了無聲字多音的原因，考述了無聲字多音說的歷史，詳細考釋了《說文解字》無聲字多音的例證，據此說解釋不符合諧聲規律的現象，否定複聲母的存在，特別指出，不明不知「無聲字多音，音轉無方，往來無定之理」，「則於古音必有扞格難通，甚且有異常可怪非我族類之音讀出現，而指謂此乃我先民之音，其誰信之！」[11]

四　陳先生中年時代(1978-1994)上古聲母研究的貢獻和特色

《酈道元水經注裡所見的語音現象》(中國學術年刊2期，第87-112頁，1978)是陳先生接受複聲母學說的開端，也是他複聲母研究的轉折點。該文搜集挖掘《水經注》隱藏的許多語音材料，整理上古到中古的發展線索，條分縷析，透視這些語音現象所反映的語音演變

10 《無聲字多音說》，《鍥不舍齋論學集》，第516頁，臺灣學生書局1984年。

11 同上，第553頁。

信息，共分為十八項專題，其中第十五項《複聲母的啟示》在綜合分析隱含上古複聲母痕跡的例證的基礎上，承認並肯定上古普遍存在著sk-、sk'-、sg-、sg'-、sng-、kl-、k'l-、gl-、skl-、sk'l-、sgl-、sg'l-等一系列複聲母，否則無法解釋複雜的諧聲和音讀現象。雖然此文「並非要設計一套古代複聲母系統，所以儘管還不夠精密，拿來說明還是可以的。」[12]但足以表明陳先生已經自覺採用複聲母學說探索和解決古文獻普遍存在的複聲母問題。

根據李添富教授所編《陳新雄教授指導完成博碩論文一覽表》，陳先生指導的上古聲母研究的學位論文共有4篇，論文完成時間恰在他42歲（1976）至59歲（1994）的中年時代：

（一）呂源德《從廣韻又音考群母之古讀》，臺灣師大國文研究所1976年碩士論文；

（二）竺家寧《古漢語複聲母研究》，與林尹教授共同指導，中國文化大學中文研究所1981年博士論文；

（三）金鐘讚《高本漢複聲母擬音法之商榷》，臺灣師大國文研究所1989年碩士論文；

（四）吳世畯《從說文聲訓所見的複聲母》，東吳大學1994年博士論文。

後三篇學位論文都是探索研究上古複聲母的佳作，竺家寧先生的博士論文更是學界公認的、反映了上個世紀八、九十年代複聲母研究高水平的集大成著作，陳先生的指導之功不可沒。

以上所述表明，44歲（1978年）以後，陳先生的上古音主攻方向和研究範圍已經移師擴大到複聲母領域了，形成了複聲母學術理念和

---

12 《酈道元水經注裡所見的語音現象》，見《中國學術年刊》第2期，第112頁，1978年。

研究思路，並把其複聲母學術思想貫徹到指導學生科研的教學實踐中，歷經近十五年的播種耕耘，開花結果，成果厚重。中年時代的教學和科研成果，為晚年創建的複聲母系統打下了堅實的基礎。

五　陳先生晚年（1995-2012）上古聲母研究的貢獻和特色

晚年是陳先生古音學研究的黃金期和總結期，重要創獲凝聚在他的《古音研究》第三章（古聲研究）（第527-678頁，1999）、《聲韻學》第三章（第955-994頁，2004）和《古聲母總論》（《陳新雄語言學論學集》，第1-38頁，2010）等論著中，形成了新的上古聲母研究體系。

這個新體系的建立，並非一蹴而就，而經歷了一個自我否定的認知過程。晚年的陳先生在論證、改進和完善基於古本聲理論的單聲母系統時，通過反思青年時代單聲母體系的局限性，認識到建立複聲母體系的必要性和合理性，明確指出：「吾人討論及單純聲母時，已無可避免涉及複聲母問題。」[13]認為上古不僅有單聲母系統，而且有複聲母系統，創建和構擬了單聲母和複聲母兩套系統，完成了由上古僅有單聲母的單向研究模式向上古兼有單聲母、複聲母的雙向研究模式的重大轉變。

（一）對於青年時代單聲母系統的局限性的深刻反思

《古音學發微》構建二十二紐單聲母系統，其局限性有下四點：

1. 中古喻三、喻四和邪母都是今變聲。陳先生為喻四和邪母擬測

13 《古音研究》，第657頁，五南圖書出版公司1999年。

的[d]、[g]，分屬上古兩個不同的諧聲系列，且都是《廣韻》三等字，而不是一四等字。依照黃侃先生的古本聲理論，應該各自歸附在有清濁相變關係的古本聲裡，不應該獨立。陳先生把喻三歸到匣母，符合清濁相變之理；把喻四和邪母獨立為[d]、[g]，卻並未改變喻四和邪母原為今變聲的事實，跟其他十九個古本聲共處於同一個系統，打破了古本紐系統原本均衡協調的格局。

2. 陳先生新增了三個古遺失的聲母[d]、[g]、[m]（hm），如果這三個聲母可以獨立，那麼，上古來源和中古分化條件與之類似的其它聲母其實也可獨立為不同的聲母音位。事實上，李方桂先生構擬的hl、hng、hn、krj、khrj等多個聲母，陳先生晚年也都納入其複聲母系統。

3. [d]、[g]兩母從上古到中古的分化條件相同，同為三等韻，卻各自有喻四和邪母兩個不同的演變結果，不符合歷史比較法原則。

4. 古聲二十二紐除了[d]、[g]不送氣，其他全濁聲母都擬作送氣音。[d]、[g]的構擬，雖然符合內部擬測法，但是，漢語全濁聲母的構擬通則是漢語的全濁聲母沒有送氣和不送氣的對立，[d]、[g]的構擬違反了通則。所以，到了晚年，陳先生遵從李方桂先生的意見，把跟舌頭音諧聲的[d]改擬為r（喻四）和rj（邪）。並自覺接受了複聲母學說，依從李先生，把跟舌根音諧聲的[g]改擬為gr（喻四）和grj（邪）。徹底解決了喻四和邪母的上古音來源和分化條件問題。

綜上所述，根據歷史比較法原則，分化條件相同的的上古聲母，不允許有不同的演變結果。古本聲理論在面對分化條件相同卻演變為不同的中古聲母的古本紐時，一概以今變韻的二等或三等作為其分化條件，說明今變聲的演變結果，難以釐清古本紐分化條件，遂成令人困擾的一大難題。《古音學發微》為了尋求解決古本紐分化條件難題的方法和途徑，做了積極而努力的探索。

如中古徹、穿、審三母都是古本紐透母的變聲，分化條件都是今變韻三等細音。陳先生指出，穿審兩母原本為一類，從上古透母分化出來的時間早於徹母，西漢中期以後，透母[tʻ]在三等介音j分出[ȶʻ]（穿審），漢以後變[tɕʻ]，約六朝末年審母從[tɕʻ]分化出來變[ɕ]；至於透母[tʻ]在三等介音j前分化出徹母[ȶʻ]，則要晚到六世紀。現代漢語方言也可為以上演變提供有力的佐證。

青年時代的陳先生嘗試從聲母演變的時代差異和方音變化的緩疾遲速等角度解釋古本紐從上古到中古的分化條件，不失為一種機智的處理方式，改進了古本聲理論，但仍有其局限性。到了晚年，經過深刻的反省和檢討，他毅然放棄了這種做法。他在談到古遺失聲母[g]時說：「故余在《古音學發微》中將喻邪與舌根音諧聲者皆假借為*g-。然其分化之條件尚有未明，而以方言演變之不同解釋，總覺於整個古音系統，有所不合。」[14]在處理精、莊兩系聲母的分化條件時又說：「我在《古音學發微》裡嘗試以方音變化之遲速來加以解釋，然亦並無的證，不過是一推測之詞而已。今日看來，實不可取，故我已放棄此說。」[15]最終以他構擬的複聲母解決了這些難題。

（二）採納並構建複聲母學說體系是對古本紐學說的創新和發展

早在《古音學發微》（1972），陳先生就認識到高本漢《諧聲原則概論》的諧聲說跟黃季剛先生《聲韻通例》提出的「古音同類互變」說精神一致，本質相同。中晚年的著述中更是多次重申和闡述這個觀點，明確指出，黃先生「所謂『凡古音同類互相變』者，即古音凡發音部位相同者，即可互相諧聲或通假也，因其發音部位相同，音易流

14 同上，第653頁。

15 同上，第643頁。

轉故也。」[16]高本漢「所謂發音部位相同，即黃氏所說『同類』也，高氏言互換，黃氏言互變，其義一也。故高氏此說正足為黃氏說之最佳注足也。」[17]李方桂先生《上古音研究》對高本漢的諧聲原則又做了進一步改進，得到學界公認和遵守，茲不贅述。李先生依據諧聲原則和歷史比較法建立的單聲母系統，其實跟黃侃先生的古聲十九紐系統大致吻合。[18]

這說明合理、嚴密和科學的上古單聲母系統，必須符合諧聲原則，應該經得起歷史比較法的檢驗。至於發音部位不同的、不符合諧聲原則的那些例外諧聲字，固然不能用黃先生「古音同類互變」說解釋，只能另闢蹊徑，處理為複聲母，在複聲母系統中解決問題。只有妥善解釋了例外諧聲現象，符合諧聲原則的單聲母演變規律才能沒有例外，構擬的單聲母系統才會更加科學。陳先生深明此道，全面接受了李先生構擬的複聲母系統並加以修訂、補苴和改進，比如他的《古音研究》（1999）進一步構擬了帶h詞頭之複聲母4個，帶s詞頭之複聲母21個，帶l之複聲母15個，更加清晰、更加嚴格地闡明了上古聲母分化的條件和演變規律，比較妥善地解決了黃先生古本聲理論未能解決的例外諧聲問題。

可見，陳先生晚年構建的單、複兩套聲母的新體系，既是對以黃先生古聲十九紐為代表的傳統古音學單聲母體系的創新和發展，又是對以李先生單、複聲母系統為代表的現代古音學聲母體系的繼承、總結和完善，值得大書特書。總之，陳先生對於複聲母問題的研究，經

---

16 同上，第563頁。

17 同上，第564頁。

18 陳先生的《黃季剛先生及其古音學》（原載《中國學術年刊》第14期，1993年）的腳註說：「丁邦新兄語我：李方桂先生之古聲母系統，與黃先生古聲十九紐大致相若。」見其《文字聲韻論叢》第13頁腳註2，東大圖書公司1994年出版。

歷了一個從否定到肯定、從接受到改進以及從總結到完善的曲折的認知過程。

六　陳伯元先生上古聲母學說贊

伯元師[19]仙逝三週年忌日（2015年8月1日），我曾作七絕二首表達深切緬懷之情，今特敬獻於此：

〈乙未六月十七日[20]夜讀伯元師古音學大著有感〉

其一

發微古紐疑惑生[21]，韻學深究集大成[22]。
繼往開來功至偉，承前啟後創新聲[23]。

---

19 自注：2002年春夏，陳先生應邀在清華大學講授聲韻學課，我曾經前往旁聽，獲益良多，故稱伯元師。

20 自注：西元2015年8月1日。

21 自注：伯元先生的博士論文《古音學發微》，是1969年他獲得臺灣師範大學國文研究所博士學位的論文，1972年初版。論述古聲紐時，質疑上古音有複輔音聲母。

22 自注：1971年林尹先生《古音學發微序》云：「陳生……亦漸證先師蘄春黃君古韻廿八部，古聲十九紐之說，實集前人之大成。」姚榮松教授亦著有宏論《兩岸古音學之集大成者——陳伯元先生的古音學》，收入《陳新雄教授哀思錄》，臺北文史哲出版社2013年。林先生和姚先生的學術定位非常到位。

23 自注：伯元先生繼承黃季剛先生的古本紐學說，並加以修訂、補苴，補充論證了黃氏單聲母體系的歸類和演變條件，有繼承，更有創新。後來，他又接受李方桂先生的複聲母系統，使之合理化和系統化，構建了上古單、複聲母新體系。故此處所謂「創新聲」，應該是歧義結構，既是述賓結構：創——新聲，又是偏正結構：創新——聲。

其二

古聲探索倡新知，薪火相傳[24]好學思[25]。

創續章黃王李業[26]，既開風氣又為師。

24 自注：林慶勳教授著有《薪盡火傳──記陳伯元老師的聲韻學成就》，收入《陳新雄教授哀思錄》，臺北文史哲出版社2013年。林先生的評述很恰當。

25 自注：伯元先生曾著有《陳澧〈切韻考〉系聯〈廣韻〉切語上下字補充條例補例》（1987），創立「陳澧系聯切語上字補充條例補例」，發明了陳氏補充條例補例，實現了陳氏反切系聯法的合理化和科學化。周祖謨先生讀過此文後曾讚揚他「好學深思」。這裡借用周先生的話點讚伯元先生的上古聲母學說。

26 自注：章黃王李，即章太炎、黃侃、王力、李方桂。

陳伯元教授古音學蠡測

——從《詩經》古音學出發

莊雅州

國立中正大學中國文學系資深退休教授

摘要

陳伯元教授博涉多通，擅場經學、語言文字學、詩詞，尤以古音學傳承章、黃餘緒，集清代以降之大成，卓然為一大家。自古以來，古音學與《詩經》學互為表裡，本論文旨在從《詩經》古音學出發，探討陳伯元教授古音學的重點。全文主體分三節，首節介紹其《詩經》學與古音學著作。次節分別從韻例的斟酌、韻部的劃分、音值的擬測、韻表的編製、通轉的運用，蠡測其古音學的成就。第三節分別以闢榛蕪、集大成、創新說、便實用，總結其古音學之貢獻。庶幾能管窺陳伯元教授的學術，並對《詩經》學、古音學之研究略盡棉薄。

關鍵詞：陳伯元教授、詩經、古音學

一　前言

孟子說：「君子之所以教者五：有如時雨化之者，有成德者，有達財者，有答問者，有私淑艾者。此五者，君子之所以教也。」[1]

陳伯元教授在教育界為師大大師，桃李滿天下；在學術界為章黃學派嫡傳，著作可等身，完全達到魯師實先早年所期許的：「不願爾為名教授自滿，應以名學者自勵。」再加上憐才好善，熱誠感人，所以其影響力更是加成效果，既深且遠。

筆者因時間因素，雖在臺灣師大畢業三次，未能在課堂上接受春風化雨，但私淑其書，親近其人，所受到的教益未必下於及門弟子。首先，筆者碩士班剛畢業，就有機會在上庠擔任聲韻學課程，如果不是備課時多讀林師景伊、許師詩英的筆記，以及伯元師、王了一先生的著作，既非科班出身，就無法在課堂上應對自如。其次，因伯元師的熱心引進，筆者五次參加了大陸《詩經》學會研討會，也在臺灣發表過不少經學、語言文字學論文，其中，《詩經》學論著超過十篇，在拙著中占有相當比重，所以想藉伯元師逝世十週年紀念研討會的機會發表〈陳伯元教授古音學蠡測——從《詩經》古音學出發〉，來表達追思之意。

二　陳伯元教授的《詩經》學與古音學著作

伯元師以經學、語言文字學、詩詞名家，著作斐然，其有關《詩經》學、古音學者可分三類：

1　漢．趙岐注，宋．孫奭疏：《孟子注疏．盡心上》（臺北：藝文印書館，1989年），頁242。

（一）《詩經》學

在《文字聲韻論叢》中收入〈論詩經中的楊柳意象〉、〈詩經的憂患意識進一解〉兩篇論文[2]，是講評鍾玲、王熙元論文後進一步的商榷與補充，所談的都是與《詩經》文學、思想相關的重要議題，可惜鳳毛麟角，為數甚少。另外，在《鍥不舍齋論學集》有一篇〈禮記學記不學博依，不能安詩解〉[3]，指點研讀《詩經》的方法，也頗有參考價值。

（二）古音學

聲韻學，尤其是古音學，在伯元師的著作中最為大宗，其博士論文《古音學發微》[4]，後又修訂為《古音研究》[5]都是煌煌鉅著。其中與《詩經》學有直接、間接關係者俯拾皆是。此外，《音略證補》、《六十年來之聲韻學》、《聲韻學》及《鍥不舍齋論學集》、《文字聲韻論叢》、《陳新雄語言學論集》[6]三本論文集中的66篇論文也是如此。

（三）《詩經》古音學

單就論文集中直接與《詩經》古音學有關者即有：

1. 《鍥不舍齋論學集》：〈古音學與詩經〉（頁19-36）、〈從詩經的合韻現象看諸家擬音的得失〉（頁37-60）、譯〈高本漢之詩經韻讀及其擬音〉（頁581-684）。

---

2 陳新雄：《文字聲韻論叢》（臺北：東大圖書公司，1994年1月），頁345-370。

3 陳新雄：《鍥不舍齋論學集》（臺北：臺灣學生書局，1984年8月），頁405-422。

4 陳新雄：《古音學發微》（臺北：嘉新文化基金會，1972年1月）。

5 陳新雄：《古音研究》（臺北：五南圖書公司，1999年4月）。

6 陳新雄：《音略證補》（臺北：文史哲出版社，1973年9月）、《六十年來之聲韻學》（臺北：文史哲出版社，1984年8月）、《聲韻學》（臺北：文史哲出版社，2005年）、《陳新雄語言學論集》（北京：中華書局，2010年10月）。

2.《文字聲韻論叢》:〈毛詩韻三十部諧聲表〉(頁135-150)、〈毛詩韻譜・通譜韻・合韻譜〉(頁259-302)。

可見伯元師有關《詩經》古音學的著述十分豐富,提供研究上左右逢源的方便。

三　陳伯元教授《詩經》古音學的成就

〈古音學與詩經〉中說:不識古音,其弊有四:1.不能辨別《詩經》的句讀,2.不能通曉《詩經》的詞義,3.不能確識《詩經》的韻例,4.不能體悟《詩經》的興體(頁26-35)。當然反過來說,不從《詩經》入手,不能研究古音。《詩經》為百代韻文之祖,與古音關係特別密切,六朝以後學者,以當時語音讀古代韻文,讀之不合,往往改讀字音,以求諧和,因而有改讀、韻緩、改經、通轉、叶音、本音等種種名目[7]。到了清代顧炎武,古音學研究才正式步入正途,而《詩經》韻的研究,始終是清儒重要利器,如顧炎武《音學五書》中有《詩本音》、段玉裁《六書音均表》中有〈詩經韻分十七部表〉、孔廣森有《詩聲韻》、王念孫有《詩經群經楚辭韻譜》、江有誥《音學十書》中有《詩經韻讀》[8]。伯元師的古音研究的成就也可以如是觀。

(一)韻例的斟酌

《詩經》全書305篇,除了〈周頌〉的〈清廟〉、〈昊天有成命〉、〈時邁〉、〈噫嘻〉、〈武〉、〈酌〉、〈還〉、〈般〉八篇完全不叶韻外,其餘百分之九十八都押韻[9]。正如王了一先生《詩經韻讀・楚辭韻讀》

7　陳新雄:《音韻略補》,頁79-84。

8　陳新雄:《古音研究》,頁58、98、104、116、127。

9　王力:《詩經韻讀・楚辭韻讀》(北京:中國人民出版社,2004年11月),頁71。

所言：「《詩經》的用韻有兩個最大的特點。第一是韻式多種多樣，為後來歷代所不及，第二是韻密，其密度也是後代所沒有的。」（頁35）這給我們兩點啟示：一是《詩經》用韻綿密，不知其韻例，強不韻以為韻，或茫然不知其為韻，都容易誤讀誤判，遑論欣賞其韻律之美呢？其二是《詩經》用韻變化多端，很難完全掌握其規則，所以歷代古韻學家有《詩經》韻例專著者為數不多。

顧炎武《日知錄》卷二十一首先歸納《詩經》的韻腳最重要的有三種，即一二句用韻、隔句用韻、句句用韻[10]；江永《古韻標準．詩韻舉例》舉《詩經》韻例二十二條，如連句韻、連章韻、起韻、間句韻、一章一韻、一章易韻等；孔廣森《詩聲類．詩聲分例》擴充為二十七條，如偶韻例、奇韻例、偶句從奇韻例、疊韻例、空韻例等；近代丁以此《毛詩韻例》更擴為七十三條，如經韻、緯韻、間句韻、連句韻、起韻、收韻、線韻、正射韻等[11]。伯元師雖未曾專論《詩經》韻例，但在《古音學發微》對江、孔二氏之韻例都曾逐條摘錄，並云：「古韻分部之精密與否，與辨識韻例之精當與否，最具連帶關係。」（頁154）「（江氏）雖未盡精密，然大體無訛，實究《詩》古韻者所宜知也。」（頁159）又云：「（孔氏）精到扼要，自來言《詩》之韻例者，蓋無出其右者焉。」（頁283）而未提及丁氏之說，可能是分析過密，瑣碎已極，反而不便使用吧？伯元師早年指導鄭寶美的碩士論文《孔廣森詩聲分例正補》，依伯元師古韻三十二部補訂孔氏〈分例〉之訛闕[12]，可以略窺其微意。

王了一先生晚年完成《詩經韻讀．楚辭韻讀》，1980年由北京古

---

10 清．顧炎武撰、黃汝成集釋：《日知錄集釋》（臺北：世界書局，1962年），頁486。

11 張鵬飛：〈清代詩經音學研究述評〉，《詩經研究叢刊》第十七輯（北京：學苑出版社，2009年），頁119-122。

12 鄭寶美：《孔廣森詩聲分例正補》，中國文化學院中國文學研究所碩士論文，1987年。

籍出版社出版，該書卷前有〈詩經韻例〉，將《詩經》用韻的方式分為四類，若干小類，四十八例：1.韻在句中的位置：韻腳、虛字腳、韻與非韻，2.韻在章中的位置：一韻到底、兩韻以上的詩章、密韻疏韻無韻、疊句疊韻，3.韻在篇中的位置：整齊和參差、回環、遙韻、尾韻，4.韻式與韻部的互證：陰聲和入聲的分立、鄰韻的分立（頁35-99）。其說綱舉目張，較為全面。《古音研究》曾兩次提及（頁153、266），但未曾深論，參考書目亦未列入。《古音研究》可能聚焦於韻部的分合，遂將江、孔二氏韻例之說完全刪去，十分可惜。所以要研究伯元師的古音學，須《古音學發微》、《古音研究》二書參看，不宜偏廢。筆者以為如果將伯元師的〈毛詩韻譜·通韻譜·合韻譜〉與王了一先生的《詩經韻讀》以及孔廣森的〈詩聲分例〉互相對勘，不僅可以了解三家分部的精粗，也可了解三家《詩經》韻例的異同，那時，伯元師對《詩經》韻例的全面看法應當更為清楚。只是茲事體大，可能有賴於有志之士的努力了。

（二）韻部的劃分

古韻分部是古音學的核心，也是歷來古音學家致力最勤的部分。清·許翰《攀古小廬文·求古音八例》謂求古音之道有八，即諧聲、重文、異文、音讀、音訓、疊韻、方言、韻語，伯元師據之，去疊韻，增韻書離合，在《古音學發微》中，以專節詳論前賢研治古音之材料與方法（頁45-116）。到了《古音研究》又根據魏建功《古音系研究》增列譯語對音與同語族語（頁23-49）。二書皆將材料與方法打成一片，如韻語有分例歸部、集例歸部；韻書離合有古代韻語與部目對照歸納、諧聲分布與韻目對照分配、韻目音類次第排比、審音明理與音聲相配、古今兼顧與聲韻合證。子目孔多，隨文敷演，以致讀者對其方法較難有具體印象。其他學者，如羅常培、魏建功、葉蜚聲、徐通鏘、李方桂、楊耐思、馮蒸等都有專書或專文探討聲韻研究方法，耿振生更總其成，撰為《二十世紀漢語音韻學方法論》，提出韻腳字歸納法、反切系聯法和音注類比法、諧聲推演法、異文通假聲訓集證法、統計法、審音法、歷史比較法、內部擬測法、譯音對勘法，共九種方法[13]，雖不限於上古音，但十分具體清楚，可以參閱。

古韻分部，宋代鄭庠《古音辨》分六部，已開其先聲，到了清代，顧炎武《音學五書》分古韻為九部，始走上有條理、有系統之研究坦途。厥後江永《古韻標準》分平上去聲十三部，入聲八部，段玉裁《六書音均表》分十七部，孔廣森《詩聲類》分十八部，王念孫《古韻譜》分二十一部，江有誥《音學十書》分二十一部，章太炎先生《國故論衡》、《文始》分二十三部，董同龢《上古音韻表稿》分二十二部，王了一先生〈上古韻母系統研究〉分二十三部，這些都是考古派。而戴震《聲類表》分古韻為九類二十五部，姚文田《古音諧》分八類二十六部，劉逢祿《詩聲衍》分二十六部，黃季剛先生〈音略〉分二十八部，王了一先生《漢語音韻》分十一類二十九部，伯元師《古音學發微》分十二類三十二部，這些都是審音派[14]。據王了一先生《漢語音韻》說，所謂考古派是著重歸納史料，陰陽二分，入聲併陰聲，韻部較少；所謂審音派是在考古的基礎上，按照語音系統判斷，陰陽入三分，入聲獨立，韻部較多[15]。這並不是說考古派不審音，審音派不考古，只是兩者各有偏重而已。王了一先生在《中國語言學史》又說：古韻分部越分越細的原因有三：1.沒有貫徹離析《唐韻》的原則，2.對於《詩經》韻例的看法有分歧，3.承認不承認合韻[16]。他

13 耿振生：《二十世紀漢語音韻學方法論》（北京：北京大學出版社，2004年9月）。

14 陳新雄：《古音學發微》，頁117-577。

15 王力：《漢語音韻》（臺北：弘道文化公司，1975年8月），頁183-185。

16 王力：《中國語言學史》（太原：山西人民出版社，1985年4月），頁145。

的說法十分宏觀，讓我們對古韻分部有基本了解。

《古音學發微》結論曾自言古韻分三十二部之理由為：1.綜合鄭庠以迄羅常培、周祖謨為止之古韻分部，從其分不從其合，最後結果當為三十三部，因祭部不能獨立，併之於月，則為三十二部。此悉本前賢，無絲毫臆見摻雜其間，詳見各家分部對照表（頁868-871）。2.審之於音，各部區別皆皦然分明。3.黃季剛先生在《廣韻》中求得古本韻三十二韻，其相配聲母皆為古本音十九紐，古韻三十二部與之相較，亦若合符節。4.仿段玉裁《六書音均表》之例，歸納三百篇及群經、《楚辭》韻腳，古韻之分三十二部皆有實證（頁865-945）。由此可見，古韻分部至此再難有所增減，堪為定論。

至各部之名稱，伯元師《古音學發微》自言其標準有三：1.所用韻目其字必須要在古韻本部，不用他部之字，以免混淆。2.入聲諸部必用《廣韻》入聲韻目，不用去聲韻目。3.韻部標目，必以此部最初所創人所立名稱稱之，以存創始者之朔，而明其功焉（頁866）。前二項本之錢玄同而加以改定，第三項則為自定（頁874），其矜慎有如此者。以視諸家，或併合《廣韻》之部題識（如顧炎武），或取《廣韻》韻目（如王念孫、章太炎先生），或取影紐字（如戴震、曾運乾），或用序數（如江永、段玉裁），或兼舉四聲（如黃以周），或以《詩》中用韻之字標目（如孔廣森），或以《說文》形聲字之最初聲母題識（如姚文田），或用《易》卦（如朱駿聲），或用古本韻（如黃季剛先生），紛歧雜亂者，可以說標準嚴謹，十分可取。

（三）音表的編製

段玉裁《六書音均表》包含〈今韻古分十七部表〉、〈古十七部諧聲表〉、〈古十七部合用類分表〉、〈詩經韻分十七部表〉、〈群經韻分十七部表〉[17]，實本太史公書十表之遺意，可以省文字之繁瑣，補本文之不足，貫通前後之關係，後世學者多仿之而有所去取。伯元師《古音學發微》亦有〈詩經韻群經韻表〉、〈古韻三十二部諧聲表〉、〈陰聲諸部與入聲諸部旁對轉表〉、〈陰聲諸部與陽聲諸部之旁對轉表〉、〈陽聲諸部與入聲諸部之旁對轉表〉（頁890-1089）。單篇論文在《文字聲韻論叢》中有〈毛詩韻三十部諧聲表〉（頁135-155）、〈毛詩韻譜・通韻譜・合韻譜〉（頁259-302），則是約取與《詩經》古音有關者為之。唯《詩經》韻腳盍與帖、談與添四部入韻字少，古分部不顯，故只得三十部。

古音之有諧聲表始於段玉裁，他以「一聲可諧萬字，萬字而必同部，同聲必同部」（頁825，「古諧聲說」）的原則，編成〈古十七部諧聲表〉（頁827-838），然後《詩經》韻、群經韻未能收錄的字都可以得到歸宿，這就大幅度擴充了古音的材料。但一則諧聲時代遠出《詩經》之前，語音不能無變[18]；再則《說文》的諧聲是在不同的時代形成的，有訛誤，有方言，不能代表同一時代、同一地區的音讀系統[19]；三則無聲字多音，[20]以致形聲字聲母與聲子未必同部，所以諧聲系統難免有與《詩經》韻語不合者，例如怛从旦聲，原在元部，《詩・小雅・甫田》以韻桀，《廣韻》在曷部，故以之併入月部。伯元師以為如此處理，一則可與《詩經》韻母系統無相違背，減少例外之合韻；二則可見彼此韻部之關聯，以明聲韻之變遷，（頁344）這的確不失為兩全其美的辦法。王了一先生《漢語音韻》諧聲表所謂「散

17 段玉裁：《六書音均表》《說文解字注》（臺北：洪葉文化公司，2005年9月），頁809-877。

18 王力：《清代古音學》（北京：中華書局，2013年8月），頁257。

19 趙誠：《古代文字音韻論文集・說文諧聲探索》（北京：中華書局，1991年11月），頁254。

20 陳新雄：《鍥不舍齋論學集・無聲字多音說》，頁515-553。

字」（頁190）應該也就是這個意思。

《詩經》韻是古韻研究的基礎，再加上群書韻（包括群經、子史、《楚辭》等）、《說文》諧聲、經籍異文等，古韻分部之研究才有可能，否則要架構古韻系統不啻是空中樓閣。伯元師〈古韻三十二部諧聲表〉必先出《詩經》韻字表再列諧聲表，其意在此。其〈毛詩韻譜．通韻譜．合韻譜〉聚正常押韻與例外押韻於一編，不必左右搜尋，使用上的確方便許多。清代以降，古音學家多有《詩》韻譜，伯元師既博取各家之說，確定古韻為三十二部，再以三十二部重新編製〈詩韻譜〉，自然更加完密。筆者以為此譜除了可供研讀《詩經》參考外，也可與王了一先生的《詩經韻讀》、江舉謙的《詩經韻譜》互相比對研究[21]。因為前者為審音派重要著作；後者補江有誥《詩經韻讀》之不足，又納入微部，可以作為考古派的代表。如此研究，應當有相當意義。

（四）音值的擬測

清儒對古韻研究用力至勤，精益求精，王了一先生《中國語言學史》說：「清代古音學家，值得敘述的有顧炎武、江永、戴震、段玉裁、孔廣森、王念孫、江有誥七人。其中比較重要的是顧、段、二江；而影響最大的，只有段玉裁、江有誥二人。」（頁144）雖以二人之傑出，談到音讀，段玉裁只能談斂侈、正變[22]，江有誥也只能以反切或直音注出他的推測，卻是不成功的嘗試[23]。到了近代，汪榮寶〈歌戈魚虞模古讀考〉一文首發端緒，西儒高本漢等相繼加入後，擬測之事才逐漸展開。唯古音擬測雖有古韻分部為後盾，西方語言學為

21 江舉謙：《詩經韻譜》（臺中：東海大學，1964年4月）。

22 王力：《清代古音學》，頁267。

23 喬秋穎：《江有誥古音學研究》（合肥：黃山書社，2009年4月），頁167-170。

利器，但其事至難，因為上古時代綿邈，且語音隨說隨散，全無錄音之類可以印證。正如考古家面對斑駁不清的壁畫，僅憑蛛絲馬跡去進行復原工作，其結果是很難有兩人描繪得一模一樣，更難以判斷孰是孰非。所以現代學術史上就曾發生過三次古音學的大論戰：第一次（1923-1925）是汪榮寶、錢玄同、李方桂、唐鉞與章太炎先生等辯論研究材料的問題；第二次（1923-1938）是高本漢、董同龢、李方桂與西門華德、王了一先生、魏建功等辯論陰聲韻尾輔音的構擬問題；第三次（1930-1935）是林語堂、李方桂、王了一先生、周法高與高本漢等辯論上古陰聲韻的主要元音的構擬問題[24]，足見這是一個爭議性極大的議題。

伯元師《古音研究》曾綜合歷來古音構擬分為兩派：一派為元音加多，韻尾減少，甚至完全不設韻尾，此派以錢玄同〈古韻二十八部音讀之假定〉為代表，《古音學發微》亦採其說，為古韻三十二部擬測八主要元音，另加一元音韻尾，故亦屬於此派學說。另一派則根據外籍學者如西門華德與高本漢諸人之說，元音固然不少，韻尾亦復繁多，陽聲收-ŋ、-n、-m三種鼻音韻尾，入聲則收-k、-t、-p三種清塞音韻尾，而陰聲亦有-g、-d、-b三種濁塞音韻尾，甚至還有r韻尾，此種擬測，董同龢《上古音韻表稿》可謂集其大成。（頁369）在《古音學發微》中伯元師共擬測a、æ、ɛ；ɐ、ə；a、ɔ、o八個單元音及複元音au，到了《古音研究》則採用諸家之說，於韻尾及介音皆略有修正，元音方面已大量減少，只有a、ə、ɐ三個而已，在系統上與周法高〈論上古音〉為近。介音則一等開口無任何介音，合口有u介音；二等開口有r介音，合口有ru介音；三等開口有j介音，合口有ju介音；四等開口有i介音，合口有iu介音。至於韻尾，伯元師始終反對陰聲收

24 李開：《漢語古音學研究．現代學術史關於古音學的三次大討論》（上海：人民出版社，2008年3月），頁336-352。

-b、-d、-g、-r韻尾說，認為陽聲韻有-m、-n、-ŋ三種鼻音韻尾，入聲則收-p、-t、-k，陰聲則收-u、-i，或無韻尾。（頁369-370，頁376）收入《陳新雄語言學論學集》中的〈古韻三十二部音讀之擬測〉（頁273-311）、〈重論上古音陰聲韻部之韻尾〉（頁49-70）就是此一新成果。而《鍥不舍齋論學集》中的〈從詩經韻的合韻現象看諸家擬音得失〉（頁37-59）、譯〈上古音當中的-d跟r韻尾〉（頁437-448）、譯〈論上古音中脂ər與隊əd兩部的區別〉（頁555-580）、譯〈高本漢之詩經韻讀及其擬音〉（頁581-683），《文字聲韻論叢》中的〈李方桂先生上古音研究的幾點質疑〉（頁47-61）則是研究過程中的幾個副產品，其用力之勤，由此可見。

伯元師曾自言在撰寫博士論文時，每一部擬音完成，均與指導教授之一的許師詩英討論，許師每每從不取之音談起，研討數小時不以為煩[25]。論文首先討論開合、洪細、弇侈、方言、韻尾等問題，以了解其音理是否無誤；再逐一討論各部之音讀，以推敲其假設是否可行；然後討論對轉與旁轉，以觀察其正常押韻與例外押韻是否合度；最後探討其演變，以判斷其源流是否符合規律。誠可謂鉅細靡遺，力求周延，然有不安者，又在《古音研究》中重行修訂，歷時三十年，過程漫長而艱辛，其精益求精之精神，堪為吾儕之典範。

（五）通轉之運用

語言文字學的基本幹部是文字學、聲韻學、訓詁學。三者之中，聲韻學崛起得最晚，是佛教東傳之後，受梵文拼音影響發明反切，類聚反切，才有魏晉時李登《聲類》、呂靜《韻集》產生。先秦兩漢詩人賦家作詩為文，純依天籟，審音能力又不像後人那麼強，當然會有

25 聶振弢：《萬里飛鵬尺素書──伯元先生最後的通信》（編者自印，2012年），頁25。

不同韻部而語音相近的例外押韻發生。再加上語音隨著時間、空間變化，也有可能會有古今異同、南北是非的情況。所以研究古音學，不能只知其合而不知其離，也不能只知其異不知其同。

伯元師《古音研究》謂清代江永《古韻標準》因入聲與平上去為韻，故主數韻同一入（頁86）。後來段玉裁的古合韻說、江有誥的通韻、合韻、借韻說，戴震、孔廣森之陰陽對轉說皆自此出，能大暢厥旨的則為章太炎先生，其《國故論衡》、《文始》中的「成均圖」有近旁轉、次旁轉、正對轉、次對轉、近轉五種，又有交紐轉、隔越轉屬於雙聲關係，後來刪去。他使諸家通轉異名歸於一統而易曉；又為圖以表明之，可以省記識之繁。但世人每謂其說無所不通，無所不轉，伯元師《古音研究》則以為：

> 章君此圖，僅為說明文字轉注假借及孳乳之由，以及古籍用韻例外相押之現象，所以如此排列者只為表明古韻某部與某部相近而已，並未泯滅古韻分部之大界。（頁151）

所以伯元師基本上對合韻、通韻或旁轉、對轉之類是肯定的。

談到古韻的通轉，伯元師認為除現象的歸納外，更應加強音理的說明，才能補前賢的不足。在《古韻研究》中對旁轉、對轉的音理常隨機闡發，其要點如：

> 夫所謂陰陽對轉者，乃指陰聲韻部之字與陽聲韻部之字，相與諧聲、協韻、假借等而言，而其相諧協之韻部，必彼此相當，亦即主要元音相同。（頁110）
>
> 陰陽入既已三分，其陰陽之相配，實以入聲為其樞紐。……入聲者，因收塞音韻尾，在發音部位上頗類於陽聲；但其音短

促，塞音韻尾又為唯閉音，因為唯閉，故聽覺上頗類於陰聲，故介於陰陽之間，因為介於陰陽之間，故與二者皆得通轉。（頁188）

夫旁轉對轉者，實近代語音史上常見之事實。所謂旁轉，就現象言，乃陰聲韻部與陰聲韻部之間，或陽聲韻部與陽聲韻部之間，有互相押韻、假借或形聲字中有互相諧聲之現象者稱之。就音理言，乃某一陽聲韻部或陰聲韻部因舌位高低前後之變化，而成為另一陽聲或陰聲韻部者是也。（頁151）

正因一談到音理，最具體清楚的就是擬音，所以在《古音學發微》中討論古音三十二部之對轉旁轉時，首先出現的就是「三十二部的古韻舌位圖」（頁1023），如圖一。

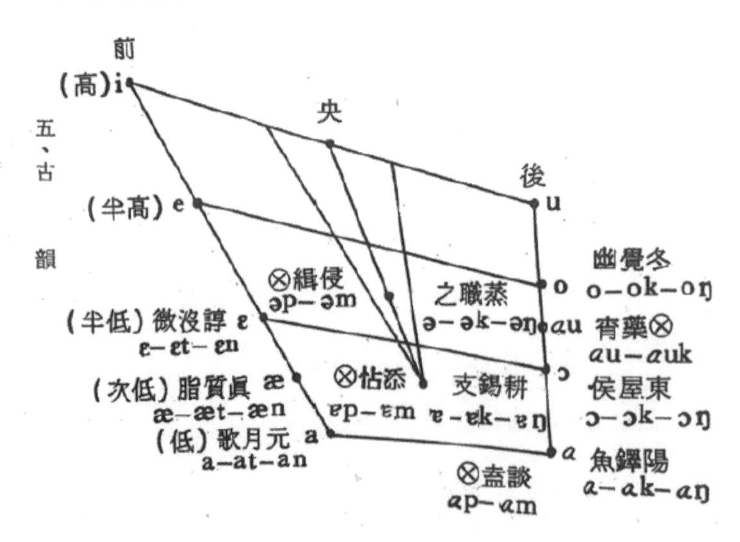

圖一　三十二部的古韻舌位圖

但因伯元師的三十二部擬音在《古音研究》有大幅修正，原圖已不適用，故改為「古音三十二部之主要元音及韻尾表」（頁435），如圖二：

韻尾／元音	ϕ	k	ŋ	u	uk	uŋ	i	t	n	p	m
ə	ə 之	ək 職	əŋ 蒸	əu 幽	əuk 覺	əuŋ 冬	əi 微	ət 沒	ən 諄	əp 緝	əm 侵
ɐ	ɐ 支	ɐk 錫	ɐŋ 耕	ɐu 宵	ɐuk 藥	ɛuŋ ○	ɐi 脂	ɐt 質	ɐn 眞	ɐp 怗	ɐm 添
a	a 魚	ak 鐸	aŋ 陽	au 侯	auk 屋	auŋ 東	ai 歌	at 月	an 元	ap 盇	am 談

圖二　古音三十二部之主要元音及韻尾表

兩個圖表相互對照，不僅可以了解伯元師古韻分部的梗概，也可以知悉其擬音的演變，更可以清楚其對轉旁轉說的根據。在「古音三十二部之主要元音及韻尾表」之下，伯元師曾附加說明：

> 上表中，陰聲韻尾-o 與入聲韻尾-k、陽聲韻尾-ŋ，如果主要元音相同，則為對轉之韻部；陰聲韻尾-u 與入聲韻尾-uk，陽聲韻尾-uŋ，主要元音相同，則為對轉之韻部；陰聲韻尾-i 與入聲韻尾-t，陽聲韻尾-n，主要元音相同，則為對轉之韻部。至於收-p 之入聲韻部與收-m 之陽聲韻部，因無適當相配之陰聲韻部，故僅有陽入對轉之韻部。至於旁轉，在上表中，凡主要元音相同，皆有旁轉之可能；主要元音不同，若韻尾完全相同，亦有旁轉之可能。（頁436）

準此，伯元師進一步以實際例證詳細探討三十二部之通轉。對轉部分計有第一類歌月對轉、歌元對轉、月元對轉等十二類二十八條。旁轉分三部分：1.陰聲韻部之旁轉：包含歌脂旁轉、歌微旁轉、歌支旁轉等23條；2.入聲諸部之旁轉，包含月質旁轉、月沒旁轉、月錫旁轉等42條；3.陽聲韻部之旁轉，包含元真旁轉、元諄旁轉、元耕旁轉等43條。至於旁對轉，因情形複雜，僅舉一例，不詳加析論（頁436-474）。各條儘量臚舉《詩》韻及群經、《楚辭》韻之可徵者為證。若無，則旁求諧聲偏旁、重文、讀若、音訓、假借、方言諸端以為證。數者俱無，則或引兩漢用韻之文以為旁證。若此亦未之見，則從闕焉（頁452）。然後再以假設音值說明其音理，不僅能做到實事求是，無徵不信。而且能以新知闡發舊學，賦古典以新貌。

在《文字聲韻論叢》中有一篇〈毛詩韻譜．通韻譜．合韻譜〉（頁260-302）是1989年發表的論文，時間介於《古音學發微》與《古音研究》之間。該文將《詩經》韻部中同部韻腳匯聚為一，各章韻腳之下注明篇章，各韻目下註明該部之韻腳演變到《廣韻》哪些韻。凡陰陽入相承之韻部相押韻者定為通韻譜；非相承之韻部而彼此相押韻者定為合韻譜。將正常押韻與例外押韻類聚於一編，使用極其方便。唯完全不注擬音、不談音理，要進一步了解其通用之故，還是需要參閱《古音研究》之類。此本論文重點雖在伯元師的《詩經》古音學，而往往多談其古音學，其故在此。

四　陳伯元教授古音學的貢獻

《詩經》古音學是伯元師古音學研究的出發點與基石，當其完成體大思精的古音學體系之後，透過教學與研究雙重管道，其影響力自然不同凡響，對學術界的貢獻自然十分鉅大，舉其要者，如：

（一）闢榛蕪

當初伯元師以《古音學發微》為題撰寫博士論文，範圍極廣，材料極多，如貪多務得，不根據研究主題，精選材料，建立主軸，必致良莠互見，氾濫無歸。所以在《古音學發微》古韻部分，所選自顧炎武、江永、段玉裁以降，不過十二家，附論方日升、柴紹炳、毛先舒亦不過三十家，可謂輕重有序、條理井然。單就李新魁、麥耘《韻學古籍述要》古韻類所著錄七十九種著作而言[26]，有不少著作即不為伯元師所取，如宋・吳棫、明・楊慎、楊慶，清・任兆麟、潘相、陳昌齊、夏味堂等，其中不乏名家。伯元師之博觀約取，誠有足多。

研究過程中有同聲相應、同氣相求者固然應優先援引，或取為佐證，但有研究觀點相左者亦應慎思明辨，以定取捨；或加以反駁，以免阻塞坦途。黃季剛先生的古韻學說為伯元師所宗，贊成其說者固不乏人，非議者亦時有所聞。伯元師因而撰為〈蘄春黃季剛先生古音學說駁難辨〉[27]，針對林語堂、王了一先生、魏建功、董同龢四家所提十難，包括：古本韻古本聲是循環論證、古本韻中並非純為古本聲、《廣韻》反切法不足以作為推測古音之工具、等韻不能用來推論古音、就古諧聲而言入聲獨立無法成立，逐一提出駁議。其文理據俱足，能破能立，不僅勇於捍衛師門，對鞏固自身的立論基礎也大有必要。難得的是純粹就事論事，以學理為說明，並無唐突前賢之意。

本世紀初，伯元師連續發表了〈梅祖麟有中國特色的漢語歷史音韻學質疑〉、〈梅祖麟比較方法在中國（1926-1998）一文之商榷〉、〈批駁梅祖麟對孫詒讓與陸宗達的批評及其相關論點〉，收入《陳新雄語言學論學集》中（頁207-244）。完全針對梅祖麟個人對舊學、對章黃學派，甚至對王念孫、孫詒讓、王了一先生等的誤解提出澄清，其捍衛國學、掃除榛莽之意就更清楚了。

---

26 李新魁、麥耘：《韻學古籍述要》（西安：陝西人民出版社，1993年2月），頁1-90。

27 陳新雄：《音略證補》，頁127-138。1989年陳伯元教授在《孔孟學報》58期發表〈蘄春黃季剛先生古音學是否循環論證辨〉，針對林語堂循環論證說提出更詳細之駁議，見《文字聲韻論叢》，頁179-223。

（二）集大成

現當代古音學著作不少，如王了一先生《清代古音學》、李方桂《上古音研究》、張世祿《中國古音學》、陸志韋《古音說略》、黃永鎮《古韻學源流》、董同龢《上古音韻表稿》、魏建功《古音系研究》[28]，或屬通論，或屬通史，或在建立一家之言。伯元師的《古音學發微》、《古音研究》寫作的目的有所區別，他是希望貫串百家、建立體系，並提出自己的創見，所以呈現出來的面貌自然迥然不同。

上述學者中，與伯元師關係最密切，說法最接近的應屬王了一先生。固然伯元師在撰寫博士論文時，因高師仲華盡出秘笈的關係，早已熟讀王先生的《漢語音韻學》、《漢語史稿》之類，但《清代古音學》則至1990年始收入《王力文集》[29]，全書十三章，從顧炎武、江永、段玉裁以至章黃，共介紹十五家古音說，結論則探討《廣韻》對照問題、諧聲與韻部，合韻問題等九個問題。當時伯元師的《古音學發微》已出版近二十年，兩人各不相謀，而兩書所論學者、所探討問題非常接近，足見君子所見略同。所異者，《清代古音學》所介紹的學者十五家，雖然比《中國語言學史》、《漢語音韻》只介紹十位左右大家詳細，但與《古音學發微》介紹四十餘家者相比，還是瞠乎其後。其次，《清代古音學》對各家論述，旨在凸顯其特色，似較偏重於通史性質；《古音學發微》則將相關各家儘量切取連繫，成為有機的整體。最後，《清代古音學》偏重於客觀的析論，並不特別與個人

---

28 李方桂：《上古音研究》（北京：商務印書館，1991年7月）、張世祿：《中國古音學》（臺北：先知出版社，1983年4月）、陸志韋《古音說略》（臺北：臺灣學生書局，1982年8月）、黃永鎮：《古韻學源流》（臺北：臺灣商務印書館，1977年1月）、董同龢：《上古音韻表稿》（臺北：中央研究院史語所，1978年8月）、魏建功《古音系研究》（北京：中華書局，1996年12月）、王力見注18。

29 王力：《清代古音學》，《王力文集》第十二卷（濟南：山東教育出版社，1990年）。

研究拉上關係；《古音學發微》則建立傳承主軸，一系相傳，闡明自己的古韻分部均前有所承。所以《古音學發微》的古韻三十二部可以說集前賢之大成，難以再有所增減。後來他再也沒有修改，其他學者幾乎也沒提出新說。這都歸功於他的學養深厚，研究又特別勤奮。

在聲紐方面，他修正了黃季剛先生的古聲十九紐，除了詳細論證黃季剛先生採前人之成說（錢大昕古無輕脣音、古無舌上音、章太炎先生娘日歸泥）及本一己之創發者（照系三等諸紐古讀舌頭音、莊初牀疏為精清從心之變聲），又根據曾運乾喻三古歸匣、喻四古歸定，錢玄同邪紐古歸定以及伯元師發現的群紐古歸匣說加以修正（頁649-772），可說也是集古聲紐之大成。至於聲調方面，他綜合段玉裁古無去聲說、王念孫、江有誥古有四聲說、黃季剛先生古惟有平入說、王了一先生等的聲調說（頁1257-1278），採取上古有四聲，分舒促兩大類之說，也是擇善而從。

（三）創新說

博士論文除了力求主題明確、結構嚴謹、方法新穎、析論詳明之外，也希望能多一點創見。因此伯元師撰寫《古音學發微》，在薈萃眾說，集其大成之餘，也竭力創立新說，以補前賢之不足。

在韻部方面，伯元師既博考諸家，已知黃季剛先生的二十八部皆本之昔人，大抵完備，王了一先生分二十九部，羅常培、周祖謨分三十一部亦大同小異，這就是王了一先生《中國語言學史》所說：「如果材料相同，方法相同，研究結果決不會有很大的分歧的。」（頁151）他所以在最後提出三十二部的新說，是他詳細考察的結果，發現王了一先生的微部獨立、黃永鎮的肅部（覺部）獨立都頗有可取，羅常培、周祖謨的祭部則宜併入月部，而黃先生晚年的〈談添盍帖分四部說〉也有相當道理，所以最後定古韻為三十二部（頁573-577）。

雖說他的說法只是整齊各家，述而不作，但其實就是以述為作，提出一種創新的理論。他對於韻部音值的擬測，更是用力甚勤，再三修改，最後他在《古音研究》所提出的音值，與《古音學發微》相較有八類二十韻部不同。與各家相較，亦互有異同，即以王了一先生《漢語音韻》為例，不同者有四類十一韻部，其求新求變之殷切由此可見。

在聲紐方面，伯元師除了以曾運乾、錢玄同之說補正黃季剛先生的古本聲十九紐外，更提出群紐舌歸匣之說（頁1215-1224）。在集大成之餘，又有前人未曾言及的創見，使得古聲紐的運用更為細密，已不單是以述為作了。在聲調方面，他在《古音研究》中仍然主張古有四聲，分舒促兩類，又參考蘇聯學者雅洪托夫（S. E. Yakhontov）的上古漢語有-S韻尾之說，認為聲調的起源是「長短元音與韻尾共同決定」（頁764-768），這也是他與時俱進的表現。

（四）便實用

《陳新雄語言學論學集》中有一篇〈聲韻學的效用〉，提及聲韻學的功用有五：1.有助於了解典籍，2.可助辨識平仄聲調有利於詩文創作，3.可幫助辨識京劇中的尖團音，4.有助於詩文吟誦與賞析，5.有助於了解聲情的配合關係（頁245-272）。伯元師的說法主要在泛論聲韻學的效用，而且較側重文學方面。筆者以為如果把範圍濃縮到古音學，則不妨從另一個角度來看：

1　古音學有助於文字的分析

文字學的經典《說文解字》主要是根據六書分析字形以求本義。六書中象形、指事、會意合稱無聲字，由於缺乏聲符的協助，有時較難知其讀音，更何況無聲字多音。至於形聲字，以形符表示類別，以聲符代表讀音，數量最多。聲母與聲子固然多聲韻畢同，較易解讀，但有時聲調改變，或聲母改變，或韻母改變，甚至聲韻畢異，就須仔細辨識，才不致有邊讀邊，無邊讀中間，出了差錯。轉注是兩個以上的字音義相同，可以互相解釋；叚借是本無其字，用同音或音近的字去替代它。諸如此類，如果遇到問題，都要了解古音才能解決。洪葉文化公司的《新添古音說文解字注》逐字都注明伯元師考訂的聲紐韻部，很方便考察。

2 有助於訓詁的研究

訓詁的方法主要有三種：以形索義、因聲求義、比較互證。清儒就是善於運用因聲求義，才得到輝煌的成就。其運用的範圍極廣，包括校訛誤、破假借、明連語、考物名、求語源、通轉語、考虛詞[30]，王念孫、王引之父子就是博採義證材料（包含古籍和注疏、字書、類書、通人之說、地下文物）及音證材料（包括古音學說、形聲字、韻文、讀若、異文）去探尋癥結、聲義互求、比較互證，才會得到王了一先生在《中國語言學史》上的最高評價：「如果說段玉裁在文字學上坐第一把交椅的話，王念孫則在訓詁學上坐第一把交椅，世稱段王之學。」（頁162）可見要研究訓詁學，非懂古音不可。

3 古音學有助於校勘的運用

由於時空的隔閡，古典文獻多古音、古義、古字，而古語、借字也屢見不鮮，解讀本來就不容易，再加上流傳過程累積的錯誤，魯魚亥豕，俯拾皆是，極易造成閱讀的障礙，所以在考釋古書之前，必先經過精心的校勘。而從事校勘，首先必須了解古書致誤的類型，除了形近而訛、義近而訛之外，可能是音近而訛，也有可能是古人校讀古

---

30 莊雅州：〈論高郵王氏父子經學著述中的因聲求義〉，《會通養新樓學術研究論集》卷二語言文字學編（臺北：萬卷樓圖書公司，2021年5月），頁135-141。

書時因不明古音而導致誤字、脫文、衍文、倒文，正如王念孫在《讀書雜志．淮南子雜志後序》所舉致誤之由六十二種，其中因音致誤者、因字誤而失韻者、有錯簡而失其韻者、有改字以合韻而實非韻者，即有二十二種[31]。情況十分複雜，不易考察，如果不懂古音，確實難以發現這些問題，並且加以妥善處理。

4 古音學有助於辨偽的從事

今人重視智慧財產權，古人以為天下言論屬於公眾，不但常有剽竊抄襲，還常有造假偽託的現象，所以古代偽書極多，據張心澂《偽書通考》所考就有1105部[32]，梁啟超《古書真偽及其年代》曾提出就傳授統緒上辨別、就文義內容上辨別兩大類若干小類的辨偽方法[33]。其中他曾特別根據音韻去辨偽（頁53），這是因為偽造古書的人不知道語音會隨著時間、空間改變，才會產生這個漏洞，我們如果通古音就不難揭穿其偽了。

5 古音學有助於文學的欣賞

《詩經》為百代韻文之祖，其韻律主要表現在節奏、協韻與錯綜。如果我們用現代語音去讀《詩經》、《楚辭》、漢賦，常常會覺得格格不入，根本難以體會其韻律之美。但如果我們受過古音訓練，就知道哪些地方是韻腳，為何不同韻的字可以在一起押韻，甚至可以知道每一個字假設的音值是什麼？用接近當時語音來朗誦，應當較能領會其迴環往復的音樂美、抑揚頓挫的節奏美、異音相從的錯綜美，也

---

31 王念孫：《讀書雜志．淮南子雜志後序》（南京：鳳凰出版社，2000年9月），志九之二二（總頁962-976）。

32 張心澂：《偽書通考》（臺北：鼎文書局，1973年10月）。

33 梁啟超：《古書真偽及其年代》（臺北：中華書局，1969年8月），頁35-56。

比較容易透過韻律去體會詩中所表達的纏綿、凝重、蕭瑟、活潑、瀟灑、豪放等各種複雜的情感，何樂而不為呢？

以上所列，都是古音學效用的犖犖大者，限於篇幅，不舉實例。讀者遇到問題時，可根據伯元師的古音學著作，自行實際運用，相信不難迎刃而解。

五　結論

經過上述的析論，可以得到如下的結論：

（一）《詩經》韻是古音學的源頭，如果沒有《詩經》韻就沒有六朝以後的改讀、叶韻，古音學的發展勢必大不相同；《詩經》韻是古音學最重要的材料，如果沒有《詩經》韻，古韻就無法分部，語音系統的建構與擬測就更困難。所以《詩經》古音學是古音學最重要的基礎。但單就《詩經》古音學探討古音學還是無法窺見古音學多元的面貌，本論文所以從《詩經》古音學出發，去探討伯元師的古音學，而又不侷限於《詩經》古音學，其故在此。而所以不蠡測伯元師全部的古音學，是因為那太豐富，太複雜，非本文所能負荷。

（二）古音學研究的材料、內容與《詩經》、《楚辭》、漢賦等韻文密切相關，所以古韻部分的分量遠超過古聲紐、古聲調。本論文在介紹伯元師的古音成就時，完全偏重古韻，其故在此。古韻研究的核心是古韻分部，在劃分韻部之前須先斟酌韻例，劃分韻部之後則製作韻表以統攝同部之字，擬測音值以呈現古音特色，究明通轉以釐清各部關係，這些雖不足以盡古音學之大觀，但已足以見古音學的幾個重點，也可凸顯伯元師長期努力所獲得的成就。

（三）伯元師的古音學有幾個明顯的特色：一為掃除障礙，開拓坦途；二為薈萃眾說，集其大成；三為殫精竭慮，創立新說；四為體系井然，便於實用。這些特色為他在古音學史上建立一塊新的豐碑，也使伯元師的古音學能不斷發揮其深鉅的影響力。古音學是一種無用之用，對一般人毫無用處，對有意研究古典文獻者卻是一種大用，伯元師的古音學也可以作如是觀。

筆者退休多年，除了研究上的需要，偶然翻查伯元師的古音學著作外，很少重溫舊卷。此次為撰寫此篇論文，將伯元師的著作又作了重點的回顧，獲益良多，也是一快。但回首前塵，又不勝悵惘之至。

古韻通轉是某韻部字的個案行為，非韻部普遍行為論

——論陳新雄教授《古韻三十二部之對轉與旁轉》的上古音價值

馮　蒸
首都師範大學中國詩歌研究中心
首都師範大學文學院教授

摘要

陳新雄教授在其名著《古音學發微》（1983）第五章和《古音研究》（1999）專著第二章之《古韻三十二部之對轉與旁轉》，據我所知，這是目前幾乎所有的上古音研究著作中都沒有專門系統涉及的內容，該部分長達60餘頁，可謂洋洋大觀，例證詳明，令人歎為觀止。本文簡述了陳先生該部分的學術價值，並對古韻通轉的性質、特點和意義談了筆者的四點看法。特別是提出了「古韻通轉是某韻部字的個案行為，非韻部普遍行為」的觀點，請同行指正。

關鍵詞：陳新雄、古韻三十二部、對轉、旁轉、旁對轉

陳新雄教授在其名著《古音學發微》（1983）第五章《總結》的第一節「古韻總論」部分共討論了六個問題，其第五個問題是《古韻三十二部之對轉與旁轉》，據我所知，這是目前幾乎所有的上古音研究著作中都沒有專門系統涉及的內容，該部分長達68頁之多（1022-1089頁），可謂洋洋大觀，例證詳明，令人歎為觀止。但是該部分對所列出的對轉與旁轉尚無清晰擬音，對一般讀者來說閱讀理解未免困難。

其後，陳先生在後來出版的《古音研究》（1999）專著第二章古韻研究第十五節古韻總論的435-473頁仍然保留了這部分內容，但是有兩點改動：一、做了進一步的分類，分為：（一）對轉；（二）旁轉（下分三小類：1.陰聲諸部之旁轉；2.入聲諸部之旁轉；3.陽聲諸部之旁轉）；（三）旁對轉。二、該部分開頭列有古韻三十二部主要母音與韻尾相配表，這樣讓讀者理解起來就清楚多了。

特別需要指出的是：葉鍵得先生的《古音與通假字》（2015）一文把陳先生的這部分對轉與旁轉均用音標一一列出，令人一目了然。筆者此文在葉先生總結的基礎上進一步細化，計得旁轉28類，對轉99類。並對這些對轉與旁轉做了進一步的統計與分析。強調該部分在上古音研究中的重要價值。下面先列出陳先生的古韻32部表及其擬音（陳新雄，1999）：

表一　陳新雄古韻32部表

韻尾 母音	ə	ɐ	a
-o	ə之	ɐ支	a魚
-k	ək職	ɐk錫	ak鐸
-ŋ	əŋ蒸	ɐŋ耕	aŋ陽
-u	əu幽	ɐu宵	au侯

韻尾 母音	ə	ɐ	a
-uk	əuk覺	ɐuk藥	auk屋
-uŋ	əuŋ冬	○	auŋ東
-i	əi微	ɐi脂	ai歌
-t	ət沒	ɐt質	at月
-n	ən諄	ɐn真	an元
-p	əp緝	ɐp怗	ap盍
-m	əm侵	ɐm添	am談

陳伯元先生古音三十二部之對轉（28種）（葉鍵得，2015）

第一類

1. 歌月對轉　ai-at
2. 歌元對轉　ai-an
3. 月元對轉　at-an

第二類

4. 脂質對轉　ɐi-ɐt
5. 脂真對轉　ɐi-ɐn
6. 質真對轉　ɐt-ɐn

第三類

7. 微沒對轉　əi-ət
8. 微諄對轉　əi-ən
9. 沒諄對轉　ət-ən

第四類

10. 支錫對轉　ɐ-ɐk
11. 支耕對轉　ɐ-ɐŋ
12. 錫耕對轉　ɐk-ɐŋ

第五類

13. 魚鐸對轉　a-ak
14. 魚陽對轉　a-aŋ
15. 鐸陽對轉　ak-aŋ

第六類

16. 侯屋對轉　au-auk
17. 侯東對轉　au-auŋ
18. 屋東對轉　auk-auŋ

第七類

19. 宵藥對轉　ɐu-ɐuk

第八類

20. 幽覺對轉　əu-əuk
21. 幽冬對轉　əu-əuŋ
22. 覺冬對轉　əuk-əuŋ

第九類

23. 之職對轉　ə-ək
24. 之蒸對轉　ə-əŋ
25. 職蒸對轉　ək-əŋ

第十類

26. 緝侵對轉　əp-əm

第十一類

27. 帖添對轉　ɐp-ɐm

第十二類

28. 盍談對轉　ap-am

以上對轉有28類，學界多予以肯定。此外，陳先生還列有旁轉99種，其範圍之廣，類型之多，為前人所未及。99種旁轉名稱如下：

陳伯元先生古音三十二部之旁轉（99種）（葉鍵得，2015）

甲　陰聲諸部部之旁轉

1.歌脂旁轉　ai-ɐi
2.歌微旁轉　ai-əi
3.歌支旁轉　ai-ɐ
4.歌魚旁轉　ai-a
5.歌侯旁轉　ai-au
6.歌之旁轉　ai-ə
7.脂微旁轉　ɐi-əi
8.脂支旁轉　ɐi-ɐ
9.脂之旁轉　ɐi-ə
10.微支旁轉　əi-ɐ
11.微之旁轉　əi-ə
12.支魚旁轉　ɐ-a
13.支之旁轉　ɐ-ə
14.魚侯旁轉　a-au

15.魚宵旁轉 a-ɐu
16.魚幽旁轉 a-əu
17.魚之旁轉 a-ə
18.侯宵旁轉 au-ɐu
19.侯幽旁轉 au-əu
20.侯之旁轉 au-ə
21.宵幽旁轉 ɐu-əu
22.宵之旁轉 ɐu-ə
23.幽之旁轉 au-ə

乙 入聲諸部部之旁轉

24.月質旁轉 at- ɐt
25.月沒旁轉 at-ət
26.月錫旁轉 at-ɐk
27.月鐸旁轉 at-ak
28.月職旁轉 at-ək
29.月緝旁轉 at-əp
30.月帖旁轉 at-ɐp
31.月盍旁轉 at-ap
32.質沒旁轉 ɐt-ət
33.質錫旁轉 ɐt-ɐk
34.質職旁轉 ɐt-ək
35.質緝旁轉 ɐt-əp
36.質帖旁轉 at-ɐp
37.沒職旁轉 ət-ək
38.沒緝旁轉 ət-əp
39.沒盍旁轉 ət-ap
40.錫鐸旁轉 ɐk-ak
41.錫屋旁轉 ɐk-auk
42.錫藥旁轉 ɐk-ɐuk
43.錫職旁轉 ɐk-ək
44.錫帖旁轉 ɐk-ɐp
45.鐸屋旁轉 ak-auk
46.鐸藥旁轉 ak-ɐuk
47.鐸職旁轉 ak-ək
48.鐸緝旁轉 ak-əp
49.鐸盍旁轉 ak-ap
50.屋藥旁轉 auk-ɐuk
51.屋覺旁轉 auk-əuk
52.屋職旁轉 auk-ək
53.屋帖旁轉 auk-ɐp
54.藥覺旁轉 ɐuk-əuk
55.藥職旁轉 ɐuk-ək
56.藥緝旁轉 ɐuk-əp
57.藥盍旁轉 ɐuk-ap
58.覺職旁轉 əuk-ək
59.覺緝旁轉 əuk-əp
60.職緝旁轉 ək-əp
61.職帖旁轉 ək-ɐp

62.職盍旁轉 ək-ap
63.緝帖旁轉 əp-ɐp
64.緝盍旁轉 əp-ap
65.帖盍旁轉 ɐp-ap

丙 陽聲諸部之旁轉

66.元真旁轉 an-ɐn
67.元諄旁轉 an- ən
68.元耕旁轉 an-ɐ ŋ
69.元陽旁轉 an- aŋ
70.真諄旁轉 ɐn- ən
71.真耕旁轉 ɐn-ɐŋ
72.真陽旁轉 ɐn-aŋ
73.真冬旁轉 ɐn- əʊŋ
74.真侵旁轉 ɐn-əm
75.真添旁轉 ɐn-ɐm
76.諄耕旁轉 ən- ɐŋ
77.謹陽旁轉 ən-aŋ
78.諄蒸旁轉 ən-əŋ
79.諄侵旁轉 ən- əm
80.耕陽旁轉 ɐŋ- aŋ
81.耕東旁轉 ɐŋ- aʊŋ
82.耕冬旁轉 ɐŋ- əʊŋ
83.耕蒸旁轉 ɐŋ- əŋ
84.耕侵旁轉 ɐŋ- əm
85.耕添旁轉 ɐŋ- ɐm
86.陽東旁轉 aŋ- aʊŋ
87.陽冬旁轉 aŋ- əʊŋ
88.陽蒸旁轉 aŋ- əŋ
89.陽談旁轉 aŋ-am
90.東冬旁轉 aʊŋ-əʊŋ
91.東蒸旁轉 aʊŋ- əŋ
92.東侵旁轉 aʊŋ- əm
93.東談旁轉 aʊŋ- am
94.冬蒸旁轉 əʊŋ- əŋ
95.冬侵旁轉 əʊŋ- əm
96.蒸侵旁轉 əŋ- əm
97.侵添旁轉 əm- ɐm
98.侵談旁轉 əm- am
99.添談旁轉 ɐm- am

由於有了擬音和分類，各類通轉的內涵一目了然，提供了研究者進一步思考的空間。總體來說，筆者認為陳先生此部分內容的貢獻有四：

一、首次詳細地列出了古音通轉的類型與數量，這是現在國內外所有的上古音著作所沒有的，可說是一個創舉。

二、每類通轉均舉出豐富例證，做到了信而有徵，例證主要取自先秦兩漢的諧聲、用韻、重文、或體、通假、漢儒音訓等等。雖然每類通轉的例證數量不等，但能夠匯聚如此眾多的音轉材料，其功力之深、之巨，實為罕見。

三、此份材料除了對上古音研究本身有重要價值外，對考釋古文字、訓詁學均有重要價值。現在古文字學者和訓詁學研究者在引用古韻通轉材料以證成其觀點時，通常都會引用陳先生的這份材料以及陸志韋先生的《古音說略》所列的表來證成其說（參單周堯，2017），其重要性可見一斑。

四、為編撰大型的《漢語音韻學辭典》提供了大量可靠的素材。

陳先生的上古音體系是三母音說，作為一家之言，頗有參考價值。但從語言普遍性的角度看，缺乏全世界所有語言均具有的a、i、u三個基本元音（所謂元音三角形）中的i和u，似乎這個擬音體系還可以再考慮。另外，為了便於與大陸通行的王力先生六元音說的上古音三十部體系相溝通，筆者建議陳先生的擬音表可以仿照王力先生在《同源字典》中列出的上古音體系，即把各類韻部分為甲、乙、丙三類，如下表，這樣稱謂和考察起來似更方便，系統性也更強。至於元音的數量和各部主要元音的具體構擬也可供參考。茲不贅述。

王力上古三十韻部分部表

		陰聲韻	入聲韻	陽聲韻
甲類	第一類	之 [ə] 部	職 [ək] 部	蒸 [əŋ] 部
	第二類	幽 [u] 部	覺 [uk] 部	冬 [uŋ] 部
	第三類	宵 [o] 部	藥 [ok] 部	
	第四類	侯 [ɔ] 部	屋 [ɔk] 部	東 [ɔŋ] 部
	第五類	魚 [a] 部	鐸 [ak] 部	陽 [aŋ] 部
	第六類	支 [e] 部	錫 [ek] 部	耕 [eŋ] 部

		陰聲韻	入聲韻	陽聲韻
乙類	第七類	歌 [ai] 部	月 [at] 部	元 [an] 部
	第八類	脂 [ei] 部	質 [et] 部	真 [en] 部
	第九類	微 [əi] 部	物 [ət] 部	文 [ən] 部
丙類	第十類		緝 [əp] 部	侵 [əm] 部
	第十一類		葉 [ap] 部	談 [am] 部

關於古韻通轉，筆者還想談如下四點看法：

一 古韻通轉是某韻部字的個案行為，非韻部普遍行為

所謂古音通轉都是指古韻某部中某個字或某幾個字所發生的音變，轉讀為他部的音，並不是指該古韻部的所有字與他部的所有字均可發生此類音變。所以我認為應該是一種個案行為，而不是普遍行為。這種個案可能是發生通轉的該字具有一字兩讀。因為如果是韻部普遍行為，則韻部之間的界限將不復存在。我們很難設想甲韻部中的字可以整部變到乙韻部，目前的古韻通轉例證也多是個別字的變轉，多數字並沒有發生此種變化，這裡恕不贅舉。

二 古音通轉不一定是一對一，可以是一對多或多對一

這個問題從陳先生上文的對轉、旁轉表已可看出。當某一韻部與多個韻部發生通轉關係時，如根據目前學者們的考察，上古幽部便有此種情況，即幽部可以與脂部（何琳儀，1996）、侵部、微部文部均可通轉（龍宇純，1998），例證頗多，不贅舉。此種情況章太炎即已注意到，章炳麟不同意孔廣森陰陽對轉說的一部只能配一部的對轉理論，他在《國故論衡．成均圖》裡說：「（孔氏）所表，以審對轉則

優，以審旁轉則憲：辰陽鱗次，脂魚櫛比，由不知有軸音，故使經界華離（錯亂）首尾橫決；其失一也。緝盍二部雖與侵談有別，然交廣人呼之，同是撮唇，不得以入聲相格。孔氏以緝盍為陰聲，其失二也。對轉之理，有二陰聲同對一陽聲者，有三陽聲同對一陰聲者；復有假道旁轉以得對轉者……非若人之處室，妃匹相當而已，……拘守一理，遂令部曲混淆，其失三也。」如何解釋這種情況？如果拘於一部一主母音說，可能解釋起來比較困難，是不是有一部多主母音的可能？這是值得我們思考的問題。

三　古韻「陽蒸旁轉」說質疑

陳先生此表的88號旁轉是所謂「陽蒸旁轉」，例證是〈離騷〉的用韻（李存智，2010：262同）。按〈離騷〉第32章「民生各有所樂兮，余獨好脩以為常，雖體解吾猶未變兮，豈余心之可懲」，學界通常認為此處之「常、懲」為韻是上古「陽蒸旁轉」說的唯一例證。黃靈庚（2018）說：「以上四句常、懲為韻。常，陽部；懲，蒸部。出韻。」戴震《屈原賦注》：「懲，讀如長，蓋方音。」江有誥《楚辭韻讀》：「常、懲謂陽、蒸合韻。」聞一多《楚辭校補》：「常、懲母音近，韻尾同，例可通葉。」其說皆不可信。

孔廣森《詩聲類》：「若〈離騷〉『余獨好脩以為常』、『豈余心之可懲』，則本『恆』字，漢人避諱改為常耳。慎勿又據為陽可通蒸也。」梁章鉅《文選旁證》：「常，當作恆，與懲為韻。此避漢諱改。」其說得之旨。

《郭店楚墓竹簡》凡恆常義皆作恆。《老子》（甲本）「知足之為足，此恆足矣」；「是故聖人能輔萬物之自然，而弗能為，道恆亡為也」；「道恆亡名，樸雖微，天地不敢臣」。恆，長沙馬王堆漢墓帛書甲、乙二本《老子》亦同，其為漢初本，在文帝前，今諸通行本《老子》皆改作「常」。又，《郭店楚墓竹簡・五行篇》：「□而不傳，義恆□□。」〈魯穆公問子思篇〉：「子思曰：『恆稱其君之亞（惡）者，可謂忠臣矣。』」〈成之聞之篇〉：「古之用民者，求之於己為恆。」〈尊德義篇〉：「因恆則固。」又：「凡動民必順民心，民心有恆。」皆用「恆」不用「常」，蓋楚語也。

按：據此可知，古韻「陽蒸旁轉」說實不能成立，所引〈離騷〉「常、懲為韻」之「常」乃是避諱改字，本字為「恆」，此為蒸部獨押，非陽蒸合韻。此例說明，對於比較罕見通轉類型，必須仔細甄別，不可輕易相信。

四　關於古韻通轉進入音韻學辭典詞條的問題

筆者曾經有編撰《音韻學辭典》的經歷，檢索大陸出版的多本音韻學辭書或含有音韻學詞目的辭書，可見所收關於古韻通轉的條目，只有寥寥十幾條，多是概括性的條目，並沒有具體的古韻通轉條目，這不能不說是個缺憾。下面是筆者從大陸十部通行音韻學辭書所做的統計。十種音韻學辭典分別為：①《中國大百科全書・語言文字卷》（後文簡稱為《大百科全書》）、②《中國語言學大辭典・音韻學卷》（後簡稱《中國語言學大辭典》）、③《音韻學辭典》、④《語言文字辭典・音韻學卷》（後簡稱《語言文字辭典》）、⑤《中國語言文字學大辭典》、⑥《語言學名詞（2011）》（後文簡稱《語言學名詞》）、⑦《簡明古漢語知識辭典》、⑧《王力語言學詞典》、⑨《古代漢語教學辭典》、⑩《語言學辭典》（增訂版）。

本文選取的辭典數目雖只占據目前市面上音韻學辭書總數的四分之一，但具有一定的代表性。目前音韻學辭典中對通、旁、對轉類相關詞條的解釋，存在著名稱不一（同實異名）、內涵不一（同名異實）、解釋不一（闡述不全面，不準確）的問題，直接導致辭典的科學性與實用性皆不足。故筆者通過比較通、旁、對轉類音韻學術語詞條的收錄和解釋情況，應可以在一定程度上管窺出辭典編纂的問題與不足，以期能對今後音韻學辭典的編纂研究有所裨益。

下面的表是統計在所選取的十種辭典中，有關通、旁、對轉類的詞目，共有18條，分別為：通轉、王力古音通轉說、古韻通轉說、正聲、變聲、交紐轉、隔越轉；旁轉、近旁轉、次旁轉、近轉；對轉、陰陽對轉、陽入對轉、陰入對轉、正對轉、次對轉、旁對轉。另有6條「同名異實」或「同實異名」的詞目，分別為正轉、音轉、古韻通轉、變音、轉音、正音。在《音韻學辭典》中還有「轉而不出其類」與「轉紐」兩條詞目也一併列出附在最後（表中所列的數字為該題目的釋義字數）。

現將收錄情況總結如表二（見頁286）。

筆者認為，根據當前音韻學的發展趨勢，有必要把陳先生所列的對轉、旁轉諸類型經仔細考察後全部或多數進入音韻學辭典，這對推動音韻學的普及與深入研究，無疑大有裨益。

表二　通、旁、對轉類詞目收錄情況

序號	書名 共10本 詞目 共24條	1 中國大百科全書·語言文字卷	2 中國語言學大辭典	3 音韻學辭典	4 語言文字辭典	5 中國語言文字學大辭典	6 語言學名詞2011	7 簡明古漢語知識辭典	8 王力語言學詞典	9 古代漢語教學辭典	10 語言學辭典	十本辭典共計收錄次數
通旁對轉類												
1	通轉	345	500	567	500	172	67	×	523	×	18	8
2	王力古音通轉說	×	542	×	535	×	×	×	×	×	×	2
3	古韻通轉說	×	334	×	329	370	×	×	×	×	×	3
4	正聲	×	47	143	47	×	×	×	53	×	485	5
5	變聲	×	35	342	35	×	×	×	237	×	×	4
6	交紐轉	×	56	207	56	×	×	×	134	×	×	4
7	隔越轉	×	193	294	193	×	×	×	217	×	×	4
8	旁轉	1083	396	597	386	397	28	156	396	137	140	10
9	近旁轉	×	118	159	118	×	24	×	162	×	×	5
10	次旁轉	×	132	179	132	×	22	×	99	×	×	5
11	近轉	×	192	×	192	×	×	×	194	×	×	3
12	對轉	×	178	234	5	5	46	140	312	249	113	9
13	陰陽對轉	1886	3	960	417	1382	55	×	669	×	94	8
14	陽入對轉	×	17	38	17	80	21	×	165	×	×	6
15	陰入對轉	×	17	34	17	80	21	×	161	×	×	6
16	正對轉	×	168	206	168	×	33	×	160	×	×	5

17	次對轉	×	174	102	174	×	35	×	198	×	×	5
18	旁對轉	×	148	75	174	162	×	×	145	89	×	6
各辭典收錄18條詞目總數		3	18	15	18	8	10	2	16	3	5	×
同名異實與同名異實類												
19	正轉	×	×	446	×	268	×	×	109	×	×	3
20	音轉	×	×	78	×	×	×	×	×	375	×	2
21	古韻通轉	×	×	×	×	×	×	×	152	×	×	1
22	變音	×	×	30	×	425	×	×	151	×	×	3
23	轉音	×	×	29	×	425	×	×	405	×	×	3
24	正音	×	×	349	×	376	×	×	96	×	×	3
各辭典收錄19-24詞目總數		0	0	5	0	4	0	0	5	1	0	×
各辭典收錄24條詞目總數		3	18	20	18	12	10	2	21	4	5	×
其他												
25	轉而不出其類	×	×	48	×	×	×	×	×	×	×	1
26	轉紐	×	×	174	×	×	×	×	×	×	×	1

參考文獻

陳新雄：《古音學發微》（臺北：文史哲出版社，1983年）。

陳新雄：《古音研究》（臺北：五南圖書出版公司，1999年）。

馮　蒸：〈上古漢語的宵談對轉與古代印度語中的-a ṃ＞-o/-u 型音變——附論上古漢語的宵陽對轉和宵元對轉以及宵葉對轉〉，《馮蒸音韻論集》（學苑出版社，2006年），頁6，頁702。

何琳儀：〈幽脂通轉舉例〉，《古漢語研究》1輯（北京：中華書局，1996年）。

李存智：《上博楚簡通假字音韻研究》（臺北：萬卷樓圖書公司，2010年）。

龍宇純：〈上古音芻議〉，《中央研究院歷史語言研究所集刊》第六十九本第二分，1998年。

龍宇純：《中上古漢語音韻學論文集》（臺北：五四書店有限公司，2002年）。

陸志韋：《古音說略》（北平），又見《陸志韋語言學著作集（一）》，（北京：中華書局，1985年）。

單周堯：《勉齋論學雜著》（上海：上海古籍出版社，2017年）。

單周堯：〈高本漢《先秦文獻假借字例‧緒論》評《說文》諧聲字初探〉，《勉齋論學雜著》（上海：上海古籍出版社，2017年），頁256-291。

王　力：〈先秦古韻擬測問題〉，《北京大學學報》（1964年第五期）。

王　力：《漢語語音史》（北京：中國社會科學出版社，1985年）。

葉鍵得：〈古音與通假字〉，《陳新雄教授八秩誕辰紀念論文集》（臺北：萬卷樓圖書公司，2015年），頁237-256。

陳伯元先生古韻分部之貢獻

葉鍵得

臺北市立大學中國語文學系兼任教授

摘要

本文闡述陳伯元先生古韻之分部，以見其於古韻研究之卓越貢獻，分：（一）從韻部數來看；（二）從古音與審音的抉擇來看；（三）從元音構型系統來看等三端剖析之。粗枝大葉，聊充篇幅，尚請學者不吝指教。

關鍵詞：古韻分部、考古派、審音派、對轉、旁轉

一　前言

民國58（1969）年，先師陳伯元先生以《古音學發微》博士論文，畢業於國立臺灣師範大學國文研究所，再經教育部口考通過，成為我國第七位國家文學博士，「是民國以降第一位以古音學論文獲得國家文學博士者」。[1]此篇論文於民國61（1972）年，由嘉新水泥文化基金會出版。先生於古聲紐單純聲母系統為22母，古韻部為32部。嗣後，先生就《古音學發微》一書改寫成《古音研究》，於民國88（1999）年4月由五南圖書出版公司出版。民國88（1999）年先生親贈此書，並於書首以書法題曰：「鍵得仁弟存正　新雄持贈　八十八年十一月十四日」，每審視墨跡，對先生有無盡之思念矣。茲逢先生逝世十週年，由林慶勳師發起召開紀念先生之國際學術研討會，以資緬懷，筆者忝為門生，爰不忖淺陋，闡述先生古韻之分部以揭櫫其於古韻研究之卓越貢獻，惟未審符合先生古韻分部之原意否，尚請學者賜教，幸甚。

二　伯元先生古韻分部之貢獻

下文分：(一）從韻部數來看；(二）從古音與審音的抉擇來看；(三）從元音構型系統來看等三端予以剖析：

(一) 從韻部數來看：首創古韻三十二部之說

先生古韻分部之方法，由其《聲韻學》[2]、《古音研究》[3]即可知

1　見姚榮松〈兩岸古音學之集大成者——陳伯元先生的古音學〉，《陳新雄伯元教授哀思錄》（臺北：陳新雄伯元教授哀思錄編輯委員會，民國101年〔2012〕9月28日），頁214。

2　民國94年（2005）臺北市：文史哲出版社出版，96年（2007）修定再版，有精裝一

悉，先生引清・許翰〈求古音八例〉，所謂八例，實即八種方法，即：諧聲、重文、異文、音讀、音訓、疊韻、方言、韻語等，再據許翰此說及諸家所用，歸納成十種方法，包括：古代韻文、《說文》諧聲、經籍異文、《說文》重文、古籍音讀、古今方言、韻書系統、譯語對音、同語族語等。由此可知，先生古韻分部之方法既嚴謹又深廣。筆者猶記得大學修課時，先生習作中與分部方法相關的作業有兩種：一是《詩經》韻腳作業——學生需先將《詩經》全書鈔寫一遍，然後將韻腳字用引號標出，再寫出該韻腳所屬的數次及韻部名稱。二是《廣韻》諧聲偏旁歸類習作——讓學生熟悉諧聲偏旁。此外，也分析韻腳系聯的方法，讓學生了解韻部及諧聲偏旁表的由來。[4]

先生將前賢古韻分部比喻為接力賽跑，一棒接一棒，茲依《古音研究》所列[5]，第一棒鄭庠，接著是顧炎武、江永、段玉裁、孔廣森、王念孫、江有誥、章炳麟、王力、戴震、姚文田、劉逢祿、黃侃等十三名，先生就其主張一一敘述。在其後的「古韻分部之結束」乙節裡討論黃永鎮、錢玄同、王力、曾運乾、羅常培、周祖謨的主張，最後提出定古韻三十二部，包括理由、證明、諧聲表、音讀擬測等。茲說明先生定古韻三十二部的依據及其特色：

1 三十二部之由來

先生在黃侃古韻二十八部的基礎上，加上黃侃晚年所分的添、怗

冊及平裝上下冊兩種。

3 《聲韻學》精裝版見頁503-531、平裝版見下冊，頁645-674；《古音研究》，見頁23-49，此書將韻部、聲母、聲調三者合併舉例說明。

4 筆者以為：上古每一個押韻的範疇領域，就是一個「韻部」。

5 見《古音研究》，頁55-303，此書為先生較後之著作，與較早之《古音學發微》所列，略有不同，顯示先生已作修訂。

二部[6]；姚文田的匊部；王力的微部。總計十二類三十二部，先生依十二類列舉三十二部名稱，並標出創立者姓名，及取名之所本，見《古音研究》，頁305-306，茲不贅引，先生云：

> 此三十二部之定，實際上是全本昔賢所分，沒有絲毫個人的臆見參雜其間的。[7]

先生言「全本昔賢所分，沒有絲毫個人的臆見參雜其間」，蓋先生經過古韻分部之各種方法，檢覈前賢分部，尤其每部均有《詩經》押韻及諧聲為證據，綜合歸納所得，乃有斯言。

2　三十二部之特色

（1）古韻三十二部之諧聲表

先生據段玉裁《六書音均表》[8]以諧聲系統分部，每部臚列「《詩經》韻字表」、「諧聲偏旁表」，並說明「上列諧聲偏旁變入《廣韻》某韻」。先生運用上述十種方法，一一考究，此工序繁瑣，必須十分細心，工夫極為紮實，而得每部「《詩經》韻字表」、「諧聲偏旁表」，此亦為先生極有自信與堅持者。

6　黃侃著有〈談添怗盍分四部說〉，見《黃侃論學雜著》（臺北：文史哲出版社，2014）。案：古本韻理論將談、盍二部，再分出了添、怗二部。此舉可予中古四等添韻（源自添部）古本音的獨立地位外，還能將中古咸攝重韻的部分給區分開來，比如：中古覃、談皆為一等，按此說其中覃韻來自上古添部，談韻則來自上古談部。中古咸、銜皆為二等，而其中咸韻來自上古添部，銜韻則來自上古談部，這就讓咸攝重韻字有了個別的來源。同時，先生還在〈古韻三十二部諧聲表〉中將談添盍怗四部的諧聲字例列出，亦即從諧聲來看，亦可支持「談添盍怗」分為四部說。

7　見《古音研究》，頁304。

8　見《新添古音說文解字注．六書音均表》，臺北：洪葉文化公司，1999。

（2）脂微分部

脂部為段玉裁所立，段氏將前人的支部，分為支、脂、之三部。先生云：

> 段氏支、脂、之三部之分，實古音學史上一大發明，因為此三部讀音難以區別，若非考古之精到，實難加以區分。[9]

微部為王力所立。脂微分部最早由王力所創，其早年著〈上古韻母系統研究〉[10]，即將脂微分部，其考訂「脂微分部」的標準：

1 《廣韻》的「齊」韻字，屬於江有誥的「脂」部者，今仍認為「脂」部。

2 《廣韻》的「微」「灰」「咍」三韻字，屬於江有誥的「脂」部者，今改為「微」部。

3 《廣韻》的「脂」「皆」二韻，是上古「脂」「微」兩部雜居之地，「脂」「皆」的開口呼，在上古屬「脂」部，「脂」「皆」的合口呼，在上古屬「微」部。

王力詳加考定，提出脂微分部。先生據王力分部理由，並參考董同龢《上古音韻表‧脂微分部問題》[11]，對於王力主張的推闡，認為脂微應分部。然而上列3裡，有「兩部雜居之地」情形，卻也引起後人爭議，或以為脂微不需分部。猶記多年前，潘悟雲教授來臺，在國立臺

9 見《古音研究》，頁93。

10 王力（1937），〈上古韻母系統研究〉，《清華學報》，12.3:473-539，北京：清華大學。

11 董同龢（1948），《上古音韵表稿》，《國立中央研究院歷史語言研究所集刊‧第十八本》，頁1-249，上海：商務印書館。

灣師範大學國文系有一場講演，會中對於脂微分部問題，先生與潘先生有一段對話，只見先生闡說分部理由，據理辯說，不卑不亢，至今仍印象深刻。先生於授課中，遇脂微分部議題時，解析分部理由，言詞鏗鏘有力，足見先生之堅定不渝矣。

（3）覺部獨立

「覺部」即姚文田的「匊部」，因「匊」非韻目，從錢玄同〈古韻二十八部音讀之假定〉[12]改為「覺」。據上文所述，先生謂以黃侃晚年古韻三十的基礎上，加上黃侃晚年所分的姚文田的匊部、王力的微部。脂微分部已見上文（2）分析，茲剖析先生覺部獨立之理由。姚氏《古音諧》[13]將古韻分為二十六部，包括平上去三聲為十七部，入聲九部[14]。入聲韻部中有匊部，姚氏從屋部分出，其云：「匊部乃幽部之入聲，故兩部偏旁皆相通也。」[15]姚氏平上去三聲韻部中有幽部：「《唐韻》分尤侯幽三部，尤非本部之字，侯自為部，幽非聲母，故改用幽。」[16]先生認為姚氏「匊」部獨立，為其創見，至為推崇，先生云：

> 其中最值得稱道者，則為「匊」部之獨立，姚氏「匊」部實即孔廣森、王念孫兩家幽部之入聲，亦即《廣韻》屋沃燭覺諸韻中，以為凡从匊从祝从六……入此部，所舉偏旁雖亦本之孔氏，然使之獨立一部，則自姚氏始。[17]

---

12 錢玄同（1934），〈古韻二十八部音讀之假定〉，《師大月刊》三十二週年紀念專號。

13 姚文田（1821），《古音諧》，輯入《姚文田全集》，清道光元年歸安姚氏刊本。

14 陳芳（2005），〈姚文田《古音諧》古韻分部討論研究〉，《福建師範大學學報》，5:87-92。

15 見《古音研究》，頁193。

16 見《古音研究》，頁191。

17 同注15。

此為先生「覺部」之所據及由來。

（4）月部（原名祭部）獨立

所謂月部獨立，即祭月不分。祭部最早由王念孫所立，後來依其《韻譜稿》改稱月部。羅常培、周祖謨《漢魏晉南北朝韻部演變研究》[18]將祭、月分為二部，或受戴震之影響，戴氏《聲類表》[19]據音理將古韻部陰陽入三分，定為九類二十五部，其二十部為靄部，包括去聲祭、泰、夬、廢，其二十一部為遏部[20]，包括入聲月、曷、末、黠、鎋、薛。先生據王力《漢語音韻》[21]所云：

> 能不能加上祭部，成為三十一部呢？我們認為是不能的，因為去聲祭泰夬廢和入聲月曷末等韻無論就諧聲偏旁說，或就《詩經》用韻說，都不能割裂為兩部。[22]

遂將祭、月合為月部，其諧聲偏旁變入《廣韻》祭、泰、夬、廢、月、曷、末、轄、黠、鎋、薛。

（5）入聲部獨立

先生將入聲月、質、沒、錫、鐸、屋、藥、覺、職、緝、怗、盍

18 羅常培、周祖謨（1958/2007），《漢魏晉南北朝韻部演變研究．第一分冊》，北京：中華書局。

19 戴震（1777）《聲類表》，民國十二年（1923）渭南嚴氏刊本。

20 戴震二十五部名稱如阿、烏、堊、膺、噫、億、翁、謳、屋……，異乎他家，除諜部屬喻母字外，其餘諸部蓋取影母之字為名稱也。

21 王力（1963/1988）《漢語音韻》，又輯入《王力文集．第5卷》，頁1-183，濟南：山東教育出版社。

22 見《古音研究》，頁304。

十二部獨立。古韻分部中，江永《古韻標準》[23]分古韻為十三部，有「數韻同一入」之說，亦即十三部陽聲韻部、陰聲韻部與入聲八部相配，如東部尤部配屋部、元部歌部配月部之類。[24]孔廣森《詩聲類》[25]分古韻為十八部，其中合部獨立，孔氏以緝合九韻之入聲，併為一部，使之獨立。孔氏首倡陰陽對轉說，惟合部為入聲韻，如何陰陽對轉？此為其缺失之一[26]，然合部為入聲韻，卻是事實，入聲獨立成部，孔氏為第一人。王念孫《古韻譜》[27]緝、盍分為二部；江有誥《音學十書》[28]緝亦將緝部、葉部獨立成部；戴震《聲韻考》[29]分古韻為七類二十部、《古韻譜》分古韻為九類二十五部，其入聲九部獨立成部，並提出陰陽入三分之說。

黃侃〈音略〉[30]先分古韻二十八部，晚年著〈談添盍怗分四部說〉[31]一文，入聲韻錫、鐸、屋、沃、德、五部獨立，於是有盍、沒、屑、錫、鐸、屋、沃、德、合、怗十個入聲部。王力早年著〈上

23 江永（1982），《古韻標準》，北京：中華書局。

24 見《古音研究》，頁90。

25 孔廣森（1966），《詩聲類》，輯入《音韻學叢書》，臺北：廣文書局。

26 謝雲飛教授曾對孔氏的陰陽對轉評論云：「這種對轉的關係，除了葉談對轉不算陰陽的關係，宵侵對轉不合理，幽冬的關係模糊以外，其他六類對轉的關係都是有許許多多的證據可以證明。」見《中國聲韻學大綱》（臺北市：臺灣學生書局，1987年10月），頁277。按：孔氏將古韻分為十八部，陽聲九部，陰聲九部，其陰陽對轉葉（合）、談對轉，確實不算陰陽的關係，因葉（合）是入聲；宵侵對轉不合理；幽冬對轉，則甚為合理。可參見拙文〈孔廣森古韻分部述評〉《北市師院語文學刊》（臺北：臺北市立師範學院國語文及教學研究中心，2005年6月）。

27 王念孫（1966），《古韻譜》，輯入《音韻學叢書》，臺北：廣文書局。

28 江有誥（1993），《音學十書》，北京：中華書局。

29 戴震（1994），《聲韻考》，輯入《戴震全書・冊三》，合肥：黃山書社。

30 黃侃（2014），〈音略〉，《黃侃論學雜著》，臺北：文史哲出版社。

31 黃侃（2014），〈談添怗盍分四部說〉，《黃侃論學雜著》，臺北：文史哲出版社。

古韻母系統研究〉[32]，分古韻為二十三部，其後《漢語史稿》[33]採陰陽入三分之說，分古韻為二十九部，少伯元先生冬、添、怗三部。[34]伯元先生入聲部，計有月、質、沒、錫、鐸、屋、藥、覺、職、緝、怗、盍十二部，皆獨立成部。

（二）從古音與審音的抉擇來看：先生屬審音派學者

先生比喻前賢古韻分部為接力賽跑，一棒接一棒。王力將他們分為兩派，即：「考古派」及「審音派」，兩派主要差異在於對入聲的看法。王力《漢語音韻・第八章古音下》[35]云：

> 陰陽兩分法和陰陽入三分法的根本分歧，是由於前者是純然依照先秦韻文來作客觀的歸納，後者則是在前者的基礎上，在按照韻母系統進行判斷，這裡應該把韻部和韻母系統區別開來，韻部以能互相押韻為標準，所以只依照先秦韻文作客觀歸那就夠了。韻母系統則必須有它的系統性（任何語言都有它的系統性），所以研究古音的人必須從語音的系統性著眼，而不能專憑材料。具體說來，兩派的主要分歧表現在職、覺、藥、屋、鐸、錫六部是否獨立。

質言之，陰陽兩分法和陰陽入三分法是判斷考古派及審音派的基準，陰陽兩分的屬考古派，陰陽入三分的屬審音派。先生依據此標準，將

---

32 王力（1937），〈上古韻母系統研究〉，《清華學報》，12.3:473-539，北京：清華大學。

33 王力（1980），《漢語史稿》，北京：中華書局。

34 王力併冬入侵；王力物部／伯元先生沒部；王力文部／伯元先生諄部；王力談部／伯元先生分談、添部；王力葉部／伯元先生分怗、盍二部。

35 王力（1963/1988）《漢語音韻》，又輯入《王力文集・第5卷》，頁1-183，濟南：山東教育出版社。

孔廣森、王念孫、江有誥、章炳麟等歸為考古派；將戴震、黃侃、黃永鎮、錢玄同、王力、曾韻乾、羅常培、周祖謨、姚文田、劉逢祿等歸為審音派。

關於兩派之異同，為明晰計，筆者綜合王力及先生所示，製成下表：

表一　古韻分部「考古派」與「審音派」比較表（筆者自製）

派別區分 比較項目	考古派	審音派
代表人物	顧炎武、江永、段玉裁、孔廣森、王念孫、江有誥、章炳麟等	戴震、黃侃、錢玄同、王力、羅常培、周祖謨、姚文田、劉逢祿[36]、陳新雄等
使用材料	以《詩經》為主，參照《易經》、《楚辭》及先秦諸子中的韻語、《說文》形聲字、古書的通假字，以及諧聲偏旁等材料做分析。	據考古派的基礎，再加上等韻學上的等列以進行分析。
研究方法	只做客觀的分析、歸納，態度是「不容以後說私意參乎其間」。	使用等韻學上的等列，審辨古韻的語音系統。
主張差異（兩派判斷標準）	主張陰、陽二分，入聲附於陰聲韻中（純然依照先秦韻文來作客觀的歸納）。	主張陰、陽、入三分（在考古派的基礎上，再按照語音系統逕行判斷）。

36 按：先生將姚文田與劉逢祿二人列於審音派介紹，其云：「姚文田與劉逢祿將入聲獨立成部，近於審音派，然未參考等韻原理，則與審音派又相去有間矣，實際上不應歸於審音派，但今既僅分考古與審音二派敘述，則惟有置之審音派之中，與其研究之形式較為切合，學者諒之。」見《古音研究》，頁190。

派別區分 比較項目	考古派	審音派
分部結果	主張二十三部，即章太炎《國故論衡》、《文始》所分的二十三部。[37]	主張三十二部，即陳新雄教授所分三十二部。
兩派優劣	雖然是考古之功多，但也有開創之功，不可完全抹殺。	既據於考古之基礎，又能審辨古韻之韻母系統，是以兼有考古派之長，所用之方法自較完善。

先生認為傳統的聲韻學包括「今音學」、「等韻學」、「古音學」三個部門，「今音學」研究的是中古時期，特別是隋唐兩宋時的語音系統，以《切韻》、《廣韻》為代表；「等韻學」是分析漢語發音原理跟方法的一門學問；「古音學」研究的是上古時期，特別是先秦時代的音韻系統。[38]先生既屬審音派，在「聲韻學」課程裡，先講授「今韻」──《廣韻》，再講授「等韻」，末則講授「古音」，這樣的設計，是非常有道理的，因為這三個部門是環環相扣，密不可分的，由上表的比較，亦可知學習等韻學的重要。

（三）從元音構型系統來看：建立自己的三元音系統

先生既考定古韻三十二部，又進行三十二部的音讀擬測。先生先討論開合問題、介音問題、弇侈問題、方言問題、韻尾問題，然後就今昔、中外專家學者之見，徵援古籍，參稽方言，逐一辯證，深入討論，評騭優失，爰假定三十二部的音讀，如：

---

37 章炳麟古音之著作，大部分見《國故論衡》及《文始》二書內，初主張古韻分二十二部。後從脂部分出隊部，形成二十三部。章君晚年發表〈音論〉一文，主張冬、侵合為一部，又回到二十二部。關於此問題，先生云：「惟《文始》與《國故論衡》知者較眾，故言章君古韻學說，仍據其二十三部之舊說。」見《古音研究》，頁140。

38 《聲韻學》（精裝版），見頁13。

表二　陳伯元先生古韻三十二部「陰陽入」分配表

	陰聲韻	入聲韻	陽聲韻	數量
第一類	歌〔ai〕	月〔at〕	元〔an〕	三部
第二類	脂〔ɐi〕	質〔ɐt〕	真〔ɐn〕	三部
第三類	微〔əi〕	沒〔ət〕	諄〔ən〕	三部
第四類	支〔ɐ〕	錫〔ɐk〕	耕〔ɐŋ〕	三部
第五類	魚〔a〕	鐸〔ak〕	陽〔aŋ〕	三部
第六類	侯〔au〕	屋〔auk〕	東〔auŋ〕	三部
第七類	宵〔ɐu〕	藥〔ɐuk〕		二部
第八類	幽〔əu〕	覺〔əuk〕	冬〔əuŋ〕	三部
第九類	之〔ə〕	職〔ək〕	蒸〔əŋ〕	三部
第十類		緝〔əp〕、	侵〔əm〕	二部
第十一類		怗〔ɐp〕	添〔ɐm〕	二部
第十二類		盍〔ap〕	談〔am〕	二部

表三　陳伯元先生古韻三十二部之「主要元音」及「韻尾」分配表[39]

元音 / 韻尾	ə	ɐ	a
-ø	ə 之	ɐ 支	a魚
-k	ək 職	ɐk 錫	ak 鐸
-ŋ	əŋ 蒸	ɐŋ 耕	aŋ 陽
-u	əu 幽	ɐu 宵	au 侯
-uk	əuk 覺	ɐuk 藥	auk 屋

39 見《古音研究》，頁435。

韻尾＼元音	ə	ɐ	a
-uŋ	əuŋ 冬	○	auŋ 東
-i	əi 微	ɐi 脂	ai 歌
-t	ət 沒	ɐt 質	at 月
-n	ən 諄	ɐn 真	an 元
-p	əp 緝	ɐp 怗	ap 盍
-m	əm侵	ɐm 添	am 談

1　建立自己的三元音系統

先生《古音研究》（1999）擬測三十二部之主要元音取「ə、ɐ、a」三個元音，以國際音標元音舌位圖來看，[ə]為舌面央正中元音，[ɐ]為舌面央次低元音，[a]為舌面前低元音，形成似一個等邊三角形。這與《古音學發微》所擬不同，也就是與早期（1969）所擬不同，30年前構擬的元音系統有八個：a、æ、ɛ、ɐ、ə、ɑ、ɔ、o及複元音ɑu，顯見已略有修訂。關於上古韻部的擬測，學者之間差異極大，茲舉例如下：董同龢六個[40]：e、ə、a、u、o、ɔ；王力五個：ə、o、ɑ、e、a；周法高三個：a、ə、e；李方桂四個：i、u、ə、a，另外有三個複元音iə、ia、ua。先生謂其系統與周法高為近。[41]先生云：

> 而元音系統最單純與簡單者，則莫過於周法高氏〈論上古音〉一文所定三元音系統，周氏三元音 a、ə、e。同時取消李氏複合元音部分，在系統上，分配得也相當合理。所以簡化上古音

40　此據龔煌城所舉，見〈從原始漢藏語到上古漢語以及原始藏緬語的韻母演變〉，《古今通塞：漢語的歷史與發展》（臺北：中央研究院，2003年4月），頁190。

41　見《古音研究》，頁381。

韻部之元音系統，已經漸有共識。[42]

先生擬測三十二部之主要元音有「ə、ɐ、a」三個元音。

2　三十二部之擬測具系統性

周法高氏亦主張三元音系統「a、ə、e」，兩人究竟有何差異，甚至軒輊。姚榮松師曾將兩人韻部、構擬製表比較之，先生古韻三十二部之主要元音及韻尾表，本文依先生原表格式，見上列，此不贅，同時，為方便對照，周先生部分亦依先生格式製表如下：

表四　周法高先生古韻三十一部之「主要元音」及「韻尾」分配表[43]

韻尾＼元音	a	ə	e
-ɤ	aɤ 魚	əɤ 之	eɤ 支
-k	ak 鐸	ək 職	ek 錫
-ŋ	aŋ 陽	əŋ 蒸	eŋ 青
-wɤ	awɤ 宵	əwɤ 幽	ewɤ 侯
-wk	awk 藥	əwk 覺	ewk 屋
-wŋ	awŋ ○	əwŋ 冬	ewŋ 東
-ø	a 歌	ə ○	e ○
-r	ar 祭	ər 微	er 脂
-t	at 月	ət 物	et 質
-n	an 元	ən 文	en 真

42 見《古音研究》，頁380。

43 見姚榮松〈兩岸古音學之集大成者——陳伯元先生的古音學〉，《陳新雄伯元教授哀思錄》（臺北：陳新雄伯元教授哀思錄編輯委員會，民國101年9月28日），頁232。

韻尾＼元音	a	ə	e
-p	ap 葉	əp 緝	ep ○
-m	am 談	əm 侵	em ○

姚師論云：

> 對照兩表，兩家三元音的系統優劣立見，周法高先生的上表，除了共同缺宵藥的陽聲（awŋ）的空檔外，又多出開尾的歌（a）沒有相配的ə、e兩空檔，而ep、em兩空檔也因怗（ɐp）、添（ɐm）沒有分出而空出，因此全部三十六個格子中，扣除五空檔，實際僅三十一部（多了一個祭部），而伯元先生在三十三個格子中，僅有 awŋ（宵藥的陽聲）一個空格，歌部與脂微同收-i，也就消除了因祭部的排擠而多出的ə、e兩空檔，填實ɐp（怗）、ɐm（添）二部，自然比周氏的系統整齊多了。[44]

姚師從表格中的空檔來比較，周先生有五空格，而伯元先生只剩一空格，說明先生古韻構擬較優。質言之，先生所擬具系統性、對稱性，展現語音的規律與和諧。

3 三十二部之對轉與旁轉

若再從主要元音與韻尾來看，先生就三十二部揭示對轉與旁轉。孔廣森首先提出「陰陽對轉」說，不免缺失，章炳麟繼之，就二十三部，發明「成均圖」以正之。其條例中有對轉（正對轉、次對轉）、

44 同上注。

旁轉（近旁轉、次旁轉）。[45]先生繼而將此說發揚光大。陽聲韻部韻尾有-m、-n、-ŋ；入聲韻部韻尾-p、-t、-k；陰聲韻部韻尾有-i、-u、-ø；陽聲韻尾與入聲韻尾搭配分別為「-m：-p」、「-n：-t」與「-ŋ：-k」，有其「對稱性」。先生云：

> 上表之中（指先生古韻三十二部之主要元音及韻尾表）陰聲韻尾-ø與入聲韻尾-k、陽聲韻尾-ŋ，如果主要元音相同，則為對轉之韻部，陰聲韻尾-u與入聲韻尾-uk、陽聲韻尾-uŋ，主要元音相同，則為對轉之韻部，陰聲韻尾-i與入聲韻尾-t、陽聲韻尾-n，如果主要元音相同，則為對轉之韻部，至於收-p之入聲韻部與收-m之陽聲韻部，因無適當相配之陰聲韻部，故僅有陽入對轉之韻部。至於旁轉，在上表中，凡主要元音相同，皆有旁轉之可能，主要元音不同，若韻尾完全相同，亦有旁轉之可能。[46]

先生於《古音研究》一書中列舉三十二部之對轉、旁轉及旁對轉，先分十二類列舉對轉；再按陰聲諸部之旁轉、入聲諸部之旁轉、陽聲諸部之旁轉列舉旁轉，最後再說明旁對轉。對轉、旁轉，舉《詩經》、古籍、詩賦等例證，詳加剖析。筆者曾在拙文〈上古「韻部」析論〉及〈古音與通假字〉[47]二文中列舉先生三十二部之對轉、旁轉，提供

45 見〈上古「韻部」析論〉《陳伯元教授七秩華誕論文集》（臺北：洪葉文化事業公司，2004年2月28日），附錄頁59-92。原載於臺北市立師範學院《應用語文學報》第五號，92年6月。）

46 見《古音研究》，頁436。

47 見〈上古「韻部」析論〉，頁87-90，見注45；〈古音與通假字〉《陳新雄教授八秩誕辰紀念論文集》（臺北：萬卷樓圖書公司，2015年3月初版、2015年6月再版），頁237-256。

查詢、使用，堪稱方便。然而，其他學者，或只提諧聲，對於三十二部之對轉、旁轉，罕有論及，則此亦章黃學派、伯元先生之特色矣。

四　結論

先生一生致力於古音研究，好學深思，孜孜不倦，釐定古聲紐、古韻部、古聲調，均經覈諸古籍、方言；歷史、現代；昔賢、今儒等，爬羅剔抉，旁徵博引，被譽為古音學之泰斗，實至名歸。本文闡述先生古韻之分部，以見其卓越貢獻，惟恐粗枝大葉，多所不足，尚請學者不吝指教，幸甚。

陳新雄教授論考古派和審音派

趙　彤
北京大學中文系副教授

摘要

王力先生提出清代古音學分為考古和審音兩派。陳新雄先生認為運用等韻方法和入聲獨立都是判斷審音派的必要條件，但還不是充分條件，只有將等韻方法用於分部，並建立陰陽入三分的系統，才算得上是審音派；準此，江永、江有誥都不是審音派。陳先生的意見比較符合王力先生的本意。本文又補充論證了江永的入聲其實不獨立，並對考古、審音是否能夠形成兩個派別提出質疑。

關鍵詞：古音學、考古、審音

一　緣起

考古、審音兩個概念出自江永。江氏在《古韻標準・例言》中說：「(顧氏)《古音表》分十部，離合處尚有未精，其分配入聲多未當。此亦考古之功多，審音之功淺，每與東原嘆惜之。」[1]而將傳統古音學分為考古、審音兩派則是始於王力。王力在1937年發表的〈古韻分部異同考〉中說：

> 諸家古韻分部，各不相同；大抵愈分愈密。鄙意當以王念孫為宗；然顧炎武、江永、戴震、段玉裁、孔廣森、嚴可均、江有誥、朱駿聲、章炳麟、黃侃亦皆有獨到處。顧、段、孔、王、嚴、朱、章為一派，純以先秦古籍為依歸；江永、戴、黃為一派，皆以等韻條理助成其說；江有誥則折中於二派者也。[2]

在同年發表的〈上古韻母系統研究〉中正式使用了考古派、審音派的名稱，但是把江有誥歸入了考古派：

> 近代古韻學家，大致可以分為考古、審音兩派。考古派有顧炎武、段玉裁、孔廣森、王念孫、嚴可均、江有誥、章炳麟等，審音派有江永、戴震、劉逢祿、黃侃等。[3]

到1960年發表的〈上古漢語入聲和陰聲的分野及收音〉中，又把

1　清・江永，《古韻標準》(北京：中華書局，1982年)，頁4上。

2　王力，〈古韻分部異同考〉，《語言與文學》，1937年，頁51-77。引文據《王力文集》第十七卷(濟南：山東教育出版社，1989年)，頁97。

3　王力，〈上古韻母系統研究〉，《清華學報》12卷3期，1937年。引文據《王力文集》第十七卷，頁116。

江永移出了審音派：

> 在入聲和陰陽關係的問題上，段玉裁和戴震形成兩大派別，可以稱為考古派和審音派。王念孫、江有誥、章炳麟是繼承段玉裁的，劉逢祿、錢玄同、黃侃是繼承戴震的。入聲是否獨立成部，是兩派的分野。但是，也有一些音韻學家雖然沒有明顯地把入聲韻部獨立起來，他們隱約地承認入聲韻有相當獨立的資格。江永的入聲八部，姚文田的入聲九部，都是有一定的獨立性的……[4]

到1962年的《漢語音韻》中則正式把江永歸入考古派：「以上所述諸家（按：指顧炎武、江永、段玉裁、孔廣森、王念孫、江有誥、章炳麟及王力自己早年的主張），代表著古音學上最重要的一派。這一派比較地注重材料的歸納，『不容以後說私意參乎其間』（王國維語）。」[5]可是在1980年代重寫的《清代古音學》中又說：「江永考古、審音並重，不屬於任何一派。」[6]

可見，對於江永、江有誥這兩位重要的古音學家派別的歸屬，王力的意見前後是有變化的。尤其是對江永，王力的意見頗為猶疑。王力本人意見的改變也導致後來的學者在這個問題上出現了分歧，並引發了一些討論。何九盈認為江永屬於審音派，[7]唐作藩認為江永、江

---

4 王力，〈上古漢語入聲和陰聲的分野及收音〉，《語言學研究與批判》第二輯，1960年。引文據《王力文集》第十七卷，頁202。著重號是引者加的。

5 王力，《漢語音韻》（中華書局，1963年）。引文據《王力文集》第五卷（濟南：山東教育出版社，1986年），頁152。

6 王力，《清代古音學》（《王力文集》第十二卷，濟南：山東教育出版社，1990年），頁469注①。

7 何九盈，《中國古代語言學史》第4版（北京：商務印書館，2013年），頁452。

有誥都屬於審音派，[8]而陳伯元先生則認為二江都不屬於審音派。[9]鄙意以為，諸說中伯元先生的意見最符合王力先生的本意，下文將略加闡述。

二　入聲獨立是審音派的標識

伯元先生在〈怎樣才算是古音學上的審音派〉中將王力先生判定審音派的條件歸納為兩條：第一、須以等韻條理助成其說；第二、入聲獨立是審音派的標識。並指出這兩條都是必要條件。

把兩項條件都作為必要條件，尤其是強調第二條，對於判斷審音派是非常重要的。一種研究方法是否能夠形成一個學派，關鍵在於是否能夠引導出具有自己特色的學術主張。王力在〈上古韻母系統研究〉中說：「所謂考古派，並非完全不知道審音；尤其是江有誥與章炳麟，他們的審音能力並不弱。不過，他們著重在對上古史料作客觀的歸納，音理僅僅是幫助他們作解釋的。所謂審音派，也並非不知道考古；不過，他們以等韻為出發點，往往靠等韻的理論來證明古音。」（《王力文集》第十七卷，頁116）可見，是否借助等韻的方法並不是審音派最重要的特點。「審音派的最大特色就是入聲完全獨立，換句話說，就是陰陽入三分。」（《王力文集》第十七卷，頁117）

入聲獨立是審音派最鮮明的特色，這一點王力是始終堅持並反覆強調的（比如上節所引〈上古漢語入聲和陰聲的分野及收音〉中加點的部分）。在《漢語音韻》第八章更是專門用一小節〈為什麼陰陽兩分法和陰陽入三分法形成了兩大派別〉來闡述這個問題：

8　唐作藩，〈論清代古音學的審音派〉，《語言研究》，1994年增刊下冊，頁529-535。

9　陳新雄，〈黃侃的古音學〉，《中國語文》，1993年第6期，頁445-455；〈怎樣才算是古音學上的審音派〉，《中國語文》，1995年第5期，頁345-352。

> 陰陽兩分法和陰陽入三分法的根本分歧，是由於前者是純然依照先秦韻文來作客觀的歸納，後者則是在前者的基礎上，再按照語音系統進行判斷。這裡應該把韻部和韻母系統區別開來。韻部以能互相押韻為標準，所以只依照先秦韻文作客觀歸納就夠了；韻母系統則必須有它的系統性（任何語言都有它的系統性），所以研究古音的人必須從語音的系統性著眼，而不能專憑材料。(《王力文集》第五卷，頁163)

也就是說，單純依靠先秦韻文的材料是得不出入聲獨立的結論的；承認入聲獨立，就意味著跳出了材料的束縛，這才是審音派最核心的特質。

伯元先生同時又強調，兩項條件都是必要條件，但還不是充分條件。

> 也就是說懂得等韻的條理，可說懂得審音，但不一定是審音派的古音學家，因為要用上了等韻的條理去作古韻分析，才能算是審音派的古音學家；就是用了等韻的條理去分析上古韻部，而沒有把入聲獨立成部，還非審音派。把入聲韻部獨立，是審音派古音學家的必要條件，但不是充分條件，要陰陽入三分，使入聲與陰陽兩聲能夠分庭抗禮，也就是要注意陰陽入三聲之間的互配關係，能如此才算是一位真正的審音派的古音學家。

這段話進一步闡明了審音派的判定標準。古韻研究的核心工作是分部的工作，如果沒有把等韻的條理運用於分部的工作，那就不能算得上是審音派。比如江有誥，他在《入聲表》中運用等韻條理對入聲與舒聲的配合關係做了精確的梳理，但是並不涉及分部，所以也就不能算是審音派。陰陽入三分，是隱藏在入聲獨立背後審音派更為深層的特質。依照這個標準，姚文田、劉逢祿自然可以排除在審音派之外。

三　江永的入聲是否獨立

在兩派分別問題上爭議最大的是江永是否屬於審音派。產生分歧的原因其實是對江永的入聲是否獨立存在不同意見。在上引〈上古漢語入聲和陰聲的分野及收音〉中，王力認為江永的入聲「有一定的獨立性」，在《漢語音韻》中卻說：「江永只分古韻為十三部，而沒有分為廿一部（連入聲），他還不能算是陰陽入三分，入聲還沒有和陰陽二聲分庭抗禮。」（《王力文集》第五卷，頁163）而在《清代古音學》中又說：「江氏入聲獨立，這是很大的發明。」（《王力文集》第十二卷，頁340）可見，對於江永入聲是否獨立的不同認識，是導致王力在江永是否屬於審音派的問題上搖擺不定的直接原因。

伯元先生在〈怎樣才算是古音學上的審音派〉中說：「江氏拿陰聲的第二部支脂部跟三部陽聲與三部入聲相配，顯然配得不是很理想，還不能跟戴震與黃侃相比。這或許是王先生在《漢語音韻》裡面，把江永劃入考古派，沒有認為是審音派的最大原因吧！」一個陰聲韻部同時跟三個陽聲和三個入聲相配，說明這個系統還不是陰陽入三分的系統，那麼江永自然也就不能算是審音派。不過，王先生把江永劃入考古派或許還有一層原因。王先生說「江永只分古韻為十三部，而沒有分為廿一部」，其實是說江永的入聲並不獨立，可惜王先生並沒有對這個問題做進一步的分析，下面就嘗試證明江永的入聲並不獨立。

（一）從《古韻標準》的編排來看，還是沿用《廣韻》的體例。這其實已經暗示，在江永的心目中，古音的結構與今音是一致的。這也就是說，入聲是依附於陽聲的。

（二）江永的八部入聲其實是比照八部陽聲韻得出來的。這一點只要把《古韻標準》八部入聲和八部陽聲（僅舉平聲）所包含的韻目按《廣韻》音系的關係加以排列，就可以看得出來。

平聲第一部	東	屋	**入聲第一部**
	冬	分沃	
	鍾	燭	
	江	分覺	
平聲第四部	真	質	**入聲第二部**
	諄	術	
	臻	櫛	
	文	物	
	殷	迄	
	魂	沒	
	痕		
	分先	分屑	
		分薛	
平聲第五部	元	月	**入聲第三部**
	寒	曷	
	桓	末	
	刪	黠	
	山	鎋	
	分先	分屑	
	仙	薛	
平聲第八部	陽	藥	**入聲第四部**
	唐	鐸	

		分沃	
		分覺	
	分庚	分陌	
		分麥	
		分昔	
		分錫	
平聲第九部	分庚		**入聲第五部**
	耕	分麥	
	清	分昔	
	青	分錫	
平聲第十部		分麥	**入聲第六部**
	蒸	職	
	登	德	
平聲第十二部	侵	緝	**入聲第七部**
	分覃	分合	
	分談		
	分鹽	分葉	
		分洽	
平聲第十三部	分覃	分合	**入聲第八部**
	分談	盍	
	分鹽	分葉	
	添	帖	
	嚴	業	
	咸	分洽	
	銜	狎	
	凡	乏	

雖然在入聲的部分離析的情況更多，顯示出入聲的複雜性，但是整體上入聲與陽聲的對應是相當整齊的。這也說明，在江永的古音體系中，入聲其實是配陽聲的。

（三）江永在《四聲切韻表・凡例》中說：「韻學談及入聲尤難，而入聲之說最多歧，未有能細辨等列，細尋脈絡，為之折中，歸於一說者也。依韻書次第，屋至覺四部配東冬鍾江；質至薛十三部配真諄臻文殷元魂寒桓刪山先僊，唯痕無入；藥至德八部配陽唐庚耕清青蒸登；緝至乏九部配侵覃談鹽添嚴咸銜凡；調之聲音而諧，按之等列而協，當時編韻書者，其意實出於此。以此定入聲，天下古今之公論，不可易也。」[10]從這段話裡我們可以知道，在江永的觀念中，入聲配陽聲是亙古不變的真理。江永批評顧炎武入配陰聲是「固滯之說」，於是提出「數韻共一入」來調和顧說，目的就是為了解決入聲和陰聲的關係，但是同時又強調「入聲有轉紐，不必皆直轉」，實際上還是堅持入聲配陽聲。

從上面的討論可以知道，江永受今音的影響很深，他的古音在結構上等同於今音，入聲只是依附於陽聲，並不具有獨立的地位。

四　餘論

王力早年將江永歸入審音派，使用考古派、審音派的名稱應該也是直接來自江永。可是到了後來，第一位倡導審音的學者江永，反而被排除在審音派之外了。這似乎有些令人難以接受，所以唐作藩、何九盈等仍然堅持認為江永屬於審音派。之所以會形成這樣的局面，是

---

10 清・江永，《四聲切韻表》（上海：商務印書館，1936年，《叢書集成初編》本），頁16-17。

因為隨著王力對自己觀點的修正，審音的內涵發生了變化，造成了名實之間的不一致。

審音就是在古音研究中運用等韻的方法，這在清人著作裡是比較清楚的。江永在《四聲切韻表・凡例》中說：「數韻同一入，非強不類者而混合之也。必審其音呼，別其等第，察其字音之轉、偏旁之聲、古音之通，而後定其為此韻之入。」（頁20）江永的話道出了審音的內涵——運用等韻的方法。段玉裁在〈答江晉三論韻〉中說：「戴師亦以真文為一，尤侯為一，謂僕攷古功多，審音功少。僕則謂古法衹有雙聲疊韻，古之雙聲非今之三十六字母之聲，古之疊韻非今二百有六之韻。是以言今音當致立於字母，治古音則非所詳。」[11]段玉裁用字母對應戴震所說的審音，也說明審音就是指等韻的方法。

由審音的方法並不能必然地得出入聲獨立的結論，這一點在第二節所引王力〈上古韻母系統研究〉的話裡已經講得很清楚了。根據上文的討論，將等韻的方法引入古音研究並提出審音這一概念的江永，也沒有得出入聲獨立的結論。所以王力先生在晚年的著作裡強調陰陽入三分與二分才是形成兩種派別的關鍵。可是這樣一來，審音派與審音之間的關係似乎就沒那麼緊密了，仍然稱之為審音派，名實事之間未免有些不符。

體會王力先生的意思，所謂審音派的「審音」在內涵上已經不再是狹義的等韻的方法，而是指更為宏觀的審明音理的方法。然而審音畢竟是出自江永，審音派如果與審音脫節，終究是存在矛盾的。

如果再看入聲獨立的問題，就會發現還有一些矛盾。王力在《漢語音韻》中已經指出：「戴震的入聲概念和黃侃的入聲概念是不同的。戴震的入聲是《廣韻》的入聲，所以祭泰夬廢不算入聲；黃侃的

11 清・江有誥，《音學十書》（北京：中華書局，1993年），頁5上。

入聲是《詩經》的入聲，所以祭泰夬廢算是入聲。」(《王力文集》第五卷，頁163）那麼，戴震的入聲算不算真正的獨立？在〈古韻脂微質物月五部的分野〉中，王力明確說：「上古入聲韻部的獨立，實際上導源於段玉裁，而不是導源於戴震。」[12]入聲獨立源自考古派的段玉裁，而不是審音派的戴震。那麼兩派的分別還有沒有意義呢？

清代的古音學雖然出現了考古和審音兩種方法，但是並沒有圍繞兩種方法自覺地形成兩個流派。今人將清代古音學劃分為不同派別是為了學術史研究的方便，但是從研究實踐來看，兩派的界限不容易劃清。提出考古、審音兩派的王力先生，晚年雖然從宏觀上定義了兩派的區別，但是仍然不能避免其中的矛盾。所以鄙見看來，考古和審音與其視作兩個流派，不如視作兩種方法。

12 王力，〈古韻脂微質物月五部的分野〉，《語言學論叢》第五輯，1963年。引文據《王力文集》第十七卷，頁250。

陳新雄先生上古韻部擬音之研究
——紀念陳新雄先生逝世十週年

盧曉陽
江西南昌大學人文學院博士研究生

摘要

本文從主要元音與韻尾兩個方面，介紹陳新雄先生上古韻部擬音的研究成果，展現其研究的過程。文章認為陳先生將主要元音簡化為三個，不能很好地解釋個別韻部間的關係，猶有未善之處。韻尾上，堅持陰陽入三分，為上古漢語陰聲韻擬了開韻尾或元音韻尾，是其擬音的優點。

關鍵詞：陳新雄、韻部、上古音、擬音

一 陳新雄先生的生平與古音學著作

陳新雄先生，字伯元，1935年出生於江西贛縣（今江西省贛州市贛縣區），1949年跟隨父到臺灣定居，1955年以第一名的成績就讀於臺灣師範大學國文系，受教於林尹、許世瑛、高鴻縉等先生。1959年受林尹先生推薦，到東吳大學擔任兼任講師。1960年就讀師大國文所碩士班，1962年完成碩士論文《春秋異文考》，取得碩士學位，並且以第一名的成績被臺師大國文所博士班錄取。1969年其博士論文《古音學發微》完成，受到林尹、高明、許世瑛等前輩學者的高度評價，獲得博士學位。1990年在香港浸會學院與中文系主任左松超共同舉辦「中國聲韻學國際學術研討會」，促進了兩岸音韻學界的交流。2012年先生病逝於美國。陳先生是享譽世界的學者，在文學、經學、語言學等方面都有很深的造詣。

古音學方面，先生集眾家之長，成一家之言，是古音學界的一座奇峰。下面我們介紹陳先生的幾種古音學著作。

《古音學發微》是陳先生的博士論文，1967年完成材料蒐集著手撰寫，兩年後完成。是書共五章，第一章為緒論，界定了古音學的研究範圍，介紹了古音學的產生過程，並總結了這門學問的研究材料。第二章、第三章、第四章分別從韻部、聲紐、聲調三個方面，梳理了顧炎武、江永、段玉裁、戴震、孔廣森、王念孫、江有誥、嚴可均、張惠言、劉逢祿、章炳麟、黃侃等學者的研究成果。陳先生特別注重學術的傳承與爭鳴，除了詳細介紹主要學者的成果外，還將受主要學者影響的其他學者的研究成果也羅列在後，並予以評述，全面展現了古音學發展的面貌。末一章，陳先生提出了自己的上古聲韻調系統，並對其進行構擬。李無未評價該書：「該書以現代漢語音韻學科學理論為指導，客觀而準確地把握漢語古音學研究歷史脈絡，氣魄宏大。」[1]我們認為這一評價是恰當公允的。

《古音研究》於1990年開始創作，1999年由五南圖書出版有限公司出版。是書內容與《古音學發微》相仿，分為四章，首章介紹古音學之起源、研究範圍及研究材料，第二、三、四章分別從聲韻調三個方面梳理前人的研究成果。但該書較《古音學發微》更簡單實用，在擬音上也有所不同。李無未評價是書：「應該說《古音研究》積陳新雄幾十年漢語上古音研究之心血，是了解和研究作者成熟的漢語上古音學說體系的重要依據之一，充分體現了作者將本書作為學習聲韻『工具性質』的基本意圖。」[2]

除此之外，《六十年之聲韻學》（1973）、《鍥不舍齋論學集》（1984）、《聲韻學》（2005）、《陳新雄語言學論文集》（2010）等著作均有古音學方面之內容。就韻部擬音來看，《六十年之聲韻學》與《古音學發微》同，《聲韻學》與《古音研究》同。

總的來說，陳先生舊學功底深厚，重視學術史的梳理，對歷代學者做出了公允的評價，並且惟善是從，吸收最新的研究成果，構建起一套自己的古音體系。

二　古韻三十二部主要元音的構擬

由於陳先生認為一個韻部裡衹有一個主要元音，故韻部間的區別在主要元音和韻尾兩個方面，所以下面著重討論陳先生對於各部主要元音與韻尾的構擬。

1　李無未，《臺灣漢語音韻學史》（上）（北京：中華書局，2017年），頁192。

2　李無未，《臺灣漢語音韻學史》（上），頁197。

（一）前期各部主要元音的構擬

《古音學發微》裡的上古各部擬音是其前期的擬音。這一時期的擬音深受錢玄同的影響，雖然陳先生是三十二韻部，錢玄同是二十八部，兩者有差異，但在擬音上卻有很深的關係。首先，《古音學發微》裡的《古韻三十二部音讀之假定》多徵引錢玄同《古韻廿八部音讀之假定》原文，並採用其說，例如錢陳二氏之陰聲韻大多沒有韻尾（僅有-u尾），而元音很多，甚至在具體擬音上相同者亦不少。陳先生在《古音研究》中說：「余於1969年撰博士論文《古音學發微》亦採錢君之說，為古韻三十二部擬測八主要元音，另加一元音韻尾。」[3]其次，陳先生在臺師大受業於林尹，林先生曾經是北京大學研究所國學門研究生，聽過錢玄同在本科講述的中國聲韻沿革的課程，後來林氏所著《中國聲韻學通論》亦有錢玄同所作的序言。從師承的層面來看，二人淵源不淺。除此以外，他們不論是古韻分部還是古音理論都受到黃侃極大的影響。錢玄同《文字學音篇》就著重介紹了黃侃的「古本音古本韻理論」、古音十九紐與二十八部等等。陳先生嘗作《蘄春黃季剛（侃）先生古音學說駁難辨》（1970）回應多位學者對黃侃古音學的質疑，並認同黃侃以《廣韻》求古音的方法。陳先生的三十二部堅持陰陽入三分，繼承「談添盍帖分四部」之說，足見受黃侃影響之大。正是由於以上原因，我們將錢玄同的擬音與陳先生早期擬音進行對比，來看陳先生對錢氏學說的發展。

我們先介紹錢玄同的擬音。他在《古韻廿八部音讀之假定》《古韻「魚」「宵」兩部音讀之假定》等文章裡利用方言、對音等材料給二十八部擬了如下的讀音[4]：

---

3 陳新雄，《古音研究》（臺北：五南圖書出版公司：1999），頁369。

4 下表據曹述敬〈錢玄同的古韻說〉文中表格改，衹列主要元音不列開合。文見錢玄同《錢玄同音學論著選輯》（太原：山西人民出版社，1988），頁152。

類別　　韻部	陰聲韻	入聲韻	陽聲韻
第一類	歌a	月at	元an
第二類	微ɛ	物ɛt	文ɛn
第三類		質æt	真æn
第四類	佳ɐ	錫ɐk	耕ɐŋ
第五類	魚a	鐸ak	陽aŋ
第六類	侯u	燭uk	鍾uŋ
第七類	幽o	覺ok	冬oŋ
第八類	宵ɔ		
第九類	咍ə	德ək	登əŋ
第十類		緝op	侵om
第十一類		盍ɑp	談ɑm

錢黃二人韻部數量相同，但錢氏對黃氏韻部有所修訂。首先他認同黃永鎮的觀點，將「肅部」獨立，是為覺部；其次，錢氏服膺段氏宵部無入聲說，認為宵藥本不分，後來一部分宵部字才流入到入聲中；最後，黃氏以為歌部不配月元，而錢氏將歌部與月元相配，所以最終亦為廿八部。

1923年汪榮寶發表《歌戈魚虞模古讀考》，根據對音材料，認為唐宋以上，凡歌戈韻之字皆讀a；魏晉以上魚虞模韻之字讀a。汪文產生了極大影響，但缺點是產生了歌魚二部無法分別的問題。錢氏以為：「古音『歌』部之丫是前〔a〕，還是後〔a〕或中〔A〕，今不能確知，衹因其對轉之『月』部與『元』部為〔t〕與〔n〕聲隨，〔t〕與[n]是舌尖聲，與前元音相拼，較為順口……故今假定『月』部為〔at〕，『元』部為〔an〕，因之即假定『歌』部為〔a〕。」[5]錢氏主張

5　錢玄同，〈古韻廿八部音讀之假定〉，《錢玄同音學論著選輯》（太原：山西人民出版社，1988年），頁152。

歌月元相承，故歌部的擬音確定下來後，月部與元部的擬音也隨之而定，後面各部就是在「歌月元」擬音的基礎上展開的。由於歌部與微部（錢氏微部含脂微兩部）、物部與月部質部、元部與真部文部都有通轉關係，所以假定微物文三部的主要元音是較前較低的元音æ。錢氏又引用吳越、南楚、廣東方言以及日本吳音，確定佳錫耕的主要元音為ɐ，這樣就解釋了晚秦兩漢韻文中歌支合韻的現象。又由於支錫耕與脂質真多有通轉，所以假定質真兩部的擬音是ɛ。錢氏對於魚部的擬音前後是不同的，先是根據日本漢音、廣州方言等材料確定魚鐸陽的主要元音是o，後來聽取林語堂的觀點將主要元音修訂為較開的o，並引用吳越方言予以證明，在《古韻「魚」、「宵」兩部音讀之假定》中又修訂為ɒ。侯屋東三部則根據汪文中漢魏六朝的佛經音譯而擬定為u。由於幽侯、屋覺之間關係較為緊密，錢氏參考蘇州方言，將幽覺冬三部的主要元音擬為o。對於宵部，錢氏的擬音前後也不同，《古韻廿八部音讀之假定》將其擬為au，以解釋宵部與魚部和幽部的通轉現象，又由於發auk、auŋ之音比較困難，所以錢氏以為宵部沒有相配的入聲韻與陽聲韻。《古韻「魚」、「宵」兩部音讀之假定》則根據吳越讀音將宵部修訂為ɔ。但是這樣修改也存在一個問題，ɔk、ɔŋ的讀音較auk、auŋ易發，但何以不見其相配之入聲與陽聲呢？所以錢氏這樣修改與自己之前的觀點是矛盾的。之部的讀音爭議很大，錢氏則從其相配的職部與蒸部入手，觀察職部的「德」與蒸部的「登」的主要元音是ə，而ə與幽部的o相去不遠，又離魚宵幾部較近，所以定之為ə較為妥當。冬侵通轉較為常見，錢氏以為兩部主要元音接近，衹是韻尾有些變化，故結合日本吳音，定緝侵兩部為op、om。至於盍談，錢氏觀察到陽聲談部與元部、陽部、歌部、宵部相通轉，入聲上盍月相通轉，故將其主要元音擬為a。古韻廿十八部的音讀就這樣構擬成了。我們可以看出，錢氏在構擬時以韻部間的關係為框架，以歌部的擬音為支點，參考方音、對音、借詞等材料形成了自己的擬音系統。

陳先生早期多承錢氏之說，但對錢氏亦有修訂，主要體現在以下方面：

韻部上，陳先生分古韻為三十二部，他說：「除『祭部』外，其餘諸部則亦與曾王二氏同，以羅、周二氏當分之三十部，即王君所言審音派盡可能而分出之三十部，另加黃君所析『談添盍帖』之各為二者，則合得古韻三十二部，是則古韻三十二部者，乃考古審音所得之最後成績與結果，分部至此，實已分之無可再分，析之無所復析矣。」[6]對於錢氏宵部無入聲，陳先生云：「竊自臆度，錢君廿八部既別立覺部，又必合豪沃為一者，雖錢君所定之廿八部，已不襲用黃君舊目，然其分部之理論依據，仍自黃君古本韻說而來也。蓋覺既獨立，則用以表覺之古本韻標目自非以沃不可，沃既表覺，則豪無入矣，故合沃於豪。此雖臆度之辭，然尚足合於推理。實則覺部既可獨立，沃亦不必入豪，而仍無傷於古本韻之理也。」[7]陳先生認為錢氏將宵藥合併的原因是肅部獨立占據了古本韻的「沃」，導致藥部沒有與之相對應的古本韻，所以承段玉裁宵部無入之說，將藥部字視為後來變為入聲的平聲字。陳先生據孔廣森、王念孫、姚文田等人的研究，將藥、覺兩部同時獨立，使韻部更具系統性。由此可見，陳先生雖認同黃侃之古音理論，但又不局限於此，體現了惟善是從的治學精神。

擬音上，陳先生首先修改了魚鐸陽的擬音。錢氏一反汪榮寶以魚歌兩部為長短元音之別，參考蘇州方言定魚鐸陽的主要元音為ɒ。但陳先生以為ɒ的舌位較a略高，不如逕直擬為a更能解釋元音之高化。其次修改了侯屋東擬音。陳先生援引江有誥的話：「段氏之分真文，

---

6 陳新雄，《古音學發微》，（臺北：文史哲出版社，1983年），頁576。

7 陳新雄，《古音學發微》，頁553。

孔氏之分東冬，人皆疑之，有誥初亦不之信也。細細繹之，真與耕合用為多，文與元合用較廣，此真文之界限也，東每與陽通，冬每與蒸侵合，此東冬之界限也。」[8]東陽多有合用，如果東部的主要元音是u，冬部是o，那麼u較o比a遠，何以東陽合韻呢，所以東部擬音應該修訂。兩漢時期魚侯兩部逐漸合流，魚部為a，侯部如果是u的話何以越過中間的宵ɔ、幽u兩部而直接合流呢，故陳先生將侯部修訂為ɔ，這樣東部ɔŋ與陽部aŋ比較接近，合韻也較為自然，且魚侯合流也得到了解釋。再次是修訂宵藥兩部。錢氏先將宵部擬為au，以釋魚宵與幽宵之間的關係，後又修訂為ɔ。由於陳先生侯部為ɔ，故將宵藥兩部恢復為au。最後，陳先生修改了閉口韻部的擬音，主要是緝侵兩部。錢氏考慮到冬侵合韻較多，故將這兩部擬為o，但是陳先生又注意到，冬侵合韻固然多，但與蒸部合韻也不少，且緝部與物部有通轉，所以將主要元音定為ə，與ɛ、o均比較近，容易解釋合韻問題。此外，陳先生為添帖兩部也擬了音，添帖與緝侵、盍談多有通轉，與質真、錫耕間有通轉，故採用董同龢、王力之說，將此兩部擬為ɐ。

所以陳先生三十二部早期的擬音如下：

類別＼韻部	陰聲韻	入聲韻	陽聲韻
第一類	歌a	月at	元an
第二類	脂æ	質æt	真æn
第三類	微ɛ	沒ɛt	諄ɛn
第四類	支ɐ	錫ɐk	耕ɐŋ
第五類	魚a	鐸ak	陽aŋ
第六類	侯ɔ	屋ɔk	東ɔŋ
第七類	宵au	藥auk	

8 陳新雄，《古音學發微》，頁1009。

類別＼韻部	陰聲韻	入聲韻	陽聲韻
第八類	幽o	覺ok	冬oŋ
第九類	之ə	職ək	蒸əŋ
第十類		緝əp	侵əm
第十一類		帖ɐp	添ɐm
第十二類		盍ap	談am

總之，陳先生對錢氏古音體系有所修訂，較錢氏體系更能解釋各部的通轉現象。陳先生與錢氏一樣，都是基於韻部之間的親疏關係，利用方言、吳音、漢音等材料，以歌月元為支點對韻部進行構擬的，兩人構擬的韻尾很少，所以元音較多，這與後期增加韻尾簡化元音的思路是很不相同的。

(二) 後期各部主要元音的擬音

陳先生說：「王（王力）李（李方桂）二人皆認為同一上古韻部，只有一主要元音。故其元音系統，較高本漢與董同龢單純多矣。而元音系統最簡單與單純者，則莫過於周法高氏《論上古音》一文所定三元音系統。周氏三元音為a、ə、e。同時取消李氏複合元音部分，在系統上，分配得也相當合理。所以簡化上古音韻部之元音系統，已經漸有共識。」[9]這一時期，陳先生擬音最大的特點就是簡化主要元音，增加陰聲韻尾。此時的擬音以《古音研究》為代表。由於這一時期的主要元音擬測與韻尾關係密切，所以我們先梳理陳先生在這一時期擬定的韻尾。

前期陰聲韻擬音大多沒有韻尾，後期則給陰聲韻構擬了兩種韻尾-u、-i（前期也有-u，但祇在宵部出現）。入聲韻尾有四種，分別是

9 陳新雄，《古音研究》，頁380。

-p、-t、-k、-uk。陽聲韻尾四種，分別是-m、-n、-ŋ、-uŋ。形成ø—k—ŋ、u—uk—uŋ、i—t—n、p—m相配的格局。-uk、-uŋ這種圓唇舌根音韻尾是在王力、李方桂、張琨、周法高諸氏影響下構擬的，李方桂為幽藥兩部構擬了-gw尾，與之相配的入聲韻、陽聲韻自然也就成了-kw、-ngw。王力《漢語史稿》將幽覺、宵藥分別擬為əu-əuk、au-auk。陳先生吸取張琨的寫法，將kw、ngw寫成uk、uŋ，雖然寫法與王力相似，但王力是複元音加上-k、-ŋ尾，而陳先生u與k、ng結合得緊密，屬於圓唇舌根音韻尾。陳先生又吸收了王力「入分舒促」、奧德里古「去聲-s起源說」等觀點，形成了「長短元音與韻尾共同決定說」，從而產生了一批複輔音韻尾，但這並不影響其三元音系統，故不加以討論。

陳先生將之前的八個單元音和一個複元音簡化為三元音，分別是ə、ɐ、a。由於陰陽入韻尾一共有十一個（包含開韻尾），將這三個主要元音與之相配正好得到三十三個音，宵藥沒有陽聲韻，所以正好對應三十二部。後期擬音如下[10]：

韻尾＼元音	ə	ɐ	a
-0	之ə	支ɐ	魚a
-k	職ək	錫ɐk	鐸ak
-ŋ	蒸əŋ	耕ɐŋ	陽aŋ
-u	幽əu	宵ɐu	侯au
-uk	覺əuk	藥ɐuk	屋auk
-uŋ	冬əuŋ		東auŋ
-i	微əi	脂ɐi	歌ai
-t	沒ət	質ɐt	月at

10 陳新雄，《古音研究》，頁435。

韻尾＼元音	ə	ɐ	a
-n	諄ən	真ɐn	元an
-p	緝əp	怗ɐp	盍ap
-m	侵əm	添ɐm	談am

主要元音沒有修改的韻部有：之職蒸、支錫耕、緝侵、添帖幾部。

先看a類韻部。陳先生首先修改了歌月元的擬音，他不論是在前期還是後期都是從歌月元開始擬音的，故修改此三部必然導致後面擬音隨之調整。他受王力《漢語音韻》影響，將歌部擬為ai。陳先生說：「王力後來在《漢語音韻》中之擬音，即以歌部讀ai，而魚部讀a為區別，為歌部設想-i韻尾，並且使與脂、微兩部擬音一律，因為歌、脂、微三部皆與舌尖音鼻音韻尾之元、真、諄三部相配，也與舌尖音塞音韻尾月、質、沒三部相配，故為之擬測-i元音韻尾，實在非常合乎音理。」[11]這樣既有方言證明，又減少了一個音位，使得汪榮寶、錢玄同諸人糾結的魚歌之別問題得以解決，故魚鐸陽、盍談之主要元音沒必要寫成a。其次修改了侯屋東的擬音。之前，陳先生將侯屋東三部擬為ɔ以釋東陽合韻的問題，但是彼時陰聲韻沒有韻尾，故要在元音上區別，此時既然有了韻尾-u，故加在a之後，將侯屋東擬為au、auk、auŋ，認為東陽之間的押韻並非主要元音相近，而是主要元音相同，衹不過陽部是普通的舌根鼻音尾，而東部是圓唇舌根鼻音尾。

再看ɐ類韻部。陳先生修改了脂質真和宵藥的擬音。支錫耕與脂質真關係緊密，前期擬音脂支均無韻尾，衹好在元音上加以區別，現在有了韻尾-i，故可以減少æ這一元音，擬脂為ɐi。宵藥兩部陳先生原本作ɑu，《詩經》中宵部與幽部合韻較多，與魚部也有合韻，又陳先生以為《詩經．鄘風．君子偕老》第二章「翟」與「髢揥皙帝」為藥

11 陳新雄，《古音研究》，頁435。

錫合韻，故將宵藥改為ɐu、ɐuk。

最後看ə類韻部。陳先生修改了微物文與幽覺冬的擬音。陳先生將脂部擬為ɐi，脂微兩部合用較多，故將微物文三部改為əi以釋合韻。幽部陳先生原本擬為o，後來改從王力作əu，陳先生以為之幽關係密切，又幽部與宵部侯部甚至職部合韻，陽聲冬東亦有合韻，故將幽覺冬三部擬為əu、əuk、əuŋ。這樣一來，冬侵之間是圓唇舌根鼻韻尾與雙唇韻尾的區別，兩種韻尾均與唇相關，較為接近，故常合韻。

需要說明的是，陳先生《古音學與詩經》（1982）、《從〈詩經〉的合韻現象看諸家擬音的得失》（1982）等文章都擬定了上古韻部的音讀，與《古音學發微》、《古音研究》均有所不同，可以視為兩者的過渡階段。兩文的音讀從面貌上已經很接近《古音研究》了，例如陰聲韻都有-i、-u兩種韻尾，之類、幽類、微類、緝類韻部的主要元音都是ə；支類、宵類、脂類、怗類的主要元音都是ɐ；基本形成了ø—k—ŋ、u—uk—uŋ、i—t—n、p—m相配的格局，這一時期的擬音顯示其三元音系統已成雛形。與《古音研究》不同的是，魚歌兩部韻腹並不相同，仍然保持著前後元音的對立，侯類盍類韻部與魚類相同，韻腹均作a，歌類作a，與《古音學發微》同。我們認為促使陳先生形成三元音系統的原因主要有三個：首先，前期擬音實際暗含了三元音的痕跡，例如魚類、侯類、盍類韻部的主要元音相同，尤其為侯部韻尾擬為-u，更是對後面的擬音具有啟發作用；其次，王力、李方桂、周法高等人減少元音數量是三元音形成的學術背景，尤其是陳先生吸取了王力先生的觀點，給陰聲韻擬上-i、-u尾，為簡化元音提供了可能；最後，歌部擬音問題的解決更是直接促成系統的形成。

後期的擬音簡化很多，較前期更能解釋韻部間的關係，但後學不敏，認為這個系統還是存在問題。以普通話為例，拼音ao[au]按照習慣不與a押韻（ao的韻腹為a，與a為同一音位的兩個變體），北方曲藝所用的十三轍，ao與a也分屬遙條、發花兩道轍。所以象之幽等關係比較緊密的韻部間的合韻是否衹是韻尾u的有無還需商榷。我們姑且不論「元音」與「元音+u」是否可以押韻，陳先生的構音是建立在各韻部關係之上的，其〈從《詩經》的合韻現象看諸家擬音的得失〉就是以合韻來檢驗各家擬音得失的，所以就讓我們用韻部關係考察先生的擬音。陳先生以為之幽兩部的區別在於有無韻尾u，按照陳先生的擬音，支部ɐ，宵部ɐu，它們之間的關係當與之幽兩部相同。陳先生說：「藥錫有合韻：《鄘風・君子偕老》二章：翟（藥）髢（錫）揥（錫）晳（錫）帝（錫）。」《詩經》、《楚辭》中支錫兩部入韻字少，不具代表性，我們看看古文字通假情況。根據胡森（2019）統計[12]，《古文字通假字典》中魚侯兩類通假較為常見，兩類共通假17次，其中魚屋之間1次，魚東之間2次，東鐸之間1次，魚侯之間9次，鐸屋之間2次，東陽之間2次。魚類與異類韻部共通假82次，侯類與異類韻部通假57次。魚侯類通假占魚類異類通假總次數的20.7%（統計保留小數點後一位，後面都如此），占侯類異類通假總次數的29.8%。之幽兩類：幽職通假2次，之覺3次，之冬1次，之幽之間6次，之類與幽類通假合計12次。之類異類通假共計96次，幽類異類韻部通假90次。之幽類通假共占之類異類通假的12.5%，占幽類異類通假的13.3%。支宵兩類韻部通假情況較少，僅有1次，支類共與異類通假62次，支宵類通假占其中的1.6%。宵類共與異部通假50次，支類通假占其中的2%。所以我們認為宵支類之間的關係並不似魚侯類、之幽類之間的關係那樣密切，而陳先生將它們等同看待，這點值得商榷。

12 胡森，《上古[-ŋ]類十七韻部親疏關係研究——以〈古文字通假字典〉為例》（濟南：山東師範大學碩士論文，2019年），頁320。

三　古韻三十二部韻尾的構擬

在韻尾問題上，陳先生早期基本將韻部擬為開韻尾，衹有宵藥兩部是元音韻尾，後來又給歌脂微三部擬上-i尾，把幽宵侯三部擬成-u尾。陳先生反對高本漢、董同龢、李方桂等學者給陰聲韻擬上塞音韻尾的做法。林語堂、魏建功、王力、鄭張尚芳、潘悟雲等先生也均反對上古漢語缺乏開音節的觀點，我們根據世界語言的共性也主張上古漢語陰聲韻有開音節。

陳先生的理由主要有以下幾點。首先，-b、-d、-g是-p、-t、-k的濁聲，出現在韻尾上，差別細微不甚容易區別，甚至可以說將陰聲韻直接合併到了入聲韻中。但實際情況是陰入之間關係並沒有那麼密切，而是陰聲韻中的去聲與入聲關係密切，平上聲與入聲不甚密切。主張陰聲韻有塞音韻尾的學者，沒有對陰聲韻中與入聲關係密切的部分進行離析，所以將整個陰聲韻與入聲韻合併起來。其次，如果陰聲韻有塞音韻尾的話，平上去與入聲當平衡發展，而平上聲之關係也當與入聲與去聲的關係那樣密切，但實際的語音發展規律卻是平上一類，去入一類。再次，以前的音韻學家普遍將入聲視為陰陽聲之樞紐，如果陰聲韻是濁的塞音韻尾，那麼它濁音部分與陽聲韻尾相同，塞音部分又與入聲相同，那麼應該視陰聲為入聲和陽聲的樞紐，這就違背了入聲為樞紐的觀念。最後，近代入聲消失會產生聲調上的變化，但是直到今天陰聲韻的調類仍沒有發生變化，所以陰聲韻有輔音韻尾之說實在難以採納。

陳先生給陰聲韻擬元音韻尾與零韻尾與其陰陽入三分的韻部系統密切相關。王力就曾論述過陰陽入三分與陰陽兩分對陰聲韻尾構擬帶來的影響，王先生說：「具體說來，兩派（考古派與審音派）的主要分歧表現在職覺藥屋鐸六部是否獨立。這六部都是收音於-k的入聲字。如果併入了陰聲，我們怎樣了解陰聲呢？如果說陰聲之幽宵侯魚支六部既以元音收尾，又以清塞音-k收尾，那麼，顯然不是同一性質的韻部，何不讓它們分開呢？況且，收音於-p的緝葉、收音於-t的質物月都獨立起來了，祇有收音於-k的不讓它們獨立，在理論上也講不通。既然認為同部，必須認為收音是相同的；要麼就像孔廣森那樣，否認上古有收-k的入聲，要末就像西洋某些漢學家所為，連之幽宵侯魚支六部都認為也是收輔音的。」[13]高本漢《中上古漢語音韻綱要》分上古韻部為三十五部，是在章太炎二十三部的基礎上，將魚侯兩部分別三分，入聲一類，去聲一類，平上聲一類。此外歌部分成兩類，第一類是與元部字押韻、諧聲的，我們稱為歌甲，另外一類不與收輔音韻尾的字押韻，我們稱為歌乙。之支宵幽三部平上去是一部，入聲單列一部。質物月三部分別割成兩部，去聲一部，入聲一部。高氏給每個韻部擬了不同的韻尾。之支宵幽的平上去聲字擬了濁的塞音韻尾-g，入聲字擬了-k；物月質的去聲字擬了-d，入聲字擬了-t；魚侯入聲字擬了-k，去聲擬了-g，其餘的擬了零韻尾；歌甲擬了韻尾-r，歌乙擬為零韻尾；脂微兩部都收-r。他給許多陰聲韻擬上了塞音韻尾，而開音節只剩下魚侯兩部的平聲字以及歌部的一部分字，這就使上古漢語開音節大量減少，因此招致許多學者的批評。我們姑且不論批評，看他的系統可知高氏將陰入合為一部，就會給陰聲韻擬上塞音韻尾，如果他能將陰入兩分甚至三分，就會產生開音節。董同龢就批評高氏拆分魚侯的做法，他在《漢語音韻學》中分古韻為二十二部，董氏評價黃侃陰陽入三分的系統云：「古韻分部，近年又有黃侃二十八部之說，實在並無新奇之處。他所以比別人多幾部，是把些入聲字從陰聲各部中抽出獨立成部的緣故。就古韻諧聲而論，那是不能成立的。因為陰

---

13 王力，《漢語音韻》（北京：中華書局，2003年），頁168。

聲字與入聲字押韻或諧聲的例子很多，如可分，清儒早就分了。」[14]正是陰陽兩分的體系，使得董氏的陰聲韻也都有-g、-d、-b、-r尾，衹有歌部是開音節。李方桂的分部與董氏相同，他也給陰聲韻擬上了-d、-g韻尾（李先生不肯定陰聲韻尾一定是與入聲韻相對的濁音韻尾，-d、-g衹是暫時的寫法）。以上幾位學者選取了考古派體系，從而給陰聲韻擬上了塞音韻尾，清代考古派學者的質物月三部是獨立的，但董同龢、李方桂等學者更進一步，將它們合併到陰聲韻中了。足見兩類韻部系統確實會對學者的構擬產生影響，所以不能不重視。

陳先生《古音學發微》完成於1969年，與李方桂《上古音研究》、周法高《論上古音》（1969）基本同時，但在陰聲韻尾的構擬上，尤其是甲類陰聲韻的構擬上，後學以為陳先生較李周兩位先生更正確。

四　結語

本文從主要元音與韻尾兩個方面，介紹了陳新雄上古三十二部的擬音，認為陳先生的構擬大致分為兩個階段，前一階段受錢玄同影響，陰聲韻除了宵藥兩部有-u尾，其餘沒有韻尾，所以導致主要元音數量增多。後期陳先生給部分陰聲韻擬上-u、-i等韻尾，所以元音大幅減少，形成三元音系統。我們參照韻部間的關係，認為陳先生的三元音系統仍存在一些問題。韻尾方面，陳先生為陰聲韻擬了零韻尾或元音韻尾，保證了體系中開音節的數量，是其擬音的優點，這與其堅持陰陽入三分的格局是密不可分的。

雖然先生在構擬上猶有商榷之處，但是他破除門戶之間，吸收中外學者之長，不斷自新的精神值得後學學習。

---

14 董同龢，《漢語音韻學》（北京：中華書局，2004年），頁258。

陳新雄先生之「互訓」說

柯明傑
屏東大學中國語文系副教授

摘要

陳新雄（字伯元）先生之《訓詁學》，計分上、下冊，為其在訓詁學方面的研究成果，向為士林所重。先生於《訓詁學．上冊》中計分七章，其中第四章為「訓詁之方式」，又分「互訓」、「義界」、「推因」三節，其中「互訓」說又分為「二字或三字互訓」、「遞訓」、「同訓」及「類訓」，與一般僅將「A，B也」、「B，A也」視為互訓且又與「遞訓」、「同訓」等分立者不同。本文乃粗梳伯元先生之文，以略見其「互訓」說之主旨。

關鍵詞：訓詁、方式、互訓、同訓、遞訓

壹　前言

伯元先生有關訓詁學之研究，主要見於專著《訓詁學》中。先生之《訓詁學》計分二冊：上冊於1994年9月出版，下冊於2005年11月出版，二書間隔十年，始告完整。上冊主要為訓詁學相關之釋名、條例、術語等之論述，而下冊則對於訓詁之基本要籍與工具書之用法作詳盡的說明介紹，分章立節至為清楚。

《訓詁學·上冊》計分七章，分別為：「訓詁之意義」、「訓詁與文字之關係」、「訓詁與聲韻之關係」、「訓詁之方式」、「訓詁之次序」、「訓詁之條例」及「訓詁之術語」。其中，先生又附錄五篇與各章節主旨有關的論文，對某一議題作深入的討論，一者補充正文所未能詳述之處，二者引導讀者作觸類旁通的思考，有別於其他學者訓詁專書的撰寫設計。

先生《訓詁學》上、下冊皇皇巨著，每一章節提綱挈領，眉目清晰，例證豐富，分析詳實，提供學習者至為便利的管道。本文僅就該書第四章「訓詁之方式」中之「互訓」一節，略作梳理，以窺先生互訓說之梗概。

貳　「方式」與「方法」

伯元先生《訓詁學·上冊》第四章標目為「訓詁之方式」，其下又分三節，即：互訓、義界及推因。實者此觀點乃本於黃季剛先生之主張。先生說：

> 蘄春黃季剛先生云：「訓詁者，以語言釋語言之謂。論其方式有三：一曰互訓，二曰義界，三曰推因。三者為構成訓詁學之

原因，常人日用而不知者也。」黃先生說的這三種方式，事實上就是漢代以前的學者解釋詞義的方式。[1]

可知「互訓」是漢代以前的學者常用以釋義的「方式」之一，然則，「方式」是否就是「方法」呢？試看教育部《重編國語辭典修訂本》對二者的解釋分別為：「方法：為達到某種目的所行的方式和步驟」、「方式：說話或做事時所採行的一定方法、模式」，彼此交叉釋義，二者的意義至為接近，甚難分別，所以有的學者稱為「方法」，有的學者則名為「方式」。稱「方法」的，如：

作者	書名	章節	頁碼	出版資料
胡楚生	訓詁學大綱	第五章　訓詁的方法 第一節　形訓 第二節　音訓 第三節　義界 第四節　翻譯	73-103	臺北：華正書局，1989年3月
陳煥良	訓詁學概要	第六章　訓詁的方法 1.形訓－以形說義 2.音訓－因聲求義 3.義訓－直陳詞義	125-149	廣州：中山大學出版社，1995年9月
孫永選 闞景忠 季雲起	訓詁學綱要	第二章　訓詁方法 第一節　形訓 第二節　聲訓 第三節　義訓	12-63	濟南：齊魯書社，1999年9月
陸宗達	訓詁簡論	三、訓詁的方法 1.以形說義 2.因聲求義	117-170	北京：北京出版社，2004年3月

1 《訓詁學．上冊》（臺北：臺灣學生書局。1999年9月三刷），頁161。

作者	書名	章節	頁碼	出版資料
		3.核證文獻語言 4.考察古代社會		
白兆麟	新著訓詁學引論	第八章　訓詁的基本方法 第一節　以形索義 第二節　因聲求義 第三節　引申推義	199-228	上海：上海辭書出版社，2005年6月
周大璞	訓詁學	第四章　訓詁條例 第一節　釋義的方法 1.聲訓 2.形訓 3.義訓 4.觀境為訓	191-226	臺北：洪葉文化事業有限公司，2009年9月

稱為「方式」的，如：

作者	書名	章節	頁碼	出版資料
路廣正	訓詁學通論	第三章　訓詁的條例與方式 第一節　訓詁的條例 1.形訓 2.聲訓 3.義訓 第二節　訓詁的方式 1.互訓 2.推原 3.義界	123-150	天津：天津古籍出版社，1996年10月
許威漢	訓詁學導論	第二章　訓詁的方法 1.以形索義（形訓） 2.因聲求義（聲訓） 3.據文證義	88-132	北京：北京大學出版社，2003年7月

作者	書名	章節	頁碼	出版資料
許威漢		4.析詞審義 5.辨體明義 第三章　訓詁的方式 1.互訓 2.義界 3.推因 4.三者交叉 5.其他		
郭在貽	訓詁學	第四章　訓詁的條例、方式和術語 一、訓詁的條例 1.形訓 2.聲訓 3.義訓 二、訓詁的方式 1.互訓 2.推原 3.義界	43-46	北京：中華書局，2008年5月

另外，齊佩瑢的《訓詁學概論》第三章則稱為「訓詁的施用方術」，其中分為「音訓」和「義訓」兩種。

以上所列舉學者的分類，可以簡單得知：

（一）胡楚生先生將「義界」列為「方法」，而路廣正、許威漢及郭在貽三位先生則列為「方式」；

（二）標舉「方法」的學者，通常就沒有「方式」的節目；而列有「方式」者，則是另有「方法」或「條例」之名；

（三）「形訓」、「聲訓」及「義訓」三者，學者或稱之為「方法」

或「條例」，而將「互訓」、「義界」及「推因」三者稱為「方式」，並不與「方法」同（除胡楚生先生之外）。

可見許多學者並不認為「方法」就是「方式」，二者是有差別的。伯元先生的《訓詁學・上冊》第四章為「訓詁之方式」，第六章則為「訓詁之條例」，其下分三節，分別為「聲訓條例」、「義訓條例」及「形訓條例」，也是將「方式」、「方法」（條例）視為二類，並不相同。

從大的概念來說，「方法」和「方式」並沒有太大的區別；然而，若從細部的內涵而言，「方式」除了包含有「方法」的意義之外，應當還有指稱表現的「形式」或「模式」，所以伯元先生說「方式只是表現的一種方法型式」[2]即是。

既然訓詁的內容需注意到表現的「方式」，所以在敘述或說明時，就隱含了有先後次序的要求了，因而在《訓詁學・上冊》中，先生附有一篇〈訓詁方式中義界與推因之先後次第說〉的短文，討論訓詁表現的方式次序是「互訓」、「義界」、「推因」較為合理。

參　互訓之類別及內容

所謂「互訓」，伯元先生所下的定義為：

> 凡以古今雅俗之語，同義之字，相當之事，互相訓釋者，謂之互訓。[3]

並引述季剛先生〈訓詁概述〉的話說：

---

2 《訓詁學・上冊》，頁217。

3 同注2，頁161。

> 互訓亦可稱直訓。凡一意可以不同之聲音表現之，故一意可造多字，即此同意之字為訓或互相為訓，亦可稱為代語。[4]

綜合二說，可知「互訓」的特色有二：一是解釋字和被解釋字之間，必須是同意（義）字；二是同意（義）字之間的訓釋，可以單向的，也可以是雙向的。至於形成「互訓」的原因，主要是因「古今雅俗」語詞的改變以及「一意可造多字」的關係。

互訓的解釋方式，可依不同的條件作如下的區分：

一、就語詞的時間而言，有「同時代語詞的互訓」和「古今異言的互訓」。前者如：

1. 《詩・小雅・雨無正》：「周宗既滅，靡所止戾。」毛傳：「戾，定也。」鄭箋云：「周宗，鎬京也。是時諸侯不朝王，民不堪命。王流于彘，無所安定也。」[5]又〈大雅・桑柔〉：「國步滅資，天不我將。靡所止疑，云徂何往。」傳：「疑，定也。」[6]是以《爾雅・釋言》：「疑，戾也。」[7]
2. 《詩・小雅・皇皇者華》中分別言「載馳載驅，周爰咨諏」、「載馳載驅，周爰咨謀」、「載馳載驅，周爰咨度」、「載馳載驅，周爰咨詢」[8]，傳：「訪問於善為咨，咨事為諏。」「咨事之難易為謀」、「咨禮義所宜為度」、「親戚之謀為詢」，[9]知「諏」、「謀」、

---

4 同注3。

5 《毛詩注疏》（阮刻十三經注疏本。臺北：藝文印書館，1982年8月），頁410。

6 同注5，頁654。

7 《爾雅注疏》（阮刻十三經注疏本。臺北：藝文印書館，1982年8月），頁38。

8 《詩・小雅・皇皇者華》：「皇皇者華，于彼原隰。駪駪征夫，每懷靡及。我馬維駒，六轡如濡。載馳載驅，周爰咨諏。我馬維騏，六轡如絲。載馳載驅，周爰咨謀。我馬維駱，六轡沃若。載馳載驅，周爰咨度。我馬維駰，六轡既均。載馳載驅，周爰咨詢。」

9 同注5，頁319。

「度」、「詢」皆有訪問、察訪之意，是以《爾雅・釋詁》：「詢、度、咨、諏，謀也。」[10]實者，《詩經》中義為「謀也」，尚有：

3.〈小雅・小明〉：「靖共爾位，正直是與。」〈大雅・召旻〉：「昏椓靡共，潰潰回遹，實靖夷我邦。」〈周頌・我將〉：「儀式刑文王之典，日靖四方。」傳皆云：「靖，謀也。」[11]

4.〈小雅・常棣〉：「是究是圖，亶其然乎？」傳：「圖，謀。」〈小雅・雨無正〉：「旻天疾威，弗慮弗圖。」箋：「慮、圖皆謀也。」〈大雅・崧高〉：「我圖爾居，莫如南土。」箋：「王以正禮遣申伯之國，故復有車馬之賜，因告之曰：『我謀女之所處，無如南土之最善。』」[12]

5.〈大雅・抑〉：「訏謨定命，遠猶辰告。」傳：「訏，大；謨，謀。」[13]

6.〈大雅・江漢〉：「肇敏戎公，用錫爾祉。」傳：「肇，謀。」[14]

7.〈周頌・訪落〉：「訪予落止，率時昭考。」傳：「訪，謀。」[15]

依「諏」、「謀」、「度」、「詢」之例，則「靖、圖、謨、肇、訪」諸字亦可視為「互訓」。

至於「古今異言的互訓」，伯元先生舉太史公《史記・五帝本紀》翻譯改寫《書・堯典》之文為例[16]，如：

---

10 《爾雅・譯詁》：「靖、惟、漠、圖、詢、度、咨、諏、究、如、慮、謨、猷、肇、基、訪，謀也。」(《爾雅注疏》，頁8)

11 同注5，〈小雅・小明〉見頁447，〈大雅・召旻〉見頁698，〈周頌・我將〉見頁717。

12 同注5，〈小雅・常棣〉見頁323，〈小雅・雨無正〉見頁409，〈大雅・崧高〉見頁672。

13 同注5，頁645。

14 同注5，頁686。

15 同注5，頁739。

16 先生之引文用字，若有偶誤，則即改正。為使語意明白，筆者依原經典之文補充之，使其文句完整。

《書・堯典》	《史記・五帝本紀》	《爾雅》
百姓昭明，協和萬邦[17]	百姓昭明，合和萬國[18]	〈釋詁〉:「協，和也。」[19]
乃命羲、和，欽若昊天	乃命羲、和，敬順昊天	〈釋詁〉:「欽，敬也。」〈釋言〉:「若，順也。」
分命羲仲，宅嵎夷，曰暘谷	分命羲仲，居郁夷，曰暘谷	〈釋言〉:「宅，居也。」
允釐百工，庶績咸熙	信飭百官，眾功皆興	〈釋詁〉:「允，信也。」「庶，眾也。」「績，功也。」「咸，皆也。」「熙，興也。」
釐降二女于媯汭，嬪于虞	舜飭下二女於媯汭，如婦禮	〈釋言〉:「降，下也。」

按:「協和萬邦」，孔傳:「昭亦明也。協，合。」[20]「欽若昊天」，孔傳:「重黎之後羲氏和氏，世掌天地四時之官，故堯命之，使敬順昊天。」「宅嵎夷」，孔傳:「宅，居也。」「允釐百工，庶績咸熙」，孔傳:「允，信;釐，治;工，官;績，功;咸，皆;熙，廣也。」[21]陸德明《經典釋文》:「熙，許其反，興也。」[22]「釐降二女于媯汭」，孔

17 《尚書注疏》(阮刻十三經注疏本。臺北:藝文印書館。1982年8月)，頁20。

18 《史記・五帝本紀》作「百姓昭明，合和萬國」。(《史記會注考證》。臺北:藝文印書館，1972年2月。頁24)《訓詁學・上冊》引作「合和萬邦」，殆誤字。頁163。

19 《訓詁學・上冊》引作「協，合也」，殆誤字。頁163。

20 同注17。

21 以上經文及孔傳，均見《尚書注疏》，頁21。

22 〔唐〕陸德明《經典釋文・卷三・尚書音義》(上海:上海古籍出版社，1985年10月)，頁144。

傳：「降，下；嬪，婦也。」[23]太史公將先秦的古語詞用漢代通行的語詞直接改寫，要言不煩，不但簡易，同時也完成了訓釋的工作，方便讀者的閱讀與學習。

二、就被解釋者與解釋者之相對應的關係而言，可分為四類：（一）二字或三字的互訓、（二）遞訓、（三）同訓、（四）類訓。

（一）二字或三字的互訓

1. 二字互訓，其形式為「A，B也；B，A也」。以《說文》為例，有同部互訓者，如：

①艸部：「茅，菅也。」「菅，茅也。」[24]
②言部：「証，諫也。」「諫，証也。」[25]
③糸部：「纏，繞也。」「繞，纏也。」[26]

有異部互訓者，如：

④口部：「吉，善也。」誩部：「譱，吉也。」[27]
⑤言部：「謹，慎也。」心部：「慎，謹也。」[28]
⑥人部：「併，並也。」竝部：「竝，併也。」[29]

23 同注17，頁28。

24 〔漢〕許慎撰、〔宋〕徐鉉校定之《說文解字》(《叢書集成初編》平津館本。臺北：臺灣商務印書館，1935年12月)，頁19。以下簡稱「大徐本《說文》」。

25 同注24，頁70。

26 同注24，頁433。

27 同注24，「吉」見頁42，「善」見頁77。

28 同注24，「謹」見頁70，「慎」見頁350。

29 同注24，「併」見頁261，「並」見頁349。

2. 三字互訓，其形式為「A，B也；B，C也；C，A也」。如《說文》：

⑦言部：「語，論也。」「論，議也。」「議，語也。」[30]

（二）遞訓

「遞訓」是輾轉遞進式的直訓，即多字依次更迭為訓：「A→B→C→D→E⋯⋯」。其形式為「A，B也；B，C也；C，D也；D，E也⋯⋯」，其中的E有時會是前面ABCD中的任一字，從而又構成彼此訓釋的現象。如《說文》：

⑧心部：「慧，儇也。」「憭，慧也。」「恔，憭也。」[31]
人部：「儇，慧也。」[32]
⑨日部：「曄，光也。」
火部：「光，明也。」
明部：「明，照也。」
火部：「照，明也。」[33]
⑩手部：「拉，摧也。」「摧，擠也。」「擠，排也。」「排，擠也。」[34]
⑪人部：「俾，益也。」
皿部：「益，饒也。」

---

30 同注24，「語」見頁69，「論」、「議」俱見頁70。
31 同注24，「慧」、「憭」、「恔」俱見頁350。
32 同注24，頁258。
33 同注24，「曄」見頁216，「光」見頁337，「明」見頁222，「照」見頁337。
34 「拉」、「摧」、「擠」、「排」俱見大徐本《說文》，頁401。

食部：「饒，飽也。」「飽，猒也。」

甘部：「猒，飽也。」[35]

有時則只有直線的發展，而沒有彼此訓釋的關係。如：

⑫《莊子・齊物論》：「唯達者知通為一，為是不用而寓諸庸。庸也者，用也；用也者，通也；通也者，得也；適得而幾矣。」[36]

⑬《說文》示部：「禎，祥也。」「祥，福也。」「福，祐也。」「祐，助也。」力部：「助，左也。」[37]

可見「遞訓」雖然是多字連續訓解，但其方式仍然是直接說義，其內容依舊是用一個單字詞為訓，所以本質和二字互訓並沒有什麼差別，因此，才將「遞訓」列為「互訓」的一類。

（三）同訓

幾個不同的語詞，都用同一個字詞來解釋，稱為「同訓」。如《爾雅・釋詁》：

初、哉、首、基、肇、祖、元、胎、俶、落、權輿，始也。

「始也」是「初、哉、首、基」諸語詞的共同釋義。換另一個形式，

---

35 同注34，「俾」見頁262，「益」見頁157，「饒」見頁165，「飽」見頁164，「猒」見頁149。

36 〔清〕郭慶藩《莊子集釋・卷一下・齊物論》（北京：中華書局，1985年8月），頁70。

37 同注34，「禎」、「祥」俱見頁2，「福」、「祐」俱見頁3，「助」見頁460。

即為「初，始也」、「哉、始也」、「首，始也」……。再如《說文》「譆、癑、痞、俑、憯、悽、恫、悲、惻、惜、愍、慇」諸字，均釋為「痛也」[38]；「上、就、僑、卓、充、卲、巍、陖、崔、嶢、堯、阢」諸字，均釋為「高也」[39]。這是同義字詞的訓釋形式。

所謂「同義字詞」，其實絕大部分都是近義字詞，各字詞中，彼此都隱含有某一相同的義素，故而輾轉引申後，成為意義相通的「同義」。如上舉《爾雅・釋詁》的「初、哉、首、基」諸語詞，雖然同釋為「始」，但其實是指各種不同的「始」。邢昺疏曰：

> 皆初始之異名也。初者，《說文》云：「从衣从刀。裁衣之始也。」哉者，古文作「才」，《說文》云：「才，草木之初也。」以聲近借為「哉始」之「哉」。首者，頭也，首之始也。基者，《說文》云：「牆始築也。」肇者，《說文》作「肁」，始開也。祖者，宗廟之始也。……此皆造字之本意也。及乎《詩》、《書》、《雅》記所載之言，則不必盡取此理，但事之初始俱得言焉。[40]

正因為這些語詞都含有「初始」、「開始」的義素，所以縱然細察其本義有所不同，但引申義相通，也就可以視為同義字（詞）了。

38 同注34，「譆」見頁73，「癑」、「痞」俱見頁247，「俑」見頁264，「憯」、「悽」、「恫」、「悲」、「惻」、「惜」、「愍」、「慇」俱見頁356。

39 同注34，「上」見頁2，「就」見頁170，「僑」見頁259，「卓」見頁267，「充」見頁282，「卲」見頁300，「巍」見頁304，「陖」見頁306，「崔」見頁308，「嶢」見頁351，「堯」見頁457，「阢」見頁479。

40 《爾雅注疏》，頁6。

（四）類訓

這種類型的訓釋，雖然也是用同一個訓釋字解釋多個語詞，但彼此之間是不能反覆相訓的，故稱之為「類訓」。如《說文》「璙、瓘、璥、琠、瓔、瓛、玒、玽、瑓、璐」[41]諸字，均釋為「玉也」；「旂、狌、瘫、雊、雁、虘、雄、鶡、鸛、鵜、鴉、鶭、鷎、鴝、搗、鴰、鷗、鴃、鷫、鵔、鶯」[42]諸字，均釋為「鳥也」；「盧、齍、盄、宖、鏧、匯、瓴、銂」[43]諸字均釋為「器也」。這是以類名釋私名，只釋其大類之義，而不言及個別的差異。猶如段玉裁說的「渾言不別，析言則殊」[44]，所以通常是不能交互為訓的。

以上是「互訓」的大致類型和表現的形式，而綜合伯元先生《訓詁學．上冊》所列舉的字例來看，可以發現：「互訓」方式的被訓釋者，都是單字、單詞，並沒有雙音的複音詞；而用以訓解的內容，也是以單詞之義為解，除了單字詞之義外，沒有其他內容的說明或義理的發揮。如《說文》玉部「琢、琱、理」三字皆釋為「治玉也」[45]、「玲、瑲、玎、琤、瑣、瑝」六字皆釋為「玉聲也」[46]、「瑕、琨、玽、璅、璡、瑨、瑽、瓏、瑧、堅」十一字皆釋為「石之似玉者」[47]；

---

41 「璙、瓘、璥、琠、瓔、瓛」諸字俱見大徐本《說文》頁6，「玒、玽、瑓、璐」諸字俱見頁7。

42 同注41，「旂、狌、瘫、雊、雁、虘、雄」諸字俱見頁112，「鶡、鸛、鵜、鴉、鶭、鷎、鴝、搗、鴰、鷗、鴃、鷫、鵔」諸字俱見頁119，「鶯」見頁120。

43 同注41，「盧」見頁103，「齍、盄、宖、鏧」俱見頁104，「匯」見頁268，「瓴」見頁269，「銂」見頁294。

44 《圈點段注說文解字》（臺北：南嶽出版社，1978年6月。簡稱「段注本《說文》）「夜」字注，頁318。

45 同注41，「琢、琱、理」俱見頁9。

46 同注41，「玲、瑲、玎、琤、瑣、瑝」俱見頁9。

47 同注41，「瑕、琨」俱見頁9，「玽、璅、璡、瑨、瑽、瓏、瑧、堅」俱見頁10。

艸部「萑、菥、蔵、蒉、薈、菰」六字皆釋作「艸多皃」[48]、「詹、呭、嗑、嵒、詍、讘」六字皆釋作「多言也」[49]，此種解釋內容非單詞者，在伯元先生《訓詁學．上冊》的「互訓」這一節中，無一被被列舉作為例證的資料；而在「義界」這一節目中，被解釋者仍為單字、單詞，但說解的卻是句子的型態。伯元先生說：

> 凡就一事一物之外形、內容、性質、功用各方面，用語句說明其意義者，謂之義界，亦稱界說，又名宛述。[50]

如書中所舉之例證：

> ⑭《詩．秦風．小戎》：「騏騮是中，騧驪是驂。」傳：「黃馬黑喙曰騧。」箋：「赤身黑鬣曰騮。」（就其顏色釋之）[51]
> ⑮《詩．大雅．靈臺》：「王在靈囿，麀鹿攸伏。」傳：「囿，所以域養禽獸也。」（就其功用釋之）[52]
> ⑯《說文》：「假，非真也。」「拙，不巧也。」「暫，不久也。」「旱，不雨也。」「少，不多也。」（就其反面釋之）[53]
> ⑰《說文》：「甥，謂我舅者，我謂之甥。」（就彼此關係釋之）[54]

---

48 「萑」字見大徐本《說文》頁19，「菥」字見頁25，「蔵、蒉、薈」俱見頁26，「菰」字見頁31。

49 同注48，「詹」字見頁36，「呭」字見頁42，「嗑」字見頁43，「嵒」字見頁63，「詍」字見頁73，「讘」字見頁75。

50 《訓詁學．上冊》，頁196。

51 《訓詁學．上冊》「騮」作「騮」、「黃馬黑喙」作「黃馬黑鬣」，當是偶誤，今正。（頁199）

52 同注50，頁200。

53 同注50，頁201。

54 同注50，頁202。

與上文「互訓」類所引用的例證相比，二者的差異是至為明顯的。

另外，互訓的形式，解釋字與被解釋字之間，也不得有聲音的關係；若彼此有聲音的關係，則歸屬於「推因」，而非互訓。互訓與推因的差異，先生引段玉裁的說法以明之：

> 推因與互訓之不同者，段玉裁注《說文》:「天，顛也。」下注云:「此以同部互訓也。凡門、聞也；戶、護也；尾、微也；髮、拔也。皆此例。」「元始可互言之，天顛不可倒言之。蓋求義則轉移皆是，舉物則定名難假，然其為訓詁則一也。」段氏的注，不但說明了推因字的聲韻關係，更說出推因字若為名詞，則不能顛倒互訓。[55]

可知雖然「天，顛也」、「門，聞也」、「戶，護也」乍看之下，解釋字和被解釋字也都是單音節的關係，但卻不可視為「互訓」。因為「互訓」只是用同義字直接解釋而已，而「推因」則解釋字和被解釋字二者之間，除了要有聲音的關係之外，解釋字的意義還具有說明被解釋者之所以得名的原因。亦即之所以稱之為「天」，是因為高於人頂的關係；所以名之為「門」者，是因為「外可聞於內，內可聞於外也」[56]。正因為解釋字具有探求被解釋字得名的緣由，所以彼此之間不能互相為訓，即可以說「天，顛也」、「門，聞也」，但卻不能說「顛，天也」、「聞，門也」。這是「互訓」和「推因」最大的不同之處。

---

55 同注50，頁203。

56 段注本《說文》，頁593。

肆　結語

將伯元先生「互訓」一文粗略地梳理後，可以得知：

1. 「互訓」列為「訓詁方式」之一，雖也涉及「方法」的陳述，但主要是指訓釋結果的表現形式；
2. 所謂「互訓」的「互」，是指「交叉、交錯」，而不是「相互、彼此」之意，因而可包含「遞訓」、「同訓」、「類訓」等類型。
3. 「互訓」的方式，其訓釋的內容，僅限於以單詞之義作解；若以語句形式作為訓釋的內容，則屬於「義界」；若解釋事物得名之所以然，則為「推因」的範疇。
4. 「方式」雖然只是表現的一種方法形式，本無先後次序之設定，不過，「互訓」是以單詞義為訓，固然簡明扼要，但有時其義較模糊或為多義詞時，則不易明確理解，是以進而有「義界」的方式，以語句的形態作較為清楚詳細的說明或描寫，猶如下定義。再其次，則是「推因」的探求事物命名之所以然，瞭解語義的根源及其流變。是以「互訓」、「義界」及「推因」三者，實表而裡、由外而內、由末而本的的關係。

淺談《說文解字注》中的同義詞
——以心部字為例

陳姞淨
佛光大學中國文學與應用學系助理教授

摘要

《說文解字》為漢語史上重要的字書，不論是上溯古文字，亦或向下開展歷代文字發展均可見其重要影響。段玉裁著《說文解字注》用大量文獻資料詳細說解《說文解字》內容，雖言為「注」，然實已建構段玉裁自身完整的語言學觀念。本文以《說文解字注》中心部字的同義詞為材料，利用認知語言學中的隱喻概念探究同義詞來源，並用現代語言學觀點試圖釐清段注中同義詞術語內涵，進而歸納其中同義詞差異類型，藉以觀察段玉裁對於同義詞的辨析觀念與處理方式，能對《說文解字注》同義詞處理有更進一步的了解。

關鍵詞：《說文解字》、義類、漢語辨似、隱喻、語義範疇

一　前言

漢語詞義關係中以同義詞研究歷史最長也最深入，不僅可見同義詞研究的重要性，也可見其有一定研究的難度。早在先秦時代《爾雅》就匯聚了大量上古同義詞，對於古文獻的解讀提供相當大的助益，由此可知，同義詞整理對於不僅是同義類聚，更是溝通不同地域、不同文獻之間的橋樑。這樣的義類聚合概念也出現在漢代的《說文解字》。《說文解字》從部首安排就可看出，《說文》敘中提到「其建首也，立一為耑，方以類聚，物以群分，同牽條屬，共理相貫，雜而不越，據形繫聯，引而申之，以究萬原，畢終於亥。」段玉裁：「凡部首之先後，以形之相近為次；凡每部中字之先後，以義之相引為次……」從部首到每一部內文字之編排，均以義類概念來整合文字，足見《說文解字》在編纂之時已具備義類觀念。而在文字說解內容，亦在釋義中看到同義字的差異說明。例如：《說文解字・肉部》：「脂，戴角者脂，無角者膏。」《說文解字・乙部》：「乳，人及鳥生子曰乳，獸曰產。」足見《說文解字》所反映的不僅是文字書寫的問題，更是辨析與記錄詞彙運用的實況，也因為這樣的義類聚合，後來就有許多學者透過《說文解字》各部首探求不同領域文化。

歷來研究《說文解字》者眾多，其中最具代表的便是段玉裁的《說文解字注》。對於內容相對簡略的《說文解字》來說，《說文解字注》一書援引大量文獻為簡要的《說文解字》做詳盡的考察與解說，從這些的注釋資料更可彙整出段玉裁完整的語言文字觀念。段玉裁《說文解字注》中包含了豐富的語言學理，王健《段玉裁語言學觀念研究——以《說文解字注》、《經韻樓集》為中心》一書中分析段注中包還了核心義歸納、同源詞核心義磁場、詞法觀念、詞彙研究方法等內容，其中詞法觀念中對於詞的意義範疇與同義詞辨析方法，提出了核心義、造字義與結構關係等三種區分方式，足見學界已將西方語言學觀念帶入傳統字書研究，跳脫出文獻整理比對之工，轉向於語言學理的剖析與建立。其中「析言」、「渾言」的體例，正是針對同義詞整理的專門術語，以這些體例重整《說文解字》中明確指出和未及言明的同義詞，透過詳盡地說解，讓將字書原本簡要的釋義，另做詳細辨析，區別出同義詞的差異。

《說文解字注》中存在許多段玉裁說解同義詞的術語，透過這些術語與編輯體例，可建構《說文解字》詞彙語義網絡，並辨析同義詞之間的差異。本文先以概述同義詞形成的概念，並簡介隱喻理論是如何用在同義詞的研究中，觀察同義詞的來源以及詞義形成過程，透過確立詞義來源，可歸納出同義詞形成原因的類型；其次，藉由說明同義詞術語，來了解段玉裁如何處理安排不同詞義交集同義詞，最後觀察同義詞在文獻中的語用現狀等方法，將所有同義詞組進行分類。藉由同義詞差異類型分析，了解《說文解字注》中的同義詞使用的交集與區別。

二 《說文解字注》同義詞詞義形成略說

《說文解字注》的內容大多被視為是為詮釋《說文解字》[1]內容，所以在探討《說文》同義詞時，除以《說文》本來內容所提到的名物之辨外，就多以段注中的同義詞術語來作為《說文》同義詞判斷的佐證。然《說文》中實未言明各字之間是否為同義關係，段注或以《說文》不同文字釋義相互串聯，界定兩者為同義詞、或以不同文獻的釋義或用法，將《說文》中字詞繫聯為同義詞。例如：「慮」《說

1 以下《說文解字》均簡稱為《說文》，《說文解字注》簡稱為段注。

文》釋為「謀思也」，段注：「心部曰：念，常也。惟，凡思也……同一思而分別如此。言部曰：慮難曰謀，與此為轉注。」段注將《說文》中只要釋義有「某思也」的文字先聚合為具有相同核心義「思」的同義詞。而又將言部中釋義提到「慮」的「謀」字聯繫為轉注關係。如此，「慮」就與「念」、「惟」、「謀」等字形成兩組同義關係。由此可知，同義詞的形成會因為不同義項而有不同交集，因此，詞義來源與發展過程就成為同義詞交集產生的重要因素。

表一

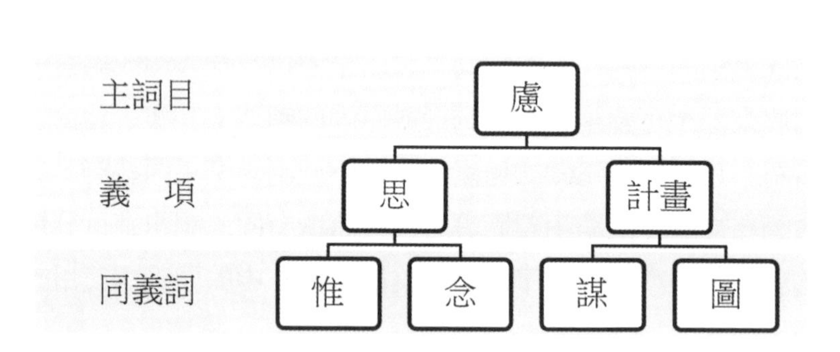

詞義在發展過程中，常見由本義引申出其他相關的義項來，這樣的演變或許可用「隱喻」的概念來說明，所謂隱喻是：

> 在語言系統中的功能主要是「意義擴展」和「意義創造」。隱喻是已知與未知之間的橋樑，用於描述一種新的情景，擴大了語言與思想的界限，因此具有創造力，是語言對變化中的現實進行概念化和交流最重要的資源。隱喻使一語義場與另一語義場映合，使詞彙在舊義基礎上產生出既有區別又相互聯繫的新義。[2]

2　戴衛平：《詞彙隱喻研究》（北京：世界圖書出版廣東有限公司，2014年），頁16。

語義擴展過程中可能會跟其他詞彙產生了詞義交集形成同義詞，例如：大肚／大度。大肚本來是形容肚子很大，透過隱喻的過程中將具體的肚子大（以肚子作為容器，可容納很多）到相似的抽象概念「器量大」（以心緒作為容器，可以包容很廣），因此與度量大的「大度」形成了異形詞[3]，這樣的概念就是透過「元義素」形成同義詞的概念。

> 詞義間的關係如同義、同源、反義也可用隱喻來解釋。兩個詞的元義素相同，就會導致元義素的投射，從而使二者成為同義詞。如「愚」指智力程度低，「昧」指光線亮度低，二者具有相同的元義素「低」，因此可以通用形成同義詞。[4]

「大肚」與「大度」同樣的元義素就來自於「器量」，加上兩者都具有大的義素，所以就形成了同義詞。透過義素分析法，將同義詞之間共同元素抽取出來，建立同義詞語義交集部分。《說文解字注》就是利用將《說文》釋義中有共同釋義的文字聯繫起來，再利用文獻資料找到書證，補足其語用線索，建立起《說文解字注》綿密的同義詞網絡。

三　《說文解字注》的同義詞術語

《說文解字注》利用不同術語來說明詞彙的同義關係，除了常見

3 所謂異形詞是指同音同義不同形體的詞彙，或稱為「異體詞」。同義詞是詞義相近或相同的詞彙，音義不一定需要全等，而異形詞不僅為等義詞，還需要讀音相同，因此，異形詞屬於同義詞中的一種。

4 李華平：《古代漢語語義現象的認知隱喻研究》（四川：四川大學文學與新聞學院，指導教授：楊光榮，2007年），頁2。

的渾言、析言外，尚有互訓、音義同、音義略同等術語來說明同義詞，而這些同義詞術語是否有不同的內容或類型？以下就心部字中可以歸納出的同義詞術語，分別說明其中內涵為何。

（一）渾言／析言

1 **《說文・心部》:「息，喘也。」**

段注:「口部曰：喘，疾息也。喘為息之疾者，析言之。此云息者喘也，渾言之。人之氣急曰喘，舒曰息，引伸為休息之偁，又引伸為生長之偁。」

案：兩詞共同語意呼吸的氣息，喘是較急的呼吸、息則是較緩氣息，為程度輕重的類型。

2 **《說文・心部》:「恭，肅也，从心共聲。」**

段注：肅者，持事振敬也。尚書曰：恭作肅。此以肅釋恭者，析言則分別，渾言則互明也。論語每恭敬析言，如居處恭，執事敬，貌思恭，事思敬皆是。

案：由段注可以知道恭是屬於一種居處與外貌呈現的狀態，敬是做事的態度。而肅是「持事振敬」也是做事的態度。兩者屬於側重焦點的不同。

3 **《說文・心部》:「恕，仁也，从心，如聲。」**

段注：孔子曰。能近取譬。可謂仁之方也矣。孟子曰。彊恕而行。求仁莫近焉。是則為仁不外於恕。析言之則有別。渾言之則不別也。仁者、親也。

案：仁是一種內在的德行，形諸於外的表現就是「恕」，如《論語・衛靈公》：「其恕乎！己所不欲，勿施於人。」仁與恕是一體兩面，就如同上文中的恭與肅一樣。

由以上三例可以發現，渾言與析言多為同一事物，這一類型的同義詞單詞，後來常發展為同義複詞，例如：喘息，只是呈現的型態不同，或有程度輕重的不同，或有側重焦點的差異，但都可以用在同一件事物上的不同狀態。這類的同義詞後來容易變成同義複詞，例如：喘息、牙齒、器皿、翱翔、疾病等等。

（二）義同／義略同／義相近

1 《說文・心部》：「慮，謀思也。从思虍聲。」

段注：「心部曰：念、常思也。惟、凡思也。懷、念思也。想、覬、思也。𢝊、同思之和也。同一思而分別如此。言部曰。慮難曰謀。與此為轉注。口部曰。圖者、畫也。計難也。然則謀慮圖三篆義同。」

案：慮是指思考的意思，而謀為深入的思考，而圖是謀劃、規劃的意思，三者為遞進的關係，由思考的概念再延伸出去，段注以轉注聯繫慮、謀關係，這也可以證明，轉注是同義詞互相解釋的概念。

2 《說文・心部》：「憖，問也；謹敬也。从心，猌聲。」

段注：「（問）今依冐字。小爾雅曰。憖、願也。晉語。伯宗妻曰。憖庇州犁焉。韋注曰。憖願也。願與肯義略同。」

案：肯本義為「骨頭和筋肉結合之部位。」《國語・晉語四》：「楚眾欲止，子玉不肯。」[5]為許可、答應的意思。此處憖是與肯「答應」義接近。憖、願、肯雖都有認同、許可義，但在語義上仍是相差較遠，憖較接近希望，願則是希望、樂意，而肯則為許可、答應，三者雖都接正面的認同義，但使用上差距仍是較大，所以段注才言明是略同。

3　《說文・心部》：「忨，貪也。从心，元聲。《春秋傳》：『忨歲而濊日。』」

段注：「貪者、欲物也。忨與玩翫義皆略同。按左傳昭元年曰。翫歲而愒日。習部引之。國語作忨日而濊歲。韋曰。忨、偷也。濊、遲也。此所偁疑用外傳文。然杜注翫愒皆貪也。」

案：《說文・玉部》：「玩，弄也。从玉元聲。」段注：「弄、玩也。是為轉注。周禮曰。玩好之用。」《說文・習部》：「翫，習猒也。从習元聲。《春秋傳》曰：『翫歲而愒日。』」玩，有把玩、玩弄之義，若玩樂過度則引申出過度、貪心之義，忨、翫皆為貪心或是過度之義，在經典中也有通用義，而玩與兩字關係較遠。故曰義相近。

4　《說文・心部》：「忱，誠也。从心冘聲。《詩》曰：『天命匪忱。』」

段注：「誠者、信也。詩大明曰。天難忱斯。毛曰。忱、信也。言部諶下曰。誠、諦也。引詩天難諶斯。古忱與諶義近通用。」

5　《國語》，景杭州葉氏藏明嘉靖翻宋本，《四部叢刊初編》，中國哲學書電子化計劃網站，https://ctext.org/pre-qin-and-han/zh?searchu=%E5%AD%90%E7%8E%89%E4%B8%8D檢索日期110/12/30

案：《說文解字・言部》：「諶，誠諦也。」《玉篇・言部》：「諶，信也。」諶，義為信賴，忱有真誠之義，因為真誠而值得信賴，兩字意義接近。段注中引《詩經》說明「誠」亦解釋為信，而聯繫起兩字的關係。

以上四組義同／義略同／義相近的同義詞，關係通常為引申義，有不同的使用情境，不若渾言／析言，雖詞義有別，但重疊概念較多。

（三）互訓

1 《說文・心部》：「志，意也。从心之、之亦聲」

段注：「周禮保章氏注云：志，古文識。蓋古文有志無識，小篆乃有識字。保章注曰：志，古文識。識，記也。」

《說文・心部》：「意，志也。从心察言而知意也。从心从音。」

段注：「志即識，心所識也。意之訓為測度，為記。訓測者，如論語毋意毋必，不逆詐，不億不信，億則屢中，其字俗作億。訓記者，如今人云記憶是也，其字俗作憶。」

案：「志」有「記」的意思，「意」則是透過觀察言語而了解內心想法，由覺察而有測度、記的意思，形成兩字同義現象。

2 《說文・心部》：「慨，忼慨，壯士不得志也。从心既聲。」

段注：「依全書通例正。忼慨雙聲也。他書亦叚㤞為之。作忼㤞。」

《說文・心部》：「忼，慨也。从心亢聲。一曰《易》『忼龍有悔』。」

段注：「各本奪忼。字今補。忼之本義為忼慨。」

案：「忼慨」為雙聲連綿詞，必須兩字構詞後才有意義，因此在說解時，以互訓的方式呈現。

3 **《說文．心部》：「怨，恚也。从心夗聲。」**
《說文．心部》：「恨，怨也。从心㫐聲。」
《說文．心部》：「恚，恨也。从心圭聲。」

段注：「怒者、恚也。二篆互訓。」

案：「怨」除了《說文》釋義為「恨」之外，另有「責備、怪罪、痛恨」之義，《論語．里仁》：「事父母幾諫，見志不從，又敬不違，勞而不怨。」僅有在「仇恨」這個義項與「恨」形成同義詞。「恚」釋為「恨」，但常與「忿」、「怒」連用，詞義就偏向有憤恨之義。這組的同義詞詞義大多重疊，或在詞義發展上因為搭配其他語詞使用，而漸漸有了一些差別，例如：怨又分成兩個義項、「恚」釋為「恨」，但常與「忿」、「怒」連用，而略帶怒義。

（四）音義同／音義略同

1 **《說文．心部》：「恤。憂也。从心血聲。」**

段注：恤。憂也。按卩部曰。卹、𢝊也。比部引周書無毖于卹。今尚書作恤。恤與卹音義皆同。

案：《說文．血部》卹字下段注：「『卹』與心部『恤』，音義皆同，古書多用『卹』字，後人多改為『恤』。」兩字應為古今字的關係。

2　《說文・心部》:「懽，喜款也。从心雚聲。《爾雅》曰:『懽懽愮愮，憂無告也。』」

> 段注:「喜欵也。从心雚聲。《爾雅》曰:『懽懽愮愮，憂無告也。』古玩切。十四部。《廣韻》曰。懽同歡。呼官切。釋訓文。懽懽即大雅之老夫灌灌。《傳》曰。灌灌猶款款也。懽本訓喜款。而悹者款款然之誠、亦與喜樂之款款同其誠切。許說其本義。爾雅說其引申之義也。」

案:《說文・欠部》:「歡，喜樂也。从欠雚聲。」段注:「呼官切。十四部。孟子借驩為歡。」懽與歡，古音同韻，到了《廣韻》變成同音，懽與歡兩字意義相似，段注中也提到，作為喜樂義應為引申，故兩者雖有同義關係，但如同尚文所言，因引申而詞義有了差異。

由以上四種同義詞術語類型，可以知道，這些術語的差異多來自於同義詞詞義交集的程度，若依照詞義相似的程度，最密切的是「音義相同」的詞組，有些甚至已經成為異體字，也就是已是等義詞，例如:恤／卹；其次，為互訓，兩詞義雖略有不同，但釋義上已不刻意劃分，例如:意／志；而渾言與析言，多半是用在同一概念上，或有上下義位關係、或為一事之一體兩面，段注通常也會說明兩詞差異為何，是段注同義詞最典型的例子，有交集也有小部分明確的差異，例如:喘／息；最後同義交集最少的是義略同，例如:憖／願／肯。

表二　段注同義詞術語語義交集程度

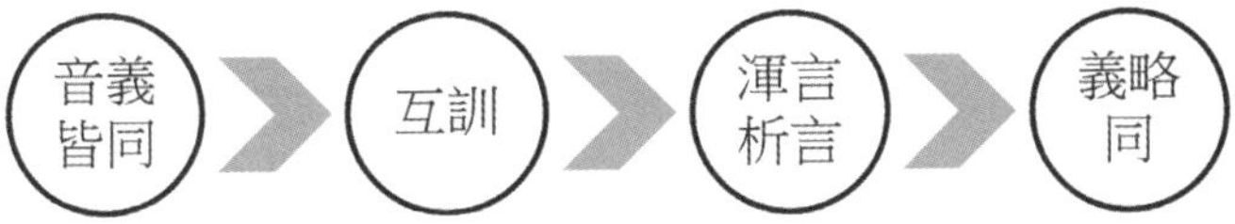

四 《說文解字注》中同義詞類型

筆者曾在〈〈段注《說文》中「析言」類型探析——兼談同義詞分類類型〉（《儒學研究論叢》第六輯，103年12月）一文中，依照段注中同義詞使用的情況，將同義詞分成不同類型，如「冠／冕」是「範圍大小」的差異，前者為總名，後者為官員的禮帽。「祭／祀」是「側重焦點」的不同，前者是「有巳」、後者是「無巳」；「擊／攴」是「程度輕重」差異，前者是一般擊打，後者為小擊；其他還有像語體風格、古今不同等方面，分成不同類型。[6]如果說「渾言」是為了聚合有同樣核心義的詞彙，方便文獻理解與修辭應用，那麼透過「析言」就是讓語言使用更加精準，用同義詞的細微差異，來顯現內容的不同。若將心部字的同義詞概分類型，以「古今不同」類型來說，「恤／卹」古為卹、今為恤；「範圍大小」則可以「思」作為代表，「思」為含括範圍最大，其他如「念」、「惟」、「慮」、「懷」、「想」則範圍較小；「程度輕重」或可以「息」與「喘」為例，前者是平緩的呼吸、後者為急促的呼吸；而「側重焦點」不同，可用「仁」、「恕」作為例子，前者側重內心的狀態、後者側重在做事呈現的態度。又如「慮」側重在計畫謀略、「念」側重在時常想念。而「忿」與「憤」同樣表示怒氣，前者側重在急躁，後者側重在盛怒之氣。「側重焦點」不同也是同義詞最大宗的類型。礙於篇幅，本文僅舉數例作為代表。

---

6 陳姞淨：〈〈段注《說文》中「析言」類型探析——兼談同義詞分類類型〉，《儒學研究論叢》第六輯，103年12月。

五　結語

本文受限於篇幅，主要聚焦於《說文解字注》中訓詁術語的分析與說明，兼及同義詞詞義形成與差異類型。希望透過簡單的訓詁術語分析，可以整理出段玉裁如何運用這些術語，將不同交集程度的同義詞彙整起來。從等義詞（異體字）到同義詞，透過術語的說明，了解每組同義詞的細緻分別，也可以讓這些傳統訓詁學術語，有更具體的內涵。而近二、三十年來，詞彙隱喻理論發展，讓詞義的形成與發展有更清晰的脈絡，本文僅能略作介紹，希望能在此基礎之上，將段注同義詞的詞義發展過程一一釐清，相信對於形成同義詞的原因與階段可以清晰，也能觀察詞義流變的過程。而差異類型則是立足於當前研究成果上，希望藉此上溯古文獻，完成不同時代的同義詞分類。段注的內容豐富，單一心部僅能以管窺天，期盼日後能有更多機會逐一完成不同部首，聯繫起更多跨部首的同義詞研究。

腳色、角色考

陳彥君
國立彰化師範大學臺灣文學研究所

摘要

「腳色」與「角色」二詞，指中國傳統戲曲的人物類型，如生、旦、淨、末、丑，此二詞於現代北方漢語除了同音，幾已同義，然其歷時發展與語文學的語用呈現，仍有值得探究之處。

本文緣起於碩一時於師大修習　陳伯元先生之「廣韻研討」課程，受　先生治學理路啟發，從「腳」、「角」語音的疑義出發，藉由考證「腳」、「角」二字的形、音、義歷史演變，以及「腳色」、「腳數」、「角色」等構詞形式的探討，並擴及語文學、閩南語語料的表現，企圖探索「腳色」與「角色」二詞產生之時代先後與音義演變經過。

關鍵詞：腳、角、腳色、角色、腳數、閩南方言

一　前言

本文欲以「腳色」、「角色」為題，探究此二詞之形、音、義，以求辨析其本義，討論二詞之間傳承或演變脈絡。

查考前人研究，多是關於「色」字意義的解釋，於「腳」、「角」二字之關係，或曰「二字音近假借」；或曰「用角字，即為唐代『角牴戲』之影響」；或曰「角作酒杯解，引伸為表現戲曲演出時宴飲之像」；或曰「角為獸角，中國傳統戲曲早期與巫祀有關，有扮獸、戴獸角之行為」。

然上述各說皆未有進一步的推展或考證，亦未寫成專文，只於討論其他論題時稍稍提起，無法深入。故筆者欲從基本形音義、文獻著錄，以及存古的閩南方言語料為觀察重點，企圖搜索可以為證的材料，並提出一些想法。

本文的研究主題如下：

1　文獻裡的「腳色」、「角色」的紀錄與傳衍

2　「腳」、「角」的形音義探討

3　「腳色」、「角色」的語用變遷

4　閩南方言「腳」與「骹／跤」的高構詞力及其意義

二　傳世文獻裡的「腳色」、「角色」

（一）腳色

「腳色」一詞，唐代已見一例，本義原是「身家履歷」，故多出現在史書、政治類典籍裡；後起義演變為表示「戲曲人物型態」，則多見於戲曲、小說中，尤以明代後，以「腳色」表示戲曲人物之意的文例，數量漸增。

【唐】《唐六典》卷二十五

凡京司應以籍入宮殿門者，皆本司具其官爵、姓名，以移牒其門（註：若流外官承腳色，並具其年紀、顏狀。）[1]

【元】《宋史》卷一百五十七

而局官等人各置腳色，遇有差遣、改補、功過之類，並申祕書。今乃一切自行陳請，殊乖初意

【明】《繡像金瓶梅詞話》／第七十八回／笑笑生著

吃的是龍肝鳳髓，熊掌駝峰。歌的錦瑟銀箏，鳳簫象管。鼉鼓鼕鼕驚過鳥，砍喉囀囀遏行雲。席上嬌娆，盡是珠圍翠繞；階下腳色，皆按離合悲歡。

【清】《海上花列傳》／第六回／韓邦慶著

雲甫道：「老鴇阿有啥好人嗄！耐阿曉得有個叫黃二姐，就是翠鳳個老鴇，從娘姨出身做到老鴇，該過七八個討人，也算得是夷場浪一擋腳色啘！就碰著仔翠鳳末，俚也碰轉彎哉。」

（二）角色

「角色」一詞完整出現，用以表示「戲曲人物類型」，文獻紀錄上遲至清代的《海上花列傳》才出現，在此之前，與「角色」相關者，僅有元代《西廂記》中「傻角」一詞，用以表示劇中痴傻的人物，且為「角」字單獨存在，並非「角色」。

值得一提的是，《海上花列傳》同時寫有「腳色」與「角色」，是歷代文獻中極為特出者，我們以為或可視為「腳色」、「角色」二詞混用、趨同的過渡階段，故有二詞並存之語言使用。

---

1 若流外官承「腳色」：「腳」字原本殘缺，據嘉靖本補。

【清】《海上花列傳》／第十五回／韓邦慶著

實夫聽得鶴汀笑，乃道：「我說個閑話，耐哚陸裡聽得進？怪勿得耐要笑起來哉。就像耐楊媛媛，也是擋角色啘，夷場浪倒是有點名氣哚。」

【清】《海上花列傳》／第十五回／韓邦慶著

這大觀園頭等角色最多，其中最出色的乃一個武小生，名叫小柳兒，做工、唱口，絕不猶人。

【清】《海上花列傳》／第十五回／韓邦慶著

陶雲甫道：「《迎像》搭仔《哭像》連下去一淘唱，故末真生活。」高亞白道：「《長生殿》其餘角色派得鑾勻，就是個正生，《迎像》、《哭像》兩齣吃力點。」

從文獻紀錄可知「腳色」的使用早於「角色」，戲曲早期文本也是使用「生腳」，而非「生角」。

三　「腳」、「角」之形音義

（一）腳之初形本義

《說文解字》：「腳，脛也。」金文象小腿之形。

本義為「小腿」，後起義為「足」，後有引申義二：其一指物體的下端，其二指「腳力」。

（二）角之初形本義

《說文解字》：「獸角也。象形，角與刀、魚相似。凡角之屬皆从角。」

甲骨文象獸角之形，金文在獸腳上加飾筆，應為《說文解字》所指之「刀、魚」形。又有從「龠」之形，加上樂器之意象，可能是五聲「宮商角徵羽」之角字初形，為假借字[2]。

從腳、角二字的初形本義來看，都沒有和戲曲人物相關的意涵，若有，則「腳」可能從身體部位擴大，代指某個人物；而「角」與戲曲的關係，可能是音樂的音階，也可能如前文所述，可能與角觝戲、角作酒杯解或角作獸角解。

（三）腳、角之音

1　上古音

「腳」字上古為見母鐸韻，依 陳新雄先生之擬音為*kjak，李方桂之擬音也作*kjak；「角」字上古為見母屋韻，依 陳新雄先生之擬音為*kauk，李方桂擬作*kruk。腳、角二字於上古音同聲母，皆為收-k尾的入聲字，在文獻上，則少見鐸屋二部合韻者。[3]

2　中古音

「腳」:《廣韻》居勺切，為見母藥韻，宕攝開口三等入聲字，高本漢、 陳新雄先生、董同龢皆擬作kjɑk。

「角」:《廣韻》古岳切，為見母覺韻，江攝開口二等入聲字，高本漢、陳新雄先生、董同龢先生皆擬作kɔk。

二字聲母同為見母，同具韻尾-k，唯韻母不同，除主要元音分別為-a-、-ɔ-，介音格局上，腳為三等字，角則為二等字。此二字於中古音系統呈現上，仍是兩個清楚分立的語音。然而，隨著宕江攝在漢

2　季師旭昇：《說文新證》（臺北：藝文印書館，2002年），頁355-356。

3　參　陳師新雄：《聲韻學》（臺北：文史哲出版社，2005年）頁809。

語的逐步合流、部分方言見系聲母顎化現象，以及「腳」、「角」這兩個入聲字丟失塞尾的過程，多方因素的影響下，才有了下個階段的「腳」、「角」同讀和混用。

3　近代音至現代音

「腳」、「角」二字，至近代音階段，音義產生連結與變化。我們查考「腳」、「角」及其中古屬同韻字者，在《中原音韻》的語音呈現有兩種發展途徑，以下且以甲類、乙類稱之，並舉幾個常用字為例：[4]

甲類：蕭豪韻／入聲做上聲

（音kiau）覺、角【中古覺韻】

（音kiau）腳　　【中古藥韻】

乙類：又分兩類

蕭豪韻／入聲做去聲：

（音niau）虐、瘧【中古藥韻】

（音iau）　岳　　【中古覺韻】

（音lau）　樂　　【中古覺韻】

歌戈韻／入聲做去聲：

（音nio）　虐、瘧【中古藥韻】

（音io）　岳　　【中古覺韻】

（音io/lo）樂　　【中古覺韻】

從以上所舉例字，可知「腳」、「角」在《中原音韻》所代表的近代音系統裡，是同音字；又見中古藥韻、覺韻字，如虐、略、著、杓、

4　參　陳師新雄：《《中原音韻》概要》（臺北：學海出版社），頁52-58。

若、學、岳等，在《中原音韻》「蕭豪韻」與「歌戈韻」皆有之。[5]則中古藥韻、覺韻雖然分立，但發展至近代音，其內部系統漸漸產生變化，筆者推論：這類現象或為藥鐸二韻中部分韻字語音合流之呈現。

中古藥鐸二部，雖已見組合之態勢，依然有參差之處，如本文討論之「腳」、「角」二字，於國語也有tɕiau315、tɕye35兩讀[6]，「覺」可讀tɕiau51、tɕye35，何以在《中原音韻》只有一音作kiau，屬「蕭豪韻」？筆者以為，這應是語音演變中的不齊整表現，見母以外的字，皆跨「蕭豪」、「歌戈」二韻，發展至現代音則成為兩讀，如躍ye51、iau51，或兩讀以上樂lɤ51、iau51、ye51，或只存一音，如岳ye51；見母字「腳、角、覺」原只有一音，後來受到同韻部其他不同聲母字之成系統語音演變之影響，至現代漢語成為兩讀之字。而這類獨立、特出的見母藥韻與見母鐸韻字，究竟在何時多出一個音讀，就目前我們所知之文獻或語料，實在難以考定，唯一可推測的是：後起的第二音讀應是tɕye35。

至明代，梅膺祚編纂《字彙》一書，其「腳」字下之反切為「吉岳切」；[7]則中古藥韻的「腳」字，以屬於鐸韻的「岳」字為韻母，故可推知：「腳」與鐸韻「角」字於明代應屬同音字。

現代漢語「腳」、「角」有tɕiau315、tɕye35二音，自上述推論，可知tɕiau315音應早於tɕye35。現代編纂之字典、辭典，普遍將這兩個音讀表示的語意做清楚的區別，但亦有簡略概括而不分者。如《漢語大詞典》「腳」字下[8]（部分重點摘引）：

---

5 同前註，頁45。

6 「角」字於國語實有四個讀音，但lu51、gu315兩音不屬於本文討論範圍，lu51其古文字形似角，後訛變寫作角；「角角」音gu315 gu315，gu315音是從摹擬野雞聲音而來。

7 轉引自王力：《王力古漢語字典》（北京：中華書局，2005），頁1000-1001。

8 漢語大詞典編輯委員會：《漢語大詞典》（上海：漢語大詞典出版社，2005年），頁1724，2295。

腳【tɕiau315】

1.小腿。

2.人與動物腿的下端。

3.腳步、奔走。

4.擔任傳輸、運輸的人或牲口。

5.器具的支撐、東西的下端。

腳【tɕye35】

1.傳統戲曲演員專業分工的類別，如京劇的生、旦、淨、丑。

2.角色。戲劇、電影中演員扮演的人物。

角【tɕiau315】

1.羊、牛等獸類頭頂或吻前突出的堅硬骨狀物。

2.借指獸類。

3.形狀像獸腳的東西。

4.額骨的俗稱。

5.古時未成丁者的髮飾。

6.物體兩個邊沿相接處。

7.隅，角落。

8.量詞。

角【tɕye35】

1.我國戲曲演員專業分工的類別，主要根據角色類型劃分。

2.五聲之一。

3.人物。

4. 古代酒器，青銅製，形似爵而無柱，前後兩尾沿口端斜出似角，有蓋。

根據以上解釋，可知「腳」、「角」語意與戲曲有關時，讀作tɕye35；與戲曲無關聯者，大多讀tɕiau315，少數例外如「角」字作酒器解時，亦讀tɕye35。

4 小結

自歷時的語音演變觀察，「腳色」與「角色」二詞於現代漢語出現異文同義的情況，應與腳、角二字本身的字義關聯無涉，文獻著錄從唐代的「腳色」漸漸變為清代以降廣為使用的「角色」，實乃同音而產生的「用字假借」。

又「腳色」與「角色」產生時代先後，前文已爬梳文獻，觀察此二詞在語文學上的表現，得知：「腳色」之時代應早於「角色」一詞之使用與流通。而位處南方，保留古音較多的閩南方言，也留下關於「腳色」先於「角色」之語言材料，請見後文。

四　閩南方言的「腳」與「角」

本節探析閩南方言中「腳」、「角」的語音與構詞表現，所錄語音參自《廈門音新字典》（以下簡稱《廈新》）[9]與《廈英大辭典》（以下簡稱《廈英》）[10]，亦兼採現代編纂的《閩南方言大辭典》[11]，下文討

9 甘為霖：《廈門音新字典》（臺南：人光出版社，1997年）。

10 Douglas & Barclay: *CHINESE-ENGLISH DICTIONARY OF THE VERNACULAR OR SPOKEN LANGUAGE OF AMOY*（《廈英大辭典》）（LONDON: TRÜBNER, 1873年；臺北：南天出版社，1990年。）

11 周長楫主編：《漢語方言大詞典》（福州：福建人民出版社，2006年）。

論之語料，其年代上限約於十九世紀中末葉（《廈英》編纂於西元1873年），晚則至現代閩南語。

又《廈新》所書乃教會羅馬音標，筆者為解釋字義，探析詞彙，試圖利用筆者案語為之標寫本字。本字之書寫，是根據《廈英》、《廈新》、《廣韻》等書，反覆查考所得，較有把握，筆者自覺能通說者，不加「應為」、「可能為」字眼，直書其本字。

（一）「腳」字：腳、腳數、骹、骹數、腳色

「腳」字在閩南方言有文白讀各一音，文讀作**kiok^{4}**，白讀作**kioʔ^{4}**。（本處之討論，為集中論述焦點，略去部分文讀音之詞條。）

1 《廈門音新字典》

（1）kioʔ^{4}（陰入調），白話音。[12]

【kioʔ^{4}（腳Kiok^{4}）】

lut^{8}-ts^{h}iu^{2} lut^{8}-kioʔ^{4} ：光著手腳之意。（筆者案：lut^{8}本字可能為「禿」，則為「禿手禿腳」。）

ts^{h}it^{4}-tshiu^{2} pueʔ^{4}-kioʔ^{4}：七手八腳

kioʔ^{4}-sek^{4}：腳色

（2）Kiok^{4}（陰入調4），文讀音。

【Kiok^{4}脚】

su^{3}-tsi^{1} e^{5} mia^{5}（四肢的名〔稱〕），kian^{1}-kɔ^{3}（堅固）；kiã^{5}-po^{7}（行步）；

12 頭字大寫為文讀音，小寫為白話音。

tshiŋ[1]-iŋ[7]；gau5（賢／勢[13]），kha1-kut1（「骹」骨）；thɔ5-kha1（塗「骹」）。

2 《廈英大辭典》

【kioh】kioʔ[4]（陰入調4），白話音。An individual, especially said of coolies and actors.

（1）腳作人或動物身體器官解

【lut[8]-ts[h]iu[2] lut[8]-kioʔ[4]】to bare one's arms and legs.（筆者案：應為「禿手禿腳」。）

【ts[h]it[4]-tshiu[2] pueʔ[4]-kioʔ[4]】touching other people's person or things in a too familiar way.（七手八腳）[14]

【kue1- kioʔ[4]】a small shellfish shaped like a turtle's foot.（kue[1]據《廈新》p.355，知應為「龜」字，則本詞為「龜腳」。）

（2）「腳數」：與戲曲相關／與工作、地位、能力有關者

【kioʔ[4]-siau[3]】number of hands employed in some work; number of actors, esp. full number for a play.

（「腳數」，據英文解釋，可指雇員、工人，或指一場演出裡的所有演員。）

【ho[2]- kioʔ[4]-siau[3]】good at work, as workman.（「好腳數」，指工作能力強的人）

【kui[2]-e[5] kioʔ[4]-siau[3]】how many actors?（「幾□腳數」：有多少演員？）

---

13 此處著「賢／勢gau5」不知為何，然本文主要參考之兩本閩南地區字典，於gau5一音，只錄表聰明、善於做某事之意，即為「賢/勢」，不見他意。

14 然《廈英》之解與官話「七手八腳」之意有異，此非本文探討之重心，略而不論。

【tsŋ^1 sim^2-mîʔ^8 kioʔ^4-siau^3】what character does he act in the play?（「妝什麼腳數」，問人在戲裡扮演什麼腳色）

（3）「腳色」：與戲曲相關／與工作、地位、能力有關者

【kioʔ^4-sek^4】a man's appearance, as indicating his trade, profession, &c.（「腳色」）

【m^7-si^7 kioʔ^4-sek^4】unfit for the position, work, or business entrusted to him.（「不是腳色」，據英文解釋，意指一個人不適合其被委託的工作或所處的地位、身分。）

【sim^2-mîʔ^8 kioʔ^4-sek^4】what employment or position has he? in what way is he fit to be employed?（「什麼腳色」，指一個人的職業或身分地位／是由於什麼因素使他適合這樣的職業或身分）

【tsŋ^1 sim^2-mîʔ^8 kioʔ^4-sek^4】what character in the play does he act?（妝什麼樣的腳色？）

【tsŋ^1 siŋ^1 e^5- kioʔ^4-sek^4】acts the part of a man in the play.（妝生的腳色）

【m^7-si^7 siŋ^1-li^2 e^5-kioʔ^4-sek^4】he does not look like a man that is a merchant.（「不是生利的腳色」，他不是一個適合做生意〔當商人〕的人。）

（4）「□腳」：與戲曲相關／與工作、地位、能力有關者

【hi^3-kioʔ^4】an actor（「**戲**腳」）

【t^{h}iu^2- kioʔ^4】the clown in the play.（「**丑**腳」）

【tshɔ^1- kioʔ^4】a coolie for rough work.（「**粗**腳」，苦力之意。）

【tsŋ^1 tshɔ^1- kioʔ^4】to act the part in a play of a common soldier or collie.（「妝**粗**腳」）

【tsŋ^1 iu3-kioʔ^4】to act the part of a polite or wealthy man.（「妝**幼**

腳」，意為：扮演上流的、文雅的人。據《廈英》載，「幼iu3」於閩南語另有「好的」、「（皮膚）細緻的」之意，故「妝幼腳」指扮演文雅的人物。）

3 現代閩南語詞彙舉隅：

【au^{3}-k^{h}a^{1}-siau^{3}】漚骹數[15]：弊腳貨
【au^{3}-kioʔ^{4}-siau^{3}】漚腳數：下三濫、爛貨
【au^{3}- kioʔ^{4}】漚腳：無能之人

【tua^{7}- kioʔ^{4}-siau^{3}】大腳數：要角
【tua^{7}- kioʔ^{4}-sek^{4}】大腳色：要角

【tsiu^{7}- kioʔ^{4}】上腳：出色、上手
【k^{h}a^{1}-siau^{3}-hi^{3}】骹數戲：壓軸戲
【pan^{7}- kioʔ^{4}】扮腳：化妝、扮戲
【p^{h}ue^{3}- kioʔ^{4}】配腳
【t^{h}e^{3}- kioʔ^{4}】替腳
【tua^{7}- kioʔ^{4}】大腳：大人物
【tok^{8}- k^{h}a^{1}-hi^{3}】獨骹戲

（二）「角」字：角、角色

1 《廈門音新字典》：kak^{4}（陰入調4）

【Kak^{4}角】
sui^{3}-lui^{7} t^{h}au^{5}-k^{h}ak^{4} huat^{4}-ts^{h}ut^{4} e^{5} kak^{4}（獸類頭殼發出的角）；
gin^{2}-a^{2} e^{5} t^{h}au^{5}-tsaŋ^{1}（□囝的頭鬃[16]）；

---

15 符號表示不知本字。

tam^7-poʔ^8（應為「淡薄」）[17]
gu^5-kak^8（牛角）
si^3-kak^4 （四角）

2 《廈英大辭典》kak4（陰入調4）

【kak^4】

a horn（獸角）；a corner（街角、空間中的一個角落）；a small bit（少量）；the tenth-part of a dollar（一角，貨幣單位）；a trumpet（喇叭）；a part of a place（空間中的一部分）；a division of a clan living together in one place, not necessarily genealogical（氏族中的一部分居住在一起，這類親族的關係不一定存在血統的聯繫。）

「角」並未收錄與本文「腳色」、「角色」討論相關之「代指人物」意涵的詞例。與我們在文獻上的觀察和推斷一致醫治，「角色」是後起的音近假借詞彙，屬於北方「腳」、「角」同讀後，繼續傳入南方方言的新用詞。除了「腳色」、「角色」詞彙意涵，也可從「角」構詞力低的方向觀察，閩南語有關人物品評、人物類型的詞彙，都以「○腳」、「○骹」構詞，新進的「角」在閩南語與「腳」讀音不同，也未有類似「○角」的構詞。

（三）小結

查考閩南方言腳、角二字，我們得出以下論點：

其一，於歷史語音考證中未解之「腳」、「角」於「腳色／角色」

16 《廈新》，頁774「鬃」。

17 筆者案：先自《廈新》查考tam^{7}與poʔ^{8}二音，雖然發現「淡、薄」二字似為本字，於字解下卻無詞條佐證，故改查《廈英》，見著錄「tam^7-poʔ^8」，解作：small in quantity; a little of a thing(v. poʔ^8)，淡、薄皆有小、少義，應為本字。

使用之時代先後問題，自上述列舉之閩南詞彙可解之。從十九世紀《廈新》、《廈英》兩部字典，可發現閩南方言表達戲曲人物或一般工人、雇員，皆用「腳」字引領其構詞，不見「角」，角字之使用多在表「獸角」等意義上，無「角色（kak^{4}-sek^{4}）」一詞。也因為閩南方言中「腳」、「角」二字，不論近代或現代，皆不同音，不若北方漢語在各種語音因素影響下，使「腳」、「角」同讀。既未同讀，便無「音近假借」之現象，更混淆之可能，

故上述討論可知「腳」戲曲人物一詞之本字，使用時代早於用「角」，從現代閩南方言才見字典著錄「角色」，應是受北方官話影響下形成之詞彙。

其二，十九世紀中葉時的閩南方言，稱戲曲人物類型或演員以「腳數」為主，從其大量構詞、高強度的構詞力表現觀之，閩南語以「腳」、「骹」來代指人物類型，是相當普遍法的用法，如現代閩南語影響下的臺灣國語，也有所謂「A咖」之稱，即是來自閩南語的「A骹／跤」，指某一領域能力較好、地位較高之人。

此外，查考各方言的詞例，「腳數」屬於閩南方言詞的可能性頗高，閩南方言以「數$siau^{3}$」表種種、各類之義。而「腳色」，於閩南方言應屬於後起詞彙，受北方官話影響，以「色」代「數」。

其三，據本文推論，「色」為北方官話所習用，而後閩南方言接受「色」字用法，與原先的「數」並列，成為「腳」字構詞的兩個選擇，故其相關詞彙可依「色」、「數」，分為二類，以明其來源之異。深究「色」、「數」二字，意義實近：「色」指人的形態樣貌，故戲曲有「各色人物」之稱，另有「形形色色」一詞可為證；「數」指種種，各類，數目、類目，用以形容各式各樣的人物，應可通說。

其四，閩南方言習用方言詞「骹」，一般北方官話稱「腳」（國語：$tɕiau^{315}$）的語境，今日閩南語多讀$k^{h}a^{1}$，本字即是「骹」。故「腳

數」一詞，今亦見作「骹數」(k^ha^1-$siau^3$)。一般人常用「腳數」表達較正面或中性之意義，用「骹數」表達較負面的意涵，甚至將$siau^3$音改讀或誤讀，作$siau^5$（意：男性精液），更含粗鄙之意。

五　結語

「腳色」與「角色」之關係，自傳世文獻的表現可知書以「腳色」為多，最早在唐代《唐六典》的註裡可見，而「角色」一詞則於清代及現代漢語，才開始大量使用。又從歷時的語音演變觀之，「腳」與「角」二字，上古、中古音僅為同聲母、皆收-k尾的入聲字，從近代音起到現代國語，由於受到漢語的幾大音變的推動，使腳、角二字讀音趨同，而後才發生兩字的音同而假借。文章最末，自閩南方言語料觀察得到「腳」的構詞力強盛，「腳色」一詞流行於閩南戲曲文本和日常用語，後起的音近假借「角色」一詞，屬於北方傳入的新用詞，我們的論點是「角」構詞力低，閩南語有關人物的詞彙，都以「腳」、「骹」構詞，新近的「角」在閩南語與「腳」讀音不同，語義與構詞力也有明顯差異。

透過文獻與形音義的梳理，除了確知腳、腳色屬於原始用法，並從音義發展上，探討腳、角在北方漢語的同音歷程（受漢語宕江合流、見系聲母顎化與入聲尾丟失等音變影響）。並藉由閩南方言「腳」的強構詞力，不僅是戲曲人物，日常人物皆能指稱，而閩南語的「角」字及其他詞彙便單純只是獸角、銀角義。

故「腳」、「腳色」在戲曲裡的名稱來源，便可排除「角為酒杯說」、「角為獸角說」與「角觝戲」之說，我們認為「腳」的使用為身體部位引申，由人的腳代指該人，藉以表達人物的品性、職業、階級等，也是戲曲裡品評人物、區別劇中人物、表達性格的一種名稱。

《清華（伍）· 命訓》校詁釋例芻議
——以「大命小命互動互成」為觀測標的

黃麗娟
國立臺灣師範大學國文學系副教授

摘要

〈命訓〉是《清華簡（伍）》中《尚書》類篇章三篇之一，簡文內容與傳世《逸周書 · 命訓》大致相合，整理者謂「當係〈命訓〉篇的戰國寫本」。〈命訓〉首段揭示「大命有常，小命日成」之旨，提供窺豹「天命論」在東周之季發展的重要參考基礎。本文以「大命小命互作互成」為觀測標的，首先分析〈命訓〉首段大命小命之間互動互成的運作體系出發，討論「天一王一民」之間的權力位階關係。其次講述天道使用「命、福、禍」與人道使用「恥、黻冕、斧鉞」工具方法的異同，說明六極與九奸所指為何。最後敘述明王如何使用「諮、明、勸、畏」教化下民。

關鍵字：命訓、逸周書、大命、小命、天道、人道、六極、九奸

一　緒論

《清華大學藏戰國竹簡（伍）》[1]在2015年4月甫一出版，隨即蔚成研究風潮，方興未艾。全書收錄六篇戰國楚簡：〈厚父〉、〈封許之命〉、〈命訓〉、〈湯處於湯丘〉、〈湯在啻門〉、〈殷高宗問於三壽〉。其中《尚書》類相關篇章有三：〈厚父〉、〈封許之命〉、〈命訓〉。其中〈命訓〉共15支簡，各簡皆有程度不一的殘損，簡長粗估約49釐米。除去最後一支簡外，其餘14支簡簡背竹節處皆標有序號。第4、14簡簡背竹節處殘損，是以失落簡4序號，簡14序號則見殘損。簡文內容與傳世《逸周書·命訓》大致相合，整理者謂「當係〈命訓〉篇的戰國寫本，今徑以『命訓』命名本篇。」[2]知見清華簡中已有〈皇門〉、〈祭公〉、〈命訓〉三篇《逸周書》篇章，不惟證實《逸周書》實為周代典籍的「周書」性質，三篇戰國寫本與今本多見文字互異的現象，亦可提供分析文獻在傳鈔過程中容易傳寫致譌的狀況。

本文以「大命小命互作互成」為觀測標的，首先由分析〈命訓〉首段大命小命之間互作互成的運作體系出發，討論「天－王－民」之間的權力位階關係。其次講述天監明王以大命，明王訓下民以小命的權力層遞聯繫，說明何謂六方三術，並指出天道使用「命、福、禍」與人道使用「恥、黻冕、斧鉞」工具方法的異同，再結論六極與九奸所指為何。最後敘述明王教化下民的方式：詻、明、勸、畏。詻欲民悔過，明欲民有恥，勸欲民忠信，畏欲民承教。

1　清華大學出土文獻研究與保護中心編、李學勤主編《清華大學藏戰國竹簡（伍）》（上海：中西書局，2015.04）。

2　清華大學出土文獻研究與保護中心編、李學勤主編《清華大學藏戰國竹簡（伍）》（上海：中西書局，2015），頁124。

二　大命有常與小命日成互動互成

（一）明恥是小命日成的關鍵

〈命訓〉篇中首段敘述天道、人道各有三種相當的工具可以用來調控下民，謂之「夫六方三述（術），亓（其）亟（極）鼠一（一），弗智（知）則不行」：

> 天又（有）命又（有）福又（有）禍，人又（有）佴（恥）、又（有）市（黻）冒（冕）、又（有）鈫（斧）戉（鉞），以人之佴（恥）尚（當）天之命，以亓（其）市（黻）冒（冕）當天之福，以亓（其）鈫（斧）戉（鉞）尚（當）天之禍。（簡7）

「六方」乃指天道三術與人道三術的加和，天道用以調控下民的三種工具是命、福、禍，人道與之相當的工具則是恥、黼冕、斧鉞，其中「命－恥」相當、「福－黼冕」相當、「禍－斧鉞」相當。「夫司悳（德）司義而易（賜）之福彔（祿）」（簡2），天在司德、司義之後所降之福，相當於人間君王能賜之黼冕富貴。「或司不義而降之禍」（簡2），天在司不義之後所降之禍，相當於人間君王能施之斧鉞刑罰。前述「福－黼冕」、「禍－斧鉞」不難理解，但是將天降之「命」與明王能予之「恥」相當，便與其他先秦論命文獻的邏輯不同。〈命訓〉第一簡明言「□（天）生民而成大命，命司悳（德）正以禍福，立明王以訓（順）之曰：大命又（有）棠（常），少（小）命日成。日成則敬，友（有）棠（常）則窒（廣），窒（廣）以敬命，則尾（度）至于亟（極）」，天道能降下的大命（天命）有其常度，非人強求可得，但是人道的小命可以日成，人可日求精進而得。不強求大命，日成小命，此謂民之「敬命」。天立明王，便欲訓民以順之，此即第七簡所言「命－恥」相當之理。下民的小命既可日成，明王之責便在訓民小命日成之理，明王調控下民的工具則是賞以黼冕、刑以斧鉞、明之以恥。施以刑賞的黼冕和斧鉞是調控人民行為的外在工具，恥則是激發人民日成精進的內在工具，其中「佴（恥）」尤其是「小命日成」的關鍵。

> 夫司悳（德）司義而易（賜）之福彔（祿），福彔（祿）在人，人能居女（乎）？女[3]（如）不居而守[4]義，則庀（度）至于亟（極）。或司不義而降之禍，禍怴（過）在人，人□（能）母（毋）謠（路）虐（乎）？女（如）謠（路）而悬（悔）怴（過），則庀（度）至于亟（極）。夫民生而佴（恥）不明，𡈼（上）以明之，能亡佴（恥）虐（乎）？女（如）又（有）佴（恥）而亙（恆）行，則庀（度）至于亟（極）。夫民生而樂生𣪊（穀），上以𣪊（穀）之，能母（毋）懽（勸）虐（乎）？女（如）懽（勸）以忠訐（信），則庀（度）至于亟（極）。夫民生而痌（痛）死喪，上以𡙇（畏）之，能母（毋）忎（恐）虐（乎）？女（如）忎（恐）而承孥（教），則庀（度）至于亟（極）。」（簡3-4）

3　簡文女字之下右側有重文符號，整理者釋文未列出。諸家校釋文章多見提及，今從諸家之說。眾方家之說移見注7。

4　此字整理者謂从又主聲，讀為定母東部的重字。本文採用蔡一峰的解釋，釋作肘字異體，簡文讀作守字。另，紫竹道人認為「此字既然在新蔡簡中用為丑，《命訓》簡2中似可讀為守。」意見見於簡帛論壇：〈清華五《命訓》初讀〉第9樓，2015年4月13日。蔡一峰：〈讀清華簡《命訓》札記三則〉，《簡帛》第十三輯（上海：上海古籍出版社，2016年11月），頁63-65。

在簡3-4的敘述中，天是最高的權力位階，然後是明王，最後則是下民。或說「司德」是天神之名[5]，然而綜觀〈命訓〉全文，在上述各層的位階稱謂中（含括合文、重文在內），「天」總共出現10次，「明王」8次，「上」即「明王」，出現9次，「民」15次，「人」比較特別，有些句子代稱下民，有些句子代稱明王，有些句子則是明王與下民合稱，出現次數最多，共計18次，「司德」僅只出現過2次。假使「司德」是重要的權力位階層次，出現的次數與「天」和「明王（上）」相較實在過少。如果「司德」真是神名，既可「正以禍福」（簡1）又可「賜之福祿」（簡2）、「降之禍過」（簡2），如此「司德」的權力位階必定只在「天」之下、「明王」之上，因為「明王」的工具只有黼冕、斧鉞，沒有禍福。但是除去第一、二簡，通篇不再出現「司德」之稱，之後簡文所論調控下民的方法、工具，尤其涉及禍福的討論，皆明言出自於「天」而非「司德」。其中尤者，第七簡「天道三、人道三，天有命有福有禍，人有恥有黻冕有斧鉞」的敘述中，「恥、黻冕、斧鉞」是屬於「明王」的權力工具，「命、福、禍」則是屬於「天」的權力工具，而非「司德」。凡此，皆可看出「司德」並非神稱，而是動賓結構的詞組。[6]司德，謂監司明王與下民有德與

5 陳逢衡：「司德，天神。如司命、司中之類。」黃懷信、張懋鎔、田旭東撰，李學勤審定：《逸周書彙校集注》（上海：上海古籍出版社，1995），頁22。劉國忠：「司德當如陳逢衡所說是天神，如司命司中之類。（命司德正以禍福）全句的意思是上天命令司德用禍福來加以修正。天生民而成就的是大命，而司德正以禍福的則是小命。」劉國忠：〈清華簡《命訓》中的命論補正〉，《中國史研究》2016年第1期（北京：中國社會科學院歷史研究所，2016.3），頁26。高佑仁：〈清華伍〈命訓〉考釋〉，《第二十七屆中國文字學國際學術研討會論文集》（臺中：國立臺中教育大學，2016.5），頁2-3。

6 高佑仁亦有視作動賓結構詞組的說法，但是對於詞組的內容解釋與本文不同，論文最終也沒有採用這個說法：「命司德的命下應視為省略民字，因為命與司都屬動詞性質，若要能成句，則中間當省略受詞。命民主德或可解釋為命令人民堅守道德，

否。第一簡「□（天）生民而成大命，命司悳（德）正以禍福，立明王以訓之」句中「命司悳（德）正以禍福」不一定非得與「立明王以訓之」對文，「命司悳（德）正以禍福」亦可補上「以」字，解釋作「命－以－司悳（德）正以禍福」，謂下令以監司有德與否作為用禍福調控明王與下民行為的標準。第二簡中「司德司義而賜之福祿」與「或司不義而降之禍」是對文句，下句若補上「司不德」與「過」字，文句作「或－司不德－司不義而降之禍－過」，則上句的「司德」與下句的「司不德」亦可對文，仍然可以視作動賓結構的詞組，並不影響釋作監司明王與下民有德與否的釋義。

（二）天監明王以大命，明王訓下民以小命

天監明王以大命，天監下民以禍福。明王訓下民以小命，明王監下民以黼冕斧鉞。天監下民，司德、司義之後賜與福祿，「人能居乎？如不居而守義，則度至於極」（簡2），德義積累之量若少，能居福祿的時間亦短，無能再居福祿則可積德守義，以待下次能居之時。是則能否長久居於福祿關鍵在於「守義」（包括積德），故曰「福祿在人」。司不德、司不義之後降下禍過，「人□（能）母（毋）詻乎？如詻而悔過，則度至于極」，不德不義積累之量若少，禍過降身的時間亦短，能夠嚴守教令堅持悔過即能擺脫禍過。若是再次積累不德不義，禍過也會再次降身，是則能否長久擺脫禍過的關鍵在於「悔過」，故曰「禍過在人」。

明主訓恥於民，使民明恥，「有恥」之後仍需「恆行」。簡3此處

但是這樣卻與下一句正以禍福之間的關係產生斷層，即劉國忠所謂與前後文不能協調，因此理解為動賓結構實不可信。」高佑仁：〈清華伍〈命訓〉考釋〉，《第二十七屆中國文字學國際學術研討會論文集》（臺中：國立臺中教育大學，2016.5），頁2-3。

「恆行」即簡7所言「命－恥」相當的「以人之恥當天之命」，亦即前段所論「敬命」之理。民之小命可以「日成」，而日成之道即是「有恥」之後「恆行」。上句之「居」即是下句之「守」，〈命訓〉首段所論德行皆非靜態，而是動態的、持續的概念，居、守二字尤然，久居、持守始符其義。「守義」之守謂久持，「悔過」之悔在日省，天道賜降的福祿、禍過皆非永久，想要久居福祿、久離禍過，「守義」、「悔過」的關鍵都在「恆行」。故曰：「夫六方三術，其極一，弗知則不行」，明王承天有常大命，想要掌握治理下民之道，弗知「其極一」之理則治道不行。外在的黻冕、斧鉞只是調控下民行為的外在工具，使用上皆有極限，只有順訓下民「大命有常，小命日成」之理，使民由內明恥，內能有恥兼以恆行，外能守義而居福祿、能悔過而遠禍過，內外相合始為民之「敬命」。下民可以日成小命，明王始能久居、持守有常大命。此段所揭即《清華（伍）·命訓》首段明王之責：以黼冕、斧鉞當天之福、禍，訓民明恥恆行，民之小命日成，明王之大命即能有常。故謂「日成則敬，有常則廣，廣以敬命」，非惟民需敬命，明王亦然。

（三）如詻而悔過，如有恥而恆行，如勸以忠信，如恐而承教

簡3「[illegible]」字整理者隸定作「⿰言呈」，謂字「讀為懲」，並引《詩·小毖》集傳『有所傷而知戒也』以證字義。[7]此字今本《逸周書·命訓》作「懲」，此殆諸多較釋本篇的方家皆未過多關注，值皆採用整理者說法[8]之因。然而仔細觀察簡文字體，左半部从「言（[illegible]）」形，

7 清華大學出土文獻研究與保護中心編、李學勤主編《清華大學藏戰國竹簡（伍）》（上海：中西書局，2015），頁127。

8 高佑仁：〈清華伍〈命訓〉考釋〉，《第二十七屆中國文字學國際學術研討會論文集》

右下方所从分明是「各（）」形，右上方所从部件「」形較難辨認，開口朝向右上方，中間斜筆尚未穿透。似中而非中，因為「中（）」（《清華（伍）· 殷高宗問三壽》第17簡「藥（）」字）形開口通常朝上而非朝右上。似幺而非幺，因為「幺（）」（《清華（伍）· 湯處於湯丘》第16簡「饍（）」字）形筆畫通常環成兩道近乎圓形的曲筆，而非自左自右各寫一道曲筆再用斜筆向右下斜撇。似左而非左，因為「左（）」（《清華（伍）· 殷高宗問三壽》第21簡「左右字合文（）」字）形是用一道筆畫完成外環曲筆，再用斜筆往左下穿透曲筆而過，而簡3「」形是由方向來自左右的兩道筆畫完成外環曲筆，而中間的斜筆也並未穿透外環曲筆。字形與筆畫都較為接近的是「耑」字上方的筆法，《清華簡（肆）· 筮法》第46簡「端（）」字即是如此，然而从耑之字上方開口方向不一定皆朝右上，較多是朝左或左上，《清華（伍）· 命訓》耑字四見，「」（簡13）字上方開口方向皆是朝左。雖然暫時無法辨認〈命訓〉簡3「」字「」形部件音義所源，但是文字其餘部分的言形與各聲仍是明顯可識。

《清華（伍）· 命訓》第1簡、第8簡兩見「室（）」字，《清華（伍）· 殷高宗問三壽》第9簡「痓（）」字、第10簡「牲（）」字、第28簡「桂（）」字，上述四字字體右側上从止形、下从壬聲。四字所从壬聲應是簡文可以分別讀作「廣」、「狂」、「惶」、「枉」[9]的

（臺中：國立臺中教育大學，2016年5月），頁4。夏含夷：〈清華五《命訓》簡傳本異文考〉，中國古文字研究會、清華大學出土文獻研究與保護中心、中國社會科學院甲骨文殷商史研究中心、首都師範大學甲骨文研究中心編《古文字研究》第31輯（北京：中華書局，2016年10月），頁379。鍾舒婷：〈清華簡《命訓》與今本《命訓》異文對比整理〉，《學行堂語言文字論叢》第六輯（北京：科學出版社，2018年6月），頁84。馮勝君：〈清華簡《命訓》釋讀掇瑣（四則）〉，中國文化遺產研究所編《出土文獻研究》第十七輯（上海：中西書局，2018年12月），頁68。

9 清華大學出土文獻研究與保護中心編、李學勤主編《清華大學藏戰國竹簡（伍）》（上海：中西書局，2015），頁127、151。

原因。但是〈命訓〉簡3「」字文字形體與上述「室（）」、「痓（）」、「貍（）」、「桂（）」字不類，遑論所从部件皆無陽聲成分，僅只憑藉今本《逸周書·命訓》「福祿在人，能無懲乎？懲而悔過，則度至于極」句中此字位置作「懲」而將簡3「」字隸作「諻」，讀作「懲」，之於文字形體音義，甚或句義，乃至〈命訓〉大命、小命一段旨意，皆有矛盾扞格之處。唐大沛謂「懲當作勸，涉下文而誤。懲而悔過，案文義擬改勸而向善」。陳逢衡云：「禍祿雖賜于天，而實準乎人，若能懲而悔過，以求合于德義，則福祿至矣。」[10]馮勝君則將對文句中「福祿在人，人能居乎」的「居」字讀作倨慢之「倨」，謂居和懲是一對相反的概念，「人有福祿，乃易于怠惰，如不慢易而慎守於義，則可度至于極」[11]。以上諸說，皆在今本「懲」字之上為了縫補閱讀矛盾而發之補正。雖然經過如此補正，文句可以通讀，但是卻與原本〈命訓〉篇中大命小命之間可以彼此互動互成的理論有違。竹簡本〈命訓〉提供校勘的價值便在此處。今本「懲」字的確有誤，將簡本「」字隸作「諻」、讀作「懲」則是誤上之誤。簡3「」字从言、各聲，《說文》「詻（）」字下許慎先引《禮記·玉藻》「戎容暨暨，言容詻詻」與《周禮·保氏》「軍旅之容，暨暨詻詻」文句以證「詻」字詞義應作「教令嚴」。再以「子溫而厲」之厲詮釋「詻詻孔子容」之「詻詻」。[12]其說確有其理，「詻」字本即軍令、教令嚴格之義。

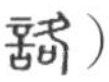

---

10 黃懷信、張懋鎔、田旭東撰，李學勤審定：《逸周書彙校集注》（上海：上海古籍出版社，1995），頁24。

11 馮勝君：〈清華簡《命訓》釋讀掇瑣（四則）〉，中國文化遺產研究所編《出土文獻研究》第十七輯（上海：中西書局，2018年12月），頁69。

12 （漢）許慎撰、（清）段玉裁注《說文解字注》（臺北：黎明文化事業公司，1991），頁91。

（四）詻欲民悔過，明欲民有恥，勸欲民忠信，畏欲民承教

〈命訓〉首段敘述四套明王教化下民的方式：一是詻，二是明，三是勸，四是畏。詻欲民悔過，明欲民有恥，勸欲民忠信，畏欲民承教。只是四套相關教化的文句錯落零散，分別布置在大命小命、黼冕斧鉞的監司體系之中，語句鋪排也並非全屬整齊的對文語句，若只依照尋常的校勘方式，不易覓得蹤跡，需得仔細拆解文意，教化主旨始能浮出。第2-4簡分別有四組文句講述輔佐監司體系運作的教化方式，分列如下：

1.「禍過在人，人□（能）毋詻乎？如詻而悔過。」
2.「上以明之，能亡恥乎？如有恥而恆行。」
3.「上以穀之，能毋勸乎？如勸以忠信。」
4.「上以畏之，能毋恐乎？如恐而承教。」

仔細觀察，雖然「詻、明、勸、畏」目的皆在教化下民，但是依其工具性質，可以再區分為二，一是詻、畏，二是明、勸。詻是軍令嚴格、畏是畏痛死喪，工具的負面性質與「禍、福」、「黼冕、斧鉞」中的禍、斧鉞類似，目的皆欲下民因為恐懼而服從，故謂「詻而悔過」、「恐而承教」。明是明訓以恥，勸是勸以忠信，工具的正面性質與「禍、福」、「黼冕、斧鉞」中的福、黼冕相似。只是福、黼冕重在嘉獎，明、勸重在訓導，兩者目的皆欲下民因為正面的褒勉而努力，故謂「有恥而恆行」。「勸以忠信」後位雖然沒有下接結論句，但是綜合全段文意，此處所言德行應當亦屬動態性質，下民能明「忠信」之後仍然需要「居」、「守」、「恆行」，始能「敬命」，以期「小命日成」。

三　六極既達，九奸具遷

第五、六簡是對於〈命訓〉前四簡大命、小命如何互動互成，循環運作以至功成的結論：

> 六亟（極）既達，九迁（奸）具寋（塞）。達道道天以正人，正人莫女（如）又（有）亟（極），道天莫女（如）亡（無）亟（極）。道天又（有）亟（極）則不𥜽（威），不𥜽（威）則不卲（昭），正人亡（無）亟（極）則不㠯（信），不㠯（信）則不行。
>
> 夫明王卲（昭）天㠯（信）人以厇（度）攻（功），攻（功）墬（地）以利之，事（使）身（信人）𥜽（畏）天，則厇（度）至于亟（極）。

（一）六極何謂

整理者謂「六極，即上文所說六種『度至于極』的情形」[13]，細數〈命訓〉首段以「則度至于極」構句的文句，殆指簡2-5中：「大命有常，小命日成。日成則敬，有常則廣，廣以敬命」、「福祿在人，人能居乎？如不居而守義」、「禍過在人，人□（能）毋詻乎？如詻而悔過」、「上以明之，能亡恥乎？如有恥而恆行」、「上以穀之，能毋勸乎？如勸以忠信」、「上以畏之，能毋恐乎？如恐而承教」六項。綜合所述，其實便是首段天道三「命、福、禍」、人道三「恥、黻冕、斧鉞」的調控工具與明王教化的四種方式「詻、明、勸、畏」所有內容的加總。

---

13 清華大學出土文獻研究與保護中心編、李學勤主編《清華大學藏戰國竹簡（伍）》（上海：中西書局，2015），頁128。

（二）九奸何謂

簡本所言「六極既達，九奸具塞」，今本作「六極既通，六間具塞」。整理者謂「簡文九間之義不詳，疑當從今本作六間」，改簡文數九為數六，並引唐大沛之語「六極之道既貫通而無不至，則六者之間隙無不塞矣」作結。[14]若無簡本以供校勘，今本如此詮釋「六極」與「六間」的相關亦無不可。但是如果參照《逸周書》「三訓」（〈度訓〉、〈命訓〉、〈常訓〉）當中重疊出現的說法，便會得出不同的結論。今本〈常訓〉：「苟乃不明，哀樂不時，四徵不顯，六極不服，八政不順，九德有奸，九奸不遷，萬物不至」[15]，其中「六極不服」、「九德有奸」、「九奸不遷」三句，不惟數字六、九搭配與上段所述相合，「奸－遷（遷改）」的關係亦可與簡本「九奸具塞」的「奸－塞（防堵）」相互攻錯，前者曰事後遷改，後者謂事前防堵，雖有時間前後差異，對於九奸的對治意義則是一致。鐘舒婷即謂〈命訓〉「六極既達，九奸具塞」正與〈常訓〉「六極不服，九德有奸」並舉，遙相呼應，九奸正是九德的反面。[16]〈常訓〉篇中潘振、陳逢衡、朱又曾皆曾具體定義九德[17]，諸如「忠無佞、信無偽、敬不懈、剛不撓、

---

14 引語分別見清華大學出土文獻研究與保護中心編、李學勤主編《清華大學藏戰國竹簡（伍）》（上海：中西書局，2015），頁128。黃懷信、張懋鎔、田旭東撰，李學勤審定：《逸周書彙校集注》（上海：上海古籍出版社，1995），頁24。

15 黃懷信、張懋鎔、田旭東撰，李學勤審定：《逸周書彙校集注》（上海：上海古籍出版社，1995），頁53。

16 鍾舒婷：「今本『極福則民祿，民祿干善，干善則不行』一句中的『干』字簡本正作『迁』，疑此處的『九迁』也當為『干』。是〈常訓〉中九德的反面。」鍾舒婷：〈清華簡《命訓》與今本《命訓》異文對比整理〉，《學行堂語言文字論叢》第六輯（北京：科學出版社，2018年6月），頁86。

17 潘振：「盡己之謂忠，以實之謂信。主一無適之謂敬，堅強不屈之謂剛。柔者，剛之對也。和者，剛柔中節也。固，堅固也。貞，正也。順，有敘也。」陳逢衡：「忠，無私也。信，愨也。敬，肅也。剛，彊斷也。柔，安也。不剛不柔曰和。

柔不厲、和不戾、固不奪、貞不邪、順不逆」之類，個別究極字義其實皆無不妥，但若置於〈命訓〉首段具體的語境之中討論，則未免有隔靴之憾。

〈常訓〉所謂九德、九奸乃指「忠、信、敬、剛、柔、和、固、貞、順，順言曰政，順政曰遂，遂偽曰奸」，九者，數之極也，上引九德內容實有類似、重複之處。簡單而言，九奸殆稱上述九種美好德性的反面意義。仔細觀察，若將九德、九奸落實到〈命訓〉首段，每一個詞彙皆與文旨緊密聯繫。「敬」謂「廣以敬命」之敬，明王敬大命，下民敬小命之敬。「忠信」即明王之於下民「勸以忠信」之忠信。「剛」、「固」、「貞」殆指「守義」、「悔過」、「有恥而恆行」的堅持態度。順者，訓也。「順」是天「立明王以訓之（下民）」，「柔」、「和」則是下民之於明王所「訓」小命日成之理的「順」，亦即「詻而悔過」、「恐而承教」的結果。詞或有異，義則一致，皆是對〈命訓〉首段文旨的再三反芻。下民若順明王之訓，此謂「順言曰政」，下民倘若「遂偽」，則生「九奸」，發展而成九種與九德相對的負面德行。

四　結論——正人莫如有極，道天莫如無極

揆諸上述，《清華（伍）・命訓》首段立論的基點有五：

（1）命分大命、小命，大命在天，小命在民。

（2）天監明王、下民之德義。天監明王以有常之大命，天監下民以禍、以福。

固，堅也。貞，正也。順，理也。」朱又曾：「忠無佞、信無偽、敬不懈、剛不撓、柔不厲、和不戾、固不奪、貞不邪、順不逆。」黃懷信、張懋鎔、田旭東撰，李學勤審定：《逸周書彙校集注》（上海：上海古籍出版社，1995），頁56。

(3) 明王監下民之德義，以黼冕、以斧鉞。明王訓下民明小命，以恥以恆。

(4) 下民有恥恆行則能守義、悔過，日成小命。下民可以日成小命，明王即能居守有常之大命。

(5) 明王可以詻、明、勸、畏四種教化方式輔佐監司體系運作。詻欲民悔過，明欲民有恥，勸欲民忠信，畏欲民承教。

簡本〈命訓〉首段所言是一整套自天而下，含括明王、下民在內，動態監察與動態調控的互作互成體系。在這套政治體系之內，明王的大命、下民的小命都不是固定的，需要依賴自身責任的完成，始能久居持守。否則明王失大命，下民敗小命。明王達道則謂上承天大命，下訓民小命。達道欲成，莫若六極。明王上明天道三極「命、福、禍」，下訓人道三極「恥、黻冕、斧鉞」，善用「詻、明、勸、畏」教化下民，此謂「達道道天以正人，正人莫若有極」。人道三極雖在明王，天道三極卻是在天。天難諶，命匪常。天道易明而實難守，明王一旦有所懈怠，小則人道三極失守，黼冕斧鉞有偏，下民不明，小命無成，九奸遂生，大命則墜。事天之道之於明王抑或之於下民皆只「敬命」、「恆行」一途，此謂「道天莫如亡極」。

陳伯元先生的親情之調
——以〈與舍妹闊別〉[1]二律、〈江城子〉為討論核心

王隆升
華梵大學東方人文思想研究所教授

摘要

伯元先生為語言學名家，然其詩詞造詣，實亦是吟壇中佼佼者。先生詩詞創作見於《香江煙雨集》、《伯元倚聲．和蘇樂府》、《伯元吟草》、《伯元新樂府》等書，直書所觸所感，更可見其人生抱負與古風胸懷：有對於歷史事件的寄慨、人物時事的評價，亦有風土人情的見聞、為學精進的述志；其中最特出者，即是深具親情的「真詩」。本文擬以「與舍妹」詩與「葬先慈」詞為文本，討論痛感於心的親情、生死交錯的主題，困擾生命的最大遺憾，瀰漫在詩詞中的感傷基調，揭示「眾生皆同獨我不同」的抒情與殊情。從「論文寫作動機」、「生離／死別與祈念／決絕」、「登倚與悵恨」、「往事是聯繫情感的元素」、「人間苦痛之淚」進行論述，以見伯元先生的至情至性之人格。

關鍵詞：伯元詩詞、生死、親情、感傷基調

1 〈與舍妹闊別〉二律之完整詩題為〈與舍妹闊別三十年，近傳訊息，仍在世間，感賦二律以紀之〉。

一　前言

伯元先生[2]是一個「望之儼然，即之也溫」的學者。既是語言學名家，而其詩詞造詣，亦是吟壇中佼佼者。

從小學、經學和詩歌等面向，都可見伯元先生的學術貢獻，其治學的嚴謹與展現的淵博學識、承繼章黃之學，推動兩岸學術交流，更是極具建樹；而最能深切感悟其生命境界與真摯情感的，實是詩詞創作層面。

自古以來，詩歌吟詠即是傳統文人人生意興所抒發的表現形式；文學創作，即是以「立言」彰顯生命型態。伯元先生以其文字聲韻的鑽研之深為基底，所創作的詩詞言情言志，更是積學之得。自《香江煙雨集》出版之後，陸續有《伯元倚聲・和蘇樂府》、《伯元吟草》、《伯元新樂府》等書問世，直書所觸所感，更可見其人生抱負與古風胸懷：有對於歷史事件的寄慨、人物時事的評價，亦有風土人情的見聞、為學精進的述志；其中最特出者，即是深具親情的「真詩」。

筆者有幸於就讀師大與輔大的碩博士班期間，親炙恩師，修習伯元先生的「東坡詩專題」與「東坡詞專題」課程，除受伯元師論詩言道之陶染、詩詞吟誦之教習，詩詞拙作並受其賜正，感佩其對後生晚輩之提攜；而後任教於華梵大學中國文學系，便邀請伯元師為碩士班學生講授詩詞與文字聲韻等課程，讓山林學子亦得神馳於伯元師之詩情文海。伯元師待人直率且真誠，重情而又兼具意氣；悲笑之間，自

2 陳新雄（1935-2012），字伯元，江西贛縣人。國家文學博士，為聲韻學家、訓詁學家、詩詞學家。師從潘重規、林尹、牟宗三等先生，繼承章太炎、黃侃之小學學問，曾任教於中國文化大學、臺灣師範大學、政治大學、東吳大學、淡江大學、華梵大學等校，亦曾擔任北京清華大學客座教授；參與教育部彙編《異體字字典》之建議與審定工作。此外，並曾擔任中國聲韻、訓詁、文字、經學研究會與學會等理事長，對於學術有極大貢獻。

有其人格展現，正如其詩作所流露的真誠且珍貴的情致。

本文即是以「與舍妹」詩與「葬先慈」詞為文本，討論詩詞中的親情之調與感傷成分，以見伯元先生的至情至性之人格。

二　詩歌文本：生離／死別與祈念／決絕

蔣寅說：「詩歌的價值意義就在它參與生命過程本身。」[3]亦即詩歌是心志吟詠的展現；陸機〈大暮賦序〉云：「夫死生是失得之大者，故樂莫甚焉，哀莫深焉。」死生、失得、悲喜、衰興，都是文學創作中的情感抒發，亦是在時空中傷離惜別與人倫親情之間的意念揭示。

伯元先生在青年之齡遭遇家國戰亂，來到臺灣，從此生命中有了離別之苦。流離、興亡、孤寂、無奈的感受在環境的逼仄之際流露。在遠離原有的故園之後，流光消逝，被迫接受與胞妹相別三十載思念之苦，更甚者是面對先慈的逝去之痛。生離／死別與祈念／決絕的撞擊與震盪，不僅是伯元先生真實的失落心理狀態，更是以敏銳的感受，刻劃深邃、形塑遊子身影的生命境界。以下分別就〈與舍妹闊別三十年……〉二律與〈江城子〉一詞之文本進行討論。

〈與舍妹闊別三十年，近傳訊息，仍在世間，感賦二律以紀之〉詩云：

> 卅年生死兩茫茫，每念親情欲斷腸。海外來音傳遠訊，夜間求夢到高堂。鴒原急難思無盡，白日看雲意豈忘？陟彼屺岡悲不已，久勞瞻望淚浪浪。
>
> 兒時百態記猶新，手足情深分外親。弔影昔傷淪火宅，尋根今

3　見蔣寅，《古典詩學的現代詮釋》（北京：中華書局，2003年），頁246。

> 欲覓天倫。卅年悲苦艱難甚，萬里迂迴信息臻。何日重逢勞遠夢，臨風懷想淚橫陳。[4]

民國七十年代（1981），公教人士尚無法遠赴大陸，兩岸隔離、音訊杳然，往往必須輾轉迂迴方能得知親人訊息。這首民國七十年（1981）的作品，書寫於伯元先生至香港浸會學院中文系任教之時。

「卅年生死兩茫茫」詩意源自於東坡〈江城子〉之「十年生死兩茫茫」，而時間的跨度更長。詩作以單刀直入的概括性情感敘寫為起，如若不是長久的情緒積累，何能有此自然而澎湃、無可抑遏的發抒？而「每念」則「斷腸」更是將別後所陶鑄的陰影籠罩，以嗟嘆的方式揭示於文字之中。闊別已逾三十載，終於有間接的音訊自遠方傳來，迫不及待相見的心情自是熱切，因而即便理性告訴自己因家國的亂離致使親人分隔異地，也無法阻擋感性的「求夢」之心。

然而，願望的夢終究是焦慮與失落的夢，即使有訊息知曉胞妹猶尚健在，可稍告慰痛苦心靈，然因當時仍是兩岸隔絕的時代，兒時記憶的刻鏤、手足之情的親切，只能在心中發酵，畢竟相見重逢之日遙遙無期啊！無怪乎「何日重逢」難以達成的心念，在簡單自然的流瀉文字中卻是充滿悲涼的問句。

而人生的苦痛究竟是什麼呢？若知死訊而沒有再見的可能，痛徹心扉之後也只能永存遺憾；但明知人在卻有無法見面的苦楚，有「尋根」、「覓天倫」的企盼卻因外在對立環境的限制而動彈不得，無疑讓胸臆浸染深具打擊的失落感。那麼，只能「久勞瞻望」、「臨風懷想」，因而「淚浪浪」、「淚橫陳」，也就成為無可避免的情態了。由此看來，張夢機先生說：「字字出於胸臆，絕無浮誇矯飾之弊，然則此

---

4 見陳新雄，《伯元吟草》（臺北：文史哲出版社，2000年），頁178。

非真詩而何？」[5]的「真詩」評價，確是中肯而非溢美之辭。

出於真誠情感的評價，亦適用於〈江城子・葬先慈於燕巢三信墓園用東坡十年生死兩茫茫韻〉一詞。此詞云：

> 春暉朗朗浩茫茫，廣難量，怎能忘？鞠育深恩，追念益悲涼。問暖噓寒無限愛，思往事，嚙冰霜。　去年剛道欲還鄉，倚南窗，洗塵妝。歸夢猶存，魂逐父齊行。悵恨慈雲從此杳，哀淚滴，燕巢岡。[6]

此詞是伯元先生失去慈母的傷悼之作。

有別於〈與舍妹闊別三十年……〉二律，此闋詞不以時間的長度作為釋放情感的書寫開端，而是以具體的春暉為抒發的意象，既符合孟郊〈遊子吟〉中母親對兒子的深篤之情，又有遊子身分的憾恨之意。詞作沒有華麗的詞藻，也不以雕飾見長，詞意在直抒胸臆的真實感人文字中開展，卻又飽含濃厚悒鬱的思親感懷，顯得情真意切。

春暉朗朗是慈愛的訊號，而茫茫的無邊廣大，正是揭示母愛的巨大能量與光輝；只是，詞意從光明面向轉至浩茫而不清的狀態，在詞作中更是彷若從浸潤在慈母的親情德澤中，逐漸迷濛終至消逝的情節。越是思念越是沉痛；越是追懷往昔、書寫母親的慈愛，就更加深淒涼之感。猶存的歸夢是否能夠實現？或是猶如母親之逝去，已杳然不可得？因而感染的蒼涼之情與深恩的懷想，交錯成悲音。

這種失恃之痛所牽惹出的，不僅是對受於母愛之慈過往的依依之戀，更是在天地間叩響徬徨無助的悲鳴。去年的歸鄉約定，如今已斷然無能落實，然而歸意尚在，如何能兌現？只得託付於縹緲的虛空之

5　同註4《伯元吟草》一書，頁549。

6　見陳新雄，《東坡詞選析》（臺北：五南圖書出版公司，2000年），頁46。

夢，以魂飛之態歸行。「把現實無以排解的苦痛，寄託在幻化的理想中。」[7]或許藉此可以尋找情感的安慰，只是，以此彌補缺憾的企想，終究還是缺憾、仍是沉重的悲歌。而「念」、「思」、「噛」、「倚」、「歸」、「逐」、「哀」便不僅是單純的動詞意義，而是人倫大悲中的心靈震顫與觸動。

〈與舍妹闊別三十年……〉書寫的是兄妹之情，〈江城子〉書寫的是念母之情，所呈現的詩歌文本即是具有「生離／死別」與「祈念／決絕」的意義。生與死、兄妹情與慈母情，同樣地成為伯元先生詩歌中所面對的感喟與無可迴避的嗟嘆。

對伯元先生而言，作為一個聞名學者，或有學術尊嚴與為師長者之風範；然而，作為一個兒女抑或是兄長，流露情感方是親人之間的牽繫與羈絆。受到近代戰亂的影響，個人的命運往往與家國命運密切相連，在漫長的分離之中，文學作品超越了學術上的論理與邏輯，顯示了情到深處的痛感。對於生的思念是悲鳴中猶有一絲的祈求，而死的思念則是斷離的傷悲。如果思念的深處是孤獨咀嚼寂寞的況味，那麼，思念的窮時便是無盡的滄桑與悲涼。

生命的意義終究在於過程，而從過程到達目標，總是無有可能準確地依照預測而行；這種變異的因素，往往必須視外界的變動而決定。可以說，伯元先生對於胞妹的思念始於從大陸來臺灣的分離，超過三十年的分隔兩地，所積累的思念必然是沉重的；缺憾已然成為此期間凝重的心靈負荷。然而也因為是生的離別，讓兄妹之間的情感維

7 見王光文，《中國古典文學的悲劇精神》（南京：江蘇教育出版社，2006年），頁183。王氏表達在現實中藉由幻化的想像意義，在於情感慰藉與心靈滿足，具有典型的「戀圓」心理。然而，猶如書寫「月」的作品，無論書圓或書缺，情感指向仍應視作品主題或內含決定其為悲或喜。意即：伯元先生或有戀圓心理，然而，比起彌補遺憾的「補缺」、「求圓滿」心緒，不如說「憾恨永存」方是更為貼近伯元先生的心理狀態。

繫猶有一絲可能。只是，胞妹是否安然度過家國巨大變動的困頓或摧殘？一切是否都好？恐怕成為攪擾內心的殘酷問號。這難道不是在生離中所抱持的祈念之情？

自年少走到壯年，對於胞妹的思念，在民國八十六年（1997）的王母渡與陽埠的尋根之旅中得以一償宿願，從〈蝶戀花〉一詞便可見伯元先生在朝暮思念後與胞妹的相見，盈滿著一種悲欣交集的深刻感慨：「八載之前初會遇。好夢成真，走向臺灣路。昔日你來今我去，匆匆多少朝和暮。　欣見廳房居有處。次第諸甥，系屬連枝縷。此日歸來難盡語，別時光景何能訴？」流光容易拋棄了時代也拋棄了人的年少光景，期待相見卻又憂懼於片刻的相見、不忍離別卻又忍不住必然離別。生離的悲傷可以被弭復，祈念得以被補償，只是時光催老，歸來無法盡訴情衷，猶是徒留悵然。

夢境總是幽微而渺茫的，而書寫〈江城子〉的此刻此境，無疑是深具情感多於理智的哀傷心緒。人生有太多的希冀卻又有更多的憾恨，「歸夢猶存」卻難成，只能遺憾地「魂逐父齊行」。現實無法歸家，只能透過迷濛的夢境實現；只是，陰陽兩隔，又何能得知這歸夢是否成真？生命是值得珍重卻又有限的，生命中被視為祝福與祈求意義的，自然是長命百歲、萬壽無疆，因而，死亡帶給人類的焦慮與哀傷，是震撼與衝擊。即便是超越死亡的《莊子》一書，在〈知北遊〉亦說出萬物的本性：「已化而生，又化而死，生物哀之，人類悲之。」此闋〈江城子〉畢竟不是說理論道的文章，而是以情感為基調的、具有詩心意緒的情感之作，而使之眷戀的是母愛與教誨。面對先慈的仙逝，絕非能以感情執著言之，正如王立所言：「死正是從愛、從生命價值的角度莊重地界定了生命的意義。……讓人在恐懼憂傷之餘，……轉化為人對生命……的深摯強烈的慕戀。」[8]生命固然不

8　見王立，《中國古代文學中的生死主題》（臺北：文史哲出版社，1994年），頁301。

永，亦只能在逝去之後咀嚼回憶，便可見伯元先生哀傷至深，死別的決絕深具感傷之憂。

反覆曲折的忘念與淚語，生與離的交錯，坎坷的人生步履和詩歌的吟哦節奏應和，彷若生命歷程中傾塌的斷垣殘壁，在行止間引致出重重思索與孤冷的感嘆。

三　靜態的登倚與動態的追尋

（一）登倚的悵恨

蘇珊・朗格（Susanne K. Langer）說：「現實生活中，姿勢是表達我們各種願望、意圖、期待、要求和情感的信號和徵兆。」[9]情感所指和文字表現的敘事所指之間顯然有一種「相互諧調、對應、互補的關係。已經積澱、隱含了某種情感的藝術形式必須尋找與這種情感相對應、相諧調的敘事性內容去表現。」[10]這也就是說，作家書寫的文字表現必然也代表選擇了能與情感相襯或相對應的符號或物件，以表露自我的經驗感受。因而，在〈與舍妹闊別三十年……〉詩中所說的「久勞瞻望」與「臨風懷想」以及〈江城子〉所敘寫的「倚南窗」，便是具有特定涵義的情感語言。

登臨望遠與倚窗臨眺，都是在現實世界所處的境地與格局中，另外尋覓的獨特空間；尤其以伯元先生以年少之齡，因家國蒙難輾轉從大陸來到臺灣，在對於鄉園的凝望當下，必然存有著無法歸回的痛楚。而詩詞中所述及的是對於胞妹的思懷、是對逝去慈母的悼念，因

9 蘇珊・朗格（Susanne K. Langer）著、劉大基等譯，《情感與形式》（北京：中國社會科學出版社，1986年），頁199。

10 見王永祥、潘新寧，〈論藝術符號的多重能指〉，《中國文學研究》，第4期（2013年），頁21-25。

之，這種椎心刺痛體現在自我主體的登望倚眺行為中；反過來看，這樣的動作更是悲痛心情的宣洩或具有補償的意義。

這種登倚的悵恨，即是生命意識形態的表徵，即是伯元先生詩吟當下現實的生命狀態。想望卅年原以為無可再見的胞妹，猶存活於世上的訊息，給原本幾近絕望的心靈帶來觸動，因而欲以「瞻望」一解思念之苦。只是，實踐瞻望的行為便可以相見？便能屏除空間距離的隔閡？答案當然是否定的，既是如此，又何苦「久勞」為之？實因久瞻的情態當即是兩漢〈悲歌〉所傾吐的「悲歌可以當泣，遠望可以當歸。思念故鄉，鬱鬱累累。欲歸家無人，欲渡河無船。心思不能言，腸中車輪轉。」以望鄉替代還鄉，終究還是無緣的悲鳴，淚水因而瀰漫不止，而讓真摯感情引起共鳴。

〈江城子〉敘寫的「倚南窗」，是一種追憶的情景。也許這是寫實的記憶書寫，然而「倚南窗」隱含的即是翹首「北望」的另一種形式，也將情感與人生際遇的主調進行定格。「魂逐父齊行」的虛擬懷想，從這一倚南之窗的心理體驗轉化為夢覺上的形象存在。亦即藉由倚南窗的靜態行為，呼喚出深具倫理意象的生命動態，思歸而歸不得的絕望致使心緒墜入谷底，只能在悵然的南方，倚窗而望，並且藉以牽引出「歸夢」、「魂逐」、「從此杳」的虛幻迷濛的疏離感。

（二）往事是聯繫情感的元素

追尋與表達是個體存在的意義，而窮追不捨的生命情節，自是命運中最動人的情感指向。孤獨未必是文學創造與誘發的必然條件，但創作卻依循著意欲的感傷於自然流露、尤其是在年少的心靈深處有家國流離的斲傷。在善感的驅使下，主體對生存現象的泣淚，實是對於往事悠悠的回顧之悲。

《楚辭・九歌・少司命》說：「悲莫悲兮生別離」，蘇武〈留別妻〉云：「生當復來歸，死當常相憶（思）。」感時自然是以時間流逝為前提，國家興亡固然是社會現實的感慨所由，然身世之悲和時間流逝的傷感交融，此與彼的分離、生與死的決絕，決定了必然的苦痛，書寫變成宣洩的出口。

「求之不得」與「思而不在」[11]是刻骨銘心的雙重悲調。有別於愛情的轉轉反側，親情的求不得與思不在的痛切，是伯元先生三首詩歌的主要情調。無論是求不得或思不在，都具有兩層涵義：其一的求不得（即是「見不得」之意）是與妹妹的同輩之情深藏在記憶之中，不知是否有重聚的可能？現在的求不得日後或許有見得的機會？其二的求不得是縱使與母親能同到臺灣，然相伴已成往事，無有再續之可能，不得的必然性是絕對的。

那麼，思不在呢？其一的思不在是妹妹不在身邊，故而有思不在身旁的憾恨，這是空間距離所導致的別緒傷感；其二的思不在是母親已不在人世，這是陰陽兩隔的決絕狀態，亦即思不「在」便是只能思親而不「再」有能見之可能，是徹底的別離了。

「求不得」與「思不在」的二重涵義，一種是別離的主題，一種是悼亡[12]的主題，都深具距離（「此／彼」與「陰／陽」）與孤獨的絕望感，人倫血脈的親情展現在手足與母子之情中。而對鄉園的眷戀，

---

11 本文所提到的「求之不得」與「思而不在」受田重雪的〈感傷在文學藝術中的表現形式〉一文啟發，見氏著，《文學與感傷》（北京：新華書店，2006年），頁175-181。「求之不得」固然出處為《詩經．周南．關雎》：「求之不得，寤寐思服。」所指的是愛情的傾慕與愛戀；「思而不在」則是瀰漫在中國文學中的離別之感，《楚辭》、江淹〈別賦〉、〈孔雀東南飛〉、張若虛〈春江花月夜〉均指愛情之別；杜甫的〈月夜〉、金昌緒〈春怨〉則寫夫妻別情。本論文借用其義，將「求之不得」與「思而不在」均置於兄妹與先慈之情進行討論。

12 悼亡所指的多是丈夫追悼亡妻之作，始於西晉潘岳〈悼亡詩〉三首，而唐代元稹〈遣悲懷〉亦屬於此。本文取廣義的悼亡之意，對亡故親人或朋友表達追悼與哀思之作亦視為悼亡之屬。

其實即是此雙重情節的延伸。余秋雨說：「異鄉的山水更會讓人聯想到自己生命的起點，因此越是置身異鄉越會勾起濃濃的鄉愁。」[13]又說：「一般意義上，家是一種生活；在深刻意義上，家是一種思念。只有遠行者才有對家的殷切思念，因此只有遠行者才有深刻意義上的家。」[14]而此三首作品正意味著「求夢到高堂」、「尋根」與「欲還鄉」的戀家與企盼之情。而其中聯繫情感的元素便是往事。〈與舍妹闊別三十年……〉說「兒時百態記猶新」，〈江城子〉一詞上半闋提到春暉難忘、鞠育深恩，追念益悲涼、思母愛之往事如嚙冰霜，更是敘寫深刻的生命往事。

世變風雲的憂深斑染，縱使在伯元師的人生歷程中著墨甚深，然而童年的記憶、親情的依偎已成雲煙卻又是往事並不如煙，更是不願消解的情感負荷。思及往事固然傷感，卻又是重溫美好的聯繫。這無疑是伯元先生在此創作中最具矛盾與衝突、亦喜亦悲的生命情態。

四　結論：人間苦痛之淚

伯元先生是性情中人，深具磊落胸懷，其超拔的人格精神在紛亂的時代中更顯特出。就學術而言，伯元先生對於辨斷字句、解經析義的學術建立有巨大貢獻；而其薪傳播種、提攜後輩的態度更是值得敬仰。除此之外，伯元師在詩詞領域，更有其高超之造詣。可以如此說：伯元先生的詩歌創作，實是理解其心靈深重與內涵的最好版本。

本文討論伯元先生的〈與舍妹闊別三十年……〉二律與〈江城子〉詞等三首作品，表現兄妹之情、念母之懷，揭櫫人倫之大痛；亦

---

13 余秋雨，《吳越之間．鄉關何處》（上海：上海文化出版社，2001年），頁141。亦見《山居筆記》（臺北：爾雅出版社，1995年），頁105。

14 同註13《吳越之間．鄉關何處》，頁144。亦見《山居筆記》，頁107。

有漂泊感和對於鄉園的孺慕之情。

〈與舍妹闊別三十年，近傳訊息，仍在世間，感賦二律以紀之〉是書寫兄妹之情的詩作。藉東坡「十年生死兩茫茫」詞意為起，時間卻更跨越三十年，表達即便得知胞妹仍在世的「喜」卻又無能得見的「悲」，無疑是在年少生離經驗中再次飽嚐虐心之苦；個人的兄妹之情所融攝的，實則亦飽含家國之悲。知其在世而不得相見，肇因於兩岸的亂離與隔絕，這便不難理解何以詩歌以泣淚為結。

〈江城子・葬先慈於燕巢三信墓園用東坡十年生死兩茫茫韻〉是書寫失去慈母的傷悼之作。詩歌抒發遊子感受的親情德澤，因而失親葬親之際更顯悲苦與沉痛，此種死別的決絕之情，更藉由「念」、「思」、「噙」、「倚」等動態的行為，表現人倫大悲中的心靈震顫與觸動。

這三首作品所書寫的「兄妹情」與「慈母恩」的兩種情態，都以登倚的悵恨作為生命意識形態的表徵，只是，「瞻望」與「倚窗」欲解思念之苦卻無可屏除隔閡。而「淚」作為表達情緒的意象，亦是主體對生存現實的直接反應，更是對於往事悠悠的回顧之悲。此外，「求之不得」與「思而不在」更是這三首作品所共有的苦痛之淚。

總之，這三首詠嘆親情之歌，是伯元先生對於血緣親情的牽掛，亦是人生最直接與眷戀的真情，所透顯的不僅是單一事件所造成的短暫情緒變異，而是瀰漫的、恆久的情感境界。這些感傷的成分，即是生命深層的熱切奔流，即是「因感而傷，……融於血肉，深入骨肉，滲透靈魂」[15]的生活方式。因之，此三首詩雖不是淡泊與靜定的風格，卻是在人生歷程中最深具原始的親情意味，即是表達真情，展露真實而深刻且綿長的「真」詩。

---

15 同註11，田重雪，《文學與感傷》，頁76-77。

緬懷我夫子，吟歌更徘徊。伯元先生蒼老的暮年中，有溫雅的師生陪伴，或可告慰其前半生所悵憾的家國之悲與失親之痛。人生總有謝幕的時節，而伯元先生留存的詩意依舊豐沛而透響。琅琅書聲即使沉寂，伯元先生平和而溫厚的風範與精神永存。

許國心猶在
——蘇軾惠州詩探析

江惜美
銘傳大學華語文教學系教授

摘要

本文旨在探究蘇軾被貶謫到惠州時的生命樣貌，並比較這一期詩和黃州詩的異同。蘇軾從貶謫惠州到再謫瓊州之前，也就是紹聖元年六月到紹聖四年五月，共創作一百二十三首詩，這是他自黃州貶謫後，第二次被貶。觀其心境，沒有初次貶謫的驚慌，只有無限的感慨。元祐元年到元祐八年之間，是蘇軾最得意之時，他雖多次出入朝庭，執掌權柄，也在外任時發揮其影響力，造福地方，然而歷經黨爭的傾軋，他終不敵對手的圍剿，受到無情的對待。第二次貶謫對他的意義是：許國心猶在，報效卻無門。爬梳蘇軾惠州詩，有唱和詩、寫景詩，以及少數的諷諭詩，最特別的是大量的和陶詩。和陶詩是蘇軾對自我生命的反思，他從陶詩中發現自己一生的遭遇，緣於未能自覺，以至於踏上仕途，再次被貶。我們若要了解蘇軾內心的自省，惠州詩將會給予解答。人生的順境固然美好，若遇到逆境時，要如何自我調適呢？蘇軾（縱筆）詩：「白頭蕭散滿霜風，小閣藤床寄病容。報道先生春睡美，道人輕打五更鐘。」感知美好的事物，從中知足感恩，是不二法門。蘇軾了解自己對國家之愛，也未對貶謫有任何怨言，他只是默默承受天意的安排，並力求自己心境的平和。這也許是孔子、孟子「達則兼善天下，窮則獨善其身」的方針，使他勇於接受一切的順逆吧！

關鍵詞：北宋黨爭、和陶詩、惠州詩、蘇軾詩

一　前言

元祐元年，宋哲宗即位，年僅十歲，由太皇太后垂簾聽政。司馬光為舊黨領袖，啟用程頤、程顥及蘇軾、蘇轍，蘇軾此後八年，得以平步青雲，為國所用，一展抱負。從貶謫黃州到位極人臣，蘇軾開啟了一連串政爭的路，也因為北宋黨爭，他又走上了被貶惠州的命運。

蘇軾在哲宗元年（1086）正月，以七品服入侍延和殿，擔任中書舍人，翰林學士知制誥，為皇帝起草詔書。他朝夕惕勵，自言登朝以來，大抵日常如是：「蓋供職數日，職事如麻，歸即為詞頭所迫，率常以半夜乃息，五更復起，實未有餘力。」[1]一方面是自覺責任重大，必須戮力從公；二方面是得以一展長才，更加愛惜羽毛。至於他貶到惠州，心情又是如何呢？他說：「某謫居瘴鄉，惟盡絕欲念，為萬金之良藥。」[2]人生境遇落差之大，可說是大起大落。究竟這八年之間，他是如何度過的呢？

自元祐元年起，蘇軾即捲入朝廷政爭之中，且位於風暴正中心。司馬光盡黜新法：保甲法、方田法、市易法、保馬法，結果在罷免役法時，蘇軾極力反對，因此他得罪了司馬光帶領的一批人：韓維、孫永、傅堯俞等人。韓維是宋神宗在潁邸時，日夕稱頌王安石的人，他們兄弟四人先後在朝為相，當時官拜門下侍郎，為朔黨領袖[3]。黨爭之起，即是洛黨朱光庭提及祖述熙寧間沈括、舒亶、李定等人謗訕之說，誣陷蘇軾為人臣不忠，朔黨傅堯俞、王巖叟附之，於是洛黨、朔

1　張志烈、馬德富、周裕鍇主編《蘇軾文集校注》〈與曾子宣13首〉卷50（石家莊：河北人民出版社，2010年6月），頁5489。

2　張志烈、馬德富、周裕鍇主編《蘇軾文集校注》〈答范純夫11首〉卷50，頁5441。

3　王文誥撰《蘇文忠公詩編註集成》總案卷27（臺北：臺灣學生書局，1967年5月），頁963。

黨和歸之於蜀黨的蘇軾，展開了政治鬥爭[4]。對蘇軾而言，理念不同，是無法苟同的，他在八年之間，因此三次自請外任，可見黨爭之烈。

洛黨與蜀黨之爭，起因於蘇軾與程頤性情不合。蘇軾曾在元祐六年〈再乞郡劄子〉中提到：

> 臣聞朝廷以安靜為福，人臣以和睦為忠。若喜怒愛憎，互相攻擊，則其初為朋黨之患，而其末乃治亂之機，甚可懼也。……臣與賈易本無嫌怨，祇因臣素疾程頤之姦，形於言色，此臣剛褊之罪也。而賈易，頤之死黨，專欲與頤報怨。……臣多難早衰，無心進取，豈復有意記憶小怨？而易志在必報，未嘗一日忘臣。[5]

洛黨將蘇軾視為攻擊的目標，加上朔黨的點火助攻，蘇軾自是不安於朝廷。其中，有一人也至為關鍵，那就是章惇。熙寧初，王安石悅其才而用之，命為湖南、北察訪使，累官至門下侍郎。王文誥言：「公與章惇自來交厚，時子由既奏逐之，公復行於奏牘，自是為不解之仇矣！」[6]章惇在哲宗元祐年間初貶官，蘇軾也進奏牘，這就得罪了章惇，因此，蘇軾的再次被貶惠州，也就在預料之中了，更何況得罪章惇，章惇也沒有一日忘記蘇軾，以至於蘇軾貶謫瓊州，也出自於章惇的報復。

蘇軾在八年之間，外任三次：一是元祐三年到杭州，為民請命，減免積欠；興修水利，疏浚西湖。二是元祐六年，知潁州，興修水利，救災安民，同時也疏浚潁州西湖。元祐七年，徙揚州，罷萬花

4 王文誥撰《蘇文忠公詩編註集成》總案卷27，頁987。

5 張志烈、馬德富、周裕鍇主編《蘇軾文集校注》卷33，頁3409。

6 張志烈、馬德富、周裕鍇主編《蘇軾文集校注》卷27，頁3043。

會，免民積欠。[7]他在揚州，開始和陶詩，自言：「我不如陶生，世事纏綿之」[8]，蘇軾離開揚州時雖已「七典名郡，再入翰林；兩除尚書，三忝侍讀」[9]，為天下人所欽羨，但心中已有歸隱之意，想辭官歸家，然而現實上，他更渴望再次報效朝廷，更上層樓。

元祐八年，太皇太后崩，哲宗親政。九月蘇軾罷尚書職，以端明殿學士兼翰林學士知定州。到了定州，他仍為民請命，減輕民苦。元祐九年改元為紹聖元年，新法人士掌權，虞策、来之邵彈劾蘇軾譏斥先朝、語涉譏諷，張商英、趙挺之群起攻之，將蘇軾落職英州（廣東英德）。元祐九年閏四月，坐前掌制命，語涉譏刺，落端明殿學士兼翰林侍讀學士，責知英州軍州事。[10]六月，章惇升任相位，「蔡卞、張商英等以貶竄為未足，復祖述群小沈括輩之說，再肆攻擊，告下，落建昌軍司馬，貶寧遠軍節度副使臣，仍惠州安置。

蘇軾從貶謫惠州到再謫瓊州之前，也就是紹聖元年六月到紹聖四年五月，共創作一百二十三首詩，這是他自黃州貶謫後，第二次被貶。觀其心境，沒有初次貶謫的驚慌，只有無限的感慨。元祐元年到元祐八年之間，是蘇軾最得意之時，他雖多次出入朝庭，執掌權柄，也在外任時發揮其影響力，造福地方，然而歷經黨爭的傾軋，他終不敵對手的圍剿，受到無情的對待。

第二次貶謫對他的意義是：許國心猶在，報效卻無門。朝廷攻擊他的人，有章惇、張商英、趙挺之、朱光庭、傅堯俞、王巖叟、賈

---

7 周偉民、唐玲玲著《蘇軾思想研究》第二章（臺北：文史哲出版社，1996年2月），頁145。

8 王文誥、馮應榴輯注《蘇軾詩集》〈和陶飲酒〉二十首其一，卷35（臺北：學海出版社，1983年1月），頁1883。

9 張志烈、馬德富、周裕鍇主編《蘇軾文集校注》卷24，頁2749。

10 王文誥撰《蘇文忠公詩編註集成》總案卷37，頁1267-1279。

易、耒之邵等，一個個官高爵顯，且未嘗一日忘記報復蘇軾，在這樣的情形下，蘇軾雖仍帶著返朝的心情，但最終是事與願違。

二　黃州和惠州貶謫心境異同

元豐二年三月，蘇軾罷徐州任，四月到湖州任，七月二十八日蘇軾被逮捕，八月十八日赴臺獄，十月二十日太皇太后崩，十二月二十九日，蘇軾責授檢校尚書水部員外郎充黃州團練副使。這一百三十多天「烏臺詩案」的訊問，起因於什麼？大致可從這些人的話裡看出來。一是何正臣說蘇軾「愚弄朝廷，妄自尊大」，舒亶說他「觸物即事，應口所言，無一不以譏謗為主」，李宜之說他「虧大忠之節，顯涉譏諷」，李定說他「肆其憤心，公為詆訾……傷風敗俗，莫甚於此」[11]，就此，這些訕謗之說，就一直伴隨著蘇軾的一生。

這次的詩案，給了新法人士定心丸，因為「疑似之間」就有大作文章的空間。蘇軾自言個性剛褊，遇事則言，又以為忠心進言，可以感悟人主，殊不知政治場中，言者無心，聽者有意，為爭權炳，時有誣陷。蘇軾第一次在仕途上受挫，開啟了五年的黃州生活。

初貶黃州，他自言：「寓定惠院閉門卻掃，隨僧蔬食，暇則往村寺沐浴，及尋溪傍谷，釣魚採藥以自娛，或扁舟草履，放棹江上，自喜漸不為人識。」[12]初收魂魄，蘇軾只想忘卻這一場噩夢，將過往揮之而去。他又言：「黃州真在井底，杳不聞鄉國信息。此中凡百粗遣，江邊弄水挑菜，便過一日。」[13]不但如此，他的經濟也發生問題，他曾言：「初到黃，廩入既絕，人口不少，私甚憂之，但痛自節

11 王文誥撰《蘇文忠公詩編註集成》總案卷19，頁777。

12 王文誥撰《蘇文忠公詩編註集成》總案卷20，頁796。

13 王文誥撰《蘇文忠公詩編註集成》總案卷20，頁807。

儉，日用不得過百五十，每月朔，便取四千五百錢，斷為三十塊，掛屋梁上，平旦用畫叉挑取一塊即藏去。叉仍以大竹筒別貯，用不盡者，以待賓客。」[14]困窘如此，無以為繼，因此元豐四年二月，馬夢得為他請舊營地十畝，蘇軾始躬耕隴畝，自號「東坡」。

黃州期間，蘇軾在詞作裡說到：「世事一場大夢，人生幾度新涼。夜來風葉已鳴廊，看取眉頭鬢上。　酒賤長愁客少，月明多被雲妨。中秋誰與共孤光，把盞淒然北望。」[15]此詞作於元豐三年，楊湜《古今詞話》說：「坡以讒言謫居黃州，鬱鬱不得志，凡賦詩綴詞，必寫其所懷，然一日不負。其懷君之心，末句可見矣！」[16]儘管生活困頓，但他想報效朝廷的心未曾稍歇，因此，他在〈念奴嬌‧赤壁懷古〉說：「故國神遊，多情應笑我，早生華髮」[17]。怕的是未能施展抱負，愧對古往今來的英雄豪傑，由此可見，他對自己仍抱持著期望，希望有朝一日可以返朝效命。

元豐五年，蘇軾有〈卜算子〉，道出了心中的感慨。詞云：「缺月挂疏桐，漏斷人初靜。誰見幽人獨往來，縹緲孤鴻影。驚起卻回頭，有恨無人省。揀盡寒枝不肯棲，寂寞沙洲冷。」[18]這是多麼孤高的身影，說明自己為了理想，不願意和小人同流合汙，縱使孑然一身，也不願偷安高位。就是這樣的信念，讓蘇軾在貶謫黃州期間，甘於愛君，志在報國。

元祐八年六月，章惇、張商英等人祖述舒亶、李定、朱光庭、傅堯俞、王巖叟等訕謗之罪，告下，蘇軾落左承議郎，責授建昌軍司

---

14 王文誥撰《蘇文忠公詩編註集成》總案卷20，頁809。

15 石聲淮、唐玲玲箋注《東坡樂府編年箋注》〈西江月〉（臺北：華正書局，2005年9月），頁161。

16 石聲淮、唐玲玲箋注《東坡樂府編年箋注》，頁161。

17 石聲淮、唐玲玲箋注《東坡樂府編年箋注》，頁210。

18 石聲淮、唐玲玲箋注《東坡樂府編年箋注》，頁231。

馬，惠州安置。這些人是新黨、朔黨、洛黨的在朝人士，他們群起攻之，蘇軾心中也非常明白他被貶謫是早晚的事。蘇軾為何把這一班人等都得罪了？他說：「凡一時觸陟進退之眾，皆兩宮威福賞罰之公，既在代言，敢思逃責？苟不能敷揚上意，尊朝廷於日月之明，則何以聳動四方，鼓號令於於雷霆之震？固當昭陳功伐，直喻正邪，豈臣愚敢有於私心，蓋王言不可以匿旨。」[19]可見他自知罪責，就在於在翰林院執掌詔令文字，得罪所有的黨派，尤其是得罪了當朝宰相章惇，這個無時無刻想消滅蘇軾的「舊友」。

蘇軾第二次被貶到惠州，已是「左手不仁，右臂緩弱，六十之年，頭童齒豁」，他說：「疾病如此，理不久長，而所負罪名至重，上辜恩義，下愧平生，悸傷血氣，憂隔飲食，所以疾病有加無瘳，加以素來不善治生，祿賜所得，隨手耗盡，道路之費，囊橐已空。」[20]年過六旬的他，感受到筋疲力盡，空無所有，面臨再次貶謫，他的心境自然與貶謫黃州時，大不相同。

蘇軾到惠州，自言：「到惠將半年，風土食物不惡，吏民相待甚厚」[21]，他也曾說：「環州多白水，際海皆蒼山。以彼無盡景，寓我有限年。東家著孔丘，西家著顏淵。市為不二價，農為不爭田。周公與管蔡，恨不茅三間。我飽一飯足，薇蕨補食前。門生饋薪米，救我廚無烟。斗酒與隻雞，酣歌餞華顛。」[22]然他為痔疾所患，他說：「瘴癘病人，北方何嘗不病，是病皆死得人，何必瘴氣，但苦無醫藥」[23]，〈答黃魯直〉提到：「數日來苦痔疾，百藥不效，遂斷肉菜五味，日

19 張志烈、馬德富、周裕鍇主編《蘇軾文集校注》〈英州謝上表〉卷24，頁2823。

20 張志烈、馬德富、周裕鍇主編《蘇軾文集校注》〈赴英州乞舟行狀〉卷37，頁3642。

21 王文誥撰《蘇文忠公詩編註集成》總案卷39，頁1306。

22 王文誥、馮應榴輯注《蘇軾詩集》〈和陶歸園田居〉六首其一，卷39，頁2104。

23 張志烈、馬德富、周裕鍇主編《蘇軾文集校注》〈與參寥子二十一首〉其十七，卷61，頁672。

食淡麪兩椀，胡麻、茯苓麪數杯，其戒又嚴於魯直。」[24]於程正輔書中，也屢次提及[25]，因此他已對北徙絕望。紹聖三年，他移居白鶴新居[26]，有詩以記，言「吾紹聖元年十月二日，至惠州，寓居合江樓。是月十八日，遷於嘉祐寺。二年三月十九日，復遷於合江樓。三年四月二十日，復歸於嘉祐寺。時方卜居白鶴峰之上，新居成，庶幾其少安乎？」數度遷徙，疲於奔命。七月，朝雲病逝。未貶惠州時，王潤之仙逝，朝雲伴他到惠州[27]，朝雲年三十四即逝，蘇軾從此孑然一人，只有兒子相伴了。

貶謫惠州的蘇軾，為疾所苦，又失去朝雲的陪伴，心境與黃州時大不相同。黃州時他猶且有力耕作，此時他常靜坐、散步，就在他寫下〈縱筆〉詩：「白頭蕭散滿霜風，小閣藤床寄病容。報道先生春睡美，道人輕打五經鐘。」[28]又再一次引起了章惇報復之心。紹聖四年，章惇又以沈括等人譴責蘇軾訕謗之說，將他貶到了儋州[29]。

蘇軾在惠州寫下了大量的和陶詩，將心中的塊壘盡賦詩中，同時，也總結了他大起大落的人生省思。先是〈和陶歸園田居〉敘惠州生活，而後是〈和陶貧士〉自言貧況流離，再者言移居，而有〈和陶移居〉二首，〈和陶歲暮作和張常侍〉則身體衰弱，薪米常缺。他在〈和陶時運〉四首，提及遷居白鶴峰新居，「子孫遠至，笑語紛如」，此時，唯有家庭的溫暖，能安慰寂寥的心靈了！

若說黃州貶謫，對蘇軾言而是一大震撼，那麼惠州遷謫，蘇軾是

24 張志烈、馬德富、周裕鍇主編《蘇軾文集校注》卷52，頁5744。
25 王文誥撰《蘇文忠公詩編註集成》總案卷39，頁1320、1333。
26 王文誥、馮應榴輯注《蘇軾詩集》〈遷居〉卷40，頁2194。
27 王文誥撰《蘇文忠公詩編註集成》總案卷40，頁1351。
28 王文誥、馮應榴輯注《蘇軾詩集》卷40，頁2203。
29 王文誥撰《蘇文忠公詩編註集成》總案卷40，頁1375。

心中有數的；黃州苦況，他年輕力富，猶可耕作；惠州窮愁，他年老體衰，惟能靜養；黃州時期，他仍懷抱滿懷希望，希望有朝一日報效朝廷，惠州南遷，他心思不復北徙，只想頤養天年。這樣迥然不同的心境，全因「訕謗之說」如影隨形，貫串了他的一生，直至元祐四年，他再次南遷到瓊州，朝廷的群小仍未放過他。

三　蘇軾惠州詩中的思想

面對橫逆，每個人的想法和態度是不一樣的，蘇軾到惠州後，也努力的調適自己的心境。他說：「前年侍玉輦，端門萬枝燈。壁月挂罘罳，珠星綴觚稜。去年中山府，老病亦宵興。牙旗穿夜市，鐵馬響春冰。今年江海上，雲房寄山僧。」[30]自臺閣大員變成一介孤臣，眼前盡是蕭索景象。他的〈連江雨漲〉二首其二云：「急雨蕭蕭作晚涼，臥聞榕葉響長廊。微明燈火耿殘夢，半濕簾櫳浥舊香。高浪隱牀吹甕盎，暗風驚樹擺琳琅。先生不出晴無用，留與空階滴夜長。」[31]從蕭蕭、微明、殘夢、驚等字眼，可看出心境的轉折。雖然他心中仍有美好的盼望，「我願天公憐赤子，莫生尤物為瘡痏。雨順風調百穀登，民不飢寒為上瑞。」[32]然畢竟到惠一年，「衣食漸窘，樽俎蕭然」[33]，因此有致仕歸老之意。

他在〈遷居〉詩中，提到「已買白鶴峰，規作終老計」，〈擷菜〉詩序言「吾借王參軍地種菜，不及半畝，而吾與過子終年飽飫，夜半飲醉，無以解酒，輒擷菜煮之。　　味含土膏，氣飽風露，雖粱肉不

30 王文誥、馮應榴輯注《蘇軾詩集》〈上元夜〉卷39，頁2098。

31 王文誥、馮應榴輯注《蘇軾詩集》卷39，頁2120。

32 王文誥、馮應榴輯注《蘇軾詩集》〈荔支歎〉卷39，頁2127。

33 王文誥、馮應榴輯注《蘇軾詩集》卷39，頁2136。

及也。」[34]生活不得不種菜，在物質上是極其克難，但他樂易的天性，曾說「此心安處是吾鄉」、「三年瘴海上，越嶠真我家」、「中原北望無歸日，鄰火村舂自往還。」[35]他也真心的把惠州當成自己的家了。最後他終於情不自禁的說出一生的反思：「我生類如此，何適不艱難？」[36]

自覺一生的艱難，是感知黃州貶謫之後，本以為回朝報效國君，可以一展長才，不料受到政敵的圍剿，不得不三次自請外任，三次返朝，黨爭卻演越烈。如今被貶惠州，雖仍懷抱著北歸的心，但隨著張耒的連坐徙宣州、朝雲的去世、一連串的遷居，他的想法已有了改變。「幸有餘薪米，養此老不才。至味久不壞，可為子孫貽」、「新居已覆瓦，無復風雨憂」、「繫夢豈無羅帶水，割愁還有劍鋩山。中原北望無歸日，鄰火村舂自往還」[37]，他對物質的欲望不高，自謂白鶴新居可為子孫留下安身之處，同時也斷絕北歸的念頭。蘇軾在〈三月二十九日〉二首，寫道：「南嶺過雲開紫翠，北江飛雨送淒涼。酒醒夢回春盡日，閉門隱几坐燒香。」[38]他的日常是飲酒自娛，閉門燒香，何等自適！

蘇軾是一個喜歡登山臨水的人，他常與友人一起遊樂。在惠州，他遊白水山、香積寺、棲禪寺、松風亭，同時，惠州西湖也是他流連忘返之處。他在〈江月〉五首并引提到：「嶺南氣候不常，吾嘗曰：菊花開時乃重陽，涼天佳月即中秋，不須以日月為斷也。今歲九月，殘暑方退，既望之後，月初愈遲。予嘗夜起登合江樓，或與客遊豐

34 王文誥、馮應榴輯注《蘇軾詩集》卷40，頁2202。

35 王文誥、馮應榴輯注《蘇軾詩集》卷40，頁2215。

36 王文誥、馮應榴輯注《蘇軾詩集》卷40，頁2218。

37 王文誥、馮應榴輯注《蘇軾詩集》卷40，頁2205、2209、2215。

38 王文誥、馮應榴輯注《蘇軾詩集》卷40，頁2226。

湖，入棲禪寺，叩羅浮道院，登逍遙臺，逮曉乃歸。」[39]他與友人登臨禪院，遊賞西湖，是忘卻翰林學士玉堂生活的一種方式。他的縱情山水、散步遊覽，也是創作詩文的靈感來源。藉著走入大自然，他了解生命的真諦，儘管外界如何變化，只要心中保持平和，就沒有不快樂的理由。

他的盡和陶詩，是生命的深刻反思。陶淵明了解自己的性情，不喜歡官場送往迎來的生活，毅然決然歸耕田園，在當時是一種勇氣的表現。蘇軾在和陶淵明詩一百零九首中，先是在揚州〈和陶飲酒〉二十首，而後大部分寫於惠州，完成於儋州。他一方面景仰陶淵明志節崇高，淡泊名利，另一方面也表達自己生性曠達，亦澹泊名利。他說：

> 吾於詩人，無所甚好，獨好淵明之詩。淵明作詩不多，然其詩質而實綺，癯而實腴，自曹、劉、鮑、謝、李、度諸人，皆莫及也。吾前後和其詩，凡一百有九篇，至其得意，自謂不甚愧淵明……。然吾於淵明，豈獨好其詩也？如其為人，實有感焉。淵明臨終《疏》告儼等，：「吾少而窮苦，每以家弊，東西游走，性剛才拙，與物多忤。自量為己，必貽俗患，俯仰辭世，使汝等幼而飢寒。」淵明此語，蓋實錄也。吾真有此病，而不早自知，平生出仕以犯世患，此所以深愧淵明，欲以晚節師其萬一也。[40]

蘇軾不獨喜歡陶詩，而是自覺「性剛才拙」、「與物多件」，換言之，不能與人同其流、合其汙，於政治理念上，黨爭不已，卻無勇氣

39 王文誥、馮應榴輯注《蘇軾詩集》卷39，頁2140。

40 王文誥、馮應榴輯注《蘇軾詩集》和陶〈飲酒〉二十首并敘，卷35，頁1882。

急流勇退，不像陶淵明深知自己不適合官場，就勇敢辭官，躬耕隴畝，盡享田園之樂。

試看他的〈和陶飲酒〉：「我不如陶生，世事纏綿之。云何得一適？亦有如生時。寸田無荊棘，佳處正在茲。縱心與事往，所遇無復疑。偶得酒中趣，空杯亦常持。」[41]在這裡，他道出自己與陶淵明不同之處，在於置身官場，戀而不捨；嚮往田園，了無罣礙，而相同之處，則是喜歡杯中物，能自娛自樂。這也是他在和陶詩中的自覺。

到了惠州之後，他有〈和陶歸園田居〉六首，表明要盡和陶詩。〈和陶讀《山海經》〉十三首，其七云「口耳固多偽，識真要在心」，了解反求諸心的重要；其十三云：「東坡信畸人，涉世真散才。仇池有歸路，羅浮豈徒來？」明白自己為什麼被貶謫到惠州來。〈和陶貧士〉七首其三云：「誰謂淵明貧？尚有一素琴。心閒手自適，寄此無窮音」，他明白精神生活的愉快，更甚於物質的享受。〈和陶己酉歲九月九日〉：「持此萬家春，一酬五柳陶」，尚友古人，何寂寞之有？他寫〈和陶詠二疏〉、〈和陶詠三良〉、〈和陶詠荊軻〉，傳達了「仕宦豈不榮，有時纏憂悲」的感想。隨著自己的遷居，他有〈和陶移居〉二首、〈和陶陶花源〉、〈和陶乞食〉、〈和陶和胡西曹示顧賊曹〉、〈和陶酬劉柴桑〉、〈和陶歲暮作和張常侍〉、〈和陶時運〉四首、〈和陶答龐參軍〉六首，從這些詩的字裡行間，我們看到了他自省的軌跡，也從中體會他在惠州的心境。

這是蘇軾對其一生深自反思，了解到自己的侷限。倘若他能早點醒悟，或許在元祐年間就選擇辭官，也不至於再貶惠州、復貶儋州了！這一切，仍歸因於他一念忠誠，「許國心猶在」，雖然孤臣無力可回天。元祐元年到八年，蘇軾戮力從公，與政敵們周旋萬端，所有心力盡付

41 王文誥、馮應榴輯注《蘇軾詩集》和陶〈飲酒〉二十首其一，卷35，頁1883。

章表奏摺、告詞尺牘，「臣白首復來，丹心已折。望西清之帷幄，久立徬徨；聞長樂之鐘鼓，恍如夢寐」[42]，心力之耗損，可見一斑。

惠州詩中，〈荔支歎〉算是最特別的一首了。他在詩中寄寓當時官場的文化，提出了嚴正的譴責。詩中說：「君不見武夷溪邊粟粒芽，前丁後蔡相籠加？爭相買寵各出意，今年鬬品充官茶。吾君所乏豈此物，致養口體何陋耶？洛陽相君忠孝家，可憐亦進姚黃花。」[43]宋朝為官者，為藉進身權位常不惜獻貢茶、名種牡丹，借唐之歲貢荔支，來諷宋之貢茶、貢牡丹，微言大義，極盡諷諭之能事。蘇軾離開朝廷的官職，何以看到荔支，又興起這些感慨呢？那是因為他仍掛念朝廷，思念國君，仍想要盡進忠言，希望能感化朝庭中的權臣，然而，報效卻無門啊！

四　結語

蘇軾在〈答李公擇〉書中，曾言：「吾儕雖老且窮，而道理貫心肝，忠義填骨髓，直須談笑於死生之際。若見僕困窮便相於邑，則與不學道者大不相遠矣。」[44]蘇軾忠君愛民，直道而行，至於自己的禍福得失，全置之度外。這是因為他秉持著儒家忠孝仁義的精神，對於杜甫「致君堯舜上，再使風俗淳」[45]，他拳拳服膺，因此，他犯顏直諫、寫詩諷諭，導致貶謫黃州。他個性剛直、言其所當言，只講是非，不計利害，北宋黨爭之際，他雖仕宦得意，但卻得罪朝廷一干小

42 張志烈、馬德富、周裕鍇主編《蘇軾文集校注》〈謝兼侍讀表〉二首，卷24，頁2749。

43 王文誥、馮應榴輯注《蘇軾詩集》，卷39，頁1883。

44 張志烈、馬德富、周裕鍇主編《蘇軾文集校注》卷51，頁5617。

45 王叔原編《杜工部集》〈奉贈韋左丞丈二十二韻〉，（臺北：臺灣學生書局，1971年2月），頁10。

人，因此再貶惠州。終其一生，初仕時得罪新法的王安石，元祐返朝後，又得罪了章惇，注定了再貶瓊州的命運。

惠州的貶謫生涯，是他對生命的深刻反思。他重新回到澹泊蔬食的日常，拖著病體，回想自己的個性，實不適合官宦的生活。「嗟我本狂直，早為世所捐」[46]，他因此盡和陶詩，不獨是欣賞陶詩「質而實綺，癯而實腴」，更是自覺到「性剛才拙」、「與物多忤」，不能如陶淵明有自知之明，早日歸隱，以致有終生之累。然而，畢仲游勸他「職非御史，官非諫臣，……而非人所謂非，是人所未是，危身觸諱」[47]，恐怕他因而招禍，但他無所顧忌，一切聽任心中的直覺，因為「聖人不私於身」，在他心中，是以成聖成賢自許的。

蘇軾理解人的靈魂，不但棲於軀體，亦充塞於整個宇宙之間。他在惠州出入釋道之間，走訪禪寺，以道養生，因而無論遭逢榮辱夷險，無往而不自得。他說：「我生有定數，祿盡空餘壽。枯楊不飛花，膏澤回衰朽。謂我此為覺，物至了不受。謂我今方夢，此心初不垢。非夢亦非覺，請問希夷叟。」[48]他超然物外，怡然自得，因此常能隨遇而安。

在惠州，他雖偶有〈荔支歎〉諷諭之作，但大部分作品流露的是樂易隨性的想法。〈縱筆〉詩：「白頭蕭散滿霜風，小閣藤床寄病容。報到先生春睡美，道人輕打五更鐘。」[49]隨順生命的自然變化，感知外在的溫柔體貼，是他惠州的總結。可惜這樣的感恩之心，聽在章惇的耳裡，竟興起他的嫉妒之情，再次將蘇軾貶謫到天涯海角的儋州。他在〈到昌化軍謝表〉中說：「臣孤老無託，瘴癘交攻，子孫慟哭於

---

46 王文誥、馮應榴輯注《蘇軾詩集》〈懷西湖寄晁美叔同年〉，卷13，頁644。

47 見《西臺集》卷八，取自於：中國哲學書電子化，網址：https://ctext.org/wiki.pl?if=gb&chapter=927172&remap=gb

48 王文誥、馮應榴輯注《蘇軾詩集》〈午窗坐睡〉，卷41，頁2286。

49 王文誥、馮應榴輯注《蘇軾詩集》〈縱筆〉，卷40，頁2203。

江邊，以為死別；魑魅逢迎於海外，寧許生還？念報德之何時，俯伏流涕，不知所云。」[50]心中的驚懼，溢於言表。

惠州詩是蘇軾從臺閣大員貶謫為一介孤臣的重要階段，生命的大起大落，更可看出一個人的節操。蘇軾的調適能力極佳，能安於天命的安排，隨順自然的法則，而不自怨自艾。我們從惠州的盡和陶詩，看出他深自的體悟：性剛直褊、與物多忤，是其所是，非其所非。幸好他才華特出，思想敏捷，以創作為樂。他嘗說：「某平生無快意事，惟作文章，意之所到，則筆力曲折，無不盡意，自謂世間樂事無踰於此矣！」[51]他的文思泉湧，來自於天資聰穎，過目不忘。《甲申雜記》云：

> 李承之奉世知南京，嘗謂予曰：「昨在侍從班時，李定資深鞫蘇子瞻獄，雖同列不敢輒啟問。一日，資深於崇政殿前，忽謂諸人曰：蘇軾誠奇才也！眾莫敢對。已而曰：雖二三十年所作文字詩句，引證經傳，隨問即答，無一字差外，誠天下之奇才也。嘆息不已。[52]

有這樣的天資，加上後天的努力，蘇軾注定掩不住才華，要以此展現他的學識與洞見了。《宋史》稱東坡：

> 器識之閎偉，議論之卓犖，文章之雄雋，政事之精明，四者皆能以特立之志為之主，而以邁往之氣輔之。故意之所向，言足

50 張志烈、馬德富、周裕鍇主編，《蘇軾文集校注》卷24，頁2786。

51 《春渚紀聞》卷六，取自於：中國哲學書電子化，網址：https://ctext.org/wiki.pl?if=gb&chapter=103647

52 王鞏《甲申雜記》，取自於網址：https://zh.m.wikisource.org/zh-

> 以答其有猷，行足以遂其有為。至於禍患之來，節義足以固其有守，皆志與氣所為也。[53]

一方面讚許他在政治、文學上的特出，另一方面讚美他的節操，能於患難之時，固守氣節，為所當為。

蘇軾每到一處，日常生活免不了寫景、抒感，也都有可觀之處。就在他被貶瓊州之前，他有〈三月二十九日〉二首，其二云：「門外橘花猶的皪，牆頭荔子已斑斕。樹暗草深入靜處，卷簾攲枕臥看山。」[54]雖是寥寥數語，卻道出了他能自我排遣的方法，所以他本以為惠州是他晚年安身立命的地方了，卻沒想到海外蓬萊召喚著他，使他又經歷了前所未有的體驗。

若說惠州對他的意義是什麼？他自言「問汝平生功業：黃州、惠州、儋州」[55]，這三次的貶謫，對他的人生起了極大的作用。黃州他創作了大量的詩詞，膾炙人口；惠州他對生命有深刻的反思，回歸自我，也因此有了儋州的「九死南荒吾不恨，茲游奇絕冠平生」豁達的襟懷。

---

53 《宋史》〈蘇軾列傳〉卷338，取自於網址：http://cls.lib.ntu.edu.tw/su_shih/su_people/su_biography.htm

54 王文誥、馮應榴輯注《蘇軾詩集》，卷40，頁2226。

55 王文誥、馮應榴輯注《蘇軾詩集》〈自題金山畫像〉，卷48，頁2641。

十年常念伯元師

俞棟祥*

國立臺灣師範大學臺灣語文學系研究所博士生

〈緬懷伯元師〉

隨師十載前，蘇軾選詩傳。

聲韻傾囊授，謙沖虛席編。

蟲魚疑險句，訓詁辨長箋。

心繫當時景，芸窗午夢懸。

一　前言

時光如梭，人生何暫，轉瞬之間　伯元師已仙逝十年矣。集其一生，不只以聲韻、訓詁等小學見長，且研究東坡詩詞著稱，亦能詩詞。誨人無數，桃李滿天下，諸多事蹟，自有史筆載之，筆者不贅述。筆者得入伯元師之門，乃近不惑之年，經由注釋林尹先生《中國

---

* 俞棟祥，基隆市人。二十歲從商，專營義大利進口事務，以半工半讀完成國立臺灣海洋大學學業。有幸於不惑之歲，從游臺師大伯元師；後因忙於家庭、事業、公益團體，耳順之年纔入中文研究所，修完學分，也同時以周植夫《竹潭詩稿》研究論文獲中國文化大學碩士學位。現為臺師大臺文所博士生。

聲韻學通論》[1]之作者林炯陽教授介紹，旁聽其聲韻學，繼而聆聽訓詁學。謹將個人從伯元師所學、所聞、所受諸端，略陳如次。

二　專論

（一）從伯元師學到做人處事的態度

余好詩，但粗涉聲韻、格律。蒙　伯元師啟發，旁聽幾堂聲韻課後，先師藉課堂之暇，嘗問余云：「汝為生意人，聲韻學是基礎功夫，來學詩加以應用，商場如宦海，起伏不定，我正在教東坡詩，可以來旁聽，希望對汝之學問或人生觀，會有助益！」

課堂之間，先師教學，以文史不分家的方式，傳授東坡詩學，其中穿插小學造詣的故事。嘗云：「東坡自仁宗嘉祐二年應禮部試，中進士乙科起，到徽宗建中靖國元年卒於常州止，前後服官四十四年，在汴京任京官前後的時日，大約十年左右，其餘三十多年的時光都在外任，而每『出』都要把聲韻、文字、音訓小學一類的書，複置行篋中，可見他浸淫之久，用功之勤與造詣之深了。」[2]由此可知東坡的詩學造詣，是奠基於「小學」的活用，但不被格律約束，就是熟能生巧，運用自如。

伯元師諄諄誨以習文、詩之道，要先培養專長，不可只尊一家，或專攻一派，而是要綜獵博覽，兼容並包，方能開拓心胸，匯集各家精髓，期使能以才致遠，自樹一格。於是筆者自我練習，閒暇時，就手抄東坡詩選，並且加以註解。

從此筆者在商場上、社團活動等皆秉持先師之教導，一步一腳

1　林尹著，林炯陽注《中國聲韻學通論》（臺北：黎明文化事業公司，1995年改版）。

2　陳新雄《東坡詩賞析》（臺北：五南圖書出版公司，2003年3月），頁590。

印，長期耕耘。因為生意上的機緣，轉而學習義大利文，並且研讀義大利葡萄酒、人文、地理，也都用做學問的方式，一一去瞭解。雖然沒有寫出專門書籍，但也經常受邀至各社團演講：東坡詩、義大利文化等。後雖照顧生意及兒女的就學，馬不停蹄的家庭、事業奔波繁忙，無法經常親沐春風，接受教誨。但是從此奠下了治學、做人的態度。

(二) 伯元師傳授東坡詩之法

伯元師在傳授東坡時，經常說：「人若挫折、痛苦時，讀東坡詩，會有療癒的效果。因為以儲備宰相尊榮之才，還不時被彈劾，且貶官、流放嶺南、海南島，能夠詩作瀟灑自如，豁達情懷。」 伯元師以清・王文誥《蘇文忠公詩編註集成》[3]為教材。要求學生一一點書斷句，學年結束前交給他審閱，可說督促嚴格，教學認真。課堂中選取幾首詩，用文史不分家的方式詮釋東坡詩句。

在〈從蘇詩的名篇看蘇軾的一生〉文中有提出蘇詩的名篇九首，「這九首詩依次是：〈和子由澠池懷舊〉、〈飲湖上初晴復雨〉、〈東坡〉、〈海棠〉、〈題西林壁〉、〈惠崇春江晚景〉、〈贈劉景文〉、〈縱筆〉、〈六月二十日夜渡海〉。」從這九首詩，連貫起來，加以分析，可以瞭解蘇軾的生平，及其背景，各個時期的不同心態、心聲。

(三) 東坡詩心解

在課堂上，伯元師也提出幾首另外的名篇來賞析，〈食荔支詩〉二首之二，也是課堂教材之一。

---

3 清・王文誥《蘇文忠公編註集成》(全六冊)(臺北：臺灣學生書局，1987年10月)。

〈食荔支詩〉二首之二

羅浮山下四時春，盧橘楊梅次第新。

日啖荔支三百顆，不辭長作嶺南人。

此詩作於宋哲宗紹聖三年（1096）四月，第一首為五言律詩，此為第二首乃七言絕句。此兩首詩前有序：「惠州太守東堂，祠故相陳文惠公，堂下有公手植荔枝一株，郡人謂將軍樹。今歲大熟，賞啖之餘，下逮吏卒。其高不可致者，縱猿取之。」

要欣賞此首詩的東坡情懷，要先回顧當時歷史的背景，宋神宗於元豐八年（1085）三月駕崩，哲宗年方十歲繼位，祖母高氏太皇太后宣仁垂簾聽政，記取當年她丈夫英宗欲破格錄用為之制誥的事蹟，故於是年起復蘇軾。宋哲宗元祐元年（1086）三月皇命為官拜四品「知制誥」的中書舍人。蘇軾的宦運仕途，可說是如坐直升機，直達雲霄。八月詔令又下，蘇軾再升遷為仕人最高榮譽職的翰林學士知制誥。此職位大多是「將相儲備」之位。

然其率直，不吐不快個性，也因此得罪不少當朝之人。所以常為諫官圍攻，故於元祐四年（1089）三月請調外任，誥命下，以龍圖閣學士充浙江西路兵馬鈐轄知杭州軍州事。在杭兩年，元祐六年，御使趙君錫等以東坡〈歸宜興，留題竹西寺〉之三首詩中「山寺歸來聞好語，野花啼鳥亦欣然」揚州所作之詩，誣為喜聞神宗之喪，陷大逆之罪。除龍圖閣學士知潁州。

元祐七年（1092）二月移知揚州，在揚州有和陶淵明飲酒詩二十首。八月，詔令兵部尚書還京，九月赴任，旋詔令兼侍講，十一月再下詔令，遷蘇軾為端明殿學士兼翰林侍讀學士守禮部尚書，很明顯的，一年之內，相繼任用兵部、禮部各部尚書，就是宣仁太皇太后，欲讓蘇軾熟捻政務，希望蘇軾能勝任宰相。但哲宗元祐八年（1093）

九月三日，宣仁太皇太后駕崩，哲宗繼而親政。旋在九月，蘇軾就以端明殿學士兼翰林侍讀學士，知定州軍州事（今河北定州）。第二年，立刻改年號為「紹聖」，意思明顯，就是紹繼神宗的新政，旋命章惇為相。閏四月三日，蘇軾責知英州軍州事。蘇軾在被南貶行程時，朝中以為譏罪未足，再三改謫命，八月貶為寧遠軍節度使，不得簽書公事。蘇軾獨攜幼子過，侍妾朝雲過嶺南，於十月二日抵達惠州。其〈到惠州謝表〉：

> 先奉告命，落兩職，追一官，以承義郎知英州軍州事，續奉告命，責授臣寧遠軍節度副使惠州安置，已於今月二日到惠州公參訖者。仁聖曲全，本欲畀之民社；群言交擊，必將致之死亡。尚荷寬恩，止投荒服。臣軾〈（中謝）〉。伏念臣性資褊淺，學術荒唐。但信不移之愚，遂成難赦之咎。跡其狂妄，久合誅夷。方尚口乃窮之時，蓋擢發莫數其罪。豈謂天幸，得存此生。此蓋伏遇皇帝陛下，以大有為之資，行不忍人之政。湯網開其三面，舜干舞於兩階。念臣奉事有年，少加憐愍。知臣老死無日，不足誅鋤。明降德音，許全餘息。故使尳積之馬，猶獲蓋帷；觳觫之牛，得違刀幾。臣敢不服膺嚴訓，託命至仁；洗心自新，沒齒無怨。但以瘴癘之地，魑魅為鄰；衰疾交攻，無復首丘之望。精誠未泯，空餘結草之忠。臣無任。

宰相章惇知悉，程之才與蘇軾，有先世之宿怨，欲假借程之才之手加害之，特任程為本路憲。結果兩人卻將數十年的積憾化解，恢復親戚的關係情誼。且東坡在惠州的周圍數縣長官，也對他禮遇有加。

〈食荔支〉詩的第一首中「爛紫垂先熟，高紅掛遠揚。分甘遍鈴下，也到黑衣郎。」「鈴下」就是對太守的尊稱。所以說就是與當時太守詹範一同摘取，啖餘之荔枝，分食給手下們。

「羅浮山下四時春」，羅浮山在《晉書．列傳》：

> 咸和初，司徒導召補州主簿，轉司徒掾，遷諮議參軍。干寶深相親友，薦洪才堪國史，選為散騎常侍，領大著作，洪固辭不就。以年老，欲鍊丹以祈遐壽，聞交阯出丹，求為句𤅢令。帝以洪資高，不許。洪曰：「非欲為榮，以有丹耳。」帝從之。洪遂將子姪俱行。至廣州，刺史鄧嶽留不聽去，洪乃止羅浮山煉丹。嶽表補東官太守，又辭不就。嶽乃以洪兄子望為記室參軍。在山積年，優游閑養，著述不輟。[4]

羅浮山風景秀麗，為嶺南名山之一。位廣東博羅、增城、龍門三縣相交界點，綿延長達百餘公里，峰巒四百多處，以上《晉書．列傳》記載相傳葛洪在此修道。且惠州屬於亞熱帶區，氣候暖和，四季如春。蘇軾似乎告訴世人，他要在羅浮山，學葛洪煉丹、修道。

「盧橘楊梅次第新」，漢．司馬相如〈上林賦〉：「盧橘夏熟，黃甘橙榛，枇杷橪柿，亭柰厚樸。」宋．姜夔〈一萼紅〉詞序：「堂下曲沼，沼西負古垣，有盧橘幽篁，一徑深曲。」明．李時珍《本草綱目．果二．金橘》：「此橘生時青盧色，黃熟則如金，故有金橘、盧橘之名。」宋．惠洪（1071-1128）《冷齋夜話》卷一載：「東坡詩：『客來茶罷無所有，盧橘楊梅尚帶酸。』張嘉甫曰：『盧橘何種果類？』答曰：『枇杷是也。』」所以，盧橘就是枇杷。簡言之，嶺南果實種類豐富，枇杷、楊梅、荔枝等等水果，會依次更新、出產。

「日啖荔支三百顆，不辭長作嶺南人。」唐朝楊貴妃喜吃荔枝，

4　唐．房玄齡等《晉書．列傳》（北京：中華書局，1985年），頁1911。

但當時交通不便，荔枝盛產於南方，北方取得不易，用快馬傳遞，始能嚐鮮。今雖貶來惠州，然也因此可大量啖食美味，所以就打算不推辭，欲長久當個嶺南人，雖然貶官至此，又有何妨？此詩，可以說完全表達東坡超脫、達觀、安適，不怨天尤人的超俗、開脫，大有蔑視當朝迫害的胸襟。

在宋朝時代，嶺南兩廣一帶為蠻荒之地，流放至此的遷客逐臣，哀怨嗟嘆之辭居多，而東坡另有風格，這首〈食荔支〉詩完全表現出他樂觀曠達、隨遇而安的心境。

從紹聖二年（1095）正月在惠州貶所到元符三年（1100）八月遷舒州團練副使，徙永州安置，在五年零八個月，東坡和陶詩凡四十四次一百餘首。逾耳順之年的蘇軾似乎特別喜歡陶淵明，積極和陶淵明的詩，並把和陶的詩編為一集。蘇軾和陶淵明詩尤以居嶺南時為最多。蘇軾還自述其和陶用意：「平生出仕以犯世患，此所以深愧淵明，欲以晚節師範其萬一也。」（見蘇轍《東坡先生和陶詩引》）彷彿有意無意在告知世人：蘇軾從此絕意仕途，欲效陶淵明歸隱山林田野，長作嶺南人了。

然蘇軾在作〈食荔支〉詩前的〈荔支嘆〉一詩中：「十里一置飛塵灰，五里一堠兵火催。顛坑仆谷相枕藉，知是荔支龍眼來。飛車跨山鶻橫海，風枝露葉如新采。宮中美人一破顏，驚塵濺血流千載。」這種對國事的憂患情懷，表現得更加淋漓盡致。他借唐貴妃楊氏嗜荔枝，抨擊統治階級只顧享樂而不關心民生疾苦的醜陋行為。直陳朝政腐敗，嚴斥奸佞的諷諭詩。

可見蘇軾因仕途坎坷欲避世遁俗，但又戀戀不忘朝政、民生疾苦，還是沒能做到完全歸隱山林。在嶺南時，蘇軾的內心世界正處於這種出世與入世兩難的矛盾心境之中。「日啖荔支三百顆，不辭長作嶺南人」正是這種兩難心境的形象描述。筆者寫至此不禁提筆，和蘇軾〈食荔支〉詩二首之二：

> 險夷不滯幸逢春，驚咲荔支鮮艷新。
> 強作詩詞留把柄，鈞衡[5]喜謫舊騷人。

筆者認為蘇軾以詩，直陳時事，乃是忠君愛國的表現，蘇軾在〈王定國詩集序〉：

> 太史公論《詩》，以為「《國風》好色而不淫，《小雅》怨誹而不亂。」以余觀之，是特識變風、變雅耳，烏睹《詩》之正乎？昔先王之澤衰，然後變風發乎情，雖衰而未竭，是以猶止於禮義，以為賢於無所止者而已。
> 若夫發於情止於忠孝者，其詩豈可同日而語哉！古今詩人眾矣，而杜子美為首，豈非以其流落饑寒，終身不用，而一飯未嘗忘君也歟。[6]

歸納蘇軾以上所言，詩分為三個層次：一、發乎情，無所止。二、發乎情，止於禮義。三、發乎情，止於忠孝。三層疊疊遞進，如此區分杜詩三個層次，目的是強調杜詩，已達最高「忠愛」詩境。蘇軾、伯元師的風格，人品亦是如此不經意的全然真情流露。

---

5 「鈞衡」為喻指擔負國家政務重任的人。指章惇等朝廷重臣。清・樂鈞〈重修朝雲墓碑〉:「惟（東坡）先生通犀自病，磨蝎為仇；既忤鈞衡，爰乞符竹。」

6 宋・蘇軾《東坡全集》，見《文淵閣四庫全書》（臺北：臺灣商務印書館，1986年），第1107冊，卷34，頁483。

（四）讀東坡詩，學會自我心境的調整

在繁忙的人世間打滾，難免會有波折，起伏不定的狀況產生，尤其是面對小孩學業、留學等問題時，有時真不知如何馬上處理，研讀東坡詩，以一個翰林大學士，儲備將相的尊榮，還被朝廷排擠，一貶再貶，到惠州甚至到儋州。把蘇軾的詩及歷史資料，再看幾遍，想想我們只是遇到了一些小波折而已，很多事就會豁然開朗。利用機會遊義大利觀光景點，偶爾作詩，自得其樂。如：

〈**米蘭大教堂半日遊**〉

米蘭義大利同遊，名店咖啡甜點優。

精品餐廳齊共賞，教堂名勝景清幽。

近幾年，由於新冠疫情的關係，沒出國、出差。因緣際會，廖一瑾教授引薦，參加中華詩學研究會，筆者也經常在期刊投稿。由於前任理事長吳大和暨前秘書長李瑞泰、與現任理事長許清雲、及陳慶煌教授等強力推廣新詩體，五、四、七言精華體，不拘平仄，每章十六個字，依普遍通行的語言，每章押二至三個韻；連章則可只末句協韻。筆者也響應投稿，例如用回憶的方式寫義大利的景點詩：

〈**詠貝爾加莫**（bergamo）〉

米蘭城市旁，貝爾加莫，在義大利西北方。

山城古色香，古今對照，十九世紀展新妝。

人間旅遊鄉，流連忘返，值得放膽作文章。

三　結語

茲逢伯元師逝世十週年，籌備委員會來函邀稿。乃翻閱舊書，並參考、查證若干資料，不嫌鄙陋，在眾多　陳新雄老師教過，學問、成就較筆者宏大不知若干倍的師長、學長面前獻醜。筆者跟　伯元師的此段師生奇緣，公諸於世，聊表對　伯元師懷念、感恩之情於萬一。祈願伯元師在天之靈，能安息！並時加鞭策！

陳伯元先生的「神州萬里詞」及其《中原音韻》的研究成就

張玉來　編述
南京大學文學院漢語史研究所教授

摘要

本文主要描述伯元先生的學術成就與其對兩岸學術交流的貢獻，認為伯元先生的「神州萬里詞」，字裡行間都充滿了家國情懷，或歌詠民族文化，或詠歎歷史人物，或感懷歷史事件，或讚美大好河山，或期許兩岸交流，或歌唱師生、朋友之友情，或談學論道，內容廣泛，標格高尚。因此本文中也編述此詞，並略加注釋。之後則論及伯元先生的《新編中原音韻概要》及其在《中原音韻》的研究成就，認為伯元先生關於《中原音韻》的研究成就，主要是普及了近代音的知識，提示了研究《中原音韻》的路徑，是初學者入門很好的參考。

關鍵詞：神州萬里詞、聲韻、中原音韻、章黃學術

一

陳新雄先生（1935-2012），字伯元，江西贛縣人，著名語言學家、教育家、文學家，生前長期擔任臺灣師範大學等高校教授等職。伯元先生精通傳統語言文字學並旁涉語言學的其他相關領域，尤其在音韻學、訓詁學、文字學領域卓有貢獻，一生發表論文三百多篇，出版學術著作二十多部，是章黃學術的重要傳人。伯元先生極富才情，精研東坡詞，並出版已作《伯元倚聲·和蘇樂府》、《伯元吟草》等集。

伯元先生畢生從事教育事業，獎掖後學不遺餘力，桃李滿天下，為兩岸三地（大陸、臺灣地區、港澳地區）及其他國家培養了一批傑出的語言學人才；伯元先生積極推動兩岸三地的學術交流，促進了學者之間的友誼，提升了學術情懷；伯元先生倡議並積極參入創建臺灣地區的聲韻學、訓詁學、文字學和經學等領域的學術組織，為學術進步嘔心瀝血，其貢獻足堪彪炳史冊。

由於眾所周知的原因，兩岸三地的音韻學學者差不多在半個世紀的時間裡沒有交往。1990年6月，在伯元等先生的大力推動下，經大陸與香港、臺灣地區的音韻學家共同發起，在香港舉辦了中國聲韻學國際學術研討會；1991年11月，在嚴學宭、尉遲治平等先生的倡導和組織下，在華中科技大學（時稱華中理工大學）舉行了漢語言學國際學術研討會。經過這兩次會議，兩岸三地的學者有了初步的接觸和了解，大家就關心的學術問題進行了深入交流，學者個人之間也建立起了一定的友誼。

原中國音韻學研究會（現已注銷）1992年8月26日至28日在山東省威海市舉辦年會暨國際學術研討會。名義上的會議籌備者是山東大學的殷煥先、曹正義二師，但因威海離濟南有好幾百公里，本人當時正好供職山東大學威海分校，算是地主，會務就由本人和提前趕來威海的張樹錚師兄具體操持，而實際操盤的是學會副秘書長尉遲治平教授。這次會議規模空前，是海峽兩岸三地以及其他國家的音韻學學者的第一次大規模聚首，算得上是一次大型的國際學術會議。會議正式代表73人，其中大陸54人，臺港地區11人，美日韓等外國學者8人，提交學術論文共79篇。會議還接待了好幾位隨行的師母。記憶所及海外的學者包括：美國的薛鳳生先生、日本的古屋昭弘／瀨戶口律子／臼田真佐子／木津佑子先生、韓國的嚴翼相先生等。以伯元先生為代表的臺灣隊陣容強大，除了伯元先生和師母外，記憶中有林炯陽、姚榮松、竺家寧、張光宇、董忠司、耿志堅、李添富、汪中文、吳疊彬、陳貴麟等先生，與之同行的有香港的黃坤堯先生。許多海外學者是第一次來到中國大陸，其興奮之情溢於言表。會議在熱烈友好、深入坦誠的氛圍中，進行了兩個整天的學術研討，各位學者都收穫滿滿。

限於當時的條件，在偏遠的海濱小城威海舉辦如此規模的會議，我們深感力有不逮，吃住行及會議場所皆顯粗糙，組織經驗不足，紕漏不少，僅進出威海的交通就難壞了不少與會者！還有部分學者因食用海鮮不當或氣候不適，而生病住院！我們深感不安！幸虧各位先生，尤其是學界前輩，如邵榮芬、唐作藩、薛鳳生、李新魁、陳新雄等先生皆怡然處之，不予計較，會議方得以完滿閉幕！

玉來何其幸也！自1992年8月因操辦學術會議與伯元先生相識相知以來，先生不懼山水之遠，多次郵寄自己的論著，書信指教學術路徑，將自己的詩詞作品寄給我欣賞，這一幕幕、一樁樁時常會在腦海閃過。先生的關懷和指導永生難忘！

值伯元先生辭世十週年之際，草成此文，以表紀念之情！深深地懷念伯元先生！

原中國音韻學研究會第七屆年會暨國際學術討論會（1992.8.26-28，山東威海）合影。前排左起：魯國堯、陳振寰、董忠司、古屋昭弘、陳其光、邵榮芬、黃坤堯、許玉琪（時任山東大學威海分校校長）、唐作藩、薛鳳生、陳新雄、李新魁、林炯陽、竺家寧、李如龍、許紹早、瀨戶口律子。（原照片不太清晰，翻拍後效果更加不好）

二

1992年9月，伯元先生返回臺灣後不久即寄來他遊歷大陸的一組「神州萬里詞」，共34首。底下是「神州萬里詞」的最後一首〈臨江仙〉及伯元先生簽名的照片。原件係老式打印機打印的連頁紙，共8頁。因原紙較脆，加之本人放置不當，兩頁之間始有斷聯之處，待空暇，當裱好，以利收藏。

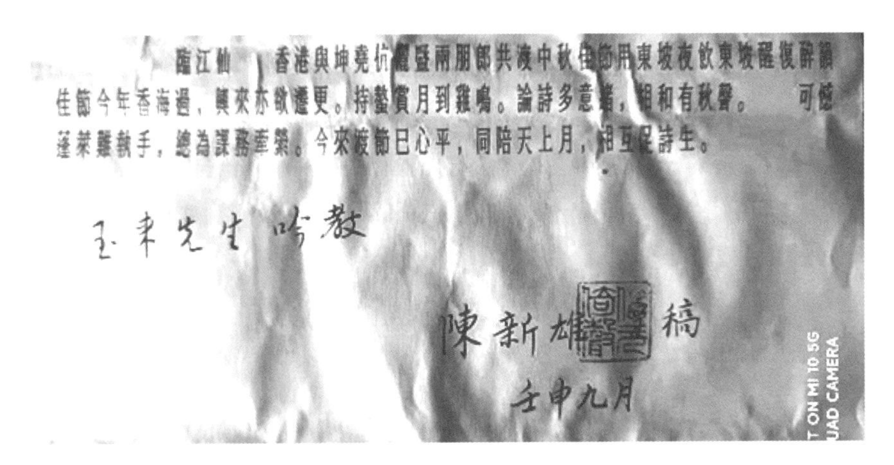
臨江仙　香港與坤堯伉儷暨兩朋郎共渡中秋佳節用東坡夜飲東坡醒復醉韻
佳節今年香海過，興來亦欲遲更。持螯賞月到雞鳴。論詩多意趣，相和有秋聲。　可憶蓬萊難執手，總為謀務牽縈。今來渡節已心平，同陪天上月，相互促詩生。

玉来先生　吟教

陳新雄　稿
壬申九月

伯元先生1992年8月來威海參會，是作了充分準備的，也作好了遊歷神州大好河山的計劃。伯元先生及師母自臺灣經香港，先去北京，在京遊覽並會見友人。離京赴會前，遊覽了蓬萊、青島，會議期間遊覽了威海的市容和劉公島、成山角，會後遊歷了濟南、曲阜、泰山、西安。自西安再回到北京逗留，繼續訪問和講學，最後又經香港回臺灣。伯元先生這次大陸神州之行，歷時一月有餘，並在香港度過了中秋佳節（9月11日）。伯元先生每遊覽一處即填詞一首或數首，最多的是關於北京的，共17首。

今將「神州萬里詞」涉及的區域統計如下：

地區	北京	蓬萊	青島	威海	濟南	泰山	曲阜	西安	香港	途中
詞數	17	1	2	3	3	1	1	3	2	1

綜觀伯元先生的「神州萬里詞」，字裡行間都充滿了家國情懷，或歌詠民族文化，或詠歎歷史人物，或感懷歷史事件，或讚美大好河山，或期許兩岸交流，或歌唱師生、朋友之友情，或談學論道，內容廣泛，標格高尚。

這一組「神州萬里詞」不知有無出版？因消息不便，玉來並未尋得。不管出版與否，今將其抄錄如下，以饗讀者，也可為文壇提供一文本。

下文原詞的文字和標點一依伯元先生之舊，沒有夾帶筆者私意。另外，視解讀詞意需要，有的詞後筆者以楷體文字略作注釋，以方便讀者欣賞。

《神州萬里詞》

（古虔陳新雄伯元稿）

浣溪沙・次韻答和年盼余遊京

五月臺員荔子紅。今來京國碧晴空。秋收處處覺年豐。　　攜手同遊情意永，歡顏白髮兩心童。翱翔猶似鳥辭籠。

和年，即著名音韻學家陳振寰先生。陳振寰先生，字和年，王力先生高足。時任中國音韻學研究會秘書長。伯元先生此次大陸之行，是陳振寰先生代表中國音韻學研究會發出的邀請。

臺員，指臺灣。早期閩南人移居臺灣時，一般先到臺南，用閩南語發音稱其為臺員，又稱大員等。「五月臺員荔子紅」，本句指伯元先生自五月接到邀請就期待北京之行。

雙荷葉・北京天祥祠用東坡雙溪月韻

心如月。清光照徹南枝葉。南枝葉。人雖不見，丹心縈結。　　千尋地窖青苔滑。未酬壯志身先折。身先折。精神永在，格完無缺。

天祥祠，又稱文天祥祠、文丞相祠，始建於明初，位於北京市府學胡同，原址是文天祥被囚大都時的土牢。詞中「千尋地窖」即土牢。

漁家傲・賦贈北方工業大學仇校長春霖用東坡皎皎牽牛河漢女韻

兄弟何庸分我女。相逢一笑人歡語。夢想朝朝還暮暮。今來處。京城石景山前浦。　　此日新知明舊雨。溫文儒雅佳風度。迎客殷勤頻叩戶。須記取。他年仍要常來去。

仇春霖（1930-2015），男，江蘇建湖人，文學家、教育家，時任北方工業大學校長。

臨江仙・賦贈靖華教授用東坡細馬遠馱雙侍女韻

昔少知音君與我，今朝喜勝霜靴。東坡詩學是專家。相逢京域後，應有筆生花。　　石景山前初把臂，匆匆夜月偏斜。使君能賦帶隨車。從茲書往返，清水洗泥沙。

靖華教授，指朱靖華（1928-2008），男，山東安邱人，山東大學畢業，時任中國人民大學中文系教授，古典文學家，擅長詞學，精研蘇軾詞。

帶隨車，宋人化用韓愈《詠雪贈張籍》「隨車翻縞帶，逐馬散銀盃」典。縞帶，白色的絲帶。銀杯，銀做的杯子，也泛指白色的杯子。整句話的意思是馳騁中的馬車，輾出的兩道車轍，像隨風飄舞的絲帶，奔馬的蹄印像散落的一隻隻銀杯。這裡寓指靖華教授文采飛揚。

把臂，把持手臂，以示親密，這裡指相會。

菩薩蠻・北京天安門用東坡畫簷初掛彎月韻

今來初見京城月。清光未滿偏逢缺。竊國卻誅鉤。天安門上樓。
人人誰說好。不見能言巧。昔恨眾心知。英雄今已離。

菩薩蠻・梅葆玥梅葆玖姊弟京劇清唱用東坡風迴仙馭雲開扇韻

鏗鏘京劇隨風扇。梅家絕藝鶯聲囀。姊弟眾人驚。聞名先淚零。
勞生雖草草。心喜身非老。飛渡海中間。交親年復年。

西江月・威海市劉公島用東坡世事一場大夢韻

威海當年舊事，心中此日非涼。傷懷往蹟滿長廊。熱血翻騰湧上。
軍費挪為別用，英雄又被人妨。今看國恥臉無光。人眼淒然失望。

劉公島，位於威海市市區東海岸外海，是清代北洋水師衙門駐地，是甲午海戰時清海軍的重要根據地。

定風波・中國音韻學會第七屆年會用東坡兩兩輕紅半暈腮韻

兩岸交歡淚滿腮。今來盛會已三回。早識洋洋流水意。何為。還將懷抱向君開。　嘉義來年春雨裡。勿已。諸公當勸酒中杯。更問座中諸學使。明歲。花開時節有誰來。

三回，指兩岸三地的學術交流舉行了三次：1990年香港、1991年武漢、1992年威海。

少年遊・泛海夜遊登州古市蓬萊閣用東坡玉肌鉛粉傲秋霜韻

東坡風骨傲寒霜。世少鳳和凰。窮通不計，行藏在我，青史姓名揚。
萬里飛來瞻往跡，蘇公寺，好文章。一瓣心香，千尋絕壁，為欲謁賢良。

少年遊·遊山東半島成山角天盡頭用東坡銀塘朱檻麴塵波韻

成山角下海揚波。洄水似圓荷。千尋絕壁，登臨慷慨，時局幸平和。
卌年故國山河遠，雖夢裏，也謳歌。好夢成真，無邊美景，喜不負經過。

成山角：大陸東海岸最東端，位於山東省榮成市（威海屬）成山鎮，山海之勢險峻，是黃海轉入渤海的重要航道標識。

浣溪沙·青島海濱用東坡覆塊青青麥未蘇韻

柳葉垂絲似綴酥。煙臺南下直馳車。海濱佳景世真無。　別墅幢幢前日造，碧波滾滾浪淘珠。倉茫獨立一拈鬚。

浣溪沙·遊青島棧橋與小青島用東坡醉裡昏昏曉未蘇韻

大峽雄關眼欲蘇。為觀琴島幾迴車。市街雅潔舊時無。　海浪滔滔衝護岸，遊人歷歷似穿珠。苦吟誰識短髭鬚。

浣溪沙·齊魯道中遇早期受業諸生用東坡雪裡餐氈例姓蘇韻

齊魯途中眼始蘇。奔波萬里火輪車。歡能勝遇故人無。　握手相看皆舊識，寒暄未了語如珠。他鄉真許攬桓鬚。

攬桓鬚，蘇軾原化用《晉書·桓伊傳》典，這裡有「欣賞、激動、高興」之意。

浣溪沙·濟南大明湖用東坡半夜銀山上積蘇韻

往昔曾留大小蘇。濟南風物迓高車。大明湖景世間無。　名士多如江過鯽，奇文珍似海涵珠。垂楊戶戶盡飄鬚。

名士多：化用杜甫詩《陪李北海宴歷下亭》「海右此亭古，濟南名士多」典。

浣溪沙・濟南趵突泉用東坡萬頃風濤不記蘇韻

趵突泉中水似蘇。不辭萬里遠馳車。人間第一世真無。　　漱玉留妝清若鏡，浪花濺處滾明珠。秋風吹拂柳如鬚。

趵突泉，濟南市七十二名泉之首，係一組泉群，泉中三泉並發，聲如隱雷，旺時泉湧過丈。漱玉，指漱玉泉，李清照故居坐落其北。李清照集中有《漱玉集》《漱玉詞》。

江城子・雨中遊曲阜孔府用東坡黃昏猶是雨纖纖韻

宣尼府第雨纖纖。濺窗簾。墜雕簷。隔海飛來，直欲揭門帘。聖學高深傳不盡，垂萬世，白鬚髯。　　達生夫子舊無厭。雪飛鹽。為花甜。墊足窺窗，用物尚沈潛。狀似當年無改易，人已去，又何嫌。

宣尼：即孔子。史載，漢平帝元始元年追謚孔子為褒成宣尼公。

滿江紅・偕內與添富中文志堅諸君初見黃河於濟南用東坡江漢西來韻

濁浪滔滔，東流去，河黃非碧。心激盪，中華命脈，相思顏色。未料此生終得見，豈能錯失如行客。與同行，攜手渡長橋，高談說。
治河史，曾經讀。千百載，徒歎惜。無人識栽樹，兩岸蕭瑟。倘廣植蒼松兼翠柏，陝甘黃土休疏忽。願後人，綠化兩高原，來群鶴。

水龍吟・偕內與添富中文志堅諸君登泰山用東坡小舟橫截春江韻

泰山東峙神州，仰觀蒼翠彤雲起。往時夢見，今來登覽，神搖意醉。

階石三千，齊煙九點，時飄泉水。幸身非老大，攀峰陟嶺，觀蒼莽，煙霞裏。　　十八盤回峻遠，上天門，俯觀千里。玉皇頂上，摩崖碑下，呼來三子。絕頂登臨，群山渺小，此遊應記。料他年憶道，吾師不舍，乃能如是。

齊煙九點：用唐詩人李賀《夢天》「遙望齊州九點煙，一泓海水杯中瀉」典。本指登臨濟南千佛山，可見齊州（濟南之北）有臥牛山、華山、鵲山、標山等九座孤立的山頭。這裡是借典。

水龍吟·偕內與添富遊華清池西安事變舊地用東坡小溝東接長江韻

華清池畔煙霞，開元天寶風雲際。胭脂水滑，芙蓉帳暖，春宵夜市。既散朝綱，卒荒王度，釀成戎事。只河東羽檄，邊城夜火，刀兵起，無豐歲。　　憶昔西安事變，恨張楊，二人同醉。戈矛相對，元戎當厄，紅翻天地。從此人間，遽成腸斷，變端匪細。若是非不定，薰蕕一器，此情誰寄。

河東，地理區域名，指今山西省西南部黃河乾坤灣到鸛雀樓以東的地區，華夏發祥地之一，亦為唐堯故土。羽檄，古代指插羽毛的必須極速傳遞的緊急軍事文件。河東羽檄，指戰事突起。

薰蕕，本指香草和臭草，這裡指善與惡、好與壞等。

江城子·西安古城用東坡夢中了了醉中醒韻

秦關漢月眼中醒。看分明。快平生。先世遺留，後代不須耕。我到西安尋往蹟，天作美，放秋晴。　　登樓慷慨藉詩鳴。影斜傾。石階橫。原是皇都，王氣尚盈城。今日來遊當日境，真樂事，慰餘齡。

南歌子·秦始皇兵馬俑用東坡日薄房花綻韻

秦帝宮庭麗，項王炬火輕。始皇兵馬隱郊垌。豈料今來正好看分明。
　　陶俑昂揚氣，色呈琥珀餳。萬人觀賞眼難清。都道中華文物不虛名。

　　琥珀餳，一種琥珀色的糖飴，這裡用其顏色。

定風波·萬里長城用東坡莫聽穿林打葉聲韻

長城貫耳響雷聲。登高無懼且安行。木杖隨身如得馬。何怕。輕盈縱步快平生。　　絕頂臨風催我醒。非冷。人人逢見笑相迎。共道今來相會處。當去。長天萬里碧空晴。

浣溪沙·北海公園用東坡山下蘭芽短浸溪韻

北海公園碧滿溪。臨湖蹊路潔無泥。柳陰深處曉鶯啼。　　往與中南三海侶，十年河水界東西。一聲報曉待晨雞。

　　往與中南三海侶，北海原與中海、南海相聯通。中海、南海合稱中南海。

西江月·北京大學蔡元培銅像用東坡照野瀰瀰淺浪韻

大度彌漫學海，聲名響徹雲霄。儒林祭酒實堪驕。勁立風中芳草。
　民主當年播種，自由今日鳴瑤。胸懷磊落搭梁橋。應見晨雞催曉。

　　祭酒：古代指國子監或太學的行政長官，這裡指校長，蔡元培曾任北京大學校長，故稱之。

　　鳴瑤：沈約《麗人賦》有句：「垂羅曳錦，鳴瑶動翠。」瑶，寶玉；翠，翠鳥的羽毛。「鳴瑶動翠」是說麗人行走時，佩玉鳴動，羽毛扇呼。這裡指「呼叫」、「提倡」等義。

滿庭芳・應邀赴北京大學中文系演講用東坡蝸角虛名韻

北大聲名，如雷貫耳，算來卅載奔忙。瑤琴相接，敢不自雄強。縱天門龍已跳，青霞裡，莫放輕狂。應知曉，富才積學，方可騁辭場。
思量。當恁講，蘇公詩學，應不相妨。看挺然直節，水遠山長。盡奠基由小學，根深了，枝葉開張。英聲響，行雲流水，千載有餘芳。

瑤琴：裝飾有寶玉的琴。

滿江紅・北京頤和園用東坡憂喜相尋韻

北上京城，今來到，滿園芳綠。應只有，帝王幽賞，柳繞叢簇。好似西湖波瀲灩，昆明池水清歡足。像孤山，映雪斷虹橋，千竿玉。
長廊上，多屈曲。雕欄畫，如何續。珍奇隨筆染，彩圖星縟。今入眼，當年修上苑，異方競獻千尋木。萬花園，脩竹秀成篁，群鷗宿。

哨遍・北京紫禁城用東坡為米折腰韻

五代舊都，千歲麗宮，實是吾民累。成丕基，永樂奪君歸。闢宏規，前王非是。日未晞。鳩工庀材無數，勞民徵集窮童稚。歎百業全荒，萬人無息，當年卻是如此。金碧漆雕扉。看殿閣，重簷盡翹飛。黃瓦紅墻，畫棟雕梁，匠心刻意。　　噫。宏漢威兮。巍然獨立人間世。戎狄咸戰慄，群尊崇，帝王味。率萬國衣冠，八荒帥長，三呼萬歲春流水。聽聲震雲霄，餘音繳繞，瓊瑤珍玩多矣。又那堪，壽夭無定時。明已了，滿清更新之。復增華，百方千計。欲營皇家居室，往業難稱志。但隨心轉籌謀巧算，已是神搖意醉。永為天子復何疑。料難知，革命終止。

漁家傲·明十三陵用東坡些小白鬚何用染韻

陵墓巍峨誰點染。至今猶作觀光點。遞代明清朝似箭。君莫厭。史家自有褒和貶。　　造室重巒人未敢。山陵從幸非虛忝。入地千尋多掩冉。皆有漸。帝王寥落莊嚴減。

掩冉：縈繞，曲折。宋·王質《游東林山水記》：「一色荷花，風自兩岸來，紅披綠偃，搖盪葳蕤，香氣勃鬱，沖懷罥袖，掩冉不脫。」

定風波·景山公園用東坡雨洗娟娟嫩葉光韻

景山高聳好風光。仙風吹下御爐香。翠柏蒼松斜日晚。霞捲。滿城宮闕轉微涼。　　亭號萬春人接踵。宜用。登高俯闞紫薇郎。更鼓逢逢沈寂夜。山下。紫金城裡月迴墻。

萬春：即景山公園內萬春亭。

紫薇郎：紫薇本指天上星宿紫薇宮，借指帝皇所居，皇宮可比紫微宮。唐代中書令為紫薇令，中書舍人為紫薇舍人。白居易詩：「獨坐黃昏誰作伴？紫微花對紫微郎。」紫薇郎即指皇帝身邊的達官貴人了。這裡指故宮。

洞仙歌·天壇用東坡冰肌玉骨韻

王侯將相，到天壇流汗。人力難窮天意滿。勢開張，氣象雄偉莊嚴，當此際，肅穆心情匪亂。　　仰觀天宇大，萬里長空，夜色漫漫吞銀漢。不識世間人，碌碌營營，因何故，未能心轉。看帝業，千秋萬年在，只瞬息時光，已然更換。

念奴嬌・別北京用東坡大江東去韻

北京雄偉，到來後，瞻仰無邊風物。舊殿巍峨，縱目處，盡是黃樓赤壁。玉砌雕欄，飛檐殿闕，瓦屋寒堆雪。天壇開闊，消磨多少雄傑。

更有芳綠頤園，碧波叢樹繞，長廊不盡，彩筆星稠，景無窮，銘刻心頭難滅。故國來遊，應欣不負我，滿頭華髮。此行如夢，還留池水明月。

念奴嬌・燕孫教授親至北京機場登機室道別用東坡憑高眺遠韻

先生碩學，似千尋樹葉，垂陰留跡。親至機場來送別，足見此心丹碧。鐵翼高飛，行將分手，仍繫心京國。丰神常在，念中情事歷歷。

一似西蜀玄亭，花開萬簇，幸我身為客。論誼自應參北面，應早共陪朝夕。未料初逢，便蒙青眼，何異騎鵬翼。知音難遇，那辭吹斷橫笛。

燕孫教授，即周祖謨先生。周祖謨（1914-1995），字燕孫，北京人，著名語言學家，曾任北京大學教授等職。

西蜀玄亭，西蜀本泛指川西，這裡指成都；玄亭即「草玄亭」，因揚雄在此草《太玄經》而名。劉禹錫《陋室銘》：「山不在高，有仙則名；水不在深，有龍則靈。斯是陋室，惟吾德馨。苔痕上階綠，草色入簾青。談笑有鴻儒，往來無白丁。可以調素琴、閱金經。無絲竹之亂耳，無案牘之勞形。南陽諸葛廬，西蜀子云亭。孔子云：『何陋之有！』」這裡或是用此典。

南鄉子・香港機場別添富弟用東坡霜降痕收韻

香港旅行收。默計同遊歷幾州。遠上泰山風正勁，颼颼。竭力攀登帝頂頭。　　此去若為酬。一月相陪度客秋。朝夕追隨情意好，稍休。來歲還將解我愁。

臨江仙·香港與坤堯伉儷暨兩朋郎共渡中秋佳節用東玻夜飲東坡醒復醉韻

佳節今年香海過，興來亦欲遷更。持螯賞月到雞鳴。論詩多意緒，相和有秋聲。　　可憾蓬萊難執手，總為課務牽縈。今來渡節已心平，同陪天上月，相互促詩生。

螯，本指螃蟹的兩對大鉗腳，這裡借指螃蟹，按習俗，中秋節港澳地區食用大閘蟹。持螯，手把著大閘蟹。

三

眾所周知，伯元先生在漢語音韻學上的貢獻是全方位的，他在上古音、中古音以及等韻學領域都有重要著作問世，如《古音學發微》、《廣韻研究》、《音略證補》、《六十年來之聲韻學》、《等韻述要》等等，都已聞名學界。他發表的論文同樣也以上古、中古音研究為主，如《上古陰聲韻尾再檢討》、《毛詩韻三十部諧聲表》、《上古聲調析論》等。其實，伯元先生在近代音研究領域也有重要貢獻，主要涉及《中原音韻》的研究，其代表性著作有《中原音韻概要》。《中原音韻概要》最早是1976年初版的，由學海出版社印行，有多版次印刷。《中原音韻概要》後修訂為《新編中原音韻概要》，2001年仍由學海出版社初版印行。

伯元先生在《中原音韻概要·自序》裡謙虛地說：「這本書不敢說有什麼見解，只不過採用前賢的成就，把它編成一本簡略的介紹而已。」還說：「自己一得之愚，也偶然加入其中。」在《新編中原音韻概要・序》裡稱：「余審視舊作，雖體綱未變，而局部修正，仍所不免，故乃重加整理，而成此冊，交付重印，因內容編排，稍有更易，因名之曰《新編中原音韻概要》，示與舊本稍有不同而已。」顯然，《中原音韻概要》與《新編中原音韻概要》之間有先後關係，自然後出者更為精審。下面即以《新編中原音韻概要》為依據闡述伯元先生關於《中原音韻》的研究成就。

《新編中原音韻概要》全書共三章和兩個附錄。第一章〈中原音韻的產生背景〉、第二章〈中原音韻作者簡介〉、第三章〈中原音韻的內容分析〉。附錄有《影印鐵琴銅劍樓本中原音韻》和《中原音韻》韻字的索引。

《中原音韻》韻字索引部分採二百一十四部首檢索，同部首的字再以筆畫數排列，共收5866字。每個韻字後註明該韻字所在的韻部以及在本《影印鐵琴銅劍樓本中原音韻》中的頁數。

〈中原音韻的產生背景〉部分簡略介紹了漢語韻書的演進以及漢語語音的變化，肯定了《中原音韻》代表了十三、四世紀的北方官話的語音系統，其系統與元代興起的元曲用韻極其吻合，是研究國語語音形成的重要參考資料。〈中原音韻作者簡介〉部分根據《中原音韻》的有關序文和賈仲明《錄鬼簿續編》等文獻考據了作者周德清的簡要生平。最後得出的結論是：周德清，字廷齋，元代江西高安暇堂人，著有《中原音韻》，同時也精於音律，善作曲子。

《中原音韻的內容分析》部分是全書的重點，除了一般性地介紹《中原音韻》的內容、體例之外，著重分析了該書的聲母、韻母和聲調體系，構建了如下讀音系統。

（一）聲母

伯元先生在羅常培等分析《中原音韻》聲母的方法和結論的基礎上，通過分析各個小韻內的36字母的分合表現，以及分析韻字的內部組織得出的了21個聲母，如表1。同時，也討論了全書中的全濁聲母清化、知照合併等演變規則問題。

表 1　《新編中原音韻概要》聲母表

聲母	例字	古音類（36字母）對應
p	崩並斑辨	幫、並^{仄}
p^h	烹蓬盤判	滂、並^{平}
m	蒙慢	明
f	風豐馮番反飯	非、敷、奉
v	亡晚	微
t	東洞丹但	端、定^{仄}
t^h	通同壇歎	透、定^{平}
n	膿濃難	泥、娘
l	龍闌	來
ts	宗匠贊尖	精、從^{仄}
ts^h	匆叢餐錢	清、從^{平}
s	嵩頌珊先	心、邪
tʃ	莊鍾中仲狀展棧	照、知、澄^{仄}、床^{仄}
$tʃ^h$	窗充寵床長臣廛	穿、徹、床^{平}、澄^{平}、禪
ʃ	雙春繩申是時山	審、床、禪
ʒ	而戎然	日
k	工共干堅	見、群^{仄}

聲母	例字	古音類（36字母）對應
k^h	空窮看牽	溪、群[平]
ŋ	仰傲	疑
x	烘紅漢現	曉、匣
Ǿ	央養義安顏	影、喻、疑

表1內的21個聲母跟其他各家構擬的聲母體系比較，則顯其大同中而有小異，其特色是有ŋ-、有v-，知照組是舌葉音，還不是捲舌音，尖團音仍然保持獨立。

（二）韻母

伯元先生在前人的研究基礎，以《中原音韻》的十九韻部為單位，通過分析各個小韻內部的對立互補關係，歸納出了《中原音韻》的韻母系統，如表2。

表 2　《新編中原音韻概要》韻母表

序號	韻部	開	齊	合	撮
1	東鍾			uŋ	iuŋ
2	江陽	aŋ	iaŋ	uaŋ	
3	支思	ï			
4	齊微	ei	i	uei	
5	魚模			u	iu
6	皆來	ai	iai	uai	
7	真文	ən	iən	uən	iuən
8	寒山	an	ian	uan	
9	桓歡			ɔn	

序號	韻部	開	齊	合	撮
10	先天		ien		iuen
11	蕭豪	au	iau ieu		
12	歌戈	o	io	uo	
13	家麻	a	ia	ua	
14	車遮	ie		iue	
15	庚青	əŋ	iəŋ	uəŋ	iuəŋ
16	尤侯	ou	iou		
17	侵尋	əm	iəm		
18	監咸	am	iam		
19	廉纖		iem		

表2內共46個韻母。這46個韻母跟其他各家相比，有同有異，其突出的特色是給先天、廉纖兩韻的韻腹元音構擬了半高的e，而不是好多人主張的ε；另外，就是主張《中原音韻》沒有入聲韻母，所有古入聲字都與陰聲韻字合併了。

（三）聲調

伯元先生沒有專門論述《中原音韻》的聲調調值，但從其對《中原音韻》的內容分析中，可以看出他主張該書有陰平、陽平、上聲、去聲四個調類，主張古入聲調已經消失。伯元先生還分析了《中原音韻》平分陰陽和全濁上聲變去聲的現象。

最後，特別需要說明的是，伯元先生《中原音韻概要》及《新編中原音韻概要》所附《影印鐵琴銅劍樓本中原音韻》並非常熟瞿氏原藏，也不是文獻學家陳乃乾影印的，而是陳氏的寫印本。陳乃乾（1896-1971），浙江海寧人，清代藏書家陳鱣後裔，早年入東吳大學讀書，後在上海古書流通處、開明書店、中華書局任職。陳氏1920年在上海古書流通處據鐵琴銅劍樓藏本重新寫印《中原音韻》出版行世。1925年他編刊的《重訂曲苑》也據寫印本刊入，成巾箱本。1926年復以《中原音韻》和《太和正音譜》合刻，亦以寫印本收入。合刻本將周德清後序移至瑣非復初序之後。該本還有其他的單行本行世。與瞿氏原藏本相比，陳氏寫印本遺漏、錯寫、竄誤之處較多，並非善本，建議讀者使用時注意與原刻比對。

總之，伯元先生關於《中原音韻》的研究成就，主要是普及了近代音的知識，提示了研究《中原音韻》的路徑，是為初學者的入門嚆矢，其有功於學林大矣！

東坡〈馬上賦詩〉

——伯元師吟調精彩應用解析

陳貴麟

中國科技大學博士教授

摘要

伯元師嘗於臺灣師大國文所開設東坡詩，課中除講詩外，也會通篇吟誦。其中以東坡〈辛丑十一月十九日既與子由別於鄭州西門之外馬上賦詩一篇寄之〉這首詩，最能展現江西吟調的魅力。本詩緣由是當蘇軾、蘇轍兄弟第一次離別時，彼此依依不捨的強烈情感，促使東坡在馬背之上寫下此詩。全詩共16句，押入聲韻，全詩以著急難耐的離愁別恨襯托兄弟相處多年的深情。本文發現詩句中入聲字特別多，計有26個，其中「不、兀、月」重複，實為23個。嘉佑六年（A.D. 1061）這一年蘇軾足歲23歲，《唐宋詩醇》云蘇軾作此詩時為26歲，或許是一首「兄長感情藏字詩」。以起首句為例，表達思情之濃烈，正如一杯烈酒，「兀兀」二字正是狀聲詞，模擬大醉之人的打嗝聲。筆者習得伯元師江西吟調後，通過「入聲唱斷」的聲音形象進行套吟，吟誦之影片於論文發表後置於Youtube供方家指教。

關鍵詞：東坡詩、馬上賦詩、江西吟調、入聲唱斷、套吟

一 引言

民國74年（1895）筆者由臺大中文系考進臺灣師大國文研究所，當時因丁邦新老師應陳新雄老師（以下尊稱伯元師）之邀約，於所裡開設漢語方言相關課程，筆者對江浙地區的方言很有興趣，後來找丁老師指導碩士論文，跟南京官話的關係十分密切。雖然邦新師和伯元師在學術上某些意見對立，但兩人私誼很好。這種「和而不同」的君子風範令後學非常欽佩！

筆者於求學期間對學習詩歌吟詠非常熱衷，在師大有王更生老師和伯元師兩位上課時會吟誦詩文，並講解平仄套吟時的要訣。筆者在伯元師開設東坡詩，購買《蘇文忠公詩編註集成》（清王文誥注本1991學海出版社），每週認真聽課，並模仿伯元詩的江西吟調。伯元師的江西調有平聲韻和仄聲韻兩種，前者的代表作是〈和子由澠池懷舊〉，後者的代表作是〈辛丑十一月十九日既與子由別於鄭州西門之外馬上賦詩一篇寄之〉（以下簡稱「馬上賦詩」）。筆者認為〈馬上賦詩〉這首詩，最能展現江西吟調的魅力。

本詩緣由是當蘇軾、蘇轍兄弟第一次離別時，彼此依依不捨的強烈情感，促使東坡在馬背之上寫下此詩。全詩共16句，押入聲韻，全詩以著急難耐的離愁別恨襯托兄弟相處的深情。本文發現詩句中入聲字特別多，以起首句為例，表達思情之濃烈，正如一杯烈酒，「兀兀」二字正是狀聲詞，模擬大醉之人的打嗝聲。全詩計有26個入聲字，這個數字引起筆者的好奇，追查下去，有了一些特殊的想法。參考「蘇軾文史地理資訊系統」（http://gis.rchss.sinica.edu.tw/bsgis/），但目前網頁無法全面使用，仍有些疑惑，於是進一步探索其間的問題。

筆者習得伯元師江西吟調後，通過「入聲唱斷」的聲音形象進行套吟，吟誦之影片擬於論文發表後置於Youtube供方家指教。詩歌的讀誦吟唱是一門高深的學問，筆者閱讀的相關典籍[1]如下：

邱燮友，《品詩吟詩》，臺北：東大圖書公司，1991年8月，二版。

洪澤南撰稿，林孝璘主講，《大家來吟詩》，臺北：萬卷樓圖書公司，1999年9月。

陳少松，《古詩詞文吟誦》，北京：社會科學文獻，1999年10月，二版。

潘麗珠，《雅歌清韻──吟詩讀文一起來》，臺北：萬卷樓圖書公司，2001年1月。

二 文本簡析

蘇軾〈辛丑十一月十九日既與子由別於鄭州西門之外馬上賦詩一篇寄之〉整首詩的原文如下：

不飲胡為醉兀兀，此心已逐歸鞍發。
歸人猶自念庭闈，今我何以慰寂寞。
登高回首坡隴隔，惟見烏帽出復沒。
苦寒念爾衣裘薄，獨騎瘦馬踏殘月。
路人行歌居人樂，僮僕怪我苦悽惻。
亦知人生要有別，但恐歲月去飄忽。
寒燈相對記疇昔，夜雨何時聽蕭瑟。
君知此意不可忘，慎勿苦愛高官職。
（嘗有夜雨對床之言，故云爾。）

1 本校圖書館有伯元師吟誦錄影帶，惜年代久遠，無法播放。

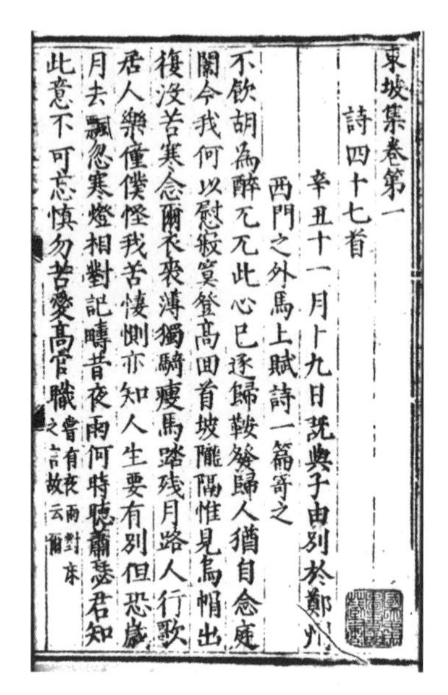
東坡集卷第一
詩四十七首
辛丑十一月十九日既與子由別於鄭州
西門之外馬上賦詩一篇寄之
不飲胡爲醉兀兀此心已逐歸鞍發歸人猶自念庭
闈今我何以慰寂寞登高回首坡壠隔惟見烏帽出
復沒苦寒念爾衣裘薄獨騎瘦馬踏殘月路人行歌
居人樂僮僕怪我苦悽惻亦知人生要有別但恐歲
月去飄忽寒燈相對記疇昔夜雨何時聽蕭瑟君知
此意不可忘愼勿苦愛高官職嘗有夜雨對牀之言故云爾

圖一　（宋）蘇軾〈馬上賦詩〉原書樣張。

出處：典藏臺灣，（宋）蘇軾（1534）。《蘇文忠公全集》。《數位典藏與數位學習聯合目錄》。http://catalog.digitalarchives.tw/item/00/08/49/23.html（2021年12月31日瀏覽）。

本詩的場景，發生的時間是北宋仁宗嘉佑六年（1061），發生的地點是在河南省鄭州西門（西大街與順城街的交叉口）。從開封到鄭州大概有80公里[2]，參考中國驛站史[3]的資料，陸驛快馬一天走6驛即180里，相當於90公里。但蘇家兄弟騎的是瘦馬，可能要兩到三天。也就是蘇轍送其兄至少走了兩天。這份深厚的兄弟情誼不言而喻。

2　參考汽車站網距離查詢工具，從開封開車到鄭州的總行程里數為79.2公里，開車時間需要1小時7分鐘，油費約RMB 50元，經過高速公路收費站的總過路費約RMB 25元。https://www.qichezhan.cn/juli/%E5%BC%80%E5%B0%81%E5%88%B0%E9%83%91%E5%B7%9E/（最後瀏覽日期：2021年12月31日）。

3　詳閱維基百科「中國驛站史之說明」。https://zh.wikipedia.org/wiki/%E4%B8%AD%E5%9C%8B%E9%A9%9B%E7%AB%99%E5%8F%B2（最後瀏覽日期：2021年12月31日）。

本詩的人物，主角是蘇軾、蘇轍，配角是僮僕、路人。

關於蘇軾的生平[4]如下：蘇軾（1037年1月8日至1101年8月24日），眉州眉山（今四川省眉山市）人，北宋時著名的文學家、政治家、藝術家、醫學家。字子瞻，一字和仲，號東坡居士、鐵冠道人。嘉佑二年進士，累官至端明殿學士兼翰林學士，禮部尚書。南宋理學方熾時，加賜謚號文忠，復追贈太師。有《東坡先生大全集》及《東坡樂府》詞集傳世，宋人王宗稷收其作品，編有《蘇文忠公全集》。其散文、詩、詞、賦均有成就，且善書法和繪畫，是文學藝術史上的通才，也是公認韻文散文造詣皆比較傑出的大家。蘇軾的散文為唐宋四家（韓柳歐蘇）之末，與唐代的古文運動發起者韓愈並稱為「韓潮蘇海」，也與歐陽修並稱「歐蘇」；更與父親蘇洵、弟蘇轍合稱「三蘇」，父子三人，同列唐宋八大家。

關於蘇轍的生平如下：宋寶元二年（1039），二月二十日蘇轍出生，是蘇洵與程氏的次子。嘉祐二年（1057），年方十九歲的蘇轍與兄長蘇軾同登進士，轟動京師，不久母喪，返鄉服孝。嘉佑六年（1061），兄弟二人又同舉制科，蘇轍被楊畋推薦至才識兼茂、明於體用科。他在御試制科策中極言朝政得失，司馬光將蘇轍置於第三等，胡宿「以為不遜，力請黜之」，但是司馬光力舉推薦，並且宋仁宗以「以直言召人，而以直言棄之，天下將謂我何」為由，仍第以四等，除商州軍事推官。後來，因蘇軾任鳳翔簽判，奏請在京侍父。[5]

嘉佑五年（1060）二月，蘇家一行人重返汴京。蘇軾與蘇轍進士及第，「例授九品」，分別擬任河南福昌縣、澠池縣主薄。這是兄弟二

---

4 蘇軾的生平出自維基百科。https://zh.wikipedia.org/wiki/%E8%8B%8F%E8%BD%BC（最後瀏覽日期：2021年12月31日）。若依農曆12月所在的年份來看，或許是蘇軾出生於年尾，過了年就算2歲。

5 引自維基百科。https://zh.wikipedia.org/wiki/%E8%8B%8F%E8%BE%99，（最後瀏覽日期：2021年12月31日）。

人接到的第一份官職，當然這官太小，也沒什麼前途，兩人都推掉了。八月，十年一度的制策之試開考，蘇軾入三等，拿了第一，蘇轍入四等，也上了榜。不久，朝廷誥下，任蘇軾為大理評事，出鳳翔簽判。蘇轍本要往商州做軍事推官，然而王安石從中阻攔，只得待在汴京陪父親。1061年冬，蘇軾自汴京啟程往鳳翔赴任，初次與家人分別，不覺傷心起來。即使豪放如蘇軾，迎著漫天飛雪，遙望弟弟渺渺身影，也難免生出這般愁緒。實在太遠了，此去鳳翔一千二百餘里，與親人們就此天各一方，對初入仕途的蘇軾而言，心中不免難過。[6]

本詩的創作背景，蘇軾兄弟繼嘉佑二年（1057）同科進士及第之後，嘉佑六年（1061）又同舉制策入等。蘇軾被任命為鳳翔（今屬陝西）簽判，蘇轍（子由）因其《御試製科策》尖銳抨擊宋仁宗，在朝廷引起軒然大波，只好自己要求留京侍父，在這以前，他們兄弟一直生活在一起。蘇軾十一月動身赴任。蘇轍由汴京（今河南開封）送行，直至鄭州西門外告別，然後回返汴京侍奉其父。蘇軾離開親人隻身獨行，詠此抒懷。

分析本詩的結構，首四句以突兀筆觸人題，直抒離別情深，運鏡採近景特寫。「登高」四句抒發別後思念弟弟之情，運鏡採遠景焦點。「路人」四句寫自己悲苦的原因，游移觀點到路人和僮僕。末四句為緩解歲月飄忽，而構想未來，期盼早日團聚，是一種懸想。

所謂「嘗有『夜雨對床』之言」，是指嘉佑六年（1061）秋他們兄弟參加科舉考試，寓居懷遠驛時，一夜風雨並作，讀韋應物詩，有感於即將遠離，於是相約早退。蘇轍〈逍遙堂會宿並引〉說：「轍幼從子瞻讀書，未嘗一日相舍。既壯，將遊宦四方，讀蘇州詩至『安知風雨夜，復此對床眠』，惻然感之，乃相約早退，為閒居之樂。」故

---

6 引自《探秘蘇東坡》官員東坡：鳳翔簽判。https://kknews.cc/zh-tw/n/95aeaqj.html（最後瀏覽日期：2021年12月31日）。

子瞻始為鳳翔幕府，留詩為別曰：「夜雨何時聽蕭瑟。」蘇轍這段話可作蘇軾此詩最後四句的註腳。

三　用韻分析

蘇軾這篇七古，在用韻上不是很嚴格，全詩十六句除第三、第十五句未用韻外，共用十四韻，跨越月、藥、陌、職，屑五個韻部。（見王鳴盛《蛾術編》卷78《東坡用韻》）

筆者閱讀《唐宋詩髓》[7]一書，關於此詩的附錄提到《唐宋詩醇》：「軾與其弟轍友愛特至，時軾赴鳳翔簽判之任，既別而作此詩。起句突兀有意味，前敘既別之深情，後憶昔年之舊約，亦知人生要有別，轉進一層，曲折遒宕。軾是時年甫二十六，而詩格老成如是。」查檢蘇軾生卒年，嘉佑六年（1061）這一年蘇軾足歲23，虛歲24，不是26歲，懷疑該書作者清代愛新覺羅弘歷弄錯了。於是進一步翻檢相關的資料，有一些新的體會。以下是〈馬上賦詩〉的入聲字，依照序號、聲母、等、開合口、韻母（入聲韻目）、聲調、切語排序。

表 1　馬上賦詩的入聲字

1不. 3341幫三合文入（物）分勿	2兀. 3381疑一合魂入（沒）五忽
3兀. 3381疑一合魂入（沒）五忽	4逐. 3204澄三開東入（屋）直六
5發. 3363幫三合元入（月）方伐	6寂. 3684從四開青入（錫）前歷
7寞. 3571明一開唐入（鐸）慕各	8隔. 3638見二開耕入（麥）古核
9出. 3333昌三合諄入（術）赤律	10沒. 3372明一合魂入（沒）莫勃

7　詳閱張夢機選，張仁青、林茂雄注《唐宋詩髓》（臺北：文海基金會出版，明文書局發行，1997年再版），頁223-224。

11薄. 3581並一開唐入（鐸）傍各	12獨. 3184定一開東入（屋）徒谷
13踏. 3781透一開覃入（合）他合	14月. 3356疑三合元入（月）魚厥
15樂. 3572來一開唐入（鐸）盧各	16僕. 3196並一開東入（屋）蒲木
17惻. 3707初三開蒸入（職）初力	18亦. 3652以三開清入（昔）羊益
19別. 3517並三開仙B入（薛）皮列	20月. 3356疑三合元入（月）魚厥
21忽. 3380曉一合魂入（沒）呼骨	22昔. 3649心三開清入（昔）思積
23瑟. 3338生三開臻入（櫛）所櫛	24不. 3341幫三合文入（物）分勿
25勿. 3340明三合文入（物）文弗	26職. 3694章三開蒸入（職）之翼

從入聲字分布的韻目來看，有「物、沒、屋、月、錫、鐸、麥、術、合、職、昔、薛、櫛」13個入聲韻，似乎看不出來特別的含意。其中「不、兀、月」重複，實為23個。數字23和26，究竟有什麼玄 機呢？

蘇軾這首詩共16句，押入聲韻，全詩以著急難耐的離愁別恨襯托兄弟相處多年的深情。筆者發現詩句中入聲字特別多，計有26個，其中「不、兀、月」重複，實為23個。

筆者檢索「蘇軾文史地理資訊系統」[8]，只有部分功能可以使用。能查到的地方如下圖：

8 「蘇軾文史地理資訊系統」（http://gis.rchss.sinica.edu.tw/bsgis/），參閱「GIS與歷史研究資料的應用」。http://www3.ihp.sinica.edu.tw/dhrctw/index.php/2014-06-12-08-44-54/gis/53-gis-2014-12-26（最後瀏覽日期：2021年12月31日）。

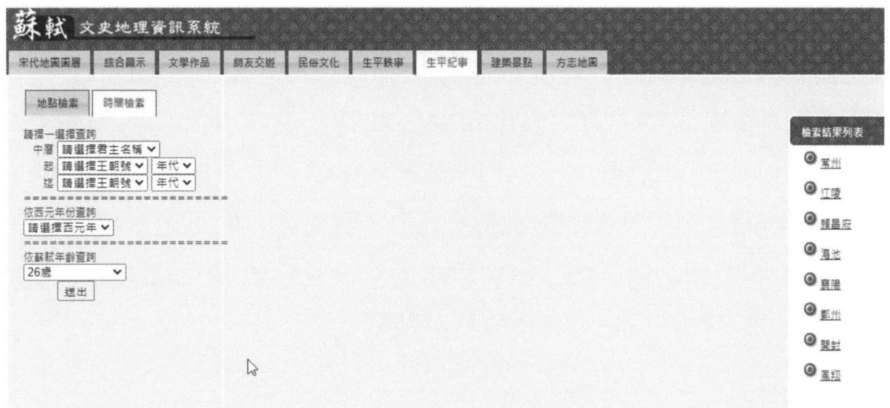

根據《簡要蘇軾年譜》[9]，嘉佑六年（1061）這一年蘇軾26歲，然而1061減去1037，足歲23，虛歲24，此詩完成是在一年多以後才寄到其弟蘇轍手中，此時蘇軾為虛歲26。這個數字實在非常巧合，有了這樣的線索，筆者推想身為兄長的蘇軾，或許有意將自己的年齡暗嵌在入聲字裡。

在易經數理之中，數字23為吉，旭日東昇，名顯四方，漸次進展，終成大業。[10]在易經預測體系中，數字26暗示：波瀾壯闊起伏，奇怪變化的英雄運格。雖有義氣俠情，然而在生活中變化多，風波不

9 參閱http://www.wcai.net/poetry/sudongpo/nianpu1.htm（最後瀏覽日期：2021年12月31日）。

10 參考易經81數理，數字23為吉。https://www.zhouyi.cc/zhouyi/yj81ls/4431.html（最後瀏覽日期：2021年12月31日）。

息。用此數的人，多數都是經歷萬難，經歷過大的災難，接近生死的邊緣，而後能有度過危難者有大成功。多修善事，不然智力不足，經常會隨波逐流，遇波折而不知道如何去面對，導致在生意上或者工作上失之交臂。但是民間流傳26是吉祥的數字，因為26是2個偶數組成的數字，2+6=8，有6和8，解釋開來的意思就是：又順又發，很吉祥的一個數字。[11]

嘉佑六年（1061）農曆11月這一年，蘇軾足歲23，虛歲24。據伯元師當年在課堂上說此詩完成是在一年多以後才寄到其弟蘇轍手中的。這樣推算下來，蘇軾為虛歲26。此詩入聲字共26個，但重複3個，實為23個。由於數字上的巧合，因此筆者認為暗藏深意。或許學問淵博的蘇軾暗中將易經數理放進詩中，其用意在於點出「慎勿苦愛高官職」的關切之情，或是以自己歲數配合人生無常、歲月飄忽的詩旨，因此筆者推測這是一首「兄長感情藏字詩」。

四　江西吟調套吟之體會

東坡〈馬上賦詩〉是一首「兄長感情藏字詩」，除了字數暗合兄長的歲數之外，也運用了不少的修辭技巧表達深刻的情感。以起首句為例，表達思情之濃烈，正如一杯烈酒，「兀兀」二字正是狀聲詞，模擬大醉之人的打嗝聲。因此吟誦時，在一般規律之外，要特別注意「入聲唱斷」的技巧。

關於入聲字的聲情效果，在《繞樑之美：曲唱的理論與實踐》這本書中提到崑曲的歌唱配合字調的情形，如平聲平唱，便多用一板三眼的「橄欖腔」；上聲上唱，多用挑高的「腔」；去聲下唱，往往用先

11 參考數字26的含義，數理26的吉凶運勢。https://kknews.cc/zh-tw/astrology/xlobpo8.html（最後瀏覽日期：2021年12月31日）。

挑高後落下的「豁腔」；入聲斷唱，則常用出口即停的「斷腔」。[12]

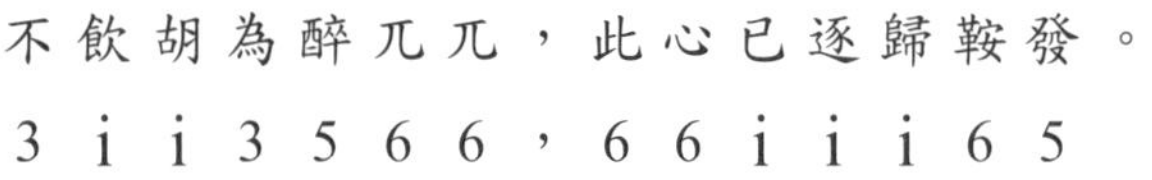

不 飲 胡 為 醉 兀 兀 ， 此 心 已 逐 歸 鞍 發 。

3 i i 3 5 6 6 ， 6 6 i i i 6 5

這兩句是說：「我沒有喝酒，可怎麼這樣昏昏沉沉？哦，是了，是因了我的心，早已跟隨著弟弟的馬兒，走上了歸程。」

起首句表達思情之濃烈，正如一杯烈酒，「兀兀」二字正是狀聲詞，模擬大醉之人的打嗝聲。筆者習得伯元師江西吟調後，通過「入聲唱斷」的聲音形象進行套吟，因此首句La La二音就要仿照酒醉之人的打嗝聲。就實際唱法來看，「兀兀」的第二字在「出口唱斷」之後再加個轉音，比較能夠突顯因離別而精神恍惚的神態。第二句La La二音屬於仄平型步律（foot meter），「心」字應拉長，恰好符合蘇軾心中放不下的情感。「逐、發」兩個短促的入聲字，將東坡的思緒拉回了現實世界，看著弟弟騎著瘦馬往東邊回到汴京。

歸 人 猶 自 念 庭 闈 ， 今 我 何 以 慰 寂 寞 。

3 3 3 3 3 3 3 6 6 i i i i 6 6

這兩句是說：「他，一個回家的人，尚且念念不忘老父；我，一個離家的人，又怎麼去慰藉老父寂寞的心情？」

關於吟誦在步律的計算方面，比較重視偶數字的平仄。[13] 這兩句

12 古兆申、陳春苗《繞樑之美：曲唱的理論與實踐》（香港：中華書局，2019年，頁50）

13 筆者文章提及吟誦古典詩步律中的和諧和衝突，以偶數字為判斷的關鍵，平仄相間為和諧，平平或仄仄連續為衝突。詳閱陳貴麟〈如何用現代漢語吟誦古典詩〉（《中國技術學院學報》25，2003年7月），頁19-28。

的上句像近體詩，偶數字是平仄平，具有和諧感；下句屬於古體詩，偶數字是仄仄仄，具有衝突感。前者講的是蘇轍留京侍奉父親蘇洵，聲音雖較高亢，但仍感恩有弟弟服侍父親；後者是蘇軾自我傷感，聲音由高降低，內心的強烈衝突是無法化解的。

登 高 回 首 坡 隴 隔 ， 惟 見 烏 帽 出 復 沒 。

6 i i i i 6 6 ， 6 6 6 6 6 6 6

這兩句一般的語譯是「遠去了，遠去了，我急忙登上高坡，追索著你的身影；那不作美的山丘擋住了視線，只見到你的烏帽在山間時現時隱。」上句的理解是錯誤的，因為蘇軾一直在原地看著。

關於這兩句，最令人感動的是蘇軾一直在原地看著弟弟往東邊回去。其實這裡的修辭格是「觀點轉換」，蘇軾沒有寫自己一直看著弟弟，而是轉換蘇轍的觀點，寫他弟弟頻頻回首看哥哥。下句視角轉回蘇軾，當蘇轍走到很遠時，蘇軾還是在原地看著弟弟。蘇轍登坡時，蘇軾看到他的烏帽，下坡時烏帽隱沒，蘇軾就看不到了。雖然下句全部都是La音，但入聲字「出、沒」二字，在吟誦時短促彈跳，其聲音形象顯示蘇軾已在原地看了很久，不忍向西動身前往鳳翔，透顯對弟弟的情感是如此地真切。

苦 寒 念 爾 衣 裘 薄 ， 獨 騎 瘦 馬 踏 殘 月 。

6 i i i i 6 6 ， 6 6 6 6 6 3 5

這兩句是說：「天是這麼冷，弟弟啊，你衣服單薄可能忍受？更何況你孤單一人，騎著瘦馬，踏碎了清晨殘留的月影。」在吟誦時，上句的基本調跟前一聯的上句一致，偶數字的平仄步律屬和諧；下句偶數字平仄平，也屬和諧律。明知大雪紛飛，兄弟倆怎麼會少穿保暖衣物？這是修辭格中的「歧謬」技巧，即使知道對方不是如此，基於關心，還是說同樣的話語。因此這一聯的和諧律展現的是祝福平安之意。

路 人 行 歌 居 人 樂 ， 僮 僕 怪 我 苦 悽 惻 。

6 i i i i 6 6 ， 6 6 6 6 6 5 6

這兩句是說：「行路人唱著歌兒，居民們安居樂業，連僮僕也感到奇怪，為何我這樣地悲傷悽惻。」在吟誦時，上句的基本調跟前一聯的上句一致，但平仄步律改變了，偶數字連三平屬衝突；下句偶數字是仄仄仄，也具有衝突感。蘇軾此行離開了父兄，路上看到他人闔家團圓、快樂歌唱，內心的孤單寂寞的感觸就更深了！這是修辭格的反襯技巧。下句從僮僕的視角，赴官上任是件令人高與的事，無法理解蘇軾為何愁眉不展，因此感到非常奇怪。在「游移觀點」[14]的運鏡中，蘇軾轉移觀點到僮僕，僮僕彷彿是超然的讀者，對事件作了一個客觀的評論。於是在鏡頭的變化中，將街景和自身的近景有了強烈的對比。

---

14 「游移觀點」(The Wandering Viewpoint)屬於文本分析的一種理論，出自德國接受美學家沃爾夫岡．伊瑟爾(Worlfgang Iser, 1926-2007)。他對文學的作品與文本作了區分，認為文學作品有藝術的一極(即文本)和審美的一極(讀者)，藝術的極點是作者的文本，而審美的極點則是通過讀者來實現的。提出文本的召喚結構理論，認為文學文本的召喚結構由「空白」、「空缺」、「否定」三要素構成由它們來激發讀者在閱讀中發揮想像來填補空白、空缺，確定新視界，構成文本的基本結構。參考維基百科 https://zh.wikipedia.org/wiki/%E6%B2%83%E7%88%BE%E5%A4%AB%E5%B2%A1%C2%B7%E4%BC%8A%E7%91%9F%E7%88%BE(最後瀏覽日期：2021年12月31日)。

亦知人生要有別，但恐歲月去飄忽。

6 6 6 3 3 2 2 ， 3 3 3 2 3 2 2

這兩句是說：「唉，我也知道人生到處有離別，只是怕歲月流逝，無多來日。」在吟誦時，上句偶數字平平仄，下句偶數字仄仄平，都是衝突感。蘇軾在西元1057到1059年之間守母喪，對於「歲月飄忽」特別敏感。從河南開封或鄭州到陝西鳳翔（今寶雞），相去一千餘里，相當500多公里。生離恐怕就是死別的陰影籠罩在蘇軾的心中，因此始終無法開心起來。下句的「忽」字，雖是入聲字，但出口唱斷之後，要加上迴旋音，如柳絮般地胡亂飄落。

寒燈相對記疇昔，夜雨何時聽蕭瑟。

3 i i 3 5 6 6　6 6 i i i 6 5

這兩句是說：「想當年我與你在懷遠驛中對著寒燈，傾聽著蕭蕭夜雨，互訴著衷腸。何時才能相見，何時才能再次一同聽夜雨蕭瑟連綿啊！」

在吟誦時，速度要放慢，因為這是回憶過去的事情。上句偶數字的平仄步律屬和諧。懷遠驛於五代周顯德五年（958）設置，屬開封府。在今河南開封市東南隅。北宋景德三年（1006）改置於古汴河北。後廢。蘇軾兄弟於嘉佑六年（1061年）秋參加科舉考試，寓居懷遠驛時，一夜風雨並作，讀韋應物詩，有感於即將遠離，於是相約早退，為閒居之樂。下句偶數字仄平平，具有衝突感。「時、蕭」二字的音時拉長之後，為下面一聯的結尾做了一個鋪墊。

君知此意不可忘，慎勿苦愛高官職。

3 3 3 3 3 3 6，i i i 6 i 6 5

這兩句是說：「早早隱退的話猶在耳邊，你千萬不要遺忘，讓高官厚祿緊緊地把自己糾纏。」其實單憑這兩句詩是很難理解「君知此意」是指什麼，對照蘇轍〈逍遙堂會宿並引〉「轍幼從子瞻讀書，未嘗一日相舍。既壯，將遊宦四方，讀蘇州詩至『安知風雨夜，復此對床眠』，惻然感之，乃相約早退，為閒居之樂。」我們才知道跟韋應物的詩意有關。

在吟誦時，上句的偶數字平仄仄、下句的偶數字仄仄平，皆具有衝突感。江西調在上句結尾拉高音調，有萬般叮囑之意；下句稍降，「高官」二字可以刻意延長兩拍，而入聲字「職」則以短促收尾，戛然而止。如此，聲音形象就跟詩意「相約早退，為閒居之樂」相配。

五　結語

蘇軾是一位才華洋溢的全能作家，幾乎在所有的文學藝術領域裡，都取得了高度的成就。在思想上深受儒、釋、道三家的影響，基本上仍以儒家「親親、仁民、愛物」為主。在〈馬上賦詩〉中，有很多明線展示兄弟情深，也有一條暗線隱藏「兄長著急難耐」的情緒。這條暗線就是入聲的26個字，通過短促的聲音形象，傳達這樣的情緒。

本文發現詩句中入聲字有26個，其中「不、兀、月」重複，實為23個。由於數字上的巧合，因此筆者認為暗藏深意。或許學問淵博的蘇軾暗中將易經數理放進詩中，其用意在於點出「慎勿苦愛高官職」的關切之情，或是以自己歲數配合人生無常、歲月飄忽的詩旨，因此筆者推測這是一首「兄長感情藏字詩」。

伯元師的江西調有平聲韻和仄聲韻兩種，筆者通過文本分析之後，為〈馬上賦詩〉這首仄聲韻的七言古詩進行江西吟調的套吟解說，實際吟誦時依詩意結構略為調整，確實最能展現江西吟調聲音形象的魅力。筆者吟誦此詩上傳youtube之網址https://youtu.be/zV4NpohVHto，請方家指教。

審音協律伯元師
──以《和蘇樂府》為例

陳慶煌
淡江大學榮譽教授
國立臺北大學、東吳大學兼任教授

摘要

本論文主要在評述《伯元倚聲・和蘇樂府》，首為引言：先從詞與音樂的融合發展及倚聲協律入題，再介紹陳新雄伯元師的學術專長和重要著作。

次為本論，即就《東坡樂府》中的《陽關曲》三闋與〈醉翁操〉的音律微妙關係切入，再述及伯元師的借韻之作，並擴及《伯元倚聲・和蘇樂府》中的代表作品。

結語謹以伯元師借用東坡〈卜算子〉賀海峽兩岸黃侃學術研討會召開之作為例，試和之並作結語，冀能發伯元師潛德幽光於萬一。

關鍵詞：陳新雄伯元、蘇軾東坡、東坡樂府、倚聲協律、和蘇樂府

一　引言

詞乃唐宋間發展出來的一種音樂文學，係隋唐以還，西域傳來的音樂和本土音樂融合後，依新聲長短曲拍而填的歌詞。當然有一部分是西涼、龜茲、疏勒、康國、安國、天竺、高麗、高昌的原曲子，也有一部分則保存了本土的原貌。晚唐時的溫庭筠，宋代的柳永、周邦彥、姜夔、吳文英等詞家，都能審音協律，其作品所注明的宮調詞牌──亦即詞的曲譜──俗名，大致與《新唐書》、唐末段安節《樂府雜錄》、宋時蔡元定《燕樂書》，以及陳暘《樂書》、張炎《詞源》所述的燕樂或俗樂二十八調，均相符合。可見宋代的燕樂即是唐時的俗樂，而詞的音樂即為宋代的音樂。但歷經元明清後，西洋音樂早成為今日音樂的主流，被奉為「國樂」的俗樂反而日漸式微。

由於詞的音樂是俗樂，比較能夠表達詩所不能表達的情感和境界，但初起時，卻不受文人學士的重視。寫作時它是要根據詞牌的，每個詞調都是「調有定句，句有定字，字有定聲，韻有定部。」表達某一性質的感情內容。詞的韻部比詩寬，押韻比詩嚴，一切都隨詞牌而定。常見曲家說，當倚聲按譜填詞時，某句某字必用某聲唱較為美聽。因而詞中用字除分平仄外，也須講究四聲，某些還得辨別字聲的清濁洪細，甚至要注意到脣齒舌牙喉鼻等發音部位。這樣作品纔會達到聲情並茂、感動人心的最高藝術境界。

江西陳新雄（1935-2012）伯元先生，以《古音學發微》榮膺國家文學博士，歷任臺港陸美等地各知名大學教授，擅長聲韻、訓詁、文字、毛詩、東坡詩詞等學，為中國聲韻學、訓詁學、文字學及經學等研究會創會理事長。著作等身，春風化雨逾五十載，推廣漢學不遺餘力。試觀其《古音研究》、《音略證補》、《聲類新編》、《廣韻研究》、《等韻述要》、《聲韻學》、《訓詁學》、《新編中原音韻概要》、《文字聲韻論叢》、《東坡詩選析》、《東坡詞選析》、《伯元倚聲・和蘇樂府》、《伯元吟草》、《詩詞作法入門》、《詩詞吟唱及賞析》等書，可知其乃古今詞人中研究音韻最為傑出者。按理一位精於音律的專家，應該走柳、周、姜、吳等的婉約派一路纔對；但伯元師卻偏愛上語意高妙，無一點塵俗氣，清曠豪放，不喜剪裁以就聲律，令人難以捉摸學步的東坡樂府。他借用東坡元玉一和再和，來澆自已的塊壘，十載而竟其功，在1998年，由臺北文史哲出版社發行了一部東坡生前都意想不到的《伯元倚聲・和蘇樂府》。

二　本論

《東坡樂府》長調大概只有二十多種，對於音律也不太嚴格要求。因其以詩為詞，如行空的天馬，擴大了詞的領域與地位。雖非婉約之正宗，而為豪放的別格。但伯元師的和蘇僅是借韻而已，他說：「吾未嘗刻意摹仿蘇詞也，東坡天才絕倫，曠代無匹，摹擬天才，徒顯拙劣，不幸而落效顰刻鵠之誚，吾不為也。」又說：「宋室南遷，而有曠世人豪辛稼軒出，稼軒罔襲固常，自成家數，而與東坡聲氣相符，不期而合，觀其所為〈永遇樂〉之『千古江山』與東坡〈念奴嬌〉之『大江東去』，幾乎如出一手，至是即以『蘇辛』並稱，成為兩宋之雙璧，詞壇之奇葩，千秋之盛事也，亦非稼軒之所能逆料也。蓋東坡對詞壇之開拓，僅止於以詩行詞，而稼軒更進而以文行詞。至是蘇詞之境界，始大無可大；東坡之精神，則高無可高矣。寧非古今之奇遇哉！」由上可知伯元師有意自成一家，而黃坤堯在序中亦明言「詞拈蘇韻，意寫今情，山河涕淚，風雨窗燈，固不必以蘇自限也。其詞殆皆生活實錄，時代心聲。……至於繡句錦心，意象嬗聯，音調律韻，抑揚中節，此聲學之秘傳，亦吾師之所獨步者，何煩覼縷，以添蛇足。」亦確為實情。

憶戊辰中秋，拙撰〈水調歌頭‧授坡詞步玉作解以示諸生〉云：「蘇子詠冰鏡，念弟望雲天。只因相別之後，飄忽已多年。將宿金山禪寺，曾命袁綯歌此，風韻起孤寒。醉舞妙高上，恍在眾仙間。
宦途險，詩檢點，怎成眠。千愁萬感，黨無新舊政纔圓。興象昂然才品，一片神行詞境，是調只坡全。億載中秋夜，人月共娟娟。」蓋因蘇軾於元祐六至七年（1091-1092）知潁州時，嘗至潤州登妙高臺上，命袁綯歌其十五年前知密州丙辰（1076）中秋夜快意之作，事亦不無可能。昆仲情深，常在念中；特為倚聲，用表欽遲。詞曾蒙師友激賞，[1]今不免唐突之譏，專究審音協律一項。

東坡深知琴理，坡公多次為琴歌填詞，在宋神宗熙寧十年丁巳（1077）四十二歲時，為琴曲〈陽關曲〉所填歌詞即有三種，迻錄如下：

〈答李公擇〉
濟南春好雪初晴，纔到龍山馬足輕。
使君莫忘霅溪女，還作陽關腸斷聲。

〈中秋作〉
暮雲收盡溢清寒，銀漢無聲轉玉盤。
此生此夜不長好，明月明年何處看。[2]

---

1 駢文大師馬芳耀評曰：「子瞻才大本天生，對月無違念聖情。次韻佩兄新境創，鱣堂卓樹好風評。」

2 據《蘇軾文集》卷六十八著錄東坡於宋哲宗紹聖元年甲戌（1094）五十九歲中秋夜〈書彭城觀月詩〉云：「『暮雲收盡溢清寒，雲漢無聲轉玉盤；此生此夜不長好，明月明年何處看。』余十八年前（宋神宗熙寧十年丁巳1077四十二歲）中秋夜，與子由觀月彭城，作此詩，以陽關歌之。今復此夜宿於贛上，方遷嶺表，獨歌此曲，以又：

受降城下紫髯郎，戲馬臺南舊戰場。

恨君不取契丹首，金甲牙旗歸故鄉。

案：從「去平平上入平平。平去平平上入平。上平上去入平上，平入平平平去平。」的平仄格律看來，無一不合王維的〈陽關三疊〉，又名〈陽關曲〉或〈渭城曲〉，亦即〈送元二使安西〉：「渭城朝雨浥輕塵，客舍青青柳色新。勸君更盡一杯酒，西出陽關無故人。」尤其單看「霅溪女」與「腸斷聲」、「不長好」與「何處看」、「契丹首」與「歸故鄉」之「仄平仄」與「平仄平」，完全和〈陽關曲〉的「一杯酒」與「無故人」相吻合，可知東坡深諳聲情悽絕之三昧。再驗證《伯元倚聲・和蘇樂府》的〈陽關曲〉：

〈登黃鶴樓〉

漢陽秋雨初放晴，剛見琴臺腳步輕。

聆音莫忘武昌會，黃鶴樓邊流水聲。

〈柳毅泉〉

湧泉猶自溢清寒，柳毅通誠落玉盤。

此泉此井不長有，湖漲湖枯相反看。

〈高雄迎和年〉

碧波西子迓潘郎，論韻吟詩固勝場。

問君此日渡臺海，風月何如儂故鄉。

識一時之事，殊未覺有今夕之悲，懸知有他日之喜也。」今吾既授是調，爰亦依韻和之曰：「此生悲喜異暄寒，念昔彭城月一盤。是秋贛上景非舊，十八年來惟獨看。」陳慶煌冠甫2014年9月8日謹識。

案：以上三闋完全依東坡，亦即王維的規範，尤其每曲的末三字，如「武昌會」與「流水聲」、「不長有」與「相反看」、「渡臺海」與「儂故鄉」等，均屬「仄平仄」與「平仄平」的搭配。

醉翁操，琴曲，屬正宮，宋・沈遵創作，蘇軾始創為填詞。在其《東坡樂府》卷二該詞牌下有序云：「琅琊幽谷，山川奇麗，泉鳴空澗，若中音會。醉翁喜之，把酒臨聽，輒欣然忘歸。既去十餘年，而好奇之士沈遵聞之往遊，以琴寫其聲，曰〈醉翁操〉，節奏疏宕而音指華暢，知琴者以為絕倫；然有其聲而無其辭。翁雖為作歌，而與琴聲不合。又依《楚辭》作〈醉翁引〉，好事者亦倚其辭以製曲，雖粗合韻度，而琴聲為詞所繩約，非天成也。後三十餘年，翁既捐館舍，遵亦沒久矣。有廬山玉澗道人崔閑，特妙於琴，恨此曲之無詞，乃譜其聲，而請東坡居士以補之。」東坡在崔閑悠揚之琴聲中，須臾作成：

> 琅然。清圜。誰彈。響空山。無言。惟翁醉中知其天。月明風露娟娟。人未眠。荷蕢過山前。曰有心也哉此賢。　　醉翁嘯詠，聲和流泉。醉翁去後，空有朝吟夜怨。山有時而童巔。水有時而回川。思翁無歲年。翁今為飛仙。此意在人間。試聽徽外三兩絃。

在《雜書琴事》十三則中，東坡嘗有：琴自天寶中，因與胡部合，非復中華雅聲之嘆語。當公五十七歲，於揚州所撰〈書寫醉翁操後〉云：「二水同器，有不相入；二琴同手，有不相應。今沈君信手彈琴，而與泉合；居士縱筆作詩，而與琴會。此必有真同者矣。本覺法真禪師，沈君之子也，故書以寄之。願師宴坐靜室，自以為琴，而以學者為琴工，有能不謀而同三令無際者，願師取之。元祐七年四月二十四日。」其所謂「真同者」，乃詞、曲作者共同之藝術境界，於詞、曲共同創作上達到所謂「和」之層次，更可增進文人與琴師間之友誼。由上，可知宋朝文人注重內在之精神意涵，能將個人品行修養匯入藝事中，〈醉翁操〉之所以形成亦即此理也。

清乾隆六年（1741）所審音定譜之《九宮大成南北詞宮譜》，其樂譜註云：「醉翁操，東坡所作琴曲，今雖譜入九宮，其聲調猶彷彿琴之音韻，第未識與古人意合否？案：沈遵以琴寫泉聲，而寄之於琴也。東坡倚聲以為歌辭，是直接為琴調，而間接為泉聲也，今雖譜入九宮，然以笛協之，頗不適聽，蓋仍當以琴協為宜。錄此，以見絲與竹音色異，其成調亦因之而異也。」可謂正評。

緣林景伊師逝世十週年，國立臺灣師範大學辦學術研討會時，伯元師用東坡〈醉翁操．琅然清圜韻〉填詞追悼，連和者羅尚、王冬珍、沈秋雄、陳慶煌、文幸福、陳文華、劉昭明、杜忠誥等，凡十八人。詞附論文集後，且亦收入《伯元倚聲．和蘇樂府》中。拜觀伯元師所作：

> 潸然。珠圜。悲彈。失樑山。人言。我公昔年光留天。如今花葉娟娟。由不眠放眼言畫堂前。濟濟相聚來眾賢。　為公高詠，聲響奔泉。弦歌未絕，無盡朝啼暮怨。聚石成為山巔。大海寬容群川。思公年復年。公雖為天仙。遺愛滿人間。請臨一聽心裡絃。

案：此調末句應作「仄平平仄平仄平」，尤其末三字一定要作「平仄平」纔會達到〈陽關曲〉末句那種聲情悽絕，令人肝腸欲斷的藝術感染力。而十八人中唯有伯元師的「請臨一聽心裡絃」平仄較為符合，這是拜他完全摹仿東坡樂府的「試聽徽外三兩絃」之故，像我就是當時尚未悟到這層微妙的道理，而改依龍沐勛的《唐宋詞定格》，纔會變成了近體詩的格律！[3]

民國一〇三年（2014）當試院衡文拔士之役完成後，七月三十一夜，吾在家上網點閱二〇〇二年，伯元師在北京清華大學授先秦音韻學等課程期間，曾應該校靜安詩詞社懇邀，於階梯教室公開演講，數百聽眾為之爆滿，當場伯元師曾親書所填題為〈清華講學贈靜安詩詞社〉的〈江城子〉詞相贈，其詞云：

> 五千年史豈拋空，步芳蹤，氣如虹。禹甸茫茫，應振舊雄風。不信英聲從此杳，誰繼絕，我曹躬。　唐詩漢賦宋詞工，鬱蔥蘢，響黃鐘。秋實春華，百態煥新容。欲覓知音何處是，窮四海，喜人同。

翌晨，我寅時即起，沐手立刻次韻此詞曰：「大師遺愛未全空，覓聯蹤，筆成虹。學貫金壇，許鄭溯宗風。微發古音因果在，伯元匝，竺描躬。　坡詞借玉調能工，氣蔥蘢，響霜鐘。故國神遊，吟卷盡涵容。冥壽明春逢八秩，嗟諱日，韻誰同？」賦成驚覺恰逢夫子之忌辰，奇哉異哉！天地間竟巧合如斯。中秋前二日，余因夜讀姚兄榮松自網路傳來有關明春紀念伯元師之活動近況，不意次晨夢醒時分竟憶及甲戌（1994）春元，臺師大籌畫為伯元師作六十大壽前，李兄添富致電要我親製一聯，遂撰成：「新撢多方，學中稱伯；雄觀百代，貞下起元」以賀，其後伯元師都講香江，偶讀余之詩作，特致書勗勉，而有「青勝」之溢美。當師因講授東坡詩詞，特往遊黃州，探勘現

3　筆者除追改前作〈醉翁操〉後結末三字：「想當能聽『此心絃』」為「心上絃」外，更撰有〈陽關曲「仄平仄」對「平仄平」弦律之奧祕〉七絕云：「絃似愁腸斷瞬間，平揚仄抑電生焉。起高低伏音波裡，迸發熱流情萬千。」又明示曰：「一杯酒對無故人，樂府新聲摩詰紉。斷腸顯影藉絲竹，節奏神奇弦律陳。」

地，印證名蹟，抒發思古之幽情，結識當局，嘗函示命寫坡仙〈念奴嬌．赤壁懷古〉詞行書，擬鐫刻於黃岡「東坡赤壁碑林」；經年泐就，師又將榻本惠我珍存，能不令人感念久久也。[4]良以華仲麐先生嘗言及景伊師在生前每以喜得衣缽傳人自豪，而伯元師感念景伊師呵護厚恩，鍥而不捨，終身毋怠，能將所學，發揚光大，薪火永續，乃十足一代經師與人師風誼之最高典範。今吾亦偶仿師連用東坡韻之往事，遂在睡夢初醒之際，亦借坡仙元玉，循伯元師生前之遊蹤，吟成此闋以紀念之，末三字「淮海絃」即循師遵東坡句法也。其詞云：

> 鏗然。腔圓。琴彈。仰高山。師言。尋詩鬱孤鄱陽天。月澄章貢嬋娟。巖上眠。發軔五羊前。更北京太原訪賢。　　影留虎峽，身後奔泉。奈良古剎，奄有唐風弗愬。長白霜飛峰巔。鴨綠舟漂冰川。清遊難計年。詞今追坡仙。樂府詠其間。宛聆山谷淮海絃。

伯元師一生善侍景伊夫子，在其忌辰用東坡〈西江月〉「三過平山堂下」韻填詞誌念，開端「九度悲吟淚下，此生永記心中。」至情至性，令人低徊不已。

今試依序遞進拜觀〈浣溪沙〉詠濟南大明湖過片：「名士多如江過鯽，奇文珍似海含珠。」對仗精工，詞旨淵雅。〈水龍吟〉登泰山，後半闋云：「十八盤回峻遠，上天門，俯觀千里。玉皇頂上，摩

---

4 庚辰（2000）中秋，余嘗借東坡赤壁懷古元玉賦〈念奴嬌〉云：「放坡西去，盡情詠，動地驚天人物。羨此江山，留史上，豪曠龍章刻壁。繫獄烏臺，備遭羞辱，幸獲沉冤雪。如斯黨禍，可真摧折英傑。　　應是瑜亮同心，火攻危局轉，東風飆發。百萬曹軍，全被焚，分合時空存滅。故壘舟經，遙思三國事，自慚華髮。文光星耀，賦成還謝明月。」馬芳耀兄見而評曰：「妙從軾韻寫曹軍，穿越時空思不群。盡掩古今諸傑作，與坡秋色足平分。」

崖碑下，呼來三子，絕頂登臨，群山渺小，此遊應記。料他年憶道，吾師不舍，乃能如是。」與〈無愁可解〉詠中西情人節同日贈內，儼然均已掙脫東坡窠臼，改學稼軒以文行詞了。〈定風波〉詠萬里長城云：「長城貫耳響雷聲。登高無懼且安行。木杖隨身如得馬。何怕。輕盈縱步快平生。絕頂臨風催我醒。非冷。人人逢見笑相迎。共道今來相會處。當去。長天萬里碧空晴。」[5]以二闋〈哨遍〉詠北京紫禁城及天祥祠重修竣工典禮，各長達二百零三字，真是工程浩大。〈念奴嬌〉別北京，於「大江東去」之外，別有一番情味。〈水調歌頭〉遊酆都鬼城，滿見蕭森的氣息。〈醉蓬萊〉遊長江三峽，令人有如臨現場之感。〈木蘭花令〉遊東京灣，心想昔日爭戰，今者和平，前後心緒，翻騰難已。〈蘇幕遮〉詠山海關，頓覺吳偉業〈圓圓曲〉似乎顯得冗長些。〈江城子〉[6] 詠東林寺與西林寺，由眼前的煙雨廬山而念及當年東坡自黃州順江而東，環觀匡廬的各種心態和感受，已達東坡同在的境界。〈蝶戀花〉詠鬱孤臺，過片：「辛曲蘇詩誰可挫，千載悠悠，渾若當年箇。」真有衛道斥邪，舍我其誰的偉大擔當！茲更摘出短而有味的詞作如下：

5　筆者於2001年3月31日嘗借東坡沙湖道中遇雨韻評其心境，賦〈定風波〉云：「石破驚天霹靂聲，湖州被押憲臺行。打入黑牢同犬馬，坡怕？酷刑羅織了今生。　　惡吏當朝君未醒，冰冷。星空文曲吉光迎。磨難飽經瀕死處，災去。逆來欣受順陰晴。」2015年3月16日，又完全依東坡當日情事，變更六個仄聲韻追和其〈定風波〉云：「一任風聲夾雨聲，沙湖道上嘯歌行。三月暮春花正放，誰賞？眾皆狼狽怨尤生。　　問舍求田公豈屑，堅決，人間萬事樂前迎。煙笠雨蓑心自在，無礙，迭經險阻必然晴！」由此可見伯元師全篇借用東坡元玉，實非易事。

6　筆者於2015年3月15日，曾追次伯元師攜內與諸生同遊東坡赤壁借用東坡〈江城子〉「前瞻馬耳九仙山」韻云：「師攜弟子賞江山，遠觀天，喜今閒。追步坡公，赤壁賦超然。千古英雄何處覓？風料峭，月嬋娟。　　潮頭亂石凸如拳，彩雲翩，絕烽煙。故壘西邊，瑜亮自英年。誦念奴嬌心激蕩，宵入夢，憶從前。」

〈如夢令〉定州去來

聞說東坡昔受。勝蹟居然無有。躑躅定州城，終究還須伸肘。
揮手。揮手。蘇子何勞清垢。

〈如夢令〉龍洗

淨手方能用彼。用後居然冒氣。請看水興波，盆裡還能嬉戲。
且洗。且洗。莫管皇家一切。

〈點絳脣〉西湖蘇隄

漫步隄橋，柳枝飄拂千絲縷。青山當戶，飛絮如春雨。　多謝東坡，千載留鴻緒。隨意去。芳菲開處。早已忘歸路。

〈西江月〉讀藥樓詩稿

婦貌人皆讚賞，君才我所欽遲。蒼天竟有妒人時，佳藕飄零暫寄。　三百篇詩經眼，悼亡四憶裁辭。書碑欲寫放生池，喚醒百年沉醉。

案：東坡〈如夢令〉原詞是因浴於泗州雍熙塔而作，泗州原在安徽安慶東北六七百里，清康熙初已沉陷，塔亦不存。伯元師所遊乃河北省的定州，或許東坡當日亦曾浴過，可惜遺跡難覓。短短三十三字，要押五仄韻、一疊韻，伯元師能寫得如此自然而且傳神，的確不簡單。〈點絳脣〉從西湖蘇隄而念及東坡守杭州時候的偉大水利工程建設，於是湖光山色，綠蔭盎然，芳菲處處，今日登臨，心中無限感激。〈西江月〉寫讀張夢機《藥樓詩稿》感傷其夫人田素蘭教授本是臺師大國文系同人，卻罹癌早世；夢機又中風在床，復健極難。拜讀其病後所作〈悼亡〉詩，真欲書碑喚醒上蒼的沉醉！

由於詞受音樂的影響很大，要弦律悠美諧婉，句式和平仄均須注意。就《東坡樂府》所用的詞調而論，〈八聲甘州〉倒數三句，第二句要中間兩字相連，如柳永〈對瀟瀟、暮雨灑江天〉末三句：「爭知我、倚『闌干』處，正恁凝愁。」其中「闌干」須二字相連，即是一二一句式。而東坡〈寄參寥子〉：「西州路、不應回首，為我沾衣。」與伯元師〈訪開明賓州敘舊〉：「天能解、人間離別，淚滴裳衣。」均未遵守此格律。又：〈水龍吟〉末句要作一二一句法為宜，如東坡〈次韻章質夫楊花詞〉：「是『離人』淚」、伯元師〈聞天慧高歌〉：「泣『烏絲』淚」，完全符合外，其他之作均未守此句式。另外：〈醉蓬萊〉過片第七句，東坡〈笑勞生一夢〉：「好『飲』無事」，「飲」字依律應為平聲；而伯元師亦重蹈之，於〈遊長江三峽〉中：「碧『水』盈滿」，真可謂亦步亦趨，不稍踰越坡翁！至於〈點絳脣〉首句韻腳必用陰聲字，伯元師完全借東坡韻，因此〈登阿里山〉：「阿里山『高』」、〈杭州大學古漢語古文獻國際學術研討會開幕〉：「看振華『聲』」、〈西湖孤山〉：「心繞孤『山』」[7]」合陰聲字律；其餘四闋，如「無限鄉『情』」、「壇坫經『年』」、「漫步隄『橋』」、「美矣西『湖』」中，「情」、「年」、「橋」、「湖」，皆屬陽聲字，大概是因一切都以思想內容為主，纔會無法顧及音律吧！

當伯元師和畢《東坡樂府》，曾借用東坡〈千秋歲〉：「島邊天外」一闋步韻以誌感云：

> 蘇詞三百，和罷情難退。隨起落，心同碎。常為天下惠，不重黃金帶。廊廟器，存身屢與煙霞對。　步韻人皆會，染彩揚

---

7 案：此闋第四句：「林逋墳前住」，「逋」字依律應為仄聲，改為林逋之字「和靖」，可免落腔。

芝蓋。公不見，神常在。文章真有味，氣節何須改。風浪湧，
曚朧似已來臺海。[8]

案：此調若據後出的《詞林正韻》所歸納，則東坡係混合了第三部與第五部押韻。伯元師既云：「用東坡島邊天『外』韻」，則理當遵守首句起韻，如秦觀〈謫虔州日作〉即唱和〈千秋歲〉之作，通篇七十一字，前後片各五仄韻，首句即為「水邊沙外」，以「外」起韻。伯元師和完《東坡樂府》三百闋後，大概有意創新，將第十七部的「百」字攬入，當時黃坤堯兄在香江接電郵奉和，首句用「十年花外」，不敢不押此一「外」字韻。今日斗膽試擬為「蘇詞無外。和罷情難退。」將題目增五字而成「和畢《東坡樂府》『三百六十闋』感賦」，不知可否？

三　結語

曩歲，海峽兩岸黃侃學術研討會招開時，伯元師曾借用東坡〈卜算子〉「缺月掛疏桐」韻撰：

學術有章黃，異說方能靜。濟濟群英道本師，莫脫蘄春影。
流派敘從頭，來歷人皆省。海峽風波看漸平，攜手情非冷。

2015年4月1日，南陽師範學院「陳新雄紀念館」成立，余特亦遵師借用東坡〈卜算子〉「缺月掛疏桐」韻填賀云：

8　案：《伯元倚聲・和蘇樂府》卷末〈補遺〉增〈謁金門〉一闋，下片有云：「手把新醅綠醑，千載誰知臧否。四卷清詞言幾許。沉吟誰與語。」為弟子者理應臧而不否。

族裔溯炎黃，四海歸平靜。易禮詩書幸發蒙，洙泗先師影。
　華國重文章，義理人同省。立雪坐風桃李多，斯學今非冷。[9]

2021年8月24日余曾借東坡彭城夜宿燕子樓韻評《伯元倚聲・和蘇樂府》，[10]律協〈永遇樂〉曰：

坡乃天才，唱酬非易，其韻常限。按譜填詞，提襟露肘，窘處隨時見。借伊杯酒，澆吾塊壘，難免景情中斷。氣如虹，堅而不舍，十年調名吟遍。　　香江講學，神州鄰近，勝蹟盡收詩眼。發軔羊城，綿延韓日，行李猶輕燕。自由民主，心中故國，縱筆暢抒悲怨。讀師作，珍同日記，倚聲賞歎。

案：余嘗以〈五四七言精華體〉論伯元師與東坡云：「古音學發微，博士名歸，蘄春黃侃一脈來。韻因子瞻賡，伯元倚聲，和蘇樂府籟天生。五年八月守，卌四回後，坡和陶詩百餘首。東坡詩和陶，韻雖用陶，意則東坡而非陶。伯元詞和蘇，韻雖用蘇，意則伯元而非蘇。師借坡韻扣，十年遊走，樂府翻新悉次就。」今更仿黃庭堅〈跋子瞻和陶詩〉而作〈跋伯元和蘇樂府〉：「伯元和坡詞，十載始成之。難於協聲律，同屬生活詩。軾超大文豪，雄古音博士。相去雖千年，交輝日月似。」

9　案：筆者於2015年3月21日在臺師大有〈紀念陳新雄教授八秩誕辰學術論文發表暨著作展示會中口占〉云：「憶昔面責不開機，原來有詩命步玉。迨蒙恬順筆應心，師竟罹癌待康復。否則和蘇樂府中，豈容江夏黃君獨。今朝師大文薈廳，群賢咸集祝冥福。遺墨拜瞻仰精勤，一絲未苟實而樸。同窗並坐非等閑，今宵別後各忙碌。學術峰頂分頭攻，不負生前青勝勗。」

10　筆者另有〈蘇軾永遇樂・燕子樓夢盼盼「黯黯夢雲驚斷」別解〉曰：「夢中盼盼實朝雲，驚斷情緣禮糾紛。及笄芳容真荳蔻，愛苗怎向閨之云。」

2021年9月11日凌晨余讀《伯元倚聲·和蘇樂府》有感，爰用東坡次韻章質夫楊花詞元玉填〈水龍吟〉曰：

杏壇鳴鐸傳經，萬般防範斯文墜。辭章考據，春風化雨，周情孔思。不舍齋前，及門桃李，從無關閉。更擅精音律，詞耽坡老，和之遍、名揚起。　　憶昔隔洋千里，託鱗鴻、唱酬連綴。喜今檢點，宛同秋夜，滿天星碎。師若蟾光，桂華清皎，沁涼如水。最神來一筆，男兒熱血，落邦家淚。

要之，伯元師的審音協律係完全依據《東坡樂府》的音律，而不雷同於柳、周、姜、吳等婉約派匠師們的月鍛季煉，音究律考，強求合樂，無一字不慎。伯元師效法東坡，人格高，性情美，儒雅中自有其風度。他的詞作皆本乎詩教的溫柔敦厚及興觀群怨功能，能充分而確切地反映社會現實，淡語有味，壯語有韻，秀語在骨。並且由東坡而過渡到了稼軒的以文行詞，不容易句摘其吉光片羽，我們比較適合從整體來觀察他那浩瀚無比的思想內涵。[11]最後謹以〈新玉樓春·瞻伯元師遺照有感〉為拙文之殿：

驚見伯元新樂府，河南大學刊鴻著。
鶴髮蒼顏百歲人，預留茲照師天去。
垂暮病容憔悴露，若斯臞瘦祈神護。
詞作料應鄰子瞻，翻開拜賞當無誤！

11　案：《伯元倚聲·和蘇樂府》中〈瑞鷓鴣·追澳門盧廉若花園〉倒數第二句：「一盞清『酹』堪解渴。」「酹」字依律應為平聲，若換作「醪」字，即可免於落腔。〈浣溪沙·函往來奉和年〉末句：「西窗『煎』燭共烹茶」，「煎」字應為「剪」之誤。〈漁家傲·『蘆』溝橋〉：「龍虎『蘆』溝相對踞」，兩「蘆」字均須改作「盧」字始確。

《伯元倚聲・和蘇樂府》的藝術成就

黃坤堯
香港能仁專上學院中文系教授

摘要

陳老師《伯元倚聲・和蘇樂府》始撰於1988年11月，1999年5月結集出版，歷時十年。在講課及學術研究之外，順便開拓詞作領域，表面可以深讀蘇詞，借韻寫作，相互觀摩；其實更是意在發揚章黃學派的治學理念，有意仿效黃侃《量守廬詞鈔》之作，學術詞章，互為表裡，兼擅為美。加以時代開放，遍遊神州大地，歷訪東坡行跡，甚至遠赴日韓美國，驅遣風雲，任性自適，相當快意。此集表現陳老師詞作的藝術成就：一、效法蘇詞隨意書寫，行雲流水，同時也是十年來的行事交往及心靈紀錄。二、蘇詞嚴律，陳老師也嚴律，錦章繡句，佳作琳瑯，當時有人認為治語言文字的學者不宜治詞，陳老師就是用事實證明這些偏見。三、陳老師在詞集中記錄了很多語言文字、《詩經》、蘇軾等的學術會議，通過唱和交流，為很多名家學者塑像。四、陳老師的創作目標更在於推動寫作風氣，鼓勵學生創作，現在集中就保留了很多在場學者的和詞，推動詞課，也是身教。

關鍵詞：《伯元倚聲・和蘇樂府》、蘇軾、《詩經》、章黃學派、詞學陳新雄老師《伯元倚聲・和蘇樂府》[1]始撰於1988年11月，1999年5月結集出版，歷時十年。在講課及學術研究之外，再有意開拓詞作領域，表面上可以精讀蘇詞，借韻寫作，觀摩比較，寫志言情；其實更是意在發揚章黃學派的治學理念，有意仿效黃侃（1886-1935）《量守廬詞鈔》[2]之作，學術詞章，互為表裡，弘揚國學，兼擅為美。加以適逢時代開放，方便兩岸往來，乃重遊神州大地，歷訪蘇軾（1037-1101）行跡，甚至遠赴日、韓、新加坡、美國，旅遊講學，陶寫性靈，歌詠自適，驅遣風雲，論學會友，相當快意。此集之作，成於壯歲，當時陳老師五十三歲。其實陳老師詩名早著，根基雄厚，1978年嘗與師大同人及臺北吟壇共組停雲社，兼寫古體今體，起蔽振衰，弘揚詩學。伯元詞作起步略晚，作品亦少，1982年僅得〈西江月〉「寄詠琍美國」、〈憶江南〉「華岡好」二闋。〈西江月〉云：

> 總是離多會少，換來夢繞魂牽。自嗟自怨自熬煎。究竟圖謀那件。　　世上無窮風月，人生有限華年。原應常聚對嬋娟。何苦營營不倦。（頁325）

此詞作於1982年元月，這是伯元師第一首詞作，收入卷四非和蘇韻者，當時四十七歲，比東坡三十七歲起步填詞，整整晚了十年。此詞寫師母赴美，老師魂牽夢繞，情深意苦，甚至質問師母營營不倦的，究竟圖謀甚麼，顯得心有不甘。當然這是臺灣最熱門的移民話題，後來兒女相繼赴美，學有所成，老師甚至還在美國逝世，自然這就是最

---

1 陳新雄（1935-2012）著：《伯元倚聲・和蘇樂府》（臺北：文史哲出版社，1999年5月）。

2 黃侃（1886-1935）著，黃念田（1913-1976）編：《量守廬詞鈔》（初刊成都，1945年。重刊臺北：國民出版社，1960年11月）。

好的答案了，無奈。此後伯元師詞中寫師母的作品極多，恩愛纏綿，年年創作不斷，也是貫徹一生的主題。

1982年，陳老師來港，任教於香港浸會學院，遍交香海詩人何敬群（1903-1994）、汪經昌（1910-1985）、涂公遂（1905-1991）、蘇文擢（1922-1997）、陳耀南（1941-）等大家名家，詩興勃發。又跟韋金滿（1944-2013）唱和及聯句，相約填詞，月課一闋，編為《香江煙雨集》一書，[3] 惟亦僅得詞十一闋，另聯句二闋而已。1988年二度來港，復應香港浸會學院之聘，膺任首席講師二年，講授聲韻學及東坡詩詞，為鼓勵諸生習作，因有遍和《東坡樂府》[4] 之議，並邀余同作，藉以相互切磋砥礪。1990年陳老師返臺，作品寄遞時斷時續，同時也度過了很多艱難及低潮的時期，創作不易，難有寸進。1999年《伯元倚聲・和蘇樂府》完稿出版，前後剛好十年。其後老師在2010年出版《伯元新樂府》，[5] 以和歐陽修（1007-1072）詞為主，其實又已經邁進另一個十年了。

陳老師和詞是依照《東坡樂府》的順序一首一首寫下去的，早期還寫在一些彩箋之上，楷書工整秀氣，一絲不苟。所以我保留了這一批的墨寶，共存二十二頁。另有詩稿八頁，共三十頁。1990年離港後開始學習電腦打印郵寄，以省抄寫之勞；後期更多用互聯網傳送詩詞文稿，書法墨寶幾乎都成了絕跡的珍品。有機會一親芳澤，分外使人懷念。至於我的和蘇作品則調亂次序，隨意書寫，到後來老師完稿出版之時，我才發現還有若干作品沒有和作，於是盡力加速，《清懷詞稿・和蘇樂府》[6]得於同年歲暮出版，版式完全一樣，能趕在2000千

---

3 陳新雄著：《香江煙雨集》（臺北：學海出版社，1985年7月）。

4 朱彊邨（1857-1931）編年，龍榆生（1902-1966）校箋：《東坡樂府箋》（香港：中華書局，1936年1月；1979年6月）。

5 陳新雄著：《伯元新樂府》（開封：河南大學出版社，2010年10月）。

6 黃坤堯著：《清懷詞稿・和蘇樂府》（臺北：文史哲出版社，1999年12月）。

禧年前夕完成任務，當然也是老師給我的機會了。《伯元倚聲・和蘇樂府》收錄我的和作三十六首，已經大致完備，編排精密妥當，而我的書中也就沒有重收老師的和作了。

陳老師《和蘇樂府》的首唱是〈浪淘沙〉「重抵沙田，用東坡昨日出東城韻」，寫於1988年11月，詞云：

> 今日到香城。欲訴衷情。冬來寒氣自天傾。極目寒雲籠滿樹，何處尋春。　　雖踏舊埃塵。遠望煙村。夕陽猶共憶酸辛。誰料沙田仍似昔，未見豪英。（頁55）

蘇軾的首唱〈浪淘沙〉則寫於宋神宗熙寧五年壬子（1072）在杭州通判任上，蘇軾三十七歲開始填詞，詞云：

> 昨日出東城。試探春情。牆頭紅杏暗如傾。檻內群芳芽未吐，早已回春。　　綺陌斂香塵。雪霽前村。東君用意不辭辛。料想春光先到處。吹綻梅英。[7]

蘇軾東城探春，尋梅訪杏，雪霽香塵，春光淡蕩，洋溢歡快之情。1988年陳老師重寓香江，卻感到冬天陣陣的寒氣，當時回歸在即，「天傾」可能帶有政治寓意，情懷辛酸，而「未見豪英」更帶有人才凋謝之感。蘇軾寫詞多依口語叶韻，此詞真-n、庚-ŋ通叶，陳老師只是跟隨蘇韻，並非出韻。

陳老師送給我詞箋的原稿是由第二首〈南歌子〉「遊西貢贈坤堯伉儷，用東坡海上乘槎侶韻」開始的。現在重讀一頁一頁的詞稿，當

7　《東坡樂府箋》卷一，頁一。

年很多的情事及細節也就縈繞於腦海之中，感念師恩，回味無窮。〈南歌子〉「遊西貢贈坤堯伉儷，用東坡韻」，戊辰仲冬。

> 腹有詩書氣，詞收日月華。馳車西貢踏黃砂。卻見歸帆片片滿天涯。　　江海雖為客，生徒自一家。稚兒活潑語牙牙。道是寧馨驥子實堪誇。(《伯元倚聲・和蘇樂府》，頁55）

這是冬日開車同遊西貢之作，西貢縈繞青山綠水之中，港灣上停泊了很多遊艇，但在陳老師的眼中卻看成了「歸帆片片」，一縷鄉心很自然的流露出來。1997年陳老師果然重返他的出生地贛州鬱孤臺，觀賞虔州八境，參《伯元倚聲・和蘇樂府》所附彩照。〈南歌子〉也就首先釋出了內心的渴望，期望回鄉的預感必能實現。

伯元師〈行香子〉「與善馨坤堯遊船灣潭用東坡一葉舟輕韻」云：

> 腳步飛輕。宿鳥群驚。登高望遠水波平。潭如古鏡，隄臥長汀。見船灣闊，新娘媚，八仙明。　　重巒現瀑，怪石為屏。在香江也算嚴陵。拋開萬事，忘卻虛名。得友中歡，心中樂，眼中青。(頁56)

稍後李善馨（1934-2008）來港，我們又同遊大美督船灣淡水湖，名列香港第二大水庫，僅次於西貢的萬宜水庫。此乃攔截吐露港海域而成人工湖，淹沒若干村落，貯備食水。走在堤壩上，一邊淡水，一邊海水，也很特別。附近八仙嶺、新娘潭等，山明水秀，洗脫凡塵，堪稱香港的後花園。當日驅車往返，欣賞郊外景色，怡然自樂，各有會心。詞中所謂「得友中歡，心中樂，眼中青」，可見收穫豐富。又〈南鄉子〉「與世旭松超坤堯夜飲金福樓用東坡晚景落瓊杯韻」云：

> 香海夜銜杯。卻是匆匆聚作堆。勝友三人同敘舊，重來。共酌金樽瀉白醅。　　酷暑上樓臺。歎道心煩汗滿腮。世事如今紛走馬，遲迴。懷抱何時得好開。（頁62）

1989年盛夏，許世旭（1934-2010）由韓國來港，陳老師即約同左松超（1935-）老師一起敘舊。首句即有匆匆埋堆組合之意，勝友同聚，議論縱橫，時維六四之後，世事紛繁，此夜雖喝啤酒，泛起了很多泡沫，而消煩解暑，意興亦高也。

《伯元倚聲・和蘇樂府》四卷，前三卷乃和蘇之作，末卷輯錄舊作及其他作品。陳老師詞以家人往還、家人生活及紀人紀事紀行詠物為主，反映生活實感。卷一偕遊澳門，有盧園及媽閣二闋。其次初訪廣州越秀山及六榕寺，〈減字木蘭花〉下片云：「丹盤酒果。一瓣心香呈列坐。向不矜功。李杜風流怎及儂。」表現出對蘇軾的欽仰之情，風流自賞，認為可以超越李杜。未幾又同遊惠州西湖、白鶴峰、朝雲墓、合江樓，一一記之以詞，就地取材，放歌興感。其後歷遊柳州柳侯祠、小龍潭及桂林山水，引發桂林詩詞楹聯學會唐甲元（1925-2003）等十六人的和作，甚至一和、再和、三和，情緒高張，表現亢奮。又赴南京總統府、杭州西湖，遊興方濃，高潮疊起。然後始有〈永遇樂〉「將返臺辭別香城舊友用東坡長憶別時韻」、〈減字木蘭花〉「惜別香港用東坡空床響琢韻」二闋賦別，結束第二次兩年的教學任務。「南天紛郁，北溟縹緲，靄靄密雲橫被。」但此中的人事依然「最堪惦記」，亦為實錄。

返臺以後，陳老師一度赴美，跟家人團聚，歷遊威氏比灣、銀泉鄉、巴的摩爾城世界貿易中心等，亦多以詞紀行。其後又出席密州第十屆蘇軾學術研討會、武漢漢語言國際學術研討會、威海中國音韻學會第七屆年會等，偕門人諸生歷遊諸城超然臺、東坡赤壁、密州出遊、武昌西山、黃鶴樓、洞庭君山、湘居祠、柳毅泉、醉仙亭、周郎赤壁、威海市劉公島、登州古市蓬萊閣、成山角天盡頭、青島海濱、濟南大明湖、趵突泉、曲阜孔府、濟南黃河等，很多都是東坡經歷的勝跡，印證文獻紀錄，別有會心。1991年陳振寰（1934-）來臺出席國立中山大學第二屆國際聲韻學術會議，迎送的作品甚多。跟著馮蒸（1948-）、李新魁（1935-1997）來臺北，故人相聚，自亦贈之以詞。至於在臺師友，贈詞的對象亦有鮑國順（?-2013）、黃錦鋐（1922-2012）七秩嵩慶、羅尚（1923-2007）《戎庵詩稿》、吳伯母九九嵩壽、林尹（1910-1983）忌日、杜松柏（1935-）等。以上為卷一的活動行止，反映詞作豐富的內容，人物登場，活動亦多。

卷二由1992年9月至1994年10月，歷時兩年。陳老師多次出席兩岸學術會議，歷遊大陸西安、北京、重慶、石家莊、山西各地，又再赴美國，到韓國、日本講學，摹寫中外風光，遊興甚高。至於在臺活動紀之以詞的包括菅芒花學運、郝揆去職、觀阿里山神木等。此外感事懷人，則有敬悼高師仲華（1909-1992）、敬悼沈英名教授（1907-1992）、讀《霜茂樓詩詞草並書畫選集》敬呈靜公（王靜芝，1916-2002）、景伊師逝世十週年學術研討會、題伯時（沈秋雄，1941-）弟藏龍坡丈人（臺靜農，1902-1990）墨寶、余六十初度靜公寵錫春山瑞松圖、讀《藥樓詩稿》（張夢機，1941-2010）諸作。〈南歌子〉「攜內投宿阿里山賓館用東坡古岸開青葑韻」云：

> 阿里山巔上，清泉日夜流。今來投宿在高樓。簇簇繁櫻如見海西州。　　三十年相處，安危共一舟。扶持白髮已盈頭。相伴相攜蜜意永長留。（頁208）

高山投宿，清泉縈繞，繁櫻簇簇，相伴白頭，頗有重度蜜月之感，表現溫馨。又〈鷓鴣天〉「攜內與坤堯、天慧同遊東京森林公園用東坡笑捻紅梅亸翠翹韻」云：

> 郊野森林丹葉翹。奇花異草實妖嬈。柳陰雛鳳驚秋老，倍感鳴聲格外嬌。　　隨眾後，亦伸腰。連朝倦態頓時消。精神奕奕心情好，充耳如聞弄玉簫。（頁228）

欣賞東京的郊野風光，柳陰雛鳳，奇花異草，擺除俗務，心情歡快，而森林浴竟然也真的令人一洗疲態。

卷三起自1994年10月至1998年12月止，歷時四年。陳教授初訪新加坡。出席香港浸會大學國際宋代文學研討會、北戴河第二屆詩經國際學術會議、桂林第三屆詩經國際學術會議、南昌中國語言學會第九屆學術年會、杭州大學古漢語古文獻國際學術研討會、北京大學百週年漢學研究會議、長春漢語音韻學第五屆國際學術會議、丹東漢字文化國際學術研討會。歷遊雲南、東北，重返贛州，很多會議剛好隨侍左右，互見作品，記憶猶新。

至於與學界交往篇什亦多，有壽靜公教授八十華誕、贈平山久雄先生、恭悼燕孫教授（周祖謨，1914-1995）、師大國文系四十八屆相識四十年重聚、賀石禪師九十嵩壽（潘重規，1907-2003）、遊故宮至善園、故宮名繪集珍參觀記、喜晤邃迦詩老於沙田麗豪酒店、香港贈邦新（丁邦新，1936-）、舊金山喜逢煌城兄嫂（龔煌城，1934-2010）、唐甲元詞長七秩晉一華誕、仲溫弟膺選中山大學中文系主任（孔仲溫，1956-2000）、敬輓伏嘉謨詩老（1912-1997）、輓李新魁教授、歲暮有懷仲師（華仲麐，1911-2000）、謝林葉萌女士（1922-2002）賢母女惠詞多闋、輓仲師孝媳。〈漁家傲〉「結婚三十二週年用東坡一曲陽關情幾許韻」，詞云：

> 三十二年情幾許。雙男二女將來去。白髮韶光留不住。回首處。艱難往事如煙霧。　　一世人生晴又雨。紛紛真若風飄絮。不管嶇崎多少路。知孰似。海揚波浪輕度。（頁245）

此詞回顧夫妻三十二年的共同生活，生下二男二女，經歷了很多風霜，最後就好像「海揚波浪輕度」，化為一生一世的晴雨飄絮了，亦真亦幻。〈蝶戀花〉「第九屆語言學會廬山閉幕用東坡花褪殘紅青杏小韻」，詞云：

> 文字語言非事小。往昔鄉音，今日猶相繞。會聚友朋真不少。天涯到處皆芳草。　　清爽廬山談論道。語出詼諧，拍手齊歡笑。討論漸深聲漸悄。相憐何必生煩惱。（頁286）

此為即席之作，特別是回到江西，在大會總結中用鄉音朗誦出來，在論學之外，看到「天涯到處皆芳草」，大家惺惺相惜，「相憐何必生煩惱」，更表現出樂觀廣博的胸懷。

1997年，伯元師在廬山第九屆語言學會之後，同姚榮松（1946-）、林麗月（1949-）伉儷、黃坤堯、王穗蘭等約定一起回鄉。伯元師以詞紀行，有初返贛州夜宿贛南賓館、繼返陽埠，探親訪舊，首赴王母渡細妹家中，又訪省贛中、通天巖、鬱孤臺、八境臺、喜得吉安冬酒與贛州伏酒、贛州別之敏師、別金伯叔諸作，最後的感覺是「故鄉重見。眼裡滄桑千萬變。情已闌珊。漸覺涼風入指寒。」回不了過去，此行只能了此一重心願。〈蝶戀花〉「鬱孤臺用東坡雨霰疏疏經潑火韻」云：

臺號鬱孤歸劫火。幾度淪亡，今日臺前過。章貢合流巖石破。贛江千里無容涴。　　辛曲蘇詞誰可挫。千載悠悠，渾若當年箇。上下樓臺還獨坐。浮空積翠重江鎖。（頁291）

伯元師出生於鬱孤臺下，六十年後重返舊地，不辭辛苦，上下樓臺，獨坐遠眺，浮空積翠，加以蘇辛舊蹟，章貢合流，二水分別源出於閩粵山區，浩浩奔流，乃匯為贛江，浮船駕橋，風光壯麗，千古江山，文化情懷，思前想後，感慨必多，「辛曲蘇詞誰可挫」、「浮空積翠重江鎖」二句，端在讀者之善會也。〈蝶戀花〉「八境臺用東坡蝶懶鶯慵春過半韻」云：

章貢奔流江各半。城上樓臺，坐看雲霞滿。寒暑雨暘朝與晚。濤頭寂寞波還捲。　　八境觀時深或淺。遠處漁樵，盡日堪消遣。最服蘇公聊一絆。奔流激石人皆管。（頁292）

北宋嘉祐年間，虔州知州孔宗翰嘗修建八境臺並繪圖，蘇軾貶官南行，路經此地，因有〈虔州八境圖〉七絕八首之作，欣賞贛江奔流的風光。凡寒暑、朝夕、雨暘、晦冥之異，坐作、行立、哀樂、喜怒之變，各有佳境，並非實景，自是成為贛州的名勝。陳老師登臺攬勝，「寒暑雨暘朝與晚」，「八境觀時深或淺」，可以捕捉不同的時空感覺。

《伯元倚聲．和蘇樂府》最後倒數的第二闋作品是〈意難忘〉「承德避暑山莊用東坡花擁鴛房韻」，詞云：

避暑山房。看範圍非小，流水深長。宮門盈畫棟，細浪起笙簧。相見後，意難忘。欲親自持觴。向殿中高歌一曲，重振華香。　　高宗聖祖相將。欲修成翰苑，更起昭陽。用心非不

苦，論意亦難量。看建構，見衷腸。遮莫說慚惶。倘再營皇清盛世，綺麗何妨。（頁320）

1998年8月，陳老師、姚榮松等出席長春、丹東聲韻、文字兩會，李添富、孔仲溫更率門弟子十八人參與盛會，先後參觀偽滿皇宮、敦化六頂山淨覺寺、長白山天池、新樂遺址、鴨綠江端橋、東港觀潮、天安門城樓等勝蹟。8月8日父親節，陳門三代生徒在丹東更一起為老師賀節，溫馨熱鬧，而老師自然更樂在心中了。後來去了北京，早上大家都要參加會議，只有老師和我兩個閒人，又當日孔仲溫因腰痛身體不適沒去開會，他說躺一下就沒事了。早上看情況尚好，與其困守旅館之中，我建議包車來回遊覽承德避暑山莊，否則下次重來又不知何年何月了。當日大家遊興甚高，逛了承德很多地方，老師詞中描繪大清盛世的景象，壯麗華美，深表仰慕之情，甚至想持觴高歌，重振華夏光芒。不過很不幸的，翌日大家分手，後來孔仲溫返臺後到醫院檢查，原來竟是癌症惡疾，甚至一病不起。這首詞其實也記錄了我們三人最後同遊的經歷，讀來未免傷感。而〈千秋歲〉「和畢《東坡樂府》感賦用東坡島邊天外韻」則是集中最後的一闋作品，可以視作跋尾。

蘇詞三百，和罷情難退。隨起落，心同碎。常為天下惠，不重黃金帶。廊廟器，存身屢與煙霞對。　　步韻人皆會。染彩揚芝蓋。公不見，神常在。文章真有味，氣節何須改。風浪湧，朦朧似已來臺海。（頁322）

在這首作品中，和蘇工作功德圓滿，但老師卻表現出依依不捨之情，畢竟十載功深，長期浸淫在蘇軾的世界裡，「隨起落，心同碎」，完成之後難免會有失落之感。但從「文章真有味，氣節何須改」的角度來看，老師也漸漸跟蘇軾的神韻融為一體，「風浪湧，朦朧似已來臺海」，在風浪之中降臨臺灣，共同面對充滿憂患的世代。

〈謁金門〉「校畢《伯元倚聲・和蘇樂府》全卷發現遺漏〈謁金門〉一闋，今校畢自賦，移作跋尾，用東坡今夜雨韻」，詞云：

> 三春雨。滌淨熱風煩暑。好似珠還來合浦。倚聲聽曲去。
> 手把新醅綠醑。千載誰知臧否。四卷清詞言幾許。沈吟誰與語。（頁349）

這是一首遺漏了的作品，陳老師寫出解脫的感覺，有關《伯元倚聲・和蘇樂府》的得失，「千載誰知臧否」，一切只能留待讀者的批評了。此外他又對自己的作品相當自負，充滿信心。「四卷清詞言幾許，沈吟誰與語」，同時更希望知音共賞，分享自己的內心世界。

《伯元倚聲・和蘇樂府》表現陳老師詞作的藝術成就，極高明而道中庸，約有四點。

一、陳老師效法蘇詞隨意書寫，行雲流水，無意不可入詞，跟東坡一樣，其實也是解放詞體，擺脫花間豔體、兒女情濃的書寫模式，呈現老師十年來的行事交往及心靈紀錄。婉約、豪放兼而有之，看場合而定。惟老師個性直率，有話直說，坦露心聲，稍欠溫柔婉媚之作。其實上引〈謁金門〉跋尾就是一首溫柔深婉的佳作，欲言又止，吐屬不凡。本文引錄詞中佳製亦多，可以參看。

二、蘇詞嚴律，豪放不入歌只是有人嫌他唱不出兒女之情，有點在雞蛋中挑骨頭的味道，見仁見智，高下互見，各有取捨，最後卻不影響蘇軾名列宋詞大家的定位。[8] 陳老師亦嚴守聲律，錦章繡句，佳

8　雖說蘇詞天風海雨逼人，享譽甚隆，其實在蘇門弟子看來，「居士詞人謂多不諧音

作琳瑯，此外他又擅長吟誦，在很多學術會議的場合中吟唱即席創作的作品，往往都引起一番轟動，深受大家喜愛，才情卓越。此外陳老師聲韻訓詁之名太大，有些學者認為語言文字之學與文學性質不同，可能不宜於寫詩填詞，陳老師就是以堅實的作品證明這些偏見。

龔鵬程（1956-）在〈充實知識〉一文中說有些人寫詩而不懂詩：「大多的情形，卻來自不了解文學知識之性質，誤以為擁有了其他的知識，也就當然能夠了解文學，忽略了要跨越異質的知識時，所需要付出的努力。」龔鵬程這番話主要是批評陳新雄教授。「我曾見過一位聲韻學名家，用研究《廣韻》的方式去研讀東坡詩，先正襟危坐，以毛筆圈點蘇詩及注本，然後歸納整理其用韻，分題分韻，用毛筆抄繕一遍，日日諷誦。所以，他認為他對蘇詩極熟，偶爾詩興大發，又自詡做詩甚有詩味。」[9]

龔鵬程認為這些只能是學問，卻不是文學，更不是詩。龔鵬程的說話可能犯了三個錯誤：一、異質的知識絕不影響作詩，所謂詩的工夫來於詩外，有時真的要站在詩外才更能看清楚詩的本質。二、龔君把詩推到一個牛角尖去，失卻了生活的基礎，缺乏廣博的知識和興趣。三、陳教授詩寫得好不好見仁見智，但絕不能剝奪別人寫詩的權利。陳教授〈讀龔生言感賦〉答云：「聲音訓詁雁成行。在昔東坡有義方。抄罷唐書貧暴富，研明切韻藻流芳。莫云才賦由天限，應識工夫逐日強。人一能時我千百，雞鳴不已自難量。」[10] 須知天分絕不可恃，努力最實在。

律，然橫放傑出，自是曲子中縛不住者。」（《復齋漫錄》）引晁無咎（1053-1110）語）；「子瞻以詩為詞，如教坊雷大使之舞，雖極天下之工，要非本色。」（陳師道〔1053-1101〕《後山詩話》），也不見得就是完美的，無懈可擊。

9 龔鵬程（1956-）《文學散步》（臺北：臺灣學生書局，2003年9月；世界圖書出版公司，2006年7月，頁64。

10 陳新雄著：《伯元吟草》（臺北：文史哲出版社，2000年7月），頁435。

三、陳老師在詞集中記錄了很多語言文字、《詩經》、蘇軾等的學術會議，通過唱和交流，為很多名家學者塑像，寫出學者獨有的面貌及成就，表現同氣連枝，相互欣賞的情懷，也是學術界一份動人的紀錄。

四、陳老師的創作目標更在於推動寫作風氣，鼓勵學生創作，現在集中就保留了很多在場學者的和詞，推動詞課，也是身教。例如卷一〈南歌子〉、〈采桑子〉、〈更漏子〉三闋已在桂林引發大量同道的和作；卷二〈醉翁操〉「景伊師逝世十週年學術研討會作用東坡琅然清圓韻」，師友和作者即有羅尚、王冬珍、沈秋雄、陳慶煌、文幸福、陳文華、許琇禎、劉昭明、杜忠誥、吳玉如、王立霞、張素貞、陳嘉琦、翁淑媛、王吟芳、劉美智、彭素枝等；〈定風波〉有李添富、孔仲溫等；卷三〈浣溪沙〉有林葉萌、黃蓓蓓、黃小甜、楊懷武、張祐民、唐甲元、陳家彥、廖家駒等。其他名家和韻者尚有蘇文擢、夏傳才（1924-2017）、伏家譔（1912-1997）等。既開風氣更為師，表現陳老師對弘揚國學的勇氣和承擔，花繁葉茂，成就驕人。

蘇軾與大覺懷璉之交游

黃惠菁
國立屏東大學中文系副教授

摘要

儒、釋、道三教發展至宋代，有了進一步的交流與會通。宋初，佛教因得到皇帝、朝廷官員和儒者們的支持，迅速盛行於全國。值此之際，宋代士大夫與僧侶間之交遊益見頻繁，不論是詩文或佛禪思想作品，皆為繁盛，而且精彩迭出，蘇軾即為其中代表者。蘇軾一生與諸僧從遊不斷，其中結識較早，屬於世交之緇侶，乃阿育王寺的大覺懷璉禪師。懷璉係雲門高僧，道藝俱佳，融通儒、釋、道三教思想，學行高超，因此士大夫爭相從遊。蘇洵與懷璉相識甚早，蘇軾則因父親蘇洵之故，與懷璉結識於嘉祐年間，直至元祐朝懷璉坐化，兩人交遊近乎一世。蘇軾詩文中提及懷璉者，亦多達十幾處。文字中，深情款款。本文旨在探討兩人結識因緣及其交遊經過，說明蘇軾為何始終對其拳拳服膺、護持有加之原因！

關鍵詞：蘇軾、大覺懷璉、阿育王寺、宸奎閣碑

一　前言

宋代儒、釋、道三教延續唐代的進展，而有了進一步的交流與會通。北宋初期，禪宗主要流行於南方，後因得到皇帝、朝廷官員和儒者們的支持，迅速盛行於全國。值此之際，宋代士大夫與僧侶間之交遊頻頻，不論是政治家、文學家或思想家，與佛門中人往來的詩文以及佛禪思想的作品不僅繁盛，而且別為殊出，蘇軾即為其中之代表者。

蘇軾一生與佛教因緣甚深，究其原因，除了宋代佛教發展成熟、社會談禪風氣盛行外，亦與地緣、家族宗教氣氛濃厚有關[1]，加以個人一生宦海浮沈，性格坦蕩豪放，與僧侶交往，或談禪論藝，登臨遊賞；或鑽研佛理，尋求解脫，致使晚年崇信彌篤。其中態度，也由前半生的參禪論道，享受禪悅生活，到後期的融通佛理，以佛法作為生命的依歸。

二　大覺懷璉生平史略

宋太宗以文臣治國，儒學逐漸興起，佛教也漸流行。宋真宗自稱「禮樂並舉，儒術化成」，大力提倡儒術，同時又提倡佛教，信奉道教，促進儒、釋、道思想的融合發展。宋仁宗繼真宗之後，亦支持佛

1　有關蘇軾接受佛教薰染的背景原因，學界均有探討，意見亦趨於一致，多以為肇始於北宋君王重視佛教，對佛教態度採取扶植立場、保護政策。建立譯經院，鼓勵從事佛經翻譯。又大營佛事，致使僧尼驟增，最盛時可達四十五萬八千餘人。由於帝王提倡，士大夫亦熱衷於學佛談禪，信佛風氣日熾，加以四川地域文化，自唐代以來佛教發達，眉山去峨嵋不遠，山林之中，不乏古寺石佛；而其父蘇洵多與蜀籍名僧結交，其母程氏亦崇信三寶，繼室王閏之則是好佛不輟，兄弟子由更是「手披禪冊漸忘情」。上述種種對蘇軾的習佛當有潛移默化的影響。相關說法可見達亮：《蘇東坡與佛教》（臺北：文津出版社，2010年12月），頁19-26。梁銀林：《蘇軾與佛學》（成都：四川大學博士學位論文，2005年3月），頁6-14。

教，並在京師興建十方淨因禪寺，召請雲門宗禪僧洪州（治今江西南昌）泐潭寺懷澄的弟子大覺懷璉（1009-1090）入京主持，推動了禪宗在京城和北方的傳播。大覺懷璉係雲門五世名僧，據《禪林僧寶傳》記載：

> 禪師名懷璉，字器之，漳州陳氏子也。初，其母禱於泗州僧伽像，求得之，故其小字泗州。幼有遠韻，聰慧絕人，長為沙門。工翰墨聲稱甚著。游方愛衡嶽勝絕，館于三生藏有年，叢林號璉三生。聞南昌石門澄禪師者，五祖戒公之嫡子也。往拜謁，師事之十餘年。去遊廬山圓通，又掌書記於訥禪師所。皇祐二年正月，有詔，住京師十方淨因禪院。二月十九日，召對化成殿，問佛法大意，奏對稱旨，賜號大覺禪師。[2]

從上述記載可知大覺懷璉（1009-1090）出生即有徵象，自幼聰慧，長大出家為僧，詩文皆善。喜游方參尋，尤愛南嶽衡山的形勝，遠投泐潭寺懷澄禪師座下。懷璉與懷澄一見，機語相投，遂蒙印可。得法後，懷璉留在懷澄身邊，執侍請益十餘年。之後，又在廬山圓通寺居訥禪師門下擔任書記。宋仁宗皇祐二年（1050）正月，經居訥推薦，懷璉奉詔入開封住持十方淨因禪院。主持期間，曾兩度於化成殿與仁宗皇帝對論佛法大意，對答如流，仁宗皇帝大悅，賜號「大覺禪師」。[3]當時懷璉常應請入宮傳法，與仁宗有詩偈酬答：

---

2 （宋）釋惠洪撰：《禪林僧寶傳》，卷18，見《卍新纂續藏經》X79，No.1560，頁528b。

3 皇祐二年十二月十九日，懷璉被宣入化成殿，效仿南方禪林儀範開堂演法。問答罷，懷璉對答：「金古佛堂中，曾無異說。流通句內，誠有多談。得之者，妙用無虧；失之者，觸途成滯。所以溪山雲月，處處同風；水鳥樹林，頭頭顯道。若向迦葉門下，直得堯風蕩蕩。舜日高明，野老謳歌，漁人鼓舞。當此之時，純樂無為之

> 皇祐四年十二月九日，遣中使降御問於淨因大覺禪師懷璉曰：才去豎拂，人立難當。璉方與眾晨粥，遂起謝恩。延中使粥，粥罷，即以頌回進曰：「有節非干竹，三星繞月宮。一人居日下，弗與眾人同。」於是皇情大悅。既而復賜頌曰：「最好坐禪僧，忘機念不生。無心焰已息，珍重往來今。」璉和而進之曰：「最好坐禪僧，無念亦無生。空潭明月現，誰說古兼今。[4]

仁宗貴為皇帝，事務繁雜，有感「人立難當」。懷璉所回的偈頌中，以直指禪本意回應仁宗的疑問：開啟外事與佛性非一非二的理悟，就像竹一樣外生的眾多枝節與竹非二。佛與眾生無別，即心是佛，但一念佛心起，合道而為，一切行為無非佛事，此與一般「迷執」眾生乃有別。[5]此解不僅啟發仁宗悟境，亦激勵其向道之心。之後，仁宗更將其所作禪詩及與懷璉的禪語答對賜予大師，而懷璉之後歸於明州時，亦將國君所賜羅扇一把及頌詩十七篇，帶回阿育王山所建奎宸閣收藏。

至和年間，懷璉乞歸山林，但因仁宗心折禪師佛法造詣，不捨其離開，故未應允。為此，懷璉與仁宗間，猶有幾處精采應答：

> 乞歸林下。上注璉頌一首。仍宣諭曰：「山即如如體也，將安歸乎？」令再住京國，且興佛法。璉頌曰：「千蔟雲山萬壑

化，焉知有恁麼事。」見（宋）釋惠洪撰：《林間錄》，卷下，見《卍新纂續藏經》X87，No.1624，頁260a。據載此回應令仁宗大悅，遂賜懷璉為大覺禪師，「日與大覺懷璉師賡歌質問心法」。見（元）釋念常集：《佛祖歷代通載》，卷19，《大正新脩大藏經》T49，No.2036，頁683b。

4 （宋）釋曉瑩錄：《雲臥紀譚》，卷上，見《卍新纂續藏經》X86，No.1610，頁661a。

5 費金玲：〈宋仁宗與佛教關係初探〉，見《歷史教學問題》2006年第2期，頁71。

> 流。」上曰：「佛法廣大，非只渠壑也。」歸心終老此峰頭。上曰：「不止峰頭，更審細，莫錯也。」「朝昏但祝堯多壽。」上曰：「但是含生皆同天壽也。」「一炷檀煙滿石樓。」上曰：「徧法界白煙灰息也。」[6]

從兩人一來一往的對答中，可以發現懷璉歸隱之意雖甚堅，但仁宗仍執意不肯，究其因，蓋禪師在京期間，對仁宗佛法啟悟甚深，故聖主不願其離開。這一點，可由仁宗透過佛法心性思想挽留禪師，見出一斑。

懷璉不僅佛法造詣精到，其人品亦為上乘，為當世所重：

> 璉雖以出世法度人，而持律嚴甚。上嘗賜以龍腦缽盂。璉對使者焚之曰：「吾法以壞色衣，以瓦缽食，此缽非法。」使者歸奏，上嘉歎久之。璉居處服玩，可以化寶坊也，而皆不為，獨於都城之西，為精舍，容百許人而已。有曉舜禪師，住棲賢，為郡吏臨以事，民其衣，走依璉，璉館於正寢，而處偏室，執弟子禮，甚恭。王公貴人來候者，皆怪之。璉具以實對曰：「吾少嘗問道於舜，今其不幸，其可以像服，二吾心哉。」聞者嘆服。仁廟知之，賜舜再落髮，仍居棲賢寺。[7]

文中記載仁宗曾經賜給大師龍腦香木所製缽盂，異常珍貴，但懷璉禪師卻當使者面，焚毀缽盂，表示出家人應穿雜布衣，以瓦缽取食，此

---

6 （宋）釋正受編：《嘉泰普燈錄》，卷22，見《卍新纂續藏經》X79，No.1559，頁421a。

7 （宋）釋惠洪撰：《禪林僧寶傳》，卷18，見《卍新纂續藏經》X79，No.1560，頁528b。

鉢不合佛法，不當我用，故而焚毀。至於君王所賜高屋大宅，亦一概不受，只舍於京師之西一精舍。又有曉舜禪師，因故被迫還俗，無處可去，乃投奔懷璉。禪師安排其住正房，而自己卻居於偏室，不惟如此，對曉舜執侍甚恭。問其故，懷璉據實以告：蓋因其年輕時，嘗求道於曉舜，今不幸，禪師淪落無依，怎可因其易為俗人之服，而有二心？仁宗聽聞此事，感動之餘，乃賜曉舜再出家，並回原寺院住持。

誠因懷璉學養俱佳，故仁宗朝即使禪師多次請求回山清修，總未能如願。直至仁宗去世，英宗即位，深知欲留不可，始為同意。《續傳燈錄》記述當時情形：

> 治平中上疏乞歸。仍進頌曰：「千簇雲山萬壑流，閑身歸老此峯頭。餘生願祝無疆壽，一炷清香滿石樓。」英廟依所乞賜手詔曰：「大覺禪師懷璉，受先帝聖眷累錫宸章，屢貢誠懇乞賜歸林下，今從所請俾遂閑心。凡經過小可菴院任性住持，或十方禪林不得抑逼堅請。」[8]

英宗所賜手詔內容，可知其對懷璉之敬仰一如仁宗，治平二年（1065）禪師終於遂願，得放歸山林。熙寧元年（1068），懷璉乃應四明之請，住持阿育王寺。始至之日，懷璉為感念皇恩，特於寺內興建樓閣，以供奉頌詩宸翰，並取名為「宸奎閣」。二十多年後，元祐六年（1091年）正月初一，無疾而化，享年八十三。

縱觀懷璉一生，持戒精嚴，學行淵深，誠如前人所稱：「其不暴

---

8 （明）釋居頂輯：《續傳燈錄》，卷5，見《大正新脩大藏經》T51，No.2077，頁494b。

耀，足以羞挾權恃寵者之顏。」[9]緣此，士大夫亦與其互動往來密切，包括王安石與蘇軾等。王安石在〈漣水軍淳化院經藏記〉談到自己對大覺禪師的看法，嘗云：「若通之瑞新，閩之懷璉，皆今之為佛而超然，吾所謂賢而與之游者也。此二人者，既以其所學自脫於世之淫濁，而又皆有聰明辯智之才，故吾樂以其所得者間語焉，與之游，忘日月之多也」。[10]誠哉此言。

三　蘇軾與大覺懷璉結識因緣

蘇軾為人真誠，好交遊，兩度官杭是作者與僧禪互動最為密切時期，所謂「杖藜芒屨，往來南北山，此間魚鳥皆相識，況諸道人乎？」[11]杭州山水靈秀，佛寺林立，高僧雲集，有「錢塘佛者之盛，蓋甲天下之稱」[12]。而蘇軾身處其中，或取道山水之樂，或與僧禪談道論藝，自言：「吳越多名僧，與予善者常十九」[13]。信然不誣；依作者在〈祭龍井辯才文〉中所稱：「我初適吳，尚見五公。講有辯、臻，禪有璉、嵩」[14]，可知蘇軾甫到杭州，即與諸僧從遊。而其中結識時

9　（宋）釋曉瑩集：《羅湖野錄》，卷上，見《卍新纂續藏經》X83，No.1577，頁378b。

10　（宋）王安石撰、李之亮箋注：《王安石文集箋注》（成都：巴蜀書社，2005年5月），卷46，頁1602-1603。

11　〈杭州題名二首〉之二，見（宋）蘇軾撰、孔凡禮點校：《蘇軾文集》（北京：中華書局，1986年3月），卷71，頁2264。

12　〈海月辯公真贊並引〉，見（宋）蘇軾撰、孔凡禮點校：《蘇軾文集》，卷22，頁638。

13　〈惠誠〉，見（宋）蘇軾撰、孔凡禮點校：《蘇軾文集》，卷72，頁2302。

14　〈祭龍井辯才文〉，見（宋）蘇軾撰、孔凡禮點校：《蘇軾文集》，卷62，頁1961。東坡此處之「辯」，乃指海月惠辯和辯才元淨兩位僧人；「臻」則指梵臻大師，「璉」為大覺禪師懷璉，「嵩」則為雲門宗禪僧契嵩。上述四人均為江浙名僧。

間較早，互動時間又頗長的緇侶，[15]乃阿育王寺的大覺懷璉。

蘇軾與懷璉之認識，乃是透過其父蘇洵的介紹，而且時間當在鳳翔仕宦前。懷璉乃僧圓通居訥的弟子，而蘇洵與居訥又結識甚早，[16]緣此，可能很早就與懷璉往來互動。嘉祐六年（1061）蘇洵為朝廷編纂禮書，懷璉以閻立本畫作贈予蘇洵，蘇洵乃為此作〈淨因大覺禪師以閻立本畫水官見遺，報之以詩〉首，表示感謝，並令二子賦詩讚譽。蘇軾〈次韻水官師並引〉：

> 淨因大覺璉師，以閻立本畫水官遺編禮公。公既報之以詩，謂某：汝亦作。某頓首再拜次韻，仍錄二詩為一卷以獻。
>
> 高人豈學畫，用筆乃其天。譬如善遊人，一一能操船。閻子本縫掖，疇昔慕雲淵。丹青偶為戲，染指初嘗黿。愛之不自已，筆勢如風翻。傳聞貞觀中，左衽解椎鬟。南夷羞白雉，佛國貢青蓮。詔令擬王會，別殿寫戎蠻。熊冠金絡額，豹袖擁幡旃。傳入應門內，俯伏脫劍鞍。天姿儼龍鳳，雜遝朝鵬鱣。神功與絕跡，後世兩莫扳。自從李氏亡，群盜竊山川。長安三日火，至寶隨飛煙。尚有脫身者，漂流東出關。三官豈容獨，得此今

15 蘇軾最早認識的方外之人，據資料顯示，應是成都大慈寺惟簡法師。仁宗至和二年（1055）蘇軾與父蘇洵、弟蘇轍曾到成都拜謁當時益州知州張方平，隨後，九月遊大聖慈寺中和勝相院，初會惟度與惟簡。黃惠菁：〈蘇軾與成都大慈寺的因緣〉，見《夏荊山藝術論衡》第11期，2021年3月，頁51。

16 慶曆年間，蘇洵進京參加制舉考試，不中，便南遊嵩洛廬山，在廬山他遊歷了東林寺和西林寺，並同這裡的兩位高僧訥禪師和景福順長老交遊月余。〈憶山送人〉詩中詳細記載了這次遊歷的情形：「次入二林寺，遂獲高僧言。問以絕勝境，導我同躋攀。逾月不厭倦，岩谷行欲殫。」蘇洵在廬山同二僧共遊居一個多月，並「獲高僧言」。此事，蘇軾、蘇轍都有記載。蘇轍云：「轍幼侍先君，聞嘗遊廬山過圓通，見訥禪師，留連久之。」〈贈景福順長老二首〉，見（宋）蘇轍撰、陳宏天等校：《蘇轍文集‧欒城集》（北京：中華書局，1990年8月），卷11，頁214。

> 已徧。吁嗟至神物，會合當有年。京城諸權貴，欲取百計難。贈以玉如意，豈能動高禪。信應一篇詩，皎若畫在前。[17]

按「編禮公」即蘇洵，嘉祐六年七月，蘇洵被命修纂禮書。[18]時大覺懷璉送畫予蘇洵，蘇洵乃攜二子賦詩以謝。而此作可視為蘇軾與懷璉往來之始，但兩人真正開始有互動，應是治平二年（1065）之後的事，由此，開啟長達二十五年的交遊人生，直至哲宗元祐六年（1091）懷璉示寂。

四　蘇軾與大覺懷璉往來互動

治平二年（1065）九月，主持京師淨因禪院的懷璉，再次向英宗提出放歸之想，聖主終於應允。而在此之前，蘇軾在京期間，即曾多次進聽懷璉說法，嘗自言：「我在壯歲，屢親法筵」。[19]蘇軾所以與懷璉情誼深厚，除了因緣父親引介外，主要還是懷璉的學行，令詩人傾服感佩。

懷璉善說法，在京師期間，不僅滿足仁宗的參禪問道，也引起士大夫的爭相從遊。蘇軾提及箇中原因時，曾一針見血指出：

> 是時北方之為佛者，皆留於名相，囿於因果，以故士之聰明超軼者皆鄙其言，詆為蠻夷下俚之說。璉獨指其妙與孔、老合者，其言文而真，其行峻而通，故一時士大夫喜從之遊。遇休

17 （宋）蘇軾撰、（清）王文誥輯註、孔凡禮點校：《蘇軾詩集》（北京：中華書局，1982年2月），卷2，頁86。

18 孔凡禮：《蘇軾年譜》（北京：中華書局，1998年2月），卷4，頁89。

19 〈祭大覺禪師文〉，（宋）蘇軾撰、孔凡禮點校：《蘇軾文集》，卷63，頁1960。

沐日，璉未盥漱，而戶外之屨滿矣。[20]

蘇軾認為懷璉身上體現了儒、釋、道合的精神，若以當時一般學佛者與懷璉對照，可發現當時北方之為佛者，幾乎皆拘囿於名相、因果，因此受到很多知識份子的排詆，斥為「蠻夷下俚之說」。唯獨懷璉能夠「妙與孔、老合」，因此，廣受士大夫的普遍歡迎，包括蘇軾亦喜與之遊。[21]換言之，在京期間，懷璉無論是對答仁宗問題，或者宣講佛法，皆能融合儒、道思想，將治國之要領與佛道結合，指出禪宗的「無念」、心性之說與儒、道有共通之處。仁宗崇尚中道治國，懷璉宣講的理論既符合仁宗實際需求，又能說服廣大士大夫的信仰，加以本人持戒精嚴，因此，即使「遇休沐日」，懷璉尚未盥漱，但聞法的俗眾早已擠在門外了。

懷璉離開京師，渡江南歸，[22]蘇軾與禪師多有書信來往。熙寧年間，蘇軾通判杭州，特將其父平生喜愛的「禪月羅漢圖」施贈懷璉，言稱：

> 昨奉聞欲捨禪月羅漢，非有他也。先君愛此畫，私心以為捨施，莫如捨所甚愛；而先君所與厚善者莫如公；又此畫頗似靈異，累有所覺於夢寐，不欲盡談，嫌涉怪爾，以此，益不欲於俗家收藏。意止如此。而來書乃見疑，欲換金水羅漢，開書不覺失笑。近世士風薄惡，動有可疑，不謂世外之人猶復爾也。

---

20 〈宸奎閣碑〉，（宋）蘇軾撰、孔凡禮點校：《蘇軾文集》，卷17，頁501。

21 梁銀林：《蘇軾與佛學》，頁70。

22 依孔凡禮之見，治平二年（1065）九月，「大覺禪師懷璉乞歸明州，英宗依所乞。蘇軾與懷璉別。」見《蘇軾年譜》，卷6，頁140。孔氏推計，主要是依據蘇軾與大覺書信的第二簡：「奉別二十五年。」該簡作於元祐四年（1089），首尾計，回推至治平二年（1065），正好為二十五年。

> 請勿復談此。[23]

蘇軾此信其實是一封回書，因他想捨贈一幅父親生前珍愛的「禪月羅漢圖」予懷璉，不意，懷璉「乃見疑欲換金水羅漢」，令蘇軾「開書不覺失笑」，推測可能士風澆薄，所以才使懷璉有此誤會。書信中詳述自己欲贈禪月羅漢的理由，一為此畫係蘇洵所甚愛，而父親在世時，又與懷璉師特別厚善；二則乃因自己不想讓此畫流於俗人收藏。所以，在欲盡孝道、維持世交舊好的心意下，決定將其施贈予懷璉，完全無交換之想。儘管如此，翌年，在禮尚往來下，懷璉還是把一株羅漢木贈給蘇軾，接續了雙方的盛情。[24]

蘇軾雖因仕宦輾轉，無緣與懷璉相見，卻一直掛念禪師。元豐七年（1084）五月，蘇軾在廬山慧日院，跋秦觀、辯才廬山題，以贈道潛，其中提及：

> 某與大覺禪師別十九年矣，禪師脫屣當世，雲棲海上，謂不復見記，乃爾拳拳耶，撫卷太息。欲一見之，恐不可復得。會與參寥師自廬山之陽並出，而東所至，皆禪師舊跡，山中人多能言之者，乃復書太虛與辯才題名之後，以遺參寥。太虛今年三十六，參寥四十二，某四十九，辯才七十四，禪師七十六矣。此吾五人者，當復相從乎？生者可以一笑，死者可以一嘆也。

23 〈與大覺禪師三首〉之一，（宋）蘇軾撰、孔凡禮點校：《蘇軾文集》，卷61，頁1879。

24 其後，蘇軾又將羅漢木轉贈給慈化大師。道潛在〈都僧正慈化大師挽詞〉曾自注云：「育王山大覺禪師以羅漢木贈蘇翰林，蘇反以贈師。凡植二十年，葉間生青如比丘形，謂之羅漢木。」傅璇琮等主編：《全宋詩》（北京：北京大學出版社，1991年），第16冊，《道潛詩》，卷7，頁10763。

> 元豐七年五月十九日慧日院，大雨中書。[25]

文中清楚交待與大覺禪師交遊十九年，如今「欲一見之」，卻「恐不可復得」，不由撫卷太息！而此際與道潛同遊廬山，盡尋其舊踪，更可想見作者對禪師的款款思念！不惟如此，蘇軾於元祐四年（1089）守杭期間，又把早年張方平贈予他的鼎甗，轉贈予懷璉，並作銘文以志之：

> 樂全先生遺我鼎甗，我復以餉大覺老禪。
>
> 在昔宋、魯，取之以兵。書曰郜鼎，以器從名。樂全、東坡，予之以義。書曰大覺之鼎，以名從器，挹山之泉，烹以其薪。為苦為甘，諮爾學人。[26]

這一年，蘇軾與禪師已交遊二十五年，幾近一世，但因會見無時，所以念茲在茲，念想尤深。在〈與大覺禪師三首〉之二中，詩人特別憶及：「南方耆舊凋落，惟明有老師，杭有辯才，道俗所共依仰，蓋一時盛事。」又因近來，得從辯才遊，緣此，益「恨不得一見老師，更與鑽磨也。」[27]可見其中思慕，溢於言表。因此，饋贈鼎甗，深情寄寓，可謂不辯自明。

---

25 〈跋太虛辯才廬山題名〉，（宋）蘇軾撰、孔凡禮點校：《蘇軾文集》，卷71，頁2261。

26 〈大覺鼎銘并敘〉，見張志烈、馬德富、周裕鍇主編：《蘇軾全集校注．蘇軾文集》（石家莊：河北人民出版社，2010年6月），卷19，頁2107。據主編考校：「『樂全先生遺我鼎甗，我復以餉大覺老禪』二句，底本為銘文。然考其句式，與「在昔宋、魯」以下韻文迥異，當為敘文混入銘文，今改作敘文，且於底本題下加「并敘」二字。」見同書校注（一），頁2108。

27 〈與大覺禪師三首〉之一，（宋）蘇軾撰、孔凡禮點校：《蘇軾文集》，卷61，頁1879。

蘇軾對懷璉的牽掛關注，亦可由懷璉晚年為小人所迫，難以安居一事，見出端倪。早先懷璉在京師，雖受仁宗十分禮遇，「御筆賜偈頌，其略云『伏睹大覺禪師』，其敬之如此。」但其晚年，卻為小人誣陷所困，無法安於其居。時蘇軾知杭，得知訊息，憂心不已。特託人致信予明州太守，希望能多多關照，護守禪師周全。[28]與此同時，蘇軾也正應懷璉弟子之請，為阿育王寺宸奎閣書寫碑記。當年，懷璉從京師退居四明時，「四明之人，相與出力建大閣，藏所賜頌詩，榜之曰『宸奎』」，可知宸奎閣之建，主要是為收藏仁宗所賜與的十七篇詩偈。惜宸奎閣建成並使用一段時間後，一直無碑文，所以懷璉弟子方請求時任杭州知州的蘇軾代為撰寫碑文：

> 仁宗皇帝以天縱之能，不由師傅，自然得道，與璉問答，親書頌詩以賜之，凡十有七篇。至和中，上書乞歸老山中。上曰：「山即如如體也。將安歸乎？」不許。治平中，再乞，堅甚，英宗皇帝留之不可，賜詔許自便。璉既渡江，少留於金山、西湖，遂歸老於四明之阿育王山廣利寺。四明之人，相與出力建大閣，藏所賜頌詩，榜之曰「宸奎」。時京師始建寶文閣，詔取其副本藏焉。且命歲度僧一人。璉歸山二十有三年，年八十有三。臣出守杭州，其徒使來告曰：「宸奎閣未有銘。君逮事昭陵，而與吾師遊最舊，其可以辭！」[29]

上述文字充分揭示了建閣源起及作碑背景，所謂「君逮事昭陵，而與

28 〈與趙德麟十七首〉之二，（宋）蘇軾撰、孔凡禮點校：《蘇軾文集》，卷52，頁1544。此信亦見於〈與寶覺禪老三首〉之三，然寶覺時住持金山，與文中所云「明守」不甚合，故學者或主應出於〈與趙德麟十七首〉之二為是。見同書〈與寶覺禪老三首〉之三校記（一），卷61，頁1882。

29 〈宸奎閣碑〉，見（宋）蘇軾撰、孔凡禮點校：《蘇軾文集》，卷17，頁501。

吾師遊最舊」，點明蘇軾與懷璉皆曾事奉仁宗，兩人又交遊最久，而宸奎閣正是為收藏聖主詩偈所建，故蘇軾可謂作碑文的不二人選。為此，蘇軾確實也慎重其事，[30]因曾聽道潛說過「禪師出京日，英廟賜手詔，其略云『任性住持』者，不知果有否？」為求完善，特寫信予懷璉，希望能「錄示全文，欲添入此一節，切望仔細錄到，即便添入。」[31]蘇軾顯然希望將英宗的詔書寫入《宸奎閣碑》中，既凸顯國君對懷璉之寶重，亦可藉此弘揚其佛法。[32]

碑文完成不久，懷璉亦及見之，未料，元祐六年（1091）正月一日，禪師卻僊化。[33]而在懷璉禪師逝去後兩天，蘇軾立即將碑文重新書寫一遍，再交付寺院刻制。

對於禪師的離世，蘇軾十分不捨，特撰〈祭大覺禪師文〉，傳達自己對禪師的深刻悼念：

> 維年月日，具位蘇軾，謹以香茶蔬果，致奠故大覺禪師器之之靈。於我省仁祖，威神在天。山陵之成，二十九年。當時遺

30 蘇軾之認真謹慎，亦可由其碑文內容「言必稱臣」，見諸一斑。清人錢大昕云：「宸奎為收藏仁宗御書之所。此記雖非奉敕經進，而言必稱臣，昔賢之謹慎如此。」見張志烈、馬德富、周裕鍇主編：《蘇軾全集校注・蘇軾文集・宸奎閣碑》集評，卷17，頁1829。

31 〈與大覺禪師三首〉之三，（宋）蘇軾撰、孔凡禮點校：《蘇軾文集》，卷61，頁1880。

32 賀維豪認為蘇軾創作〈宸奎閣碑〉時，態度所以謹慎，主要有三：一、雖非應皇家敕命，但建造宸奎閣的原因卻是為了供奉宋仁宗和英宗的手跡。二、蘇軾父子與懷璉禪師交情深厚，而蘇軾對懷璉禪師又敬重有加。三、蘇軾一生崇尚佛法，與禪林交往密切，故心懷恭敬虔誠之心。見《蘇軾書〈宸奎閣碑〉研究》（北京：中國美術學院碩士學位論文，2013年5月），頁16。

33 〈與通長老九首〉之七：「大覺正月一日僊化，必已聞之，同增悵悼。某卻與作得〈宸奎閣記〉，此老亦及見之。」見（宋）蘇軾撰、孔凡禮點校：《蘇軾文集》，卷61，頁1878。

> 老，存者幾人。矧如禪師，方外之臣。頌詩往來，月璧星珠。昭回之光，下燭海隅。昔本無生，今亦無滅。人懷照陵，涕泗哽咽。我在壯歲，屢親法筵。餽奠示別，豈免淒然。尚饗。[34]

從蘇軾應父親蘇洵要求，次韻作詩起，接著壯歲，屢親法筵，蘇軾與懷璉即結下深刻的因緣。直至禪師入寂前，蘇軾猶在為其碑文盡心求善。幾近一世的情誼，面對懷璉的入寂，蘇軾終究情不自禁，悲不可抑，所謂「涕泗哽咽」，豈能免於淒然！

五　結語

蘇軾為人真誠，好交遊，兩度官杭可謂是其與僧禪互動最為密切時期。在與所有緇門往來中，結識時間較早，互動又近乎一世者，乃阿育王寺的大覺懷璉。

蘇軾與懷璉之認識，乃是透過其父蘇洵的介紹。蘇洵與懷璉係為舊識，因懷璉以閻立本畫作贈予蘇洵，蘇洵為表感謝，乃攜二子賦詩讚譽，開啟蘇軾與懷璉的交誼。皇祐至嘉祐年間，懷璉在京師說法，融通儒、釋、道三教，不僅滿足仁宗的參禪問道，也引起士大夫的爭相從遊。蘇軾時值壯歲，屢親法筵，對懷璉道藝，十分折服。熙寧年間蘇軾通判杭州，一則欲盡孝道，一則為維持世交舊好，決定將其父生前喜愛的「禪月羅漢圖」施贈懷璉。翌年，在禮尚往來下，懷璉則贈予蘇軾一株羅漢木，接續了雙方的盛情隆誼。元豐七年（1084）五月，蘇軾與道潛同遊廬山，走訪禪師蹤跡，「欲一見之，恐不可復得」，太息再三。元祐四年（1089），守杭期間，遂將早年張方平贈予

34　〈祭大覺禪師文〉，見（宋）蘇軾撰、孔凡禮點校：《蘇軾文集》，卷63，頁1961。

他的鼎甗，轉贈予懷璉，並作銘文以志之。元祐五年（1090）聞知懷璉為小人所困，居不得其所，情急下，立馬託人致書明州太守，請求照護禪師。同年十二月，懷璉弟子來請作〈宸奎閣碑〉，蘇軾應允，認真謹慎為之。碑文初成，幸禪師亦得見及。未久，即坐化而去，令人不勝噓唏。

二十五年的深長情誼，蘇軾在與懷璉的交遊中，體識到禪師的道藝一體，不僅屢親法筵，亦折服其德行。當初，蘇軾為撰碑文，寫信詢問禪師英宗手諭事，原擬想抄錄全文，添入〈宸奎閣碑〉，然懷璉卒未拿出。直至其示寂後，時人才在篋笥中發現手諭，[35]印證懷璉一路走來，始終如一：即使身處都城亦不改歸山之志，縱使身負盛名卻仍恬淡自守；既不夤緣攀附，亦不願為俗務所累，堪為僧眾之典範。此中亦足以說明為何蘇軾始終對其拳拳服膺、護持有加之原因！

35 明代瞿汝稷曾云：「師（懷璉）自京師乞還山時，英宗賜手詔有經過庵院任性住持語，師藏之，不以示人。東坡為師撰《宸奎閣記》，欲一見之，師終不出，示寂後始得之笥中。示寂之時，年已八十二，無疾而化。」《指月錄》卷24，見同治11年，《釋開慧重刊本》，「中國哲學書電子化計劃」https://ctext.org/library.pl？if=gb&file=109076&page=465。

蘇軾〈次韻王鬱林〉探析

潘柏年
廣西玉林師範學院漢語言文學專業副教授

摘要

蘇軾晚謫海南島，後徽宗立，遇赦北還，先至廉州，再遷舒州團練副使、徙移永州。由廉州往永州，途經鬱林，次韻王守。古時交通賴水路，鬱林有南流江往西南，容州有北流江往東北，兩州交界要隘，即鬼門關。北宋時人目鬼門關西南為蠻荒瘴癘之地，甚為忌憚，故東坡九月六日至鬱林，不稍停留，七日遂行，過鬼門關，意喻返回朝廷王化之地也。

〈次韻王鬱林〉為七律，詩中有苦盡甘來，一陽來復之感。本文依先師伯元先生之法，先敘本事，再析賞之，末尾點評。深玩其詩句，筆者以為東坡雖老，但仍有用世之心，惟婉約蘊藉，不明言也。或有一愚之得，發前人所未有，庶幾能得其意焉！

關鍵詞：蘇軾、東坡詩、鬱林

一　詩本事

宋哲宗薨於元符三年（西元1100年）元月，徽宗即位，大赦天下。四月告下，蘇軾以瓊州別駕廉州安置，又於八月中秋前後聞命，遷舒州團練副使永州居住，故東坡於八月二十九日離開廉州（今廣西合浦港），沿南流江往東北前進，九月六日至鬱林，與鬱林州知州王某酬酢，作〈次韻王鬱林〉。九月七日過鬱林州與容州間（今廣西玉州區與北流市交界）之鬼門關，游都嶠山遇道士邵彥肅，邵道士從東坡至藤州（今廣西藤縣）。

秦漢以來，鬱林地方行政區劃屢有變更，州治亦有沿革。今之鬱林，於北宋太宗至道二年（西元996年）於南流江畔建城。《宋會要輯稿》記載安南入貢返途：「安南入貢所過州縣，差夫數多。竊見自靜江府水路可至容州北流縣，兼有回腳鹽船，若量支水腳和雇，無不樂從。又自北流遵陸一百二十里至鬱林州，自有車戶運鹽，牛車可以裝載。自鬱林州水路可至廉州，其處亦有回腳鹽船。自廉航海，一日之程即達交阯。」[1]蓋古時交通依賴水運，由中原往交趾或瓊州，先由漢水溝通長江水系，經洞庭湖至湘江，經靈渠至灕江溝通珠江水系，水運最南可到北流江。再往南，得先轉陸路，至南流江畔上船。故北宋時乃於轉運點設置鬱林州治，良有以也。南、北流江轉運陸路最險要處，即鬼門關。

《舊唐書．地理志》云：「隋置北流縣，縣南三十里，有兩石相對，其間闊三十步，俗號鬼門關。漢伏波將軍馬援討林邑蠻，路由於此，立碑石龜尚在。昔時趨交趾，皆由此關。其南尤多瘴癘，去者罕

1　郭聲波點校《宋會要輯稿．蕃夷道釋》（成都：四川大學出版社，2010年10月），195頁。文中古地名，靜江府即今桂林市，容州即今玉林市容縣，北流縣即今玉林市北流市，鬱林州因簡化字運動，改名玉林市，廉州即今北海市合浦港。

得生還，諺曰：『鬼門關，十人九不還。』」[2]《徐霞客遊記》則云：「舊有北流、南流二縣，南流即今之鬱林州，皆當南北二水勝舟之會，東西相距四十里焉。北流山脈中脊，由縣而西南趨水月，南抵高州，散為諸山。而北流之東十里，為勾漏洞；北流之西十里，為鬼門關。二石山分支聳秀，東西對列，雖一為洞天，一為鬼窟，然而若排衙擁戟以衛縣城者，二山實相伯仲也。鬼門關在北流西十里，巔崖邃谷，兩峰相對，路經其中，諺所謂：『鬼門關，十人去，九不還。』言多瘴也。《輿地紀勝》以為桂門關之訛，宣德中改為天門關，粵西關隘所首稱者。」[3]據此可見鬼門關之形勢及其關鍵也。對北宋人而言，鬼門關是王化之地與蠻夷瘴癘之分野。

蘇軾初貶海南，其〈到昌化軍謝表〉云：「並鬼門而東騖，浮瘴海以南遷。生無還期，死有餘責。……而臣孤老無托，瘴癘交攻。子孫慟哭於江邊，已為死別；魑魅逢迎於海上，寧許生還。」[4]而在〈謝量移永州表〉則云：「島上囚拘，分安死所；天邊渙汗，詔許生還。駐世之魂，自招合浦；感恩之淚，欲漲溟波。……遂齊編戶之民，不為異域之鬼。」[5]由是可見東坡非常忌憚鬼門關，目鬼門關之南為異域，非大宋編戶之民。其弟蘇轍亦如是，〈移岳州謝表〉云：「得罪南遷，於今七歲。投竄嶺表，又已四年。瘴癘所侵，僅存皮骨，親屬淪喪，生意幾盡。自分必死荒徼，不復歸見中原。豈意聖神御歷，恩貸深廣，不遺舊物，尚許北還。元子赦書，重加開宥；事出特旨，恩實再生。臣見具舟前往，自爾稍近華風，遂脫瘴死。君恩至

2 各本文字，詳略互見，差異頗大，今以朱惠榮等譯注《徐霞客遊記全譯（修訂版）》為據，參見朱惠榮等譯注《徐霞客遊記全譯（修訂版）》（貴陽：貴州人民出版社，2008年9月），741頁。

3 陳宏天、高秀芳點校《蘇轍集》（北京：中華書局，1990年8月），1080-1081頁。

4 《蘇軾文集》（北京：中華書局，2008年7月重印），707頁。

5 《蘇軾文集》（北京：中華書局，2008年7月重印），718-719頁。

厚，力報無由。」[6]子由原貶雷州，亦鬼門關之外，其文以「荒徼」形容其謫所，以「再生」形容其北還，由是可見北宋士大夫之畏懼鬼門關外也。

由東坡行跡，其心情之轉變甚明。自東坡八月二十九日離開廉州，歸心似箭，無遊賞之樂；然九月七日過鬼門關後，雖聞秦觀凶問，十餘日之間，仍有都嶠山之遊，至藤州遊東山浮金堂作詩，題江月樓榜，過康州遊三洲巖題名，顯見其心情舒朗，已有遊賞之閒情。

本詩乃東坡過鬼門關之前一日，次韻鬱林州王知州，詩中有苦盡甘來，曙光在望之感，惜宋徽宗時鬱林州王知州者，其人其事其詩，皆已不可考。

二　詩句析賞

蘇軾此詩乃七言律詩，押十三元韻。由於《平水韻》十三元韻，乃《切韻》元、魂、痕三韻同用，故以普通話讀之似出韻，實則合律也。王易《詞曲史》謂元韻：「元阮清新」[7]，以此詩韻腳「言」、「翻」、「垣」、「恩」、「軒」目之，確有清新愉悅之情也。

晚途流落不堪言，海上春泥手自翻。

「晚途」一詞，指晚年仕途。宋哲宗紹聖元年（1094），蘇軾貶惠州，時年虛歲五十七，故謂「晚途」。「流落」者，蓋惠州三年，瓊州四年，東坡自謂流落於南蠻之地也。「不堪」，不能承受，「不堪言」者，言貶謫七年，其艱苦不堪回首再話也。

6　《蘇軾文集》（北京：中華書局，2008年7月重印），707頁。

7　王易《中國詞曲史》（長春：吉林人民出版社，2012年1月），198頁。

「海上」，東坡貶瓊州別駕昌化軍安置，即今之海南島，故謂「海上」也。「春泥手自翻」，指親手春耕也。宋朝農業，牛耕技術發達，如淳化五年（西元994年）宋、亳等州牛疫死過半，乃推廣「踏犁」此一先進農具[8]，故知北宋末年，牛耕技術已甚為流行。然蘇軾自謂：「春泥手自翻」，意即海南島蠻荒落後，無牛耕之技術，春耕指能以手自翻土也。舉一隅可見其餘，由春耕技術之落後，其餘生活環境可知也。蘇軾〈移廉州謝上表〉自述其海南島生活云：「投彼遐荒，幸逃鼎鑊。風波萬里，嘆衰病以何堪；煙瘴五年，賴喘息之猶在。憐之者嗟其已甚，嫉之者恨其太輕。考圖經止曰海隅，其風土疑非人世。食有並日，衣無禦冬。淒涼百端，顛躓萬狀。」[9]可知東坡於海南島生活之艱困也。

漢使節空餘皓首，故侯瓜在有頹垣。

「漢使節空餘皓首」，用蘇武典故也。《漢書．蘇武傳》：「武既至海上，廩食不至，掘野鼠去中實而食之。杖漢節牧羊，臥起操持，節旄盡落。……武留匈奴凡十九歲，始以彊壯出，及還，鬚髮盡白。」[10]此句東坡以蘇武喻己，言流落蠻夷，歷盡艱辛，如今苦盡甘來，別無長物，惟「皓首」耳！

「故侯」，用召平典故也。蘇軾以「故侯」自喻之詩者，除本詩外，尚有〈正月十八日蔡州道上遇雪子由韻二首之一〉：「蘭菊有生意，微陽回寸根。方憂集暮雪，復喜迎朝暾。憶我故居室，浮光動南軒。松竹半傾瀉，未數葵與萱。三徑瑤草合，一瓶井花溫。至今行吟

8 〈我國古代踏犁考〉，《農業考古》，1981年第1期，63-69頁。

9 《蘇軾文集》（北京：中華書局，2008年7月重印），716頁。

10 〔漢〕班固《漢書》（臺北：鼎文書局，1976年10月初版），2463-2467頁。

處，尚餘履舄痕。一朝出從仕，永愧李仲元。晚歲益可羞，犯雪方南奔。山城買廢圃，槁葉手自掀。長使齊安人，指說故侯園。」[11]〈日日出東門〉：「日日出東門，步尋東城遊。城門抱關卒，笑我此何求。我亦無所求，駕言寫我憂。意適忽忘返，路窮乃歸休。懸知百歲後，父老說故侯。古來賢達人，此路誰不由。百年寓華屋，千載歸山丘。何事羊公子，不肯過西州。」[12]〈初入廬山三首之三〉：「芒鞋青竹杖，自掛百錢遊。可怪深山裡，人人識故侯。」[13]〈贈王子直秀才〉：「萬里雲山一破裘，杖端閑掛百錢游。五車書已留兒讀，二頃田應為鶴謀。水底笙歌蛙兩部，山中奴婢橘千頭。幅巾我欲相隨去，海上何人識故侯。」[14]〈西新橋〉：「昔橋本千柱，挂湖如斷霓。浮梁陷積淖，破板隨奔溪。笑看遠岸沒，坐覺孤城低。聊因三農隙，稍進百步隄。炎州無堅植，潦水輕推擠。千年誰在者，鐵柱羅浮西。獨有石鹽木，白蟻不敢躋。似開銅駝峰，如鑿鐵馬蹄。岌岌類鞭石，山川非會稽。嗟我久閣筆，不書紙尾鷖。蕭然無尺箠，欲構飛空梯。百夫下一杙，椓此百尺泥。探囊賴故侯，寶錢出金閨。父老喜雲集，簞壺無空攜。三日飲不散，殺盡西村雞。似聞百歲前，海近湖有犀。那知陵谷變，枯瀆生茭藜。後來勿忘今，冬涉水過臍。」[15]知東坡喜以「故侯」自喻。

「故侯瓜」典故，出自《史記・蕭相國世家》：「召平者，故秦東陵侯。秦破，為布衣，貧，種瓜於長安城東，瓜美，故世俗謂之『東陵瓜』。」[16]後以為高爵退隱之典，如王維〈老將行〉：「路傍時賣故侯

11 《蘇軾詩集》（北京：中華書局，2007年4月重印），1019頁。

12 《蘇軾詩集》（北京：中華書局，2007年4月重印），1162頁。

13 《蘇軾詩集》（北京：中華書局，2007年4月重印），1209頁。

14 《蘇軾詩集》（北京：中華書局，2007年4月重印），2118頁。

15 《蘇軾詩集》（北京：中華書局，2007年4月重印），2200-2201頁。

16 〔漢〕司馬遷《史記》（臺北：鼎文書局，1976年10月初版），2010頁。

瓜，門前學種先生柳。」[17]東坡雖仕途坎坷，然曾居廟堂之高，老時猶以為傲，故「長使齊安人，指說故侯園。」「懸知百歲後，父老說故侯。」「可怪深山裡，人人識故侯。」知東坡以「故侯」自況，言已雖貶謫，仍為人所知也。而貶謫海南島，為蠻夷化外之地，故感嘆：「幅巾我欲相隨去，海上何人識故侯。」一身道德才學，再無人所知也。「故侯瓜在有頹垣」，謂召平瓜者今猶在，而其居室已斷垣殘壁，湮沒無聞矣！筆者謂東坡以「故侯瓜」譬喻自身道德才學，與上句同觀，「漢使節空」、「故侯瓜在」，言一己道德才學仍在，然歷盡艱辛，所住垣頹牆傾，滿頭鬚髮皆白矣！

平生多難非天意，此去殘年盡主恩。

「平生多難非天意」，言一生艱難，並非天意，實自招也。蘇軾〈移廉州謝上表〉云：「此蓋伏遇皇帝陛下，……憫臣以孤忠援寡，察臣以眾忌獲愆。許以更新，庶使改過。」[18]〈謝量移永州表〉亦云：「伏念臣生而愚樸，少也艱勤。倀倀而行，不知所屆；衝衝而活，何以為生？言則招尤，動常速禍。顧已於時齟齬，使人費力保全。」[19]又於〈提舉玉局觀謝表〉云：「伏念臣才不逮人，性多忤物。剛褊自用，可謂小忠；猖狂妄行，乃蹈大難。皆臣自取，不敢怨尤。」[20]蘇軾亦自知自己擇善固執，與朝臣多不合，「孤忠援寡」、「眾忌獲愆」、「言則招尤」、「動常速禍」，故其「平生多難」，實非天意，乃自取之也。

「此去殘年盡主恩」，言此次北還，餘生將以報答徽宗皇帝之恩

---

17 韓兆琦《唐詩選注集評》（臺北：文津出版社，2000年3月），76頁。

18 《蘇軾文集》（北京：中華書局，2008年7月重印），717頁。

19 《蘇軾文集》（北京：中華書局，2008年7月重印），718-719頁。

20 《蘇軾文集》（北京：中華書局，2008年7月重印），708頁。

情。東坡此次北還，非朝臣保舉或冤情平反，實徽宗即位，大赦天下，以示寬仁，故蘇軾元符三年而後之謝表，一再感念皇帝之恩情。如〈移廉州謝上表〉云：「此蓋伏遇皇帝陛下，道本生知，性由天縱。舊勞於外，爰及小人之依；堪家多艱，鑒於先帝之德。奉聖母之慈訓，擇正人而與居。凡有嘉謀，出於睿斷。憫臣以孤忠援寡，察臣以眾忌獲愆。許以更新，庶使改過。天地有造化之大，不能使人之再生，父母有鞠育之恩，不能全身於必死。報期碎首，言豈渝心。濯於淤泥，已有遭逢之便；擴開雲日，復覩於變之時。」[21]〈謝量移永州表〉云：「今天子發政施仁，無一夫之失所。凡在名籍，舉賜洗湔。俾離一海之中，復至五嶺之外。拜天恩之優厚，知聖化之密庸。」[22]凡此，皆東坡感激皇恩之語也。雖史載徽宗為昏君，然此時皇帝初立，為政尚寬和，靖國以建中，加以許東坡北歸，故東坡亦感其恩遇也。

延君壽《老生常談》評云：「東坡嘻笑怒罵故多，然亦有極蘊藉之作。如〈次韻王鬱林〉云：『平生多難非天意，此去殘年盡主恩。』學者當細心檢點，不可鹵莽草率，道聽塗說。」[23]筆者以為所蘊藉者，「孤忠援寡」、「眾忌獲愆」，此其「一肚皮不入時宜」[24]者，仕途多蹇者；而「此去殘年盡主恩」，語雖平淡，然同東坡元符三年以來謝表合觀，則知東坡念主恩之深重，感激莫名矣！汪師韓《蘇詩選評箋釋》評云：「忠厚悱惻，方是大雅之音。」[25]忠厚者，無一語怨

---

21 《蘇軾文集》（北京：中華書局，2008年7月重印），717頁。

22 《蘇軾文集》（北京：中華書局，2008年7月重印），719頁。

23 轉引自曾棗莊《蘇詩彙評》（成都：四川文藝出版社，2000年1月），1874頁。

24 〔宋〕費袞《梁溪漫志．侍兒對東坡條》：「東坡一日退朝，捫腹徐行，顧謂侍兒曰：『汝輩且道是中有何物？』一婢遽曰：『都是文章。』坡不以為然。又一人曰：『滿腹都是識見。』坡亦未以為當。至朝雲，乃曰：『學士一肚皮不入時宜！』坡捧腹大笑。」雖稗官野史，不足為信，然東坡與新舊黨人皆有齟齬，亦可見其不入時宜也。文見費袞《梁溪漫志．卷四》，上海書店，1990年，頁8。

25 轉引自曾棗莊《蘇詩彙評》（成都：四川文藝出版社，2000年1月），1874頁。

恨章惇，僅言自己居海南之苦，及念君恩之深重；悱惻者，言晚途流落之艱辛，筆者以為汪師韓之語，應是就前六句立論，蓋末句感情一轉，似曙光初現，天明可期。

誤辱使君相拔拭，寧聞老鶴更乘軒。

「使君」一詞，王文誥《蘇文忠公詩總案編註集成》作「使臣」，然此句應是對鬱林王知州之語，故據宋刊《東坡集》、宋景定補刊施元之、顧禧《註東坡先生詩》、王十朋《百家註分類東坡先生詩》，作「使君」。「拔拭」者，謂抹除過往污點，起復為官。典出《漢書‧朱博傳》：「長陵大姓尚方禁少時嘗盜人妻，見斫，創著其頰。府功曹受賂，白除禁調守尉。博聞知，以它事召見，視其面，果有瘢。博辟左右問禁：『是何等創也？』禁自知情得，叩頭服狀。博笑曰：『丈夫固時有是。馮翊欲洒卿恥，拔拭用禁，能自效不？』禁且喜且懼，對曰：『必死！』博因敕禁：「毋得泄語，有便宜，輒記言。」因親信之，以為耳目。禁晨夜發起部中盜賊及它伏姦，有功效。博擢禁連守縣令。久之，召見功曹，閉閤數責以禁等事，與筆札使自記：『積受取一錢以上，無得有所匿。欺謾半言，斷頭矣！』功曹惶怖，具自疏姦臧，大小不敢隱。博知其對以實，乃令就席，受敕自改而已。投刀使削所記，遣出就職。功曹後常戰栗，不敢蹉跌，博遂成就之。」[26] 至宋乃專指擦拭過往罪愆，起復為官。宋祁、歐陽修《新唐書‧權德輿傳》云：「十九年，大旱，德輿因是上陳闕政……又言：『比經絀放者，自謂拔拭無期，坐為匪人，以動和氣。而冬薦官踰三年未受命，衣食既空，溘然就斃，此亦窮人之一端也。近陛下洗宥絀放者，或起

26 〔漢〕班固《漢書》（臺北：鼎文書局，1976年10月初版），3402頁。

為二千石，其徒更相勉，知牽復可望。惟因而弘之，使人人自效。』帝頗采用之。」[27]《宋史·韓絳傳》:「七年，復代王安石相。既顓處中書，事多稽留不決，且數與呂惠卿爭論，乃密請帝再用安石。安石至，頗與絳異。有劉佐者，坐法免，安石欲拔拭用佐，絳不可。議帝前未決，即再拜求去。帝驚曰:『此小事，何必爾？』對曰:『小事尚不伸，况大事乎！』帝為逐佐。未幾，絳亦出知許州。」[28]洪邁《容齋四筆·記李履中二事》:「崇寧中，蔡京當國，欲洗邢恕誣謗宗廟之罪，既拔拭用之，又欲令立邊功以進身，於是以為涇原經略使。」[29]可證「拔拭」一詞，蓋抹去過往罪愆，起用為官也。「誤辱使君相拔拭」者，不詳其旨，推測可能「王鬱林」亦貶謫之官，非鬱林本地土著，而東坡誤其為當地人。蓋是時漢人遷謫者，多鄙視廣西本地土官，以為蠻夷者，粗陋無文。而「王鬱林」亦貶謫者，賦詩贈東坡，東坡一來賞其詩，二來為自己失禮致歉，故次韻以答之。「相拔拭」者，則期許「王鬱林」與自己來日皆可起復也。蓋東坡雖遇赦北還，然在廉州時官職為「瓊州別駕廉州安置」，諸州別駕為正九品官；此時遷舒州團練副使、永州居住，團練副使為從八品官，不可謂拔拭起復也。

「老鶴乘軒」，典出《左傳·閔公二年》:「衛懿公好鶴，鶴有乘軒者。將戰。國人受甲者，皆曰:『使鶴。鶴實有祿位，余焉能戰。』」[30]後比喻濫充官位，多為自謙之語。徐鉉〈和潁川曹監軍〉:「別離情緒兩難任，消遣唯應有醉吟。冉冉光陰玄鬢改，勤勤書札舊

---

27 〔宋〕宋祁、歐陽修《新唐書》(臺北：鼎文書局，1976年10月初版)，5077-5078頁。

28 〔元〕脫脫《宋史》(臺北：鼎文書局，1976年10月初版)，10304頁。

29 洪邁《容齋隨筆》，清抄本，第11冊6卷，5頁。

30 〔清〕阮元校刊《十三經注疏·左傳》(臺北：藝文印書館，1989年)，115頁。

情深。凉宵夢寐清淮月，永日徘徊玉樹陰。野鶴乘軒無所用，角巾何日返中林。」[31]又〈送慎大卿解官侍親〉:「聖朝無事九卿閒，藹藹東門綵服還。舊日高名齊汲鄭，今朝至行似曾顏。更憐霜鬢垂玄髮，猶恨深居遠舊山。老鶴乘軒真自愧，徘徊空在稻粱間。」[32]徐鉉為南唐吏部尚書，後降宋，為散騎常侍，精詩文，工書法，校訂《說文》，為宋初文化名人。自徐鉉以「野鶴乘軒」、「老鶴乘軒」自喻後，遂成流行語，如趙抃〈次韻高陽吳中復待制見寄〉:「守蜀無堪詎足論，捫參天邈紫微垣。歲時豐衍真為幸，犴獄空虛冀不冤。素志未容龜曳尾，誤恩深愧鶴乘軒。嘉章益見公高誼，所得長逢左右原。」[33]本詩末句，蘇軾亦以「老鶴乘軒」自喻，唯反用典故也。蓋上述幾首詩，皆自謙老臣無用居高位，而東坡雖老，然只是從八品小官，故東坡謂:「寧聞老鶴更乘軒」，仍冀一朝起復也。

三　結語

鬼門關者，王化之地與化外蠻荒之分野。自紹聖四年東坡謫居海南島，處蠻荒瘴癘之地，盼北還久矣！〈次韻王鬱林〉一詩，作於過關前日，如破曉之前，曙光在望；隆冬之寒，春暖可期，東坡之心情，可想而知矣！回首謫居歲月，展望光明前程，乃作是詩。首聯直書，言往昔艱苦；頷聯用典，況自身情狀；頸聯對比，抒殘年心志；尾聯相勉，冀老鶴乘軒。筆者以為東坡雖老，猶有用世之志，加以元祐大臣皆遇赦，東坡兄弟均北還，故詩中蘊含起復之望也。不僅本詩如此，〈六月二十日夜渡海〉亦然:「參橫斗轉欲三更，苦雨終風也解

31 〔清〕《四庫全書・騎省集》（臺北：藝文印書館，1989年），1085冊，164-165頁。

32 〔清〕《四庫全書・騎省集》（臺北：藝文印書館，1989年），1085冊，170頁。

33 〔清〕《四庫全書・清獻集》（臺北：藝文印書館，1989年），1094冊，782-783頁。

晴。雲散月明誰點綴，天容海色本澄清。空餘魯叟乘桴意，粗識軒轅奏樂聲。九死南荒吾不恨，茲游奇絕冠平生。」[34]「參橫斗轉」，非特指時辰，更喻政局轉變；「苦雨終風」，非專指天氣，更喻黨爭迫害。深味其詩，顯然東坡此時就有盼於起復也。

然則徽宗實昏君也。建中靖國，一來平衡黨爭，二來報復章惇，並無起復元祐大臣之意。雖韓忠彥、黃履、李清臣、蔣之奇、范純禮、陸佃等舊黨皆執政，然建中靖國只一年，崇寧元年，舊黨悉罷，蔡京主政，國事日非矣！東坡逝於建中靖國元年，不知後話，亦其幸歟？此詩「故侯瓜在有頹垣」、「此去殘年盡主恩」兩句，隱約透露其志氣，「誤辱使君相抆拭，寧聞老鶴更乘軒」兩句，則更以玩笑之語，表其起復之願也。故筆者以為東坡方從待罪之身遇赦，此時詩作皆含蓄，非但不明言起復之盼，亦常有致仕退隱之語，然其積極進取，濟世救民，率皆天性，終不可掩。故《宋史．蘇軾傳論》曰：「故意之所向，言足以達其有猷，行足以遂其有為。至於禍患之來，節義足以固其有守，皆志與氣所為也。」[35]嗚呼！此其所以為東坡歟！

34 《蘇軾詩集》（北京：中華書局，2007年4月重印），2366-2367頁。

35 〔元〕脫脫《宋史》（臺北：鼎文書局，1976年10月初版），10819頁。

伯元師學問給予個人的啟示和影響

王三慶
國立成功大學中國文學系名譽教授

摘要

筆者大學二、三年級接受伯元師開授文字、聲韻之學，深受啟蒙，師恩浩蕩，難以言宣，故一生蓋以章黃之門自居。逮入臺灣師範大學國文研究所就讀後，更受廣韻、古音學之啟迪及諸多學習作業，為筆者後來研究扎下了深厚的基礎。然而由於嚮未開授文字、聲韻學等相關課程，對於伯元師後來所開創的新領域，以及此方學問鮮少發揮，僅止於接受而已；縱使偶一為之，仍無延續性，也乏善可陳，實是愧於師門。然而既經師門嚴訓，卻多用於敦煌文獻及域外漢文學之整理，甚至建立語言資料庫，作為文學基因圖譜的分析，以及創作詩文，則多得之於心，應之於手。凡此，無非受到伯元師的諸多啟示與影響，因此在　先生逝世十週年紀念的國際學術研討會，趁願藉此就其教學與指導，對於筆者研究方面的幾點啟示，撰成文字，以與諸同門學友討論，亦如孔門弟子《論語》之彙編，釋門佛典之集結而已。

關鍵詞：敦煌、黑水城、語言數據、文學基因圖譜

一　前言

民國56年（1967）初上華岡，時曉峰先生敦請林師景伊、高師仲華從事《中文大字典》的編纂，也請來幾位新科國家文學博士上山協助及兼課，其中影響筆者最為深遠的當以伯元師莫屬。由於他與葉老師婚後住在華岡，所以在博士論文完成之後，也就順理成章開始講授文字、聲韻之學，筆者有幸叨陪末座。逮入臺師大國文研究所就讀後，又承習廣韻、古音學之深化，以及語音擬測與國音方音的規律變化等。同時，也在學習過程中，受命實作了不少作業，為筆者植基深厚的小學基礎。唯筆者寫作碩論時，伯元師已經受命指導兩位同學，不得不轉投許師世瑛門下。後因許師中途謝世，於是就當仁不讓接手指導，並容許筆者以統計的方法，將數據用之於論文寫作上，而順利完成階段學業。也因如此，筆者向來以章黃之門自居，畢生問學，深受啟迪。故特在先生逝世十週年紀念的國際學術研討會上，趁願藉此就其教學與指導對於筆者研究方面的幾點啟示，撰成文字，以與同門學友討論，並效法孔門弟子之《論語》彙編，釋門佛典之集結而已。

二　教學指導

筆者在大學部接受先生文字學及聲韻學之授課，研究所則承接廣韻研究及古音學研究專業訓練，對於筆者之啟迪，可分兩方面談：

（一）文字學的教學與作業

先生講授文字學，蓋據漢・許慎撰、清・段玉裁注《說文》一書為本，先從第十五卷上下篇談起，介紹文字撰作之由及功能，從本形本音本義上各人一把號，各吹各的調，發展到約定俗成的共同語言與記錄符號。隨著時空的遞延，使用者的任意性和文學家的無限拓展及藝術家審美觀念的植入，使文字在形、音、義上滋生亂中有序，序中生亂的情形。此間約定俗成的自然力量及人為政治公權力的介入，常使文字自統而分，復由分而統，造成文字形音義再三的發生變易。故先生授課也似庠序教育學子的方式，先從認識文字的六書分類，逐一講授文字構造，然後各舉數十個字例說明，並且教我們把敘文強背下來。寒假作業即是抄寫540部首的釋文及六書歸類。下學期開始主講幾位學者專家的整理文字，以及許慎所以著書之由。尤其是關於許慎對於部首的人為分類和排次，以及形音義上有關的解釋和根據等，都有比較詳細的解說。最重要的莫過於對強調形聲字的之聲義，並且不時以段玉裁的註釋條例加以說明。

由於先生授課認真，不苟言笑，每堂都到鐘聲響後才下課，此所謂「師嚴而後道尊」，是他教學過程中的堅持，也是給我們最好的先行示範。

（二）聲韻學的教學與作業

二年級學期末剛過，三年級課表隨即公布，聲韻學任課老師仍然高掛他的大名，很難想像同學那份驚惶失措。可是在教師節放假時代的必修課程，只有強顏歡笑接受。伯元師講授聲韻是從《廣韻》一書入手，先了解中古音，因此最繁重的作業是填寫「聲經韻緯表」，然後根據陳澧《切韻考》系聯條例、分析條例、補充條例，進行各韻聲的討論，也將《廣韻》的小韻目切語填寫在《韻鏡》字旁，以見韻書與圖表上的轉換。事實上，勿論韻書或者韻圖，兩者間仍然存有未能解決的問題，所以也就鼓勵六位同學參加《十韻彙編》、《大廣益會玉篇》、小徐本《說文解字》、全王本《刊謬補缺切韻》等切語的填寫工作。在初步完成之後，筆者又與王勝昌同時合力繫聯及參考參考等韻五書，完成考訂工作，最後上繳時，遇到重紐問題，再告訴我們參考董同龢的大作，拓寬筆者的眼界，也對學問研究產生了無窮興趣。故當年期末考前，班上聲韻一科，慘叫聲不絕於耳，筆者還受邀在系上研究室為同學面授機宜。雖拙於口齒，又無教學經驗，居然敢在同學之前大放厥詞，如今想來，不禁啞然失笑，實好為人師之病耳！

下學期先生授課重點在上古音部分，將《廣韻》四十一聲紐經過乾嘉諸位學者從文字的諧聲偏旁、古籍押韻、反切上字、各地方音現象進行討論分析，古無輕脣、舌上，娘日歸泥，然後以此為基，參考黃季剛的聲經韻緯表，一四等為古本韻，而有古聲十九紐之說。韻部則從鄭庠六部到顧炎武十三部，以迄後來的三十部，後來歸之於先生的卅二部。因為《詩經》押韻作業及段氏十七部諧聲偏旁的討論，也讓我們了解上古下以迄中古音韻的變化，而所謂古本音、古合韻亦能略知一二矣。

（三）研究所的講授及實作

先生於研究所講授的《廣韻》更為深入，並且教導參考方音及域外漢字借音、藏語等進行語音擬測的討論，以迄國音的發展變化。（參見圖一）

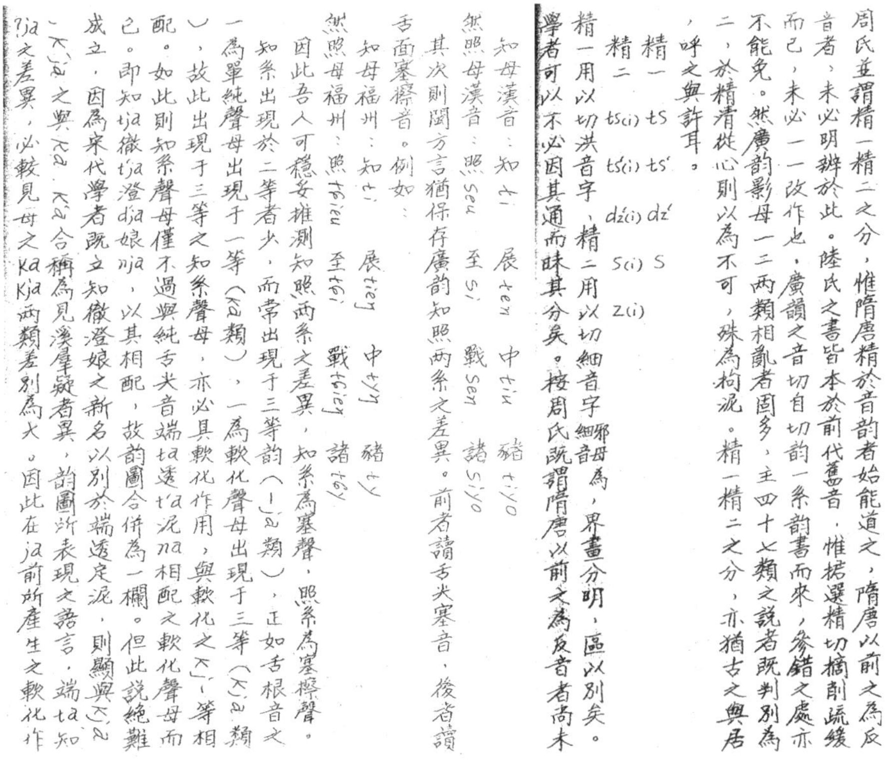

周氏並謂精一精二之分，惟隋唐精於音韻者始能道之，隋唐以前之為反
音者，未必明辨於此。陸氏之書皆本於前代舊音，惟据選精切摘削疏緩
而已，未必一一改作也，廣韻之音切自切韵一系韵書而來，參錯之處亦
不能免。然廣韵影母一二兩類相亂者固多，主四十七類之說者既判別為
二，於精清從心則以為不可，殊為拘泥。精一精二之分，亦猶古之與居
，呼之與許耳。

精一　ts(i)　tsʻ(i)　dzʻ(i)　s(i)　z(i)
精二　ts　tsʻ　dzʻ　s

精一用以切洪音字，精二用以切細音字細音邪母為，界畫分明，區以別矣。
學者可以不必因其通而昧其分矣。按周氏既謂隋唐以前之為反音者尚未

知母漢音：知 ti　展 ten　中 tiu　豬 tiyo
然照母漢音：照 seu　至 si　戰 sen　諸 siyo
其次則閩方言猶保存廣韵知照兩系之差異。前者讀舌尖塞音，後者讀
舌面塞擦音。例如：
知母福州：知 ti　展 tieŋ　中 tyŋ　豬 ty
然照母福州：照 tɕieu　至 tɕi　戰 tɕieŋ　諸 tɕy
因此吾人可穩妥推測知照兩系之差異，知系為塞聲，照系為塞擦聲。
知系出現於二等者少，而常出現于三等韵（-jа類），正如舌根音之
一為單純聲母出現于一等（ka類），一為軟化聲母出現于三等（kʼja類
），故此出現于三等之知系聲母，亦必具軟化作用，與軟化之kʼj-等相
配。如此則知系聲母僅不過與純舌尖音端ta透tʻa泥na相配之軟化聲母而
已。即知tja徹tʻja澄dja娘nja，以其相配，故韵圖合併為一欄。但此說絕難
成立，因為宋代學者既立知徹澄娘之新名以別於端透定泥，則顯與kʼja
、kʼja之與kʼa、kʼa合稱為見溪羣疑者異，韵圖所表現之語言，端ta知
ʔja之差異，必較見母之ka kja兩類差別為大。因此在ja前所產生之軟化作

圖一　授課講義

在古音學部分又更加的深化，尤其諧聲偏旁作業十分繁重，而筆者居然把它完成，裝訂成厚厚的七大冊，因此老師特地寫下珍貴的批示。（見圖二）

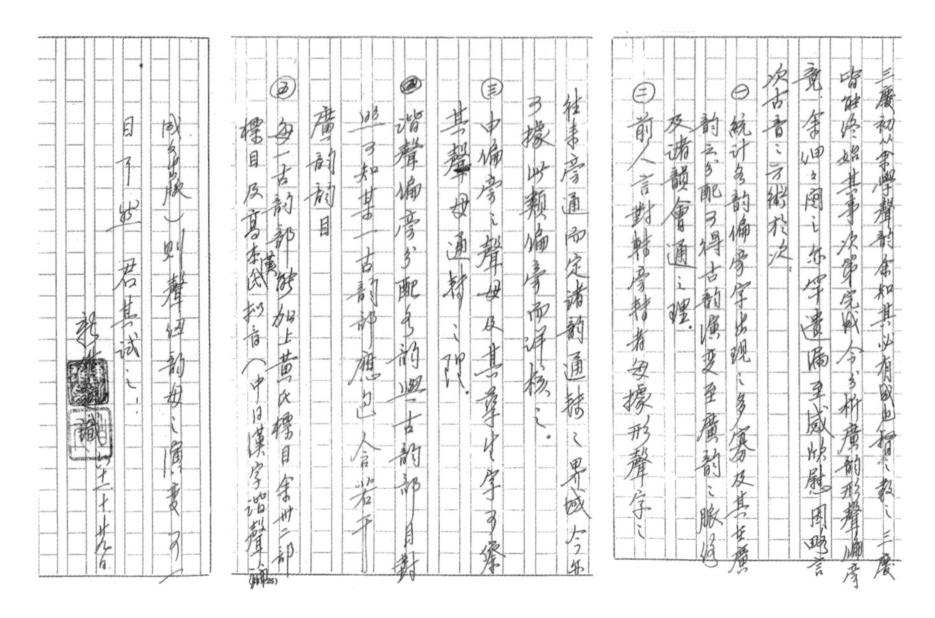
三慶初從余學聲韻余知其必有成也……教之三慶
皆能從始其事次第完成今之析廣韻形聲偏旁
竟余細之閱之亦罕遺漏其成功慰周邵言
次古音之方術於之
㊀統計各韻偏旁字出現之多寡及其在廣
韻之分配可得古韻演變至廣韻之脈絡
及諸韻會通之理
㊁前人言對轉旁轉者無據形聲字之
往來旁通而定諸韻通轉之界域大可
可據此類偏旁而詳核之
㊂中偏旁之聲母及其孳生字可察
其聲母通轉之跡
㊃諧聲偏旁分配各韻與古韻部目對
照可知某一古韻部應包含若干
廣韻韻目
㊄每一古韻部……加上黃氏標目余卅二部
標目及高本漢擬音（中日漢字諧聲論
成為專著）則聲紐韻母之演變可
目了然　君其試之
許世瑛識

圖二　老師批示

最後碩論寫作由大家填寫研究類別，經過協調後，才由景伊所長宣布各人向分配之指導教授報到。因時代風氣使然，小學以通經學的乾嘉學風當道，文學也以詩文研究為正宗，詞曲屈居少數，小說俗文學更是稀罕。故筆者初從許師世瑛指導。事後，伯元師曾經跟筆者稍加解釋原因，並說論文遇到任何困難，可以跟他討論。足見其為人寬宏大量，公正無私。所以在許師中途謝世後，他也就順勢接手，不改許師原來題目：「杜甫詩韻考」，也接受筆者援用統計數據寫作論文，終告順利完成學業。

由於就讀師大，寫作報告及論文時，得以蒐遍學校典藏之珍貴資源，因此從舊圖書館四樓中，找出蓋滿白石灰防蠹的線裝書，不少是當年魏建功他們在臺灣推行國語時，帶來後存放的明清聲韻材料。再者，寫作報告或系聯韻書，開始接觸敦煌文獻中諸多的《切韻》材料，深服陳澧未見殘卷材料時，居然能夠一一指說某字為後來增加字，幾乎歷歷不爽。至於劉半農《敦煌掇瑣》、姜亮夫《瀛涯敦煌韻輯》對於新出土材料的關注及鑽研，無疑是聲韻學史上的一大突破，爾後潘師石禪對姜書數千處的諟正《新編》及《補證》等論著，亦不遑多讓。也因它們都能有所發明與突破，讓法言原書經《唐韻》，以至於《大宋重修廣切韻》之間的韻目及韻字，縱有部分猶需確認及斟酌，然已經大半能夠釋疑矣。

研究所時，每週十一部經典圈點和筆記檢查，那是最緊張的時刻，景伊師全交伯元師負責，並在進度中簽題他的名字與檢查日期，以見一週的用功程度。卒業服役時，先生擔任文化大學中文系主任，又將潘師從香江敦聘回華岡，於是動心起念，想再負笈深造，步武前賢從事敦煌聲韻文獻的研究。詎料潘師初回臺灣，擬將新亞研究所「紅樓夢小組」的風氣帶回華岡，特號召同學組織《百二十回本紅樓夢稿》整理小組，而筆者在癡長歲數下，受潘師指定帶領每週晚一次聚會報告研讀《紅樓夢》的心得進度，經過一年迻錄初稿，再由筆者獨力完成第二、三次的校稿及出版工作，而石禪師才告放心「紅樓」，轉授「敦煌學」的課程。至於筆者既經三年的研讀，熟稔《紅樓夢》資料下，為了盡快完成學業，終以《《紅樓夢》版本研究》取得學位。此間，慶勳學長也提到伯元師有意進行拆散《廣韻》，擬依四十一聲紐重編，於是找來呂春明同學協助，由筆者負責執美工刀依聲次鍥挖排列，然後用口紅膠黏貼，終以一學期和暑假完成，然後上呈。也許我們沒有再行塗白修飾，後來出版的《聲類新編》似非我們的底本，只算了卻師長心願及證明重編可行。

三　影響與回饋

雖然論文寫作事與願違，已非當初設定敦煌文獻中的聲韻材料進行研究，有負先生期許；後來也因不曾執教聲韻學課程，以至於此方研究乏善可陳，未有相關的論著或書刊。但是既然經先生多年的堅實訓練，卻終身影響個人所從事的研究，因此筆者擬從以下幾點談談先生惠我良多矣。

（一）整理校勘古籍上的獲益

漢字95%以上屬形聲字，漢語又為孤立語，異於以字母拼音，記錄語言的楔形文字。惟形與音必意義相關，故掌握部首或諧聲偏旁乃是了解漢字的重要關鍵。就聲來看，涉及語根問題；從形而論，則與字根脫離不了關係，兩者更離不開語言現象及符號系統。從清儒以迄黃季剛也注意到這些特徵，作了頗多的發明。從無聲字到有聲字，從聲母到聲子，從語根到字根，從部首到部內字次，處處充滿聲音與意義的聯繫。所謂聲子必與聲母同音，同音多同義，形聲多兼會意，我們會在先生的課堂上聽到，並反覆牢記於心。因此，整理或校勘古籍時，常會遇到形近、音近、雙聲或同音致訛，以及字的正俗、古今或同音通假的情形，甚至根據押韻現象分斷句義、追究本字等，讓筆者在整理古籍上得心應手。最明顯者乃是個人整理法國遠東學院典藏的《越南漢文小說》第一輯及《日本漢文小說》、《日本漢文笑話叢編》等，或《敦煌類書》、《敦煌齋願文研究》等，所接觸盡是沒有標點的文本，甚至需要剪貼拼合千百年前的手稿，因此在現代化的過程，每每想到先生的教導及學習過程獲得的啟示。

（二）文字的正俗與興廢

筆者寫作論文時，曾向先生請教詩韻的標準問題，從陸法言《切韻》193韻到《廣韻》206韻，韻目下多注明同用、獨用或通用問題，至陰時夫合併為《韻府群玉》以及後來的《詩韻集成》106韻，與法言「南北是非，古今通塞」、「讀書音與方音」等問題，觸發筆者對政治、權威學者與審音、個人母語言文字之間的種種疑惑。換句話說，語言文字原是約定俗成，然而從秦統一六國，規定「書同文，車同軌」，那是人為；而建立部首，立為一端，據形系聯，何嘗不是人為，武后新字更是。也因如此，筆者以統計方法，調查敦煌寫卷中武后新字出現的數據及時間，發表了〈敦煌寫卷中武后新字之調查研究〉[1]，後來因為中央研究院史語所毛漢光出版了石刻碑文，發現當年原已刻好因新字發布後，不得不在原石上重泐的新證據，於是又再撰寫〈論武后新字的創制與興廢兼論文字的正俗問題〉[2]一文，並對文字的正俗與政治持有如下的看法。

武后以女主君臨天下，載初元年已圖謀登基，由於儒家經典中找不到女人可以統治男人的證據，後來始在《大雲經》發現淨光仙女王國土的預言，特命臣下疏通，然後於各州大寺開講，用以減少反對力量。此十二個新創字恰好保存於敦煌文獻，除自名「照」字外，共使用了11字，與《新唐書》說法合符，也糾正史臣誤「載」為「初」。隨著改元「天授」或「證聖」，又增加了「授」、「證」、「聖」三字。證聖元年六月後又出現了「國」字。聖曆年間，「人」字附焉，形成後來所謂的十七文。史籍或字書語焉不詳，實因多次遞增的結果，至於使用時間並未隨著武后的還政或亡逝而廢除。這十七個字形，七個來自篆字、古文或籀文，與〈改元載初赦〉說：「上有依於古體，下有改於新文」情況一致，其形體結構與創制意涵實取神話傳說，或以迷信愚民，以達個人的政治手段而設。

也因如此，筆者認為語言文字是約定俗成的產物，也是個人和團體間不成文的契約行為或符號，代表集體的共同意識及文化系統。在

---

1 拙著，《漢學研究》第4卷2期，頁437-464。

2 拙著，《成功大學中文學報》（第十三期），頁95-120。

無法做到統一化、格式化的書寫時代，很難要求使用者對於語言或文字的標準規格化。從《說文・序》以迄《顏氏家訓、雜藝篇》及張守節《史記正義、論字例》之感慨書風變與不變隨著社會風尚而遊走，使不合文字構造的俗寫字體滿紙皆是，這與今日出土的甲骨、金文或簡牘一字多體的情況沒有兩樣。畢竟語音或書體是隨時隨地隨人不斷的變化，尤其南北朝正是中國民族大融合的時代，各自分立為政亦如戰時七國；加上印度佛教思想的引進與蓬勃發展，使中國文化的深度與廣度持續的擴張與深化，造成文字的新增和複雜多樣。故從《說文》到《玉篇》累增了一萬餘字，恰好足以說明語言、文字和文化的增生過程，而從單字到複合辭書的編纂也說明了這一現象，至於書體從篆隸到楷書形變及字典的編寫，也是基於需要而產生。從篆而隸一變為真、楷的過程，增省之間自然產生很多別書誤字或複體，尤其講究書法結構筆畫之美與小學家的點畫求真完全抱持各自不同的態度和切入角度，更造成文字結構的複雜性。

只是在沒有傳播視媒及網路的時代，為政者統一天下，改元登基後的首要任務必定收集圖書，統一語言文字，以及約法三章，這些作為都是為了宣導政令的必然結果，秦始皇的「書同文，車同軌」、漢代的「熹平石經」、曹魏的「三體石經」等字樣的規定，都是為了統一學術思想，為政治服務的重要工作。一旦政治分裂，語言文字也就分道揚鑣，各吹各的調了。也因如此，漢代經師的訓詁，唐代經師的正義，對於文字正訛的考訂，點畫的辨析，樹立標竿的正本或定本，每多不遺餘力。何況從薦舉一轉為科舉的用人制度，策試經帖及詩賦也必須有一個比較公正客觀的標準答案，於是有了陸德明的《經典釋文》，以及「唐石經」，更有《切韻》音系諸韻書及字樣學書的出現。直到中唐以後出現了刻板印刷技術，能夠大量的複製，以及今日的打字排版、平版印刷及電腦的列表印製，才能逐漸作到較為統一的格式和需求的標準。因此，文字固然具有諸多政治理由，也是教育百姓的一種愚民政策，更是度量百姓是否完全服從的依據。卻也不隨個人意志而轉移，它還關涉到個人的心理及社會團體的契約行為，要與團體的使用慣習或意識密合才有可能共生共存。歷代字書對於文字的正俗觀念，其實也是因時因地因人不斷的變動。武后新字既然代表了武后時代的文字典範，也終於在典範對象的消失後逐漸被見棄，甚至百多年後近乎完全絕跡，連宋人也難以瞭解其實際情況。同理，今天視作正體的標準字未必是明日的正體；而今日之俗體，未必是永遠的俗體字，它有可能隨著集體意識的改變而轉移，也將隨著通訊業的發達及語言文字的交際功能，如網路符號上約定俗成。

(三) 語音擬測啟迪方音及譯音的研究

筆者留意閩南語音問題，發現西班牙馬德里國立圖書館收藏的《明心寶鑑》西班牙文譯本中，居然存載了1590年的閩南語羅馬字記音，它是高母羨[3]初學中文的入門書，也是第一部中國西譯書。該書隨福船流抵菲律賓，而高母羨初學漢文字語言接觸的是閩南人，準備赴中國傳教。豈知日本豐臣秀吉恫嚇駐菲總督朝貢，否則加兵。於是他以最佳人選出使日本，卻在功成圓滿，十一月歸菲之際，船隻在臺灣海域出事，飄流至岸，為原住民殺害。三年後，此書才由傳教士攜歸馬德里，獻給國王。

高母羨初學習漢語乃受閩南人啟蒙，《明心寶鑑》則為其初學課本之一，為了了解該書的內容和漢字的字義，必須作逐篇逐條對譯。對譯時，凡遇到專有名詞，如書名、人名以及部分難以意譯的地方，

---

3 「高母羨」(？-1592.11) 是其著作《無極天主正教真傳實錄》之自署漢名，出使日本時，上豐臣秀吉書則作「羨高茂」，並為閩南音譯，原名JUAN COBO。參見Don Fray Diego Admarte (1569-1639)。

則採取音譯的方式，所注字音自然是閩南語音，因此這批音譯材料不但是現今通行的閩南語教會羅馬字的老祖宗，在閩南語文獻及記音方式上極其珍貴。

事實上，中西文化交通史的過程中，曾經兩次對中國的語音產生衝擊，而且都與宗教相關：一是東漢以後，梵文隨著佛教徒的傳入，產生了字母；一是明清之際的來華教士，假西文拼音以寄漢讀，於是羅馬拼音成為教士通語讀書之輔助工具，也影響到明清的聲韻學家。回顧史實，第一部中西字典乃是利瑪竇（Matteo Ricci, 1552.10.6-1610.5.11）、羅明堅（Michele Ruggieri, 1543-1607.5.11）合編的西葡字典《平常問答詞意》（*Dizionario Portoghese-Cinese*）。該書撰於萬曆十二年（1584）至十六年（1588）間，附有羅馬注音，乃為未完之作。其次則為萬曆三十七年（1605）利瑪竇所著的《西字奇跡》，該書以拉丁音注漢字；又與郭居靜（Lazzaro Cattaneo, 1560-1640）合編詞書《Vocabularium ordine alphabetico europaeo》。至於金尼閣（Nicolas Trigault, 1577-1628）的《西儒耳目資》則是在《西字奇跡》刊行後的二十年了。然而以上諸書都是援用官話系統，真正以羅馬字母記錄閩南語音的書籍則推此書為創始，晚於《平常問答詞意》不到五年，而早於《西字奇跡》十有五年，[4]更比1837年英人麥得哈（或譯麥都思1796.4.29-1857.1.24, Medhurst W.H.）《福建方言字典》（《A Dictionary of Hokkeen dialect of the Chinese language according to the reading and collquial idioms》）之閩語記音早245年。縱然這本並非專門字典用書，但這套羅馬記音在中西語音交流史及閩南方音史上，都留下不可磨滅的地位。尤其在中書西譯史上也比萬曆二十年（1593）利瑪竇之譯

4 方豪，《中西交通史》（中華大典編印會，民國五十七年七月四版）第五冊第四章，頁70-93。

《四書》、天啟六年（1626）金尼閣之譯五經為早。[5]

其次，利用周邊民族的語音材料，讓筆者留意黑水城文物。故寫作〈敦煌類書〉[6]時，發現唐・于立政撰述的《類林》十卷為重要私家類書，也是盛行絲路上的一部著作，對於敦煌文獻諸家類書的編輯，或者民間的說話和課讀寫作影響巨大後來卻消失無蹤。此書又曾東傳日本，被典藏於宮中，且曾廣泛徵引使用。又敦煌石窟17號洞，留存了幾種漢文寫卷；更在黑水城中出土了西夏文譯本，以及被王朋壽增廣門類事文，改名異姓，失去原來的真面目。筆者借用王朋壽《重刊增廣分門類林雜說》幾種抄刻本，先有〈新史料——西夏（Tangut）文本《類林》據譯原典的發現〉[7]，後來又知俄國學者凱蘋女士正在研究，特請吳其昱先生複製研究論文，因而解決其中疑問後，將成果呈送吳先生點評，他再轉贈當時從事西夏文本《類林》翻譯的龔煌城院士。經過比對過半的譯文及我所呈贈的不成熟作品，確認了西夏文本《類林》翻譯的原書找到，也就不再續譯，實屬可惜。後來我也發表了〈《重刊增廣分門類林雜說》傳本考及其價值試論〉[8]，饒宗頤先生評為名篇力作。

（四）語言數據與文學基因圖譜

當先生講授《說文・序》曰：「其建首也，立一為端。方以類聚，物以群分。同條牽屬，共理相貫。襍而不越，據形系聯。」然後透過全書部首字及段注解說後，筆者似乎頗有體悟，認為各部首字何嘗不是一種文化內容，如木、米、竹部所載文字何嘗不是中國文化特

5 參見上註同書第六章，頁183。

6 池田溫主編《講座敦煌～敦煌漢文文獻》（日本大東書局，1992年3月），頁357-400。

7 拙著，《書目季刊》（1986年6月）第20卷1期，頁33-37。

8 拙著，《中央研究院第二屆國際漢學會議論文集》（1989年6月），頁549-568。

色，若能進行深入解析，論文乃生生不息。再者，從甲金文字，到《說文》或歷代文字書的增減，文化的生成變化自在其中矣。故筆者建立王梵志詩資料庫，分析字頻後，發表〈《王梵志詩》研究新論〉一文。從中見其詩作以「人」字為中心，透過人際關係、人生周遭的事物以及時空運數等字眼，如原子核結構一般，向四周輻射擴散，中間則有原子鍵相聯繫。這等結構未必有邏輯因果關係，然而作為語言藝術足以感人的文學作品，其描寫對象必是以人類所處之時空、所發生之種種人間事物，以及人類對自己或對過去未來與現在作出終極的關懷，小至個人心靈的情感，大到外在世界的視野，才是偉大作家在作品中所該給予的關注和涉及，於是發為語言，乃有人生事物的種種觀點。所以符號學者把文學話語與自然語言劃分為二，認為文學話語是自然語言上的二度結構系統。內容則因形式之滲透，使兩者間密合為一，有如符號具與符號義之互為表裡。事實上，從符號的形成到自然語言乃至於文學話語的表述，完全依賴著毗鄰軸與聯想軸的表義運用，不但有其內在的語規，更有音義的種種聯想，透過電腦資料庫的統計數據足以呈現。看出其字群是以「人」字為中心，然後形成原子鍵的環形字辭結構，不斷的向四周層層遞散，造就了王梵志詩的語言風格特色。[9]再者，詞與詞間的組合，或前或後的位置並無特定的必然關係，而是看兩者的需要條件及詞鍵結構的組合能力，有如物理間的原子鍵間的架構情形。然後有因結合而擴大，成為意義更加廣遠的詞組；或因相互制約，成為特定意義的詞組，不一而足。換句話說，使用語言者絕不可能簡單的僅表達一個字詞就可以滿足其表述條件，當然也非必用這個字詞不可，而是他在從事語言表述的過程中，受到語序軸及語義軸的制約，不斷的經過變易與選擇，以作更精確細緻和

---

9 拙著，〈《王梵志詩》研究新論〉，原香港大學主辦第34屆亞非東方學國際會議論文，後刊於《成大中文學報》(1994年2月) 第二期，頁113-140。

更複雜深刻的完整表達。這種完整表達的組合有時是源自傳統母語的語序和用法，有時是屬於作家的獨創和個人風格。當作家獨創的表達方式，能夠為同時代的人所接受，也為後來的人所模仿與稱許，即是完美的表達，也是個人一己風格的樹立；否則便是失敗。

再者，〈從語言風格學上論詞之「豪放」與「婉約」兼論正變〉[10] 一文是取用晚唐溫庭筠至宋初晏幾道、柳永，然後續以東坡和秦觀、周邦彥，最後以南宋李清照、辛棄疾為結。就其作品建立資料庫，然後分析統計個人的信息量，並比較婉約與豪放派詞人在遣詞用字及意象上的描寫有何不同，同時參閱詞評家的意見，而有如下是說：

（1）豪放派作品多、用字多、辭彙廣，這是婉約詞派所不能比的。

作　者	總字數	用字數	重複率	作　者	總字數	用字數	重複率
溫庭筠	2628	752	3.81%	秦　觀	10016	1759	1.00%
晏幾道	13443	1267	0.74%	周邦彥	13635	1864	0.73%
柳　永	18485	2088	0.54%	李清照	2992	903	3.34%
蘇　軾	20397	2325	0.49%	辛棄疾	44092	2856	0.23%

（2）豪放派每以「詩賦文章」入詞，談的是「萬卷學問」和「詩書離騷」等作品，直將學問和創作冶於一爐。東坡喜稱「莊子」，稼軒則愛「老聃」。既是倚聲填詞，卻忘不了「吟詩」，尤其辛喜用「詩酒」，常許「詩翁、詩家」，不甘提及詞人，論者每謂坡公「以詩筆入詞」。反觀婉約派涉及傳統文化及歷史文獻者少，這點和豪放派那種喜歡吊書袋、用事典的寫作方式不同。

（3）婉約和豪放派詞作如果有類似的地方是常常在找「人」，所以常問「人」在「何處」、「幾時歸來」、「歸來不見」、人在「千里」、

10 張高評主編，《宋代文學研究叢刊》第一集（1995年3月），頁1-27。

「夜來」思憶、獨倚「欄杆」望人等字眼或辭彙。不過婉約派作家寫己者少，多代言體或對象不確定，不似豪放派賦己者多，常為獨語形式。故婉約派用字特徵是常常出現「風花春月」的情景，含「春」脈脈，柔情似「柳」，或者慵「睡」在床，等著遠方「人」兒的「信」息，或者看到堂前雙「燕」，想起已經離「去」或未「歸」的公子王孫。於是相伴出現的字眼是「秦樓楚館」的歡場女子，公子王孫到「章臺」裡的「尋花問柳」，住的一定是「鳳樓」、「繡閣」、「蘭堂」，房間有「鳳幃」垂簾的隱蔽，所擺飾的非「金」即「銀」，睡的是「鴛衾」、「鳳枕」。郊遊踏青也是以「鳳輦」、「香車」及帶有蘭花味的「蘭舟」、「蘭船」侍候。這些詞人筆下的「煙花」女子則以「樂舞」、「舞腰」、「管弦」、「歌曲」等職業技能來吸引腰纏萬貫的富商或年輕公子，可說極盡「歡遊」、「歡娛」、「繾綣消魂」。這些事件發生的地點都是當時最「繁華」、最富商業氣息的「汴京」或「杭州」。詞中對於女性的形容不外是從頭髮到手腳上的穿戴，披的是「羅綺」「新妝」，臉上描摹的更加細緻，從「眉宇」到「腮」「鬢」，處處流露著青春的氣息，顏色則喜用「春紅」、「朱顏」。但是一旦年華老去，色衰見棄如「秋扇」時，昔日的歡樂情景就不斷的浮現在記憶中，窗外的兩兩「黃鸝」和「雙燕」，房內薰爐燒的「錦字」香兒，每都成為「無端」「惱人」的殺手，在「難忘」情人不來下，心繫著「魂夢」「舊約」，只有「高樓盼望」。於是整闋詞風從上片的青春歡樂氣息轉瞬間變成下片的一陣「孱愁」，病懨懨的「無情」「無緒」，更「無語」問蒼天，「堪愁」、「堪怨」、「堪嗟」、「情人」的「無信」和自己的束手「無計」，不知如何是好的過著「消索離愁」、「紅淚」拋灑的日子。時間從以往「歡娛」的剎那轉換成度日如年。

相對的，豪放派在意的是賦寫一己之情，而非她人的代言，所以關心的焦點在於「人」、「國」、「家」及自己周邊相關的事物，時時以

「山河」為念，積極干預「世情」，介入「人生」，與人來往，生活空間拉開得極為遠大，不再侷限於象牙塔中的「蘭堂」，所以常常看到對自己或對別人的指稱詞，如「使君」、「居士」、「主人」、「父老」，說明豪放派的內心世界較為開放，也比較直接，對外面的社會世界不再封鎖，於是遣詞造句就很通俗化，如「只因」、「那堪」、「不用」、「試問」、「從此」、「一時」、「些兒」、「來往」、「有時」、「幾曾」、「只因」、「且住」、「最愛」、「都無」、「堪笑」、「十分」……等詞彙。豪放派作家喜用數目字，動輒「千」「百」「萬」，這點和他們的誇飾作風有關，所以如「千丈」、「萬種」、「一丘」、「一壑」、「五千」、「千年」、「萬年」、「萬斛」等字眼時時可見。豪放派作家意識形態很強烈，「自我」意識極強，關心的是「自我」及「兒輩」、「女兒」，「我」和「先生」的自稱在作品中常常出現，但是「東坡」不為「箇人」，這又與稼軒有別。豪放派作家的作品特徵是充滿陽剛之氣，每以「英雄」、「男兒」的「功名」、「事業」為念，尤其稼軒更甚。共感「白髮」、「華髮」滋生則是二人的共同特色。

二人既然感受時不我與，只好轉求退隱「山林」「丘壑」，景仰「淵明」歸去來兮的「田園」之志，喜愛「東籬」旁的「黃」色「菊花」，象徵一己的清高志尚。也和陶潛一班，喜歡「飲酒」，同是「醉」鬼。作品中似乎可看出東坡應能飲酒，而稼軒則愛「小酌」，所以「酒酣」、「同醉」的字眼經常出現。不過稼軒「日醉」、「醉裡」的日子往往多於東坡。兩人在現實世界未能達到的願望，藉著酒精的麻醉，理智衰褪，而去「夢想」、「夢遊」一番，因此二人時時有夢，稼軒更常夢見「周公」。一旦「酒醒」，還是在「去來」之間矛盾徘徊。東坡似早參了悟的襟懷，所以喜愛爬山，不是做作而已，從其提到服食「丹砂」足以證明。但是稼軒只愛「看山」，遙觀「層峰」、「高山」，想像一番，過過歸隱的乾癮而已。也許縱酒無度，身體稍差，常常「拄杖」及「杖履」而行，然而稼軒始終沒有參透人生。

文學既為語言藝術，語言則為文學媒介，語言紀錄則為文字，從先生學習文字聲韻，而先生古稀之年使用電腦，又愛文學，寫作詩詞，每使筆者想到聲韻文字是研究經學及文學之基礎的課堂話語，如何藉以從事作家作品之分析，乃個人素所用心，以酬先生教誨之恩。故每設想用計量語言學，將作品數據化，使文學研究足以讓人信服的具體數據，並與其他學科同步科學領域，填塞漫囈的譏諷口實。因此，無論是從語言學、符號學及詩學的角度出發，或從信息傳遞的立場看待，文字聲韻學科在文史學界的研究與運用有其必要。故筆者在先生榮退之際，發表〈從文化傳統看「明月清風」與「大江東去」——論蘇東坡詞的傳承、創新與影響〉[11]一文，取用「明月清風」與「大江東去」二詞在全宋詞中的用字頻次及其前後幾位作家的用法，即從時代語言及文類語言的觀點切入，並考慮個人語言問題，用以突顯作家語言風格的共時性和歷時性問題。事實上，個別詞素固有其約定俗成的共名意義，也絕非一成不變與孤零零的存在，它有如物質之最小單位，必與前後文字組合成為詞組或句子，進而成為完整敘述表意的一闋詞；這種情形有如由原子到分子或物質的結合構造。

四　結論

在談完先生對筆者研究方面給予之啟示外，最後還要談到先生性靈中人也，每有所感，喜好賦詩見志，又多寄予子弟分享。故筆者雖或不敏，偶也唱和及《漁父詩文集》的出版[12]，此皆出於先生當年嚴格的訓練。故雖韻書不在手邊，即知平仄韻腳，大致不失。海外旅次，每多感慨，略抒鄉思鬱悶，亦步武先生後塵而已。

---

11 參見《紀念陳師伯元教授榮譽退休學術研討會論文集》（2000年7月），頁365-386。

12 拙著，臺南市文化局，2013年5月出版，凡300頁。

我心中的伯元先生

朱小健
北京師範大學教授

摘要

本文記錄學習伯元先生《求學問道七十年》演講之心得，認為伯元先生演講所示國學造詣養成中的詩文吟誦、圈點古書、製作韻表等治學路徑，於當今繼承中華優秀傳統文化具獨特價值。我們可以從中體味到傳統文化氛圍中師生的緣分，傳薪的自然，教學的互成。伯元先生為兩岸交流做出的努力和貢獻更值得發揚。

關鍵詞：國學�鍵、師生傳承、兩岸交流伯元先生是章黃傳人，前輩學者，亦是兩岸訓詁學人交流的發起倡導者。2003年我第一次赴臺參加在花蓮教育學院舉行的文字學術研討會，當時伯元先生在美國，特地請吳璵先生領我在當地參訪考察，讓我感受到前輩學者對後學的溫暖關愛。之後我多次訪臺得見伯元先生，也多次在大陸陪侍伯元先生參加學術活動，一直親身體驗著伯元先生的溫潤。最後一次是2010年10月在南陽師院舉辦的「陳伯元先生文字音韻訓詁學國際學術研討會」，那次會前，伯元先生抄示我一封給許師若石先生的電郵，告知年前罹病治療過程及將赴南陽與會的信息。當時我曾奉許先生命代呈一信：

伯元先生惠鑒：

去歲先生蒞京倡領吟誦大會，與許先生歡晤，健其時入闈命題，未得侍問左右。後每念久疏問候，時惴惴焉。不意頃接抄示大劄竟示以如此凶險經歷。而所擬南陽之行，雖顯先生已瘳康，然旅途勞頓，人所共知，健更憂之。

許先生因赴山東濟寧親籌尼山論壇，會務蝟出，且各方各國來賓輪番對話交流，無法及時回信，特命健代稟如下：

> 甫接兄電郵，大驚，恨不得飛身至兄席前，觀吾兄氣色，把手相問。即請秘書安排與兄南陽相會。然秘書報以會期（10月22至24日）已有他事安排在先，難以調整，且其後（10月27日）已定赴河南、重慶、浙江多地。璐雖以身與南陽盛會賀兄並聆島內諸賢高論為幸，然秘書所言諸事確難失信於彼。為今計，倘兄憐弟之困，允以他途相晤，則璐10月25、26日尚在京，擬命敝生朱小健前往南陽迎兄攜嫂夫人暨兄高足來京盤桓數日，則相聚之時或多於南陽，而章黃傳人之會亦或更盛矣。兄伉儷

> 暨高足來京旅費食宿亦當由弟一力負責。璐發起之尼山論壇開幕在即，正覓會務間歇擬開幕講稿，然思及20餘載吾兄與璐兩岸往事並兄電郵所述年來身心歷程，心神恍惚，幾度輟筆，無法成文。嗚呼！使先知有兄此會，則由璐操辦賀吾兄學術於京城，豈有今日之困！此心此景，惟兄鑒之！

小健此時心愫，亦同許先生。

耑此

敬頌時祺

晚生朱小健　再拜

然伯元先生南陽之行亦已確定，不好變動，無法赴京，我只得在鄭州機場恭迎伯元先生一行，陪同乘車至南陽參會。會上伯元先生發表了題為〈求學問道七十年〉的演講，整個演講充滿對中華傳統文化的熱愛，於兩岸學界交流極具價值。值此「陳新雄教授逝世十週年紀念國際學術研討會」召開之際，再次學習伯元先生的演講，奉上心得，就教方家。

一　國學幃鍵

伯元先生的演講回顧自己國學造詣的養成，對今天我們繼承中華優秀傳統文化有重要意義。其中有兩點特別值得我們注意，一是詩文吟誦的獨特價值，二是學以致用的能力養成。

伯元先生回憶幼年時父親「常常教我吟誦詩歌與文章，就用我們贛州讀書的聲音吟誦，在這種潛移默化當中，在不知不覺當中，就學會了詩文吟誦，實在是一件非常有意義的事情」[1]，並且父子一起出門釣魚路上也「背誦《幼學故事瓊林》，一人一句，邊行邊背」，還「背誦《古文觀止》及《千字文》等」。這種學習形式，是人們常說的「童子功」，但又不止「童子功」，這樣的功夫一直貫穿在伯元先生的治學中。例如：上大學後，林尹「先生看我能背書，為打好學問的基礎，乃開始教我熟悉《廣韻》二百六韻的切語上下字，這一工作，花的時間不多，卻收效奇大，這是我一生學問的基礎。」而在初涉古籍斷句分段工作時，按老師的要求「一篇文章到手，先吟誦五遍，然後始標點，標點完了，再吟誦五遍」後，「於標點分段的問題，都迎刃而解了」。

記誦功夫的本質在於不斷接觸中產出對傳統文化的情感。人與人常因交流而相知，因相知而互諒，因互諒而傾情。人與學習的對象也有類似的情緣，我們常常能見到研究某個歷史人物或專著的學者對該人物或著作有超過別人的激讚，究其原因，其實就是在長期與研究對象互動過程中產生了情感。

伯元先生在《文化傳承與小學語文教材》中提出小學生宜讀寫分途，多識字，多讀詩文；先描紅，再練帖。這是伯元先生親身經驗得來的理念，顯然對當下大陸國學如何從孩子抓起具指導意義。演講中伯元先生吟誦了為臺灣師範大學23位老師所賦七絕92首，深深打動聽眾。會議期間，伯元先生還與南陽師院師生同臺吟誦，更是嘉惠大陸學子。

伯元先生的演講還介紹到讀研究生時按規定要圈點十部典籍，包括《說文解字》、《昭明文選》、《文心雕龍》、《詩經注疏》、《禮記注疏》、《左傳注疏》、《論語注疏》、《孟子注疏》、《荀子集解》、《莊子集

1　本文中的引文，除另標明者外，均出自〈求學問道七十年〉之演講辭。

釋》，而攻讀博士學位階段，圈點書籍的要求增加到全部《十三經注疏》和前四史。

這讓我想起自己讀研究生時老師規定必須圈點的是《說文解字注》、《廣雅疏證》、《毛詩正義》、《左傳正義》、《論語注疏》、《孟子注疏》。當時老師告訴我們，陸穎明先生當年從黃季剛先生學習，黃先生讓陸先生先買一部段玉裁的《說文解字注》自己圈點，陸先生完成後交給黃先生，不料黃先生二話不說，讓陸先生放下再去買一部來圈點，如是者三，才予開講。而陸先生終於成為研治《說文》最精深的學者。

兩岸的教學各具己色又一脈相承，都注重經典的閱讀圈點。如今電子手段發達檢索語料方便，但也易使學者漸忘圈點斷句功夫，則伯元先生的經驗彌足珍貴。

聲韻學訓詁學都是實用的學問，相當於古代的應用語言學。對於學習者來說，其掌握的過程就不能僅僅通過理論知識的瞭解，而是須要一定的實踐。伯元先生演講中提到大四時曾依老師要求仿黃季剛先生《聲經韻緯求古音表》，「以聲為經，以韻為緯，按著聲母與各類韻母的開合洪細，分別填入」，「花了一個星期，幾乎沒有睡眠，畫出來了一張表，並把《廣韻》二百六韻之韻字及其切語分別填入其中。」因為完成了這張〈廣韻聲韻類歸類習作表〉，林尹先生認為伯元先生學有所成，而介紹他到東吳大學教聲韻學。

這又讓我想起念研究生一年級時，老師佈置的寒假作業也是做一個韻表，將《說文》所收字按黃季剛先生二十八部為經，十九紐為緯，再將每字的篆文和甲金文（如果有的話）以及大小徐並《廣韻》反切都填入表中。我在沒有暖氣的安徽老家戴著露指手套花了整整一個寒假做完了作業，完成後感覺跟沈兼士先生的《廣韻聲系》有點兒異曲同工，這兩大本韻表在我後來的古漢語教學中發揮過很大功用。

可見兩岸章黃後學走的確實是同一治學門徑。我在今年北京師範大學珠海校區開學典禮的致辭中提到：「跟其他學校相比，師大的學風特別樸實。比如我所在的中國語言文學學科，有的學校善於闡發各類理論，而我們的師生卻更能真正講清楚一句話一個字的準確意義。顯然，在努力還原文學和語言的原貌後，理論才有根基也會自然生出。」其實，這種樸實求真的學風，就是章黃的傳承。由吟誦而貼近傳統，經實踐而學以致用，才能真正有效習得養成能力。所謂「大學之教也，時教必有正業，退息必有居學。不學操縵，不能安弦；不學博依，不能安詩；不學雜服，不能安禮。不興其藝，不能樂學。故君子之於學也，藏焉修焉，息焉游焉。」[2]就是認為知識和能力的養成，不僅要有理性的認知，還要通過感性的體驗。所以伯元先生將林尹先生讓他記誦熟悉《廣韻》反切上下字視作度人金針，伯元先生以自己的實踐經歷給了兩岸學子巨大啟示。

二　師生傳承

伯元先生的演講題為「求學問道」，而內容卻大多是講七十年裡包括父親在內的師長的引導教誨。這固然貫穿著知恩圖報情懷，也展示著文化傳承的優良通道。我們可以從中體味到師生的緣分，傳薪的自然，教學的互成。

伯元先生演講裡說之所以走上國學研究這條路，是由於高三時看到報紙上有一場關於繁簡字的討論，因而瞭解到潘重規先生的學問造詣與師承淵源，而潘先生時任臺灣師範大學國文系主任；同時，又聽到父親「說科技不行，可以外求，而文化文學乃我們立國的精神，這

2　見《禮記．學記》。

是不能求之於外人的。」於是高考的第一志願報了師大國文系而以第一名得取。伯元先生父親的話，讓人想起章太炎先生的話：「夫國學者，國家所以成立之源泉也。吾聞處競爭之世，徒恃國學固不足以立國矣，而吾未聞國學不興而國能自立者也。吾聞有國亡而國學不亡者矣，而吾未聞國學先亡而國仍立者也。」[3]雖然伯元先生說他「當時對章黃的大名也是十分陌生的」，而從父親承繼的以立國精神為志願依據的選擇，卻與章黃以國運為己任的精神完全一致。這樣的抱負，與當今考生志願選擇更多著眼於日後生計真是不可同日而語。

而伯元先生與潘重規、林尹等老師的師生緣，其實也建立在這樣的力圖為國為民出力獻身的共識之上。師生的投緣，由共同的志趣而日益堅固，也因不懈的追求而習與性成薪火相傳。伯元先生說：「我們讀大學的時候，從系主任潘重規先生起，在上課的時候，都勸我們讀《資治通鑑》，……在大學四年中，把《通鑑》讀完，對我學問的進益，也是難以估計的。」並且在讀的過程中但有感想就仿司馬光用文言文寫作議論，從而「奠定了我的文言文寫作的基礎」。鑒於自己學習期間曾有這樣的獲益，伯元先生在擔任中國文化學院中國文學系教授兼系主任期間，也就提出「要求系中學生，在四年之中，需圈點完《資治通鑑》。」而後來也有畢業的學生來信，告之為自己能在伯元先生指導下讀完《資治通鑑》，做完其他大學畢業的學生不曾做的學問而感到驕傲。這種從自己師長那兒得來的有效學習經驗，很用心地轉化為伯元先生教授後學的途徑，薪火傳遞自然天成，其實就是度人金針。伯元先生還說：「影響我最深遠的老師就是林尹景伊教授」，「林先生教大一國文，教完一課，必令學生背誦」。雖然伯元先生在演講中沒說他後來也要求自己的學生如此背誦，但從我接觸過的伯元

3 見《國粹學報》，1910年第5期。

先生的弟子們對傳統經典的熟悉看，伯元先生的教學應該也有過類似這樣的安排。

伯元先生演講中還提到自己詩詞創作的經歷，林尹先生曾教他：「要想把詩寫好，要多讀蘇東坡的詩。」伯元先生就把「蘇詩分韻類鈔，用毛筆恭楷抄寫，因為手寫得慢，眼睛看得快，手寫一遍，眼睛看了至少四、五遍了。我就用這樣一種極笨的辦法，抄完下平一先韻後，寫起詩來如有神助，就這樣我學會了寫詩。」這是多麼聰明的「笨辦法」呀！陸穎明先生曾告訴我們，黃季剛先生是天下最聰明的人，但卻肯下最笨的功夫圈點文獻校批經書。伯元先生正是以章黃樸實學風刻苦創作不懈。

2000年在瑞安出席孫詒讓研究國際研討會期間，一天伯元先生彷彿不經意地親口跟我說：「我已經把全部蘇詞都和完了。」當時我震驚得半天合不攏嘴，至今我也不知道還有誰能做到把蘇詞全部和一遍。在瑞安我陪同伯元先生一行尋訪了林尹先生的故居，之前曾是瑞安醫藥公司倉庫用房，據說之後闢為保護建築了，可惜我後來沒機會再去。伯元先生一行對林尹先生的敬重緬懷，深深印在我心中。

三　溝通兩岸

伯元先生曾任臺灣聲韻學會、訓詁學會、文字學會、經學研究會理事長，於學界交流多有貢獻。據我聞知，上世紀八十年代末，伯元先生在香港與許若石先生在香港相晤，知大陸已有訓詁學研究會，為方便兩岸訓詁學者的專門交流，伯元先生回臺灣發起成立了訓詁學會。之後，兩岸的訓詁學者頻頻互訪，參與對方的各類學術活動，共同促進著當代訓詁學的發展。我自己就多次赴臺參加過學術會議，受益良多。而伯元先生也為兩岸學術交流在大陸的《中國語文》、《語文研究》擔任編委，還在詩經學會和南陽師院擔任顧問。

兩岸的學術習慣包括開會的形式各有自己的特色。2006年，我在臺北參加漢字文化節研討會，研討會主題為「正體字與簡化字的全方位對話」，我在會上發表了一些跟與會學者不一樣的見解，講完後正擔心不被接受，時任臺北市文化局局長廖咸浩教授卻說聽了朱先生講的，我們的研討會確實有點兒像「對話」了，並希望我再多講一場。而當有聽眾向我提問「罄竹難書」是什麼意思時，主持人董鵬程先生悄悄拽了拽我衣服，低聲跟我說這裡面有故事，避免了我的尬尷。

伯元先生說他走上國學研究之路與高三時看到報紙上關於繁簡字的討論有關，言語之間顯露出是支持潘重規先生的。那次研討會上有聽眾質疑簡化字「爱」無心，我就說其實《靜女》裡「愛而不見」也不是關愛、熱愛。當時伯元先生笑瞇瞇地說：「《說文》裡的愛是『行皃』，也與心無關。」給我以支持。這些學者的溫文爾雅，確實顯出與大陸不一樣的風格。那次會議上我還得到了一張李鍌先生和伯元先生主持編寫的《異體字字典》的光碟，對我後來的工作頗有裨益。

兩岸同一文化的不同風格其實彌足珍貴，對青年學子更有價值。為此，自2014年開始至2019年新冠疫情出現為止，我每年暑假帶臺灣的大學生來大陸，寒假帶大陸的大學生去臺灣，分別體驗對方的中華文化。在大陸去河南體驗漢字文化，去河北、北京、山西、陝西、寧夏、甘肅體驗長城文化，去雲南體驗民族文化，去北京、河北、山東、江蘇、浙江體驗運河文化，去浙江、安徽體驗筆墨紙硯文化。在臺灣則體驗了茶文化、志工文化、原住民文化、文化創意文化、社區營造文化。兩岸源於一脈而豐富多樣的文化樣本，使參與體驗的學生多有收穫。這些工作實際上都是以伯元先生等前輩師長努力促進兩岸學術交流為榜樣而萌生的。

我心中的伯元先生，既是給我無數關愛和教誨的師長，亦是這演講中那由跟隨父親吟誦詩文出發而不懈努力終致蜚聲學界的巨擘，更是傾情竭力促進兩岸交流共進的智者。伯元先生的演講，在兩岸學子中播下了一顆種子，那是善良的種子，是充滿人性光輝和學術智慧的種子。期待這些種子，結出更豐盛的果實。

陳新雄先生的傳統學術人格對我的影響

施向東
南開大學漢語言文化學院教授

摘要

陳新雄先生是一位具有傳統學術人格的現代學者。他在聲韻學、訓詁學、文字學等傳統文獻語言學研究方面的造詣和貢獻是學界有目共睹的，他在培養造就新一代研究人才、推動海峽兩岸學術交流等方面所作的傑出貢獻也是廣受讚譽的。同時，他也是一位詩詞家，用古典詩詞的藝術形式吟詠性情，抒寫家國情懷，並以詩道施教。中國的傳統學術並不「重理輕文」，章黃風格既重視學術理論，也不排斥藝文。本文回憶與陳新雄先生交往過程的一些往事，深深懷念陳先生對我的教益與影響。

關鍵詞：陳新雄先生、學術、人格、教益、影響陳新雄先生離開我們已經十年了。但是他又並沒有離開我們。他的學術、他的為人，永遠留在了我的心底。他留給我們豐富的學術著作和出色的詩詞篇章，字字句句，透射出他嚴謹而又深邃的精思，散發著他灑脫而有法度的風格。在他的身上，我看到了一位現代學者的傳統人格，一種章黃學術發揚光大者的時代風貌。

我與陳先生的初次交集是在1990年。那一年，陳先生在香港浸會學院與中文系主任左松超博士一同發起舉辦中國聲韻學國際學術研討會，這是第一次囊括海峽兩岸和世界各國學者的音韻學學術會議，我有幸忝列在被邀名單之中。這是我初次聽說陳先生的大名。可惜的是，由於某些原因，我的赴港手續辦得非常艱難，直到會已開完，簽證還是沒有辦下來。這次會議雖然沒有去成，但是從此我就開始關注陳先生的事蹟和著述，期盼著能夠有一天，有機會向陳先生當面請益撥疑。

機會很快就來了。第二年的十一月，中國音韻學研究會和華中理工大學中國語言研究所在武漢召開了漢語言學國際學術研討會，我參加了這次會議。在報到的當天，我就見到了率領一眾臺灣學者來與會的陳先生。心中仰慕已久的陳先生，在學界聲望卓著，著作豐茂，桃李遍佈的知名學者，卻原來是那麼平易近人，和藹可親，絲毫沒有「大人物」的架子！聽了我自報家門後，陳先生詢問我去年香港的會為什麼沒有參加。我一個初出茅廬的學界新手，陳先生還記得邀請過我與會的事，讓我深受感動。陳先生拿出他的《音略補正》和《六十年來之聲韻學》兩本著作，在扉頁上題了字贈送給我，尤使我心中溫暖。跟隨陳先生一起來武漢參加會議的李添富先生等年輕學者很快就跟我搞熟了，從交談中，我很快就瞭解到了陳先生方方面面的許多事情，從他的學術主張到主要論著，從他的尊師重道到教書育人，從他在臺灣地區聲韻學乃至文字學訓詁學界的巨大影響力號召力，到為推動兩岸學界交流而付出的巨大努力。晚上，我們這些年輕人還在報到大廳裡興奮地交談著，這時，陳先生來到我們中間，朗聲說道：「『夜永酒闌，論及音韻。』（按：語出陸法言《切韻序》）談論聲韻學，沒有酒怎麼可以？」說著就拿出一瓶酒來請大家小酌。陳先生的幽默雅趣一下子拉近了我們之間的距離，會議還沒有正式開始，學術交流之泉就已經在汩汩流淌了。

第二天正式會議上，陳先生宣讀了〈今本《廣韻》切語下字系聯〉一文，並填「畫堂春」詞一闋，當場吟哦：「乘風萬里踏清波。漢川岸，共研磨。論音析韻語如梭。相對聆聲歌。　　靄靄群峰聳翠，洋洋流水齊和。匆匆三日聚無多。來歲渡黃河。」我沒有想到陳先生除了學術才華出眾，詩詞的才思也如此敏捷。這跟我認識的大陸的許多從事語言學研究和教學的學者不大一樣。在大陸的高等學校裡，中文系宣稱不培養作家和詩人，許多教師對不會做詩和寫古文也不以為意。似乎寫古文、做舊體詩充其量不過是雕蟲小技，並且是一種過時的行為。這使我不由得想起了蘇軾的〈浣溪沙〉詞中的一句：「先生元是古之儒」。陳先生真是一位有著古儒者風骨，或者說傳統學術人格的現代學者。後來我漸漸知道，陳先生非唯學術泰斗，淹貫經史，誠亦詩壇鉅子，文采風流。他在課堂上不但講聲韻學、訓詁學、文字學，還講東坡詩、東坡詞、詩經。他的古典詩詞作品就要彙集成冊，還打算走遍神州大地，和遍東坡樂府，創造一段文學史上的佳話。

1993年，我到武漢參加中國海峽兩岸黃侃學術研討會，有幸又見到了陳先生。在論學之暇，同遊漢上琴臺，陳先生用東坡〈鷓鴣天〉（林斷山明竹隱墻）原韻作樂府，記載了兩岸學者在武漢共同探討繼承弘揚黃季剛先生學術思想和成果的盛事（見《伯元倚聲・和蘇樂府》，188頁）。我與會感觸良多，不揣冒昧，作了一首五言古詩呈陳先生斧正，蒙先生不棄，嘉勉再三。且親濡翰墨，手書和詩條幅贈送給我（見《伯元吟草》，422頁）。更令我意外的是，先生回到臺灣以後，又重新書寫了和詩條幅並鈐印之後，託李添富學兄為我寄到了天津，以彌補武漢之行時沒有隨身攜帶印章的遺憾。陳先生作為臺灣地區章黃學術的重要傳人，是我一個後生末學的前輩師長，而在事關學術、文風和自處、待人的態度上卻是那樣真誠嚴謹，一絲不苟，這對我心靈的衝擊是非常巨大的。自此之後，我與陳先生的交往聯繫不斷，經常能够受到他的直接或者間接的教益，陳先生的傳統學術人格在我的眼中和心中逐漸地清晰完整並不斷升華，對我產生了潛移默化的影響。

2000年，在陳先生的支持下，臺灣聲韻學會邀請包括我在內的大陸學者一行6人赴臺參加第十八屆學術研討會。我在會上報告了論文〈古籍研讀札記──漢藏比較與古音研究的若干用例〉，交流了利用漢藏同源詞比較的方法解釋古籍閱讀中疑難問題的一些心得。陳先生在講評中肯定了這種將漢藏比較方法引進音韻學、訓詁學研究的嘗試，同時也對我論文中的一些看法給予了中肯的批評，提出一條原則性的忠告：「古籍研讀中，凡是古注持之有故言之成理，在原文中完全說得通的地方，提出新說時要特別慎重，防止更張過甚。」陳先生的肯定、批評和忠告體現了他的求真務實的治學精神，既不因循守舊，不敢越雷池一步，又不師心自用，泛泛作無根之談。這是章黃學派一脈相傳的既善於繼承，又勇於創新的學術風格；也體現了他對後學的熱情扶持和嚴格要求的為師之道。陳先生的這次講評在我心中留下了深深的烙印，成為我讀書、思考、研究問題的座右銘。

陳先生的學術造詣卓然名家，但是他為人溫文爾雅，待人謙和誠懇，即使是學術討論中有不同意見，也是娓娓道來，以理服人。在一些問題上常常是很寬容的。有一件事我至今難忘。那是1998年在長春參加中國音韻學研究會年會，又見到陳先生，當面請益，所獲良多。會後有白頭山天池之遊。我寫了一首小詩呈陳先生請求斧正：「楛矢朝周覓舊蹤，風光此地恁蔥蘢。重巒霧鎖深深碧，村瓦林遮隱隱紅。松陣戛雲來霽色，嶺寒催雨挾長風。白頭天女參差在，妝鏡羞開照玉容。」陳先生看了說詩寫得還不錯，但是不能和我。因為此詩韻腳一東二冬混押，如果步韻和詩，就違反了自己做詩的原則。我是贊成改革押韻的，所以不嚴守平水韻，陳先生不苛求我，但是對自己則不肯打破近體詩押平水韻的原則。這跟陳先生在學術研究中一貫的作風一樣，堅持自己的學術底線，對不同見解則採取理解和寬容的態度。

但是在事關大是大非的問題上，陳先生卻是剛直不阿，毫不妥協。本世紀初，一位名氣頗大的華裔學者在香港發表了一篇講話，對章黃學派乃至乾嘉學派大師王念孫多所貶抑，在兩岸學界挑起了一場論爭。陳先生不能容忍這種對乾嘉已還乃至章黃學派的無端指責，在《語言研究》雜誌2003年第一期上發表了一萬八千餘字的長文，對該篇講話中武斷失實、違背學理之處提出質疑，用確鑿的文獻材料加以駁正。這不是僅僅為了維護師門尊嚴的狹隘的意氣之爭，而是為了維護學術的尊嚴，表達對乾嘉章黃學派語言學研究成就的實事求是的尊重。

陳先生在傳統小學領域學養深厚，但是並不妨礙他對新理論和新事物的敏感和開放態度。比如對於上古漢語中複輔音聲母的問題，他在1978年發表的〈酈道元水經注裡所見的語言現象〉一文中，就用現代語音學及歷史語言學關於語音演變的理論，對《水經注》裡蘊含的許多複聲母線索加以發掘，梳理出8條上古音遺留複聲母的證據。他還和林尹先生共同指導了竺家寧先生的博士論文《古漢語複聲母研究》，這是最近半個世紀以來海峽兩岸第一篇關於複聲母研究的博士論文。還有，他以五十多歲的年齡自學電腦，不但可以流利地打字寫作，還能熟練地使用數據庫程序整理語言材料來輔助研究。當他自豪地告訴我這一點時，我既驚異又慚愧，真佩服他總能站在時代的潮頭，給我們這些晚輩作出表率。

回顧三十年來跟陳新雄先生交往的點點滴滴，陳先生的音容笑貌長在身畔，猶如春風化雨，時時滋潤心田。一位學識淵博，見解卓越的學者；一位循循善誘，誨人不倦的師長；一位激流勇進，永不落伍的達人；一位把酒臨風，氣壯山河的詩人。集傳統學者風骨和現代學人氣場於一身——這就是我心中的陳先生。

關於國學教育的討論
──《萬里飛鴻尺素書》述略

聶振弢
河南省南陽師範學院教授

摘要

本文內容主要敘述伯元先生與振弢知遇之情，從相互魚雁往返中，可見伯元先生對國學教育的重視，以及選定南陽為基礎教育根據地的過程。振弢將與伯元先生辭世前八百八十三天中的通信，編輯成《萬里飛鴻尺素書──伯元先生最後的通信》，而本文即選輯其中重要的幾段篇章，從伯元先生「華夏精神，傳承當在吾人手」、「七七生辰餘一事，中華經藝要相傳」的詩詞中，均可見伯元先生對於國學教育的念茲在茲。因此特於伯元先生逝世十週年的研討會上發表這篇論文，期許陳門弟子能傳承並弘揚中華優秀傳統文化，也再次向伯元先生強調「誓必辦成辦好南陽語言文化學院」之承諾。

關鍵詞：國學教育、南陽、通信、中華文化

1991年，武漢華中理工大學中國語言研究所，舉行首屆「漢語音韻學海峽兩岸學術研討會」。會上，陳先生即興賦詩吟誦，語驚四座。會中陳先生與唐作藩等大陸上幾位音韻學大家在黃鶴樓喜結金蘭，成為學界佳話。此次大會認識了陳先生，此後多次參與海峽兩岸的學術會議，深感清末民初的國學殿軍是章太炎、黃侃，而當代的國學殿軍就是陳新雄伯元先生。

2010年，獲知伯元先生肝臟呈現兩個腫瘤，深感應儘快舉行一次由先生親自參與的學術會議，於是就在南陽召開了「陳伯元先生文字學、音韻學、訓詁學國際學術研討會」。兩岸三地與歐洲、美洲、東南亞、韓國、日本學者百餘人參加了會議，先生臺灣賢門十數人參加會議。先生讚歎南陽為龍飛之地、中興之地、燭光飛榮之地，固有文化當由此復興！此話令振弢耿耿於懷，沒齒不忘。2012年8月1日先生不幸辭世，振弢有幸於當年9月28日赴臺灣為先生送行，走前將數年來振弢與先生通信，集成《萬里飛鴻尺素書——伯元先生最後的通信》。

此書所輯，為伯元先生2010年2月17日至2012年7月17日最後八百八十三天中與振弢往來之通信。先生賜書一百零五函，振弢復書六十三函，共一百六十八函。先生信後附檔所寄文章六篇：《文字學自序》、《莆田黃天成教授九十壽序》、《文化承傳與小學語文教材》、《求學問道七十年》、《繼往與開來——成立國學院與強化編譯館》、《南陽語言文化學院附屬小學開學賀詞》等。

詩一百六十八首：《高山仰止景伊師》一首；《師大名師贊》九十二首；《論音絕句》四十四首；感懷、贈友、唱和、記遊三十一首等。詞二十四首。聯語五十四副。

此函、文、詩、詞，實為先生炬燭殆盡之時，對振弢等、對南陽、對中國學界最後之諄諄教誨、切切囑託！

2010年初，為舉辦陳伯元先生文字音韻訓詁學國際學術研討會，向先生發出邀請，先生復函曰：

> 承盛情以我之名義舉行學術研討會，身體無恙，一定參加。茲將回執，依樣填寫如下……

賜函發於2010年2月17日，即本集先生之第一通函。接先生賜函，不勝欣喜，遂拜復先生曰：

> 先生為當今國學大家，成就之鉅，影響之廣，為大陸學界所未有：天之未喪斯文，往聖絕學有繼，實乃學術之大幸，吾國之大幸也。故數次與李兄添富先生商討，擬在中原文化名城南陽，為先生之學術建樹，舉行一次研討大會。春節前後，振弢與有關學者相商，屆時擬請中國語言學會、中國訓詁學會、中國音韻學會、中國文字學會、中國社會科學院等單位以及京、津、滬、渝、漢、廣等地學者參與盛會。此舉必將對國學之研究，學風之建樹，有所鼓勵，有所推進，亦為惠我一方之學界大事也。

先生旋即復函曰：

> 弟定應邀前來南陽與先生共同發揚中國文化與中國文學。弟以為個人之生命乃屬有限，學術影響方為無限。以是之故，弟之一生亦矢志發揚中國學術，並傳之於生徒。

附檔寄來長詩《高山仰止景伊師》、文章《文字學自序》、詞《虞美人・文字學一書殺青贈榮汾弟》。時為3月5日也。

此後，鴻雁頻來。至會前拜接先生寄來大會主題報告《求學問道七十年》，反覆展讀，感慨不已！先生問道治學之法，傳薪授徒之教，數十年來，大陸之大學文科特別是中文系教學，實未嘗一見也。先生所道，皆問學之不二法門，治學之經典之言也。此正是今日大學通識教育之大缺失者。

10月21日至25日，南陽會議圓滿結束。振弢送先生并門下諸賢至鄭州機場。先生往矣，楊柳依依，離緒滿懷，含淚擁別。

先生返臺後於26日、28日接連兩番賜書，附詞二闋：

> **定風波・南陽國際學術研討會贈聶公振弢**
>
> **——用山谷〈把酒花前欲問溪〉韻**
>
> 萬里飛來白水溪。南陽勝景早銘碑。且喜聶公人未老。人道。投糶振臂正當時。　　欲共先生斟綠醑。細訴。論文樽酒日斜低。情結長年終不斷。請看。君從東往我來西。

> **定風波・振弢先生送至鄭州機場擁別**
>
> **——用山谷〈小院難圖雲雨期〉韻**
>
> 相擁重圖結後期。梅花開後再開時。結伴遊春隨水去。莫誤。應看婀娜綠雲垂。　　君意何勞重囑咐。眷顧。般般情意展雙眉。國學千般妍與媚。當記。與君攜手共騰飛。

振弢於11月3日復函曰：

> 先生不計南陽偏狹，敝校卑小，更不棄振弢愚魯，欣然率門下諸賢前來與會，實南陽空前之盛舉，亦弢等最大之榮光也！聞

先生尚未去過新疆，相約待先生平復，選一暑假，同往一遊，信可樂也。

和先生賜詞曰：

定風波・敬和伯元先生〈南陽國際學術研討會贈聶公振弢〉

師友流觴白水溪。南陽盛會可銘碑。薪火相傳永不老。競道。國學重振正當時。　　夫子真經如美醑。莫訴。岱宗梁父自高低。往聖血緣豈可斷。且看。月華日景照東西。

定風波・敬和伯元先生〈鄭州機場擁別〉

相約來年再會期。同遊西域看天池。萬里新疆當一去。莫誤。風情萬種醉邊陲。　　難忘別時互囑咐。頻顧。有期後會應舒眉。無限春光正豔媚。須記。風雲際會看龍飛。

先生當即賜函曰：

接獲回音，至感快慰。古人云：「得一知己，可以無憾矣。」先生可謂弟之知己也。南陽之行，獲益良多，可惜因服鎮靜劑過量，未能和與會諸君把臂交談，坐失良機，至為可憾也。先生所言「學術之盛衰關乎國家民族之盛衰」，弟衷心佩服，而平素所行，亦以此為目標，以盡其匹夫之責也。

此後，又書數函往來，至12月17日，先生賜函附寄大文《莆田黃天成教授九十壽序》，先生述評尊師黃老行狀、學術，辭華都麗，光霞燦然。其對莊子內七篇內容之總結，尤為精彩，特錄如下：

莊子思想之精華，盡在內七篇之闡述。逍遙遊者，欲隨心所欲，所謂之真自由也。齊物論者，欲泯滅是非，所謂真平等也。養生主者，欲順其自然，所謂重衛生也。人間世者，能隨變所適，不荷其累，所以論處世之道也。德充符者，言雖與世俗處，而不敖倪於物，以精神為主，所謂德充於內，應物於外者也。大宗師者，以天地之大，萬物之富，外物之累，嗜欲之情，莫不以無心為宗為師也。應帝王者，以忘形骸，外死生，無終始，無心而任乎自化；行不言之教，以無為之治，使天下之人，忘物我之別，去是非之見，始可以治天下，以應帝王也。

一部汪洋恣肆之《莊子》，先生略略數語，其玄幽渾博之內涵，迎刃而解，真如神化之庖丁也。

南陽會議前後，振弢受教於先生，即決心辦一傳統語言文化學院。於南陽北郊觀山之陽，卜一佳處，辛卯正月初六，破土興工，函報先生曰：

弢等欲建之學校，山松蔥蘢，湖水如鏡，上世紀末已有人在林中隙地建別墅十餘所，大有「苔痕上階綠，草色入簾青」之趣。當地政府與民眾為支持辦學，已將十餘所別墅廉價轉售給學校。掃除乾淨，即可入住。山亦不高，水亦不深，長草豐茂，嘉木成林，仁者居之，熏風甘霖，翹首以盼，先生光臨，奉侍左右，時聆雅音，求道得道，實獲我心！

旋接先生復函曰：

讀　來函知為中國學術文化奔波宣勞，無任佩服。竊私下以為

> 中國之國文程度日益低落者，五四以後諸君子改革語文教育有以致之也，以今人所編毫無內含之所謂課本，硬以填鴨式教育貫注於小學諸生之身，其無效果，故已顯然，非主持高等教育者有大魄力，能作改進，則要求國文教育進步，殆緣木求魚也。
> 語言學院已卜吉地，山不在高，有仙則名，水不在深，有龍則靈。先生一身，以發揚學術，維護文化為己任，則兼有仙龍之勝概也。
> 弟留美兩年正積極尋求醫療，盼兩年後，身體稍稍復原，追隨先生之後，為固有文化盡其綿薄，庶附驥尾以揚名聲，則不忝於所生也。

附檔寄來《文化承傳與小學語文教材》宏文，先生之教誨獎掖，令弢難已奮激之情，奉復先生，曰：

> 古來「亡羊補牢」之教，亦吾民族不滅所賴精神之一端也。亡羊之實，令人疾首痛心，而補牢之功，吾儕曷可放棄！　先生函示：「非主持高等教育者有大魄力能做改進，則要求國文教育進步，殆緣木求魚也。」所言極是！弢以為，　先生當今鉅子，賢門如雲，流派湯湯，實天之未喪斯文也！學術之大幸也！仰盼　先生早日康復，嵩嶽矗乎天中，大纛揭乎周原，吾國文化之復興，吾民文明之進步，大有望也！弢將追隨先生，鞠躬盡瘁，一力為作，不知老之將至，尚思為霞滿天也！

先生之《文化傳承與小學語文教材》實為基礎教育建設之綱領。弢意建一「師範小學」，以「集中識字，經典啟蒙，詩誦入教，禮樂並興」為方針，繼之初中、高中，以經典古文二百篇為量，熟讀成誦，與來日之南陽語言文化學院相輔以成，實為吾鄉教育之大端也。

前此，先生七十又六華誕，弢藉于公右任聯語「聖人心日月，仁者壽山河」，書壽聯一副，奉上先生、師母。先生賜函曰：

> 今晨綠衣使者送來大箱包裹，揭開一看，赫然吾兄所書右老佳聯先入眼，「聖人心日月，仁者壽山河」聯，當年右老親書贈弟先岳父監察委員葉公時修，經常張掛於客廳，十分眼熟。後此聯為內子姑父取去，則久未之見矣。不知先生從何處見之。先生所書此聯及壽屏，不僅功夫深，尚富靈氣，方克臻此也。看先生書法，方知東坡詩所云：「退筆如山未足珍，讀書萬卷始通神」之真意所在矣。

弢即奉復曰：

> 于右公所書聯語，弢見之於南陽仲景堂楹柱，惟感右公之天地境界，大家氣象，筆墨文章，家國情懷，非常人所可企及。弢意此聯，唯　先生堪當。故敬錄以奉　先生、師母。不意竟為於右公書贈葉時公者！如此巧合，豈非天賜之緣分，三生之造化耶！奉上　先生、師母，唯抱景仰之心而不計工拙妍媸也。坡翁「退筆如山，萬卷通神」之語，弢何敢當之！謹藉加勉，以報　先生錯愛之深也！

辛卯端陽，弢以先生《和蘇樂府》中《好事近．甲戌端午用東坡湖上雨晴時韻》奉和一首，以祝佳節。先生次日即賜函曰：

> 南陽自古為漢文化中興之地，光武龍飛，前代之明徵，今又得

先生之戮力從事，如能竟其功，真我中華文化復興之機運也。新雄不敏，將以有生之年，追隨　先生之後，務使「師範小學」集中識字之教，能付之實現，使為神州之表率，華夏之冠冕，則雖死之日，猶生之年也。

并云：

惟弟和山谷詞至其《鼓笛令》第四闋，正苦無題可賦，今接先生來詞，遂以此奉和。茲錄於下：

鼓笛令・辛卯端陽謝振弢先生賜詞賀節
——用山谷〈見來便覺情於我〉韻

初見便覺情於我。人間世，知音莫過。屈子投湘節遠播。歎詩苑、幾經研磨。　　不計年齡老大。從今後、君唱我和。流水高山音嬝娜。振興時，眾人齊賀。

山谷此詞以方言入詞，且多俗語，其難入手。今得先生詞，勉強為之，亦助我過一關也。時為6月7日也。

此後，許久未接先生來函，心甚惴惴，挨至7月17日發一長函，報告南陽語言文化學院附屬小學成立與大學建設進展情況，敬請先生屈就小學校長與大學榮譽校長之位，請求先生題寫校名，并奉和先生〈鼓笛令〉，詞曰：

蒼天賞賚實多我。三生幸，宮牆拜過。夫子神州聲韻播。詩書禮，切磋琢磨。　　國學精深博大。先生唱，生眾齊和。韶奏鳳鳴音嫋娜。鴻儒會，米茶相賀。

「米茶」二字為馮友蘭八十八歲壽辰自書聯語並贈金岳霖先生（馮先生與金先生同庚）云:「何止於米，相期以茶。」自注曰：

> 日本人稱八十八歲為米壽，一百零八歲稱茶壽。米字為八十八，茶字為八十八再加廿年也。弢以此敬祝　先生、師母健康長壽，辭達而已！

多日未聞先生音信，繫念深深，7月18日中夜（華府之中午也），弢以電話致詢先生健康狀況。次日即得先生來函，曰：

> 接聽遠自南陽而來之關切，心頭溫暖，旋滿全身。而於教育問題，得一知己，尤為振奮。國學之復興，猶如光武之白水，可能皆當興起於南陽也。

此函於21日方得拜收，原是先生電子信箱出了問題。而弢17日之奉函，先生亦於21日方才看到。旋即賜函曰：

> 接讀　手教，病若減輕，昔曹操讀陳琳檄文，瘉其頭風，蓋專心於此，而忽忘其痛苦也。弟今亦然，專心讀吾　兄來函，病狀亦似減輕矣。
>
> 附檔賜詞一首，詞曰：
>
> **采桑子・賀南陽語言文化學院落成**
>
> 語言文化相思豆，人莫忘歸。暮鼓敲時。自有青衿香滿衣。
> 南陽白水開氣象，指點癡迷。不管東西。重振吾華手應攜。

先生於7月20日親署南陽語言文化學院并附屬小學校名，賜函曰：

> 接廿三日　手教，有意欲弟書寫校名，　先生誠摯，不便堅辭，因信手書一紙，自覺尚能順手，故即以此張為本，未曾再寫，以保其真。校名中有兩「學」字，煩請　先生一擇之，相片本身看來不太清楚，原件明日交郵局寄發，大約十天左右可抵達。除校名外，另有采桑子二闋，一以賀學院落成，一以贈我公。

先生親筆題寫之校名一幅并兩幀〈采桑子〉，一為〈語言文化相思豆〉，一為〈聶陳相聚如蘇李〉，今已為先生之手書絕筆矣！

7月25日，先生賜函，云臺灣藏書毀於白蟻：

> 儲藏《說文解字詁林》之一架，全部蛀毀，尤可惜者，弟初從林景伊師習《廣韻》、《說文》二書，亦均遭侵毀，此種損失，實無可補償者也。

并賦詩一首，詩曰：

> 昔日收藏真不易，今朝毀去亦非難。
> 天公不欲余多讀，病體何妨冊止觀。
> 經史尋來腴至理，文章寫後有餘歡。
> 夢回羈旅饒幽意，莫再吟詩損肺肝。

附贈丁邦新并序，詩曰：

與君名字兩同新。轉眼俱成歲暮人。
平仄尚能隨你我，縱橫不復費精神。
論音昔日為知己，述學如今怎激塵。
但願門前諸俊彥，此生相繼莫沉淪。

弢於8月8日先生手書條幅〈采桑子‧聶陳相聚如蘇李〉奉和一首，詞曰：

陳公引領植桃李，文苑英華。肇自塗鴉。且看春來處處花。
心懷化育君休笑，何可攔遮。幸遇方家。鞠躬盡力你我他。

賦詩一首奉達先生：

先生學術發章黃，萬卷詩書腹內藏。
朗朗光風明霽月，湯湯流派湧長江。
甘霖幸降乾枯地，大道即通窮陋鄉。
小小蟻蟲知此義，欲搬衡嶽到南陽。

更和陳先生贈丁先生詩一首：

二公雅號兩同新。皆是南陽仰止人。
萬里星空耀箕斗，千年文化賦精神。
文章述作自傳世，霽月光風不染塵。
國學復興最亟務，還須攜手救沉淪。

旋接先生來函，示意將藏書捐贈南陽語言文化學院，并賜詞曰：

賦鷓鴣天・夢到南陽講學——用山谷〈聞說君家有翠娥〉韻

夢赴南陽不畏峩。人間歲月已無多。

平生心意今將現，快把光陰擲玉梭。

中州地，古井波。從今處處更賡歌。

黃鍾大呂重來聽，把酒看花莫廢哦。

2011年9月1日，南陽語言文化學院附小開學，奉書報告先生，并賦詩一首，仍用先生贈丁先生詩韻：

先生大道致民新。松柏長青不老人。

文化承傳約你我，詩詞酬唱勵精神。

鳳凰鳴矣呼知己，騏驥馳兮揚後塵。

重振斯文育俊彥，宗師一語起沉淪。

先生9月6日賜函二通，言身體不爽，即赴醫院就醫，而附檔寄來〈致南陽語言文化學院附屬小學開學賀辭〉，竟為數千字之長文！

先生另賜詩一首：

興學南陽事業新。所欣因得道同人。

縱然老去心猶壯，念及將來筆有神。

學子莘莘初發軔，斯文朗朗可揚塵。

與君攜手千山外，終見他年起隱淪。

弢拜讀來函，感慨萬端，奉書拜謝先生，曰：

先生前函曾示九月三日即赴醫院就診。接六日長函，方知　先生竟推延數日就醫，抱病勉力書此長函，寫迄發出，已至中夜──南陽正午，美國之子夜也！　先生燃燒生命之火炬，以照亮中原之小校，嘔心之教，弢等何敢忘之！

先生《賀辭》實一教育之鴻篇大論，全體教師共同展讀──集中識字，經典啟蒙，識文習字，讀寫分途，詩文吟詠，精熟成誦，文白相輔，培養語感，奠其根基，正其文風，續斷繼絕，再育長材──此實教學之大綱，亦辦學之大綱也。先生諄諄教誨，全校教師員工如沐春風也。弢意為　先生之於經學、文學、音韻學、文字學、訓詁學、詩學、詞學、文章學、教育學皆有極高造詣，嵩嶽巍巍，可瞻可仰，實應建一「伯元先生研究院」，以便對先生學術成就深入研究，於豐富吾國學術，嘉惠當代學界，實一豐功也。

并感而賦詩曰：

一封華翰到南陽，丹桂花開滿帝鄉。
白水東流煙柳重，青山北望霧松長。
二南風雅長傳誦，三漢雲龍此發祥。
天教斯文自宛作，陳公慷慨授金方。

先生9月14日賜函曰：

奉讀　來函，令人振奮不已，傳自先師之教育思想，得從南陽再度發軔，使中華文化復興，而有一線曙光，數十年來蘊藏內心之願望，得　兄等與南陽諸賢熱心推動，而終有實現之一日。弟從來未有像此時之強烈希望上蒼再加數年，讓我看到南陽之語文教育著有成效，中國文化展現強有力之生命力。明年暑假，弟若不是病得不能行動，定當前來南陽，與　兄等南陽諸賢詳為策畫小學、中學及學院未來課程安排、教育步驟。

9月15日再賜函曰：

將來南陽語言文化學院成立，將要成立多少系？我們只負責設計「中國文學系」、「經學系」、「語言學系」等，其他各系，尚需專人負責。一念及此，興奮未已。弟為徹底掌握吾　兄辦學理念，從昨天起，已將吾　兄來函自2011年7月21日起所有函件，納入「聶振弢先生來函」資料袋中，以免遺失也。而弟之復函，亦附驥尾，如此查索方便。

9月17日三賜函曰：

弟所思及者為中文系、史學系、經學系、語言學系、國醫系、沿革地理系、哲學系等，至於其他各系若美術系、國術系等可視情況再逐漸增設，弟以為若學院學生全由中學直升，課程按排，自然比較容易解決，例如可以於高中程度，開始講授文字、聲韻、訓詁等課程，奠定良好之語言學基礎……究竟當如何處理，似應未雨綢繆，事先考慮，此事可能望　兄多費精神，與南陽諸俊彥研討妥適。明年弟若能來南陽，盼能告知何時前來較佳。

9月19日弢奉復先生曰：

南陽氣候九月十月最為適宜。去年之會來去匆匆，鎮平、內鄉、西峽一線之秦楚故道、春秋遺跡未得一訪，另有淅川之丹江、鄧州之范公祠、社旗之山陝會館、方城之楚长城，新野之漢桑城、議事臺，皆未能一覽。弢望明年，　先生、師母與門下諸賢，緩轡而行，隨意息止，一一觀覽。待返臺之時，順道一遊襄陽、武當、武漢。武大、華科皆有國學院，　先生如有興致，做一兩次講演，以惠三镇，亦一樂事也。

函悉　先生將弢之短札專存一文檔，甚暖於心。弢原已將　先生自去歲2月17日所有賜函，令孫生軍奎特設一文檔，專存在案。　先生與弢之念默契如此，心有靈犀一點通，信哉斯言也！先生實為弢與南陽同仁之精神支柱，問學導師。　先生之健康，為一切事業之發端，　先生必以康復為要！來日方長，先生珍重，弢之至禱也！

先生9月24日賜函，教學內容籌畫則更為具體，函曰：

拜讀九月十九日來函，興奮不已。　先生規劃之旅遊途徑，實弟生平所嚮往者也。能賞宿願，幸何如之。

弟以為小學與初中九年最為重要，學生記憶力最強，應當多讀些有用之古典作品，甚至在初中時期，弟以為可令背誦《昭明文選》與《文心雕龍》，將來升入語言文化學院，其國學基礎，自不可同日而語也。此點可細加商討，看可否實施，當如何實施。經書弟以為可先讀四書，繼讀五經，《詩經》、《左傳》、《禮記》、《尚書》、《易經》外，可再加《孝經》。至於子書，《老》《莊》《荀》《韓》，應為基準，四史之中，亦可擇要傳授，特別《史》、《漢》二書。請先策劃，俟明年見面，再作詳細規劃。

10月5日，先生函告又歷險情，曰：

> 本週我又從鬼門關逃返……發現主動脈旁的血管瘤，當時大小約3-4公分，若超過5公分，可隨時破裂，大量出血，而有生命危險……當機立斷即時轉入 shady grove 醫院心臟血管科治療，裝了支架，解除了即時送命的危機。

附檔寄來〈繼往與開來——成立國學院與強化編譯館之我見〉。弢當即奉復曰：

> 拜讀　先生〈繼往與開來〉，知　先生七十年代初已经提出成立國學院之構想。耿耿赤心，天地可鑒，杲杲卓識，百年鮮有也。弢雖久有此念，而無　先生所思之縝密廣遠也。日本強國之經驗，大可取法，為吾用之。來日南陽語言文化學院，必使　先生之意，一一付諸實現，育出天下英才，何慮吾國燦爛文化之不興、中華民族不雄立於世界民族之林耶！

此後兩月，通信多為先生康復之事，弢詢之南陽中醫大夫，建議中西兼治，寄上中藥，以養氣生血，扶正祛邪。

十二月底，學院主樓竣工，寄上照片數幀，先生元月六日賜函并賦詩二首。函曰：

> 寄來南陽語言文化院校舍圖片，一一細加端詳，平地起高樓，對於吾　兄及南陽興學諸君子，從內心感到無任之欽佩。如果一切均能照吾　兄計劃順利施行，則我國文化復興為有日矣。雖在病中，而精神振奮不已，似已痊可不少。中國文化與文學

唯有我國人能明其振興之道，方能恢弘以往之榮境，如照一些留美留英之學者，只知去舊布新，凡舊有者不論其良窳，皆盡去之，凡新立者，不論其優劣，乃盡取之，殊為可悲也。

詩曰：

〈振弢先生賜閱南陽語言文化學院新建校舍照片感賦〉二首

一

學院風華一水清。悠閒巾履恣公行。

林邊花鳥參經語，湖裡龜魚識杖聲。

寄藥恰為求識己，論文偏喜老書生。

根源遠紹誠辛苦，我欲隨君擂鼓鳴。

二

一遊京洛久開思。慚愧生平國士知。

南苑張衡能作賦，天仙李白例窮詩。

欲追未了當年願，卻以無才遇數奇。

歲暮雪花飄四散，獨憐明爽敘恩私。

1月12日，先生賜函，附詞一首：

采桑子·贈聶公振弢──用山谷〈城南城北看桃李〉韻

聶陳相聚如蘇李，擒藻春華。老樹藏鴉。播種銜泥待發花。

與君擁抱長含笑，心熱難遮。知己誰家。攜手南陽你我他。

辛卯除夕，先生賜詞二首，以示賀年：

點絳脣．南陽興學──用山谷〈羅帶雙垂〉韻

華夏精神，傳承當在吾人手。莫拋紅豆。應為相思瘦。　　興學南陽，辛苦眉難皺。怎能夠。千巖獻溜。且舉迎風袖。

南歌子．歲暮有懷振強先生──用山谷〈槐綠低窗暗〉韻

群籍盈書架，丹心足啟明。使君興學約同行。令我一身猶似快舟輕。　　幸識南都客，相將把話傾。函中得訊便鍾情。堪比廿年宿醉酒初醒。

2月14日，強攜妻子向先生、師母拜年。附書曰：

近百年來，國人於吾國文化輕之賤之暴之棄之，以致幾代人不知詩書，不愛母語，不知吾國文化優秀之所在，不知民族生衍發展枝繁葉茂之所從來，此誠可為痛哭，可為流涕，可為長歎息者！唯斯之故，強久意在吾鄉之南陽建一學校，開一風氣，不計得失，不思成敗，一意孤行，一盡吾心而後已。奈何固陋卑微，難勝其事，長憂於心而無門可投也。上天厚賚，幸得拜識　先生宮牆，　先生以博大精深之學術，繼往開來之思想，昂揚振奮之精神，鼓之，勵之，引之，領之，此誠涸田之被甘露，長夜之見晨光也！有　先生思想精神之鼓舞，理論方法之指導，南陽承傳固有文化之杏壇，必高立於中原而響徹神州也！強與南陽同仁，畢力追隨　先生，鞠躬致力，以克其功。

旋接先生賜書：

添富自臺北電話中告我，語言文化學院全由　先生與南諸俊彥出資建成，尤為難能可貴，真期望上蒼仁慈，加我數年，令我與　先生敲敲邊鼓，完成振興固有文化之大任。

附寄詩一首：

〈**七十七生日感懷**〉

今時漸覺不如前。只有精神勝往年。

心喜南陽尊幼學，春臨人世欲回天。

商量培養規今昔，沉淪高明看後先。

七七生辰餘一事，中華經藝要相傳。

此後弢為學院申請報批之事，連月奔走，時向先生函報進程，先生隨時賜復，多有勸勉。至6月10日賜函曰：

從網絡與電視得知，大陸高考結束，不知南陽語言文化學院參加招生否？久無消息，故稍為探詢。

6月13日拜接先生賜書，曰：

弟極欲知曉　先生希望我何日抵達南陽。我於八月下旬返臺，稍為處理些事情，大概於八月三十日以後就可起程來南陽，到南陽應飛鄭州還是武漢，以便早日告知同行諸人預定機位。

先生擬先招初中學生，十分合於竹意，分頭進行，看那種成果較好。學院如趕得上立案，則為正式學生，否則為預科生，亦無不可。國學教育會議是否召開，如召開當令與會諸人發表論文，以集思廣益也。

弢於6月27日、7月9日、7月17日連致三函，而再未見先生隻言片語相賜——6月13日之賜函，竟成今生先生與弢恩遇之絕筆！

先生之切切託咐，猶在眼前；中原興學，亦即將天曉夢圓。弢等正心如歡雀，恭候先生駕臨南陽，長此安居，而先生卻驟然西行，溘然而逝！千呼無應，萬呼無答！嗚呼先生，來世豈可再一逢乎？

先生賜弢之函，今日已敬纂在此，先生之道德學問，先生之精神情懷，先生之音容笑貌，先生之賜函賜書，必永篆弢心，且傳之於子子孫孫也！涕泗飄零，哀而賦之：

先生驟去我心摧。萬喚千呼盍轉回。
片片羽書成泣血，頻頻約諾化塵灰。
不聞教誨來天外，再叩宮牆涕濕懷。
翹盼三生重一遇，還迎夫子淯陽來。

先生臨終遺言三端：

第一、遺函門下親傳弟子，諄諄叮囑一百一十一位賢門，如南陽語言文化學院教學需要，必鼎力相助，不可推辭。

第二、將平生所藏的萬餘冊圖書，捐贈給來日的南陽語言文化學院。

第三、先生給師母和子女交代，將自己的靈骨交付振弢帶回南陽，安放于南陽語言文化學院。

如此的家國情懷，愛國精神，令振弢感動萬分！誓必辦成辦好南陽語言文化學院。為傳承弘揚中華優秀傳統文化，鞠躬盡瘁，死而後已，不死不已也。

附錄

陳新雄教授逝世十週年紀念國際學術研討會
籌備委員會

籌備委員

司仲敖、江惜美、宋新民、李威熊、李添富、李淑萍、李義活、林慶勳、吳聖雄、竺家寧、金周生、柯明傑、柯淑齡、姚榮松、凌亦文、康世統、孫劍秋、耿志堅、曾榮汾、黃坤堯、葉鍵得、董金裕、賴貴三、聶振弢、瀨戶口律子

召集人

林慶勳（籌備委員兼）

經費管理

郭乃禎

工作小組

姚榮松（籌備委員兼）、許雯怡、柯響峰、張意霞、何昆益、戴俊芬、錢　拓、吳靜評、呂瑞清、翁慧芳、林瑞龍、陳經緯

編輯小組

林慶勳（籌備委員兼）、姚榮松（籌備委員兼）、許雯怡、柯響峰、張意霞、何昆益、呂瑞清、林瑞龍、戴俊芬、翁慧芳

協辦單位

國立臺灣師範大學國文學系
中華民國聲韻學學會
中國文字學會
中國訓詁學會
中華民國修辭學會
中國經學研究會
中華文化教育學會
財團法人景伊文化藝術基金會

捐款名錄（按姓氏筆劃排列）

司仲敖、江惜美、李添富、金周生、竺家寧、林慶勳、柯淑齡、姚榮松、康世統、耿志堅、郭乃禎、黃坤堯、曾榮汾、葉鍵得、廖湘美、蔣忠益、瀨戸口律子、財團法人景伊文化藝術基金會

（截至2022年1月12日止）

學術論文集叢書 1500022

鍥不舍齋薪傳錄
——陳新雄教授逝世十週年紀念國際學術研討會論文集

編　　輯　陳新雄教授逝世十週年紀念國際學術研討會籌備委員會
責任編輯　林以邠
特約校對　林秋芬

發 行 人　林慶彰
總 經 理　梁錦興
總 編 輯　張晏瑞
編 輯 所　萬卷樓圖書股份有限公司
臺北市羅斯福路二段 41 號 6 樓之 3
電話 (02)23216565
傳真 (02)23218698

發　　行　萬卷樓圖書股份有限公司
臺北市羅斯福路二段 41 號 6 樓之 3
電話 (02)23216565
傳真 (02)23218698
電郵 SERVICE@WANJUAN.COM.TW
香港經銷　香港聯合書刊物流有限公司
電話 (852)21502100
傳真 (852)23560735

ISBN 978-986-478-617-6
2022 年 3 月初版一刷
定價：新臺幣 880 元

如何購買本書：
1. 劃撥購書，請透過以下郵政劃撥帳號：
帳號：15624015
戶名：萬卷樓圖書股份有限公司
2. 轉帳購書，請透過以下帳戶
合作金庫銀行　古亭分行
戶名：萬卷樓圖書股份有限公司
帳號：0877717092596
3. 網路購書，請透過萬卷樓網站
網址　WWW.WANJUAN.COM.TW
大量購書，請直接聯繫我們，將有專人為您服務。客服：(02)23216565　分機 610
如有缺頁、破損或裝訂錯誤，請寄回更換

國家圖書館出版品預行編目資料

鍥不舍齋薪傳錄——陳新雄教授逝世十週年紀念國際學術研討會論文集/陳新雄教授逝世十週年紀念國際學術研討會籌備委員會編. -- 初版. -- 臺北市：萬卷樓圖書股份有限公司, 2022.03
面；　公分. -- (學術論文集叢書；1500022)
ISBN 978-986-478-617-6(平裝)
1.CST: 漢語　2.CST: 聲韻學　3.CST: 文集

802.407　　111003071